TABARLY

Grand reporter à *L'Équipe Magazine*, Benoît Heimermann a publié de nombreux ouvrages consacrés au sport ou à l'aventure. Il est l'auteur, entre autres, de *L'Aéropostale*, *L'Everest, Aventuriers* et *Parlons sport*. Son *Tabarly* a remporté le Grand Prix de la littérature sportive en 2002.

BENOÎT HEIMERMANN

Tabarly

GRASSET

ISBN : 978-2-253-15494-5 - 1re publication - LGF

À la mémoire de mon père,
lui aussi trop tôt disparu...

« Tout homme est deux, et le plus vrai est l'autre. »

Jorge Luis BORGES.

À l'exception de celles signalées par des notes en bas de page, l'ensemble des citations qui agrémentent ce livre sont extraites d'entretiens inédits avec l'auteur.

Prologue

UNE VISITE

Une poignée de main intentionnée et un léger mouvement de tête suffirent à me faire comprendre : avant de recueillir la parole, il convenait d'apprécier le mouvement. Celui d'un corps tonique : deux épaules qui tanguent sur un compas généreux. Le bout du jardin réclamait une visite, puis le petit bois, enfin la sente abrupte qui dégringole jusqu'à l'Odet. Pas un mot : juste le piaillement d'un oiseau perdu et le bruit des feuilles mortes sous nos pas. Un arbre récemment abattu par l'orage offrit une première branche à laquelle accrocher un début de conversation. Le photographe voulait faire son métier. Son modèle se prêta au jeu : visage de marbre, poitrine conquérante, les deux pouces plantés dans la ceinture en cette position qui le caractérisait si bien. « S'il vous plaît, “encore une”... » Pas un soupir, juste un sourire : « Avec les photographes, c'est toujours “encore une”... » Et avec les interviewers ?

Quelques jours plus tôt, un autre journal avait fait le voyage de Gouesnac'h. La demoiselle préposée à l'échange n'avait guère apprécié de composer avec le « vieil oursin ». Le papier s'en était ressenti, mais, bien sûr, le principal intéressé ne l'avait pas lu. Sur le ponton, juste devant *Pen Duick,* l'atmosphère était agréable. Nous nous serions volontiers assis, juste pour voir filer la rivière et organiser — chiche ? — un concours de ricochets. Mais il fallut remonter, s'installer dans le salon et enclencher le magnétophone.

La conversation roula son content d'appréciations et de recommandations. Dois-je l'avouer, ma tête voguait ailleurs. La table basse était d'un beau bois verni et la cheminée d'un granit imposant. Un rai de lumière jouait avec une maquette plus vraie que nature. Quelques dessins de trois-mâts, croqués il y a une éternité, dansaient sur le mur blanc. Occupée à suspendre le linge dans le jardin, Jacqueline râlait un peu : le déjeuner serait bientôt prêt ! L'interrogatoire se prolongea malgré tout. A propos de tout, à propos de rien. L'enregistreur était en bout de course depuis un moment et il serait sans doute resté là si le maître des lieux ne m'avait invité à le ramasser en même temps qu'il prenait congé.

Bizarrement la voiture de location tarda à redémarrer. La clef de contact s'acharnait, mais le moteur ne voulait rien entendre. Déjà, les deux pouces avaient quitté la ceinture où ils étaient une nouvelle fois plantés et leur propriétaire avait commencé à se retrousser les manches. Ses gestes ne trompaient pas : il allait lever le capot et pallier mon incompétence. Un nouvel essai abouti lui commanda finalement de ne rien faire. Dernier sourire, ultime salut. Bien sûr, il fallut réécouter la bande et retranscrire l'essentiel de la conversation. L'exercice fut pénible d'autant que sourdait l'évidence : Éric Tabarly n'avait pas besoin de parler, seule importait sa présence.

Cette certitude s'est longtemps imposée à mon esprit. Les rencontres, les conversations, c'était pour la forme. Pour sentir et apprécier, plus que pour comprendre. La disparition du modèle ne m'incita pas à changer de point de vue. Jusqu'au moment où deux amis de longue date, un ancien équipier d'Éric et son frère Patrick, chacun de son côté, chacun à sa manière, choisirent de me tirer par la manche. Face au vide, privé de référence, à mon tour, je voulus en savoir davantage. Bien sûr, il y avait les actes et les exploits. Exemplaires. Lumineux. Ce côté inébranlable, granitique — poings fermés et bouche serrée — qui, toujours, sur l'eau, s'amusait à jouer avec le feu. Mais derrière ? Pareille attitude et pareils silences ne méritaient-ils pas que je pousse un peu plus loin le voyage ?

[illegible]

[illegible] le voiture ou deux voi- [illegible]

1

51° 18' N – 5° 53' W

C'est une terre qui n'en finit plus. Une dent de pierre plantée dans le dos de la mer. Un promontoire rocheux donnant l'illusion de dominer le monde. L'illusion seulement. Preuve que l'on appartient encore à la terre des hommes : plusieurs pancartes préviennent du danger. Un simple faux pas et le promeneur risque de perdre pied : sur ce territoire de contrebande, les sentiers bordés de bruyères ne disent rien qui vaille. En contrebas, les vagues jouent des grandes orgues et ajoutent à l'emphase. Au loin, la corne de brume trompette à intervalle régulier. Le phare de Longship scintille — un éclat blanc et rouge toutes les cinq secondes — et laisse à peine deviner sa silhouette. Un panneau supplémentaire indique que New York est perdu à 5 035 kilomètres d'ici et les îles Scilly à 44 kilomètres seulement. Land's End, la « fin de la terre » si bien nommée, ce bout de Cornouailles perdu à l'extrême sud-ouest de l'Angleterre, prévient plus qu'elle ne réconforte, met en garde plus qu'elle ne rassure.

Cette borne ultime échouée au plus loin de la B 3315 — inextricable tunnel de verdure où deux voitures tiennent tout juste côte à côte —, ces points de suspension qui, ensuite, s'effilochent dans la houle, Éric Tabarly les a toisés le jeudi 11 juin 1998. En compagnie de quelques équipiers et amis, la veille de son départ définitif. Il convenait de tuer le temps. Depuis quarante-huit heures, *Pen Duick,* son bateau merveilleux, sourire noir coiffé de voiles immaculées, est englué à Newlyn, principal port de pêche de la région. Les conditions météo ne sont pas bonnes. Désireux de rejoindre l'Écosse par la mer d'Irlande, le maître capitaine ne veut pas prendre le risque de se colleter avec le vent du nord qui refuse de mollir et lève une houle furieuse. Attendu le 20 à Fairlie, dans l'embouchure de la Clyde, en aval de Glasgow, où est organisé un rassemblement de voiliers anciens tous dessinés — comme *Pen Duick* — par William Fife, Tabarly prend son mal en patience. Et ses compagnons avec lui.

Il y a là Candida et Antoine Costa, la soixantaine sportive, le sourire généreux, venus de Chamonix. Elle, occupée un temps à diriger un commerce de pâtes, lui, dentiste au bord de la retraite. Cette croisière, l'ami Éric la leur a promis depuis un certain temps déjà, juste retour de multiples randonnées à ski partagées en commun et de soirées plus nombreuses encore. Il y a là Erwan Quéméré, silhouette délicate, moustache de gabier et distante connaissance. C'est un enfant de Quimper, grandi, comme Éric, dans les privations d'après guerre, comme lui, amoureux des choses de la mer. Trois ans seulement les séparent, mais beaucoup de choses les rapprochent : le goût pour les lignes pures, les ciels incertains, les navigations rudimentaires. Parfait photographe, auteur de nombreux livres, d'expositions innombrables, Erwan a souvent échangé avec Éric, mais curieusement, il n'a jamais navigué à bord de *Pen Duick.* Il y a là Jacques

Rebec, force trapue et manières discrètes. Cet ancien de la Marine accuse dix ans de moins que le capitaine, mais s'agissant de voile et de vieux gréements, c'est un pur novice pour ne pas dire davantage. Son enthousiasme est heureusement une bénédiction : il est là comme à la fête, trop heureux de servir et de découvrir.

Partagent aussi ces journées incertaines Élisabeth et Bo Ericson, un couple de Suédois entré en contact avec Éric une demi-douzaine d'années plus tôt à Stockholm à l'arrivée d'une course de l'Europe. Eux aussi en pincent pour les vieilles coques et leur *Magda IV,* ex-propriété du mari de l'écrivain Karen Blixen, en particulier. Déjà invités au centenaire de *Pen Duick,* célébré du 29 au 31 mai à Bénodet, ils ne voudraient rater son prolongement écossais pour rien au monde. Deux matelots supplémentaires, aux allures de Vikings, les accompagnent et les aident pour l'entretien et la navigation.

Pour meubler les journées qui s'éternisent, Candida suggère de louer un minibus que Bo conduit avec maîtrise. On visite les jardins de Heligan plantés d'essences multiples, le port lilliputien de Mouse Hole que les peintres anglais vénèrent et le musée de Charleston, dominé, ce jour-là, par deux bricks de deux et trois mâts obligés de multiplier les manœuvres avant de venir à bout de la jetée en chicane qui précède le quai. Partout, Éric goûte au spectacle, commente, explique. Il connaît très bien la région, l'apprécie, y compris les *fish and chips* que la petite colonie en balade déguste ici et là. Le patron de *Pen Duick* est heureux et ne déplore, en fait, qu'une secondaire contrariété : ne pouvoir se procurer un câble galvanisé de 6 mm ! Ne trouvant son bonheur ni à Newlyn, ni à Penzance, le minibus pousse jusqu'à Falmouth, où mouillent *Endeavour* et *Kentra,* deux autres joyaux restaurés comme des tableaux de maître. La zone portuaire, où ces merveilles relâchent, est interdite au public, mais puisqu'on assure au garde en faction que le petit homme assis au fond du van est Éric Tabarly, un passe-droit est accordé sans façon...

Durant ces quelques jours, Erwan Quéméré se souvient d'un capitaine décontracté, apaisé, « heureux de farfouiller chez les shipshandlers du coin, de se promener sans but précis, de partager avec des gens discrets ». Une semaine seulement après la fête organisée chez lui, Éric, centre de toutes les attentions, est satisfait d'être revenu à des conversations plus sages et des habitudes moins exposées. Il a apprécié l'hommage, applaudi les efforts de son épouse, les attentions de ses plus proches amis, bu et chanté de bon cœur, mais — il ne le cache pas à ses présents confidents — son plaisir eût encore gagné en intensité, si ce beau rendez-vous avait pu faire l'économie de quelques obligations. Pour un solitaire, trois cents convives, oui, c'était vraiment beaucoup !

Là, sur cette terre anglaise qui ressemble souvent, à s'y méprendre, aux bords de l'Odet qu'il habite, Éric décompresse et attend. Déjà, il imagine le jubilé écossais qui, il le sait, sera davantage qu'une redite. Pour ces choses-là, les Britanniques sont experts ! William Collier, docteur en histoire maritime et spécialiste de la marque au dragon d'or, a promis la présence de treize unités imaginées par les Fife père, fils et petit-fils [1]. Mieux qu'une commémoration : un retour aux sources. Même si, en ces lieux champêtres et désolés, les chan-

1. Les origines du chantier remontent à 1790. Trois générations de Fife s'y sont succédé jusqu'en 1944.

tiers ont fermé leurs portes depuis une quarantaine d'années déjà, même si plusieurs centaines d'unités se sont évanouies dans la nature, l'esprit demeure, à l'image de la cale de halage et de l'antique clocher, surmonté d'une splendide girouette représentant le *Latifa,* ultime croiseur conçu par le dernier de la lignée de ces précieux architectes.

Entre deux célébrations, entre deux eaux, Tabarly ronge son frein sans maugréer, sans s'énerver, comme le font tous les marins du monde en attente d'une météo plus clémente. Son équipage n'est peut-être pas exceptionnel, mais l'ambiance est cordiale. Éric n'est ni soucieux, ni inquiet. Au contraire, il profite de l'occasion pour mieux se familiariser avec ses « matelots », en particulier, avec le plus inattendu d'entre eux, Jacques Rebec, dont il a réellement fait la connaissance à peine quinze jours auparavant...

Le cas de l'ancien « gars de la marine » n'est pas banal. Mieux que tout autre, il illustre l'état d'esprit qui habite alors le capitaine du *Pen Duick.* Un mélange de réalisme et de désinvolture, de fatalisme et d'imprudence, où il est certes question de savoir-faire supérieur et d'expérience incomparable, mais où l'on note aussi une certaine légèreté à se croire exonéré du pire. Éric Tabarly a décidé de faire avec lui (comme avec le reste de l'équipage) faute d'autres possibilités. Et d'abord parce que son désir — toujours supérieur aux contingences — l'invitait à gagner l'Écosse coûte que coûte. Un grand écart consenti, une obstination assumée que le témoignage, pudique, respectueux, du plus candide de ses coéquipiers montre mieux que tous les commentaires, explications et justifications qui s'accumuleront par la suite.

Jacques Rebec est un homme sage et délicieux.

Dans le salon de son pavillon, posé sur les hauteurs de Toulon, un aimable bric-à-brac de statues d'ivoire, de bois laqués et de peintures sur soie résument sa vie et ses voyages. Vingt-cinq ans de bourlingue à servir autour du monde à bord d'une bonne demi-douzaine de bateaux « gris » de la Marine nationale, plus dix années supplémentaires achevées sur le pont du porte-avions *Clemenceau.* Quelques brochures touristiques, des coupures de journaux et d'imposants albums de photos se perdent du côté de Canton, Bali ou Djibouti. La conversation du collectionneur, elle, ne s'égare jamais. Jean Rebec n'est pas un hâbleur à la manière du personnage du *Singe en hiver* d'Antoine Blondin, plutôt un témoin lucide, heureux d'avoir connu l'ailleurs et fier d'en faire partager le goût. Pour l'essentiel, le soldat dévoué fut apprenti mécanicien, armurier, maître principal, avant d'être élevé au grade de lieutenant de vaisseau au terme de sa carrière.

Le retour à terre, programmé en 1996, ne l'enchante guère. Pas plus que la perspective, en attendant sa retraite définitive, de passer deux ans et demi en poste sur l'île du Levant : « A cinquante-deux ans, je ne m'estimais pas encore fini, j'avais encore envie de faire un tas de choses... » Du bateau bien sûr, ou plus exactement du voilier. Depuis qu'il est revenu à quai, le toujours jeune homme prend goût à la manœuvre, découvre le dériveur et effectue deux stages consécutifs à l'école des Glénans, la Mecque des plaisanciers en devenir : « Je n'étais pas aguerri, mais, bon, ça rentrait petit à petit, je prenais goût à la chose et me débrouillais de mieux en mieux. » Au point d'envisager une croisière en bonne et due forme ? La logique lui commande de contacter quelques connaissances, ses partenaires de régate ou d'anciens copains de promotion, mais Rebec fait davantage : il prend sa plus belle plume et décide d'envoyer un appel à candidature aux valeurs sûres du nautisme français. Son choix se porte sur ses marins préférés : Olivier de Kersauson, Jean-Louis Étienne, Michel Jaouen et... Éric Tabarly. Un carré d'as qui l'intimide moins qu'il ne le motive : « Après tout, si on les admire, c'est qu'ils sont exceptionnels. Et s'ils sont exceptionnels pourquoi ne pas profiter de leur expérience ? »

Jacques Rebec n'est pas présomptueux, il est logique. Impossible, par exemple, d'envoyer les quatre lettres en même temps : « Et s'il prenait l'envie à deux de mes correspondants de me répondre favorablement en même temps ? Comment choisir sans être inconvenant ? Comment trancher sans avoir de remords ? » Le 16 août, le retraité envoie trois belles pages manuscrites à Éric Tabarly, parce qu'il est « le plus grand », celui dont il a lu tous les livres, suivi tous les exploits, mais aussi parce qu'il est le seul qu'il a eu la chance d'approcher, à trois reprises pour être précis.

En 1977, aux Saintes, Tabarly, en goguette à bord de *Pen Duick VI,* vient saluer, tee-shirt délavé et short sans manière, le commandant de l'escorteur d'escadre *Forbin* lui aussi au mouillage dans la baie. Officier de quart à la coupée ce jour-là, Jacques Rebec lui rend anonymement les honneurs. En 1984, le même est à Newport à bord de la frégate *Montcalm.* Il sait l'arrivée de la Transat anglaise toute proche et espère offrir un blason militaire (une « tape de bouche ») au quatrième de l'épreuve [1]. Consigné à bord le jour J, Rebec ne peut malheureusement remettre son cadeau. En 1990 il

1. Sur *Paul Ricard* derrière Yvon Fauconnier, Philippe Poupon et Marc Pajot.

y parvient enfin. Éric Tabarly inaugurant à Toulon une petite exposition consacrée au *Pen Duick,* définitivement restauré, l'admirateur est au rang des visiteurs, son trophée sous le bras qu'il échange contre une photo dédicacée...

Ces signes, plus que ces rencontres, Jacques Rebec les énumère dès l'entame de sa fameuse lettre et les fait suivre de quelques vérités tout à fait dans le ton — il ne le sait pas encore — de celles que Tabarly apprécie : « La moyenne d'âge des stagiaires aux Glénans est paraît-il de vingt-six ans ; c'est excellent pour moi, mais je leur élève bigrement la moyenne. (...) C'est vrai que j'ai déjà consommé cinquante-deux années de ma jeunesse ; autant dire que j'ai encore de l'eau à courir... si Dieu y consent. » Sa requête ne vient qu'après : « A partir de 1998, je suis, avec enthousiasme, libre d'accepter toute possibilité de naviguer au départ de et pour toute destination. » Une mise à disposition à la fois embarrassée et gênée, glissée comme si de rien n'était, juste avant que ne se bousculent conclusion et signature : « Toujours est-il qu'un marin à terre est un poisson hors de l'eau... On s'y ennuie à mourir ! Cordialement [1]... »

En août 1997 — la lettre date du 16 — Éric Tabarly dispute entre le sud de l'Angleterre et l'Irlande, le classique Fastnet, avec Yves Parlier, à bord d'*Aquitaine Innovation,* un 60 pieds ultramoderne dont il apprécie les performances mais critique le confort. La perspective de disputer la Transat en double Le Havre-Carthagène en novembre et en pareille compagnie n'est pas affirmée, mais l'idée fait son chemin. La célébration des cent ans de *Pen Duick,* prévue dans un peu moins

1. Lettre de Jacques Rebec à Éric Tabarly, 16 août 1997.

d'un an, et le récent lancement en librairie de ses *Mémoires du large,* compilation revisitée de ses anciens récits de course, l'obligent à répondre à de nombreuses sollicitations. Le 25 août pourtant, une semaine après avoir reçu la lettre de l'inconnu Rebec, il prend sur son temps et rédige, avec soin, une réponse qu'il est intéressant de publier *in extenso* :

« Cher camarade,

C'est bien volontiers que je vous embarquerai sur *Pen Duick* la saison prochaine. Je crains, cependant, que vous ne soyez mis à la retraite qu'à votre anniversaire, en août 1998. (Ce n'est pas au capitaine de frégate Tabarly que l'on va apprendre les usages et les règles de la Marine !)

« Voici néanmoins mon programme pour 1998 : 28, 29, 30, 31 mai : rassemblement de bateaux dessinés par William Fife pour fêter les cent ans de *Pen Duick* à Bénodet. Tout de suite après, départ pour l'Écosse où il y a un autre rassemblement de plans Fife le 26 juin. Nous continuerons par une croisière en Écosse et en Irlande avant de rentrer à Bénodet début août.

Pour août rien n'est défini et comme je naviguerai en famille, je ne sais pas encore si j'aurai de la place disponible. Bien cordialement [1]. »

Dans la boîte aux lettres du petit pavillon de Toulon, la première lettre de « Monsieur Tabarly » fait l'effet d'une bombe. Femme et enfants partagent l'émoi du mari et du père qui se pince tout autant qu'il se réjouit. Quelle simplicité ! Quelle gentillesse ! Oui, mais « Monsieur Tabarly » a raison : la fameuse date butoir et l'officielle mise à la retraite ne risquent-elles pas l'une et l'autre de passer par-dessus bord la si belle et si inattendue proposition ?

1. Lettre d'Éric Tabarly à Jacques Rebec, 25 août 1997.

Jacques Rebec ne se démonte pas : dès le lendemain, il interroge le responsable du personnel de son secteur : « Éric Tabarly me demande, puis-je bénéficier d'une faveur de deux mois eu égard aux services rendus et aux innombrables jours de vacances jamais réclamés ? » Le 8 septembre (inutile de perdre davantage de temps), une nouvelle lettre est envoyée à Bénodet qui confirme sa mise en disponibilité : « Si donc, vous acceptez un "vieux loufia" à l'esprit jeune, qui ne parle pas ou très peu la langue de Shakespeare, et si vous avez une place à bord de *Pen Duick* pour un boulinard qui a encore beaucoup à apprendre : alors je suis votre homme [1] ! »

Il n'en faudra pas plus, juste un coup de téléphone supplémentaire, pour confirmer le rêve et l'engagement. Éric Tabarly est peut-être le marin le plus célèbre de France, il rencontre souvent des difficultés à composer ses embarquements. Les amis ont leurs charges de famille, les anciens leurs emplois du temps, les plus jeunes des ambitions plus sportives. Passe pour une sortie ou un week-end, mais les travaux d'appoint ou les croisières au long cours suscitent moins d'enthousiasme. Entrave supplémentaire : Éric n'a jamais consenti, comme il est de plus en plus d'usage par ailleurs, le moindre défraiement, ni le plus petit salaire. Le plaisir d'être là, la joie de partager, l'honneur de naviguer sont, à ses yeux, des récompenses qui se suffisent à elles-mêmes.

En priorité, Éric Tabarly compte, depuis plusieurs années déjà, sur le généreux Jérôme Boyer, la quarantaine, la discrétion faite homme, issu d'un milieu favorisé mais sans attaches précises, qui jamais ne compte

1. Lettre de Jacques Rebec à Éric Tabarly, 8 septembre 1997.

ni ne calcule. Il profite aussi, depuis peu, de la fraîcheur d'esprit de Yann Jameson, jeune marin irlandais, skipper prometteur, qui, lui aussi, se donne et s'investit sans compter. En dehors de ces deux fidèles, il faut souvent d'autres bras. D'autant que le cotre centenaire est exigeant : il impose une quantité non négligeable d'huile de coude et un ordre contraignant à respecter dès qu'il est question de changer d'allure, de cap ou de voilure. Le « moussaillon » Rebec, c'est certain, ne sera pas de trop !

La preuve : le 18 décembre — Éric Tabarly a non seulement couru la Transat Le Havre-Carthagène, mais il l'a qui plus est gagnée ! — une nouvelle lettre part pour Toulon. Le capitaine et son futur matelot ne se sont toujours pas rencontrés, mais le ton, cette fois, est amical et les explications qui l'accompagnent on ne peut plus détaillées. Deux pages durant, Tabarly passe en revue la garde-robe de *Pen Duick* (trinquette, foc, flying-jib, etc.), les combinaisons recommandées (au largue par petite brise, au vent arrière, au vent de travers, etc.). Il détaille aussi avec un soin quasi maniaque le paquetage de son équipier à venir : un ciré, une veste de quart, cinq ou six tee-shirts, deux pantalons de toile — « Je proscris les jeans qui ne sèchent pas. J'utilise des pantalons de Tergal ou en toile de coton » —, deux vareuses de toile, deux jerseys, un sac de couchage — « Personnellement, ayant trop chaud dans un sac, j'utilise une couverture et un sac à viande » —, etc. Abandonnant au tout dernier paragraphe l'embarrassante question financière que ce branle-bas général suppose : « Pour le budget à prévoir, je ne m'en suis jamais soucié, mais ça ne va pas chercher loin. Il n'y a que les frais de nourriture [1]... »

1. Lettre d'Éric Tabarly à Jacques Rebec, 18 décembre 1997.

A quelques jours de Noël, Jacques Rebec ne peut rêver plus beau cadeau. Durant toute la fin de l'hiver et le début du printemps, il rumine sa chance et l'exceptionnel de la situation. Achève ses obligations, effectue une dernière visite sur l'île du Levant, où il était stationné ces deux dernières années, relit quelques bouquins de mer et peaufine pour la énième fois son sac. Le 21 mai, sept jours avant que ne débutent les festivités du centenaire, sans autre lettre ni contact supplémentaire, si ce n'est un ultime coup de téléphone de routine, il gagne Bénodet en train et emprunte un taxi jusqu'à Gouesnac'h où résident les Tabarly. Lorsqu'il arrive en fin de matinée, la maison bruit des mille et un préparatifs indispensables à la fête. Éric est parti et Jacqueline affairée. S'il retourne au port, lui dit-elle, il a une chance de voir *Pen Duick* rentrer. Le taxi qui patiente sur le gravier refait le chemin inverse, mais Jacques Rebec ne réalise toujours pas : « C'était assez fou comme situation. Je me retrouvais au bout du quai de Bénodet avec mon sac, j'ai attendu un peu et j'ai vu une belle voile arriver. Je ne l'ai pas reconnue tout de suite. Les photos sont un peu trompeuses. Quand elle s'est approchée, je n'ai pas pu me retenir : je suis allé dans la cabine téléphonique la plus proche et j'ai annoncé à ma femme que je “voyais” Tabarly ! »

« Bonjour. » Les deux hommes ont la même taille, la même poigne. Moins par nature que par la force des circonstances, l'invité s'habitue d'emblée au silence de son hôte. Bien que la maison de Gouesnac'h soit agitée d'allées et venues permanentes et que le téléphone sonne sans discontinuer, la table est dressée et le déjeuner servi dans la foulée. La conversation est anodine et ne s'envole vraiment qu'au moment du café à propos des fameux Lancaster qu'Éric a pilotés jadis et que

Jacques admirait dans sa jeunesse depuis le plancher des vaches. Plutôt que de s'installer au premier étage de la longère, le matelot est invité à prendre ses quartiers à bord de *Pen Duick,* installé juste en aval, à Pen Foul, en plein milieu du chenal. Contrarié par la marée et les courants, Jacques se familiarise comme il peut avec l'annexe qu'il est obligé de manier — comme Tabarly — à la godille. Premier jugement et première sentence : « C'est pas mal, mais il y a encore beaucoup à faire ! » Éric s'étonne encore du poids de son sac. Un peu gêné, Jacques avoue un matériel photo important. La moue qui s'ensuit ajoute à son malaise. Deuxième jugement et première absolution : « Si tu ne me demandes pas de poser, ça va... »

Sans doute sont-ils nombreux les équipiers qui peuvent revendiquer semblable prise en main, mais le cas de Jacques Rebec est à part. Il éclaire si justement la réalité du moment, symbolise si fort les priorités de Tabarly, ses rapports aux hommes et aux contingences, qu'il vaut d'être accompagné jusque dans ses plus infinis détails. La béatification *post mortem* du plus grand marin de France ne doit pas nous égarer : même à la veille d'une fête qui devait célébrer en quelque sorte son statut majuscule et marquer son excellence pour toujours, celui-ci ne profitait d'aucune priorité ni attention particulière. A l'inverse de ses pairs ouvertement engagés sur le front de la compétition, gâtés par des sponsors et fournisseurs de plus en plus généreux, Tabarly devait souvent avoir recours à des solutions minimalistes. Son tempérament ne l'incitait guère, il est vrai, à se plaindre, à tourner une difficulté, à espérer une amélioration. Cet équipier que le hasard lui propose — comme les autres qui l'accompagneront lors de cet ultime voyage — ne pouvait que lui convenir puisque, non content de satisfaire le plaisir du principal intéressé, il palliait un manque, résolvait un problème, ajoutait à l'ordinaire sans que cela lui coûte ni en démarches, ni en contraintes supplémentaires. La solution n'est sans doute pas idéale, mais elle a l'avantage d'être simple, mutuellement souhaitée. En tous lieux, en toutes circonstances, Tabarly a toujours préféré s'adapter en douceur à une situation moyenne plutôt que d'exiger que celle-ci présente un maximum de garanties préalables.

Rebec mesure sa chance. Il prend ses aises à l'intérieur du beau bateau, s'habitue à sa couchette à tiroir et casse la croûte à la lueur de la lampe à pétrole, seul éclairage du bord. Il cherche à se rendre utile, brique le compas et recueille, à l'issue de l'exercice, un premier sourire de contentement. Le week-end précédant la fête, *Pen Duick* embarque, comme promis, quelques jeunes de Grand Largue, association d'aide à la réinsertion, qu'Éric parraine depuis quelques années. Tout le monde est décontracté, émerveillé, sauf le capitaine dont les yeux ne quittent pratiquement pas sa grand-voile qui « "pochait" un peu et qu'il a renvoyée à Lorient dès que nous sommes revenus à Bénodet ».

Quarante-huit heures plus tard, *Pen Duick* repart pour l'île aux Moutons, terre minuscule située sur la route de Glénan. Les bateaux de la fête doivent s'y rendre au terme d'une navigation côtière et un minimum de préparation est nécessaire. Éric passe la faux à proximité du point de débarquement et ceux qui l'accompagnent ramassent l'herbe de bon cœur. « Sans prévenir, il est allé se baigner. L'eau devait être à 17° . Il est revenu avec deux pleines poignées de clams, a ouvert son beau panier en osier capitonné de vichy et nous a invités à partager son pique-nique. Il était heureux, mais aussi un peu déçu que si peu de monde soit venu lui donner un coup de main pour ce boulot supplémentaire... »

Malgré le mauvais temps, la célébration du centenaire de *Pen Duick* se déroule sans anicroche. La sortie à Glénan est annulée, mais pas la régate. Tous les anciens sont venus et les édiles locaux par la même occasion. En fin de journée, le dimanche, même Olivier de Kersauson, peu porté sur la « voile d'autrefois » et les pâmoisons qu'elle suscite trop souvent, rejoint la longère des Tabarly. Claude Luter, ami de vieille date, improvise un bœuf, les toasts et chansons, toujours les mêmes, se succèdent. En guise de conclusion, Éric tend un magnifique bouquet à Jacqueline sous le chapiteau dressé pour la circonstance. Le remerciement qu'il reçoit en retour est ému : « C'est bien la première fois que tu m'offres un bouquet acheté chez le marchand ! » Et la réponse qui l'accompagne instantanée : « Ben, c'est normal, il y en a plein le jardin... »

Trois jours ne sont pas de trop pour remettre en place ses meubles et ses idées, pour apprêter et peaufiner le bateau en vue de la navigation prochaine. Éric est de toutes les corvées. Il participe au nettoyage et à l'avitaillement, comme à son habitude. Les cent cinquante bouteilles de château-neuf-du-pape (domaine de Tout-Vent 1997) chargées à bord suscitent quelques commentaires sur le quai voisin : « ... Ben dis donc, ils ne s'embêtent pas... » et autant de haussements d'épaules en échange. Jérôme Boyer et Yann Jameson participent aux préparatifs, mais l'un et l'autre ont clairement informé leur « patron » qu'ils n'embarqueraient pas pour ce voyage-ci. Le mariage d'un parent pour le premier, d'autres obligations pour le second ne leur permettent pas de se libérer en temps voulu. Deux, trois jours plus tard éventuellement... Éric enregistre, mais n'en démord pas : il veut lever l'ancre dès que possible. Peut-être s'imagine-t-il que, comme à l'ordinaire, le « non » de ses équipiers dévoués — jamais défrayés, ni rétribués — se métamorphoserait à la dernière minute comme ce fut si souvent le cas. Peut-être Jérôme et Yann, espéraient-ils à l'inverse, que leur capitaine obstiné — jamais affolé, ni paniqué — réviserait, lui-même et pour une fois, son si définitif point de vue.

L'avant-veille du départ, programmé le mercredi 3 juin, Éric et Jacqueline dînent chez leur ami de toujours, Bernard Garçon, médecin à la retraite, installé dans une belle maison en bord de mer, au Letty, juste au sud de Bénodet. L'échange, comme souvent en pareil lieu, est rigolard et badin. A une ou deux reprises, Tabarly évoque le retrait de ses habituels équipiers et les difficultés qu'il rencontre à les remplacer. Ses hôtes lui conseillent de patienter, de reporter son départ. « Ah, je vais prendre du retard... » Dans l'entrée, au moment de se quitter, le charmant toubib qui a partagé tant de régates et de soirées avec son ami insiste une dernière fois : « N'oublie pas que tu n'es pas seul... »

A peine rentré chez lui, Tabarly passe encore un coup de téléphone à Yannick Le Maguer, son assureur, mais surtout, comme Garçon, son indéfectible compagnon de route depuis près de quarante ans. Entre Concarneau — où Le Maguer habite une villa perchée sur la colline — le Letty et Gouesnac'h les kilomètres n'existent pas. Ces trois-là — et leurs épouses — s'entendent à la perfection. Ils parlent le même langage, collectionnent de semblables centres d'intérêt et partagent des valeurs équivalentes. Pas une semaine sans qu'ils s'appellent ou ne se croisent, pas de vacances sans envisager une récréation commune.

Il est 23 h 30 et Éric invite Yannick à contacter dans la seconde quelques-uns de ses propres équipiers. Il fixe le départ de *Pen Duick* au lendemain matin — ce qui en langage tabarlien signifie au mieux en fin de matinée, au pire en début d'après-midi. Le Maguer qui possède lui-même un voilier — le *Jean d'Horta,* dédié à son père décédé et enterré aux Açores — contacte, en pleine nuit, Nicolas, Gaby et Patrick. A minuit trente, son rapport est négatif. Ses hommes sont éventuellement intéressés, mais le délai est trop court. Pas le temps de prévoir, ni de se retourner. Yannick insiste : « Tu devrais au moins attendre quarante-huit heures de plus... »

Non, il ne patientera pas si longtemps puisque la date du rendez-vous est fixée de longue date, que le calendrier marin lui commande de partir dès que la marée sera favorable, que les étapes seront courtes et sans dangers, et que les équipiers, une fois libérés, ne manqueront pas de le rejoindre chemin faisant. De fait, il accorde au doute vingt-quatre heures de répit, mais le jeudi à 13 h 45, il retrouve tout son monde sur la cale de Sainte-Marine en face de Bénodet (Jacqueline, Jacques Rebec, Candida et Antoine Costa ; mais aussi Élisabeth et Bo Ericson et leurs deux matelots ; mais encore Jérôme Boyer et Yann Jameson) pour le traditionnel casse-croûte d'avant départ. Chacun demeure campé sur ses positions. Jacqueline : « En vingt-deux ans de vie commune, une seule fois je lui ai demandé de ne pas partir, ou tout au moins de ne pas partir dans ces conditions et c'était cette fois-là... » Jacques Rebec : « Éric était très calme. A la différence de Jacqueline, il n'était pas inquiet du tout. Il semblait avoir intégré les arguments de ceux qui avaient demandé à rester. Franchement, il ne semblait pas leur en vouloir le moins du monde. Il se disait que les choses allaient naturellement évoluer. »

De toute façon, il ferait route de conserve avec *Magda* et Erwan Quéméré (que Jérôme Boyer a lui-même prévenu) viendrait à son bord dès sa première escale anglaise. Jacques Rebec : « Nous sommes vraiment partis sur la pointe des pieds. Direction Audierne pour faire le plein de gas-oil puis, le lendemain, le 6, direction Ouessant, où Éric avait rendez-vous avec Jean-René Kéruzoré qui voulait tourner un film vidéo en sa compagnie. Nous avons passé le raz de Sein sous le soleil. Éric était en maillot de bain. Cela aurait fait une belle photo, mais je n'ai pas osé descendre chercher mon appareil. En fin d'après-midi, la brume s'est levée et le phare de la Jument a disparu. Éric a sorti un GPS, un Sony première génération, un truc monstrueux, mais nous n'avons pas trouvé l'entrée de Lampaul pour autant. Le ressac devenant de plus en plus audible, nous avons décidé de faire demi-tour. C'est un bateau de pêche — qui avait déjà assuré le remorquage de *Magda* — qui nous a conduits au port. Éric est allé remercier le capitaine avec deux bouteilles de côtes-du-rhône. Il est revenu avec quatre de ses gars qui voulaient visiter *Pen Duick* et qui nous ont offert une pleine plâtrée de pinces de dormeur. Avec un bon camembert en supplément, la soirée a été parfaite. »

Le dimanche, *Pen Duick* rejoint la baie du Stiff de l'autre côté de l'île. L'irrésistible Kéruzoré, boute-en-train notoire, tourne son film, amuse la galerie, exécute d'étonnants tours de passe-passe. Éric est aux anges : « En mer on navigue, à quai on s'amuse... » Le lendemain, cap sur les Scilly. *Magda* mais aussi *Kentra,* un autre Fife, plus récent et plus long, également en route pour l'Écosse, ont pris les devants. Le temps n'est pas fameux, mais maniable. *Pen Duick* fait route sous voile de cape. La plus grande est installée sur *Magda.* Les quatre locataires du bord appliquent les classiques quarts de marine. Candida, plutôt dans son élément, se débrouille bien. Antoine qui ne dispose même pas d'un ciré adapté est moins à l'aise. Quant à Jacques, il se réjouit : il effectue là sa première « traversée » à bord d'un voilier ! Le cœur y est mais beaucoup moins l'estomac. Vers 19 heures, juste avant de prendre son tour, il rend tout son soûl par-dessus bord. « Dans le regard d'Éric, j'ai lu à la fois de l'irritation et de l'inquiétude. Vu mon état, il était difficile, pour moi, de faire la part des choses... Évidemment, il n'a pas dit un mot et nous n'en avons jamais reparlé. » A 20 h 30, le 9, *Pen Duick* est à Newlyn, à couple de *Magda,* en sixième position par rapport au quai.

Erwan arrivé par avion est au rendez-vous tout comme l'adjoint de la capitainerie pressé de récupérer les neuf livres quotidiennes du mouillage. Personne dans les ateliers et hangars voisins ne prête attention aux beaux voiliers de passage qui jurent avec les antédiluviennes unités entassées à la périphérie. Newlyn n'est pas Bénodet. Plutôt Le Conquet ou Douarnenez. En plus industrieux, en moins pittoresque. Les innombrables chalutiers de la Bryan D. Stevenson Co. — cela ne s'invente pas ! —, la plus importante compagnie de pêche privée d'Europe, déchargent leurs cargaisons, pansent leurs plaies, vaquent à l'essentiel. A la Fishermen's Mission, bâtiment de pierre qui domine le port depuis un siècle, un tableau annonce les funérailles d'un ancien « pilot » et le tirage au sort du prochain tournoi de billard. Sous un plafond couleur nicotine, deux préposés distribuent un « repas pour tous » peu ragoûtant mais gratuit.

A défaut de se fondre dans le paysage, les « touristes » de *Pen Duick* et de *Magda* s'organisent. Les bulletins météo qui se succèdent leur promettent un départ retardé de quarante-huit heures au minimum, de soixante-douze heures au maximum. L'opportunité, on l'a vu, de baguenauder alentour, de récupérer un câble galvanisé, de visiter quelques vieilles pierres et de voir à quoi ressemble Land's End, la « terre du bout du monde ». Sous un beau rayon de soleil, Candida ose : « Elle n'a pas l'air si terrible que cela votre mer d'Irlande... » Éric en est moins persuadé : « Attends d'être dessus et tu verras... » L'ambiance est rieuse, agréable. Le 10 au soir, les neuf se retrouvent à bord de *Magda.* Menu suédois à la carte. Les harengs marinés ravissent toute la tablée, à l'exception de Tabarly peu porté sur la chose. Suivent les inévitables conclusions chantées et la *Fanny de Laninon* de Pierre Mac Orlan en particulier :

« J'ai plus rien en survivance,
Et quand je bois un coup de trop
Je sais que ma dernièr' chance
Sera d'faire un trou dans l'eau. »

Rebec prend la complainte en marche, mais se fait rabrouer gentiment : « Tu attendras ton tour, comme tout le monde... » Éric est hilare. Le lendemain, les deux équipages font table à part. Pas pour se tourner le dos, mais pour mieux préparer le départ prévu vingt-quatre heures plus tard. Une dépression s'est creusée sur l'Angleterre, le vent du sud s'est enfin levé. Il charrie quantité de nuages et de pluie, mais il autorise les deux bateaux à lever le camp. Erwan Quéméré : « Nous sommes partis de bonne heure. Enfin tout est relatif. Il devait être 11 heures. » Une fois de plus, le rituel du chocolat a retardé le départ. Un passage obligé plus méthodique que la cérémonie du thé pratiquée par le plus sourcilleux des prêtres shintoïstes. Un must de la culture tabarlienne. Soit cinq pleines cuillerées de Poulain touillées dans un demi-litre de lait. Le tout porté à ébullition et versé dans un bol lui-même placé au fond d'un seau contenant un peu d'eau de mer. La cuiller en bois remue encore, jusqu'à ce que la mélasse d'abord trop chaude atteigne, grâce à ce bain-marie improvisé, la température idéale ! Le chocolat est bu ? La journée peut commencer.

Elle s'annonce plutôt clémente. Le cap est fixé sur la côte sud de l'Irlande. *Pen Duick* et *Magda* sont convenus de se contacter par VHF toutes les trois heures. Tabarly a l'œil à tout. En moins d'une heure, il commande d'envoyer toute la toile, comme il en a toujours eu l'habitude et les trois focs d'avant pour faire bonne mesure. En début d'après-midi, *Pen Duick* double Land's End à raser les cailloux, à portée de voix du phare de Longship dont tout l'équipage distingue la plate-forme d'hélicoptère qui le chapeaute. C'est Erwan qui barre. *Magda* est toujours à vue, mais nettement plus à l'ouest. Le premier contact VHF fonctionne et Éric semble presque surpris de le constater.

Vers 17 heures, la visibilité est beaucoup moins évidente. La tête de mât de *Magda* a maintenant totalement disparu de l'horizon. Le vent monte. Il lève un sérieux clapot sur l'arrière qui se heurte de manière quasi frontale aux résidus de houle venus du nord. Les mouvements de *Pen Duick* sont chaotiques, désordonnés. Très bas sur l'eau, le voilier centenaire mouille beaucoup. Il faut au minimum rentrer le foc volant. Manœuvre qui impose de jouer les fildeféristes pendant au moins une dizaine de minutes sur le bout dehors, ce nez de bois qui prolonge l'étrave de deux bons mètres. Antoine, façon de parler, avait pris les devants : « Si Éric me demande de faire ça, je me jette directement à l'eau ! » Éric ne commande pas, il exécute lui-même la corvée et rentre le triangle de toile comme un prestidigitateur un foulard dans sa manche.

A 21 heures, Tabarly profite d'un moment de répit pour faire le point. Depuis Land's End, *Pen Duick* a filé 9,1 nœuds de moyenne. Il annonce le chiffre à la cantonade avec un sourire ravi. Dans la foulée, il tente un nouveau contact avec *Magda,* mais n'y parvient pas. A 22 heures, il consent à prendre un ris dans la grand-voile, puis part se coucher en même temps que Jacques qui fait quart avec lui. Le vent, de force 6, est généreux, la mer hachée, le plafond bas. *Pen Duick* roule et tangue à qui mieux mieux. Mais si la situation est inconfortable, elle est loin d'être exceptionnelle. Ce n'est pas la tempête, juste une nuit capricieuse où les grains s'accumulent. Jacques Rebec a d'autant plus de mal à fermer l'œil qu'Antoine donne de la voix avec insistance. Il est à la barre et suggère que ceux qui partagent son quart prennent un deuxième ris. Les bras s'agitent, mais le foc et la trinquette restent à poste.

A 23 h 20, Antoine, toujours aux commandes, réveille pour de bon les deux dormeurs. Les creux atteignent maintenant deux ou trois mètres. *Pen Duick* progresse toujours vent arrière. Il est temps d'affaler la grand-voile et de la remplacer par la voile de cape (plus petite), une opération de routine sur un bateau moderne, un exercice périlleux sur une coque de cet âge, qui plus est dans le noir et par forte houle !

Pen Duick est doté d'un gréement aurique. Sa grand-voile n'est pas triangulaire comme sur la majorité des bateaux, mais trapézoïdale, tendue en haut et en bas par deux vergues distinctes. Une bôme classique de dix mètres dans la partie inférieure et une corne (on dit aussi un pic) de six mètres dans sa partie supérieure. Deux bras articulés sur le mât que l'on imagine aisément sujets à la danse de Saint-Guy dès lors que le bateau ballotte comme il ballottait cette nuit-là en mer d'Irlande. Le temps de s'habiller, Éric est sur le pont vers 23 h 30 laissant à Erwan le soin de prendre la barre. A rebours, le photographe revenu de mille navigations se souvient très distinctement avoir pensé (à voix haute ?) : « Cela ne va pas être simple de faire la manœuvre vent arrière... » et d'avoir ajouté (très distinctement cette fois) à l'intention d'Éric : « Tu veux que je lofe un peu ? », c'est-à-dire : « que je tourne le bateau dans une position plus favorable ».

Compte tenu du poids de la voile, des mètres carrés à brasser le plus rapidement possible, ce type d'opération s'effectue plus volontiers face au vent. Dans cette situation, la bôme et la toile se maintiennent plus facilement dans l'axe du bateau. Par vent arrière, si l'on n'y prend garde, l'ensemble a tendance à s'échapper perpendiculairement à la coque. Un faux mouvement, une seconde d'inattention et la voile peut, en prime, partir « à l'eau » sans crier gare. Plus problématique encore : la fameuse corne qui surmonte le tout, libérée de toute entrave, risque fort d'osciller comme un pendule qu'il convient de calmer d'une main ferme juste au moment où elle est descendue à hauteur d'homme. « Ça va aller, on va essayer comme ça... », insiste Éric, qui a déjà répété la manœuvre des dizaines si ce n'est des centaines de fois. Qui oserait discuter un ordre d'Éric Tabarly ?

Antoine et Jacques se sont installés de chaque côté du mât. Côté bâbord pour Antoine, côté tribord pour Jacques. L'un et l'autre s'apprêtent à relâcher la tension des deux drisses (des deux câbles coulissants) qui commandent la fameuse corne désormais aussi dangereuse qu'une faux brassant l'air au rythme du roulis de plus en plus désordonné. C'est Éric, debout sur le capot conduisant à l'intérieur du voilier, à l'arrière du mât, juste devant le poste de barre, qui doit réceptionner l'engin. La descente est longue à se dessiner. Elle s'éternise pendant plusieurs minutes. Éric s'énerve un peu : « Est-ce que les drisses sont claires ? » (capables de filer sans frein). Elles ne le sont pas. Jacques Rebec : « Franchement, je trouvais le temps long. D'autant plus long que j'imaginais déjà la suite des événements. A peine aurions-nous abattu la grand-voile qu'il faudrait, toujours dans les mêmes conditions, réinstaller la plus petite, la hisser, etc. »

Le processus s'interrompra plus tôt que prévu. Toujours campé sur la descente, les jambes légèrement écartées pour amortir les mouvements intempestifs du fougueux *Pen Duick,* Éric n'a pas le temps de réagir. N'étant plus épaulé par le vent, le voilier accuse un méchant coup de gîte sur tribord. Un mouvement de balancier plus tard, la corne revient comme un boomerang sur le bord opposé. Au passage, elle percute Tabarly en pleine poitrine. La lance d'un chevalier au galop lors d'un tournoi n'aurait pas eu effet plus désastreux : dans l'instant, le skipper est précipité à l'eau sur bâbord. Dans l'instant, Candida proche de la scène a hurlé : « Éric est tombé ! » Dans l'instant encore,

Erwan a distingué un juron ou un cri (ou les deux). Dans l'instant toujours, Jacques a pensé tout haut : « C'est pas vrai ! »

Les minutes qui suivent sont un cauchemar. Pour Éric bien sûr, entravé dans son ciré, lesté de ses bottes, perdu dans le noir infini et une eau quasi polaire. Est-il conscient ? Comprend-il qu'il est perdu ? L'équipage, de son côté, est aux abois. La corne a frappé le capitaine, mais c'est un choc tout aussi violent qui a sonné la conscience des rescapés. Chacun a du mal à retrouver son souffle. Privé d'éclairage, le pont est une absence. Jacques suggère que l'on jette une bouée, mais Erwan a déjà expédié la couronne orange en direction de l'endroit qu'il croit être le plus proche de « l'homme à la mer ». Mécaniquement, Antoine et Jacques arriment le pic, étouffent la trinquette, mais le foc est tombé à l'eau. Le récupérer relève du travail de force. Les deux hommes sont allongés sur le pont et tirent comme des damnés.

Jacques qui, lors de son séjour à Bénodet, a visité *Pen Duick* de fond en comble récupère une mallette de « détresse » d'un autre âge, rangée sous la table à carte : « La vraie était située dans le cockpit, près du "bib" (le canot de sauvetage), mais nous ne le savions pas... » Deux fusées parachutes sont tirées et, bien que marquées « périmé », se révèlent opérantes. Un feu de Bengale est allumé quelques minutes plus tard. A ce moment précis, *Pen Duick* se situe à environ quatre-vingt-dix-huit milles au nord de Land's End et à quarante milles des côtes galloises. Deux heures de route supplémentaires seulement auraient permis au cotre de rejoindre l'apaisant canal Saint-George où les terres d'Irlande et de Grande-Bretagne se regardent presque à se toucher. En attendant, il vogue au plus près de l'enfer. Non que la mer soit devenue folle, mais parce que le moral des uns et des autres a totalement perdu le nord. Et le moteur (un minuscule engin de 18 CV) qui, maintenant, refuse de démarrer !

Pen Duick vire enfin. Il est 0 h 15, 0 h 20 du matin. Éric dérive au fil d'une eau à 11° depuis une bonne demi-heure déjà. A cette température, un homme, même en parfaite condition physique, ne peut survivre que quatre heures. Légèrement plus s'il dispose d'une bouée ou d'un quelconque objet pour se maintenir en surface... Faute de soutien, l'engourdissement gagne et l'hypothermie guette à mesure que l'horloge tourne. Antoine tente une communication en VHF sur le canal 16 vers 0 h 30. Il ignore le « formatage professionnel », mais réitère plusieurs appels au secours. Sans succès. Prenant le relais, Jacques utilise le traditionnel « pan pan » qu'il a appris dans la Marine, le message a plus de chance de toucher au but, mais ce sont les batteries qui, cette fois, cessent d'être efficaces. A plus de soixante-dix kilomètres de la première côte, seul un miraculeux bateau de passage aurait pu enregistrer son « SOS ». Pendant trois bonnes heures, *Pen Duick,* ses passagers anéantis, revient dans son sillage à la vitesse de l'escargot. Entraînées par un minuscule moteur vite essoufflé, les onze tonnes du cotre noir font quasiment du surplace. Le ciré d'Éric n'est doté d'aucune matière réfléchissante, ni de sifflet, ni de fusée de détresse. La recherche à la lueur d'une dérisoire torche électrique est aussi vaine que désespérée. Les compagnons d'Éric l'avouent avec tristesse et humilité : ils ne sont même pas parvenus à retrouver la bouée orange jetée au petit bonheur la chance !

De 4 à 6 heures, le vaisseau en deuil se laisse dériver dans l'autre sens. Candida et Jacques trouvent encore la force de crier, d'appeler. L'aube triste se lève en même temps que la brume. L'équipage se résout à faire cap à l'est. A 7 heures, en allumant une nouvelle fusée de détresse, *Pen Duick* parvient enfin à capter l'attention d'un cargo et de *Longobarda,* beau voilier de course qui croisait par là. Les *coast guards* britanniques sont alertés dans la seconde. Deux hélicoptères de la Royal Air Force, un navire de guerre et un Breguet-Atlantique français sont dépêchés sur zone. Le dimanche 14, deux autres avions français se joignent à l'effectif. Le chasseur de mines *Cassiopée* suit qui immédiatement entame deux jours de patrouille « en lacet, puis en spirale ». Toujours sans succès.

Commandée par Jeremy Rees, une vedette prend en remorque *Pen Duick* jusqu'à Milford Haven, son port d'attache. Les mots de réconfort sont là, mais pas l'espoir. Pour couper court aux polémiques et se garder des journalistes, les équipiers chagrins rendent public un communiqué rédigé quelques heures seulement après leur arrivée au pays de Galles. Il dit les circonstances et sous-entend la peine. Éric a disparu et c'est le monde de la mer dans son ensemble qui essuie une larme.

2

« JE TE RAMÈNE À LA MAISON »

Grisée par les débuts de la Coupe du monde de football — quarante-huit heures plus tôt, à l'occasion de son premier match, l'équipe de Zinedine Zidane a nettement battu l'Afrique du Sud —, la France se réveille le dimanche 14 juin avec une gueule de bois. Les bulletins radio sont formels : il n'y a plus aucun espoir de retrouver Éric Tabarly vivant. La veille au soir, les gardes-côtes de Milford Haven au pays de Galles ont officiellement annoncé la « mort présumée » du skipper de *Pen Duick.* « Tabarly disparu en mer », titre *Le Journal du Dimanche*; « La mer pour toujours », suggère *L'Équipe.* Sur les antennes, à la télévision, la stupeur le dispute à la consternation. Pas lui ! Pas comme ça ! Parce que les médias s'obstinent toujours à comprendre, veulent expliquer coûte que coûte, la quête aux témoignages s'organise. Ex-équipiers, anciens compagnons, amis supposés sont sollicités en boucle. S'ajoutent les compliments qui s'imposent, invariablement empruntés au grand livre des admirations partagées et des légendes perpétuées.

Les éditorialistes ne sont pas en reste. Leurs textes sont lourds de symboles, encombrés de métaphores. Où il est bien sûr question de « l'homme tranquille », du « coureur de vent », du « skipper silencieux » et des mille et un qualificatifs que le monument a suscités malgré lui durant sa vie. Un babil frénétique, un jacassin effréné, comme il sied en pareille circonstance. Les hebdomadaires à grands tirages, photographies fanées des origines à l'appui, quadrichromies des temps de gloire en prime, jouent sur le registre de la nostalgie. Avec emphase, avec cérémonie. Mais aussi, cela mérite d'être noté, avec une louable délicatesse, comme si la façon d'être du disparu, ses réserves et ses réticences s'étaient imposées avant même que la vague de la grandiloquence ne les submerge pour de bon. Que dire, qu'ajouter à l'histoire d'un marin qui se perd ? Tragique dans ses conséquences, sa disparition a ceci de particulier qu'elle fut « naturelle » dans son déroulement, conforme au métier qu'il exerçait et, oserait-on ajouter, aux risques courus. « C'est l'histoire d'un gars qui glisse dans l'escalier qu'il emprunte tous les jours. » Même (surtout ?) Olivier de Kersauson parvient, en ces moments douloureux, à refréner ses outrances langagières et à dire l'essentiel dès le premier micro tendu. A l'image d'Alain Gliksman, ancien adversaire du temps des premières transats, lui aussi habitué à l'emphase, qui parle alors avec tact : « Il est mort "bottes aux pieds", mort des excès qui tout simplement faisaient son quotidien. » Ou de Bertrand Poirot-Delpech, académicien momentanément en rupture de pathos qui suggère la formule peut-être la plus limpide de toutes : « Éric a été jeté à l'eau par son merveilleux gréement (...) comme on peut être mordu par son propre chien. »

Des mots simples, pour une situation qui l'est tout autant. Le périmètre de la maison de Gouesnac'h est délimité par un discret cordon de police. Celle-ci veille : seuls les vrais amis sont autorisés à remonter le chemin de graviers blancs qui mène à la propriété. A Paris, un gros livre de cuir posé sur une table nappée de bleu est installé dans le hall d'entrée du musée de la Marine. Des dédicaces souvent maladroites, mais toujours sincères, s'y accumulent sans discontinuer. A Milford Haven, Jérôme Boyer, le cœur en deuil, le corps fatigué, récupère *Pen Duick* et gagne Fairlie comme on le lui a demandé. L'hommage à William Fife se déroule selon le calendrier prévu [1].

Jacqueline et Marie, la femme et la fille d'Éric, ont jugé important d'honorer les circonstances de leurs présences. Quelques heures à admirer les voiles de jadis et ceux qui les chérissent tant : « ... Tout simplement parce qu'il aurait aimé être là... », explique son épouse. Très sollicité comme il apprécie de l'être, Jean-François Deniau, ancien ministre et marin convaincu, réclame des « funérailles nationales » en l'honneur du marin disparu, mais, là encore, au soulagement de beaucoup, la raison et le raisonnable l'emportent. Une cérémonie a lieu le dimanche 21 juin, certes très suivie, mais retenue comme le principal intéressé aurait aimé qu'elle soit.

Sur le parvis de l'École navale de Lanvéoc-Poulmic, devant le bâtiment *Orion,* où Éric fit ses classes quarante ans plus tôt, les midships ont dressé un autel. Deux affûts de canon, une silhouette de *Pen Duick* découpée dans du tissu à voile, la casquette à cinq galons et le sabre enluminé du capitaine de frégate disparu soulignent d'une touche discrète le solennel de la situation. Ce qui importe ce sont les visages, le recueil-

1. Dans le *Chasse-Marée* n° 119 d'octobre 1998, William Collier propose un compte rendu de cette fête un peu triste.

lement, les compagnons de route, ce petit vent frais qui remonte de l'extrémité de la presqu'île de Crozon et *La Complainte de Jean Quemeneur* que Mgr Dubost, évêque aux armées, a préféré faire jouer par la musique des équipages de la flotte plutôt que de se perdre dans une homélie ostentatoire à laquelle « il » aurait, de toute évidence, ni adhéré ni souscrit.

Même son de cloche, deux kilomètres plus loin, en rade de Brest. Cinq coups de canon seulement pour accueillir — selon le rite de la Royale — Jacques Chirac à bord de la frégate *De Grasse,* au lieu des vingt et un auxquels tous les présidents de la République ont droit dès qu'ils prennent position sur un navire de guerre. La simplicité toujours. A l'image de cette couronne de fleurs rouges qui s'éloigne sur une mer de plomb, poussée vers l'est par la marée montante. Il y a là, serrés coque contre coque, *L'Étoile* et *La Belle Poule,* bateaux-écoles fréquentés par Éric au temps de Navale ; la *Cancalaise* ; la vedette de la Société nationale des sauvetages en mer immatriculée à l'Aber Wrac'h ; le *Notre-Dame-de-Rumengol* ; *Tuiga* et cent autres bateaux anonymes et silencieux. Il y a là aussi *Pen Duick II* et *Pen Duick VI,* les équipiers dévoués et un cortège de marins attristés : Philippe Poupon, Jean-Louis Étienne, Jean-Yves Terlain, Daniel Gilles, Bernard Rubinstein, Mickaël Le Berre, Titouan Lamazou, Olivier Petit, Alain Thébault, Marc Pajot, Florence Arthaud, Loïck Peyron, Jean Maurel, Hervé Laurent, Victor Tonnerre, Yves Parlier, Jacques Arestan, Yannick Trancart. Une authentique famille venue se serrer les coudes.

On le sait, lors de son accident, Éric Tabarly n'était rattaché à aucune ligne de vie, ni doté du moindre harnais. Les équipements de sécurité de son *Pen Duick* étaient loin de satisfaire aux normes en vigueur. Sa radio était précaire et la puissance de son moteur insuffisante. Les a-t-on entendus ces phrases et ces étonnements ! Dès le jour de sa disparition, plus encore dans les semaines qui suivirent. Parfois avancés comme on émet un regret, souvent assenés comme la preuve irréfutable d'une légèreté coupable. Le modèle a-t-il failli ? contrarié la logique ? trop tiré sur la corde de sa chance ? surestimé ses capacités ? A maintes reprises, le marin revenu de tout avait pris les devants. En 1972, sur l'antenne de France Inter, face à Jacques Chancel, par exemple :

« On pense à la mort ? ose le "radioscopiste".

— Non, je ne crois pas

— ...

— De toute façon, on est rarement dans des situations bien critiques, c'est pas des trucs très dangereux ! »

Au-delà de l'objectivité des faits — les incontestables risques que courent les coureurs du large — prime donc un état d'esprit. Revendiqué, au-delà de l'imaginable, par le plus célèbre d'entre eux. « Une main pour le bateau, une main pour l'homme » : Tabarly appréciait ce savant partage « sur » le fil du rasoir et les responsabilités que sa fréquentation suppose. Il le répétait souvent et le servait dès qu'on le questionnait à propos de ses hypothétiques angoisses. Une manière de marquer ses priorités et de signifier ses préoccupations. En équilibre instable sur les éléments, mais conscient d'avoir lui-même choisi cette position et d'en tirer, qui plus est, avantage et plaisir, Éric a toujours assumé ses choix sans qu'il soit nécessaire d'en rajouter ou de se justifier.

En 1973, la disparition de Dominique Guillet — un

garçon d'Angers qu'il connaissait bien — lors de la deuxième étape de la Whitbread, tour du monde en équipage nouvellement créé, ne lui avait inspiré qu'un bref et brutal commentaire : « Un homme qui tombe à l'eau n'a pas sa place à bord du bateau... » Faute d'explications supplémentaires — pourquoi argumenter un truisme ? — la repartie couperet, à l'époque, ne fit pas l'unanimité. Aux yeux de beaucoup, les circonstances auraient peut-être mérité davantage de tact. Sauf que Jean-Yves Terlain, pour ne prendre que son exemple, collectionneur de fortunes de mer s'il en est, pense exactement l'inverse : « C'est vrai qu'Éric n'est jamais revenu sur cette déclaration. Sans ironie et par-delà sa mort, je trouve que c'est pourtant l'une des plus belles qu'il a jamais prononcée. Celle qui touche à la vérité, à l'essence même de notre passion. Pourquoi navigue-t-on ? Pourquoi court-on des risques ? Où se situe l'intérêt ? La satisfaction ? Il y a du proverbe chinois, du haïku japonais, de la philosophie hindoue dans cette sentence. Où il est peut-être question de destin, mais où il est surtout question de devoir... Contrairement à la première impression qu'en ont gardée la plupart de ceux qui l'ont enregistrée, cette phrase est vraiment lourde de sens, grave et fondamentale à la fois... » Si forte que son auteur a suspendu son existence flottante à sa signification induite et, plus encore, aux funestes conclusions qu'elle promet. Sans que cela lui coûte, ni le gêne. Sans calcul, ni état d'âme.

Plutôt que de mésestimer les dangers, Éric Tabarly les a, au contraire, si naturellement intégrés à sa démarche que jamais ils ne sont parvenus à handicaper, ne serait-ce qu'un peu, ses projets ou ses envies. Si, l'âge venant, le marin d'airain s'est gardé de multiplier les exercices d'équilibriste trop osés — sur les multicoques océaniques en particulier —, il s'est toujours, précédemment, évertué à oublier la menace que toute navigation fait obligatoirement peser sur ceux qui s'y adonnent. Jusqu'à se sentir en parfaite harmonie avec les éléments, jusqu'à être libre d'oublier même qu'ils peuvent être contrariants. Jacqueline confirme : « C'est vrai qu'il ne connaissait pas la peur, mais c'est surtout son expérience qui l'autorisait à être serein à ce point. Toujours il était “déjà passé par là”... Aucune situation ne semblait pouvoir le prendre en défaut... »

Des saintes frayeurs, Éric Tabarly en a goûté beaucoup. Un paquet de mer qui manque de le faire passer par-dessus bord ; un changement de voile qui se transforme en exercice de trapèze au-dessus du vide ; une ferrure qui lâche et qui invite un tangon à jouer les sabres d'abordage : comme tant d'autres, il a concédé à la chance plus d'un tribut d'importance. Mais pourquoi s'en émouvoir ? Et encore plus s'en plaindre ? Pourquoi, au contraire, ne pas s'en accommoder ? Avec ironie le cas échéant : « Que je sache, le port du harnais sur un bateau est facultatif [1]... », ou avec juste ce qu'il faut de philosophie : « Je ne veux pas que l'on vienne me chercher un jour dans un canot pneumatique. Mon (idée) est qu'un bateau de courses océaniques doit être capable d'affronter les pires conditions. Et je n'ai pas l'intention de modifier ma règle de conduite. Je veux du solide, toujours du solide [2] ! »

Justement. *Pen Duick,* s'interrogent les empêcheurs de naviguer en rond, était-il vraiment à la hauteur du périple envisagé ? Ses capacités nautiques étaient-elles suffisantes pour affronter, sur ce parcours, d'éventuels

1. *L'Équipe,* 17 juin 1976.
2. *L'Équipe Magazine,* 7 mars 1986.

ennuis ? Raymond Labbé, son deuxième père, celui qui, à Saint-Malo, a mené et organisé sa restauration définitive, en doute : « Il faut avouer que c'était un bateau un peu limite. Parfait pour la navigation côtière, mais un peu risqué pour une traversée de ce type. C'est un voilier très bas sur l'eau, qui “mouille” beaucoup. Son gréement n'est pas simple et tout se fait à la main. Il faut beaucoup d'énergie et des bras en quantité suffisante pour le manœuvrer. Mais, bon, Éric a toujours su ce qu'il faisait... »

Erwan Quéméré qui, avec une grande force d'âme, a trouvé, dans les mois qui suivirent l'accident, l'énergie et le courage pour en affronter le souvenir, utilise des mots équivalents : « On ne met pas en garde Éric Tabarly et lui-même a toujours parfaitement su analyser et apprécier une situation. C'est vrai qu'il n'aimait pas s'éloigner d'une ligne directe, réduire une voilure plus tôt que nécessaire, même en croisière, même en convoyage. Mais c'est sa formation de coureur qui voulait ça. Et, qu'on le veuille ou non, cette expertise était aussi sa meilleure garantie, sa plus sûre protection. »

Il est un autre argument qui s'ajouta à la singularité de *Pen Duick* et qui fit « débat » : la précarité du matériel de secours embarqué à son bord. A une époque où certains marins perdus au plus loin de l'océan Indien (Isabelle Autissier, Tony Bullimore, Thierry Dubois, Raphaël Dinelli et tant d'autres) doivent la vie à des gilets adaptés, des balises agréées, des signaux efficaces, la disparition d'Éric Tabarly, à quelques dizaines de kilomètres de côtes autrement plus fréquentées, apparaît, en effet, anachronique et déplacée. Surtout si l'on se remémore cet autre exemple enregistré, un an plus tôt, lors de la fameuse Whitbread : un matelot perdu dans le sillage de *Kvaerner Innovation,* en pleine nuit et par mauvais temps, sans ligne de vie d'aucune sorte, mais repêché en l'espace de sept minutes seulement grâce à la lampe flash fixée à sa combinaison !

Difficile de savoir qui, du progrès ou de la fatalité, Tabarly respectait le plus. A un équipier de *La Poste* qui lui demandait un matin pourquoi il ne consultait jamais le radar du bord ni ne s'inquiétait de l'avancée d'éventuels icebergs, le mandarin résigné n'avait proposé qu'une seule explication : « Pour ce que cela sert... » Cette sagesse minimaliste, Éric ne l'a pas découverte sur le tard, il y a, au contraire, toujours souscrit. La voix chargée d'émotion, tout juste un an après la disparition de son grand frère, Annick Vieillard-Baron le confirme sans hésiter : « Déjà du temps de l'Aéronavale, lorsque Éric évoquait un possible accident, il disait tout simplement : “Le tout, c'est de ne pas se louper”... Il me l'a dit, il me l'a répété : le handicap et la maladie lui faisaient peur... »

Et le déclin physique — sa seule croix et son unique pénitence — tout autant. Ni les exercices de godille multipliés sur l'Odet (à contre-courant cela va de soi !), ni les courses de doris additionnées du côté de Chausey (dans des eaux tumultueuses bien sûr !) ne suffiront à garantir l'invulnérabilité de son corps d'athlète. A soixante-sept ans, le costaud coulé dans la fonte d'une hygiène de vie irréprochable constate qu'il n'est plus aussi vert que sa parfaite silhouette le laisse supposer. Il n'en parle pas, se crispe dès que l'on aborde le sujet, refuse même d'admettre ses indéniables faiblesses. Il n'empêche. Les exemples se multiplient qui, chaque jour un peu plus, ajoutent à l'évidence. Daniel Poisson, ancien équipier reconverti dans la banque qui, de temps à autre, partageait ses vacances avec son ancien « patron » : « C'était au cours de l'hiver, huit mois avant l'accident. Nous étions partis un petit groupe faire une balade en peau de phoque dans la vallée de l'Ubaye, au-dessus de Barcelonnette. Candida Costa était du nombre, mais, lui et moi, fermions la marche le plus souvent. Je l'ai d'abord vu se casser la figure sur une plaque d'herbe qu'il n'avait pas vue. Il s'est éraflé le nez, mais n'a rien dit. Il continuait à piocher dans la neige, à avancer en force. En fin de randonnée nous nous sommes assis tous les deux sur une grosse pierre, tout près du hameau. Il n'en pouvait plus. Il voulait souffler. Pendant une demi-heure, nous avons bu quelques gorgées d'eau, sans échanger un traître mot. Un sandwich a suivi, puis une bière. Toujours en silence. Il ne voulait pas rentrer tout de suite et proposa de visiter le hameau. Il admirait les cadrans solaires et des dictons gravés au-dessus du linteau des portes en même temps qu'il reprenait ses esprits. Et, à un moment donné, presque par surprise, il s'est tourné vers moi et m'a lâché : "Je peux te le dire : tu sais, aujourd'hui, j'en ai vraiment bavé !" »

Tabarly qui se plaint. L'événement est trop rare pour être passé sous silence. Celui qui a multiplié les exploits et les efforts au-delà du possible a toujours navigué sans souffrir, ou tout au moins sans jamais donner l'impression de devoir s'y résoudre. Existe-t-il une photo de lui, rictus contracté, mâchoires serrées, yeux hallucinés ? Existe-t-il même un cliché où, à l'inverse, on le surprendrait indolent et décontracté ? Tabarly était une statue. Toujours la même : imperturbable, inusable, inébranlable. Ou supposée tel. Car même victorieux de tous les adversaires et toutes les contrariétés, Éric, pas plus qu'un autre, ne pouvait rien, évidemment, face aux assauts du temps...

Toutes ces interrogations, tous ces bémols, tous ces conditionnels, tous ces petits tas de secrets si difficilement admis, Yannick Le Maguer ne les entend pas. Réfugié dans sa bulle, dans son grenier encombré, installé au-dessus de son garage par-delà les coteaux qui dominent Concarneau, il n'a pas le cœur à argumenter, à expliquer, à prendre parti. Il préfère se souvenir et partager. Autour de lui, il a entassé tout ce qui le rapproche de la mer. Des voiles, des albums de photos, quelques trophées. Mais aussi tout ce qui l'a toujours lié à Éric, depuis ce jour de 1963 où ils se sont croisés pour la première fois au chantier Costantini de La Trinité. Des lettres, des dédicaces, la barre originale de *Pen Duick III* et tous les contrats des autres *Pen Duick* que son métier d'assureur lui a logiquement commandé de signer au fil des années.

Le petit courtier, employé à l'origine par la si bien nommée société *La Mer,* s'est émancipé depuis. Mais même s'il dirige désormais une entreprise prospère et gère des centaines d'engagements, il n'a pas abandonné ses goûts initiaux pour autant. Yannick Le Maguer aime les repas partagés, les chansons à boire, les navigations concertées, les vacances entre amis. Il aime aussi les coïncidences, les signes et les hasards qui, de son point de vue, ne sont jamais fortuits. Il le fait remarquer d'entrée : son grand-père et son beau-père sont morts en mer. Son père, Jean, patron pêcheur reconverti dans la marine marchande, est décédé aux Açores en 1951, suite à une fracture mal soignée à bord du liberty-ship *Pont-l'Évêque.* C'est avec Éric qu'il a retrouvé sa tombe, à Horta en 1993, alors que plusieurs amis tentaient de la localiser depuis des années déjà. Cette découverte a donné son nom de baptême à son bateau, le *Jean de Horta,* beau monocoque de 14 mètres armé 1re catégorie, et naissance à une course, *la Route des Hortensias,* qui, tous les deux ans, invite une poignée d'amateurs à gagner les Açores depuis la rivière d'Etel où est installé le berceau de sa famille. On ne s'en étonne qu'à moitié : Éric Tabarly s'était, bien sûr, imposé de faire le pèlerinage à la barre de *Pen Duick,* non sans un certain culot eu égard à la distance à parcourir...

Si le voyage vers l'Écosse s'était déroulé comme envisagé, les deux amis se seraient retrouvés en Irlande dans les premiers jours de juillet. Passé les commémorations et les funérailles de son ami, Yannick décide de conserver le cap. Nicolas, Hervé, Gaby, Frédéric, ses équipiers, ne le contredisent pas. Et puisque leur capitaine apprécie les clins d'œil du destin, pourquoi ne pas profiter de l'occasion pour aller jeter en prime un bouquet d'hortensias sur l'ultime position connue du disparu ? Plus beau qu'une sonnerie aux morts ou qu'une minute de silence : un vrai salut de marin.

La veille de son départ, Yannick Le Maguer participe à un débat enregistré par France 3 dans le cadre du Salon du livre de Concarneau. Un hommage au marin disparu bien sûr. L'animateur : « J'ai appris que vous vous apprêtez à partir sur la dernière position connue d'Éric Tabarly. Qu'allez-vous faire exactement ? » Perdu dans ses pensées, Le Maguer entend « Qu'allez-vous lui dire ? » Et répond, au risque de déstabiliser l'assistance : « ... Je te ramène à la maison ! »

L'escale à Newlyn s'impose. Sans le savoir, le *Jean de Horta* prend la même place que *Pen Duick* quelques semaines plus tôt. L'équipage se dégourdit les jambes dans les rues et les environs comme s'est promené celui qui l'a précédé. A Penzance, là où Éric s'était acharné à trouver son câble galvanisé, Yannick est informé qu'un bateau de pêche français, l'*An-Yvidig,* spécialisé dans la langouste et immatriculé à Loctudy, a récupéré le corps d'Éric Tabarly dans ses filets. Un autre coup de téléphone suit, de Jacqueline, qui commande à l'assureur d'aller lui-même, et lui seul, reconnaître le corps...

Le bouquet d'hortensias largué à la mer — « la nuit, sans visibilité, par 8 nœuds au portant, le temps que *Pen Duick* a rencontré un mois plus tôt » —, l'équipage du *Jean de Horta* rallie Dunmore East, où les autorités françaises ont commandé à l'*An-Yvidig* d'accoster. La petite communauté irlandaise est en émoi. Joe Murphy, une vieille connaissance qui fréquente tous les pêcheurs environnants, et son cousin Maurice, médecin légiste, font le lien avec les visiteurs attristés. Pour la forme, en signe d'hommage aussi, Yannick Le Maguer est invité à reconnaître le corps de son ami à l'hôpital de Waterford où il a été transféré. Le vieux copain identifie d'emblée le ciré jaune, les bottes bleues, le pantalon de coton rouge, le pull marine portant l'inscription « Éric Tabarly ». « Il avait la tête un peu relevée, il me regardait, il me disait "T'as vu dans quel état je suis..." Et je lui ai répondu : "T'inquiète pas, je te ramène..." » Le médecin réclame quelques indices supplémentaires. Yannick parle d'une opération au genou gauche et d'une cicatrice. Le légiste constate et conclut la séance : l'autorisation d'incinération est immédiatement accordée.

Patrick, le frère d'Éric, a rejoint Dublin. C'est là qu'est organisée une petite cérémonie d'adieu à l'instigation de l'ambassade de France. Le 25 juillet, le *Jean de Horta* et l'urne contenant les cendres d'Éric Tabarly sont de retour en Bretagne. « Nous avons passé le chenal du Four vers 2 heures du matin, puis nous avons fait un détour par les îles Glénan où *Pen Duick* aimait tant naviguer. Au final nous sommes rentrés à la voile jusqu'au port. Avec Éric à bord c'est le moins que l'on pouvait faire... »

3

TÊTE DE PIOCHE

Éric Tabarly est né au bord de la mer par hasard. Au début de l'été 1931, Yvonne, sa mère, a vingt-cinq ans. Mariée depuis quatorze mois, elle est fatiguée et désireuse d'achever sa grossesse à Nantes. Ou plus exactement dans la périphérie sud du grand port atlantique, où ses parents, les Pogam, possèdent une belle propriété. L'heureux événement passé — le 21 juillet, à 10 heures —, elle ne s'attarde guère et réintègre ses foyers, toujours sur la Loire, mais à deux cent cinquante kilomètres à l'intérieur des terres, dans la tranquille ville de Blois. C'est là — périodes de vacances non comprises — que son fils aîné grandit. Là, que la nature vibrionnante de Guy, son mari, s'assagit.

La maison familiale, 21, rue Albert Ier de Monaco (un marin, un vrai, auteur d'une remarquable série de voyages arctiques !), est de belles proportions, surmontée d'un pignon, prolongée par un jardin et soulignée de carreaux de faïence représentant de jolis bouquets de tournesols. Elle profite surtout — du moins à l'époque — d'une vue imprenable sur le fleuve et la campagne environnante. Au bout de la rue, en direction de la gare, juste à proximité de la voie ferrée, la demeure du grand-père paternel en impose encore davantage. Le

Cavalier est une véritable propriété de maître avec ce qu'il faut de toits enchevêtrés, de fers forgés et de fenêtres en cascade. Lorsque Éric y jouait, une grande serre abritait des plantes exotiques. En été, c'est là que la famille prenait le thé.

Maurice, le fameux grand-père — Mamic, comme on le surnomme depuis toujours —, est un haut et fort personnage d'humeur revêche. Il dispose d'une confortable fortune acquise dans le textile dont il était l'un des principaux négociants de l'Ouest tout entier. Une affaire de famille qu'il a héritée de son propre père, ex-veilleur de nuit dans une filature de Poitiers, autodidacte proclamé qui ajouta à son bagage incontestable le décisif avantage d'avoir marié la fille de son bien-aimé patron. Depuis Angers, où il s'installe, l'aïeul courageux prospère jusqu'à dépasser son beau-père [1].

De toute évidence, Mamic est moins courageux et plus prodigue que ce parfait exemple. Plutôt du genre à flamber, à paraître, « à jouer au ball-trap dans ses assiettes en porcelaine », selon les témoignages confirmés par plusieurs lointains parents. A défaut de continuer fidèlement les efforts de son père, il fait comme si, soigne ses apparences, ses amitiés, ses cols amidonnés et ses cravates rehaussées d'une épingle elle-même ornée d'une perle impressionnante. Naturellement dilettante, il feint de paraître discipliné et exigeant. Aux siens, il tente vaille que vaille d'inculquer des valeurs fondamentales que la guerre, l'évolution des marchés et les héritages en partage achèvent de malmener au fil du temps.

1. La très lointaine famille d'Éric Tabarly est sans doute originaire d'Angleterre avant qu'elle n'émigre en Aquitaine au XVIe siècle. Dans le Quercy, il existe non loin de Caylus un hameau du nom de Tabarly. *Tabarly,* Flammarion, 2000.

Régulièrement, le clan se retrouve à Candé-sur-Beuvron, toujours sur la Loire, mais à une vingtaine de kilomètres en aval, à la Gendrenière, autre domaine familial — son corps principal, ses dépendances et ses hectares en rapport. Pas l'endroit idéal pour tremper un tempérament et/ou muscler une volonté. Dans ce paradis supplémentaire, les enfants, Éric y compris, batifolent dans la plus totale des insouciances. Sans se préoccuper ni du temps qui passe, ni de l'avenir qui s'annonce, ni surtout des menaces qui pèsent sur les avantages dont ils disposent. Deux générations plus tard, les rigueurs économiques redistribueront abruptement les cartes : le bâtiment principal sera cédé à une secte ou son équivalent, laissant à Christiane et Dominique, enfants de Mamic, frère et sœur de Guy, la seule jouissance des deux petites fermes qui en dépendent.

D'Éric Tabarly nous gardons le souvenir d'un marin parcimonieux et chiche, aux poches plates et au portefeuille hypothétique, se contentant, toujours, du strict minimum. Alors que ses proches et plus encore ses lointains parents furent abondamment pourvus. L'indifférence que le saltimbanque à venir revendiquera vis-à-vis de l'argent, la modestie affichée de ses besoins et de ses envies ne peuvent donc être attribuées à la naturelle prolongation d'un état de « manque », mais bien plutôt aux réminiscences d'une « abondance » qui ne l'a jamais incité ni à calculer ni à prévoir. Certes, passé le fameux Mamic, et surtout passé le second conflit mondial, le capital des Tabarly ne cessera de fondre. Mais, né en 1931, Éric a eu maintes fois l'occasion de goûter et d'apprécier les avantages « d'avant ».

A Préfailles, à une poignée de kilomètres de Pornic, au creux de la baie de Bourgneuf, où les Tabarly possèdent, là encore, du bien. « Le quart de la commune », exagèrent les souvenirs des plus admiratifs, au moins deux maisons corrige la mémoire des plus raisonnables. Et d'abord la villa Caprice où Yvonne, Guy et leurs deux aînés — Éric et Annick, arrivée au monde quatorze mois plus tard — passent toutes leurs vacances sans exception et où les deux plus jeunes — Armelle et Patrick — naîtront, en pleine guerre, une dizaine d'années plus tard.

Située sur la rue principale, entre la villa Ramuncho et la villa Saint-Pierre, la délicieuse maisonnette de brique rouge est distante de la mer de deux cents mètres tout au plus. Son portail ouvragé, sa porte-fenêtre et son chapeau pointu la font ressembler à une maison de poupée dont elle a gardé le charme et la fragilité. A deux pas, la villa Bonne Source, retraite grand-paternelle de la rue Bonne-Fontaine, est plus conséquente et plus champêtre. Elle dispose d'un potager généreux et d'un verger immense. Le quartier est habité par d'importantes familles nantaises ou parisiennes, protestantes pour la plupart. Le bâtonnier de Paris, Me Charpentier, est installé à proximité, comme les Debré dont la progéniture (Jean-Louis, fils de Michel, en particulier) a plus d'une fois partagé les jeux des aînés Tabarly. La chronique locale insiste : c'est la propre mère du ministre du général de Gaulle, affectueusement appelée tante Ninette, qui a donné à Éric ses premières leçons de natation...

Aujourd'hui, la petite station baigne dans une ambiance surannée : un air de vacances familiales, où il est surtout question de châteaux de sable, de jeux de boules et de crêpes arrosées de chocolat, pas très éloigné des habitudes de l'époque. Certes les rallyes-papers et les parties de volley sur la place de l'église étaient plus prisés que les balades à bicyclette sur la petite route côtière, mais les activités en mer — ramassage de coquillages, pêche à la traîne et régates de dériveurs — étaient en tous points semblables à celles qui ont cours de nos jours.

Guy, le père d'Éric, est l'une des figures de la station. Trapu, solide, dégarni, les oreilles légèrement décollées — on le surnomma assez vite Babar —, il apprécie cette retraite estivale plus que tout au monde. La mer, la ligne d'horizon, les voyages au long cours chatouillent ses curiosités depuis toujours. Guy est un tempérament, un casse-cou par certains côtés, cavalier émérite, amateur de grosses motos qui, au gré d'une cabriole supplémentaire sur un anneau de vitesse, finit par passer vingt et un jours dans le coma ! Un esprit baladeur aussi qui séjourna une année entière en Angleterre dans le but de perfectionner la langue et une autre en Tunisie où il rêva, un temps, d'installer une ferme modèle. Après bien des hésitations, il dirigera encore une concession automobile à l'enseigne de la General Motors à Quimper avant de racheter les cartes et permis de son père et de devenir, comme lui, représentant en textile.

Cette charge, les déplacements incessants à travers toute la région ouest qu'elle lui impose, ne lui font pas oublier l'essentiel : la villa de Préfailles et plus encore *Annie,* petit cotre de 9 mètres qu'il acquiert alors qu'Éric est tout juste âgé de six ans. Lorsqu'il prend la barre de son « yacht » — comment appeler autrement une unité qui, à l'époque, existe à moins de cent exemplaires, en France ? —, Guy exhibe un pantalon blanc impeccable et une non moins appropriée casquette de capitaine. « Je crois, sans en être certaine, que mon père n'appréciait guère son travail, insiste Armelle, sa cadette. C'était purement alimentaire. Ses centres d'intérêt étaient ailleurs... » Au volant de belles américaines ou à la barre de *Pen Duick,* voilier plus prestigieux encore, acheté en 1938, un été avant que n'éclate la guerre.

Malgré les menaces que font peser le conflit, les privations, le rutabaga et les pains de maïs multipliés plus que de raison, Éric se satisfait de la situation. Mieux, il y gagne une bonne partie de ses goûts et de ses aspirations. Le village est certes sous contrôle, deux chambres de la villa Caprice sont réquisitionnées, mais qu'importe ! Annick, sa sœur, devenue son inséparable : « Du jour au lendemain, nous disposions d'un nouveau terrain de jeu, peuplé de secrets et d'interdits. Les Allemands avaient percé toutes les clôtures pour faciliter la circulation. Nous passions d'une maison à l'autre, sans nous inquiéter le moins du monde des risques et des dangers. »

Mobilisé, Guy ne sert que quelques mois en Lorraine dans une unité de transport, avant d'entamer un « repli en diagonale » dans le Quercy. Rendu à la vie civile, il retrouve assez vite Préfailles, mais refuse de rentrer dans le rang. Sa femme et ses enfants ne comprennent pas toujours les voyages éclairs qu'il multiplie, ni les réunions auxquelles il assiste. La Gestapo est plus perspicace qui convoque l'intrigant et lui reproche son séjour en Angleterre avant guerre.

Le contexte excite Éric, nourrit ses appétences, fouette ses curiosités. Il collectionne plus de furoncles et d'engelures que de caresses et de friandises, mais la précarité du confort et l'incertitude du temps ne sont pas pour lui déplaire. Faute d'électricité, son père a branché une éolienne sur la dynamo de la voiture. Pour pallier le manque d'allumettes, il distribue de la braise à ses voisins à l'intérieur de pots de fleurs que l'on s'échange en catimini. Ce sont les plus gros arbres de la propriété du grand-père qui fournissent la famille en bois de chauffage. Son fils construit de toutes pièces un radeau — doté d'une grand-voile houari, d'un foc et de deux dérives latérales, s'empresse-t-il de préciser dans ses *Mémoires* — et pousse ses aventures, par-delà la Roche Percée et la plage des Châtelets, jusqu'à la pointe Saint-Gildas, où la Marine française a abandonné un important dépôt de matériel : des ceinturons et des cartouchières qui font sa joie et celle de ses équipages.

Éric a douze ans. « Malgré les nouvelles règles : interdiction de naviguer, sauf pour les pêcheurs professionnels, étroitement surveillés par l'aviation allemande et les flottilles des gardes-côtes, je rêvais de combats navals, je voulais jouer à la guerre. Nous récupérions des flotteurs de dragueurs de mines qui servaient à supporter les câbles et les appareils de dragage et qui se perdaient souvent, à la suite d'explosions ou de ruptures de filins (...). Nous naviguions au bord de la plage et pêchions le congre [1]. » Incidemment, le capitaine en herbe parle de devenir « amiral » et entraîne dans ses explorations ses copains Olivier et Émile, ou le fils de M. Trosler, le patron de l'hôtel du Chêne vert.

Il manque aussi de se noyer et est récupéré *in extremis* par un canot. Il est heureux. Seule ombre au tableau : l'obligation d'assister à quelques cours afin d'éviter d'accumuler trop de retard sur le plan scolaire. Au sein de la cellule familiale, il est beaucoup question

1. *Mes bateaux et moi,* Éditions du Pacifique et Librairie Hachette, 1976.

d'ordre, de discipline, de devoir. Il convient de tenir son rang, de respecter la règle, d'observer les traditions. L'école, même improvisée, est une fin en soi et tout autant la messe dominicale. C'est sous les ordres d'un chapelain, l'abbé Morland, en compagnie de la fille du dentiste et de trois jeunes hommes destinés à la prêtrise, qu'Éric tente vaille que vaille de faire ses humanités.

L'exercice intellectuel est doublé d'une épreuve physique : Tharon, où sont prodiguées les supposées indispensables leçons, est situé à 14 kilomètres de Préfailles. Sur son tandem, Éric emmène Annick et le moins que l'on puisse dire est que les deux membres du couple, au propre comme au figuré, pédalent rarement de conserve. Éric s'acharne sur la machine et peine à l'école, alors que sa sœur s'abandonne à bicyclette et se distingue en classe. La guerre s'éternisant, les bombardements menaçant plus que jamais Nantes et Saint-Nazaire, ces raids champêtres et les contraintes qui les accompagnent se répétèrent trois années durant. Annick : « Même si Éric a toujours dit le contraire, nous avons beaucoup appris durant cette période. C'est évident que son plaisir se situait ailleurs, mais le chapelain était un homme très érudit, très pédagogue et beaucoup de choses sont restées. Éric pensait surtout à s'amuser. Il était d'un naturel frondeur. Il poussait toujours plus loin la surenchère. »

Trop sans doute. Guy et surtout Yvonne n'apprécient qu'à demi ses blagues et ses foucades. Les réprimandes pleuvent et les « allers et retours » se multiplient. Les satisfecit et les récompenses sont, au contraire, beaucoup plus rares. A l'image de cette fête de Pâques restée dans toutes les mémoires. Sur la table basse, chaque enfant trouve un paquet étiqueté avec soin : « Pour Annick », « Pour Armelle »... « Pour Éric ». L'aîné est aux anges ! Il défait son emballage avec fièvre et émerveillement, et découvre... un martinet ! Ou quand l'humour appelle l'absolution...

Les « séjours » d'Éric dans la cave de la maison de Blois ne sont pas une légende, pas plus que leur répétition. La confiscation du maillot de bain, la privation de sorties, la chaîne qui relie le pied de l'indocile à son bureau afin de l'inciter à poursuivre un devoir ne changent rien. Et encore moins la fugue de quatre jours et ses conséquences plus douloureuses encore qui viennent couronner une situation conflictuelle avérée... Guy et Yvonne adorent leur aîné, mais Dieu qu'il est pénible et inconséquent, incapable de sacrifier ne serait-ce qu'un peu d'effort à ses études...

Le collège Saint-Charles de Saint-Brieuc, réputé pour la rigueur de son enseignement et de son encadrement, est un point de chute tout trouvé. En septembre 1945, Éric — « cousin d'André Philippe, recommandé par M. Morand (le fameux chapelain) » signale le registre de l'école — fait sa rentrée en traînant les pieds en troisième latin-grec. Les trois années qui suivent sont sans aucun doute parmi les plus pénibles et tristes que le futur marin eut à souffrir. Le tableau d'honneur de l'institution que fréquentera quelques années plus tard le spationaute Jean-Loup Chrétien ne lui accorde qu'un accessoire prix « d'inscription » en classe de seconde et la chronique de l'Amicale des anciens cette remarque, oh combien significative : « Lorsqu'il n'est pas collé, Éric passe ses vacances à Blois. Puis, à dix-huit ans, il rentre enfin chez lui pour redoubler sa première [1]. »

1. Lettre de Jean Cléorc'h, secrétaire de l'Amicale des anciens de Saint-Charles, à l'auteur, 11 avril 2000.

Patrick, son frère : « Il ne faut pas oublier que nous sommes juste après guerre. La discipline était alors très stricte dans ce genre d'établissements, les conditions de confort et la nourriture souvent médiocres. Quand Éric parlait de Saint-Charles, c'était toujours les dents et les poings serrés. Le retour du dimanche soir, lorsqu'il revenait à la maison, lui pesait vraiment. Je lui suis reconnaissant et redevable de mille choses, mais, entre autres, de m'avoir évité pareil régime. Vraiment, il a tout fait pour que, dix ans après lui, je ne me retrouve pas moi-même dans ce pensionnat. »

A Blois, rue Franciade, au collège Notre-Dame-des-Aydes, les résultats d'Éric sont à peine meilleurs. Les punitions ne sont pas rares et les confrontations quotidiennes avec sa mère au sujet d'un devoir à rendre ou d'une leçon à apprendre souvent animées. Au terme d'une année peuplée de semonces supplémentaires, le récalcitrant obtient un inespéré premier bac. Ses deux sœurs insistent : sans la présence d'un texte traitant de la mer, signé José Maria de Heredia, il n'est pas certain que leur frère eût passé l'obstacle...

Les centres d'intérêt d'Éric sont ailleurs. Du côté de Préfailles bien sûr, des bateaux et des navigations, cela va de soi. Dans les années d'après-guerre, l'âge et l'expérience aidant, ses sorties gagnent en consistance. Réarmé à grand-peine, *Pen Duick* fait, l'espace d'un été, le bonheur de toute la famille, même si certaines excursions ne sont pas une sinécure. Annick : « Je me souviens d'une sacrée tempête, en août 1948. Nous avions quitté Belle-Ile pour La Trinité, papa, Éric, un commandant de la marine marchande et moi. Éric voulait absolument mettre la voile de flèche. Un grain est arrivé, terrible. Le canot en remorque s'est détaché, il y avait des creux de quatre mètres. On a ramené le foc et pris un ris dans la trinquette. Nous nous cramponnions et sommes arrivés à fond de train à La Trinité. C'était la pagaille. Éric avait la gaffe en main, l'ancre ne crochait pas et les parcs à huîtres devenaient de plus en plus menaçants. Mais, des quatre, je dois le dire, Éric était, de loin, le plus calme et le plus serein. »

Il y a *Pen Duick,* mais il y a aussi *Jill,* propriété de Marcel Oller son parrain. Un amoureux des belles coques lui aussi qui n'entretenait aucun lien de parenté avec les Tabarly mais une amitié indéfectible pour Guy, son compagnon de régate privilégié. Propriétaire d'une importante imprimerie à Nantes (les cartes postales et les calendriers Oller), le marin à la jambe de bois (conséquence d'un accident de guerre) aimait son 8 m JI au-delà du raisonnable. Un engin racé, précieux, rare, qu'il prêtait néanmoins sans réticence à ses voisins père et fils de plus en plus passionnés. C'est Marcel Oller encore qui offrit à Éric ses premières revues nautiques et ses premières maquettes. Des travaux théoriques et pratiques qui, d'emblée, incitèrent le futur inventeur à imaginer de nouveaux gréements quitte à passer par-dessus bord les modes d'emploi suggérés, quitte aussi à emprunter le cas échéant quelques cheveux à sa mère pour confectionner les drisses indispensables à sa nouvelle trouvaille !

C'est à la même époque, à l'occasion des vacances d'été, qu'Éric goûte une autre expérience qui le marquera à jamais : son embarquement à bord de l'*Aimé Leonne,* un thonier à voile d'Etel, engagé dans une campagne de plusieurs semaines en Manche. Un épisode dont il ne reparlera guère, qu'il ne signale même pas dans ses *Mémoires,* mais dont il fait état au hasard d'un entretien au lendemain de sa Transat victorieuse de 1976. Dans un compte rendu si fidèle et circonstancié que l'on a peine à croire que cette navigation n'a pas joué un rôle essentiel dans sa détermination à devenir un habitant de la mer :

« J'étais nourri, en échange de quoi, j'aidais à la pêche et à la manœuvre. C'était pour moi un vieux rêve que de partir sur un de ces bateaux que j'avais toujours connus et que je trouvais magnifiques. A cette époque, il y avait une quarantaine de thoniers de la sorte à Etel, c'est là qu'il y en avait le plus. Il y en avait aussi à Concarneau, à Groix et à l'île d'Yeu. On se croisait de tout près car nous faisions des allers et retours vent de travers sur la zone poissonnière. Que ces bateaux étaient beaux avec leurs deux grands tangons ! Je me souviens en particulier d'un jour d'orage, nous étions une dizaine, il n'y avait pas un souffle d'air, le ciel était très noir, la mer comme de l'ardoise. Une étrange luminosité : les coques, les voiles étaient très vives, elles se détachaient du ciel et de l'eau. Une longue houle donnait un peu de vie à toute cette flottille (...).

« J'ai eu beaucoup de chance de vivre cette aventure. Deux ou trois ans plus tard, tous ces thoniers seront désarmés et remplacés par des pinasses à moteur. (...) La disparition de ces bateaux est triste. Pour les marins d'abord. Le travail à bord y était bien moins pénible. Le bateau, appuyé par sa voilure, ne roulait pas bord sur bord comme la pinasse. Le voilier échappe au bruit du moteur et aux odeurs de gas-oil. Enfin et surtout le travail est moindre pour un gain égal sinon supérieur. Le pêcheur est payé à part : plus il rapportera de poisson, plus l'équipage gagnera. Les pinasses pêchaient plus, perdant moins de temps à l'aller et au retour, et n'étant pas handicapées par les vents faibles. Mais pour ramener trois fois plus de poisson, c'était une autre affaire. Une fois nous sommes rentrés avec 750 thons (une bonne pêche), mais 2 250 thons pour une pinasse c'est une sacrée réussite. En plus pêcher trois fois plus c'est trois fois plus de thons à remonter, à tuer, à vider, à laver, à mettre en glace...

« Si la pêche au thon était saisonnière peut-être qu'elle se ferait encore à la voile. Ce serait mieux pour les marins, ce serait mieux pour le spectacle ! Comme tous ces ports, de La Rochelle à Camaret, ont perdu de leur charme ! Comme Concarneau était beau avec sa forêt de mâts et de tangons derrière la ville close ! Quel mouvement cela pouvait donner au port ! Ils sortaient à la voile, mais rencontrant le vent debout, ils appareillaient en remorque. Pour faire voir qu'ils étaient prêts, ils hissaient la grand-voile. Le petit remorqueur qui faisait ma joie quand j'étais gamin et que je voyais cracher sa fumée en ronds de chapeau parfait, attendait d'avoir vu hisser plusieurs grand-voiles pour les sortir par trois ou quatre à la fois. J'aimais beaucoup Concarneau au temps des voiliers [1]. »

Éric Tabarly ignore encore de quoi ses lendemains seront faits, mais son témoignage *a posteriori* ne laisse planer aucun doute : sa passion est déterminée. « Plus que la mer, ce sont les bateaux qui m'attirent » : la future antienne, resservie en maintes occasions, est déjà tout entière contenue dans cette balade estivale et plus encore dans le regard que son jeune témoin porte sur cette génération d'embarcations vouée à l'oubli. D'emblée les flottes croisées par le prochain capitaine relèvent du conservatoire.

Ses parents entendent cet appel, à défaut d'admettre

1. *Tabarly, une vie d'homme libre,* Calmann-Lévy, 1977.

totalement la liberté qu'il induit. Yvonne, qui n'apprécie guère la navigation et avoue un mal de mer chronique, n'entend pas abandonner ses principes d'éducation. La mer d'accord, mais à condition qu'elle constitue un moyen d'élévation sociale, par la fréquentation d'institutions reconnues, la reconnaissance de pairs incontestables. Éric est décidé ? Qu'il passe son (second) bac d'abord ! L'échéance réclame des efforts qui vont à l'encontre de sa nature et de ses instincts ? Qu'il s'accroche ! Qu'il lutte !

La chronique a trop souvent insisté sur l'influence des mères de marins, constaté à quel point celles qui ont accompagné les premiers pas des frères Peyron, de Titouan Lamazou, d'Isabelle Autissier ou d'Alain Gautier ont joué un rôle déterminant, pour que l'on n'insiste pas sur l'ascendant de cette femme de caractère. Jusqu'à sa disparition en 1978, Yvonne escorta l'ascension de son fils aîné avec sollicitude. Négliger cette complicité reviendrait à mentir sur les réelles relations qu'entretinrent le fils partagé et sa mère décidée, la seule personne sans doute qui soit parvenue à infléchir (un tant soit peu) le cours de ses désirs ou de ses mauvais sentiments.

L'élève rétif aurait-il entrepris ses études militaires sans la contrainte de sa gardienne intentionnée ? Le jeune homme incapable d'apprendre et de se concentrer sur ses études aurait-il persévéré sans ses mises en demeure perpétuelles ? « Ce n'est pas certain, convient Patrick. C'est vraiment à coups de pied aux fesses qu'Éric s'est motivé et a avancé. C'était parfois douloureux, éventuellement insupportable. Il n'empêche, son obstination et sa détermination, il les doit incontestablement à maman. » Côté paternel, Éric a recueilli d'autres avantages. « Le goût de la nature, souligne

Annick. Le grand air, l'exercice. Le risque peut-être. Papa a toujours compris nos besoins d'évasion. Le bateau pour les garçons, le cheval pour les filles. » Armelle : « C'est vrai, papa était plus rêveur, plus dilettante. Maman avait beaucoup plus les pieds sur terre. Elle se laissait difficilement influencer... »

Au sortir de la guerre, la situation financière de la famille a nettement décliné. Côté Pogam, les terrains collectionnés dans les environs de Pontivy, le berceau de la famille, ont fondu comme neige au soleil et les avoirs hérités des anciennes sardineries, déjà entamés par le « gel » des bons russes, ne sont guère plus mirobolants. Côté Tabarly, c'est le marché qui fait grise mine. Les produits synthétiques ou d'importation mettent sens dessus dessous le commerce de la mercerie. Le décès de Mamic en 1947, les concentrations et restructurations décrétées à la même époque n'arrangent pas la situation.

Par tous les moyens, Babar cherche à se recycler, à se renouveler. Il profite de la vogue des pulls marins et étend son champ d'action de Bourges à l'extrême Finistère. Si ce surplus de responsabilités le tient éloigné de son foyer cinq jours sur sept, il lui permet aussi de se rassurer, de remonter quelque peu la pente et de « sauver les meubles », désormais installés à Avrillé, dans la périphérie nord d'Angers, où il est né quarante-sept ans plus tôt.

La Chalouère, nouveau point de chute familial à partir de 1950, est à l'image de son standing retrouvé : cinq hectares de campagne qui surplombent la Mayenne, le Loir et l'île de Saint-Aubain. Une immense et haute bâtisse à colombage couverte de plusieurs toits de tuiles brunes, des communs et des arbres centenaires tout à fait dans le ton des gentilhommières aperçues dans les romans champêtres de Guy de Maupassant. Au rez-de-chaussée, d'imposantes portes en chêne, installées en accordéon, délimitent le salon et la salle à manger qui s'étendent sur au moins cent mètres carrés. Au sommet de l'édifice, la chambre d'Éric est nettement plus spartiate. Elle renferme un lit en bois ouvragé, une table de nuit du même tonneau, une Vierge à l'Enfant surmontée d'un petit rameau d'olivier. De fait, l'oiseau est rarement installé dans son nid. Il ne fait que passer, en coup de vent la plupart du temps...

Armelle : « Pour moi qui suis beaucoup plus jeune — de dix ans — l'Éric de cette période-là, c'était un peu comme le père Noël. Il arrivait juché sur de grosses motos toujours avec plein d'attentions à offrir ou d'histoires à raconter. Il est même venu une fois avec un side-car ! Il aimait bien faire de l'exercice, s'entraîner au trapèze volant : une simple barre fixe qu'il agrippait en se jetant du haut d'un escabeau. Au fil des essais, il reculait l'escabeau jusqu'à... s'étaler de tout son long. Comme papa, il aimait bien toujours aller plus loin, tirer un peu sur la corde. Il recherchait ce côté challenge, ce côté défi... »

Entre ce fier-à-bras aux rêves lointains et les trois autres membres de la fratrie, le fossé se creuse petit à petit. Éric ne profite guère de la Chalouère à l'inverse de ses suivants qui y ont collectionné quantité de souvenirs importants. Même si la bâtisse principale a depuis longtemps été vendue, Annick habite toujours à proximité, dans une dépendance restaurée avec un goût sûr et fin. Patrick est tout aussi sensible à l'endroit et aux réminiscences qui s'y attachent. Souvent malade, il a non seulement échappé à la pension, mais est souvent dispensé de rejoindre le cours Molière où s'ennuient les adolescents de la bourgeoisie des environs. Une jeunesse insouciante qui s'émancipe au volant d'antiques 2 CV ou à la barre de dériveurs dérisoires affrétés (cela ne s'invente pas !) par le « Cercle de Voile et de Vapeur » d'Angers. Il y a là François Germain, les frères Rousseau, Daniel Poisson, Pierre English, Dominique Guillet, copains de jeu ou de classe de Patrick, mais qui tous rejoindront le bord de l'un ou l'autre des futurs bateaux d'Éric. Il y a là aussi Jean-Yves Terlain, légèrement plus âgé, l'un de ses futurs adversaires qui, quarante ans après ces folles et charmantes équipées, se souvient à propos des Tabarly d'un « clan à la fois à l'aise, conventionnel et vivant. Mais somme toute, légèrement coincé... ».

Une belle famille en vérité. Partagée entre le plaisir des activités de plein air et les contingences d'une éducation que l'on jugerait un rien rétrograde si elle n'avait si avantageusement façonné le caractère de ses enfants. A Avrillé, les occupations roulent sans cesse d'un bord sur l'autre. Les filles montent à cheval — Armelle persévérera assez pour obtenir une deuxième place au championnat de France de concours complet —, mais les corvées ne manquent jamais et se répètent plus souvent qu'à leur tour. Il faut s'occuper des moutons, nettoyer l'écurie, ramasser les pommes, presser le cidre, jusqu'à remplir sept barriques de 220 litres... Pratiquante convaincue, Yvonne insiste sur les obligations religieuses, entraîne ses enfants, mais parvient rarement à convaincre son mari. Elle soigne sa maison, n'a pas son pareil pour confectionner une bûche au chocolat, mais laisse à Babar le soin de composer les repas les plus compliqués. L'argent est là, mais toujours distribué avec parcimonie. Acheter une paire de chaussures demeure un événement tout comme les quelques largesses qui permettraient de se distraire un peu « en ville ».

Dans ses *Mémoires,* Éric insiste à propos de cette ambivalence, ce mélange de moyens et d'exigence qui ont caractérisé la première partie de son existence. Il se félicite d'avoir goûté cette ascèse qui a dominé son éducation, les bonnes manières qu'on lui a imposées, le respect dû aux aînés qu'on lui a inculqué, cette « euphorie contenue » qui valait pour tout le monde quelles que soient les circonstances. Mais entre les lignes on devine aussi que ses envies de grands espaces, ses désirs d'horizons lointains ont eux-mêmes été influencés par cette rigueur initiale. Sa mère avait prévenu : marin oui, la mer pourquoi pas, mais « pour Éric ce sera Navale ou rien ! ».

4

MARCHE AU PAS

Éric Tabarly a tricoté l'essentiel de sa légende sur la scène des immensités océanes, de Transats en Tours du monde, au-delà du cap Horn et jusque dans le trou-du-cul du diable de si sinistre évocation. Et éprouvé son perpétuel goût du changement à bord de fabuleux engins, fusées couronnées de Tergal et lestées d'uranium, courts de tennis flottants aux allures de plates-formes pétrolières. Mais c'est au plus près du granit breton, en des eaux autrement familières, qu'il a appris et essayé. A la barre, qui plus est, de vérités aléatoires, de sabots rustiques, de périssoires improbables, et, chef-d'œuvre d'initiation inégalé, du célébrissime et incomparable *Pen Duick,* le plus cher et le plus fidèle de tous ses amis de jeunesse.

On a tout dit, tout écrit à propos du bateau totem autour de quoi tourna l'essentiel de la passion du grand marin, mais on n'insistera jamais assez sur l'incroyable fil rouge que sa découverte, son acquisition, sa restauration, sa réhabilitation ont constitué tout au long de la vie de son principal admirateur. Il y a la fidélité bien sûr, l'héritage qui se perpétue, l'habitude qui s'instaure, mais il y a aussi une ligne de conduite, une obstination essentielle, une vérité intangible qui voudrait qu'au-delà de ses lignes merveilleuses, de sa charpente soignée et de ses bois choisis, *Pen Duick* ait indiqué à son compagnon de toujours un certain sens des priorités et marqué le nord de ses valeurs comme l'aimant d'une boussole obligatoire.

Il est tout de même incroyable de constater à quel point ce simple bateau a anticipé un cap merveilleux jusqu'à revenir sur ses pas, jusqu'à circonscrire une vie entière, de la vasière de Pen Foul, où il croupissait au sortir de la guerre, jusqu'à la propriété de Gouesnac'h où le couple Tabarly s'installa à l'orée des années 80. Trois petits kilomètres tout au plus pour résumer une vie, revenir au point de départ d'une vérité et boucler la boucle d'un destin qui, pour voyageur qu'il fut, eut surtout pour principe de ne jamais s'égarer ni se perdre.

L'histoire si étroitement mêlée du grand marin et de son fétiche flottant débute en 1938, un jour de Pâques que ses parents consacrent à la recherche d'un nouvel engin de plaisance. Un ami leur a indiqué une belle coque, plus ou moins laissée à l'abandon, en aval de Nantes, dans les roseaux de Basse-Indre. Agé de sept ans, Éric accompagne la visite, tourne autour du promis planté sur sa quille, monte sur le pont. Mesure-t-il l'importance de cette rencontre et la valeur du bateau considéré ? C'est peu probable. Tout juste s'exclame-t-il, logique comme il saura toujours l'être : « Un bateau sans son lest ne peut tenir debout ! »

Guy a noté l'incongruité, déduit les travaux qu'elle impose, mais il est intéressé. Il prend langue avec les frères Lebec, Jean et André, qui ont acquis cette belle pièce seulement trois ans auparavant sans pouvoir s'accorder sur son entretien et sa destinée. Il a surtout jaugé à leur juste valeur l'originalité de ses courbes et celle de son pedigree. Les tractations ne durent pas. Dès l'été, Tabarly père acquiert et remet à flot son trésor moyennant quelques légères adaptations, mais sans qu'il lui vienne à l'esprit de changer son nom de baptême pour autant. Une « signature » si naturellement associée aux futures aventures de son fils que l'on en oublierait presque qu'elle est antérieure à leur mise en route, antérieure même à l'achat des frères Lebec.

Dès son installation sur les rives françaises, la fameuse « mésange à tête noire » qu'Éric appelait à la rescousse dès qu'on l'interrogeait sur l'origine et la signification de son précieux label consentit une faute d'orthographe et une adaptation phonétique. Très vite, la *Penn* (tête) perdit un *n* à l'usage et le *Duig* (diminutif de *du* qui signifie noir), revendiqué par tous les dictionnaires bretons, se transforma en *Duick* [1]. Une mésange qui, autre particularité curieuse, ne se bouscule dans aucun ouvrage d'ornithologie courant, mais que l'on rencontre, en revanche, dans un manuel de poésie signé par Théodore Botrel (1868-1925) :

En Bretagne on appelle
Pen duïk, Pen duïk
Une petite oiselle
Lenaïk, Lenaïk
Ressemble à la mésange
Pen duïk.

Une étiquette, enfin, qui ne peut même pas se prévaloir, distorsions et adaptations comprises, d'une quelconque exclusivité ! Antérieurement, existaient déjà plusieurs *Pen Duick.* Celui, par exemple, construit à

1. *Dictionnaire breton,* Garnier, 1986.

Gennevilliers en 1896 pour M. Bouruet-Aubertot, ou cet autre lancé du côté de Paimpol vers 1905 et (déjà) racheté par les Lebec [1]. Qu'importe ! En prenant possession de sa nouvelle unité, Guy Tabarly se réjouit d'abord de se savoir propriétaire d'un véritable bateau de course. Un plan merveilleux, né du crayon inventif de William Fife III, Écossais pur malt, qui, dernier rejeton d'une famille de créateurs incomparables, passait, au tournant du siècle, pour l'un des plus fins experts dans l'art de marier l'esthétique et la performance.

Imaginez un amateur de voitures rapides récupérant une Bugatti ou un bibliophile passionné décrochant une édition originale de Marcel Proust. Fort de son acquisition, Guy Tabarly n'a rien à leur envier, non plus que Fife vis-à-vis de ces sommités de l'automobile ou de la littérature. Longtemps les yachtmen britanniques ne jurèrent que par cet artiste qui soulignait ses étraves d'un dragon doré et exportait ses plans jusqu'aux États-Unis, aux Indes ou en Australie. Un perfectionniste qui, non content de défier un jour l'un de ses clients : « Si une fois chargé (votre) bateau prend ne serait-ce qu'une tasse d'eau, je le reprends », participa aussi à l'histoire de la Coupe de l'America en imaginant les premier et troisième *Shamrock* pour le compte de sir Thomas Lipton en personne.

Pour 15 000 francs, Guy obtient de chevaucher cette rareté. Une belle somme pour un privilège qui ne l'est pas moins. « Encore qu'il faut un peu relativiser, tempère Patrick, le frère d'Éric. La pièce était belle c'est

1. Parmi les nombreuses études faites sur les origines de *Pen Duick* on lira avec intérêt « *Pen Duick* cent ans d'histoire », *Le Chasse-Marée,* n° 119, octobre 1998.

certain, mais elle était déjà vieille d'une quarantaine d'années et donc passablement endommagée lorsque mon père l'a récupérée. La coque était saine, mais tout le pont était à refaire. » C'est aussi une unité relativement modeste en taille (15,10 mètres de longueur pour 2,93 mètres de largeur) comparée à d'autres belles unités croisées à la même époque, à La Rochelle ou La Trinité. Il n'est même pas certain qu'au moment de l'achat, Guy Tabarly (et *a fortiori* son fils aîné) se soit outre mesure intéressé aux antécédents de son nouveau voilier.

C'est plus tard, bien plus tard, qu'Éric s'est amusé à remonter le cours de son histoire tourmentée. Ce n'est même qu'au milieu des années 80 par le plus grand des hasards qu'il apprit que le *Pen Duick* qui lui tenait tant à cœur n'avait pas été construit en Écosse sur les bords de la Clyde comme il l'avait toujours cru, mais en Irlande, aux chantiers Cummins & Bros de Carrigaloe, non loin de Cork, où résidait Adolphus Fowler, son premier propriétaire ! Le cotre aurique envisagé s'appelait alors *Yum,* un nom de baptême initial qu'Éric attribuera plus tard à... l'un de ses chiens. Des identités successives, le voilier irlando-écossais en connaîtra bien d'autres avant de s'appeler définitivement *Pen Duick.* Les registres d'immatriculation font, tour à tour, référence à un *Magda,* un *Griselidis,* un *Cora V,* un *Astardé,* un *Panurge,* un *Butterfly* qui, tous, revendiquent les mêmes bois, les mêmes lignes et les mêmes performances. C'est en 1902 que le futur *Pen Duick* « passa » en France, racheté par André Hachette, membre de la célèbre dynastie des éditeurs parisiens. En bout de chaîne, après dix-sept ans en Normandie et deux autres saisons à Douarnenez, le bateau échoit enfin à la famille Tabarly qui ne l'abandonnera plus.

L'idée de Guy est de courir, de régater, si possible en Angleterre. Mais la prise en main de son nouvel instrument est délicate. Compte tenu de la complexité de son gréement, de l'âge de ses deux premiers enfants et des réserves de son épouse qui ne goûte guère l'exercice, il est obligé de s'adjoindre un marin qui aura également pour mission de veiller à l'entretien du voilier pendant l'hiver. Les premières sorties sont d'agrément. Timides et limitées. On taquine la vague du côté d'Yeu, de Belle-Île et de Groix. Le programme de l'été 1939 est le même si ce n'est que la dernière sortie s'achève à Port-Louis, où Guy apprend qu'il est mobilisé. *Pen Duick* est désarmé dans l'instant ou presque et envoyé dans la vasière de Pen Foul en attendant des jours meilleurs. Éric qui avoue d'emblée son inclination pour la belle « machine » apprécie qu'on la confie à ce nid douillet, susceptible de préserver ses flancs pour les jours à venir. Problème : les Allemands ne sont pas moins intéressés, tout au moins par les tonnes de plomb installées à l'extrémité de sa quille. Joseph, le commis en faction parle de fonte, métal moins noble, on le croit sur parole et le voilier chéri finit sa guerre en paix...

Chanceux, *Pen Duick*? Sûrement, mais son héritier désigné n'a pas son pareil pour infléchir à sa guise le cours de son destin et gagner à son avantage un avenir souvent mal embouché. Dès la fin du conflit, Éric pousse son père à réarmer le voilier, mais l'état de santé de celui-ci est médiocre : le pont est plus que jamais douteux, un taquet de bastaque a été arraché, la voûte arrière est enfoncée. Contraint, Guy consent quelques travaux d'urgence et un nouveau calfatage pour donner le change.

Éric n'a pas quinze ans mais il se révèle de plus en plus habile à la manœuvre. Il seconde le marin du bord avec à-propos et se plaint en permanence que les sorties soient trop rares. A son grand désespoir, la famille est trop souvent cantonnée à Blois, lui-même en pension à Saint-Brieuc et les préoccupations des uns et des autres bien trop éloignées des agréables balades que *Pen Duick* promet. Bientôt les réparations d'importance sont reportées d'une saison, comme l'est le projet de régater pour de bon avec ce voilier d'abord acquis, ne l'oublions pas, pour cette première et impérieuse raison.

C'est à l'aube de l'été 1947 qu'Éric assiste à sa première course organisée entre Bénodet et Groix. Il n'est que spectateur, mais la démonstration l'enchante. Il note la présence de *Farewell,* voilier vedette de La Trinité, et de *Dany Can,* venu spécialement de La Rochelle. *Pen Duick* étant encore insuffisamment préparé, l'apprenti skipper ne partage ses premières impressions de compétition que quelques semaines plus tard sur le 8 m JI que son parrain, Marcel Oller, a momentanément prêté à son père. Guy ne se démonte pas : il engage *Jill* pour disputer une première régate dans le Solent sous l'égide du prestigieux Royal Ocean Racing Club ! Le résultat est médiocre, mais son équipage — Éric y compris — est ravi de l'initiative.

Éphémère récréation : dès la rentrée suivante, la réalité prend le dessus : le train de vie familial de plus en plus « dépressionnaire » incite aux coupes franches. La décision de vendre *Pen Duick* est prise au cours de l'hiver 1949. Tant bien que mal, le beau voilier est remorqué jusqu'à la vasière de La Trinité. Les acheteurs potentiels se succèdent, se renseignent, non sans qu'Éric se sente obligé, au final et en catimini, de rajouter quelques remarques dissuasives. Cent fois, Éric a rapporté les roustes paternelles qui récompensaient son excès de zèle et communiqué, aussi souvent, son bonheur de voir les chalands rebrousser chemin !

Le seul acquéreur digne et convenable est tout désigné. Le temps joue en sa faveur. Le bateau s'abîme et les acheteurs potentiels se lassent. A chaque repas de famille, la conversation tourne à la rengaine : « Quand j'aurai des sous... » ; « Ce bateau je me sens capable de l'assumer. Personne mieux que moi ne saura s'en occuper. » Clairement, Éric promet de thésauriser sans relâche et de sacrifier tous ses loisirs à ce seul objectif. Son père prête une oreille distraite, en même temps qu'il doute. Guy n'est pas du genre à céder gracieusement son acquis : en 1952, il propose *Pen Duick* à son fils au prix du plomb. Éric a vingt et un ans et s'apprête à s'engager dans l'Aéronavale. Faut-il y voir une relation de cause à effet ?

La légende qui le suggère n'est pas dénuée de fondement. Il est vrai qu'à compter de cette date, la vie d'Éric va se focaliser sur cette promesse, les économies qu'elle nécessite pour sa remise en état, les sacrifices qu'elle impose en vue de ses futures navigations. Mais si Éric Tabarly s'engage c'est aussi parce que ses études ne l'inspirent guère et qu'il se sent, pour tout dire, acculé à le faire. Après tout, cette solution voisine avec ses centres d'intérêt essentiels, elle préserve une porte ouverte sur la mer et répond, argument décisif entre tous, aux souhaits de ses parents et de sa mère en particulier.

Éric Tabarly s'engage faute de mieux serait-on tenté d'écrire. A vingt-deux ans, il ne possède aucune formation et ne peut envisager travailler avec son père de quelque façon que ce soit. Il aime la mer, se targue de quelques talents de navigation et s'est fixé pour but de restaurer *Pen Duick*. Les avions et les aviateurs ont également ses faveurs. Il n'a pas oublié leurs allées et venues dans le ciel en feu de Préfailles et de Saint-Nazaire. Il sait leurs exploits et le rôle déterminant qui fut le leur lors des dernières années de la guerre. A tout prendre l'aéronautique navale lui semble être une échappatoire estimable. Pour y faire carrière ? Les sorties en grand uniforme qu'Éric Tabarly a multipliées durant les dix ou quinze dernières années de sa vie, ses galons exhibés non sans fierté, ses participations renouvelées à des cérémonies officielles, l'omniprésence constatée de militaires à ses côtés au moment où il fera ses adieux définitifs à son corps sont, en définitive, trompeurs. La pompe et la reconnaissance ce sera pour plus tard. Lorsqu'il est incorporé, pas une seconde, celui qui, au contraire, « était fâché avec la discipline et peu porté sur la hiérarchie » (Jean-François Coste), qui « jouait plutôt les beatniks à cheveux courts que les fantassins en battledress » (Olivier de Kersauson), pour qui « l'armée était davantage un cadre et un moyen plutôt qu'une fin en soi » (Olivier Petit), s'imagine tout sauf officier... Même s'il en a émis le souhait gamin, se voyait amiral comme d'autres se bombardent vétérinaire ou pompier, il n'en possède, pour l'heure, ni le désir ni les capacités.

Sait-il seulement que les simples recrues ont la possibilité de préparer « à la longue » et « sur le tas » le concours de l'École navale ? Ce n'est pas certain. Et si le cancre décrété parviendra finalement à ses fins (huit ans plus tard !), ses motivations initiales n'ont pas grand-chose à voir avec ce lointain objectif. A dire vrai, Éric ne se pose pas de questions. Il suit le processus classique, accompagne le mouvement, et rebondit de garnison en cantonnement sans états d'âme. Tout autant que son rythme et ses rites, le jeune homme apprécie la Grande Muette parce qu'elle préserve justement sa tranquillité au-delà de l'imaginable.

Passé une légère intervention chirurgicale liée à un problème de cloison nasale, Éric Tabarly est jugé apte en février 1953. Comme le veut la tradition de l'Aéronavale, il reçoit sa formation maritime à Hourtin en Gironde et son instruction aérienne à Saint-Mandrier dans le Var. Il n'est ni bon ni mauvais, simplement concerné. Les critères de sélection ne sont pas autrement sévères. Depuis deux ou trois saisons, la Marine, en plein renouveau, recrute à tout-va. Les « défaites » de Mers el-Kébir et de Toulon plombent encore le moral de certains hiérarques, mais leurs successeurs sont plus que pressés de tourner la page. L'aide américaine n'a pas cessé avec le conflit et le matériel flottant est renouvelé dans de larges proportions. Deux nouveaux porte-avions sont en construction et les prévisions de tonnages ne cessent d'être révisées à la hausse.

Tabarly aurait pu, comme beaucoup de ses camarades, poursuivre son apprentissage à la base de Pensacola aux États-Unis. Mais faute de savoir parler, ne serait-ce qu'un peu, l'anglais, il est envoyé pour un an à Khouribga au Maroc. Au pied de l'Atlas, à une centaine de kilomètres de la mer, d'importantes mines de phosphate ont imposé cette garnison précaire composée d'un village de terre, de quelques hangars de tôle et d'une demi-douzaine de résidences pour les ingénieurs. Les distractions sont rares : une piscine où patauger sans façon, une virée hebdomadaire du côté de Casablanca, ses terrasses, ses bières et ses filles à soldats. Éric ne se plaint pas. Il s'adapte et apprécie cet avant-goût de désert, ce rien d'aventure et ces vols répétés dans l'azur à peine moins enthousiasmants qu'une série de régates en mer.

Ses premières expériences en vol, il les goûte aux commandes d'un Stamp de bois et de toile, sorte de 2 CV des airs, doté d'une simple hélice et tout juste capable de dépasser les 200 km/h. Le SNJ, version marine du T6, est déjà plus intéressant. C'est un monoplan américain, nerveux et acrobate, qui lui offre ses premières et vraies sensations aériennes. Muté à Agadir, où vient d'être inauguré un nouveau centre, Éric rempile pour six mois. Il s'essaie au Beechcraft avant de recevoir, enfin, son macaron de pilote le 15 décembre 1954. Les permissions du second-maître, on s'en doute, sont rares. Sa sœur Annick se souvient de quelques vagues cartes postales et de visites encore plus espacées. Autour d'un gâteau au chocolat, dans la grande salle à manger de la Chalouère, les anecdotes distribuées sans réserve n'en sont que plus précieuses. Où il est question d'atterrissages trois points, de sauts en parachute et du fameux Lancaster, quadrimoteur mastodonte — 1 250 CV par hélice ! — que le grand frère a le privilège de piloter lui aussi.

Au terme de son séjour marocain, Tabarly totalise près de quatre cents heures de vol. La solde n'est pas grasse, mais elle revient chaque fin de mois, et c'est bien là l'essentiel. Elle pourrait même enfler davantage si l'intéressé acceptait de jouer les prolongations et de servir douze mois de plus, en Indochine par exemple. L'argent, l'attrait de la nouveauté, le désir de découverte : il ne faut pas chercher plus loin les motivations du tout frais pilote. Éric est toujours sans attaches, ni objectifs bien arrêtés. Puisqu'une place se libère au sein de l'escadrille 27 F, puisque rien de précis ne le retient en France, pourquoi ne pas pousser un peu plus loin le bouchon de sa curiosité ?

Depuis six mois, la paix s'est imposée sur l'ensemble du territoire extrême-oriental, mais les troupes françaises participent encore à de nombreuses opérations de liaison, de secours ou de reconnaissance. Les risques courus sont minimes, beaucoup plus rares en tout cas que les perspectives qu'une telle équipée promet. La famille Tabarly s'est habituée aux paquetages de son aîné, à ses absences, à ses silences. Ni le père ni la mère ne s'émeuvent du choix de leur rejeton, au contraire, ils voient dans ce séjour la possibilité pour lui de s'aguerrir et de se structurer un peu plus. A bord de l'*Armagnac,* Éric gagne Saigon au tout début de 1955. Sans attendre, il vole sur Privateer, sur Morane ou à bord d'un minuscule Cessna qui lui permet de transporter des officiers supérieurs ou de localiser des *dropping zones.* Le contexte est plus agréable qu'au Maroc. Le nouveau venu l'apprécie davantage. Il se réjouit de la cuisine locale, des paysages multicolores, de l'ambiance qui tourne carrément au farniente lorsqu'il s'égare sur la plage de Niatran ou sous les tamariniers de la rue Catinat à Saigon, en des lieux où Bernard Moitessier, futur confrère de mer et d'horizon, a grandi. Impossible rencontre : Moitessier a quitté la région trois ans avant que Tabarly ne la découvre à son tour...

En Indochine comme au Maroc, Éric se met rarement en avant. C'est un suiveur qui ne s'exprime ni ne se distingue au-delà du nécessaire. Tout juste s'autorise-t-il quelques bravades, mais elles sont toujours d'ordre physique ou mécanique. Plus tard, les soirs de quart, à bord de ses bateaux, après quelques verres incitatifs, ses équipiers n'auront pas à le pousser beaucoup pour qu'il rapporte quelques rase-mottes, piqués ou jeux encore plus bêtes et dérisoires. Celui consistant à faire tourner les roues de son engin en effleurant un champ d'herbes folles ou cet autre obligeant une poignée de paysans à plonger ventre à terre au passage de son avion de malheur. Bluff ou provocation? Pierre Schoendoerffer qui a vécu la guerre indochinoise aux premières loges et deviendra l'ami d'Éric sur le tard ne se souvient pas d'avoir goûté pareils récits, mais il ne les dément pas pour autant : « Ces facéties ont toujours existé. Elles sont certes ridicules, mais elles agissent comme des soupapes : elles sont des moyens de braver l'ennui, la peur et l'éloignement. »

Début avril 1956, Tabarly est de retour en France. Le 1er mai, il est reçu au concours d'entrée du cours préparatoire des élèves officiers de Marine (CPEOM). Le potache plus que laborieux, le collégien réticent se sent-il soudain habité par le souhait d'apprendre et de progresser? « Peut-être, estime son frère Patrick, mais ce qui est certain, c'est que notre mère a, une fois de plus, joué un rôle important dans cette transformation. Un fils à Navale, c'était, pour elle, un réel motif de fierté. Elle était heureuse rien qu'à l'idée de connaître ce privilège. »

Depuis 1945, l'École navale a déménagé de Laninon au Poulmic, en face de Brest. Lové dans un écrin de verdure, l'ensemble est composé de baraques de guerre américaines en attendant, comme à Saint-Nazaire, comme à Lorient, deux villes pareillement touchées par les bombardements, que des bâtiments en dur soient petit à petit érigés pour les remplacer. L'endroit, où longtemps fut installée une base d'hydravions, est protégé en contrebas d'un talus piqué de-ci de-là de genêts généreux. C'est à bord de la navette de Brest — qui traverse la rade plutôt que d'imposer un interminable transfert par la route — qu'Hubert Foillard, fidèle compagnon d'uniforme, fait la connaissance d'Éric : « Nous avions sept ans de différence, mais nous avons tout de suite parlé bateau et ce sujet de conversation nous a rapprochés naturellement. » Plus, en tout cas, que les études, la perspective de faire carrière ou les promesses d'affectation à venir...

Comme la majorité des cent et quelques élèves de la promotion, Foillard a suivi un cursus prestigieux — math sup, math spé — peu en rapport avec le pedigree minimal de son nouveau copain. Tabarly, avec cinq ou six camarades tout au plus, fait figure d'exception. Dans ce corps relativement élitiste, il est la preuve (la caution ?) de la perpétuation d'un certain esprit « démocratique » qui offre aux éléments modestes la possibilité de rejoindre les sommets au même titre que les étudiants aguerris. Malgré leur différence d'âge, les « zèbres » — ainsi surnommés eu égard au maillot de matelot qu'ils ont porté lors de leur apprentissage — marient leurs habitudes avec les plus doués et les plus cultivés. Quelques années plus tard, empruntant un parcours similaire au sien, Jacques de Roux, lui aussi devenu coureur au large, se plaindra de l'ostracisme des meilleurs éléments de sa promotion [1]. A l'inverse de Tabarly qui ne se formalisa pas de devoir côtoyer des Louis Leconte de Poly, Raoul d'Hérouville, Bruno

1. Plusieurs fois Roux sera invité à convoyer les voiliers « militaires » de Tabarly. Il a trouvé la mort en 1986 lors du BOC Challenge.

de Linage ou Bertrand Desgrées du Lou à la condition expresse — plusieurs témoignages le confirment — que ceux-ci goûtent un minimum la voile et la navigation...

Les conditions d'hébergement au Poulmic sont spartiates. Les baraques américaines répondent toutes au même schéma : dortoirs tendus de hamacs à l'étage et salles de cours rudimentaires au rez-de-chaussée. Les « bordaches » (les élèves) sont groupés par postes de douze, quatre postes formant une escouade. La nourriture est copieuse à défaut d'être bonne et la solde plutôt chiche : 17 francs mensuels, quelques timbres-poste et deux ou trois paquets de cigarettes parent à l'essentiel. En tant que « zèbre », fort de trois ans d'ancienneté, Tabarly, poste 14, profite d'un défraiement plus confortable — 400 ou 500 francs — sans que cela se sente dans les faits. Comme promis, comme décidé, Éric économise l'essentiel de sa solde et ne dépense que le strict minimum.

Les cours se partagent entre théorie (le matin) et pratique (l'après-midi). Autant dire que les débuts de journée sont pénibles pour l'élève Tabarly. Christian Rouyer, autre copain de promotion et futur patron du SIRPA : « Je l'ai vu hésiter à se rendre à une colle de maths en se demandant avec humour si la note qu'il pourrait obtenir valait la peine qu'il traverse la cour de l'école. » Foillard : « J'ai terminé premier de cette promotion. Éric était toujours à la traîne. Dans certaines matières, on ne pouvait même pas l'aider, il ne comprenait rien. Il est vraiment parvenu à ses fins dans la douleur. Il était à la peine pour tout ce qui est théorique, cela va de soi, mais aussi pour quantité d'exercices pratiques comme la mécanique, l'électricité, etc. »

Les seuls calculs que Tabarly supporte sont les « calculs nautiques » et les seuls exercices où il brille sont les « exercices physiques ». Dans ses bulletins, on relève un 20/20 en grimper à la corde. Un autre en lever de gueuse. Un 19/20 en course à pied. Déjà le corps, son entretien et les exploits qui vont avec... Et les avantages qui y sont attachés : chaque victoire lors des compétitions inter-écoles ou inter-armes vaut à son bénéficiaire un crédit de permission, une journée, voire deux à valoir en plus de son quota réglementaire. Tabarly n'est pas un sprinter : il goûte surtout les courses de demi-fond, deux, trois, quatre tours de piste qu'il avale au train, sans faiblir et sans autre sens tactique que celui de mener du début à la fin.

Éric apprécie aussi, bien sûr, la voile. La pratique surtout. C'est à l'occasion de son séjour au Poulmic qu'il découvre *La Belle Poule* et *L'Étoile* dont il avait maintes fois eu l'occasion d'admirer les silhouettes au cours de son adolescence. Deux bateaux-écoles historiques construits sur le modèle des goélettes de pêche « islandaises », copieusement chargés de toile nécessitant d'incessantes manœuvres, mais qui, aujourd'hui encore, sont la fierté de la Marine nationale. Quand, bien des années plus tard, un ancien élève de Navale lui demande par courrier de livrer ses meilleurs moments passés au Poulmic, Éric n'hésite pas et écrit : « Les sorties sur *La Belle Poule* et *L'Étoile* sont parmi les bons souvenirs que je garde de mes années passées à l'École (...). Je me souviens très bien de ma première journée de navigation. C'était une initiation : nous sommes donc restés en rade de Brest. Il fallait apprendre la place de toutes les drisses et écoutes et savoir ce qu'il fallait faire pendant les différentes manœuvres. Il y avait du vent assez fort, ce qui était plus intéressant [1]. »

Une virée comme le marin déjà confirmé (comparé à ses voisins de pont) les aime : virements et changements de gréement incessants jusqu'à Roscanvel, déjeuner sur le pouce, à bord ou dans une crique, nouveaux exercices répétés, puis retour, le soir même, à la base. Les sorties de plusieurs jours le satisfont plus encore. Pour l'occasion, les « boulinards » embarquent leur hamac et un léger paquetage. Les prétextes ne manquent pas : pardon des terre-neuvas à Fécamp, réunion de bateaux traditionnels à Paimpol. En chacune de ces occasions Éric se réjouit : il est en terrain connu, parle une langue qu'il maîtrise, assouvit des envies qui l'ont toujours habité.

Le retour à terre est toujours douloureux. D'autant que les résultats ne suivent pas. Malgré son physique, malgré ses connaissances maritimes, l'élève Tabarly semble irrécupérable. C'est du moins ce qu'estime le gros de ses professeurs qui désespèrent de ses lacunes, de son manque d'assiduité et de ses zéros pointés. Son total est toujours insuffisant. Au terme de son séjour au Poulmic, Tabarly est en queue de peloton et de promotion. L'ultime conseil de classe ne devrait pas trop s'attarder sur son cas. Philippe Noetinger, l'un de ses instructeurs, s'émeut néanmoins. Fait remarquer que la lanterne rouge de l'école possède au moins un avantage : elle sait naviguer, ce qui, à son avis, est une qualité essentielle lorsque l'on se destine à devenir marin de métier. En quelques mots Noetinger retourne le conseil : « Il se trouve que, déjà fort en gueule, j'ouvre

1. Lettre inédite d'Éric Tabarly en réponse à une enquête lancée par un aspirant de *La Belle Poule*.

le score, immédiatement suivi par tous mes camarades désirant qu'il soit tenu compte des qualités exceptionnelles d'Éric [1]. »

Il s'en est fallu d'un cheveu. D'un inespéré coup de pouce, dont Tabarly n'a jamais nié l'évidence : « Après cinq ans de patience, au prix d'un renversement auquel personne ne croyait, et moi le premier, j'ai été enfin reçu à Navale [2]. » Derniers de leur promotion, l'élève et le marin enfin réconciliés obtiennent le grade d'enseigne de vaisseau de deuxième classe. A vingt-huit ans, Éric est conscient d'avoir arrondi un cap important de son existence. Son attitude vis-à-vis de la hiérarchie, du pouvoir militaire et de la Marine en général prend aussi et au même moment un virage décisif.

Le gradé inespéré ne tient pas la discipline pour une valeur fondamentale, ni les règlements comme d'absolues nécessités. Son esprit critique demeure vivant, ses envies personnelles prioritaires et ses rêves plus estimables que d'éventuelles contingences. Il n'empêche, c'est à l'époque de cette reconnaissance officielle qu'est né son indéfectible respect pour le corps qui l'a accueilli et, par voie de conséquence, pour tous les officiers qui le composent. Tout au long des années à venir, personne ne prendra jamais Éric en flagrant délit de critique vis-à-vis de la Marine. Il gardera avec elle ses distances, ne versera jamais dans la vénération gratuite, mais conviendra en maintes occasions que de son passage à Navale il a « retenu une ligne de conduite fondée sur la rigueur morale renforcée au contact de mes camarades qui avaient le même idéal [3] ». Ce qu'il

1. *Voiles et voiliers,* nº 330, août 1998.
2. *Mémoires du large,* Éditions de Fallois, 1997.
3. *L'École navale,* Marine Éditions, 1986.

exprimait aussi de manière plus abrupte si ce n'est plus simpliste : « Chez les amiraux, qu'on le veuille ou non, la proportion de cons est moins importante que dans toutes les autres catégories d'individus [1]. »

Même autour du monde, même rallié à l'étendard des saltimbanques et des coureurs au long cours, isolé au milieu d'une jeunesse peu encline à respecter l'autorité et la tradition, Tabarly ne se départira jamais de ce point de vue. Parce qu'il était, de fait, militaire de carrière, mais pas seulement. Éric éprouvait de la considération pour une institution qui lui avait mis le pied à l'étrier. Pour elle, il multipliera les signes d'allégeance, les services obligatoires ou les opérations de relations sociales. Autant de dédommagements calculés qui, en échange, lui valurent quantité de coups de main, de passe-droits ou de soutiens inopinés. Dans chaque port, à San Francisco comme à Nouméa, à Fort-de-France comme à Papeete, la Marine nationale ou l'un de ses représentants s'évertueront toujours à faciliter la tâche de ce si prestigieux « membre de la famille ».

En octobre 1960, comme le prévoit le régime de Navale, Éric embarque avec tous les autres lauréats de sa classe à bord de la *Jeanne-d'Arc* pour un demi-tour du monde. Une « école d'application » rêvée qui malgré la vétusté du beau navire — le croiseur-école a été lancé en 1930 — jouit d'un énorme prestige. Les escales se succèdent — Antilles, Mexique, Panama, Valparaiso, Buenos Aires, Rio de Janeiro, Dakar — qui réservent un parfait accueil aux deux cheminées prestigieuses et à un équipage toujours sur son trente-et-un. Tabarly est heureux de découvrir le monde, les

1. Confidence rapportée par Gérard de Véricourt à l'auteur.

horizons lointains, l'exotisme. Sans démonstrations d'enthousiasme excessives, sans frénésie particulière. Comme le fait remarquer un de ses anciens condisciples : « Éric était tout sauf un "tombeur" de la *Jeanne.* Il n'aimait pas les bals, les réceptions officielles et ne s'engageait même dans les bordées qu'avec réticence... » Sur les albums de photos de l'époque, Éric est toujours très discret, installé en bout de banc, sur le côté, presque dans la marge. Satisfait d'être là sans doute, mais aussi conscient du privilège qu'on lui a, d'une certaine manière, octroyé.

La guerre d'Algérie tournant de plus en plus à l'aigre, la *Jeanne,* sur le chemin du retour, n'est pas autorisée à faire escale à Oran. Ajaccio sert de repli. Le beau voyage s'achève dans la discrétion, en catimini ou presque. Mais à l'arrivée à Brest, Éric n'en est pas moins accueilli par une surprise de choix. Du haut du pont, il devine une voile qui lui est familière : celle de *Pen Duick,* conduite par son père, comme un signe de reconnaissance. C'est à cause d'elle qu'Éric s'est engagé, c'est avec elle qu'il entend bien poursuivre son chemin encore très incertain.

5

BIJOU DE FAMILLE

Appelons ça une obstination, une obsession. Tabarly a trouvé un point d'ancrage à sa vie, un minimum de structures, des camarades, une nouvelle famille. La Marine l'occupe tout autant qu'elle le rassure. Mais en filigrane il y a toujours l'idée avouée de remettre à flot son rêve de toujours : l'inévitable *Pen Duick.* Son état de décrépitude et son inadaptation à la navigation de plaisance auraient dû dissuader son propriétaire dans la seconde. Bien sûr ce sauvetage connaîtra des hauts et des bas. Au plus fort de sa renommée, à l'heure où les courses et la gloire l'accaparaient tout entier, Éric Tabarly fut même à deux doigts d'oublier sa promesse initiale. Mais il s'est entêté. Par respect ? Par habitude ? Par goût du défi ou par provocation ? Mieux que cela. Si Éric Tabarly s'est obstiné sur cette voie : « Ce n'est pas par amour filial (...), mais par amour de la beauté [1] ! »

Les jumeaux Gilles et Marc Costantini connaissent Éric depuis l'enfance. Ensemble, ils partagent les mêmes jeux, le même goût pour la mer et les bateaux.

1. *Mémoires du large,* Éditions de Fallois, 1997.

Leurs pères respectifs se fréquentent et s'apprécient. Souvent, ils se croisent sur le quai en terre battue de La Trinité où Guy prend petit à petit ses habitudes. Sa femme qui possède un terrain du côté de Carnac et quelques parents dans les environs, le pousse elle-même dans cette direction. Au fil des années, et des périodes de vacances, la famille Tabarly oublie Préfailles pour ce coin de Bretagne nettement plus typé, ce bord de mer tout en dentelle, ce bassin si parfaitement abrité par la presqu'île de Quiberon gardienne d'une atmosphère et d'un climat à nul autre pareil. Entre les casiers à homards mouillent quelques unités délicieuses : l'*Hallali* de Frank Guillet, l'*Éloïse* de Fernand Hervé, la *Marie-Christine* de Jean-Claude Menu, mais également le *Margilic* de Gino Costantini, un cotre très élégant de près de 15 mètres, construit en 1948 et ainsi nommé afin de célébrer les prénoms de sa progéniture : ceux des jumeaux Marc et Gilles, et celui du petit Jean-Paul surnommé Jean-Lic.

Gino est un fier personnage. Artiste et entrepreneur, il occupe son temps à dessiner des bateaux et à les construire avec un soin raffiné et une pareille élégance. Il a voyagé en Angleterre, poussé jusqu'en Écosse, fait ses classes chez Camper & Nicholson, chantier de marine incomparable. Il a surtout beaucoup appris de son propre père, Virgilio, peintre et yachtman originaire de Mestre qui s'est toujours refusé à choisir entre ses deux passions : la peinture et la navigation. Sauf le jour où il maria une Vannetaise, abandonna son atelier parisien et installa en Bretagne les intérêts de sa famille.

En 1931, Gino jette les bases du futur chantier Costantini à Saint-Philibert, au pied du pont qui conduit à La Trinité. Un bien modeste établissement quant à sa taille mais qui toujours s'évertuera à proposer des unités soignées et innovantes. Après guerre, cet atelier est aussi l'un des rares de la région à hiverner des bateaux et à assurer leur entretien. Une trentaine de personnes y travaillent et accouchent de deux ou trois modèles par saison. Des dériveurs ou des bateaux de promenade. C'est enfin un carrefour obligé, un point de rendez-vous intéressé, un laboratoire inspiré où l'on invente le Plongeon, poids plume incomparable, mais où l'on restaure avec le même enthousiasme *Osborne,* l'ancien 8 m JI de la reine d'Espagne...

Gino n'est pas le dernier à passer de la théorie à la pratique. Des voiliers, il en imagine pour les autres, mais il en dessine aussi pour lui. Le très beau *Gemma* en particulier qui affronte souvent *Loisir,* une unité quasi équivalente propriété du capitaine de vaisseau Marcel de Kerviller. Lointain parent d'Olivier de Kersauson, très attentif, on le verra, aux premiers bords du champion Tabarly, ce caractère, comme quelques autres capitaines locaux ou parisiens, ne fait qu'alimenter les discussions aux abords du chantier désormais l'un des plus respectés de la région.

Éric ne s'éloigne que rarement de cet épicentre. Dans les pas de son père, à la manœuvre sur telle unité de prestige, sous les hangars de l'atelier, en compagnie des jumeaux dont il apprécie la rusticité tout autant que l'entregent, il profite et s'initie. Dès le début des années 50, Gilles et Marc avaient pris le parti de seconder leur père. Grâce à eux, l'affaire grandit, les habitudes de construction changent, mais pas celles de leur copain Éric, toujours fidèle de la maison au toit plat où, en fin de semaine, il passe souvent la nuit comme s'il faisait partie intégrante du clan. Sans formalisme aucun, juste avec l'espoir de trouver un embarquement le samedi ou le dimanche matin. Rentré d'Indochine en avril 1956, reçu au concours d'entrée de l'École navale en mai, l'ami de la famille ose, dès le mois d'août, une initiative plus ambitieuse encore : officiellement, il commande aux Costantini de démarrer le chantier de restauration de *Pen Duick*.

Ayant abandonné la partie gestion du chantier à son frère Marc, c'est Gilles qui enregistre en priorité la demande. Au fil des années, ses compétences en matière d'architecture se sont affinées. Son père — qui décédera un an plus tard non sans avoir fait une dernière croisière en Angleterre avec le père d'Éric, comme lui pressé d'acquérir une toute nouvelle voile en Dacron — lui a légué une partie de son bagage et donné le goût de la belle ouvrage. Mais dès la première inspection du bateau, Gilles se désespère. Le premier diagnostic qu'il propose ne dit rien qui vaille.

Dans son petit pavillon de Baden, à une dizaine de kilomètres de La Trinité, où il est installé depuis sa retraite, Gilles Costantini ne peut s'empêcher de faire la moue dès qu'il examine une à une les premières photos rapportant l'incroyable pari : « Franchement ce n'était pas beau à voir. Le pont était totalement défoncé et les pieds de membrures dans un état pitoyable... A l'époque, les voiliers hors d'âge étaient systématiquement détruits ou abandonnés. On ne parlait pas de restauration, ni même de reconditionnement. Toutes ces histoires de patrimoine et de vieux gréements ne sont venues que beaucoup plus tard... » C'est de cet échange liminaire qu'aurait fusé le fameux : « Éric, ton bateau est foutu ! », condamnation sans retour capable de coucher sur le flanc la plus fière des volontés. Mais Tabarly, on s'en est déjà aperçu à l'une ou l'autre occasion, ne se satisfait guère d'un discours ou d'une recommandation allant à l'encontre de sa propre intuition. D'ordinaire, il enregistre la prédiction, mais en tient-il vraiment compte ? Se laisse-t-il seulement influencer ?

Au passage, on songe au mot de Pierre Georges Latécoère, mythique fondateur de l'Aéropostale, à qui son entourage recommande d'oublier la lubie saugrenue de vouloir à tout prix lancer des avions par-dessus les Pyrénées, les déserts africains et l'océan Atlantique : « J'ai refait tous les calculs, ils confirment l'opinion des spécialistes : mon idée est irréalisable. Il ne me reste plus qu'une seule chose à faire : la réaliser ! » De toute évidence, chez le modèle en devenir, comme chez son célèbre prédécesseur, existe un irrésistible penchant pour l'impossible, un goût prononcé pour le défi, la secrète fatalité d'admettre qu'aucun sommet n'est inaccessible. « Je ne sais pas, poursuit Costantini, c'est difficile à expliquer. Pour convaincre, Éric n'employait pas de grandes phrases, il se retroussait simplement les manches, il montrait l'exemple et devant tant d'efforts et de détermination, même les plus sceptiques arrivaient, petit à petit, a emboîter le pas de son idée première. » De fait, Gilles, bien qu'il ne cesse de parler d'aveuglement, de folie et de cause perdue, offre néanmoins à l'entêté un coin de terrain où entreposer sa coque malade et quelques outils pour entamer son travail de forçat. Il fait davantage encore : il dispense des encouragements, réfléchit à des solutions intermédiaires et alimente, au bout du compte, l'illusion.

Depuis peu, le chantier Costantini utilise toute une série de matériaux nouveaux : des contreplaqués inédits, des polyesters modernes, autant d'avantages qui intriguent Tabarly. Le dernier en particulier dont il verrait bien une couche ou deux recouvrir son bateau tout entier comme une nouvelle peau, certes artificielle, mais qui aurait l'infinie vertu d'épouser fidèlement son dessin particulier et ses formes originales. Une intuition géniale qui vaut au glorieux *Pen Duick* de naviguer plus de cent ans après sa mise à l'eau initiale, mais une inspiration dont il est aussi très difficile de déterminer, avec le recul et avec précision, la réelle paternité.

C'est une constante chez Éric Tabarly. Dix fois, vingt fois sa lucidité et sa détermination croiseront telle ou telle compétence ou savoir-faire. Il ne possède pas obligatoirement les clefs, ni ne sait déterminer les moyens exacts pour parvenir à ses fins. Son bagage est souvent parcellaire, ses connaissances parfois insuffisantes. Mais il est curieux et méthodique. Il a défini son objectif, évalué sa faisabilité, mesuré ce que le contexte ou son entourage peuvent éventuellement lui apporter. Et dans ce cas précis, bien malin qui saurait affirmer sans risque de se tromper si c'est Gilles qui a fourni l'idée de cette fameuse coque en plastique ou si c'est Éric qui a forcé sa décision...

A l'époque, l'unité en polyester la plus longue que Costantini ait jamais réalisée mesure tout juste 7 mètres, moitié moins que le projet fou envisagé. Le processus existe donc, son application est envisageable, mais la surenchère suggérée paraît, à première vue, totalement irréaliste. Tabarly ne veut pas se contenter d'appliquer une « peau » de protection sur sa coque malade, il envisage de se servir de sa forme initiale pour, au fil des couches petit à petit superposées, la remplacer tout entière ! Pendant plus de deux ans, après ses corvées et exercices militaires habituels, le bidasse réduit chacune de ses permissions, le plus petit de ses temps libres, aux mêmes occupations : enduire et poncer cet Himalaya de matière synthétique, ces sept épaisseurs additionnées. Avec le soutien moral de l'ami Gilles, l'appui momentané d'une demi-douzaine d'ouvrières ostréicoles, mais surtout avec ses deux bras infatigables.

Installé quelques dizaines de mètres plus loin, occupé à surveiller les travaux de son propre voilier, le prometteur *Coryphène,* Alain Bombard note les efforts de son étonnant voisin mais il ne comprend pas. Tant d'acharnement pour un squelette promis à la casse, tant de caractère pour une œuvre vouée à la plaisance. Pourtant élevé au rang de galérien suprême quelques années auparavant, familier des efforts insensés et des quêtes démesurées, le naufragé volontaire de l'Atlantique constate qu'en la matière il a trouvé encore plus endurant et résigné que lui [1]...

Avec sa robe définitivement peinte en noir, sa bôme en pitchpin récupéré sur une unité voisine, son spinnaker taillé à même quelques parachutes récoltés au petit bonheur la chance, le *Pen Duick* nouveau est enfin prêt à Pâques 1959. L'ascète ne s'est évidemment pas préoccupé des aménagements, mais le Monsieur Plus qui l'accompagne toujours a jugé indispensable d'allonger le mât de cinquante centimètres. Autre constante tabarlienne : si le confort peut attendre, les performances, elles, ne sauraient demeurer à la traîne. Avec une dose de risque supplémentaire à assumer : les câbles retenant l'espar étant devenus trop courts, Éric a rajouté à leur base des raccords de chaînes mal étalonnés. Une menace dont Armelle, sa jeune sœur, témoin de la première sortie de *Pen Duick,* a tôt fait de mesurer la

1. Confidence rapportée par Alain Bombard à l'auteur.

vérité : « Ça n'a pas duré très longtemps. Après un ou deux virements de bord, les haubans se sont désolidarisés et le mât est tombé net dans un vacarme incroyable ! »

Quarante ans plus tard, dans ses *Mémoires du large,* Tabarly insiste : « C'est l'une des rares fois, dans mon existence, où j'ai été un peu découragé. » Le lecteur aura noté le « un peu » qui tendrait à prouver une bonne fois pour toutes que malgré l'ampleur des dégâts et surtout les circonstances qui ont précédé le fatal accident — tant de mois et d'efforts —, l'homme de marbre est décidément imperméable aux désagréments. A ses yeux, toute contrariété recèle sa propre résolution, tout incident recouvre son propre dénouement. Si le mât a rejoint l'océan avant même que *Pen Duick* n'ait eu le temps de s'ébrouer vraiment c'est, selon le principe de son propriétaire, qu'il « méritait » cette sanction ou, tout au moins, qu'il existait suffisamment d'arguments défavorables pour qu'il « subisse » un sort aussi néfaste.

Tabarly est déçu, éventuellement abattu, mais jamais désespéré. D'ailleurs ce fameux mât cassera une seconde fois quelques mois plus tard et, à nouveau, son propriétaire s'échinera, se démultipliera, s'obstinera pour que la raison et le rêve l'emportent sur la malédiction. Dans l'un comme dans l'autre cas, Sisyphe-Tabarly a profité de deux aides extérieures distinctes dont il n'est pas vain, en ce début de récit, de souligner la nature tant ils constitueront, à égalité de conséquence, sa marque de fabrique tout au long de sa carrière : le soutien désintéressé d'un mécène anonyme d'une part ; la récupération inespérée d'un mât à l'abandon d'autre part. Le coup de pouce et le coup de veine.

Si Éric Tabarly peut éventuellement susciter la commisération, il s'en remet aussi à sa bonne étoile. Profiter d'un geste généreux n'exclut jamais qu'il faille aussi aller au-devant de sa chance. Dans le cas de *Pen Duick,* un grand propriétaire de La Trinité qui réclame l'anonymat couvre la facture du premier mât sans espoir de retour, mais c'est Éric lui-même qui joue les brocanteurs au petit bonheur des cimetières marins pour dénicher le second. Recevoir et quérir : dès les premières heures de ses aventures marines, Tabarly assume ce pas de deux obligatoire qui pour toujours assurera l'équilibre de ses projets même les plus fous.

A chacun ses priorités. Plutôt que de punaiser dans le bois de son armoire la photo d'une hypothétique fiancée, le matelot Tabarly plante son *Pen Duick* devant la base même du Poulmic. Comme le gage de sa passion fondamentale et le témoin de ses rêves à venir. Foillard : « Vous imaginez, un camarade avec un engin de la sorte à portée de main. Ça place son marin, non ? » Véricourt : « Accompagné d'un tel avantage, Éric passait difficilement inaperçu. Mais il n'en jouait pas. Au contraire, il n'avait de cesse de partager. Il voulait vraiment que les copains profitent aussi de la situation. » Autour du jeune propriétaire s'organise le noyau dur des matelots dévoués, plus brillants sans doute, plus jeunes certainement, mais qui tous furent bluffés par le phénomène, si décidé dans ses intentions et si logique dans ses choix. Une authentique phalange qui jamais ne reniera ces premières émotions et qui, bien plus tard, quand le cours de la vie offrira à chacun de ses membres une retraite bien méritée, retrouvera ses souvenirs de conscrit comme si de rien n'était : les virées ébouriffées en direction de

Camaret ; les détours jusqu'à Ouessant ; les aventures au-delà de l'Aber-Wrac'h et, plus mémorables encore, de véritables compétitions disputées à portée de canon des côtes anglaises jugées par la majorité des plaisanciers français d'alors parfaitement inabordables !

Fidèle à ses habitudes d'enfance, Éric ne cesse d'affiner son plan de voilure, de le modifier, de l'agrandir. Les autorités britanniques admirent le bel oiseau, mais n'apprécient guère la manière dont il a été remplumé. Sa coque en plastique dérange et elles le classent sans états d'âme parmi les bateaux modernes dont il se distingue pourtant à l'évidence. *Pen Duick* court à armes inégales, avec un « handicap » réglementaire on ne peut plus défavorable. De cette époque bénie existe un cliché incroyable fixé par Keith Beken, photographe d'anthologie passé là presque par hasard. A quelques milles de l'île de Wight où la lignée officie toujours dans un petit immeuble sans façon, *Pen Duick* file bon plein. A l'avant, en équilibre sur le bout dehors qui s'impose à la proue du bateau comme la lance d'un chevalier précipité à plein galop, un joyeux Apollon joue les équilibristes, torse et pieds nus, les jambes couvertes d'un pantalon de grosse toile : c'est Tabarly qui s'applique, avec maîtrise et méthode, à installer une voile supplémentaire. Derrière — cela va de soi — trois équipiers, plus frileux et moins téméraires, accompagnent le mouvement, sans doute prêts à intervenir, mais plus encore disposés à apprendre. Une image volée au temps qui s'avance, parfaite illustration du destin qui se prépare...

Éric Tabarly aurait-il réussi Navale sans l'apport et le soutien de son fidèle *Pen Duick* ? On l'a dit, on l'a constaté, l'élève admis par la petite porte au sein de l'institution a éprouvé toutes les peines du monde à suivre la cadence. Ses résultats n'ont jamais été enthousiasmants, mais ses professeurs ont toujours respecté en contrepartie la détermination de cet aspirant pressé de joindre la pratique à la théorie, désireux de courir, de manœuvrer, par tous les temps et quel que soit l'enjeu, sur son propre bateau qui plus est. Au bout du compte, l'exception est autorisée à naviguer le week-end, on lui accorde quelques passe-droits, il peut même participer aux célèbres épreuves du RORC (Royal Ocean Racing Club) en compagnie de Guy, Patrick et de quelques conscrits de ses amis. Bien sûr, il y aura des retours hasardeux, deux ou trois marées défavorables qui l'empêcheront de rejoindre son casernement en temps et en heure. Il y aura même des remontrances, des avertissements et quelques jours de cachot, mais il y aura surtout, de la part de la majorité de ses supérieurs, beaucoup de respect et d'admiration.

De la part du capitaine de corvette Hervé Jaouen, en particulier. Breton jusqu'au bout de la casquette, né à Kerlouan, à mi-distance des phares de la Vierge et de Batz, fils d'un médecin de la Marine et frère de Michel, le futur « père Jaouen », samaritain apprécié de tous les navigateurs, même des plus mécréants, ce professeur de manœuvre sait trouver les mots justes. Sa fière stature, son profil en bec d'aigle, son charisme ne s'embarrassent d'aucune explication superflue. On ne discute pas l'expérience d'un officier qui a vécu le sabordage de la flotte française à Toulon, filé par l'Espagne avant de rejoindre l'Angleterre par les moyens du bord ! Ses conseils sont des ordres et ses recommandations des missions. Les moyens de l'École sont pourtant bien modestes. La promotion d'Éric dispose de quelques petites unités financées par la vente du lest en plomb de l'*Ailée* de Virginie Hériot, de trois

Requins, d'une paire de Stars et, cadeau inespéré, de l'inestimable *Pen Duick*.

Hervé Jaouen l'admet volontiers dans ses souvenirs : « Le yacht et son propriétaire sont vite acceptés par le service de manœuvre qui, du haut en bas, ne sera pas à une complaisance près pour l'un et pour l'autre [1]. » Il n'empêche, au-delà de ces avantages, existe une réelle communauté d'humeur, un même état d'esprit. Le prof et l'élève naviguent dans les mêmes eaux, partagent les mêmes priorités. C'est bien sûr quand le vent d'est frappe violemment les quais de la base qu'Hervé Jaouen invite ses « fistots » à embarquer à bord de canots munis d'une simple voile légère et d'une antique godille. A charge pour eux de s'accommoder de la situation et de démontrer leur tempérament. Tabarly est aux anges ! L'exercice fait non seulement appel à ses qualités de navigateur, il sollicite aussi ses muscles rebondis... « Tous les soirs, poursuit Jaouen, j'en prenais quatre à ma table et nous abordions tous les sujets (...). L'élève Tabarly commence à faire parler de lui. Son *Pen Duick* est resté à La Trinité pour l'été, et il est obligé de ruser avec l'administration pour s'y rendre. On le consigne, il est en retard, on l'accuse de mauvais esprit, et il a besoin de l'appui de toute la manœuvre pour passer à travers les grains. » Un autre jour : « La mer d'Iroise est mauvaise. Creux de 8 mètres. Le vent monte à l'Ouest-noroît. *Pen Duick* est dans les environs : les élèves à bord ont très peur, la coque en plastique résonne comme un tambour. Tabarly, lui, a confiance dans son bateau et ne s'inquiète pas même quand la grand-voile se déchire... »

1. *Marin de guerre,* Éditions du Pen Duick, 1979.

Du côté du Poulmic, Tabarly marque incontestablement les esprits. Jusqu'au sommet de la pyramide militaire, les hiérarques se passent le mot. Affecté dès sa sortie de Navale à la division « dragueur de mines » de Cherbourg, l'enseigne de vaisseau ne s'éternise guère sur cette voie de garage. Même si les possibilités sont rares à l'époque, il ambitionne de courir et le fait savoir. Le capitaine Marcel de Kerviller n'est pas insensible à cet appel. Lui-même sélectionné olympique en Dragon pour les Jeux de Londres en 1948, auteur d'un traité de manœuvre apprécié, directeur des sports au sein du corps de la Marine, il obtient d'un coup de décret magique la mutation de Tabarly de Cherbourg à Lorient. A compter du 1er mars 1963 le propriétaire de *Pen Duick* récupère, pour la forme, le commandement de l'engin de débarquement d'infanterie et de chars (EDIC) nº 9092. Une interminable plateforme de 60 mètres de long où il est supposé instruire une poignée de fusiliers marins, mais qui lui servira surtout de marchepied pour poursuivre et la restauration de *Pen Duick* et son apprentissage de marin de compétition.

Tabarly n'est pas débordé par sa charge militaire. Il trouve même le moyen d'échouer son engin dans l'Odet et d'être convoqué en commission de discipline pour la peine. Malgré un safran et une hélice endommagés, il est renvoyé à ses passe-temps habituels crédité des « félicitations du jury » pour, dixit le rapport concerné, « une belle manœuvre » sans laquelle son EDIC momentanément ensablé n'aurait, paraît-il, jamais retrouvé le chemin de la mer [1]. Ce n'est pas encore inscrit dans les textes, mais le marin Tabarly

1. Confidence rapportée par Gérard de Véricourt à l'auteur.

nourrit des projets totalement étrangers à cette simple occupation de gardiennage. On murmure, ici et là, son intention de concourir au plus haut niveau. Certaines indiscrétions rapportent même des ambitions plus grandiloquentes encore et, pourquoi pas, une éventuelle traversée atlantique en solitaire... S'il ne cherche jamais à imposer lui-même cette idée, Éric a compris que ses supérieurs sont de plus en plus nombreux à respecter ses choix. Kerviller bien sûr qui ne peut espérer meilleur ambassadeur, mais aussi Pierre Messmer, certes plus proche de l'armée de terre mais qui, avec lui, a plus d'une fois apprécié les vertus de la navigation de plaisance, ou encore le propre fils du Général, Philippe de Gaulle, alors en pleine ascension dans la Marine et qui, quarante ans plus tard, rapporte un souvenir qui dit beaucoup :

« Un jeune enseigne de vaisseau, Éric Tabarly, pilote de Neptune, avion bimoteur à long rayon d'action, vient un jour timidement jusqu'à mon bureau me demander qu'on lui trouve quelques cartes marines. De ses maigres deniers, il a tout au long des années remis en état un voilier ancien avec lequel il projette d'effectuer des croisières transatlantiques. Il est fréquent de voir se présenter des personnages aux prétentions illusoires qui n'ont pas toujours conscience du caractère implacable de la mer. Sur l'instant, Tabarly rencontre plus de méfiance que d'intérêt. Pourtant l'homme appartient à l'Aéronautique navale que je connais bien. Il est sérieux, taciturne, ne cherche pas à briller. Je lui fais délivrer à titre gratuit des cartes d'un stock ancien mis à jour et je téléphone à un ingénieur du génie maritime de Lorient pour qu'on lui prête une petite place de cale sèche où il pourra réviser la coque de son bateau pour un prix modique [1]. »

Tabarly n'a peut-être jamais eu pour habitude de forcer les décisions des autres, de solliciter leur protection. Il semble néanmoins, et depuis l'origine, avoir toujours trouvé les arguments adéquats pour que les portes s'ouvrent devant lui avant même qu'il ait envisagé d'y frapper.

1. Philippe de Gaulle, *Mémoires accessoires,* Plon, 2000.

petite place de cale sèche où il pouvait réviser la coque de son bateau [illegible]

[illegible]

[illegible] d'offrir une quelconque initiation à la navigation, à [illegible]

[illegible]

[illegible] énergie et ses économies dans le [illegible] qu'elle [illegible]

6

PRÊT À L'ABORDAGE

Éric n'a jamais possédé de dériveur, de marchepied flottant, de courte échelle navigante, susceptible d'offrir une quelconque initiation à la navigation, à l'inverse de beaucoup de marins qui, plus tard, le citeront pourtant en exemple. D'emblée son choix s'est porté sur *Pen Duick,* gravure incomparable, la « plus belle marine » qu'il ait jamais eu le plaisir de croiser, comme il aimait à le répéter et à le faire comprendre. Un voilier « adulte », aux honnêtes proportions, au passé conséquent, dont l'entretien ne tombait pas sous le sens et pas plus son maniement. Parce qu'il était simplement agréable à l'œil ? Parce qu'il perpétuait ses émotions d'adolescent ?

Il n'est pas certain qu'à cette époque de sa vie, son propriétaire ait été préoccupé par ce type de considérations comme elles l'obséderont plus tard au cours des quinze ou vingt dernières années de sa vie. Bien sûr, son inclination pour le beau, la tradition ou l'histoire était déjà perceptible, mais c'est d'abord parce que *Pen Duick* représentait un instrument de compétition appréciable, un engin de course crédible, qu'il mobilisa, pour lui plaire, son énergie et ses économies dans de semblables proportions. Certes ce voilier était daté et reconditionné, mais il constituait aussi un passeport efficace pour qui entendait pénétrer un monde étranger, réservé en priorité aux grosses fortunes et aux privilégiés.

En ce milieu des années 50, la démarche d'Éric Tabarly est pour le moins paradoxale. Pour assouvir sa passion de la course, l'innovateur patenté, le révolutionnaire en devenir aurait pu choisir un engin moderne, un prototype up to date, au lieu de quoi il s'obstine à flatter les bonnes vieilles recettes de la marine à voile. Même attiré par le changement — compte tenu de son âge et de ses curiosités — il ne se résout pas à rompre avec le monde des traditions acquises. L'acrobate n'est pas à un grand écart près. Celui-là, comme bien d'autres, lui permet, au contraire, de marquer un peu plus ses particularismes et sa personnalité. Le monde de la plaisance qui l'entoure est effectivement partagé entre valeurs ancestrales et bouleversements en cours. Et, le moins que l'on puisse dire est que, pour l'heure, Éric n'a pas encore clairement choisi le camp où installer ses priorités.

A force de présenter Tabarly comme le seul responsable de l'engouement de ses compatriotes pour les choses de la mer et de répéter qu'il y a, comme par miracle, jeté des milliers de Français à la mer, on en oublierait presque que le contexte qui entourait le phénomène était éminemment favorable. A la barre de son voilier d'un autre âge, la tête tournée vers l'horizon des progrès obligatoires, Éric Tabarly fut, de fait, tout autant le témoin que l'acteur d'une inévitable révolution en marche.

En attendant le grand soir, le yachting en casquette blanche et blazer d'alpaga résiste comme il peut. Au début des années 60, le nautisme à particule qui fleurait bon le « fric industrialisé et médical », selon la formule sentencieuse de Bertrand Poirot-Delpech, témoin granvillais de l'époque, sait que ses jours sont comptés. Mais du côté de Dinard ou de La Rochelle, la tribu des trois C (Coton, Café, Cordage), et ses confortables héritiers, fait comme si. Dans leurs yacht-clubs fermés à double tour, le fantôme de Virginie Hériot n'est jamais très loin, ni sa « rude cheviotte où brillaient des boutons d'or », ni son message obligatoire, où il était forcément question d'honneur national et de grandeur patriotique. Au lendemain de la Seconde Guerre, les habitudes sont encore là, mais beaucoup moins les avantages. L'entretien des voiliers classiques coûte cher, leur construction plus encore. Nombreux sont ceux qui ont subi les aléas du conflit. Même à la tête d'unités prestigieuses, leurs propriétaires peinent à les remettre à flot. Pis, voilà que les manants, simples enfants de pêcheurs ou marmaille venue de la ville, se plaisent à prendre le bateau en marche et revendiquent, à leur tour, le droit de faire des ronds dans l'eau !

Comme Victor Tonnerre, voix délicate et crâne poli, qui se souvient : « On tournait autour des toubibs et des industriels à la recherche d'un embarquement. Mon père qui bossait déjà dur à notre âge et s'escrimait soixante heures par semaine trouvait nos jeux dérisoires. A la différence du père d'Éric ou d'Éric lui-même, qui disposaient de beaucoup plus de temps libre et de facilités... » Fils et petit-fils de voilier, né sur l'île de Groix, le futur pourvoyeur du marin ami est naturellement porté sur la chose : « On allait du côté de Port-Haliguen à cause de l'école de voile. Mais Quiberon c'était loin et pas facile d'accès. Petit à petit les choses ont basculé du côté de La Trinité. C'est là qu'on a barré pour la première fois des Arpège ou des Armagnac, mais surtout des bateaux de pêche-promenade. On allait en boîte le samedi soir. Et le dimanche matin “les yeux pisseux” nous regagnions le bord du voilier qui, la veille, avait bien voulu accepter nos services. Éric nous regardait un peu bizarrement. Il faisait volontiers les choses tout seul dans son coin et concentrait déjà tous ses efforts sur *Pen Duick.* »

Les « trente glorieuses » viennent à peine de frapper les trois coups de l’abondance et de l’insouciance retrouvées que la plaisance se pique de divertir le plus grand nombre à un plus juste prix. Toutes proportions gardées s’entend. La plupart des bateaux de plaisance alors en usage sont pataudes, dotés de coques rondes et de mâts en bois. Ils remontent fort mal le vent. A l’inverse, les « racers » sont rares. Ne dispose pas d’un Dragon ou d’un Requin qui veut. Ces merveilles de bois verni, même de taille modeste, supposent une intendance (entretien, voiles) souvent dissuasive.

Mais pendant que les notables s’affirment s’épanouit dans la périphérie une jeunesse toujours plus curieuse. Ce joyeux jamboree qui réunit, sans sectarisme, enfants du cru et fils de bourgeois se découvre un langage et des valeurs bien à lui, incitant ses membres à porter une manille en Inox autour du cou pour mieux souligner son esprit de caste. L’épicentre de cet irrésistible mouvement aux allures de société secrète se situe juste devant Bénodet sur l’archipel de Glénan, où Philippe Vianney, socialiste et résistant, a jeté, quelques années plus tôt, les bases de l’école du même nom, antichambre un rien boy-scout d’une démocratisation bientôt menée à grande échelle.

Pour l’heure, les tâtonnements sont encore de rigueur. A La Trinité, là où les Tabarly père et fils ont leurs habitudes, les voiliers qui mouillent au creux de la rivière sont certes plus nombreux, mais il n'y a toujours pas de ponton digne de ce nom. Au Havre, le passeur qui promet les pieds secs aux coureurs de retour de régate est sifflé avec constance, mais son activité ne dépasse jamais les deux ou trois mois d'été. En fait, c'est en face que tout se passe, en Angleterre, terre promise de la plaisance qui possède encore des océans d'avance sur cette France nautique pourtant en pleine transformation.

C'est en face que sévit le RORC, institution qui impose les règlements de jauge et de course au large [1]. C'est en face que sont organisées l'essentiel des compétitions, que prospèrent les clubs centenaires, que s'escriment les créateurs les plus inventifs, que s'affrontent les barreurs les plus doués. Au moment où Éric tire ses premiers bords sur son *Pen Duick* enfin restauré, il y a sans doute plus de voiliers de plaisance sur la seule Hamble River à proximité de Southampton que sur toutes les côtes françaises réunies...

De Granville, Saint-Malo ou Brest, les pèlerinages vers les côtes « promises » s'organisent dans une ambiance de ferveur et d'admiration mêlées. Il est prévu de se perdre en achats multiples et de rapporter des trésors innombrables : des poulies à mousqueton, des lampes étanches, des ferrures incoinçables, des cirés adaptés et mille et une trouvailles (alors) inédites sur nos bateaux et dans nos ports. Les shipchandlers de Plymouth, Cowes ou Yarmouth, mais aussi les voiliers ou les menuisiers, acceptent bon gré mal gré ces débarquements plus ou moins turbulents, ces voisins plus ou moins envahissants.

1. Établie en 1931, la jauge anglaise devra attendre près de quarante ans avant d'accéder à une normalisation internationale.

Les Tabarly effectuent plus d'une fois le voyage. Guy qui possède quelques rudiments d'anglais mène la danse le plus souvent accompagné par le fidèle Marcel Oller tout aussi avide de nouveauté que lui. Éric suit naturellement le mouvement. Nul besoin de connaître les subtilités du « present perfect » pour comprendre la texture d'un coton, le galbe d'une carène, le soyeux d'une brosse... Lors de ses escapades, l'apprenti coureur découvre le cuivre et le chanvre, les magazines spécialisés et les cartes nautiques, mais il se familiarise aussi avec le rite immuable des compétitions, des régates ancestrales, des règlements abscons. L'essentiel étant de participer et d'apprendre, les riches propriétaires français rallient les eaux du Solent sur la pointe de leurs étraves. Fernand Hervé et Jean-Claude Menu, venus spécialement de La Rochelle à la barre de leurs *Éloïse* ou *Marie-Christine*; mais encore, Jean Marin et son *Farewell,* Alain Maupas et son *Cap Horn,* André Viant et son *Ile de feu...* Sur la ligne de départ de Cowes-Dinard 1959, onze bateaux français jouent des coudes parmi les soixante-sept engagés au total. Un tir groupé qui en impose et incite surtout les plus entreprenants à s'organiser, à se stimuler davantage. Spécialement les Normands du Havre et de Cherbourg beaucoup plus assidus, il faut en convenir, que les Bretons.

Le tout jeune Groupe de course au large rassemble les énergies et les compétences pour mieux assimiler les subtilités de la régate et plus encore les secrets des raids hauturiers organisés en Manche bien sûr, mais aussi sur toute la façade atlantique et jusqu'en Espagne. Même les dilettantes se piquent au jeu, rejoignent les premiers mouvements associatifs, les toutes neuves organisations de vacances et l'inédite

Union des plaisanciers qui réclame de ses membres une cotisation de 5 francs en échange de quelques conseils et assurances supplémentaires.

Bientôt apparaissent sur le marché de nouveaux matériaux, toujours plus pratiques et économiques : des bois semi-artificiels, des colles performantes qui induisent des séries populaires et accessibles. A la construction de prestige se substitue un « prêt-à-naviguer » capable de gagner une large clientèle. Chez Pichavant à Pont-l'Abbé, chez Jouet à Sartrouville, il n'est plus question que de moule et de série. Et pendant que Tabarly peaufine son antiquité à La Trinité, chez les amis Costantini, d'autres moins nostalgiques peut-être, plus pressés sans doute, optent pour des voies autrement audacieuses.

André Costa, responsable de *L'Auto-Journal,* bientôt invité par Robert Hersant, son patron, à concéder au gré de ce magazine florissant quelques pages au camp du nautisme : « Éric était à la croisée des chemins. Héritier d'une certaine tradition et aussi curieux de tout... Mais le moins que l'on puisse dire est qu'au moment où il passait son temps à poncer sa coque, il existait déjà mille initiatives un peu partout en France qui poussaient les curieux à découvrir quantité de nouveaux modèles de plus en plus pratiques et de plus en plus abordables. » Partout règne l'effervescence. Entre 1957 et 1962, en l'espace de cinq saisons seulement, tous les indicateurs confirment que le monde de la voile a davantage progressé en France qu'il ne l'avait fait depuis le dernier conflit mondial.

C'est durant cette période, en tout cas bien avant qu'Éric Tabarly ne se révèle au grand public, que Jean-Jacques Herbulot, architecte de la ville de Paris et fin régatier, proche intellectuellement des Glénans, propose par exemple le Vaurien, dériveur d'initiation vendu à des milliers d'exemplaires ou le Corsaire, croiseur insubmersible vendu 5 000 francs seulement qui, toutes proportions gardées, fit autant pour la démocratisation de la plaisance que la 2 CV pour celle du tourisme automobile. D'emblée, cette ultime trouvaille trouve deux cents acquéreurs et mille nouveaux propriétaires l'année suivante. Maurice Amiet, Eugène Cornu, Philippe Harlé, ses confrères les plus entreprenants, lui emboîtent le pas lorsqu'ils ne le précèdent pas sur le terrain de l'épure et de l'économie.

Au printemps 1960, le premier Optimist est importé des États-Unis en baie de Morlaix quelques semaines avant que Christian Maury ne suggère son tout nouveau 420. Au cours de l'été, les « 24 heures » font le plein à La Rochelle et la Giraglia prend son envol à Marseille. En fin de la saison — Éric achève tout juste l'École navale —, la Fédération française fait ses comptes : elle a enregistré 70 000 bateaux-départ au total, nouveau record d'abondance. Un an plus tard, le monde de la voile tricolore subit un autre électrochoc : le transfert du Salon nautique du quai Branly sur les bords de la Seine au parvis de la Défense, où la voûte futuriste du CNIT est un clin d'œil on ne peut mieux trouvé pour souligner la mise en orbite d'une activité définitivement moderne. La preuve : 105 000 visiteurs se pressent durant trois jours dans les travées...

Poussés par cette diversité et ces perpétuelles remises en cause, les annonceurs jouent la surenchère et la presse spécialisée suit. A l'antédiluvien hebdomadaire *Le Yacht* (que lisaient déjà Alain Gerbault ou Jean-Baptiste Charcot !), aussi attrayant que le *Journal officiel* et le Bottin mondain réunis succèdent des vitrines plus enthousiasmantes. Dès 1958 paraît le premier numéro de *Bateaux* (avec un cotre des Glénans en couverture) suivi, en rangs serrés, par *Neptune Nautisme* puis par *Les Cahiers du yachting,* émanation de *L'Auto-Journal* et de la *Revue du caravaning,* deux secteurs eux-mêmes en pleine expansion. Au fil des saisons, ces divers organes de « propagande » vont jouer un rôle essentiel dans la mise à flot du phénomène que l'on pressent. Envoyés en Angleterre ou en Irlande, des reporters, toujours plus nombreux, rapportent de leurs voyages les dernières innovations et les plus récentes initiatives.

Rédacteur en chef de *Neptune Nautisme,* Alain Gliksman n'est pas le dernier à pousser à la roue. Né, comme Éric, en 1931, ce fils de restaurateur du Havre régate, comme Éric toujours, depuis les premières heures de la Libération. C'est un esprit libre, vif et intelligent. Un anglophile déclaré qui fréquente le Boat Show de Londres et épluche la presse d'outre-Manche avec gourmandise : « En 1960, j'avais noté, au fil de nouvelles brèves, l'annonce d'une course transatlantique à laquelle une poignée d'aventuriers envisageait de prendre part. Cette information m'a suffisamment intrigué pour me donner l'envie d'aller voir les intéressés le jour du départ. Ayant prévu de disputer une compétition de Flying Dutchman sur la Tamise, j'ai prolongé mon voyage jusqu'à Plymouth où était donné le départ. J'étais le seul journaliste français présent... »

L'événement méritait bien le déplacement. Et plus encore les personnalités qui s'étaient mis en tête d'en assurer le succès. Son initiateur en particulier, Blondie Hasler, ex-fusilier marin qui s'était distingué, au plus fort de la guerre, à bord d'un kayak dans l'estuaire de la Gironde avec pour mission de placer des mines ventouses sur la coque des bateaux allemands ! Des raidssuicides dont seuls lui et un autre compagnon étaient sortis vivants... La nouvelle lubie d'Hasler, même plus sage, ne déclenche pas un fol enthousiasme. Traverser la Grande Mare en solitaire demeure encore à l'époque un Everest inimaginable. Une douzaine de têtes brûlées tout au plus s'y sont risquées jusque-là, du bout de la poupe, à une allure d'escargot, en suivant au mieux le chemin des alizés jugé plus sûr et confortable. Avant cette course, un seul solitaire en définitive avait mené à bien son entreprise sur la route nord : l'Anglais R.D. Graham qui, en 1933, avait mis vingt-quatre jours pour emmener son *Emanuel* de 9,15 mètres de long d'Irlande jusqu'à Terre-Neuve.

Soutenu par l'*Observer*, hebdomadaire de référence bien inspiré, Hasler ne se contente pas de relancer la mise : il envisage lui-même de relever le défi. Une demi-couronne suffira-t-elle à motiver quelques éventuels contradicteurs ? En juin 1960, ils sont quatre, pas un de plus, à mouiller à proximité de son *Jester* dans le bassin de Mil Bay Dock à Plymouth. Quatre à avouer leur intention de prendre en sa compagnie le départ de l'inédite compétition désormais estampillée « Observer Single-handed TransAtlantic Race » (Ostar). Si nous insistons à ce point à propos de cet événement initial, c'est que son lancement, son déroulement et son issue vont clairement déterminer l'avenir proche d'Éric Tabarly. Le parallèle s'impose entre la lente montée en neige de cette épreuve et la non moins patiente montée en puissance de son futur héros. Quatre années (1960-1964), c'est le temps qu'il faudra à la course comme au marin pour trouver leur cap, s'imposer sur le devant de l'actualité et recueillir succès et gloire de semblable façon. Rétrospectivement, il est également intéressant de noter que ce laps de temps et la future intronisation du marin français ont suffi, par ailleurs, à bouleverser les motivations initiales de Blondie Hasler.

Quelles étaient les aspirations du fusilier marin? Réagir contre le renoncement et l'apathie, le modernisme et la technicité. Son idée fondamentale, « un homme-un bateau-un océan », n'avait d'autre visée que de redonner un peu de souffle aventureux à un milieu désormais colonisé par les marchands, voué chaque jour un peu plus au conformisme et en butte à des spéculations mercantiles qui choquaient son esprit plutôt nostalgique. Alors que les voiliers ne cessent de se sophistiquer (en Angleterre, plus encore qu'en France), que le plastique s'impose de plus en plus aux constructeurs, que les instruments de navigation plus ou moins assistés se multiplient, Hasler ne préconise rien d'autre qu'un retour aux sources ! Sa boutade préférée : « Dieu merci on peut encore monter à cheval sans regarder des cadrans », il l'applique volontiers au milieu de la voile dont il dénonce les excès et les dérives à qui mieux mieux [1].

Partant, on ne s'étonnera pas de constater que les pionniers finalement rassemblés à Plymouth appartiennent tous à la catégorie des marginaux, ex-bourlingueurs en quête de rachat, anachorètes impénétrables ou aventuriers d'un autre âge. Francis Chichester, futur vainqueur de l'épreuve, a passé une bonne partie de sa jeunesse en Nouvelle-Zélande à chercher de l'or, à élever des moutons, à fendre du bois, avant de tenter des raids aériens plus ou moins déraisonnables. Déjà âgé de cinquante-neuf ans, myope, tout juste remis d'une pleurésie, il envisage sa navigation davantage comme une thérapie que comme une compétition. Dans son

1. *Blondie,* Leo Cooper, 1998.

carré, il a rangé avec soin ses livres, ses sachets de thé, l'indispensable casquette blanche et le non moins essentiel veston croisé piqué de boutons où affleurent de petites ancres sculptées conformes à son statut et à son ambition.

David Lewis, médecin, lui aussi venu des antipodes, ou Valentine Howells, colosse habitué aux besognes subalternes, sont certes plus jeunes, mais leurs connaissances maritimes sont limitées et les bateaux qu'ils envisagent guère plus éprouvés. Dans le sillage d'Hasler qui a opté pour un Folkboat (un « bateau du peuple » d'origine scandinave : tout un programme !) doté d'un antique gréement de jonque (inspiré de l'antique *Libertade* de Joshua Slocum), l'un et l'autre disposent d'un matériel rustique où le superflu n'a pas droit de cité. Un Français complète la modeste armada, mais si Jean Lacombe qui vivait à New York à l'époque a accepté de rejoindre le départ (avec vingt-quatre heures de retard !) c'est uniquement parce que son commanditaire l'a invité à convoyer à travers l'Atlantique un modeste *Cap Horn* de 6,50 m pour l'un de ses futurs clients.

« C'est vrai, insiste Gliksman, témoin privilégié, que cette flotte peut sembler, avec le recul, un peu dérisoire. Mais il ne faut pas oublier que l'on ignorait tout, au début des années 60, de ce genre de challenge. Il y avait une véritable crainte. Même les esprits les plus ouverts se posaient des tas de questions. On pensait que ce raid qui forcément devait s'éterniser pendant trois ou quatre semaines allait provoquer des troubles psychiques chez les marins qui l'envisageaient, voire des dérangements définitifs. Il ne faut pas oublier qu'à l'époque les solitaires débarquant au port étaient immédiatement pris en charge par des toubibs qui d'emblée s'inquiétaient de leur état mental : "Vous êtes sûr que vous n'avez pas perdu la parole ? Vous distinguez toujours votre droite de votre gauche ?" Tout cela était assez intrigant au bout du compte et très loin des préoccupations du plaisancier lambda. »

Cette course, sur le moment, Éric Tabarly n'en a même pas noté l'existence, ni guetté les préparatifs, ni surveillé les comptes rendus. Il n'est pas encore un familier de la presse nautique et n'écoute que d'une oreille ceux qui s'y réfèrent. Pourtant, la perspective d'une traversée atlantique en solitaire ne lui est pas indifférente. Il connaît le journal de bord d'Alain Gerbault, auteur d'une navigation de plus de cent jours entre Cannes et New York en 1923, il imagine ce qu'un bateau mieux adapté pourrait apporter à un projet semblable, et parle ouvertement à plusieurs de ses condisciples d'en venir éventuellement lui-même à bout. « Ah, si je pouvais traverser l'océan ! » : entre deux sorties en Manche, plus d'un témoin aura enregistré son projet. Et noté, de-ci, de-là, des croquis ou des conversations tendant à définir le voilier et la route les mieux adaptés pour aboutir ce rêve dans les meilleures conditions.

En attendant, toujours à la barre de son vénérable *Pen Duick,* Tabarly accumule les courses côtières quelles que soient les conditions ou les formules. Il n'y brille guère, mais ses compatriotes non plus. Toutes spécialités et classes confondues, les Français pataugent plus qu'ils ne gagnent. Dans les colonnes de *Bateaux,* Élie Desvignes, spécialiste ès-compétitions, se désole : « Décidément nous ne savons pas faire et avons encore beaucoup à apprendre de nos amis anglais. »

Au cours de la saison 1962, les habitudes changent

quelque peu, les « Froggies » obtiennent même une toute première victoire dans le cadre des prestigieuses courses du RORC : le *Maïca* d'Henri et Cécile Rouault, une fois n'est pas coutume, domine la classe III lors de la Lyme Bay Race. Toujours en classe III, le *Pen Ar Bed* de Pierre Lemaire, remporte Cowes-Dinard. Ici et là, l'*Aile Bleue, Striana* ou *Naïade* collectionnent quelques accessits. Point d'orgue de la saison, la célèbre course du Fastnet [1] refroidit les enthousiasmes. Aucun bateau français ne se distingue vraiment. Au plus loin du classement, à la 23e place, on pointe néanmoins un Tarann originaire de La Trinité, construit par les frères Costantini, et barré par un certain Éric Tabarly. Le début d'une inévitable collaboration ?

1. Du nom du phare qui balise la pointe la plus méridionale de l'Irlande que la flotte, en provenance de Cowes, doit virer avant de revenir sur ses pas.

7

LE TROU DU CHACAL

Tabarly n'a pas suivi les péripéties de la première Transatlantique en solitaire, ni la sage victoire de Francis Chichester en juillet 1960. L'information s'insinue néanmoins, gagne les rives de France, le cercle des initiés et certains membres de son immédiat entourage. Les chantiers, les fournisseurs, les pontons bruissent des mérites des pionniers, des progrès envisageables et des perspectives lumineuses qu'une telle aventure promet. A défaut d'être à la page, Éric est à l'affût. Comme les Costantini qu'il fréquente et croise de plus en plus. Pour eux, et pour lui, l'essentiel est peut-être de naviguer, mais plus encore d'améliorer. Le rendu d'une carène, la performance d'un gréement, l'efficacité d'une voile. Pas une sortie qui ne s'achève sur une discussion ou ne se prolonge par un débat.

Même modeste, le chantier de Saint-Philibert est un laboratoire. Où l'on bichonne les fières unités des riches propriétaires du cru, mais où l'on bouscule aussi les certitudes d'un milieu somme toute très conservateur. Tabarly, on l'a vu, n'est pas indifférent à l'idée de traverser l'Atlantique. Il s'est appesanti sur le sujet avec tel ou tel camarade de Navale. De Véricourt : « Ça lui trottait dans la tête, mais comme *Pen Duick* lui prenait beaucoup de son temps et qu'il savait que ce bateau n'était pas adapté à ce type de voyage, il n'insistait pas trop, repoussait l'échéance, reportait à plus tard... » La parution des comptes rendus de course de Chichester, Hasler ou Lewis, quelques extraits de leurs livres respectifs répercutés dans la presse spécialisée française au cours de l'été 1962 vont définitivement exciter la curiosité du candidat au voyage.

Tabarly étudie et compare. La nature des voiliers utilisés et tout autant les routes qu'ils ont empruntées. Les Costantini participent à cette quête qui met au jour quelques premières évidences. Et une, fondamentale, en particulier : l'avenir, estime le trio, est aux bateaux qui « esquivent » plutôt qu'à ceux qui « endurent ». C'est du côté de la légèreté, de la souplesse et de la délicatesse que se trouve la performance. Pas du côté de la force, de la violence et de la puissance. Mieux vaut un bateau qui se soustrait qu'un bateau qui s'impose. Problème : qui dit légèreté dit fragilité. Comment envisager un engin qui, précisément, dépasse cette embarrassante contradiction ?

Les Costantini travaillent la question depuis déjà plusieurs années. Le plastique d'une part et le contreplaqué d'autre part offrait d'intéressants champs d'expérimentation. Lancée dès 1957, la série des Jokidi, entièrement habillés de matière synthétique, offrait un premier élément de satisfaction. Mais les coûts, certaines difficultés techniques et pratiques ne permettaient pas d'envisager de très grosses unités équivalentes. Le contreplaqué, en revanche, se révéla davantage adapté à la situation. Certes, le voilier ainsi projeté prendrait forcément les allures d'une caisse de résonance à la fois bruyante et inconfortable, mais lorsqu'il est question de compétition et de performance pareils désagréments ne sauraient être envisagés.

Gilles Costantini : « Dans un premier temps tout le monde a crié casse-cou. Compte tenu de la longueur et des contraintes envisagées personne ne croyait que le contreplaqué puisse résister. Mais, après tout, pendant la guerre, les Mosquitos de l'armée de l'air, bricolage de bois et de toile, s'étaient baladés au-delà des lignes ennemies sans que leurs pilotes aient été obligés de tirer la sonnette d'alarme... » Le constructeur-architecte voit un autre avantage à son parti pris : qui dit moins de poids dit moins de matériel, donc des frais diminués d'autant. Pour son client désigné cette ultime priorité ne pouvait, évidemment, être négligée...

Même curieux de nature, même perméable aux innovations du temps, Costantini ne peut revendiquer la paternité du changement de cap promis. Il a noté, par exemple, les initiatives préalables prises par les Néerlandais et par E. G. Van de Stadt en particulier, auteur du fameux *Zeevalk*, jolie embarcation de 12,50 mètres qui n'accuse que cinq petites tonnes sur la bascule, soit la moitié, ou peu s'en faut, des engins de même taille communément proposés à la même époque. Il a surtout noué des relations privilégiées avec la Société nouvelle des bois contreplaqués et comprimés (SNBCC), installée à Nantes et spécialisée dans la mise au point de panneaux de longue portée, indispensables à la mise en œuvre de son idée fixe.

Dès 1958, Costantini réalise un prototype initial pour un industriel rennais, « pas très beau, je l'avoue, mais il faut un début à tout... ». Quelques mois encore et voici, toujours selon les mêmes principes, un petit sloop de 9,15 mètres fabriqué pour un yachtman vannetais : le Tarann (Dieu du vent), premier d'une longue série qui rencontrera un légitime succès. Ce nouveau poids plume atteint les principaux objectifs qui lui ont été assignés : la légèreté bien sûr, mais aussi une meilleure capacité à remonter au vent, une allure où ses semblables éprouvaient les plus grandes difficultés à se comporter avec avantage. En octobre 1962, Costantini met en chantier une version plus sportive de sa trouvaille qu'il baptise *Margilic V,* en référence aux habitudes familiales déjà évoquées. Une parfaite réalisation mise à l'eau six mois plus tard, quelques semaines avant qu'Éric Tabarly ne prenne ses quartiers à Lorient.

Le lieutenant de vaisseau détaché de toutes contraintes fait toujours aussi peu de vagues, il acquiesce, il obtempère, mais il sait aussi parfaitement ce qu'il veut. A peine *Margilic V* a-t-il rejoint l'eau qu'il accepte comme une bénédiction que Costantini lui en confie les rênes. A charge pour lui de le tester, de le critiquer, de l'améliorer. A un journaliste, le pilote d'essai confie : « C'est ma première expérience à la barre d'un bateau léger (...). Contrairement à ce qu'admet l'opinion générale, j'estime que ces bateaux remontent très bien, même par mauvais temps [1]. » Tabarly n'en dira pas plus, mais il poursuivra ses investigations avec méthode. Au total, il additionne 4 000 milles sur ce seul bateau (l'équivalent d'une grosse transatlantique...) avec ou sans la présence des Costantini à son bord. De permissions en passe-droits, il multiplie les compétitions, s'habitue à naviguer de nuit et prend un malin plaisir à affronter les pires conditions météorologiques.

A l'automne 1963, Éric s'est fait à l'idée qu'il peut

1. *Les Cahiers du yachting,* 1963.

prendre part à la deuxième édition de l'Ostar, programmée quatre ans après la première, en juin 1964, toujours au départ de Plymouth, au sud-ouest de la Grande-Bretagne. Sur un cahier d'écolier, il a crayonné quelques silhouettes supposées soutenir son effort. Avec la bénédiction de La Palice, mais non sans une certaine audace eu égard aux habitudes du temps, il a calculé que le bateau le plus grand gagnerait forcément cette course surtout s'il consent à s'acquitter en prime des préoccupations de légèreté suggérées par les Costantini. Et puisque Francis Chichester, le contraire d'un athlète, était parvenu en 1960 à dominer l'épreuve à la barre d'un voilier de 11,90 mètres, pourquoi diable limiter ses propres ambitions aux 9 malheureux mètres de *Margilic* qu'il chevauche avec tant de facilité ? « Le Tarann c'est bien, concède-t-il à Costantini de retour d'une sortie supplémentaire, mais je peux mener un bateau plus grand [1] ! »

La belle affaire direz-vous ! Neuf mètres, douze mètres, quelle différence ? Dans le contexte, cette surenchère n'est pas négligeable. Ils ne sont pas si nombreux ceux qui ont osé le grand voyage sur un semblable engin. Surtout en solitaire. Mais Tabarly ne se formalise pas. Il mesure un à un les obstacles à surmonter, s'ouvre à son entourage, et se persuade lui-même. Aux jumeaux Costantini qui ne cachent pas que les travaux « grandeur nature » de leur poisson pilote ne peuvent que servir leurs intérêts ultérieurs, Éric suggère sans hésiter la vente de *Margilic V* et la quête de quelques financements supplémentaires afin de construire un voilier vraiment conforme à son projet devenu irréversible.

1. *Mémoires du large,* Éditions de Fallois, 1997.

Les premières démarches ne sont guère enthousiasmantes. A qui s'adresser ? Comment démarcher et trouver les cinq ou six millions de francs (anciens) à hauteur de quoi il évalue son entreprise ? Fin novembre, dans les colonnes de *L'Équipe* qui, on le notera, s'intéresse déjà au « phénomène » en devenir, Tabarly se désole : « Et puis tant pis, si je ne peux faire construire le meilleur bateau possible, je partirai avec le Tarann, même si mes chances sont moins grandes ainsi [1]. » Détermination et obstination : les traits du caractère trempé qui, en surtitre de ce papier prémonitoire, n'avoue qu'une seule peur (« Que (s)a mère prenne conscience du danger » !) sont une bonne fois pour toutes définis !

La preuve : le voilà, le 9 décembre, téléphonant à Alain Gliksman, rédacteur en chef de *Neptune Nautisme,* sommité du milieu et seul témoin français à avoir assisté au départ de la course de 1960. Pour solliciter son avis ? Non, pour l'inviter à soutenir financièrement son projet. Le marin-journaliste vit sur une tout autre planète que le lieutenant de vaisseau en quête d'aventure. Il a lu les classiques, manie la langue anglaise à la perfection, possède un don d'écriture étonnant. A l'inverse de Tabarly, il intellectualise tout ce qu'il vit et voit. Il possède de réelles qualités de marin (il échouera dans la Transat 1968 d'un cheveu), mais doute plus qu'il n'est raisonnable.

Peut-être parce qu'il lui ressemble si peu, Gliksman est frappé par le personnage hors normes qui le sollicite et la nature du projet qui l'accompagne. Avec quarante ans de recul son point de vue n'a pas changé : « C'est la simplicité du propos de Tabarly qui m'est

1. *L'Équipe,* novembre 1963.

apparue en première instance. La vérité de sa quête. La limpidité de son intention. Tout était parfaitement clair dans sa tête. Il avait mis au point une méthode, une logique, un système qui empruntait d'abord à l'évidence. »

Ce que veut dire Gliksman c'est que Tabarly n'a jamais pris le risque de lester son projet d'un quelconque calcul. Peu importe la portée future de son entreprise ou le contexte dans lequel elle s'inscrit. Seule compte sa viabilité, sa faisabilité. Technique et pratique. Face à Gliksman qui en impose par son statut et ses compétences, Tabarly va droit au but : « Tu sais, je prépare un bateau pour la prochaine Transat en solitaire et comme tu t'en doutes j'ai grand besoin de sous. Alors j'ai pensé te proposer des articles sur des sujets techniques. » Comme le souligne Gliksman, Tabarly dit « sous » et non pas « argent ». L'urgence de la quête est évidente mais pas sa trivialité. Tabarly a de toute évidence le regard porté sur l'avenir, ses préoccupations sont modernes, mais sa méthode appartient encore au passé, ses moyens demeurent empiriques. Le novateur, s'il pointe le bout de ses curiosités et de ses envies, est un artisan, pas un entrepreneur.

Son souhait supplémentaire ? Obtenir du mensuel quelques ouvertures ou soutiens auprès des fournisseurs de matériels ou d'accessoires. Gliksman ne dit pas non, mais lui demande de confirmer par écrit une éventuelle « exclusivité » de son livre de bord. La lettre de l'enseigne de vaisseau Tabarly commandant l'EDIC 9092 lui parvient trois jours après le coup de téléphone préalable, rédigée de manière maladroite mais convaincante :

« Je te confirme mon accord pour faire patronner ma course transatlantique par *Neptune Nautisme.* Je vous donne l'exclusivité de mes articles à la presse nautique après la course. Voilà la liste du matériel qui me manque pour l'instant : mâture ; haubans et ridoirs ; voilure ; winches ; poulies ; filin Tergal ; compas de route et de relèvement ; sondeur enregistreur ; gonio ; loch. » Un inventaire impressionnant, mais qui contrairement à ce que l'on pourrait croire (les dates évoquées en font foi) n'est pas encore destiné au futur *Pen Duick II,* dont le dessin n'est pas encore sorti des limbes, mais concerne *Margilic V,* une solution de repli qui, au fil des semaines, ne cesse de s'imposer à son esprit ! A J – six mois du départ effectif de la course, les discussions vont bon train, mais le pas n'a toujours pas été franchi. « Sincèrement, je ne me souviens pas de l'événement précis qui a fait basculer notre décision, avoue Gilles Costantini, mais en tout cas, fin décembre, tout s'est passé vraiment très très vite... »

L'architecte possède comme base de travail trois pages de l'inévitable cahier d'écolier d'Éric, quelques esquisses au crayon de papier, au-dessus de quoi le visionnaire a ajouté au stylo bille ses propres « calculs de jauge ». Sur ce croquis liminaire apparaît déjà le « double bouchain » caractéristique de *Pen Duick II.* Une coque non pas arrondie à la manière d'un tonneau, mais, comme l'explique Tabarly dans *Mémoires du large,* composée de cinq éléments assemblés distincts : « Un panneau de fond encadré de chaque côté par un panneau intermédiaire lui-même prolongé par un dernier élément en guise de bordé vertical. » L'intérêt de cette démultiplication ? Donner au bateau la possibilité d'être à la fois étroit sur l'eau par temps calme et plus large (et donc plus stable) dès que le vent le contraindrait à se coucher un tant soit peu. La quadrature du cercle en quelque sorte, manière d'ornithorynque maritime susceptible de concilier d'un coup de crayon magique tous les trésors et toutes les contradictions de la mer et du vent.

Comme pour la coque en plastique du premier *Pen Duick,* Gilles Costantini refuse d'attribuer à son client la paternité de cette nouvelle trouvaille : « Éric l'a bel et bien dessinée, mais elle était déjà dans l'air depuis un certain temps. Est-ce que nous en avons parlé avant? Est-ce que c'est moi, est-ce que c'est lui qui a avancé cette solution en premier ressort : je ne m'en souviens plus très bien... » Ce deuxième exemple sera suivi de bien d'autres qui, de la même façon, relèveront davantage de la communion d'idées que de l'initiative individuelle.

Les frères Costantini sont décidés, mais ils sont aussi réalistes : ils ne peuvent engager la responsabilité de leur affaire dans une entreprise aussi aléatoire. Manque un signe du destin, un indispensable coup de pouce, une rencontre opportune capable de combler le (petit) fossé qui (souvent) sépare le rêve de la réalité. Au sortir du réveillon de Noël 1963, le trio est comblé : Hubert Guillon-Verne, propriétaire qui possède de nombreux avoirs du côté de Nantes, plusieurs moulins près de Vannes et de La Trinité et un yacht (le *Scorpen*) en gardiennage chez les Costantini, consent à verser 25 000 francs en faveur du projet en cours ! Sans arrière-pensée ni espoir de retour...

Ce « bienfaiteur anonyme », tel que le baptisera toujours son trop heureux débiteur, est lui encore un personnage symptomatique du « système » Tabarly. Peu importe sa véritable identité ou ses réelles motivations, au même titre que d'autres signes inattendus ou providentiels, ce « donateur inespéré » participe d'une méthode où jamais rien n'est figé. Un joyeux salmigondis de prêts différés et/ou d'échanges reportés d'autant plus appréciables que toutes ces intentions ont toujours été consenties à l'aune d'un inaltérable bon sens paysan selon lequel l'effort obtient, forcément et au bout du compte, gain de cause.

Le temps presse. A la faveur d'un processus de construction précipité (auquel Éric Tabarly ne dérogera plus !), la course-poursuite s'engage et s'accélère. L'essentiel est de courir, de se multiplier et de se débattre. Si vite et si fort que l'athlète trouve le moyen de glisser sur un madrier et de se donner une sévère entorse à la cheville. Radio, plâtre, béquille : Tabarly souffre bel et bien, écope d'une mise au repos, mais ne se plaint pas. Même si plusieurs témoignages confirment qu'il traînait sérieusement la jambe la veille du départ, il n'évoquera plus le problème d'ici à la course à venir. Tout juste, lui qui en matière de soins n'était guère prévoyant et dont la trousse de secours était privée de l'essentiel, embarquera-t-il une attelle de plastique — un protège-tibia de footballeur, en réalité — au cas où...

Gilles Costantini encore : « J'apportais ma compétence et celle de mon père, mais Éric savait exactement ce qu'il voulait et comment il le voulait. » Ce que veut l'ex-cancre de Navale c'est un bateau rapide, maniable, susceptible de se colleter avec la route nord (plus difficile, mais plus courte), plutôt que se complaire sur celle du sud, plus accueillante mais plus lente. Là encore, son choix ne doit rien au hasard. Avant de prendre sa décision, Tabarly a, une nouvelle fois, compulsé les comptes rendus respectifs de Blondie Hasler (le nordiste) et de Francis Chichester (le sudiste), étudié attentivement leurs progressions et conclu qu'à bateau égal, le premier eût sans aucun doute pris l'ascendant sur le second, avantagé sur le « chemin des écoliers » par une surface de voilure nettement plus conséquente.

Dans le numéro de *Paris Match* qui salua quelques mois plus tard la victoire du héros, Costantini est plus explicite encore. Pour les besoins de la photographie, les reporters lui ont même demandé de tracer quelques plans sur un tableau noir, de revêtir une chemise et une cravate de circonstance et d'accompagner le tout d'un texte magistral. Les deux premières phrases de sa contribution sont sans appel : « Le *Pen Duick II,* je l'ai fait parce qu'Éric Tabarly devait le barrer. Je ne l'aurais construit pour personne d'autre [1]. » Une manière de souligner l'originalité de sa cogitation, mais plus encore les innombrables va-et-vient qui alimentèrent les conversations des deux principaux protagonistes de l'aventure en cours.

On aura noté que l'architecte évoque *a posteriori* le nom de *Pen Duick II.* Pourtant, au démarrage du chantier — le 1er janvier 1964 —, le nom de baptême du futur bateau ne s'est pas encore imposé. Il n'est devenu évidence qu'au fil des mois, naturellement, incidemment, sans que cela nécessite de longs débats, parce que précisera, du bout des lèvres, son skipper : « Je voulais associer à mon nouveau bateau le souvenir du premier [2]. » Tabarly ne croit pas si bien dire : *Pen Duick II* est vraiment un « nouveau » bateau. Pour qui il faut tout entreprendre, tout imaginer. Dessiner des gabarits originaux, concevoir des méthodes de fabrication inédites, anticiper les matériaux hors normes.

1. *Paris Match,* 4 juillet 1964.
2. *Victoire en solitaire,* Arthaud, 1964.

Comme ces interminables panneaux de contreplaqué fournis par la SNBCC, longs de 13 mètres (pour 1,20 mètre de large et 15 millimètres d'épaisseur) dont le transport même posa problème ! « On a façonné le bateau, se souvient l'architecte, en assemblant des planches, comme on aurait bouclé une vulgaire boîte de chaussures. Il ne fallait surtout pas louper l'opération, abîmer les panneaux : nous n'aurions pas eu les moyens d'en commander d'autres ! »

Pen Duick II est un voilier franc, évident. Il se distingue par ses lignes épurées à la différence du commun des unités d'alors. Trivialement parlant, on dira que ce prototype tenait davantage du cigare que de la pièce montée. Le roof qui protège la descente et abrite le poste d'observation est à peine relevé, le plan de pont dégagé, et les lignes de la coque adaptées aux inévitables changements d'allure. L'ensemble répond — et c'est là sa véritable originalité — à un programme préétabli — l'Atlantique, la route nord, la course en solitaire — clairement analysé et inventorié.

Quatre ans plus tôt, Chichester y compris, les concurrents de la Transat avaient affronté l'Atlantique avec les moyens du bord. Les bateaux et leurs capitaines s'étaient adaptés aux circonstances, pliés aux exigences. Dans le cas de *Pen Duick II*, l'équation a tout simplement été inversée. N'ignorant rien de l'hypothèse de départ, Costantini et Tabarly ont imaginé la meilleure solution possible pour, précisément, s'accommoder du pire. C'est un progrès, mieux, une révolution qui introduisit, sans avoir l'air d'y toucher, toutes les combinaisons hauturières à venir, obligeant les skippers de demain à prévenir leurs envies avant même de les envisager.

Le tableau de ces échanges initiaux ne serait pas

complet si on omettait de vanter les mérites du troisième magicien de la fable : Victor Tonnerre, ancien camarade de régate de La Trinité devenu maître voilier à Lorient. Au fil des années plusieurs esprits chagrins lui préféreront des compétences industrielles et scientifiques, certains collaborateurs d'Éric lui suggéreront même d'aller voir ailleurs des progrès (supposés) plus nets, mais c'est toujours à l'enfant de Groix que celui-ci réservera sa confiance, au chevet d'un dévouement sans équivalent dont il a noté l'évidence dès la mise en chantier de la garde-robe initiale de son *Pen Duick II.* De cette époque, Victor Tonnerre a bien sûr gardé une nostalgie particulière. Jusqu'à la vente de son affaire, décidée fin 2000, cette increvable pile électrique dotée d'un humour véritable n'a cessé de se multiplier, mais, il en convient, ce sont les premières marches gravies en compagnie d'Éric qui ont été pour lui les plus enthousiastes : « Mes parents n'étaient pas d'accord. Notre boulot était de faire des tape-culs de chalutiers, des tauds de canots, des toiles antiroulis, des sacs de matelot, des brassières ou des matelas, pas des voiles de course ! Ce n'était en tout cas pas la priorité ! “S'il veut un jeu, grondait mon père, il a qu'à payer...” Mais, bon, c'était un militaire, un officier, et cet avantage a permis d'arrondir un peu les angles... »

Le fils obéissant et l'ami plus convaincu encore prend sur son temps libre, ou ce qu'il en reste au terme de sa semaine de cinquante heures. Contacte un marchand de tissu (Cordon noir) et coupe la poire des coûts en trois : un tiers pour le fournisseur (qui escompte un renvoi d'ascenseur publicitaire), un tiers pour le marin, un tiers pour lui. L'exécution ne s'éternise guère. Beaucoup moins en tout cas que les jours et les nuits sans fin passés au dessin, au traçage, à la découpe et à la finition des vingt voiles et trois spinnakers programmés d'un commun accord. Comme chez Costantini, Éric n'est pas le dernier à mettre la main à la pâte. Non qu'il soit un manuel-né, un bricoleur d'instinct, mais parce que l'effort ne le rebute pas, parce qu'il ne saurait laisser aux autres l'exclusivité des tâches ingrates, parce que, surtout, il entend accompagner le moindre détail de son projet en devenir.

Tonnerre encore : « Je ne l'ai jamais vu les mains dans les poches. Il venait et s'impliquait immédiatement. Il mettait trois fois plus de temps que moi pour faire une épissure, mais chaque toron était parfaitement travaillé. C'était net, irréprochable. » Tabarly s'exprime peu, mais il n'en est pas moins catégorique. La position d'une manille, la longueur d'un câble, le parcours d'une drisse : c'est au millimètre qu'il impose son point de vue. Pour définir la surface de voilure globale, Costantini et Tonnerre disposent des données d'usage : le traditionnel rapport de 9 m^2 à la tonne consenti aux voiliers les plus courants. *Pen Duick II* étant anormalement léger (6 tonnes), le tandem convient d'augmenter ce ratio de 4 m^2 supplémentaires, soit 78 m^2 au total. C'est évidemment peu comparé aux 300 m^2 portés par les (immenses et encore plus légers) monocoques des tours du monde les plus récents, mais beaucoup au regard des pires folies envisagées à l'époque. 78 m^2 c'est un demi-terrain de tennis qu'il faut lancer, étouffer, brasser, ranger de ses seuls bras. Un terrain de tennis entier si on y ajoute le fameux spinnaker de 80 m^2 qu'Éric Tabarly adoptera au vent portant comme un argument de plus, une arme secrète supplémentaire eu égard aux habitudes beaucoup plus conventionnelles et sages de ses principaux concurrents.

Les semaines de ce printemps 64 se bousculent et se ressemblent. Les supérieurs de Tabarly ne sont décidément pas très regardants. Les permissions et les libertés s'accumulent. « Pour la bonne cause », entend-on dire même en haut lieu. Lorient, Auray, La Trinité : le circuit en train, bus ou motocyclette tourne au cercle vicieux. Tabarly fonce et se multiplie. Costantini : « Le rituel du week-end ne variait guère. Il arrivait le vendredi soir. Faisait un tour de Tarann le samedi, revenait avec trois idées supplémentaires et nous les imposait au chantier le dimanche. Il dormait à la maison, torse nu, et la fenêtre ouverte. "Pour m'habituer" qu'il disait... » Mieux, l'athlète acquiert au Monoprix de Lorient un réveil en aluminium gros comme une assiette. Sur l'EDIC, où il passe encore quelques nuits, l'engin sonne toutes les heures ! Vous avez dit idée fixe ?

L'heure est à l'assemblage et aux finitions. De La Trinité, *Pen Duick II* est transporté à l'arsenal de Lorient où il reçoit son gréement, ses aménagements et sa quille fixée par douze boulons traversant les varangues. Le confort intérieur, on s'en doute, est succinct. Un boyau plus qu'un carré, un « trou du chacal » selon l'abrupte sentence d'Alain Gliksman pour bien marquer la différence entre la cellule de l'ermite et les « cosys » anglais, alors si prisés des yachtmen français. Dans sa tanière, Tabarly ne dispose pas d'évacuation d'eau sous son évier mais se contente d'une simple cuvette et d'un jerrican remplis et vidés suivant les besoins. Son éclairage est assuré par des piles ordinaires et son chauffage par un poêle à charbon agrémenté de recharges calibrées avec minutie. L'expérience lui a commandé d'installer son réchaud sur cardan afin d'atténuer les incessants mouvements du bateau et de placer devant sa table à carte inclinée une selle de moto elle-même réglable jugée plus confortable qu'un banc ou tabouret de bois classique.

Si l'on rapporte souvent l'intelligence de ces deux dernières trouvailles (la table et la selle), on néglige de saluer l'esprit qui présida à leur mise au point. Ce qui prévaut à l'esprit de Tabarly c'est sans doute l'efficacité et le rendement, mais surtout et plus encore le bon sens. Il y a une « évidence » Tabarly qui relève davantage du B.A. ba que de l'ingéniosité. Tabarly n'est pas un Géo Trouvetout de la navigation, un professeur Tournesol de la voile, c'est un observateur infatigable qui, d'emblée, concède son humilité, avoue son ignorance, mais qui, cent fois sur le métier, peaufine et arrange, adapte et transforme.

Le skipper de *Pen Duick* se plaint de ne pas pouvoir surveiller son gréement une fois refermée sa descente. Qu'à cela ne tienne : il fait installer juste au-dessus des quelques marches qui le conduisent au carré une bulle de Plexiglas empruntée à un hydravion Sunderland récupéré chez un démolisseur du Poulmic, grâce à laquelle il profitera d'une vue périphérique quasi imprenable. Il s'inquiète de ne pouvoir à tout moment observer son compas et ainsi réagir dans la seconde à des données inhabituelles. Qu'importe : le voilà fixant au plafond et à l'envers deux mouchards juste au-dessus de ses couchettes (une bâbord, une tribord) pour que même la position couchée ne retarde pas ses interventions. On pourrait continuer longtemps la liste des « trucs » made in Tabarly, on ne ferait qu'ajouter au pragmatisme de sa démarche et à l'économie de ses aspirations les deux vérités cardinales qui, longtemps, déterminerons ses préparations. « Pourquoi, insiste-t-il au détour d'une notice pratique, imposer une hauteur sous barrot supérieure à 1,50 mètre, puisque, à l'intérieur du bateau, on est toujours assis [1] ? » Oui, pourquoi se soucier d'aise, lorsque seul compte le but ?

Preuve de la justesse du principe empirique d'observation et d'expérimentation : pour son malheur, Tabarly laisse à une « sommité » extérieure le soin de mettre au point son « pilote automatique ». Il comprend la nécessité d'accepter à son bord cet accessoire indispensable, version améliorée de la fameuse « barre amarrée » qui permettait aux premiers solitaires d'assurer la marche de leur bateau pendant qu'ils s'accordaient quelque repos. Il admet que les systèmes plus modernes de Marin-Marie ou de Chichester — prothèses de bois ou toile directement accouplées au gouvernail et susceptibles de remettre sans cesse le bateau dans le lit du vent — sont aujourd'hui dépassés. Mais il ne se lance pas dans l'étude approfondie du successeur de ces divers tâtonnements pour autant. Il délègue et fait confiance.

A l'ingénieur Gianoli par exemple qui, du côté de Meudon, s'était jusque-là spécialisé dans les dispositifs de guidage de fusée ! Son pilote à lui se distingue en ce qu'il a incliné l'axe de sa girouette jusqu'au voisinage de l'horizontale. Une initiative qui aurait pour avantage une meilleure coordination du dispositif global, un rendement supérieur et une sensibilité accrue. C'est du moins ce qu'affirme le mode d'emploi, c'est ce que confirme son inventeur, c'est ce que croit Tabarly. N'ayant aucun élément de comparaison à sa portée, ni la plus petite compétence en la matière, il refuse de se

1. *Ibid.*

substituer et même d'intervenir. Cette soumission (mais aussi cette faiblesse), cette incapacité à s'investir dans d'autres domaines que ses préférences, le grand marin français s'y abandonnera plus d'une fois. Elle handicapera régulièrement sa marche et lui causera bien des tourments, à commencer par ceux que ledit pilote lui imposera dès l'entame de la prochaine Transat...

Quelques définitifs coups de pinceau accélèrent encore les derniers préparatifs et les ultimes mises au point. Le 15 avril 1964, *Pen Duick II* avait été mis une première fois à l'eau, sans quille, ni aménagement, le 10 mai, il est baptisé pour de bon par Odile, la femme de Gilles Costantini et par le père Tonnerre, aumônier de la Marine et lointain parent de Victor qui bien sûr est également de la partie. Dans l'assistance on note la présence de quelques militaires, témoin d'un soutien discret mais indéniable. A un mois du départ, Éric Tabarly a été officiellement relevé de ses fonctions et profite d'une permission « exceptionnelle » de quatre mois. La mutation un moment envisagée vers Bizerte est définitivement oubliée ! Le lieutenant de vaisseau Tabarly est désormais chargé d'une tout autre mission : démontrer l'excellence de ses choix, traverser au mieux l'Atlantique et, pourquoi pas, faire honneur à la France.

8

DE L'AUTRE CÔTÉ DE LA GRANDE MARE

Le Royal Western Yacht Club de Plymouth est devenu un salon de thé. Une bonbonnière rose orangé où caquettent d'antiques douairières sagement alignées devant des tasses fleuries. Derrière le pont tournant, Mill Bay Dock a fait son deuil de l'Ostar, la première véritable course océanique de l'histoire. Pour retrouver la mémoire, il faut pousser jusqu'à la Queen Anne's Battery, où un yacht-club sans caractère prétend donner le change. A l'étage, le buste de Chichester, premier vainqueur de l'épreuve, regarde la mer. Dans le hall, un panneau de bois verni résume la légende. Où l'on retrouve le nom de sir Francis bien sûr, mais aussi celui d'Éric Tabarly qui lui répond comme un écho.

En mai 1964, le jeune enseigne de vaisseau français ne découvre pas Plymouth. Il a déjà relâché dans ce port fameux. Déambulé, entre pubs et shipchandlers, dans le tortueux quartier de Barbican ; escaladé la colline menant à la vieille citadelle de Charles II ; admiré l'île Drake plantée au milieu de la baie ; imaginé le fier corsaire à la barre de son 18 mètres conduit par quarante hommes d'équipage et rêvé les Raleigh, Grenville, Cook et le fameux capitaine Bligh du non moins célèbre *Bounty* larguant les amarres en ce point reculé de la côte anglaise, index naturellement pointé vers des lointains prometteurs. Mais l'heure n'est ni au tourisme ni à l'instruction. Tabarly est en retard et la flotte qu'il rejoint à la cravache ne saurait attendre...

Une bien curieuse armada en vérité. Un mélange de coques usées et d'inventions inadaptées ; des coffres-forts flottants et d'improbables youyous ; des mâts en bois et des gréements de jonque. Une antiquité de vingt-cinq ans d'âge et une coquille de plastique à peine plus longue qu'un engin de plage ! Récidivistes obligatoires, les cinq pionniers de 1960 sont là. Chichester bien sûr, désormais âgé de soixante-trois ans, qui, comme à son habitude, a embarqué à bord de son *Gipsy Moth* une bibliothèque conséquente et une dose de flegme à peine moins impressionnante. Blondie Hasler est là aussi, instigateur de la fête, qui n'a varié ni ses habitudes, ni son indémodable *Jester*. Passé de 6,40 mètres à 6,70 mètres, Jean Lacombe dispose toujours du plus petit bateau de la flotte. Valentine Howells s'est adjoint les services d'une unité plus importante : un voilier en acier construit en Hollande qu'il est chargé de livrer aux États-Unis dans les meilleurs délais. David Lewis, enfin, commande un catamaran neuf mais incertain, *Rehu Moana,* qu'il a déjà conduit (non sans mal) jusqu'en Islande et espère emmener (au terme de la Transat et rejoint par sa famille) autour du monde.

Le reste des compétiteurs se caractérise par son inexpérience, sa naïveté, son romantisme plus que par son professionnalisme. Alec Rose est un épicier en vacances et son compagnon, un voilier de croisière construit quinze ans plus tôt à Calcutta. Dentiste, Bill Howell a installé le fauteuil de son cabinet devant sa table à cartes. Les voiles de jonque de Mike Ellison se replient comme de banales jalousies. Le bateau de Geoffrey Chaffey est aussi âgé que son capitaine. Derek Kelsall est certes un esprit fin et inventif, un ingénieur aux mille expériences, mais il n'a découvert son embarcation qu'une semaine avant le départ. Bob Bunker confesse surtout des connaissances dans le domaine du canoë et Michael Butterfield avoue s'être inscrit sous un faux nom à la toute dernière minute par peur du ridicule !

Au milieu de cet aréopage, Éric Tabarly fait figure d'exception. Ne serait-ce que du fait de sa jeunesse et de sa santé. Dans le numéro de *Bateaux* à paraître, Alain Auclair est catégorique : « Il est le plus complet des concurrents. Doué d'une force physique que son uniforme de la Marine met assez en valeur, il cultive ce bel héritage de la nature comme s'il partait pour Tokyo, s'entraînant comme un athlète olympique [1]. » L'allusion aux Jeux n'est pas anodine. C'est donc bien de sport qu'il est question, de performance et de compétition, et non pas de voyage ou de découverte. Plus tard, le principal intéressé reconnaîtra avec lucidité : « Étant donné son âge, Chichester n'était pas pour moi un adversaire. » En conclusion de son périple, il insistera aussi sur l'état d'esprit qui l'habitait, sa volonté de parer au plus pressé, de sans cesse accélérer la cadence, qui n'avait pas grand-chose à voir avec les habitudes partagées même par ses contemporains les plus novateurs.

Tout autant que le champion, sa monture surprend. Comparé à ses voisins de mouillage, *Pen Duick II* paraît nettement plus racé, léger et déterminé. Dans sa robe noire frappée du n° 14 — l'organisation ayant

1. *Bateaux,* juin 1964.

jugé indispensable de faire l'économie du chiffre porte-malheur qui précède —, il accélère sans peine et « danse à chaque vague ». C'est un bateau réfléchi et prémédité, intelligent et bon marché qui annonce le déroulement des événements à venir. En définitive, l'homme et sa machine ne présentent qu'un seul handicap : la fraîcheur de leurs relations, la nouveauté de leur association. Le tandem a quitté La Trinité dans la précipitation. Sans se retourner ni se poser de questions. Il y a encore beaucoup à faire, de nombreuses finitions à assurer, plusieurs éléments à installer. Victor Tonnerre a achevé un dernier spinnaker deux heures avant l'embarquement. Tout juste après qu'une fourgonnette, empruntée pour l'occasion, a livré six jerrycans de vingt litres d'eau et quarante litres de vin rouge. Oui, quarante ! Vingt pour la traversée aller et vingt pour le voyage retour. « Je crois, avait tenu à préciser le capitaine, qu'il n'y a pas de bons vins en Amérique, de toute façon il sera trop cher et je ne suis même pas sûr que je m'arrêterai [1]... »

Côté distractions, Tabarly n'a rien prévu ou presque. Quatre livres : *Atlantic Adventures* de Humphrey Barton, *Les Navigateurs solitaires* de Jean Merrien, ainsi que les comptes rendus de la précédente course de Lewis et Chichester. Il a également emmené sa tenue d'enseigne parce qu'il est « en mission » et un poste émetteur parce que sa mère lui en a intimé l'ordre. Pour rejoindre l'Angleterre, il a invité à son bord son père et Yvonne de Rosambo, une amie de la famille chargée de mettre un peu d'ordre dans l'avitaillement. Le coup de main financier qu'elle et son mari ont consenti tout autant que les malaises que sa propre

1. *Victoire en solitaire,* Arthaud, 1964.

mère accumule dès qu'elle passe plusieurs heures sur un bateau expliquent cette présence inattendue. Éric a aussi convié (au cours d'une très rapide escale à Brest) Jean-Paul Aymon, reporter à *France-Soir,* avec qui Alain Gliksman a eu la bonne idée de le mettre en rapport afin qu'il se fasse l'écho d'une aventure, pour l'heure, ultraconfidentielle.

Aymon n'est pas un baroudeur à la Lucien Bodard ou à la Joseph Kessel. Responsable des informations générales, il n'a couvert aucun événement d'importance. Mais il apprécie la navigation de plaisance qu'il pratique modestement du côté de Carnac. C'est un jeune homme curieux, intuitif qui, dans les allées du Salon nautique, cinq mois plus tôt, a immédiatement fait sien le pronostic de Gliksman : « Tu verras, ce gars-là a une très bonne chance de gagner, tu devrais en parler à tes patrons et te débrouiller pour lui faire signer un contrat d'exclusivité. » A dire vrai, Pierre Lazareff, l'infaillible chef d'orchestre de *France-Soir,* ne se sent pas autrement concerné par l'événement. Il n'est même pas certain qu'il ait été clairement informé de l'imminence de la course et de l'identité de son supposé favori. Son frère, Roger Féral, directeur de l'agence Scoop, intimement associée au grand quotidien de la rue Réaumur, s'avoue, en revanche, intéressé. Il est disposé, enregistre Aymon, à financer quatre articles de 500 francs chacun et à accorder une plus-value de 50 % sur les reventes en cas de victoire ! Jean-Paul Aymon : « Ce n'était pas le Pérou. Mais c'était une manière d'occuper le terrain. De couper l'herbe sous le pied à d'hypothétiques concurrents. C'était une somme minimum "pour voir", une obole versée "au cas où". Moi j'étais ravi d'autant que je devais accompagner Éric jusqu'à Plymouth afin d'alimenter mon tout premier papier... »

D'emblée, comme le suggère le titre de cet article inaugural, le reporter improvisé rapporte comment « Tabarly, le navigateur solitaire, (lui) a passé la barre, sans desserrer les dents [1] ». Un document prémonitoire où s'affirment, sans tarder, quelques-uns des traits essentiels du personnage : le silence qu'il observe bien sûr, mais aussi son pragmatisme, son sens pratique, son calme. Jean-Paul Aymon a froid, il mange son œuf au plat à la cuiller, boit son vin à la bouteille, mais dans l'effervescence qui caractérise ces heures si précieuses, il n'a pas de mots trop respectueux pour saluer l'impassibilité du capitaine.

Tout juste quelques problèmes techniques inquiètent-ils encore celui-ci. A peine arrivé à Plymouth, le voilà sciant une queue de vis qui dépasse, bouchant une fente suspecte, graissant une ferrure récalcitrante, achevant une indispensable couche de peinture antidérapante. Il aimerait encore retailler une voile et se procurer un speedomètre. Autour de l'impassible, le clan s'agite à qui mieux mieux. Arrivée de Paris par avion, tante Mony ajoute à la fièvre. La sœur de Guy est tout sauf discrète, volontiers exubérante, extravertie jusqu'à la caricature. Parisienne, richement mariée, à la tête d'une maison de couture, elle a le don de se mettre en avant, de s'imposer. Elle « adooore » Éric, lui a offert un beau costume (qu'il usera jusqu'à la corde au cours des quinze années à venir !), l'a invité plusieurs fois dans son chalet de Megève et a promis à son étoile un avenir forcément grandiose. En attendant, elle lui a apporté sa réserve de

1. *France-Soir,* 23 mai 1964.

chocolat oubliée à La Trinité, soixante-douze œufs frais emballés dans du papier journal, un stock d'allumettes et une bouteille de whisky. Encore vingt-quatre heures et le départ sera donné, treize jours, pas un de plus, après le baptême de *Pen Duick II* à La Trinité !

Preuve supplémentaire de la confidentialité de l'échéance qui s'annonce : après un second papier consacré à la compétition proprement dite où il est, entre autres, beaucoup question de « pur-sang de la mer », Jean-Paul Aymon a déjà rejoint Paris ! Le départ ? « Laissons-les faire, voyons ce qui se passe... », lui suggèrent, sceptiques, ses supérieurs hiérarchiques, « inutile de dépenser de l'argent à fonds perdus, attendons encore un peu... ». Déjà heureux de son expérience, le secrétaire de rédaction obtempère : « Pendant une quinzaine, il n'a plus été question de la course. Personne n'en parlait, pas même nous, et je n'ai sauté dans un avion pour l'Amérique que lorsque la victoire d'Éric n'a plus fait de doute... »

En attendant semblable perspective, Tabarly fait le tri dans ses affaires et ses idées pareillement désordonnées. Alain Gliksman, qui a lui-même rejoint Plymouth depuis Cherbourg à bord d'une Bertram à moteur, commande à Roland de Greef, son photographe, quelques clichés supplémentaires. A son tour, il discute de livre de bord et de confidences exclusives avec le favori désormais déclaré de l'épreuve. Au matin du 23 mai, à 9 h 30, loin du quai et des au revoir, à quelques dizaines de minutes du départ, les deux « envoyés spéciaux » et le père d'Éric se trouvent encore sur le pont de *Pen Duick II* et bientôt dans une minuscule annexe, le bateau à moteur tardant à venir les récupérer... Tabarly l'avouera par la suite : « Tout cet enthousiasme devient un peu encombrant [1]. » Il est plus que temps de s'envoler et de profiter, enfin, de toutes les patiences accumulées...

Il n'empêche : cet empressement et ce désordre ne sont pas que le fait des circonstances. Ils marquent eux aussi le « style » Tabarly. Parce que la planification n'est pas sa première vertu, ni l'organisation, ni même la prévoyance, mais surtout parce qu'un ultime tour d'écrou ou un dernier coup de pinceau relèvent de la mise en place naturelle d'un projet l'autosatisfaction n'a jamais droit de cité chez ce naturel insatisfait.

Le canon du départ a retenti. Mieux placé, Derek Kelsall franchit la ligne en premier, mais, juste derrière lui, Tabarly s'apprête déjà à prendre l'avantage. Il s'affaire, s'active et jette dans le ciel son spinnaker rouge, si imposant, si volumineux qu'en un instant il « change la couleur du ciel » (aurait osé son futur ami Olivier de Kersauson) et le propulse à l'avant de la flotte. Un événement qui cueille l'ensemble des témoins présents et les impressionne plus encore que le coup de mortier qui a précédé ! Les journalistes, plaisanciers, militaires sur l'eau s'ébahissent comme un seul homme et poussent des hourras : jamais l'un d'eux n'avait assisté à pareille audace au départ d'une course, *a fortiori* à l'entame d'une épreuve transatlantique, qui plus est de la part d'un navigateur solitaire !

Intérieurement, le risque-tout fulmine. Si fort qu'au détour de ses confidences d'après-course, il écrira : « Vraiment, j'aurais été vexé de rater ma dernière manœuvre devant tant de spectateurs [2]... » Comme quoi, tout autant que le goût du geste maritime correc-

1. *Victoire en solitaire,* Arthaud, 1964.
2. *Ibid.*

tement exécuté, le regard des autres lui importe ! Aurait-il mieux préparé sa manœuvre, placé son sac de voile plus en avant sur le pont, qu'il aurait certes filé de manière encore plus spectaculaire, mais aussi satisfait sa fierté dans de semblables proportions.

Éric Tabarly a abondamment relaté et commenté sa première traversée. Il existe plusieurs comptes rendus, plus ou moins complets, plus ou moins aboutis, de son exploit. Un journal de bord circonstancié, adapté et publié suivant les besoins et les circonstances. Dans ses ultimes *Mémoires du large,* diffusés un an avant sa disparition, Éric y consacrait encore cinquante-deux pages, contre vingt-quatre seulement à sa seconde victoire, celle de 1976, pourtant autrement épique et disputée. Prime à la nouveauté ? Au plaisir de la découverte ? A la joie de se sentir enfin autonome ? A ce sentiment de « première fois » qui, toujours, détermine le destin des amoureux ? On se tromperait en tout cas en pensant que son succès initial fut le fait de gloire qui lui coûta le plus d'efforts et, davantage encore, en croyant qu'il l'a obtenu de haute lutte.

Sportivement parlant, cette réussite vaut plus par la démarche qui l'anticipa — ce processus intelligemment imaginé, ce voilier tout spécialement conçu, ces efforts si généreusement accumulés — que par sa gestion proprement dite et une opposition qui, il faut l'avouer, fut bien mince, pour ne pas dire inexistante. Imaginez une moto au milieu du peloton du Tour de France, ou un cycliste au départ d'un marathon pédestre, et vous aurez une idée assez juste de l'écart qui, en ce mois de mai 1964, séparait *Pen Duick II* de ses voisins de Transat. Un constat que l'on ne peut bien sûr faire qu'*a posteriori,* qui ne prend pas en compte le fait qu'avant de rejoindre Plymouth, Tabarly ignorait les faiblesses de ses concurrents, qui néglige la part de mystère liée à la progression des uns et des autres et qui omet que l'absence de communications pendant la course lui fit croire un instant qu'il était à la remorque des plus sérieux d'entre eux. Mais un constat quand même...

C'est en définitive un parfait voyage en « solitude » qu'entreprend Éric Tabarly. Loin de toute information, dans l'isolement le plus total, sans cordon ombilical d'aucune sorte, il lui importe d'abord de se prouver que ses choix ont été les bons, de vérifier qu'il fait corps avec son compagnon flottant et que la Grande Mare, ni pour l'un ni pour l'autre, n'est un obstacle insurmontable. Bien sûr, il espère se distinguer, mais à relire son livre de bord, on sent sourdre une autre priorité : confirmer une vision.

Tabarly n'est pas un écrivain. Ni même un conteur. Ses textes n'ont pas la force de ceux de Bernard Moitessier, Olivier de Kersauson ou même Alain Colas. De l'ensemble des ouvrages qu'il a rédigés avec l'aide bienveillante de tel ou tel de ses amis on retiendra pourtant cette *Victoire en solitaire* qui, précisément, vaut pour l'épure de son propos et la sécheresse de son ton. Il y a là l'esquisse très sûre d'un caractère, l'ébauche affirmée d'une personnalité. Les fondements d'habitudes qui ne varieront plus. 24 mai : « Il ne se passe rien qui vaille la peine d'être signalé » ; 25 mai : « La journée s'écoule sans incident notable » ; 27 mai : « Il n'y a rien d'important à signaler. » Tabarly ne brode pas, ne s'illusionne pas. Il lui importe d'abord de trouver son rythme, de « manger chaud » et de « dormir correctement ». Le 28 mai, il s'étend sur quatre pages, se penche éventuellement sur son safran, ouvre une inattendue boîte de lapin chasseur, récupère un oiseau égaré, mais que l'on se rassure : « Le reste de la journée se passe sans incident digne d'être signalé... »

De fait, et jusqu'à l'arrivée, Tabarly ne déplorera que trois malheurs réellement dommageables : la perte de son loch, le bris de son réveil et le dysfonctionnement de son pilote automatique. Incapable de mesurer correctement sa vitesse, d'interrompre son sommeil à la demande et de reporter la conduite de son bateau sur un auxiliaire mécanique, il est contraint de revenir aux méthodes de navigation les plus empiriques. A recourir à des palliatifs — géniales illuminations ou bricolages obligés — qui, pour longtemps, assureront sa légende et sa réputation. Et d'abord ce système de cordages fixés à l'une de ses voiles d'avant (sa trinquette) qui lui permit de passer outre la défaillance de son pilote et de s'offrir ainsi quelques indispensables tranches de repos, mais aussi tout un arsenal d'adaptations minimalistes qui feront dire un jour à Gérard Petipas, l'un de ses plus fidèles lieutenants, que jamais, tout au long de sa carrière, il n'a surpris son capitaine « dépourvu de solution face à une contrariété, même la plus inextricable ou la plus inattendue ».

Bien sûr, Tabarly a connu quelques moments plus musclés au cours de sa traversée. Longtemps, il se rappellera les vingt-six heures passées à la barre lors du sérieux coup de tabac enregistré les 6 et 7 juin ou cette poulie de drisse soudain détachée quatre jours plus tard qui l'amena à grimper dans le mât trois fois d'affilée, mais au regard de tant d'autres exploits rapportés, de la cataclysmique traversée d'Alain Gerbault qui, depuis 1923, servait de « navigation étalon » à l'opinion tout entière, sa propre expérience paraît — avec le recul — relever davantage du devoir accompli que de l'exploit démesuré.

Il est une autre constante que le déroulement de la Transat 1964 et la lecture du compte rendu de son vainqueur font apparaître : la capacité de Tabarly à occulter le monde qui l'entoure. Concentré sur l'essentiel — la marche optimale de son voilier —, le skipper de *Pen Duick II* a d'entrée de jeu renoncé à communiquer avec la terre. A l'inverse de Chichester, Howell ou Lewis, tous trois liés à des organes de presse impatients, il refuse sciemment d'utiliser sa radio. Tabarly ignore tout de la position des uns et des autres ; il s'en inquiète éventuellement ; mais rien dans son récit ou ses déclarations ultérieurs ne permet d'affirmer que ces manques aient affecté d'une quelconque façon son moral ou sa lucidité.

Le solitaire avance dans un tunnel, mais, plutôt que de l'angoisser, cette situation le stimule. Jamais ses gestes ne s'emballent, ni ne se précipitent. Au détour d'une réflexion, Tabarly écrit, par exemple, cette phrase révélatrice qui résume sa démarche tout entière : « J'aimerais bien savoir où sont mes concurrents, mais même si je ne gagne pas, je sais que je devrais faire un temps honorable [1]... » Il « sait ». Non que ses instruments lui en aient apporté la confirmation, mais tout simplement parce que son instinct ne saurait le tromper...

A terre, ses amis sont autrement dubitatifs. Jean-Paul Aymon : « Franchement, il était très difficile de se faire une idée, surtout concernant Éric. La course et sa "restitution" n'a vraiment rebondi qu'au bout d'une bonne semaine, lorsque le *Daily Mail,* sans réfléchir ni prévenir, a lancé sa manchette "*Where is Tabarly?*" ("Où est Tabarly ?"). » Un titre déroulé sur quatre

1. *Ibid.*

colonnes au-dessus d'un croquis supposé explicite. Sur les onze bateaux encore en course, quatre (ceux de Chichester, Howell, Lewis et Ellison) ont été clairement localisés, mais l'auteur de la carte s'est aussi permis de placer Tabarly bien en retrait de la meute comme pour appâter ses lecteurs et les provoquer : « Hein, vous non plus, vous n'y croyez pas ? »

Non, personne n'y croit, ou plus exactement tout le monde suppose l'inverse : compte tenu du potentiel de son bateau et de ses propres capacités, Tabarly doit, de toute évidence, mener la danse et, étant donné l'avancée du gros de la flotte, devrait même être en passe d'achever son périple ! *France-Soir* n'hésite plus, commande à Aymon de sauter dans un avion pour Newport et attend de lui qu'il confirme cette vision obligatoire. Pour ajouter au suspense et pour le plus grand bénéfice de la légende à venir, plusieurs jours encore vont s'éterniser avant que le reporter dévoué ne puisse, sans peur de se tromper, rapporter l'évidence.

Déjà, le vent n'est plus de la partie, *Pen Duick* s'est engagé sur le « tapis roulant » du Gulf Stream dans le mauvais sens et parcourt au mieux 20 milles par jour. Bien sûr son capitaine ne donne aucune nouvelle et ignore lui-même l'essentiel de la situation. Repéré par la Royal Canadian Air Force, l'ex-aviateur détaille dans son cahier avec exactitude : « Un quadrimoteur Argus et un bimoteur Gruman me survolent » et conclut : « Je ne devrais pas être en si mauvaise position, il me semble, pour mobiliser tous ces avions [1]... » Une accalmie passagère l'invite à un minimum de rangement : il met ses vêtements à sécher et jette son pain pourri par-dessus bord.

1. *Ibid.*

Au large de Cape Cod, Tabarly détaille encore les battements d'ailes d'un *sandpiper* déjà croisé (c'est lui qui souligne) dans un reportage du magazine *Life* quelques semaines auparavant. La vie est insignifiante et belle. Presque banale, à l'image du premier contact officiel juste à proximité du phare de Brenton Tower, point final de la Transat. Le coast guard sur un ton badin : « *You are the first* » (« Vous êtes le premier »). Tabarly incrédule : « Vous êtes sûr ? » Le coast guard, plus pratique qu'attentionné : « Vous venez d'où ? Vous allez où ? Etes-vous seul à bord [1] ? »

Les superlatifs et les hyperboles sont pour plus tard. Pour l'instant, Éric Tabarly est bêtement et simplement heureux. D'avoir traversé l'océan, d'avoir correctement mené sa barque, d'avoir amélioré d'un bon tiers le temps réalisé quatre ans plus tôt par Francis Chichester (27 jours 3 heures 56 minutes, contre 40 jours 12 heures et 30 minutes). Ses adversaires ? Ils sont loin, très loin. Chichester, encore lui, est relégué à près de trois jours, Valentine Howells à plus de six, Alec Rose et Blondie Hasler ne toucheront au port qu'une semaine et demie plus tard... Les comptes rendus des uns et des autres révéleront ultérieurement que le *Gipsy Moth III* de Chichester avait été victime d'une voie d'eau d'emblée ; que le *Folâtre* de Kelsall avait endommagé un de ses flotteurs dès les premières vingt-quatre heures ou que le *Rehu Moana* de Lewis avait brisé sa bôme tout aussi rapidement ! Une vraie débandade à quoi il faudrait encore ajouter Arthur Piver obligé de relâcher aux Bermudes ou le tandem Butterflield et Chaffey contraints de jeter l'ancre aux Açores...

1. *Ibid.*

On n'imagine que trop le détachement naturel du jeune capitaine face à l'hécatombe pour qu'il soit besoin d'insister vraiment. Tabarly n'a pas à forcer sa nature, les données mêmes de la course jouent en faveur de sa modestie avouée et de son mutisme consenti. Pensez ! Filer son quotidien à travers l'Atlantique mangeur d'hommes et de bateaux en arrosant chacun de ses repas d'une fière rasade de gros rouge ! Conforter ses habitudes en plein milieu des hostilités en enfilant son pyjama chaque fois que le soleil disparaissait à l'horizon ! Les lecteurs de France-Soir, et bientôt tous les compatriotes du héros réunis, ne peuvent rêver meilleur scénario...

Devant l'école de Beg Rohu, à trois kilomètres de Saint-Pierre-de-Quiberon, en face de La Trinité où il est né, *Pen Duick II* coule aujourd'hui des jours tranquilles. Tour à tour vendu et abandonné, l'antique coursier a été amoureusement restauré à partir de 1994. Les plans originaux ayant disparu lors de l'incendie qui, vingt ans plus tôt, avait partiellement détruit le chantier Costantini, les pionniers de la première heure furent invités à quelques efforts de mémoire. Celle de Tabarly, bien sûr, ne fut pas la moins sollicitée. Une vieille ferrure de mât retrouvée, un ancien loch à hélice récupéré ajoutèrent aux efforts des uns et des autres. Victor Tonnerre, cela va de soi, se pencha sur la garde-robe et la corderie Lancelin, dirigée par le petit-fils du fournisseur de la première heure, réalisa huit cents mètres de cordage en polyester blanc toronné comme à l'origine. Au terme de mille quatre cent cinquante heures de charpenterie et sept couches de peinture supplémentaires, *Pen Duick II* a retrouvé l'essentiel de ses lignes. De son esprit aussi. Une inspection détaillée rassure : il est bien là ce génie maritime fait bateau, ce condensé d'intelligence et de préméditation. Ces deux mâts profilés, ces neufs membrures doublées de métal, ces cent soixante-dix mètres de haubans. David Alexandre, son skipper amoureux, détaché par l'École française de voile, a poussé la délicatesse jusqu'à faire mouler une nouvelle selle de Harley Davidson identique à l'originale que Tabarly avait installée devant sa table à cartes. Sans doute parce que l'on ne change pas un voilier qui gagne. Et encore moins une légende...

Lorsque Tabarly disparut en mer d'Irlande en juin 1998, *Pen Duick II* était à Lisbonne invité par les organisateurs de l'Exposition universelle. Gilles Costantini était à bord. En manière d'hommage, il est revenu à Brest à la cravache. A neuf nœuds de moyenne, sans connaître le moindre désagrément.

9

LES SILLAGES DE LA GLOIRE

Si le tremblement de terre est pour plus tard, l'effervescence est déjà à l'ordre du jour. Vingt-quatre heures avant la traditionnelle course des Bermudes, la charmante Newport s'émeut. Thames Street grouille de badauds hilares et les pubs de Bowen's Warf ne désemplissent plus. L'arrivée en terre américaine d'un jeune officier français n'y est pas pour grand-chose, le port est encombré de mâts autrement importants, mais l'événement ajoute à la cacophonie ambiante. Déjà, deux bateaux-incendie transformés en geysers lui promettent une haie d'honneur liquide ; embarqué sur la vedette du docteur, le maire part à la rencontre de l'inconnu et un bâtiment des gardes-côtes appareille à son tour. Sur le balcon de l'Ida Lewis Yacht Club, une demi-douzaine d'officiels, couverts de cheveux blancs et piqués de boutons dorés, s'interrogent juste avant de rejoindre le ponton de Port-O-Call.

La une du *Newport Daily News* du 20 juin 1964 fait, naturellement, la part des choses. Tout juste revenu de son équipée atlantique, Éric Tabarly, trente-trois ans, est gratifié d'une photo souriante et d'un sympathique « Bienvenue ! » (en français dans le texte). Le titre de l'article qui lui est consacré est sèchement informatif :

« Un officier français traverse l'océan en vingt-sept jours ») et les explications qui suivent sont plus que succinctes. Les cent quarante et quelques voiliers de l'épreuve à venir sont autrement soignés. Cinq colonnes pas moins leur sont dévolues qui disent leurs caractéristiques, leurs valeurs et leurs espoirs.

Pour le marin solitaire, l'heure est encore aux confidences amicales et aux félicitations familiales. Sans ciller, il se soumet aux questions et objectifs de la demi-douzaine de reporters présents. Juste avant de raser sa barbe, de nouer sa cravate et d'accepter un lunch officiel au premier étage du Viking. Venue spécialement de France, tante Mony est, une fois de plus, de la partie. Sans doute plus démonstrative que son neveu ne le souhaiterait. Affublée qui plus est d'un chapeau tapageur et se manifestant par des éclats de rire à peine moins discrets. Un plateau en argent, deux discours et une salve d'applaudissements plus tard, les mêmes se retrouvent, trois pâtés de maisons plus loin, sous les lambris de Vernon House. Toujours en habit, toujours en petit comité.

En fin d'après-midi, Éric rejoint le Shamrock Cliff Hotel, monument de bois blanc entretenu avec un soin maniaque, où *France-Soir* lui a réservé une jolie vue sur mer. C'est là que Jean-Paul Aymon, dépêché par « le seul quotidien français tirant à plus d'un million d'exemplaires », le rejoint. « Je m'attendais à le trouver allongé sur le lit, exténué ou endormi, mais il était penché sur le bureau en train d'ajouter quelques lignes à son journal de bord. » Aujourd'hui encore, le reporter privilégié s'étonne : il a, comme convenu, glissé dans une simple enveloppe la liasse de petites coupures prévue en échange du travail promis, mais compte tenu de la modestie du contrat signé la conscience du marin l'impressionne.

Davantage en tout cas que le ton de son récit ! Trop de termes marins et de considérations météorologiques encombrent son propos. Assuré de tenir son « scoop », l'envoyé spécial s'active et fait au mieux pour donner une suite cohérente aux articles qu'il avait lui-même publiés quelques jours avant le départ. En bon professionnel, il suggère une série de titres ou d'accroches plus musclés : « Un troupeau de marsouins a croqué l'hélice de mon loch » ; « La tête sous l'eau, je répare mon gouvernail » ; « A 13 mètres au-dessus de l'océan, je tente de rattacher une voile » ; « La médaille de Notre-Dame de la mer que m'a donnée maman n'a pas quitté mon bord » ; « Premier être vivant rencontré : un oiseau égaré à 400 milles de l'Irlande. Il est mort à mes pieds » ; « Un des secrets du navigateur : il boit du vin rouge 12° ».

Pendant une petite semaine, les lecteurs de *France-Soir* revivent l'événement, intrigués et surpris. Certes le relecteur de service confond le « largue » avec le « large », les « milles » avec les « miles », certains termes techniques ou de navigation sont insuffisamment expliqués ou compris, mais qu'importe : l'ensemble plaît et émeut. A la demande de sa direction, Aymon — lui-même crédité d'une prime exceptionnelle de 4 000 francs — est prié d'ajouter deux articles à sa série. Le reporter acquiesce et extorque deux ou trois anecdotes supplémentaires à son confident soudain plus préoccupé de tourisme et de découverte que de faire fructifier sa réputation naissante.

Vingt-quatre heures encore et le général de Gaulle est sur le pont. Averti par Pierre Messmer et Maurice

Herzog, ses ministres des Armées et des Sports pour qui le patriotisme et l'exploit vont forcément de pair ! En un clin d'œil, l'Élysée commande au consul de France à Boston, Jean Savelli, de rallier Newport, puis à l'attaché naval adjoint, Robert Chatel, d'annoncer au héros l'attribution d'une gratifiante Légion d'honneur. Compte tenu du décalage horaire, la mobilisation politico-militaire ne pouvait être plus rondement menée.

Tabarly se prête au jeu sans se poser de questions. Pendant les quelque quinze jours qu'il passe aux États-Unis, il est ballotté de droite et de gauche, sollicité à maintes reprises, invité plus encore, mais jamais il ne s'étonne, ni ne se plaint. Il profite, au contraire, des largesses des uns et des autres, de celle de Bill Howell en particulier, arrivé en sixième position, qui, témoin de ses poches plates et de son embarras répété, lui a octroyé une « petite avance ». Hier indifférente, la presse locale se pique petit à petit au jeu. Elle a même trouvé au héros une lointaine parenté : une cousine habitant Middletown dont le mari est bien évidemment versé dans la Navy... Le voilà encore applaudissant Louis Armstrong — l'une de ses rares admirations avouées — lors d'une soirée du célèbre Festival de jazz de Newport ; naviguant aux côtés de Bob Bavier à bord de *Nereus,* l'un des *defenders* de la Coupe de l'America ; ou prenant un verre sur la terrasse de la villa Plaisance en compagnie de Francis Chichester, son glorieux prédécesseur.

Après quelques formules de politesse, concédées dans un anglais plus qu'approximatif, Tabarly est heureux de laisser là le célèbre marin et de s'entretenir avec un jeune Belge, lui-même auteur d'une séduisante traversée atlantique quelques semaines auparavant. Joan de Kat est une vieille connaissance. Fils de peintre et frère d'aventure, il a même emmené *Pen Duick,* premier du nom, jusqu'en Amérique ! Ou tout au moins un minuscule morceau de *Pen Duick* ! Une partie de son beaupré cassé, qu'Éric lui avait cédé trois ans plus tôt à Cherbourg et dans lequel il a taillé le bout dehors de son *Ondine...*

Le crochet via Washington s'effectue en un éclair. L'ambassadeur de France, Hervé Alphant, lui remet son cordon devant un parterre de circonstance, non sans lui avoir, au préalable, prêté une paire d'escarpins vernis en lieu et place de ses baskets, la seule paire de chaussures, hormis ses bottes, dont il disposait à bord de son bateau. Simultanément, le Conseil des ministres publie, à Paris, un communiqué officiel qui souligne à quel point « l'exemple du vainqueur de la Transat apporte (au) bénéfice national » et combien « (son vainqueur) offre à la jeunesse un exemple à admirer ». Les trompettes de la renommée ne sont pas encore tout à fait embouchées mais l'intérêt porté à l'anonyme, parti réaliser son rêve sur l'Atlantique, monte soudain d'un cran.

Toujours à l'instigation de l'Élysée, Tabarly est invité à rejoindre la terre natale à bord du paquebot *France,* symbole s'il en est de la grandeur et de l'excellence nationales. Lui qui dans un premier temps avait envisagé de revenir dans son sillage par ses propres moyens, à la barre de son *Pen Duick,* accepte le privilège sans ciller. Néanmoins, il ne laisse à personne le soin de conduire — en solitaire cela va de soi — son bateau jusqu'à New York, quai n° 14, où l'attend le *Carbé,* cargo de la Compagnie générale transatlantique, lui-même chargé de le rapatrier au plus vite.

Depuis son arrivée — le 18 juin, cela ne s'invente

pas ! — les photographes de presse n'ont accordé qu'un minimum de répit au nouvel ambassadeur de l'actualité « heureuse ». Revêtu d'un pull immaculé, Tabarly abandonne de cliché en cliché quelques sourires, découpe un voilier en sucre et en chocolat, prend la pose dans la salle de gymnastique du *France.* On le surprend même agenouillé devant l'autel d'une petite chapelle de Manhattan où il est venu, souligne la légende du document envoyé sur le fil, « remercier Dieu de sa victoire »...

Dans son édition du 4 juillet — Tabarly n'est pas encore arrivé au Havre —, *Paris Match* joue naturellement la surenchère et consacre vingt-deux pages à un événement dont il n'avait pas même signalé le coup d'envoi quatre semaines auparavant. A la une, « Le héros français de l'Atlantique » apparaît sur fond de drapeau tricolore. A l'intérieur, c'est le pays tout entier qui s'interroge : « Derrière ce visage de boucanier qui est ce jeune Français ? » Pour les besoins des reporters maison, Éric Tabarly avait accepté sans barguigner de reprendre la mer dès le lendemain de son arrivée et de mimer ses habitudes nautiques, même les plus anodines. « Il s'attachait pour faire la cuisine », précise le reporter ; « Il n'a jamais dormi plus d'une heure de suite » ; « Il a bu vingt des quarante litres de vin que lui avait donnés son père... ».

Définitivement amariné, *Paris Match* précise encore : « Pour que les miettes ne bouchent pas la crépine de la pompe, Éric doit songer à ne jamais couper son pain ailleurs que sur le pont... » Et feuillette, comme il se doit, l'album de l'impétrant : de sa première navigation à l'âge de trois ans à la barre de l'*Annie* à ses tribulations militaires en passant par sa chambre monacale installée sous les combles de la

Chalouère. En habit du dimanche, la famille au grand complet pose devant le traditionnel téléphone noir en Bakélite et mime (elle aussi) la scène du premier coup de fil d'après victoire. Pour l'occasion, Babar, veste de tweed et cravate assortie, a loué un poste de télévision et invité les voisins à regarder les actualités ; Armelle, la jeune sœur, précise encore *Paris Match,* a « pardonné à son frère son absence lors de ses fiançailles » ; quant à Patrick, le cadet, incorporé du côté de Thionville, il profite grâce au héros d'une « bienheureuse et exceptionnelle permission ».

Dans le sillage de *France-Soir* et de *Paris Match,* c'est au tour des journaux spécialisés — *Bateaux* qui domine le marché, mais aussi *Neptune Nautisme* et *Les Cahiers du yachting* qui, derrière lui, se livrent une sévère concurrence — de faire rebondir l'événement. Tabarly ayant offert ses services à tout-va, promis plus encore, reçu, on l'a vu, quelques dédommagements et compensations en échange, les uns et les autres peinent à établir leurs droits de préséance ou leurs priorités d'exclusivité. L'intéressé est le dernier à vouloir prendre parti. Il se dérobe plus qu'il ne tranche et renvoie dos à dos des patrons de presse bien obligés de faire avec...

Conseiller de la première heure et rédacteur en chef de *Neptune Nautisme* au moment des faits, Alain Gliksman n'est pas le moins lésé au terme de ces marchandages un rien croquignolesques. Avec le recul, il tempère : « J'ai naturellement aiguillé et aidé Éric. Il faut dire qu'à l'époque cela ne coûtait pas trop cher d'être généreux. Après la course, c'est vrai, tout s'est bousculé. Il s'est laissé un peu emporter par la vague et ne savait plus très bien où étaient ses priorités. Mais, bon, chacun y a retrouvé son compte... » Un point de vue conciliant qu'il avait d'ailleurs déjà adopté à la veille de la Transat suivante, en 1968, dans un éditorial sans détour : « Nous fûmes à l'époque heureux de rendre ce service à Tabarly, mais lorsque le bateau fut construit, son barreur confia ses écrits à une revue concurrente... Entre individus "normaux", ce genre de pratique peut être baptisé de toutes les manières, toutes peu aimables. Pour Tabarly, il fallait sans doute juger ses actes d'après d'autres critères et nous n'en parlâmes point. C'était l'enfant uniquement préoccupé par son arbre de Noël et qui disait oui à tout le monde, n'importe où, n'importe comment. Tabarly voulait *Pen Duick II*... Il l'eut... Il gagna... C'était pour lui l'essentiel [1] ! »

Même privé de son droit de priorité, *Neptune Nautisme* donne le change dans sa livraison du mois d'août. Désormais consacré et évidemment installé à la une, le marin, une fois de plus accompagné d'un drapeau tricolore, est couvert d'éloges et de compliments. Ici et là, on note la présence de plusieurs placards publicitaires directement liés à l'événement, en faveur des panneaux de bois fournis par la SNBCC en particulier et même un authentique « publi-reportage » relatif aux voiles fabriquées par l'indispensable Victor Tonnerre [2]. A quelques jours de distance, *Bateaux* ajoute encore à la dithyrambe. Sept pages durant, les épithètes pleuvent et les admirations s'accumulent. Qu'il semble dépassé ce cher Bernard Moitessier, « vagabond des mers du Sud », occupé, quelques pages plus loin — à des années-lumière de l'exploit qui défi-

1. *Neptune Nautisme,* n° 66, juin 1968.
2. *Ibid.,* n° 19, août 1964.

nitivement fait l'actualité —, à fournir, presque en catimini, ses « astuces de mouillage [1] » !

Célébré par la presse populaire, adoubé par les magazines spécialisés, Tabarly va, dès la fin de l'année 1964, gravir encore quelques marches sur le chemin de la célébrité. Grâce à un livre, *Victoire en solitaire,* d'emblée vendu à cent mille exemplaires ; grâce à un film aussi, *Rendez-vous avec la gloire,* immédiatement consacré par dix-sept prix nationaux et internationaux. Deux témoignages concoctés dans l'urgence, lancés l'un et l'autre plus rapidement que ne l'avaient jamais été tous ceux jusque-là réservés à de semblables événements qui contribuèrent pour beaucoup à la mise en orbite définitive du « héros national ».

S'agissant du livre, son principal instigateur peut se flatter d'avoir bien senti, selon l'expression consacrée, d'où venait le vent. Fils de Benjamin Arthaud, éditeur réputé, Jacques ne s'est pas frotté aux exigences de l'entreprise familiale, ni n'a fréquenté les milieux de la publicité pour rien. Amoureux de la mer — il a appris la plongée avec Jacques-Yves Cousteau et l'usage du sextant avec Thor Heyerdahl, le célèbre capitaine du *Kon-Tiki* ! — il espère obtenir dans ce domaine les mêmes succès que son père dans celui de la montagne. Ses premières expériences éditoriales l'ont conduit dans le sillage de Marcel Bardiaux, tourdumondiste excentrique et de Jean Merrien, auteur prolifique. Elles l'ont surtout incité à faire le voyage de Newport et à rencontrer, grâce à l'indispensable Jean-Paul Aymon, l'idole annoncée : « La négociation a été à la fois simple et surréaliste. En gros, Éric disait oui à tout, mais en même temps que nous jetions les bases du

1. *Bateaux,* n° 75, août 1964.

contrat, je me rendais compte qu'il avait déjà pris tel ou tel engagement. Nous étions dans sa chambre au Shamrock. Soudain, le téléphone a sonné. Éric s'est retourné vers moi en mettant la main sur le combiné : "Ce sont les Éditions des Presses de la Cité, je leur dis quoi ?" C'est certain, il y avait beaucoup de candeur dans son attitude... »

Mais pas mal de sérieux aussi. Comme le fait remarquer Gliksman, n'importe quel marin dans sa situation aurait d'abord veillé à « fêter » dignement sa victoire, à rouler de pub en bar, à boire, à s'encanailler. Le skipper a d'autres priorités. S'il ne sait toujours pas qui aura la primeur de ses confidences, il veut, par-dessus tout, qu'elles sonnent juste. Des heures durant, il raturera et modifiera son manuscrit. « Je me suis contenté, précise Jacques Arthaud, de corriger quelques tournures, quelques fautes de français. Mais chaque fois que je lui demandais de simplifier telle explication, de raccourcir telle description, il haussait le sourcil, étonné, presque vexé. »

Entre les deux hommes, la confiance s'installe. Prévenant, l'éditeur accompagne Tabarly à Washington où il est prévu qu'il reçoive sa Légion d'honneur et avance l'argent nécessaire à l'achat d'une Harley Davidson Duoglide 1 200 cm^3 à suspension hydraulique, alors totalement introuvable en France. Arthaud encore : « J'étais vraiment sur un petit nuage, heureux comme un enfant. En fait, je n'ai commis qu'une seule erreur : ne pas lui avoir fait signer d'option prioritaire pour ses livres à venir... » Un manque à gagner que le père de la belle formule « le cap Horn, l'Everest de la mer » rattrapera en pérennisant sa prolifique collection nautique où les Moitessier, Antoine Janichon et autres rencontreront d'autant plus de succès qu'ils profitèrent de la locomotive Tabarly.

Depuis son retour en France, Éric ne s'est offert qu'un minimum de répit. A peine a-t-il récupéré *Pen Duick II* (le 3 août) qu'il choisit de le faire jauger pour prendre part (le 8 !) à la course Yarmouth-Santander. Babar, Patrick et quelques anciens de l'École navale sont de l'équipée. Le résultat n'est guère probant, ni celui de l'épreuve suivante, jusqu'à La Trinité, qui lui vaut, une fois n'est pas coutume, une place de bon dernier, mais l'envie de « lever le pied » n'est pas encore à l'ordre du jour. Toujours sous la tutelle de la Marine, le matelot Tabarly doit, en prime, suivre un stage de fusilier marin à Lorient à compter de septembre, une perspective qu'il intègre à son emploi du temps, sans enthousiasme. Entre une marche forcée et une corvée d'entretien, une seule obligation trouve grâce à ses yeux : le tournage d'un documentaire supposé faire revivre son si monumental exploit.

Fils du grand Georges, Marc Simenon possède de belles références dans le domaine du reportage filmé, mais il s'inquiète : son nouveau sujet n'a bien sûr embarqué aucune caméra lors de sa traversée. Il s'agit donc de faire revivre l'événement, de le reconstituer. Crédité d'une permission spéciale, Tabarly accepte l'exercice avec « plaisir » selon le premier mot qui vient à l'esprit de Marc Simenon, décédé fin 1999. « On m'avait parlé d'un gars peu causant. C'était vrai, mais cela n'avait aucune importance. Ce que je voulais, c'est qu'il se prenne au jeu, qu'il répète ses gestes, et dans ce domaine nous avons eu plus que notre compte. » Encore un peu, et Pierre Goupil, le cameraman du film, est obligé de freiner le marin, pressé, comme lorsqu'il était en course, de tirer au maximum sur son engin ! Tabarly veut bien « mimer » la réalité, mais il ne veut surtout pas faire semblant. Il accepte de bonne grâce une équipe technique sur son bateau, mais refuse de feindre une attitude, de déguiser une position.

Au final, ce *Rendez-vous avec la gloire,* proposé en deux versions (trente et quarante-cinq minutes), offre une assez bonne idée de la vie à bord de *Pen Duick,* des gymnastiques qu'elle impose et des innombrables réglages nécessaires à sa progression. Présenté en avant-première, six mois plus tard à Grenoble, distribué en première partie de *Fifi la Plume,* long métrage nettement plus anodin d'Albert Lamorisse, récompensé par la Ville de Paris, ce joli témoignage a marqué plus d'un esprit et suscité quelques vocations en prime. A La Trinité, le remue-ménage du tournage a, par exemple, excité la curiosité de deux gamins d'Angers toujours prêts à donner un coup de main : Pierre English et Jean-Yves Terlain, futurs équipiers ou adversaires d'Éric, impressionnés par les feux de la rampe et la star qu'ils étaient en train de consacrer.

Le film est au montage lorsque paraît le livre. Un crâne et une barbe pareillement taillés rehaussés du nom du héros inscrit en caractères monumentaux ; le bleu du ciel, le rouge du spinnaker, le blanc de la grand-voile en guise de toile de fond comme un principe devenu obligatoire. 304 pages, 82 héliogravures, 46 dessins et cartes : de la couverture à la présentation générale, jamais récit d'aventure n'a été aussi bien pensé et présenté. Auteur maison, secrétaire d'État à la Jeunesse et aux Sports, voisin de popularité, Maurice Herzog a, logiquement, composé la préface. Son texte est convenu, mais sa conclusion pose quelques jalons définitifs : « Je souhaite que (ce livre) devienne, entre les mains du plus grand nombre de jeunes Français épris d'aventure, le témoignage d'un homme courageux et exemplaire. » Deux pages plus loin, le capitaine de vaisseau Marcel de Kerviller, supérieur hiérarchique de Tabarly, auteur de l'introduction, ajoute à l'incitation : « *Victoire en solitaire* est un livre passionnant qui ne peut laisser indifférent aucune personne portant quelque attention aux choses de la mer. Je lui souhaite de tout cœur la très grande diffusion qu'il mérite. »

Achevé d'imprimer sur papier la Meije (salut aux montagnards !) le 31 décembre 1964, le compte rendu tant attendu a raté les fêtes de fin d'année mais il est prêt pour l'ouverture du Salon nautique. Le rendez-vous de janvier 1965, sous la voûte bétonnée du CNIT, est de ceux que l'on n'oublie pas. Repeint à neuf, *Pen Duick II* trône en bonne place, encadré par le *Golif* de Jean Lacombe, neuvième de la Transat, et le *Pénélope II* d'Alain Maupas, distingué à l'issue des courses du RORC la même année. Pour la première fois l'événement est ouvert par le président de la République en personne. Charles de Gaulle lance les festivités, enregistre l'optimisme des organisateurs et constate la bonne santé du marché. D'une main ferme et d'un commentaire aux accents on ne peut plus « gaulliens », il salue surtout l'enseigne de vaisseau sanglé dans son impeccable uniforme : « Je suis heureux de vous voir, à la fin du fin, et vous remercie du fond du cœur ! »

Une légende est née. Et avec elle une figure de proue totalement inédite. Avec ses mains calleuses et son cou de portefaix, son sourire séraphique et ses yeux couleur de thé pâle, son banal pantalon de treillis et son pull boutonné sur l'épaule, Tabarly fait voler en éclats le cliché du yachtman compassé et restitue l'image du marin « authentique ». Usant toujours de mots simples, tributaire du devoir accompli, suspendu à la notion de travail bien fait, il réconcilie tous les travailleurs de la mer : les plaisanciers bien sûr, mais aussi les pêcheurs au long cours, les ouvriers des chantiers navals, les artisans de la côte. Mieux, son statut militaire, son courage, cette si belle victoire obtenue aux dépens de l'ennemi anglais lui permettent de rallier dans son sillage quantité de valeurs fondamentales de la France de toujours.

Alain Gliksman : « Du jour au lendemain, Tabarly est devenu Dionysos, le chevalier Bayard, Roland à Ronceveaux. Une sorte de brute généreuse capable de fendre le rocher non pas avec son épée, mais directement avec le tranchant de sa main ! On imaginait le courage des Poilus pendant la guerre, de nombreux témoignages corroboraient les on-dit. Mais dans le cas d'Éric, il y avait le mystère en plus. Que s'était-il vraiment passé ? Il ne disait rien ou pas grand-chose... En plus cette promotion fut d'autant plus spectaculaire que l'épreuve qu'il venait de remporter avait démarré dans une totale indifférence. » Tabarly ne joue pas, n'en rajoute pas. A une énième question, il répond presque par un contre-pied : « La course n'a pas été une épreuve. Elle correspond à la vie même que je me suis imaginée [1]. » Jamais l'ombre d'une forfanterie, ni le moindre soupçon de vanité. Tout le contraire de Francis Chichester qui même à l'occasion de son message de félicitations ne peut s'empêcher de mettre en avant ses propres mérites : « Je doute que l'on puisse battre votre record avant longtemps, mais je me félicite aussi d'être votre second [2]... »

1. *Victoire en solitaire,* Arthaud, 1964.
2. *Ibid.*

La nationalité de ce dernier compliment n'est pas anodine. Ni les états de service de son auteur. Victorieux de la toute première Transat quatre ans plus tôt, désormais sexagénaire, Chichester est encore à l'époque le plus sûr (le dernier?) garant des œuvres maritimes de l'Empire. La remise en cause de sa primauté est d'autant plus dommageable qu'elle s'inscrit dans un contexte de rivalité nationale exacerbée. Un an plus tôt, de Gaulle n'a-t-il pas refusé à la Grande-Bretagne son entrée dans le Marché commun? Le Général éprouve certes une vive admiration pour les Anglais, mais ce qui le ravit plus encore c'est de savoir les Français capables de les surpasser. Dans le domaine du commerce ou de l'industrie cela va de soi, mais tout autant sur les terrains de sport.

Plus d'une fois, ses proches ont commenté son sourire en coin les après-midi de tournoi des Cinq Nations lorsque les « coqs » français parvenaient à piétiner la « rose » anglaise ou le « chardon » gallois. Aux yeux du Général, la victoire de Tabarly n'a rien à envier à ces joutes viriles. Même s'il n'entend rien aux choses de la mer, s'il n'est guère attiré par cet élément à la différence de son ami Messmer ou de son fils Philippe, le premier de tous les Français ne peut que se réjouir du succès obtenu par un de ses jeunes militaires au nez et à la barbe d'une légende britannique bientôt anoblie sous l'épée de Francis Drake par la reine Élisabeth en personne !

On n'insistera jamais assez sur l'impact de ce « crime de lèse-majesté ». A quel point l'orgueil national né de l'exploit de Tabarly a assis sa popularité. Il faut se remémorer cette France gaullienne plantée sur ses ergots, fière de ses réalisations magnifiques, de son tunnel sous le Mont-Blanc ou de son barrage sur la

Rance, pour bien apprécier l'inespérée chambre d'écho dont profita cette aventure transformée en symbole même d'un honneur soudain retrouvé. La victoire de Tabarly ne pouvait mieux tomber. Le voilà donc le fameux Zorro qu'Henry Salvador désespérait de voir « arriver » depuis le tout début de l'été ! Vaillant, téméraire et aimé du plus grand nombre...

Toute sa vie, Tabarly cultivera ce souvenir délicieux. Jamais il ne perdra une occasion de diminuer le mérite d'un ressortissant anglais, de moquer ses habitudes, de pester contre ses règlements. Un architecte, un paysage, une coutume d'outre-Manche pouvaient trouver grâce à ses yeux, mais beaucoup moins l'arrogance, la suffisance et l'intolérance qu'il disait (croyait ?) déceler chez la plupart des habitants de ce pays. Il appréciait le précepte repris en cœur par les guerriers d'autrefois : « S'ils te mordent, mords-les ! » Et plus encore les vers assassins du *Trente et un du mois d'août,* chanson du gaillard d'avant dont il connaissait tous les couplets : « Et merd', pour le roi d'Angleterre/Qui nous a déclaré la guerre. » Barreur du baron Bich au début des années 80, Bruno Troublé se souvient n'avoir reçu qu'un seul mot manuscrit de Tabarly tout au long de sa carrière : le jour, précisément, où *France* domina l'ennemi éternel en demi-finale de la Coupe de l'America. « C'est bien, soulignait simplement la missive, d'avoir battu les Anglais ! »

On peut sourire de ce rejet empruntant aux clichés les plus éculés, de cette xénophobie héritée des légendes les plus rebattues. Sa vie durant, Éric Tabarly n'en démordra pas : les Anglais (et les Anglo-Saxons pour faire bonne mesure) ne sont pas ou peu fréquentables. Ils sont « tordus », « retors » et autres joyeusetés du même genre. Combien de fois l'incompréhension s'est-elle insinuée entre le fier marin breton et ses contradicteurs héréditaires ? Les gardiens du temple n'ont-ils pas cherché des poux dans la mâture du vénérable *Pen Duick* (pourtant imaginé par un Écossais et construit en Irlande) au prétexte qu'il ne répondait pas aux règlements de course en usage ?

Français et Anglais ont toujours cultivé des conceptions nautiques opposées. Au cours des années 70-80, ces chamailleries vireront au divorce pur et simple. Aujourd'hui encore les tenants de la régate et ceux des courses hauturières, du monocoque et du multicoque, du solitaire et de l'équipage se tournent encore le dos. Comme on apprécie sans doute de rouler à gauche ou à droite, les viandes saisies ou bouillies, mais aussi, et sûrement, parce qu'un certain Éric Tabarly, du fait même de son attitude et de ses positions, a entretenu l'incompréhension avec une âcreté et une malignité non feintes.

Observateur averti des choses de la mer en Grande-Bretagne et ailleurs, journaliste et écrivain de grand talent, Bob Fisher admet : « Il y avait comme un malentendu entre Éric et l'Angleterre. Pourtant les Anglais le respectaient beaucoup. Mais l'importance démesurée que les Français ont accordée à la Transat de 1964 a contribué à ce divorce. Vous connaissez beaucoup de compétitions sportives, surtout de cette si modeste importance, qui sont immédiatement récupérées par un président de la République et montrées comme un exemple à un pays tout entier ? » Dans ses *Mémoires,* parus en 1998, Blondie Hasler, inventeur de la Transat, insiste de la même manière : « Franchement, les Français se désintéressaient de la course. Ce n'est que lorsque de Gaulle s'est rendu compte que l'épreuve "britannique" avait été remportée par un lieutenant "français" que la mayonnaise est montée [1]. »

Juste. Et plus rapidement encore qu'on ne pourrait l'imaginer. Courant novembre, le *taciturn seadog* (le « phoque taciturne ») ainsi que les Grands-Bretons l'ont surnommé met précisément un point sur le *i* de sa victoire en terre anglaise à la manière d'un soldat venu récupérer un drapeau vaincu derrière les lignes ennemies. Une fois de plus libéré de ses obligations militaires pour la circonstance, accueilli en grande pompe, salué à la manière d'un Louis Blériot auteur d'une traversée à peine plus mémorable, il reçoit des mains de l'amiral Mounbatten, ci-devant vice-roi des Indes et chef d'état-major de la défense, le prix officiel de sa Transat doublé de l'exceptionnelle *Blue Medal,* dévolue aux plus méritants marins de l'histoire. On peut être modeste et néanmoins marqué par de semblables circonstances. Bob Fisher encore : « Cela représentait évidemment quelque chose de très important pour lui. Pensez, être reconnu et félicité par les "ennemis"! Douze ans plus tard, en 1976, à l'occasion de sa seconde victoire dans la Transat, la presse britannique l'a sacré *British Yachtman of the year.* Je me souviens de son sourire, de ses yeux. Il était vraiment très fier. Il s'est même exprimé en anglais, c'est dire ! »

Avec le recul, il n'est pas exagéré de dire que la victoire initiale de Tabarly a en grande partie levé un complexe maritime mal assumé et rehaussé un prestige nautique blessé. Sans doute fallut-il des années pour que les données de cette transformation soient pleinement admises. Il n'empêche, le succès de 1964 fut un

1. *Blondie,* Leo Cooper, 1998.

élément déclencheur déterminant. Il est exagéré de penser qu'Éric Tabarly a, à lui seul, imposé un tempérament de gagneur aux sportifs français dans leur ensemble. Mais, là encore, il convient de noter que le marin conquérant a donné le coup d'envoi d'un bouleversement durable.

On se souvient du dessin de Faizant à la une de *Paris-Presse* au soir du zéro pointé enregistré par les troupes françaises aux Jeux olympiques de 1960. Du général de Gaulle habillé d'un survêtement, chaussé de baskets et lesté d'un petit sac de voyage, lançant à la cantonade : « Dans ce pays, si je ne fais pas tout moi-même ! » De nos footballeurs absents de la Coupe du monde 1962 ou des déboires de tant d'autres skieurs, tennismen ou pilotes tricolores. Arrive Tabarly. Un vainqueur, un vrai. Aussi archaïque que le sera Raymond Poulidor. Aussi efficace que le deviendra Jacques Anquetil. Plus solide que le premier, moins « gérant de la route » que le second. Un suiveur dans l'âme qui à demeure se serait installé au sommet de l'Olympe. Un champion bonhomme, mais authentique ; simple, mais inaccessible ; modeste, mais dominateur. Drôle de changement dans un pays qui, jusque-là, applaudissait les vaincus, acceptait les retardataires et donnait des noms de défaites à des promotions entières de saint-cyriens !

Bien sûr ce n'est pas le seul exemple de Tabarly qui a incité le général de Gaulle et son ministre Maurice Herzog à mettre en place une structure enfin capable de favoriser le sport de haut niveau en France. Ces mesures sont antérieures de quelques années, mais on remarquera que ce bel exemple a plus d'une fois servi d'argument et de caution à l'encontre des sceptiques alors peu enclins à accorder à des champions en culotte courte une quelconque influence sur le moral de la jeunesse de France. Premier athlète d'importance crédité d'une Légion d'honneur, Tabarly a ouvert le ban et bien davantage. Dès 1966 Jacques Anquetil, Alain Calmat, Michel Crauste, Jocelyn Delecour, Michel Jazy, Guy Périllat recevaient à leur tour leur récompense, avec ce mot définitif du Général en prime : « Chaque fois que vous paraissez, vous emportez avec vous une partie du rayonnement de la France [1]. »

Les « trente glorieuses » et les années d'abondance pouvaient-elles trouver ambassadeur plus convaincant ? Tabarly est moderne, Tabarly est vrai. En l'espace d'une course n'a-t-il pas rangé dans l'armoire aux souvenirs tous ces glorieux aînés : les Jean Gau, les Jacques-Yves Le Toumelin, circumnavigateurs valeureux certes, mais tellement datés et dépassés. Alain Gerbault ? Son aura demeure vivace, mais ses choix politiques incertains et ses mœurs inappropriées pour l'époque ne lui permettent plus guère de revendiquer le rôle de modèle. Éric avait sept ans lorsque l'*Anahita* de Louis Bernicot fit son entrée à La Trinité après un autre tour de la planète significatif : « Mon père avait mis le grand pavois sur *Pen Duick* comme cela avait été fait aussi sur les autres yachts au mouillage (...) et (il) m'a dit : "Tu vois, ce monsieur vient de faire le tour du monde tout seul." Cela m'avait beaucoup frappé [2]. » Certes, mais désormais que pèse cet exemple au regard de son propre exploit ?

L'influence de Tabarly, héros plébiscité et modèle reconnu, ne s'est pas arrêtée en si bon chemin. On a

1. *Chroniques des années soixante,* Le Seuil, 1987.

2. Lettre d'Éric Tabarly à Maryvonne Clément, petite-fille de Louis Bernicot, 29 décembre 1994.

coutume d'insister beaucoup sur ce point : il aurait aussi joué un rôle déterminant dans le bouleversement de l'économie nautique française. Non content d'avoir dopé les ventes de bateaux à voile de façon conséquente, le vainqueur de l'Atlantique est tenu pour responsable de l'enrôlement de légions entières de débutants, de l'accélération sans retenue de la construction de nouveaux modèles et de la démocratisation de la pratique de la plaisance. Il convient de nuancer.

Tabarly a certes essaimé, incité, accompagné, mais le terrain était on ne peut plus favorable. « Avant 1964, lui demande Jacques Chancel en 1973, les Français allaient déjà à la mer, votre exemple a-t-il accéléré le mouvement ? » On devine la réponse, mais on la sert quand même : « Je n'en sais rien [1]... » En conclusion du Salon 1965, Paul Jouët porte un toast : « Et un grand merci à Éric, grâce à qui nous sommes tous ici aujourd'hui. » Au cours des douze mois écoulés, le nombre d'habitables construits en France a certes augmenté de 78 %, mais combien exactement sont à porter au crédit du nouveau vainqueur de l'Atlantique ? Plus que son ascendant sur les comptes en banque ou les comptes d'exploitation, on retiendra du coup de tonnerre ordonné par Tabarly le changement dans les habitudes qu'il a initiées. Le véritable mérite d'Éric ? Yann Queffélec, prix Goncourt aux accents volontiers marins, l'a parfaitement exprimé : « Avoir tiré la République vers l'ouest, autour du globe, là même où elle n'allait plus [2]... »

1. « Radioscopie », INA, 1972.
2. *Le Nouvel Observateur,* 24 juin 1998.

10

LES COPAINS D'ABORD

Le général de Gaulle a félicité un solitaire et la France entière applaudi un Robinson, mais il y a erreur sur la personne ! Si Tabarly chérit les raids intimes, s'il apprécie les bras de fer individuels, il est d'abord et surtout heureux en groupe. A l'inverse d'un Francis Chichester, ermite définitif, qui avouait que la « présence d'autrui l'empêchait d'arriver à la perfection » ou d'un Bernard Moitessier qui appelait l'isolement de tous ses vœux jusqu'à développer un repli sur soi exacerbé, Éric a toujours apprécié la compagnie. Pour le plaisir de partager ? Par besoin de communiquer ? On se doute que non.

Si le capitaine du silence se sentait à l'aise à la tête de fratries conséquentes c'est que cette configuration représentait un gage d'efficacité supplémentaire à ses yeux. Non content de pouvoir naviguer davantage avec ses bateaux, il pouvait, en prime, tirer un meilleur parti de leur potentiel, un bonus qu'il a toujours tenté d'ajouter aux multiples satisfactions que les raids nautiques lui offraient déjà par ailleurs. Même s'il n'acceptait qu'à contrecœur de voir son degré de responsabilité croître à mesure que gonflait son équipage, même s'il était conscient que les risques courus étaient proportionnels au nombre de ses subordonnés, il se réjouissait, en contrepartie, d'admirer son bateau naviguant en permanence au maximum de ses capacités, et nul doute que cet avantage induit compensait largement le handicap précédent. En juin 1976, quelques jours seulement avant qu'il ne remporte (en solitaire) sa deuxième Transat, disputée, presque contraint et forcé, sur un bateau *(Pen Duick VI)* pas du tout imaginé pour ce type d'exercice, il précisait encore : « Je ne suis pas un solitaire. Les solitaires préparent leurs coups pendant des mois, des années. Ils passent beaucoup de temps à terre. Moi je navigue toute l'année. C'est pour cela que je ne m'ennuie jamais [1]. »

Tabarly prêche l'évidence. Tout comme Olivier de Kersauson, son voisin de bord le plus fidèle, qui, au terme de huit années passées auprès du capitaine, dit l'essentiel : « Je crois qu'Éric a beaucoup plus été aimé de ses équipiers qu'il n'a aimé ses équipages. » Plus que de la compagnie des hommes, Tabarly a d'abord été en quête de bras et de compétences. Une priorité où les sentiments n'entraient pas forcément en ligne de compte. Si une paire de biceps n'est pas un winch, nul besoin de recourir à une armée de psychologues pour juger de l'efficacité de l'un, du rendement de l'autre ou de la complémentarité des deux réunis. Le constat est cru, mais certains compagnons de navigation (une infime proportion il est vrai) avouent avoir eu l'impression d'avoir été réduits, parfois, à l'état d'instruments et n'avoir pu se confier à un alter ego (à leurs yeux) totalement imperméable à l'échange.

A l'inverse, et toujours pour prolonger le constat de Kersauson, il est impossible de ne pas être ému par

1. *L'Équipe,* 17 juin 1976.

l'incroyable ascendant que Tabarly a exercé sur la multitude qui l'a accompagné. Par cet « état d'esprit » ou cette « philosophie de la liberté » — pour reprendre des mots que l'on a entendu répéter à satiété jusqu'après sa mort — qu'il a insufflés à son immédiat entourage. Combien sont-ils ? Cent, cent cinquante à avoir, grâce à lui, abandonné les rives de l'enfance ? A avoir, à son contact, viré le cap de l'ignorance ? De 1965 à 1998, Tabarly, professeur thaumaturge malgré lui, a donné sans offrir, a montré sans démontrer, a initié sans enseigner. Et ses compagnons, ses élèves, ses dévoués lui en savent gré au-delà de l'imaginable. Désormais assagis, les héritiers de cette jeunesse brouillonne et immature sont formels : c'est en ces moments précieux, dans l'ombre du modèle, qu'ils ont goûté le meilleur de leur vie. Et pas seulement parce qu'ils avaient vingt ans, mais parce qu'ils profitaient d'un apprentissage sans impératif, si ce n'est celui de la course à entreprendre, du port à rejoindre ou du cap à conserver.

Sur ses bateaux, Tabarly a vu défiler toutes sortes d'individus. Ses méthodes de recrutement étaient à ce point empiriques et aléatoires que l'improvisation y avait parfois plus cours que le professionnalisme. N'allez surtout pas imaginer un bureau de recrutement, un maître rabatteur ou des portraits-robots établis selon des critères déterminés à l'avance. Montaient à bord des voiliers d'Éric de fieffés marins, mais aussi de joyeux hurluberlus, des fumistes potentiels et quelques erreurs en puissance. Tous forcément recommandables, puisque dûment recommandés.

Posez la question à dix anciens équipiers, neuf vous entretiendront d'un oncle, d'une lettre ou d'un coup de fil innocent mais définitif. « C'était très étonnant et absolument unique de rencontrer quelqu'un qui ne pensait vraiment qu'à ça. Qui voulait faire de la voile sa raison de vivre. Non pas comme Alain Gerbault ou Jacques-Yves Le Toumelin, navigateurs plus ou moins contemplatifs, mais comme un sportif, un régatier au sens strict du terme... » Philippe Lavat est aujourd'hui un ophtalmologiste bien sage installé en plein cœur de Paris, à deux pas du musée d'Orsay, mais au milieu des années 60, la mer l'obsédait plus que tout. Question de milieu et de contexte familial. Son grand-père était président du yacht-club de Granville et son oncle fondateur de la revue *Bateaux*. Ramassé, mais vif comme au bon temps des navigations incertaines, il insiste : « L'argent était là et aussi un impérieux besoin d'évasion. A cette époque, pour qui en émettait le souhait, l'envie de naviguer tombait presque sous le sens... »

Tabarly n'est pas un modèle, il est la référence. Il existe bien quelques autres figures tutélaires. Des clans, des clubs, des cénacles se distinguent ici et là, mais nul porte-parole n'est à ce point marqué du sceau de l'inventivité, de l'initiative et du succès. « Nous voulions naviguer avec lui, parce qu'il était le meilleur, parce qu'il gagnait. » Équipier devenu architecte, Olivier Petit dit la motivation première. Les prétendants ignorent la méthode de leur futur commensal (en possède-t-il une bien définie ?), ils ne s'inquiètent ni de son caractère, ni de ses exigences. Ce qu'ils veulent c'est naviguer, naviguer vite autant que faire se peut, au gré des courses les plus intéressantes et avec, bien sûr, de bonnes chances de se distinguer.

Il est une autre particularité qu'entendent susurrer les postulants, un avantage supplémentaire qui distinguait encore un peu plus Tabarly de tous les autres capitaines. Les « bruits de pontons » le leur confirment : malgré sa formation martiale et son respect de l'ordre militaire, le patron du bord serait on ne peut moins regardant sur la « discipline »... Un bidasse flexible ! Un uniforme décontracté ! Jamais quadrature du cercle n'a été moins vicieuse. Comment imaginer plus rassurante équation ? Comment ne pas se réjouir à la perspective de voir une jeunesse entière se précipiter pour l'excellent motif que celui-là même qui était tenu de la faire marcher au pas lui a offert rien de moins que la clef des champs ? Olivier Petit encore : « C'est Pierre Monsaingeon qui avait navigué avec lui qui m'a prévenu : “Chez Tabarly c'est le bordel organisé. Il n'y a pas de contraintes, il n'y a que des choses utiles.” Moi qui ne supportais pas l'ordre et la hiérarchie, je ne pouvais que me battre pour monter à son bord. » Un point de vue partagé par Olivier de Kersauson : « Éric ne s'appropriait pas le bateau, il nous l'offrait. Nous n'étions pas des passagers, mais des passionnés. Éric ne commandait pas, il nous mettait en état d'obéissance. » Et confirmé par Titouan Lamazou, lui-même recruté plus tard mais qui enfonce le clou : « Tabarly nous a en quelque sorte révélé à nous-mêmes. Il est intervenu sans agir, mais le fait est que c'est à son contact que l'on a compris ce que liberté voulait dire. »

« Liberté », le mot revient comme un refrain. Passé le vingtième témoignage, on aura compris que Tabarly n'était surtout pas un maître dogmatique, un gourou qui dispensait une éducation ou assenait des vérités. Mais que son magistère relevait bien plutôt du contact, de l'exemple et de la révélation. Comme une meule sur quoi seraient venues s'aiguiser les futures lames de la voile hauturière. Et leurs personnalités, et leurs caractères. Éric n'initiait pas les gens, mais les choses. Il mettait le décor en place, prévenait la scène à jouer et le spectacle à venir. Libre aux acteurs choisis de s'y exprimer au mieux de leurs envies et de leurs possibilités. Tout au plus assumait-il le statut de répétiteur qui jamais ne démontrait mais qui tout simplement suggérait. Le grand écart initié par Victor Hugo « La mer est une école de rigueur et de liberté ») imposait presque naturellement son déséquilibre sur le pont des bateaux de Tabarly qui, nouvelle formule de Kersauson, « a appris au plus grand nombre une manière très particulière, très belle, de réagir et de penser l'élément marin ».

« C'est curieux, remarque encore sa sœur Annick, dont la justesse de vues est rarement prise en défaut, mais je n'ai jamais tenu Éric pour un bon éducateur. Il avait mille qualités, mais avec les jeunes, il était un peu emprunté. Il répétait sans cesse : “Le monde est mal fait. On devrait leur foutre la paix, ne pas leur imposer la moindre contrainte jusqu'à leur majorité !” » Lui-même reconnaissait : « Je ne me sens aucune disposition pédagogique. La pédagogie est un don. On n'a pas forcément besoin d'être très fort pour être un bon professeur. Un moniteur en sait toujours plus que son élève [1] ! »

Toutes les générations d'équipiers qui ont servi Tabarly ne se ressemblent pas. Quoi de comparable entre les compagnons de Navale et les coureurs modernes ? Entre l'amitié affichée à bord de *Pen Duick II* et les improbables recrutements des ultimes courses autour du monde ? Entre la parfaite équipe du *III* et les bohèmes tolérées sur le *VI* ? Tabarly a tout vu, tout

1. *Mes bateaux et moi,* Éditions du Pacifique et Librairie Hachette, 1976.

accepté à son bord : des fidèles et des increvables, mais aussi des « qu'on tire par la manche », des « plus royalistes que le roi » et même des « rebelles patentés » !

Marginal d'entre les marginaux, poète et vagabond, plus intéressé par la nature humaine que par les performances qu'elle appelle, Jean-François Coste, autre serviteur tombé sous le charme, convient : « La seule question qu'Éric posait à propos d'un équipier c'était : "Est-ce qu'il est sociable ?" Il n'en avait rien à foutre des compétences marines. Ce qu'il voulait c'est de l'enthousiasme, de l'engagement. Et il en fallait pour se payer son billet d'avion, avancer le fric, vivre de façon plus ou moins spartiate. Tabarly n'a jamais "shangaïé" qui que ce soit. Son mode de recrutement aléatoire a bien sûr généré des situations parfois scabreuses. On a vu plus d'une fois des gars qui ne savaient pas barrer ou qui n'avaient jamais fréquenté d'unités importantes rejoindre le gros de la troupe sans autres formalités ! Mais Éric ne faisait pas attention à ça. Il ne voulait surtout pas d'ennuis. Il aimait les vagues dehors, mais pas à l'intérieur. Je me souviens d'une bagarre sérieuse entre deux équipiers à un mètre de la table à cartes où il était assis. Impérial, il a juste tourné la tête : « Bon quand vous aurez fini vos trucs de femmes enceintes, on se remettra au boulot... »

On a peine à le croire : mais, par manque conjugué d'attrait et de liquidités, Tabarly fut parfois contraint durant la deuxième partie de sa carrière de recruter des équipiers payants. Extrémité inconcevable à l'automne 1964. Au contraire, la tendance serait plutôt au surplus de bras et de bonnes volontés. Naturellement, la famille et le cercle des amis, ceux-là mêmes qui ont permis la mise en route de son fabuleux destin, sont prioritaires. Le père bien sûr et son bonnet écossais, mué en cuisinier et en intendant, mais aussi Patrick, le petit frère, élevé au grade de mousse fidèle et appliqué. Ou Victor Tonnerre et Gilles Costantini, les habitués de Lorient et de La Trinité, sans qui rien ne serait arrivé, ou en tout cas pas de la même manière. Ou encore les copains de Navale, Hubert Foillard et Gérard de Véricourt, trop heureux de prolonger là les délices du bon temps du Poulmic et des balades à rase-cailloux.

Éric constate néanmoins qu'avec ces auxiliaires dévoués — peu regardants sur les efforts à fournir et encore moins sur les prestations du bord — les week-ends sont toujours trop courts et les vacances jamais assez longues. Il le dit et le répète : il ne saurait se contenter de plaisirs intermittents, de régates à la petite semaine, ce qu'il veut c'est courir sans restriction ni répit. Le contexte l'y invite qui, peut-être, n'a jamais été aussi favorable. Pour exceptionnelle qu'elle soit sa situation n'est pas unique. Ici et là, d'autres curieux se jettent à l'eau, s'initient, se stimulent. Ce sont souvent les enfants « de », les fils et les filles d'une bourgeoisie choisie qui, sevrée pendant la guerre, profite enfin d'un contexte plus clément et d'un emploi du temps plus conciliant; d'un voilier tout juste rafraîchi ou d'une maison de vacances enfin remise en état.

A Granville s'ébroue, par exemple, Gérard Petipas, rejeton du secrétaire général de la mairie et de la directrice de l'école primaire. Un solide gaillard qui, comme son père, a toujours eu la tête tournée vers la mer, mais qui, plus que lui, en profite. Il est inscrit au club local, participe aux courses de fin de semaine et, pour faire bonne mesure, suit les cours de l'École de la marine marchande. Avec un cousin amiral et un ancêtre cap-hornier, c'est bien le moins qu'il pouvait tenter ! Sa première affectation l'amène à bord d'un cargo de la Compagnie générale transatlantique du côté de Cayenne, Paramaribo et Caracas. Mais s'il obtient un congé c'est pour immédiatement prendre part à une virée sur un voilier, en compagnie de quelques copains. Direction Cherbourg cette fois, où fatigué par une mer incertaine, il accoste en pleine nuit.

Les places libres le long du ponton sont rares qui obligent les nouveaux arrivants à se mettre à couple de *Pen Duick II* (qu'ils ne reconnaissent pas). Au petit matin frappe au cockpit une bouille dégarnie : « Chapeau, les gars, vous ne nous avez même pas réveillés ! » La délicatesse mérite bien un coup à boire et quelques présentations. Cinq minutes encore, et voilà Petipas et ses acolytes en compagnie de Babar (le chauve) et de son fils Éric pour un casse-croûte-vin rouge sans autre façon que le plaisir de partager le goût d'une manœuvre discrète, d'un matin prometteur et d'informations météorologiques indispensables. A compter de ce jour de 1965, le capitaine de la marine marchande, bientôt défroqué, et le tout frais vainqueur de la Transat, temporairement désœuvré, ne se quitteront plus, ne s'abandonneront plus.

Nous aurons encore maintes fois l'occasion d'évoquer ce tandem, de peser le rôle joué par le « bras droit », le « conseiller », l'« éminence grise », l'« homme d'affaires » (tel que ses admirateurs ou contempteurs l'ont baptisé au fil des années) d'Éric Tabarly ; de comprendre les rapports parfois ambigus qui les lieront ; l'indéfectible amitié qu'ils nourriront aussi ensemble quelles que soient les circonstances, mais, pour l'heure, l'échange se veut d'abord pratique. Gérard Petipas est un spécialiste des sextants, un expert des tables de navigation astronomique qui sait parfaitement « positionner » un bateau en fonction des vents, des marées ou des courants. Et c'est pour cette raison, pragmatique et essentielle, qu'Éric Tabarly, lui-même peu versé en la matière, fait appel à lui. Une première balade du côté de Chausey et des Minquiers décrétée dans l'instant s'impose naturellement.

Tous les témoignages le confirment : jamais Tabarly n'a soumis un équipier à une quelconque épreuve ou imaginé pour lui le moindre examen de passage. Mais le premier regard porté sur son voisin de navigation s'est toujours révélé essentiel. Déçu ou impressionné, Éric ne s'exprimait ni ne s'enthousiasmait ouvertement. Il introduisait plutôt un moment de latence, une sorte de no man's land psychologique, où l'observé devait parvenir à sa propre conclusion. Ce que lui demandait Tabarly c'était de poursuivre son effort, de prolonger ses gestes, jusqu'à comprendre, par lui-même, s'il s'inscrivait ou non dans le schéma que le maître du bord avait (plus ou moins) établi. Jamais Éric ne rejetait l'éventuel intrus, ni ne le débarquait. Si l'équipier ne trouvait pas sa « place », même dans le cadre d'attributions ou d'exercices plus marginaux, réellement en phase avec ses compétences, il devait compter sur lui et sur lui seul pour prendre la décision de plier bagage...

Pour les vingt années à venir, le processus ne variera pas. Aux yeux d'Éric, un matelot invité à son bord se devait de posséder les propriétés d'un buvard susceptible de conserver la trace d'un enseignement de base (même s'il n'en comprenait pas toujours le sens ou la teneur), mais aussi celle de toutes les ratures accumulées chemin faisant. Car si un équipier se nourrit d'essentiel et d'évidence, il doit aussi tirer avantage de ses erreurs. Selon le très beau mot d'Alain Thébault, tardif mais dévoué adjoint, Tabarly était un adepte du « tapis roulant éducatif » : « Une manière de tout inculquer en mouvement sans donner au doute le temps de "se prendre" la tête. A son bord, il fallait agir, il fallait avancer... De deux choses l'une : ou l'équipier était déséquilibré par le fameux "tapis roulant" ou, au contraire, grâce à lui, il avançait plus vite encore ! »

Des questions, Éric Tabarly s'en pose peu à propos de Gérard Petipas, ou plutôt il ne lui en adresse qu'une seule : « Tu es libre l'été prochain ? » Le lieutenant ne peut répondre dans l'immédiat, mais il promet de réfléchir. Le plan du vainqueur de la Transat est pourtant limpide : détaché officiellement depuis juillet auprès du ministère de la Jeunesse et des Sports, il a pour seule « mission » de s'aligner dans les courses de son choix ! Parallèlement, Maurice Herzog, son ministre, lui annonce une aubaine supplémentaire : le versement de 10 millions de francs contre l'achat de son *Pen Duick II* pour le compte de l'École de voile de Beg Rohu. Libre ensuite à son ancien propriétaire de jouir de son ex-bateau sous l'égide de cette nouvelle autorité ou de construire pourquoi pas grâce à cet apport un nouvel engin encore plus compétitif !

A cause de problèmes administratifs bien réels en susceptibilités mal placées, le rêve tournera malheureusement au cauchemar. Au rang des mauvais souvenirs accumulés au cours de sa vie, Éric Tabarly a toujours placé celui-ci au sommet du hit-parade de son mécontentement. Au titre de la parole reprise, du mensonge avéré, de la trahison coupable, cette vente promise puis avortée lui est toujours restée en travers de la gorge. Emporté par son élan, le vainqueur de l'Annapurna — dont personne, pourtant, ne peut mésestimer l'influence et l'entregent — a sans doute négligé les intérêts divergeants qui, à l'époque, occupaient les parties prenantes concernées : la Marine, le secrétariat aux Sports, Paris, la province, le public, le privé. Lors de sa « Radioscopie » de 1973, Tabarly fulminait encore : « On a tout dit et n'importe quoi sur cette affaire. On a même affirmé qu'en échange de la vente de *Pen Duick II* on m'avait demandé d'assurer la direction de l'École. Mais je n'y ai jamais mis les pieds ! Et je n'ai surtout jamais touché mon argent ! » Dans ses *Mémoires du large* en 1997, le dépit est toujours vivace : « C'est l'une des rares fois de ma vie où je me suis mis à hurler ! »

Difficile d'imaginer le placide vainqueur de la Transat dans cet état, mais l'affaire, et plus encore la manière dont elle a été menée, réclame une réaction à la mesure. Tabarly « monte » à Paris, trépigne et s'insurge. Et il faudra toute la diplomatie et l'intelligence (il ne manque ni de l'une ni de l'autre) du colonel Marceau Crespin, responsable de la délégation à la préparation olympique et figure emblématique du renouveau du sport français, pour aplanir la situation. En 1966, Tabarly pourra « profiter » de son statut privilégié, « jouir » de son bateau à sa guise, ses frais d'entretien et d'intendance seront assumés selon des services et des échanges aussi flous qu'accommodants et ce n'est qu'au terme de la saison suivante, lorsque l'intéressé aura mijoté éventuellement un projet nouveau, que *Pen Duick II* rejoindra les hangars de l'École nationale...

Pas un marin de par le monde ne peut se targuer d'un semblable statut et d'un pareil avantage. Lui-même occupé, à la même époque, à préparer les Jeux olympiques de Mexico avant de devenir, plus tard, le principal ambassadeur de la Coupe de l'America en France, Bruno Troublé insiste : « On l'oublie, mais Tabarly fut vraiment le premier "professionnel" de la voile. C'est vrai qu'il ne réclamait pas beaucoup, qu'il n'exigeait rien de mirobolant, mais les faits sont là : il avait derrière lui un ministère, un corps d'armée, bientôt un arsenal, des ingénieurs, des équipiers. Tout cela s'est peut-être fait à grands coups d'improvisations et de tâtonnements, mais rien, à ce moment précis de sa vie, ne semblait pouvoir lui être refusé. A la fin des années 60, il y avait deux catégories de marins à plein temps en France : les riches propriétaires d'une part et Éric Tabarly d'autre part. »

Et quelques saltimbanques en prime. A La Trinité ou à Quiberon, les clans Vanek ou Carpentier occupent petit à petit la place. Des pères, des fils, des cousins qui tous s'excitent et se motivent, conscients de la révolution en cours, heureux de découvrir en Tabarly une figure de première importance autour de qui faire tourner leurs imaginations avant qu'elle-même ne leur propose de tourner autour du monde.

Les compétitions à venir n'ont pas grand-chose à voir avec la Transat. Tabarly a envie de naviguer en équipage, d'ailleurs le calendrier ne lui propose aucune autre possibilité. Rien qui lui permette de prolonger son bail solitaire, mais plutôt les grandes classiques du calendrier de la régate : les traditionnelles courses du RORC en Angleterre et les non moins respectées courses d'avant saison sur la côte Est des États-Unis. Des épreuves certes disputées et relevées, mais aussi des chasses gardées réservées à une élite. A de riches armateurs, à des propriétaires fameux, à des fortunes conséquentes qui, souvent, privilégient l'esthétique et le luxe de leurs embarcations plutôt que leur efficacité.

Et si d'aventure le mariage de ces différentes préoccupations est assumé c'est que le responsable du bord navigue en des territoires financiers proprement exceptionnels...

Qu'importe ! En vertu d'une habitude qui ne l'abandonnera plus, Tabarly étudie les règlements, explore la jauge et contraint son bon *Pen Duick* à s'y soumettre au mieux de son rendement futur. Pour la peine, la poupe du vainqueur de l'Atlantique est rabotée de deux mètres, son tableau arrière inversé, un bout dehors ajouté et sa surface de voilure notoirement augmentée. Non seulement le ketch (un grand mât et un artimon plus petit) devient goélette (deux mâts égaux), mais il est, en prime, doté d'un wishbone, un arceau placé en haut du mât — à la manière des futures planches à voile — qui lui permet, astuce supplémentaire, de porter dans ses hauteurs un carré de toile de plus et ce quelle que soit son allure.

D'emblée « the bizarre French boat » fait sensation et modifie l'image que l'on se fait de son capitaine. Certes fier-à-bras, certes pragmatique, mais aussi coupeur de cheveux en quatre et expert en jaugeaison, pressé « comme le serin des dessins animés avec le gros méchant chat » (Paul Guimard) de révéler la fissure qui, dans le béton des règlements, permet de gagner quelques mètres carrés de voile, quelques centimètres de coque espérés décisifs lors de l'explication finale.

Va donc pour les États-Unis qu'il rejoint en solitaire avant de retrouver sur place les membres du commando qu'il a sélectionné et qui ont, contrairement à lui, profité des billets d'avion gracieusement offerts par l'autorité militaire. On l'oublierait presque mais Éric est une nouvelle fois en « mission » pour le prestige de la Marine nationale et la grandeur de la France ! Sur place, le capitaine responsable retrouve Gérard Petipas qui, bien sûr, a obtenu les moyens de se libérer. Mais aussi Philippe Lavat et Michel Vanek, jeunesse musclée élevée dans le sérail nautique, premiers bidasses d'une longue série qui effectueront à son bord un service national idyllique, comme le suggérera toujours un ordre supérieur accordé de bonne grâce au vainqueur de l'Atlantique. Mais encore Jurgen Romer, un Allemand récupéré un peu par hasard, parfaite représentation de l'inévitable et imprévisible droit à l'erreur. Mais enfin Alain Gliksman, à la fois marin expérimenté et journaliste de talent, qui par sa seule présence favorisera la promotion de la campagne.

Comment imaginer attelage plus compétent ? Mélange d'enthousiasmes juvéniles et de connaissances éprouvées où il est question d'efficacité, mais plus encore d'innocence et de découverte. Sur la côte Est des États-Unis et jusqu'aux Bermudes, les « Tabarly's boys » détonnent. Ils manquent cruellement de moyens, jouent des coudes dans les réceptions, arborent des tenues vestimentaires improbables, mais, à bord, et à l'image de leur chef, s'escriment et s'acharnent. Autour d'eux s'impose le gratin du yachting international : le *Germania* de la famille Krupp ; Edward Heath, futur Premier ministre anglais ; le prochain vainqueur de la Coupe de l'America et patron de CNN, Ted Turner. Mais que l'on se rassure : même si, leur skipper mis à part, ils n'ont jamais traversé l'Atlantique, les « p'tits » Français ne sont pas autrement impressionnés par ce gotha !

Les va-nu-pieds s'en donnent, au contraire, à cœur joie. Ils cinglent, filent et remportent la classique Oster Bay-Newport au nez et à la proue d'unités mieux armées et plus aguerries que leur simple engin de contreplaqué. Parce qu'ils cassent pas mal de matériel, talonnent beaucoup, l'intrépidité des « copains d'abord » impressionne et plus encore leur culot. Là encore, le modèle montre la voie et fait école. Et si la très attendue course des Bermudes — celle-là même dont les festivités de départ avaient quelque peu volé la vedette à l'arrivée de Tabarly dans le célèbre port du Rhode Island deux ans plus tôt — tournait elle aussi à leur avantage ? Petipas : « On y a cru. Nous étions en tête. Toutes les informations concordaient. Certains médias français avaient même envoyé *illico presto* des journalistes pour nous accueillir à Hamilton, mais, en une nuit, tout a basculé. » Une erreur de calcul du navigateur ; le courant du Gulf Stream plus complexe à négocier que les novices ne pouvaient l'imaginer ; l'un ou l'autre membre de l'équipage soudain en dissonance : il y a un peu tout cela dans ce premier flop qui servira de leçon et préparera le voilier le plus « naïf » de la flotte à des expériences nettement plus respectables.

Entre un Romer qui aurait mérité (dixit Éric) « un bon poing dans la gueule » et un Gliksman qui possédait (parole d'Éric) « un caractère trop trempé », le capitaine de *Pen Duick II* n'avait pas encore trouvé son équilibre. Ni ses alter ego idéaux. Et avec eux cette inimitable litanie, ces compliments par milliers, ces remarques dévouées qui, par-delà son souvenir, tresse la plus belle chaîne de solidarité et de reconnaissance que l'on ait jamais rêvée à propos d'un supposé meneur d'hommes. Philippe Lavat : « On regardait, on répétait et c'était tout. » Jean-Michel Carpentier : « Une de ses vraies forces c'est qu'il n'était jamais négatif. On avait, certes, peur de mal faire, mais on savait d'abord que c'était notre responsabilité qui était en jeu. » Marc Pinta : « On ne le prenait jamais en défaut de corvée, il allait toujours au charbon. » Philippe Poupon : « Il suffisait d'observer, d'occuper la place vacante, de pallier un manque. Personne, jamais, ne se marchait sur les pieds. »

Une alchimie qui a permis, d'équipage en équipage, de *Pen Duick* en *Pen Duick,* à Éric Tabarly de faire son miel des meilleures intentions et énergies du moment. Pour résumer l'inhabituel de la situation, Jacqueline Tabarly a cette formule imagée : « A force de le voir en action, les bras vous tombaient avant même qu'il trouve le temps de vous casser les pieds. » Et Alain Gliksman cette comparaison tout aussi significative : « Les équipages d'Éric c'était un peu comme l'armée israélienne. Lui-même ne disait jamais “allez-y”, mais “suivez-moi”. Une attitude qui, avouons-le, le distinguait de beaucoup des commandements observés par ailleurs. »

Le capitaine silencieux a beau pousser chacune de ses ouailles à prendre ses responsabilités, il sait aussi parfaitement ce qu'il veut. Il ne doute pas, n'hésite jamais. « Tant que l'on ne m'a pas prouvé que j'ai tort, j'ai raison. » Il prononce rarement cette phrase, mais la pense très fort plus souvent qu'à son tour [1]. La plupart de ses protégés se souviennent d'un leader déterminé, intuitif, courageux, mais aussi d'un caractère borné qui ignorait toutes les notions de subjectivité possibles et imaginables. Qui décrète une fois pour toute que « la mangue est le seul bon fruit de la création » et non pas celui qu'il préfère ! Qui prête l'oreille, enregistre éventuellement, mais qui, la plupart du temps, n'en pense pas moins...

1. C'est Jacqueline Tabarly qui le souligne.

Si les hommes de peine et d'enthousiasme du saint patron s'épanchent plus que volontiers sur leurs expériences partagées, lui-même ne leur consacra qu'un minimum de confidences. Dans ses livres, la liste de ses équipages est livrée presque à la sauvette, de façon clinique, et leurs états de service rarement développés au-delà de quelques lignes. Il faut attendre 1974 et la page 204 d'un nouveau livre pour qu'enfin Éric daigne se confier sur le sujet : « (Pour faire un bon équipage), il faut des gens de caractère agréable, doués de bonne humeur, entendant la plaisanterie, capables d'accepter une remarque ; il ne faut surtout pas de ces susceptibles ombrageux, absolument invivables [1]. »

Le patron du bord, à l'exact inverse de ses subordonnés, ne s'étend pas. Un adjectif plaisant à l'adresse d'Olivier de Kersauson ou de Philippe Poupon, mais guère davantage. Sans doute faisait-il un peu plus de concessions en privé, il distribuera même quelques coups de chapeau autour d'une table, chez lui, en fin d'exercice, mais pour l'essentiel, Tabarly, avare de mots comme de compliments, laissait plus volontiers à l'évidence le soin de désigner les éventuels premiers de sa classe.

En matière de « gestion du personnel », Tabarly n'est guère plus prolixe. Peu de commentaires, pas de point de vue. Il admet certes quelques erreurs : le recrutement d'un cuisinier retors, la récidive d'un tire-au-flanc notoire, la légèreté d'un engagement à la volée. Mais rien de plus. Des problèmes, il en a pourtant rencontrés. Mais plus tard quand le marché de l'embauche s'est tari, que la qualité des équipiers a diminué et que mille autres embarquements ont attiré à

1. *Pen Duick VI,* Éditions du *Pen Duick,* 1974.

eux les meilleurs éléments du moment. En attendant, non content d'être l'aimant, Tabarly est aussi le ciment. Une génération entière sera nécessaire pour que s'émancipent ses premiers « enfants » et volent de leurs propre ailes ses propres lieutenants.

L'heure est encore à la dévotion. Au terme d'une course tronquée des Bermudes, d'un séjour passé au crochet de plus riches qu'eux et d'un carénage de fortune (avec des pulls de marine pour juguler une fuite !), l'équipage de *Pen Duick* rejoint la France. Sur le chemin du retour — alors que l'équipage menace de se perdre dans le brouillard de Terre-Neuve — il n'est question que de son prochain objectif : son nouveau bateau, plus long, plus performant encore, *Pen Duick III,* dont il a lancé les plans dès avant cette échappée américaine et dont les travaux débuteront au cours de l'hiver à Lorient.

L'inventeur, le visionnaire, salué avec insistance depuis sa disparition, aura l'occasion de chevaucher bien d'autres trouvailles, mais c'est avec cette parfaite machine qu'il va connaître ses plus belles heures.

11

JOBIC

Pen Duick III est un sabre d'abordage. Dix-sept mètres d'aluminium ultraléger, une quille en forme de torpille, une misaine entièrement lattée et 152 m^2 de voilure au près. Une révolution navigante, une modernité flottante, capable de contredire toutes les certitudes anglo-saxonnes accumulées jusque-là et d'offrir à la France un argument nautique enfin compétitif. Car c'est bien de cela qu'il est question. Même si l'initiative de ce pur voilier de vitesse revient à son capitaine, si son dessin même lui doit l'essentiel, si l'ineffable politique des « bouts de ficelle » participa pour beaucoup à sa réalisation, on ne peut nier que ce *Pen Duick* nouveau profite d'abord et à l'évidence du contexte de « solidarité nationale ».

Les plans de *Pen Duick III* n'échouent pas aux chantiers La Perrière de Lorient par hasard. Tabarly a trouvé là des interlocuteurs et un savoir-faire qui lui conviennent. Plus « entrepreneur » qu'on ne veut bien l'imaginer, le respectueux chef d'orchestre a parfaitement arrêté ses desiderata et imaginé une réponse pour chaque problème susceptible de se poser. Ce qu'il veut c'est un bateau léger comme *Pen Duick II,* mais plus long et plus puissant. Un bateau en aluminium qui, précisément, autorise davantage d'excès que le bois utilisé d'ordinaire.

Depuis quelques années déjà, la « tôle blanche » n'a plus de secrets pour les habitués de La Perrière. Sous les hangars qui jouxtent l'ex-base de sous-marins construite par les Allemands (et la voilerie de Victor Tonnerre, située en face, par la même occasion), ils y fabriquent des pontons au kilomètre et d'innombrables unités militaires. Dès 1961, ils ont même abouti un premier voilier expérimental : *Farewell,* un 8 mètres nerveux comme un coup de trique et fierté du patron des lieux, Jean Toullec. Pourquoi donc s'embarrasser d'un autre maître d'œuvre ? Et même d'un architecte ? Tout est là : la compétence, l'expérience, le bureau d'études et l'ingénieur qui va avec.

Les fidèles Costantini ne peuvent pas lutter ! Si le choix tombe sous le sens, Tabarly ne s'embarrasse guère des conséquences psychologiques et sentimentales qu'il induit. Davantage préoccupé d'aboutir son idée que de perpétuer une amitié, il n'est même pas certain qu'il s'en inquiète le moins du monde. Se pose-t-il seulement la question ? Gilles Costantini : « Je ne sais pas. Éric avançait, il n'était pas vraiment du genre à s'appesantir et à regarder en arrière. *Pen Duick III* est l'exacte extrapolation de *Pen Duick II,* mais il ne m'a rien demandé, il ne m'a même pas vraiment informé. Je pense qu'il savait que je savais, mais ça n'allait pas beaucoup plus loin... »

En vérité, Tabarly a une notion bien à lui de la fidélité. Il ne trahit pas : il progresse. Il ne renie pas : il évolue. La page Costantini est tournée, comme bien d'autres le seront encore. Celles de concepteurs ou d'architectes, aujourd'hui sollicités et demain remplacés, tout simplement parce que la course suivante réclame d'autres certitudes et le progrès à venir d'autres priorités, parce que le temps qui passe n'entrave que rarement sa marche des amours accumulées au préalable, ni des initiatives liminaires, ni des premières fois. Hormis Victor Tonnerre qui signera la plupart de ses garde-robes pendant quarante ans ou Yannick Le Maguer qui assurera, durant la même période, la plupart de ses bateaux, Éric Tabarly a, de fait, multiplié les inconstances. Un bon sens (mais aussi, c'est incontestable, une légèreté) qui ne fera pas que des heureux. Contraints et forcés, la majorité de ses interlocuteurs accepteront le procédé, d'autres, on le verra, en nourriront de réelles rancœurs que seule la notoriété de leur commanditaire parviendra à étouffer ou effacer.

Costantini ne se formalise pas, ou pas trop : « Vous savez, Éric savait aussi être désarmant... Et de toute façon, j'aurais eu mauvaise grâce de me plaindre : après tout, le succès de *Pen Duick II* a incontestablement beaucoup aidé notre chantier. » La sollicitude qui entoure le nouveau projet du grand marin est indéniable. Un voilier de compétition français a-t-il, jusque-là, profité d'autant d'attentions ? D'autant de compétences ? Pour la première fois, une machine de course est au préalable étudiée en bassin de carène. Quinze maquettes successives sont passées en revue. Pierre Fouquin, ingénieur maison, se multiplie sans compter et le professeur Ravilly, de Nantes, effectue quantité d'ajustements. L'Aluminium français, entreprise d'État, est alerté et sommé d'offrir « à titre publicitaire » une pleine cargaison d'AG-4, l'alliage « 14 millimètres » le plus performant du moment.

Le chantier, lui-même, ne ménage pas sa peine, sous-traite certaines soudures, forme des spécialistes, additionne les heures supplémentaires. Henry Conan, ouvrier impliqué dans le processus dès la première minute : « Je ne pense pas que *Pen Duick III* ait coûté très cher. C'était un bateau pour "Monsieur" Tabarly. Pour lui, il ne fallait pas rechigner, pas compter. Nous n'étions pas spécialement des voileux, toutes ces courses, ces compétitions, ça ne nous intéressait pas autrement, mais ce client, le patron nous l'avait fait bien comprendre, n'était pas un client comme les autres. » Déjà une exception, sans doute attaché à ses intérêts propres, mais aussi représentant désigné de l'excellence française... Car ce que le chantier La Perrière, l'Aluminium français et les autres fournisseurs ne prendront pas à leur avantage, le recouvrement de la vente de *Pen Duick II* à l'École de voile de Beg Rohu (enfin assumée !) s'en chargera. Selon le mot de Bruno Troublé, Tabarly est bien le premier « professionnel » de la voile française, il peut aussi être considéré comme le seul skipper d'État jamais recensé.

Fort de son objectif (les classiques anglaises et américaines) et de son bateau (une goélette en aluminium dernier cri), Éric Tabarly songe à recruter un nouvel équipage. Il l'aimerait à la hauteur. Et en profitera au-delà de toutes espérances. En ce début 1967, c'est d'un véritable commando qu'il peut se targuer, une formation exceptionnelle, une équipe rare, riche et motivée. Jamais plus il ne bénéficiera, sur quelque bateau ou mer que ce soit, d'un tel entourage. La bande de *Pen Duick III* allie tous les avantages, elle marie d'anciennes et indéfectibles amitiés (Lavat, Vanek, Petipas) à une jeunesse en plein devenir qui révélera des éléments exceptionnels.

Au premier rang de ces nouveaux venus il faut citer Yves Guégan et Pierre English dont on reparlera longuement, mais encore Olivier de Kersauson, partenaire obligé du mythe, passage essentiel de la légende, dont il est difficile de réduire l'influence et l'importance à quelques anecdotes ou paragraphes. Peut-on imaginer deux figures plus dissemblables ? Un caractère inflexible fidèle à ses habitudes et à sa ligne de conduite ; un monolithe ignorant les doutes et les contradictions ; un philosophe indifférent aux regards des autres. Et un « fou du roi » aux reparties parfois douteuses ; un saltimbanque aux jugements et conclusions à l'emporte-pièce ; un facétieux, un atrabilaire, un réfractaire amateur de bravades et de provocations ?

Ce n'est pas un monde qui sépare Éric Tabarly et Olivier de Kersauson, mais un océan d'attitudes contradictoires. Si insondable et illimité, que les deux marginaux qu'il n'a cessé de séparer trouvèrent, au bout du compte, plus d'un îlot où se rejoindre. Sitôt renvoyées dos à dos leurs différences, convergent incontestablement entre ces deux-là des valeurs souterraines communes, un ciment battu au fil des flots qui, par-delà le temps, les vivants et les morts, révèle une amitié précieuse et rare. C'est bien connu : les contraires s'opposent, mais ils se complètent aussi parfois de pareille façon. Encore faut-il les faire se rencontrer, leur donner la chance de se comprendre, leur offrir les moyens de s'apprécier. Tabarly et Kersauson ont disposé de huit pleines années pour aboutir à cette improbabilité et tirer avantage de cette situation. Huit années d'aventures communes et de navigations partagées qui, pour toujours, ont assuré la légende du « clone » et du « modèle », du « maître » et de l'« élève », du « chef » et de l'« affidé », selon les regards et les jugements portés par chacun sur ces deux originales exceptions.

Il est un terrain sur lequel Tabarly et Kersauson (trente-cinq et vingt-deux ans au moment de leur première véritable rencontre en 1966) se sont trouvés d'emblée : le terrain physique. C'est d'ailleurs en moulinant de conserve un winch — un de ces instruments à manivelle chargés de hisser une voile au mât — lors d'une anodine régate disputée en baie de Saint-Malo qu'ils ont jaugé pour la première fois et de la plus brutale façon l'intérêt qu'ils se portaient et, partant, les chances qu'ils auraient d'entamer un parcours commun. Ce ne fut pas un échange, encore moins une initiation, mais bel et bien une épreuve. Muscles bandés, dos arc-boutés, mâchoires soudées, le « vieux » comme le « jeune » refusèrent l'un et l'autre, l'un comme l'autre, de s'en laisser conter. A défaut de désigner un vainqueur, la confrontation de ce jour donna naissance à un respect mutuel que peu de choses au final viendront troubler ou remettre en cause.

Qui mieux que Kersauson a parlé du marin Tabarly ? Avec cette verve, cette dialectique débridée qui lui donne certes quelque avantage sur des témoins moins inventifs ou plus pudiques, mais aussi avec des mots simples, des formules épurées, des sentiments vrais qui ne s'apprennent ni ne s'inventent. Comme un fils évoquerait son père ou un soldat son compagnon. Longtemps, le public n'a prêté qu'une attention amusée à cet attachement sans faille, cette dévotion de tous les instants. Au lendemain de la disparition d'Éric certains furent même décontenancés, voire agacés, face à tant d'insistance et de précaution. Tous ces compliments choisis n'étaient-ils pas quelque peu déplacés venant d'un homme d'ordinaire si prompt à blâmer ou condamner ?

Dès qu'il évoque Tabarly, l'aurochs mal léché

change de registre, de vocabulaire, de sentiments. Des exemples ? « Ce qui me frappait le plus chez Éric, c'était sa bonté. Il ne pensait jamais à mal, il ne disait jamais du mal. » « Pour moi, Éric c'est d'abord la gentillesse. Il ne jugeait pas. Il excusait beaucoup. Il ne critiquait pas. Et pourtant dès leurs talons tournés certains de ses interlocuteurs se "foutaient" ouvertement de sa gueule. On le lui disait, mais il ne voulait pas le croire, même pas l'admettre. Il était un peu naïf, un peu fleur bleue, mais c'était formidable. » Mieux qu'une reconnaissance : une absolue admiration.

Olivier de Kersauson est né à Bonnétable le 20 juillet 1944, à une trentaine de kilomètres du Mans, en retrait — comme Éric, grandi à Blois — d'une mer dont il fera pourtant vite une priorité. Un clin d'œil géographique partagé comme un premier signe de connivence ? Il en est d'autres plus convaincants : une éducation pareillement empesée ; une parentèle prospère ; des traditions familiales figées ; des interdits nombreux. Comme Éric encore, Olivier a détesté les études, abhorré la pension, souffert des contraintes et de la discipline, autant de réalités qui leur ont permis de parler si ce n'est un même langage, tout au moins de se comprendre facilement, de partager des souvenirs et des élans voisins.

Avec ses sept frères et sœurs, Olivier ne manque de rien. Les proches de la famille possèdent plusieurs propriétés en Bretagne. Du côté du Conquet ou de Locquénolé, où le château de Jeff de La Sablière accueille régulièrement la marmaille du clan. La bâtisse est si conséquente que le général Doenitz en personne l'avait réquisitionnée pendant la guerre, elle a surtout l'avantage d'être située à quelques encablures de la bourgeoise Carantec et de ses activités nautiques innombrables. Olivier profite des vacances, des bateaux, mais (comme Éric encore) il étouffe. Foncièrement timide, il parle peu, mais tout aussi cabochard, il n'obéit guère plus. Il traîne les pieds, s'égare dans un lycée agricole et pousse jusqu'au bac. Il s'assoit même sur les bancs de la fac de droit, un zèle qui, à l'inverse de ce qui précède, lui offrira, vis-à-vis de son futur mentor, une monnaie d'échange non négligeable. Côté voile, Kersauson a beaucoup à apprendre, mais au-delà des rires et de l'humour — ses arguments les plus précieux — l'intéressé dispose d'un bagage intellectuel certain, qui, plus d'une fois, lui permit d'accélérer sa formation et de concurrencer même, de temps à autre, les naturelles assurances de Tabarly.

Ayant beaucoup traîné sur les quais et sur les bateaux des autres, Kersauson revendique un corps solide, quelques idées qui vont avec, mais aussi pas mal d'incertitudes et d'ennuis. L'armée lui impose des échéances qui ne le réjouissent guère et sa feuille de route l'ordre de rejoindre au plus vite le 11e régiment de parachutistes ! Un comble pour le rejeton d'une famille peuplée d'officiers de marine et de capitaines au long cours ! Passe l'ange Tabarly, la séance de winch de Saint-Malo, les épaules qui se frottent sur le pont de *Pen Duick II,* la proposition de couler son service militaire à bord du *III* et de disputer, de surcroît, une kyrielle de régates avec lui ! Chef du service « sport et foyer » de la Marine, ancien instructeur d'Éric et... oncle d'Olivier, Marcel de Kerviller n'a pas à s'employer beaucoup pour modifier l'aiguillage. Un courrier suffit pour obtenir l'indispensable sésame...

A quoi tient un destin, une collaboration, une amitié. Dans l'« environnement » Tabarly, le coup de pouce, la recommandation, le « piston » pour appeler la chose par son nom, ont toujours joué un rôle essentiel. La méritocratie ne s'impose le plus souvent qu'« après » le « petit mot » ou l'« avis bienveillant » qui changent tout. Comme tant d'autres, Kersauson profite du marchepied, mais cette libéralité ne le désinhibe pas. D'emblée, le chanceux se cantonne dans l'humilité de sa tâche et la modestie de sa condition.

On se tromperait en imaginant le futur satrape débarquant en terrain conquis. Petipas : « Olivier ne bronchait pas, il exécutait, il apprenait. » Lavat : « C'est d'abord ses bras qu'il a mis en avant. Il était fier de les mettre au service du bord et ne demandait guère plus. » Ce n'est que par la suite, au fil des semaines et des mois que l'apprenti gagnera en confiance, en respect et en indépendance. Pour l'heure, Kersauson n'est que « Jobic », comme a pris l'habitude de le surnommer le reste de l'équipage, Tabarly inclus. Un matelot, c'est vrai, un rien « jobard », un fier-à-bras, c'est entendu, plutôt ardent, mais aussi un ricaneur, un boute-en-train, un sarcastique capable de verser un plein pot de confiture dans le plat de pâtes promis au quart rincé par la pluie et par l'effort, et qui trouve ça drôle !

Cette attitude — oser pour bousculer, choquer pour se démarquer — n'est pas celle que le maître apprécie le moins. Assez vite, Kersauson s'étonne « des allures un tantinet cucul la praline de l'épopée Tabarly » ; ridiculise l'ambiance « entreprise familiale et enfants adoptés » qui règne à son bord ; réprouve « la messe du dimanche matin » et autres joyeusetés que son capitaine prescrit. Toujours avec mordant, toujours avec causticité. Et surenchérit : « Éric n'avait pas d'humour, mais il aimait rire. Je n'avais pas trop de mérite à allumer la mèche : il se tordait sans arrêt, gloussait pour un rien. Il était vraiment très bon public. »

Au-delà de la fantaisie de sa nouvelle recrue — de « ses » nouvelles recrues, devrait-on dire, dans la mesure où Pierre English et Yves Guégan ne sont pas en reste au rayon saillie et pitrerie —, Tabarly découvre une attitude, un comportement, un langage, un « autre regard », comme Kersauson appellera un de ses futurs bateaux, qui le surprennent et petit à petit le séduisent. Loin des habitudes un rien collet monté d'un yachting de grand-papa, loin même des manières nettement plus urbaines d'un Petipas ou d'un Lavat, il se familiarise avec l'esprit « pirate » de cette jeunesse désordonnée qu'il tolère à défaut de l'encourager. Alain Gliksman a noté le distinguo : « Il y avait les amateurs de voile de Granville ou de La Rochelle et il y avait les autres : les Bretons, les pouilleux, les mal fagotés, les mal embouchés, à la fois susceptibles et bagarreurs qui "mangeaient avec les mains et mettaient la main", mais qui, aussi et surtout, vivaient vraiment la mer au premier degré. Éric n'a jamais été vraiment sur la même longueur d'onde qu'eux, mais il ne détestait pas s'encanailler à l'occasion et savait surtout que leur fidélité ne pouvait jamais être prise en défaut. »

Tabarly se sent bien en pareille compagnie. Il s'y sent d'autant mieux que cet anticonformisme navigant est compétent. Curieusement, et malgré l'incroyable série de victoires qui allait suivre — huit succès en huit courses entre le 15 juin et le 15 août 1967 — il ne s'appesantira guère sur les mérites de son exceptionnel équipage. Plus tard, lors de tel ou tel entretien, il glissera bien quelques satisfecit, mais on rechercherait en vain dans ses écrits des détails circonstanciés, la moindre admiration appuyée, un quelconque dithyrambe. Même à propos de Kersauson, sa plus encombrante et remuante recrue, les appréciations sont rares et les compliments plutôt chiches. Tout juste relève-t-on dans ses *Mémoires du large* ces quelques phrases décidées : « (Olivier) est un personnage complexe, fascinant, haïssable quand il s'en donne la peine. (...) Dans les manœuvres, sa puissance musculaire semble recevoir le renfort d'une fureur intérieure qui exalte la virilité. C'est un pitre-poète, un provocateur toujours en quête de tête de Turc. (...) Mais sur le pont rien ne lui échappe, il voit venir l'erreur, le geste maladroit et dangereux. (...) Kersauson m'étonne par sa force physique, son sens de la mer et une grande timidité. » De jolis bons points certes, mais pas une glorification pour autant.

Tabarly, on l'a déjà noté, n'est pas du genre à s'extasier. Pourquoi se perdre en compliments quand l'essentiel est ailleurs? En mer bien sûr, la seule et unique référence à l'aune de quoi peut et doit être mesuré, selon ses critères à lui, la valeur d'un homme. Longtemps encore, Tabarly a demandé des « nouvelles » de Kersauson et de ses projets maritimes sans cesse plus ambitieux. Jusqu'à s'inquiéter que son ancien élève s'obstine à fréquenter les mers les plus inhospitalières de la planète; jusqu'à lui déconseiller d'opter en ces parages pour les multicoques; jusqu'à lui envoyer aussi un message mémorable alors qu'il s'acharnait à conquérir le Trophée Jules-Verne à la fin de l'hiver 1997. Un télégramme (enfin) frappé du sceau de l'admiration définitive : « Vous êtes, Olivier, en train d'écrire une vraie page de l'histoire maritime française. »

« Vraie », « histoire », « maritime », « française » : sans doute cela valait-il la peine de patienter trente ans ! En quatre mots Tabarly a dit l'importance des principes qui lui tiennent à cœur, les seuls permettant de juger des mérites d'un skipper ou d'un équipage. A dire vrai les principaux intéressés ne se formalisent guère de sa retenue naturelle, de ses éloges distribués au compte-gouttes, de ses silences baignés d'indifférence. Pierre English : « Éric ne s'inquiétait pas trop de ce qui se passait dans nos têtes. Cela ne le préoccupait pas, cela ne l'intéressait même pas. Je ne dis pas que nous n'avons pas été une ou deux fois un peu déçus, mais sincèrement cela ne nous affectait pas autrement non plus. Nous étions bien ensemble. Nous étions heureux. Vraiment. Et en plus on gagnait ! »

A l'inverse de Kersauson, le séduisant English n'a pas fait ses classes en Bretagne. Il est originaire d'Angers et a profité d'une autre filière : les copains de Patrick, forcément verts et frondeurs, comme on l'est à vingt ans, qui connaissent les sœurs d'Éric, fréquentent la Chalouère et poursuivent des études laborieuses, même si Pierre deviendra (malgré tout) médecin. Un groupe soudé où se distinguent aussi Dominique Guillet ou les frères Rousseau pareillement admirateurs du modèle, lecteurs émerveillés de *Victoire en solitaire* et surtout spécialistes de dériveurs pressés de gagner le large. Tous ensemble n'ont-ils pas tenté (et réussi) le pari fou de rejoindre La Trinité au fil de la Loire et de l'estuaire de la Vilaine en démâtant leur Star chaque fois que l'un des dix-huit ponts enjambant le fleuve les y contraignait ?

Côté intendance, *Pen Duick III* pèche toujours un peu. A l'heure des repas, c'est toujours la foire à la débrouille, les éternelles salades de tomate de Babar, les assiettes de plastique rouge, les pâtes accommodées à toutes les sauces. Forcément les billets d'avion offerts ou les hébergements concédés sont les bienvenus. Et si Lacoste fournit quelques tee-shirts enfin présentables et un pain de mie à la mode en supplément d'avitaillement appréciable, il faut, pour assurer l'essentiel, bricoler sans cesse, vendre quelques photos ou mettre au pot. Côté sport, en revanche, la manœuvre, la navigation et la tactique ont fait d'énormes progrès. C'est bien de professionnalisme qu'il est désormais question.

Dans les annexes de son compte rendu de Transat, publié fin 1964, le héros désigné s'indignait précisément que Jean Merrien, écrivain maritime considéré, ose prétendre dans un de ses propres ouvrages que : « Le yachting de compétition est opposé à l'esprit de la mer. En tout cas ce n'est pas cette branche-là qui donne les (grands) navigateurs [1]. » Un jugement qui avait incité Tabarly à réagir vertement : « Je ne vois pas pourquoi il y aurait opposition entre esprit de mer et compétition (...) dans tout marin, il y a un régatier qui sommeille, et d'un sommeil léger [2]... » C'est seulement en course, expliquait-il par ailleurs, que l'on apprend à « faire marcher un bateau ». Et il insistait encore quelques lignes plus loin : « Chaque sport a son art à connaître, la voile, sport complet, réclame de ses adeptes toutes les qualités d'un sportif : adresse, rapidité, réflexe, endurance, souplesse et force musculaire. »

A bord de *Pen Duick III,* Tabarly ne réclame rien d'autre : l'œil de Petipas rivé sur sa table à cartes ; le doigté d'English, incomparable régleur d'écoute ; les muscles de Kersauson ou de Guégan torcheurs de toile

1. *Victoire en solitaire,* Arthaud, 1964.
2. *Ibid.*

infatigables ; et les efforts conjugués de Lavat, Fouquin, Vanek ou Gilles qui, au gré des courses et des circonstances, se doivent de répondre au changement de cap comme un seul homme. Et lui-même « cas humain d'exception lorsque l'enjeu devient sérieux » selon le diagnostic de Kersauson qui scrute, anticipe et résonne. Avec cet équipage monolithique et vif, Tabarly s'en donne à cœur joie et assouvit l'irrépressible besoin de voile « physique » qui depuis toujours l'obsède.

Pour le vainqueur de la Transat conduire un bateau est d'abord une lutte. La mer, il la gagne aux forceps, sous un mur de toile qu'il veut toujours tendu à l'extrême, au risque de se rompre. A bord de *Pen Duick III,* il est davantage question de collision frontale que de conversation harmonique ; de bras de fer que de méditations ; d'instinct que de calculs. On connaît l'adage : « Ça passe ou ça casse » que l'intéressé revendiquait comme une vertu obligatoire, comme le fondement même de ses préoccupations. Au fil de ses raids innombrables, le « seul marin du monde qui ait embrassé de sa quille les cinq continents » (Alain Gliksman) a toujours pris le parti de passer en force, de couper court aux hésitations, de multiplier les échouages le cas échéant. Non comme un échec avoué, un coup d'arrêt définitif, mais comme l'étape obligatoire d'un processus musclé qui ne saurait s'embarrasser de quelques menus grains de sable.

Pierre English : « Je l'ai vu cogner dans le cockpit parce qu'il n'y avait pas assez de vent, mais jamais pour la raison inverse. Éric voulait que le bateau aille vite. C'était une obsession. Il y avait deux phrases qu'il répétait sans cesse et qui exprimaient sa déception ou sa satisfaction : "On se traîne" dans le premier cas et “Ah, aujourd’hui, on a fait du bon bateau” dans le second. » Philippe Poupon, équipier au milieu des années 70 : « Je me souviens de quantité de situations plus “olé-olé” les unes que les autres, où nous étions indifféremment échoués, perdus ou ensablés. Mais, en toutes circonstances, Éric demeurait de marbre. Du coup, on était vacciné pour la fois suivante... » Éric Loizeau qui, comme le précédent, aura l’occasion de commander le fameux *Pen Duick III* quelques années plus tard : « Même en Bretagne ça se terminait souvent sur les cailloux, évidemment le moteur ne marchait pas et il fallait trouver une solution de rechange souvent tirée par les cheveux... »

Grand amateur de « lèche-caillasse » et de « bateau tamponneur », Tabarly n’a jamais nié être un baroudeur, mais ce que ses acolytes tiennent à souligner c’est que tout autant que ses coups « foireux » c’est sa capacité à se sortir d’affaire qui les impressionnait le plus. Car s’il s’échouait souvent — à Concarneau, à Saint-Barth ou aux Marquises — Éric trouvait aussi toujours une solution *ad hoc* en contrepartie, un moyen d’exciter un peu plus son intelligence en échange, une façon de relancer la mise quelles que puissent être les circonstances. « C’était presque, ose Olivier Petit, le prix à payer pour la belle manœuvre à suivre. Parce que, évidemment, sauf catastrophe “indémerdable”, il essayait toujours une solution “maison” pour s’en sortir. Une pirouette qui ne faisait qu’ajouter au respect que ses équipiers plaçaient en lui. »

Loin des côtes, dès que la brise se lève, dès que les enjeux de la course le commandent, Tabarly n’est pas moins déterminé et définitif. Charles Vieillard-Baron, son neveu : « Il n’affalait que contraint et forcé, toujours à la limite de la rupture. En une seule étape d’un

Tour du monde, on a dû “bouffer” neuf ou douze “spis” d’affilée. Avec cette seule remarque : “C’est dingue, il y a encore quelques années, ça tenait le coup... !” » Un manège observé de loin par Jean-Yves Terlain, adversaire déclaré mais néanmoins admiratif : « Le caractère de Tabarly c’est sa manière de naviguer : carrée, physique et courageuse. » Une constance qui — plusieurs témoins en conviennent — confinait parfois à l’aveuglement. English encore : « Une fois on a fait Sydney-Nouméa sur un seul bord. C’était assez monotone, mais Éric voulait absolument que l’on se relaie à la barre. Au bout de deux jours, moi ou un autre équipier, je ne sais plus très bien, a décidé d’amarrer la barre. Il n’était pas content du tout. De son point de vue, il était primordial de demeurer physiquement en phase avec la situation. Nous sommes allés nous coucher. Lorsqu’on est revenus, il avait lui-même accroché la barre... »

Même invité à une régate sans enjeu à bord d’un vieux gréement de prestige, Tabarly n’apprécie rien plus que de tirer sur les bouts. Bruno Troublé, témoin de la scène devant le port de Saint-Tropez : « Il prêtait attention aux options, aux hésitations, mais c’est uniquement la manœuvre qui l’intéressait. » Aux yeux de Tabarly la voile ne peut être une sinécure ou une partie de plaisir. On en veut pour preuve cette confidence glissée à l’oreille de Paul Guimard dans un bar de Rio quelques jours après qu’il a doublé le cap Horn à la barre de *Pen Duick VI* : « Ce n’est vraiment pas drôle de venir jusque-là pour se traîner dans des brises à peine plus fortes que durant la semaine de Cowes [1] ! »

On ne peut pas vivre pied au plancher sans se préva-

1. *L’Empire des mers,* Hachette, 1978.

loir de quelques certitudes ou d'une certaine forme d'infaillibilité. Tous les avis convergent : c'est au plus profond de son expérience, au détour des millions de gestes répétés depuis l'enfance, à la faveur de situations accumulées par milliers, qu'Éric Tabarly puisait une bonne part de sa sérénité. » Éric, affirme Gérard Petipas, n'était jamais inquiet. Parce qu'il commandait dans la seconde la marche à suivre, il donnait l'impression d'avoir déjà rencontré le problème dans une vie antérieure. Et c'était sûrement un peu vrai. » Sans doute est-ce cet acquis qui lui offrait l'avantage, non pas de se croire insubmersible — son humilité lui interdisait semblable hâblerie —, mais d'être tout simplement insensible à la peur, inaccessible au doute, grognard revenu de tout, capable, selon un autre mot de Gliksman, « de se mijoter un café en plein cœur de la bataille de Waterloo ». Le point fort de Tabarly, insiste Kersauson, « c'était sa capacité à “supporter” l'attente. C'est lui, et personne d'autre, qui m'a appris à courber le dos face aux difficultés ». Souvent, le « génie qui bossait comme un âne » (Bernard Deguy) soufflait cette évidence : « Il est inutile de crier avant d'avoir mal... » et tous ses proches et acolytes de taire leurs plaintes dans l'instant.

Cet appel des difficultés, cette volonté d'en découdre, si propre au « Capitaine courageux [1] », a si fortement influencé les esprits que la notion même d'une course épargnée par les cataclysmes, d'une compétition privée de difficultés semble, aujourd'hui encore, indigne de l'idée que l'on se fait d'un événe-

1. Titre du film de Victor Fleming (avec Spencer Tracy) que Tabarly disait aimer plus que tous les autres.

ment hauturier. Lorsque, quasi retraité, l'Américain Phil Weld a remporté la Transat 1980 dans un « fauteuil », de nombreuses voix se sont élevées contre le peu de mérite de son expédition. Les habitudes données par son musculeux prédécesseur, c'est une évidence, étaient passées par là...

Le tableau des vertus maritimes de Tabarly serait incomplet si l'on négligeait aussi le côté joueur du personnage. L'animal aimait oser, tenter, s'offrant par la même occasion la perspective d'un échec, mais qu'importe, puisque l'essentiel était de participer. Ses anciens équipiers le répètent : certaines de ses options tenaient du pari et de rien d'autre. Philippe Lavat rapporte par exemple cet abordage aux Bermudes entre deux blocs de coraux infranchissables, l'impossibilité de s'y frayer une route raisonnable, le vent qui forcit, le courant qui s'en mêle, et Éric qui ordonne de gîter le bateau de si abrupte façon que son angle de passage permit au final de déjouer l'obstacle... « De la folie, de la folie pure », insiste le témoin encore sous le choc. Mais aussi un parfait moyen de faire l'unanimité, de convaincre d'un seul coup d'un seul, sa fierté personnelle, ses seconds admiratifs et cette satanée logique qui refuse toujours de faire bon ménage avec l'exploit !

C'est tout cet arsenal de qualités, d'obsessions, d'inclinations qu'il faut avoir à l'esprit pour bien comprendre la portée de la razzia réalisée par *Pen Duick III* au cours de cette saison bénie. Du jour au lendemain, selon les propres termes de Kersauson, un « bateau français est passé du jour à la nuit, du tourisme au professionnalisme, de la croisière au sport. Pour la première fois nous disposions d'un voilier uniquement tourné vers “ça”, fait pour “ça” ». Toutes les sorties ne sont pas faciles : l'avant mouille plus que de raison, les tenues des équipiers ne sont pas adaptées, monter la misaine tourne aux travaux de forçat, mais les succès se suivent, et le moral est au beau fixe. Kersauson encore : « Éric a démarré devant une feuille blanche et c'est sans doute là l'une de ses plus grandes vertus. Tout était à inventer. Grâce à lui, nous sommes passés de l'empirisme le plus absolu à un semblant de méthode. Depuis, on n'a fait qu'assimiler et additionner. Nos mérites sont évidemment plus minces. Et en plus nous profitons d'un matériel totalement éprouvé. A l'époque de *Pen Duick III,* c'était encore le temps des usines à gaz. »

Coup sur coup, le bateau et l'équipage miracles remportent, en temps réel ou en temps compensé, deux épreuves de sélection pour l'Admiral's Cup ; la Morgan Cup (Portsmouth-Cherbourg-Portsmouth) ; la Gotland Race au large de Stockholm ; la Channel Race aux marges de l'Angleterre ; Plymouth-La Rochelle ; La Rochelle-Bénodet ; et, fin du fin, le célébrissime Fastnet, traditionnelle échappée organisée entre l'île de Wight et l'extrémité sud de l'Irlande ! Un feu d'artifice et une démonstration d'école. Jamais un bateau tricolore n'avait obtenu pareille accumulation de victimes. Qui plus est face à l'américain *Figaro,* à l'allemand *Rubin,* à l'italien *Levantades,* face au *Gitana* du baron de Rotshchild alors considéré comme l'un des plus fins coursiers de l'époque.

L'équipage est ébloui. Par la constance et la manière qui animent Tabarly. Par sa façon de passer d'une course à l'autre. De franchir la ligne en vainqueur, de faire aussitôt demi-tour, de négliger parfois de gagner le port, et les honneurs et les récompenses qui l'y attendent. Plus préoccupé par la marée à venir que par la forme de la coupe promise, l'insatiable a déjà choisi d'en découdre ailleurs. Surtout ne jamais se fier aux apparences, ne jamais négliger une opportunité : il est en retard au moment de virer le phare du Fastnet, mais la suite confine à la bataille navale. Chaque saute de vent est accompagnée d'un retour au portant. Les muscles s'échinent, les winches grognent. Dans le carré, Babar passe huit heures à réparer la grand-voile. Kersauson : « Nous étions comme des chiens d'arrêt. Voilà l'image que j'ai de nous. (...) Pour que tout soit prêt au dixième de seconde, et que la machine aille encore plus vite [1]. » *Pen Duick III* vit là ses plus belles heures. Passé l'arrivée, l'équipier, devenu incontrôlable, ose faire la bise à Tabarly (une première et une dernière) : « Là, il y avait vertige. Pas de cris, pas de bravos. Juste le bonheur partagé. Nous étions nos propres spectateurs. Les échos nous importaient peu. Seul comptait notre bonheur. »

Trente ans plus tard, en Nouvelle-Zélande, au chevet des plus performants bateaux de la Coupe de l'America, les anciens équipiers de *Pen Duick III* n'en démordent pas. Ils ont beau assister à un ballet étourdissant, mené par la fine fleur des yachtmen du moment, ils affirment tout de go que leurs propres manœuvres n'avaient rien à envier à ces exercices millimétrés. Même sceptiques, on se doit de prêter l'oreille. English, venu en voisin depuis Bora Bora où il habite désormais : « Franchement, ils ne m'impressionnent pas. Nous allions tout aussi vite pour changer un "spi". Parfois je les trouve même un peu patauds. » Et Kersauson, curieux et passionné comme toujours : « Le matériel a changé, mais question coordination, timing, notre équipe valait bien celles-là... »

1. *Mémoires salés,* Robert Laffont, 1985.

Imaginez l'ambiance. Le premier bateau français vainqueur des Anglais, non plus lors d'une compétition transatlantique mi-aventureuse mi-sportive, mais dans le pré carré même des spécialistes de la régate en chambre. Non pas du bout de l'étrave, mais avec force et conviction. Sous les ordres d'une bande de barbares habillés à la diable, qui n'avaient pas de quoi se payer une bière, mais qui, dans le port de Plymouth, au soir du plus mémorable de leur succès, déglutissaient une plâtrée de pâtes à même leur trophée d'argent, trop heureux de choquer dans un pareil mouvement l'establishment, le bourgeois et Francis Bouygues — lui-même engagé dans la compétition — qui passait par là !

Le bonheur connaîtra encore un post-scriptum délicieux, une régate de plus, disputée aux antipodes celle-là, manière d'apothéose d'une période où peut-être (dixit Lavat) « (nous) n'avons jamais été aussi heureux ! ». Traditionnellement organisée au moment des fêtes de fin d'année entre l'Australie et la Tasmanie, la classique Sydney-Hobart réunit, elle encore, les meilleures unités flottantes du moment. Le déplacement de *Pen Duick* coûte, mais le contexte est favorable. Le ministère de la Jeunesse et des Sports ainsi que la Marine ont décidé de mettre la main à la poche, et les médias (RTL, *Paris Match*) de prendre, pour la première fois, le bateau en marche. On ne prête qu'aux vainqueurs et aux ambassadeurs de la France... Qui, en l'occurrence, renvoient l'ascenseur au-delà des espérances. *Pen Duick III* gagne l'épreuve en temps réel, mais cède *in extremis* la vedette à une plus petite unité avantagée par son handicap. Qu'importe ! Les « p'tits » Français n'ont, une fois encore, pas failli à la tâche. Ils ont, au contraire, imposé par-delà l'horizon une nouvelle manière de goûter une vie fruste mais jamais frustrante. Demain, il faudra trouver de l'argent, fréquenter des commanditaires, s'acoquiner avec des sponsors. Le début d'une autre histoire mais aussi la fin de l'innocence...

12

EN QUATRIÈME VITESSE

Accumulation des succès, accélération des envies, précipitation des échéances ? Comme le héros de Paul Morand, Éric Tabarly se mue, soudain, en « homme pressé ». En l'espace de deux petites années — 1968-1969 —, il vit tout et son contraire : fait construire deux bateaux, révolutionne l'architecture nautique, abandonne une course, en remporte une autre, tombe amoureux, réchappe à un ouragan, se fâche avec sa famille, fait son deuil de son amour, s'émeut, doute, se coltine avec le fisc, vend ou tente de vendre ses deux plus récentes trouvailles ! Le tout en multipliant les exercices d'équilibriste et les courses-poursuites entre Quiberon, Lorient, Marseille, Lausanne, Papeete, Nouméa, Sydney, Los Angeles, San Francisco et Tokyo !

Entre le « père peinard » de la première Transat, le « copain d'abord » de *Pen Duick III* et ce précipité de voyageur, d'innovateur, d'entrepreneur et de séducteur, il y a plus qu'un monde : un changement de registre et d'attitude, pour ne pas parler de bouleversement et de métamorphose. Pensez ! Au cours de cette période agitée, plusieurs témoins virent même l'inconstant fréquenter le repaire pour noctambules de Jean Castel à Paris, danser le tamouré dans une boîte à la mode de Saint-Tropez ou contraindre quelques stewards ou personnels de bord de retarder un vol en partance de Nouvelle-Calédonie au prétexte que sa dulcinée rechignait un peu trop à répondre à ses ardeurs...

Dès le 20 octobre 1967, le ton est donné. Une photographie de presse datée de ce jour présente Tabarly planant au-dessus des marches de l'Élysée dans une attitude vigoureuse que n'aurait pas reniée Jacques Chaban-Delmas. En élégant uniforme, les jambes largement écartées et les bras à l'horizontale du corps, le marin n'est pas en avance. Encore un peu et Charles de Gaulle, responsable de l'invitation à déjeuner, pourrait s'impatienter. Avec quelques raisons : en mai déjà, le chef de l'État s'était fendu d'une semblable requête. Mais la mise à l'eau, urgente et impérative, de *Pen Duick III* avait contraint Tabarly à décliner ! Le nouveau télégramme du Général, même ironique, est impératif : « ... Avec l'espoir que, cette fois, vous ne serez pas handicapé par des problèmes de marées [1]... » Le héros ne l'est pas, mais il y a, néanmoins, urgence. Combien de fois encore, au cours des deux années à venir, Tabarly va sauter de la passerelle d'un avion au pont d'un bateau, passer d'une salle de rédaction au bureau d'un commanditaire, courir, s'époumoner jusqu'à perdre haleine ?

L'expérience de Sydney-Hobart — course dont 99,99 % des Français n'avaient jamais entendu parler avant cette fin 1967 ! — contribue à accélérer le mouvement. Les principaux organes de presse français ont dépêché sur place plusieurs envoyés spéciaux. Même conséquent, l'investissement est consenti à moindre risque : plusieurs contrats d'exclusivité ont été accor-

1. Texte du télégramme cité par Jacqueline Tabarly.

dés et il ne fait aucun doute que la cascade de succès enregistrés par *Pen Duick III* au cours de l'été ne se tarira pas en si bon chemin... Voilà du « beau » spectacle, du « bon » sensationnel faciles à promouvoir et à mettre en scène. Pour ceux qui rêvent d'exotisme à pleins poumons et de fiers Gaulois égarés en mer étrangère, l'aventure de Tabarly et des siens devient, au plus creux de l'actualité hivernale, un must inespéré.

L'enjeu sportif est indéniable, l'opposition réelle, mais dès sa une, *Paris Match* désamorce la bombe en signalant qu'aux côtés des fiers-à-bras de *Pen Duick III* « Nos reporters étaient à bord » (sic). A l'intérieur du magazine ceux-ci proposent dix-huit pleines pages de photos et de commentaires sans compter le désormais traditionnel « Journal de bord auprès du capitaine silencieux ». Du déroulement de la course proprement dit, Jean Durieux ne dit pas grand-chose. S'il s'appesantit c'est pour insister sur le courage de la « petite bande de Français » et celui de leur leader plus encore qui faillit être éborgné pour de bon par un tangon ! A l'arrivée, RTL prend le relais et organise un exceptionnel « duplex » à une heure de grande écoute. Petipas : « C'était absolument exceptionnel pour l'époque et quasi inédit. C'est Philippe Gildas qui a eu l'initiative de cet échange. Éric n'était pas du tout habitué à ce média. Il a donc fallu faire avec et remplir les "blancs" dès que c'était nécessaire. »

Le navigateur en titre de *Pen Duick III* ne boude pas le privilège de jouer les intermédiaires. Depuis quelques semaines, Gérard Petipas a renoncé à sa carrière de capitaine de la Marine marchande. En rapport avec le Comité central des assureurs maritimes, il espère ouvrir un cabinet d'expertise, une activité qui devrait lui permettre, il en est sûr, de ménager au mieux son emploi du temps. Juste avant de rejoindre Sydney via Nouméa (toujours grâce aux billets d'avion fournis par le ministère des Armées), l'ami dévoué s'est mis en disponibilité et a passé une petite annonce dans *Bateaux* annonçant ses plus récents projets. Instinctivement, Petipas a compris que l'astre Tabarly n'était pas près de pâlir, qu'il avait, au contraire, toutes les chances de briller plus encore. Il a également parfaitement assimilé le fait que son ami ne goûtait guère les contraintes administratives et les sollicitations officielles, et encore moins toutes les pesanteurs liées à l'argent et aux médias. Autant de domaines où, lui-même, à défaut de s'y sentir tout à fait à son aise, possède un certain savoir-faire.

En ce qui concerne les médias — il était à l'époque question de journaux, de magazines, de radios et pas encore de télévision —, Gérard Petipas entretient d'emblée des relations privilégiées avec les principaux relais du moment. Naturellement, il s'improvise porte-parole avant de pousser plus loin son champ d'activité et ses prérogatives. Alain Gliksman : « Dans un premier temps, Gérard a fait tout ce qu'Éric, non seulement détestait faire, mais refusait de faire : la navigation, les calculs, les corvées administratives, les interviews, la course aux sponsors. » Avec plus ou moins de méthode et de pertinence, Petipas s'exerce et improvise. Il apprend surtout à composer avec un contexte parfaitement inédit, où chacune des parties prenantes pousse à la roue dans un joyeux désordre et un irrépressible goût de la surenchère. Au terme de Sydney-Hobart, et eu égard aux incroyables retombées de presse enregistrées en France, Pierre Messmer envisage rien de moins que de rapatrier les 13,5 tonnes de *Pen Duick III* par avion afin qu'il arrive en temps et en heure pour l'ouverture du prochain Salon nautique...

Rien n'est trop beau pour Tabarly qui lui-même se met à imaginer l'impossible. Il sait que les règlements édictés par ces « fourbes » d'Anglais (c'est lui-même qui souligne) vont sonner le glas de son bateau fétiche. Que le très spécieux Royal Ocean Racing Club ne tolérera pas son gréement avantageux une saison supplémentaire. Certes *Pen Duick III* ne sera pas envoyé à la casse, de Transats en Routes du Rhum, de Vendée Globe en expéditions antarctiques, sous les ordres de Marc Linsky, Philippe Poupon, Éric Loizeau, Jean-François Coste ou Patrick Tabarly, il s'illustrera encore à maintes reprises jusqu'à la fin des années 80, mais pour ce qui est de la distribution de ses mâts et de ses voiles, de son savant harnachement à la fois limpide et judicieux, rien, désormais, ne sera plus jamais comme avant. Dans *Les Cahiers du yachting* de mai 1968 (drôle de concordance de temps), Olivier de Kersauson, en personne, entérine la mise en berne de la révolution navigante des douze mois écoulés. Son « essai » du bateau merveilleux est sec et clinique comme les attendus d'un constat de divorce. *Pen Duick III*, explique-t-il, « cogne sèchement au près », impose des « solutions spartiates », n'a « pas de hauteur sous barrots ». Encore un peu et le diagnostic relèverait de l'amour déçu ou de l'inventaire avant séparation. Au fil des lignes, on imagine qu'il est question d'une autre époque, d'un rêve envolé, comme si les bouleversements technologiques et architecturaux de l'heure réclamaient l'exact inverse d'un bonheur soudain passé de mode.

Alors que la France s'apprête, d'ici quelques mois, à

donner le coup d'envoi d'un chambardement sans précédent, Éric Tabarly fourbit lui-même des prétentions subversives. Ses plus récentes expériences (la Transat de 1964 et les courses classiques de 1967) l'ont convaincu d'imaginer au plus vite son bateau « à venir ». Toujours selon les mêmes données fondamentales : les exigences de la compétition envisagée (son parcours, ses vents, ses courants) et les derniers progrès technologiques en usage, susceptibles, précisément, de tirer un avantage maximum de ces exigences liminaires. Posez un tracé obligé, ajoutez un contexte subi, additionnez des matériaux choisis et vous obtiendrez, parole de Tabarly, le meilleur rapport handicap/efficacité que vous pouvez imaginer...

Or qu'impose la prochaine épreuve qui s'offre à notre compétiteur-né ? Une traversée atlantique à nouveau, la troisième édition de l'Ostar, toujours organisée entre Plymouth et Newport et qui invitera (en juin 1968) ses participants les plus pressés à se colleter une fois de plus avec la route nord, la plus exigeante mais aussi la plus rapide. Pour résoudre l'équation, Tabarly va placer très haut la barre de ses intentions et entreprendre un inédit multicoque (un voilier à plusieurs coques) dont les performances calculées dépasseront très vite toutes celles qui avaient été enregistrées jusque-là. Las, le bateau tout neuf est aussi rapidement contraint à l'abandon et son propriétaire à changer son fusil d'épaule par la même occasion. Celui-ci pourrait évidemment réparer, éprouver et perfectionner son engin, mais, second challenge : la course suivante à laquelle il envisage de participer réclame une tout autre hypothèse de départ. Il s'agit d'une épreuve prévue entre San Francisco et Tokyo (en mars 1969) toujours en solitaire, mais ouverte, cette fois, à de petits monocoques ne pouvant dépasser 10,67 m ! Tabarly ne peut donc « recycler » sa précédente trouvaille et est tenu de lancer un nouveau bateau !

Deux ans, deux courses, deux bateaux : jamais de sa vie Tabarly ne s'imposera semblable jonglerie et, pire encore, l'abandon et la vente, pour cause de déboires financiers et d'erreurs de gestion mêlés, de ses deux voiliers si difficilement imaginés. Les exégètes de la chose maritime retiennent de cet épisode accéléré la capacité de Tabarly à « inventer ». Un trimaran (doté de trois coques) en aluminium d'une part, une petite bombe flottante (munie de ballasts) d'autre part. Deux engins en « rupture » qui annonceront les deux grandes familles de voiliers à venir (d'un côté : les multicoques plus ou moins démesurés de la Route du Rhum ou de The Race ; de l'autre : les monocoques à fonds plats et garde-robes surdimensionnées du Vendée Globe ou de la Whitbread, future Volvo Ocean Race). Mieux qu'un défrichage : un coup d'envoi prémonitoire. L'opportunité offerte à tous les esprits malins de la planète d'emprunter des sillages si bien balisés qu'ils ne seront plus jamais, malgré quelques tâtonnements ou erreurs accidentelles, remis en cause ou en question.

Au lendemain de sa disparition, c'est dans cette direction-là que se sont précipités les compliments les plus nombreux : Tabarly « le créateur », Tabarly « l'innovateur », Tabarly « l'initiateur », sans qui la voile hauturière ne serait pas tout à fait ce qu'elle est. Selon le principe des poupées russes dont chaque élément prévient un prolongement obligatoire, le désormais célèbre skipper, tiraillé et adulé de toute part, s'est donné pour habitude d'imaginer sa prochaine lubie alors même que celle qu'il est en train de vivre n'a pas encore achevé son cycle. L'idée du *Pen*

Duick IV remonte à la fin de 1966 ; celle du *V* à une date équivalente. Dans l'un comme dans l'autre cas, Tabarly révèle l'originalité qui les a fait naître : le trimaran de Derek Kelsall d'une part, les antiques *sandbagers* américains d'autre part. Il a navigué sur le premier et entendu parler des seconds. Et compris (avant tout le monde) l'évidence : que les grandes courses océaniques ne composeraient bientôt plus qu'avec des voiliers multicoques, privés de quille, donc plus légers, donc moins tributaires des effets de traînée ; et que si les règlements imposaient l'usage de monocoques, ceux-ci ne pourraient être réellement compétitifs que s'ils compensaient la lourdeur de leurs fondements, de leur quille, de leur lest, par un système de contrepoids permettant de faire passer d'un bord sur l'autre (suivant la direction du vent) une charge (hier des sacs de sable, aujourd'hui des quantités d'eau équivalentes) précisément capables de rétablir un minimum de stabilité. « Lorsque l'on envisage un nouveau bateau de course, on imagine toujours quelque chose de meilleur que ce qui existe déjà. C'est pour cela ou à cause de cela que l'architecture navale progresse. A toutes les époques, des gars se sont révélés qui ont remarqué une ouverture dont ils ont tiré parti. Je ne suis pas spécialement surpris de ce que j'ai trouvé, je dirais plutôt que cela tombait un peu sous le sens. L'époque était sans doute mûre pour telle ou telle invention. Vous savez, une idée, on ne sait pas toujours d'où elle vient. Mais généralement elle vient de ce qui a déjà été fait. Pour *Pen Duick IV,* ça a été une expérience sur l'eau. En descendant du trimaran de Kelsall, je me suis dit que les multicoques iraient tôt ou tard plus vite que les monocoques même les plus grands. Pour *Pen Duick V,* il n'était pas trop compliqué d'imaginer que des réservoirs d'eau commandés par une pompe à main pourraient un jour se substituer aux sacs de sable ou de coquilles d'huîtres que les équipiers déplaçaient d'un bord à l'autre sur les dériveurs américains du début du siècle [1]... »

Interrogé, chez lui à Gouesnac'h, en 1997, devant un confortable feu de cheminée et sans échéance à assumer que le plaisir de se remémorer quelques vieilles évidences, Éric ne jouait pas les modestes par plaisir. Fidèle à son naturel, il se contentait de relativiser et de minimiser. Comme si cette image d'ingénieur-créateur qui aurait tout imaginé lui pesait quelque peu. De Tabarly version maritime subsistera bien sûr l'image d'un vainqueur, mais surtout la statue d'un inventeur. Certes justifiée et méritée, mais que le déroulé même de ses différentes propositions, et la gestation des *Pen Duick IV* et *V,* en particulier, permettent d'observer sous un jour moins définitif que l'entreprise de béatification qui a accompagné ses entreprises les plus mémorables. Plus qu'un bâtisseur, Tabarly est un curieux, un intuitif et, osons le mot, un opportuniste qui a toujours su accompagner un mouvement, infléchir une idée ou faire plier une évidence. « Ce n'est pas Einstein, ce n'est pas Léonard de Vinci. Mais c'est peut-être plus intéressant comme situation. Tabarly n'a certes pas tout inventé, mais il a senti les choses. De toute évidence, il n'avait pas des capacités ni des facultés hors normes, et pourtant il a trouvé. Le génie est sans doute de partir d'une feuille blanche, mais c'est aussi d'être captif. » Équipier attentif devenu constructeur, Marc Pinta n'hésite pas à parler de l'ambivalence du personnage, des contradictions de sa

1. Conversation avec l'auteur.

condition, des supposés de sa légende. On peut admirer et aspirer, malgré cela, ou à cause de cela, à un minimum d'objectivité.

Un trimaran donc. Pour disputer la Transat 1968 et renouveler, autant que faire se peut, le succès si glorieusement acquis quatre ans plus tôt. Une curieuse araignée de métal, à peu près aussi esthétique qu'une grue de chantier, mais promise à des vitesses jusque-là insoupçonnées. Un enchevêtrement de poutres et de flotteurs, aussi long que large, peu en rapport avec l'idée que l'on se faisait alors de la navigation à voile, mais qui paraissait capable de distancer d'emblée la concurrence. Il est intéressant de noter que Tabarly emprunte cette voie presque à contrecœur. Il avait bien sûr noté la présence de trois multicoques au départ de la précédente Transat, mais leurs résultats avaient été plus que médiocres. Déjà à la pointe du (supposé) progrès, Derek Kelsall avait subi plusieurs arrêts et terminé la course en avant-dernière position. Plus intéressant, son nouvel engin, baptisé *Toria* (du nom de sa fille, alors âgée de dix-huit mois) avait remporté le Tour de Grande-Bretagne deux ans plus tard en 1966. Un bon point en soi, mais surtout un avertissement dans la mesure où, le deuxième de la compétition, le prestigieux *Myth of Malham,* était alors considéré comme le monocoque le plus efficace du monde !

Tabarly enregistre l'évidence et, louable humilité, décide de remettre en cause son penchant naturel pour les voiliers classiques. Lui, l'amoureux des belles lignes et des coques choisies, aurait de toute évidence préféré poursuivre sur cette voie, mais puisqu'il importe d'abord d'aller vite, il se résout à privilégier l'efficacité de sa machine plutôt que toutes autres considérations qu'elles soient d'ordre sentimental ou philosophique. Derek Kelsall : « A l'époque, l'intérêt pour les multicoques était faible en France comme ailleurs. (...) Mais le voyage que nous avons effectué ensemble (de la Cornouailles au port de Londres) s'est parfaitement déroulé. A l'arrivée, Éric a eu une remarque qui donne une idée précise de son approche de la voile : "J'espère que je n'aurai pas besoin d'un trimaran pour gagner la prochaine Transat !" » Et Kelsall d'ajouter fort lucidement : « En fait, Tabarly était un marin traditionnel disposé à accepter les idées nouvelles [1]. » Contraint plus que disposé, serait-on tenté de corriger...

Sans même avoir à bousculer sa naturelle réserve, Éric s'entend bien avec ce Kelsall, cet ingénieur pétrolier revenu de Libye et du Texas, ce bourlingueur aimable et coopératif. Mais comment envisager une éventuelle collaboration entre le marin français le plus en vue et l'architecte « ennemi » ? Le modèle, plébiscité, ne l'oublions pas, par le président de la République en personne, situe bien sûr ses priorités sur le territoire national. Du côté de Sète pour être précis, où Tabarly repère, par hasard, l'un des très rares spécialistes tricolores du multicoque. Grâce à un simple article publié dans *Bateaux* (on ne soulignera jamais assez les services directs et indirects que la presse nautique a rendus à l'un de ses plus attentifs lecteurs), grâce aussi à une rencontre fortuite avec le responsable des chantiers Catalina à l'issue d'une régate disputée en baie de Marseille.

André Allègre : « Il me connaissait de nom, mais ne savait pas grand-chose de moi. Entre notre première rencontre et la mise à l'eau de *Pen Duick IV*, il ne s'est

1. *Voiles et voiliers*, n° 330, août 1998.

pas écoulé deux ans. Tout est allé très vite, extrêmement vite. » De fait les deux étrangers ne tardent pas à se découvrir des points communs. L'un comme l'autre ont servi en Afrique du Nord, volé aux commandes d'engins démodés et éprouvé cette nostalgie qui colle si fort à la peau des jeunes aventuriers. Allègre est un bricoleur impénitent. Fils de menuisier, il a inauguré un premier catamaran à pagaie sur l'Ardèche alors qu'il n'était âgé que de quatorze ans. Bien que spécialiste du contreplaqué, il accepte en un tour de main de dessiner un bateau en aluminium ! « C'était la condition *sine qua non.* D'un côté Éric était convaincu de la nécessité d'adopter un multicoque pour sa prochaine course, mais de l'autre, il voulait perpétuer les avantages qu'il avait enregistrés avec *Pen Duick III* et donc adopter le même alliage — le fameux AG 4 — pour le construire. »

Pour des raisons de fiabilité et solidité bien sûr, mais aussi parce qu'il a reçu, une fois de plus, l'assurance de L'Aluminium français que ses nouveaux besoins seraient couverts sans frais à titre « d'échange marchandise » comme il convient de dire en pareille circonstance... A la Toussaint 1967, Tabarly s'installe chez Allègre pour une petite dizaine de jours. Le matin, le tandem se penche sur la planche à dessin, l'après-midi, il essaie quelques bateaux de clients sur l'étang de Thau. Les poissons grillés sur la cendre et le gigondas participent à l'échange, même si le dialogue est souvent à sens unique. « Il était très persuasif, pour ne pas dire plus. Il posait des tas de conditions puis partait dans son coin. Il croisait les bras, réfléchissait et hochait la tête d'un seul coup : c'était “ça” et pas autre chose. » Au-delà de la vision, des certitudes et du savoir-faire, l'expérience Tabarly-Allègre relève aussi de l'empirisme le plus pur. Le tandem tâtonne tout autant qu'il calcule, se persuade en même temps qu'il prévoit.

Impossible de faire du surplace : il convient de rattraper le temps et d'accélérer les cadences une fois de plus. Le départ de la Transat est prévu pour le 1er juin 1968 et les travaux du bateau supposé la remporter n'ont pas encore vraiment commencé ! En vertu d'une habitude qui se perpétuera durant de nombreuses années, Tabarly jongle du mieux qu'il peut entre sa notoriété, le crédit naturel qui s'y attache, le soutien objectif de certains commanditaires, le regard bienveillant des autorités militaires, les alliances publicitaires que Gérard Petipas conclut, les bonnes volontés qu'impose son ascendant pour ne pas parler de celles qu'il extorque presque à leur corps défendant, les combines dont il profite et l'huile de coude dont il ne se montre jamais avare. Un joyeux méli-mélo, une politique déstructurée au possible, le règne de la débrouille et du va-comme-je-te-pousse, mais une certaine efficacité aussi, un indéniable rendu.

Début mars, le fidèle Victor Tonnerre loue une chambre pour Tabarly à Lorient, juste en face des chantiers La Perrière. En avril, la construction de *Pen Duick IV* s'accélère encore. Dominique Paulet, ingénieur du cru spécialement détaché par sa direction, apporte ses lumières, modifie la géométrie d'un bras ou la ligne d'un flotteur. Les traceurs obéissent et les soudeurs s'exécutent. Juste avant que les ouvriers ne... lèvent le pied ! Mai 68 a commencé et la Bretagne n'échappe pas aux mouvements sociaux qui petit à petit font tache un peu partout en France. Déjà la construction parallèle du prestigieux *Talofa IV,* impressionnant monocoque de 34 mètres « dont chaque winch coûtait le prix d'une 404 » (dixit Kersauson), a été suspendue. Durant les premiers jours de mai, la majorité des trois cents membres du personnel vote une grève illimitée qui durera cinq semaines.

Respect pour un client exceptionnel ou ordre venu d'ailleurs ? Le bateau de Tabarly ou plus exactement le Meccano qui en fait office est retiré de l'atelier principal, installé sur l'avant-cale et confié, non sans quelques remous et protestations, à une poignée de techniciens triés sur le volet. Des « jaunes », certes employés à une cause exceptionnelle, mais qui auront chaque jour un peu plus de mal à faire admettre leur point de vue. Le 10 mai, les CRS attaquent à la grenade lacrymogène la rue Gay-Lussac. Le 11, pas un seul ouvrier de chez La Perrière ne consent à actionner le treuil susceptible d'assurer la mise à l'eau de *Pen Duick IV*. Ce sont les responsables du port de pêche qui s'en chargent, aidés par quelques contremaîtres sympathisants et obstinés. Tabarly fulmine. La construction de son nouveau voilier a pris un retard considérable, son baptême s'est déroulé en catimini, l'ambiance générale est exécrable. Pis, le public et la presse n'éprouvent qu'indifférence pour la course à venir. Et si lui-même s'acharne, il ne peut éviter les erreurs, ni prévenir les maladresses.

Le paragraphe 11 du règlement de l'Ostar oblige ses concurrents à gagner Plymouth avant le 27. Tabarly dispose de seize jours, pas un de plus, pour tester son engin et rallier la ligne de départ ! La première sortie en baie de Lorient tourne à la soupe à la grimace : le mât tournant est inadapté et les haubans à revoir. Pour arranger le tout, la mise en place du pilote automatique pose, une nouvelle fois, problème. Un test bord à bord en compagnie de *Pen Duick III* ne le rassure pas totalement. Une fois n'est pas coutume, Tabarly est tenaillé par l'incertitude : « Entre *Pen Duick III* et *Pen Duick IV,* je ne p(eux) pas encore choisir. (...) L'insuffisance de mise au point de *Pen Duick IV* est évidente [1]... » Une grosse semaine, tout au plus, le sépare de la mise à feu de la plus prestigieuse course de l'heure et le tenant du trophée ne sait toujours pas sur quel bateau il va se jeter à l'eau ! On peut appeler cela une maîtrise hors du commun ou un aplomb phénoménal, l'objectivité réclame peut-être que l'on taxe aussi cette attitude d'inconscience pathologique... Alain Gliksman, lui-même obligé de mettre les bouchées doubles afin de participer à la barre de son *Raph* à cette même course : « C'est difficile à dire. Peut-être Tabarly se sentait l'obligation d'aller au bout de son idée. Éric n'était pas du genre à dire “Regardez, je vais vous prouver que j'ai raison”. En revanche, il ne dépensait jamais assez d'énergie pour aboutir une lubie qu'il avait lui-même initiée. C'était une question de principe, beaucoup plus qu'une question d'honneur. »

Fort d'une dérogation de dernière minute, *Pen Duick IV* se précipite finalement à Plymouth le jeudi 30 mai et démarre la course, deux jours plus tard, en catastrophe. La suite des événements s'enchaîne presque naturellement. Tabarly est épuisé. Dès le dimanche, il évite d'un cheveu un cargo. Le temps de descendre préparer un café dans son carré et un second abordage stoppe net sa progression. Le flotteur tribord est en berne et son voilier remorqué jusqu'à Newlyn, au bout de la Cornouailles. Après quarante-huit heures de réparation, il ose un nouveau départ. Guère plus concluant : cette fois c'est le fameux pilote Gianoli qui

1. *De Pen Duick en Pen Duick,* Arthaud, 1974.

s'éteint. Dans l'entourage du grand marin, la consternation est de mise, mais personne n'ose la moindre critique. Même trente-cinq ans plus tard, les doigts levés ne sont pas très nombreux qui osent porter un jugement sur cette succession de catastrophes plus ou moins annoncées.

Avec le recul, il est pourtant difficile de cautionner la manière dont Tabarly a accepté cette course à handicap et comment il a plombé sa géniale intuition (après tout, ce même voilier commandé par Alain Colas remportera la Transat suivante en 1972 !) et pourquoi il a accepté d'être à ce point le jouet d'une précipitation plus que coupable (même habitué aux situations limites, jamais de sa carrière il n'a si mal préparé une échéance). Sauf à admettre que les circonstances ne lui appartenaient plus, que sa tête était ailleurs et que ses préoccupations du moment se situaient à des années-lumière de cette concentration, de cette rigueur, de cette méthode qui, quatre ans plus tôt, avaient assuré son si mémorable succès.

Sitôt admise sa défaite, le skipper blessé retourne à Saint-Pierre-de-Quiberon, le nouveau QG de la famille. Une manière comme une autre de se retirer sous sa tente et de mettre à plat les mois et les erreurs passés.

Dès le milieu des années 50, Guy et Yvonne Tabarly ont acquis à la faveur d'un héritage (côté maternel) un beau terrain en bord de mer, à l'extrême nord du bourg, au plus loin d'une langue de terre d'où l'on aperçoit Carnac, alangui juste de l'autre côté de la baie. Une manière de paradis, agrémenté de grands pins, entouré d'un solide mur d'enceinte et joliment appelé villa Kervamentad (« La maison de mon père »). En fait de maison, le bâtiment d'origine était bien modeste, simple remise donnant sur le chemin d'accès et dominant un potager étendu en pente douce jusqu'à la grève. Ce n'est qu'au fil des années que Babar, de moins en moins lié à ses obligations professionnelles et de plus en plus attiré par une retraite active, fit construire une résidence plus importante bientôt comparable aux gentilhommières voisines, celle de la famille Rocard en particulier que fréquentait plus que volontiers le jeune Michel, lui-même très porté sur la voile et les bateaux. A Kervamentad, Éric dispose d'une chambre bien sûr, mais il profite aussi de différents petits bâtiments annexes où il entrepose à loisir son matériel, ses outils et tout un bric-à-brac dont il refuse de se séparer, même si, accumulateur invétéré, chineur impénitent, il est souvent bien incapable d'en justifier l'utilité ! Dans cette maison des courants d'air, où l'eau froide est de rigueur et le chauffage mesuré avec parcimonie, son couvert est assuré. Mais cette confiance pour sécurisante qu'elle soit ne saurait masquer l'essentiel : à trente-sept ans, et pour parler crûment, Éric Tabarly est installé dans un cul-de-sac, privé de perspectives d'avenir, incapable de définir clairement par quel subterfuge il va bien pouvoir rebondir.

Sportivement parlant son étoile est au plus bas. Cette Transat 1968 qui s'achève sans lui, en a-t-il seulement mesuré les enjeux et les conséquences ? S'est-il rendu compte des changements de comportement qui habitaient la plupart des candidats au voyage ? A-t-il compris la nouvelle donne que son dénouement impose ? *A posteriori,* Tabarly ne manquera pas de critiquer vertement (et Dieu sait que ce n'était pas dans ses habitudes) le vainqueur de l'épreuve, l'Anglais Geoffrey Williams. Tout à la fois, il dénoncera sa démarche, le soutien logistique dont il a bénéficié et surtout le « routage » météo dont il s'est servi. Il se plaindra qu'un marin ait osé faire appel à des informations extérieures captées par radio pour définir sa route et choisir la meilleure trajectoire possible. Mais jamais, il n'admettra que lui-même ait peut-être failli dans sa préparation ou que la voile hauturière, alors en plein bouleversement, ait tout bonnement changé ses habitudes.

Aux quinze pionniers de 1964 succédaient cette année-là trente-neuf concurrents (dont sept Français seulement, suite aux problèmes sociaux déjà évoqués), en moyenne mieux préparés, plus aguerris et, pour les plus importants d'entre eux, soutenus — nouveauté suprême — par des commanditaires clairement désignés. Des parrains, des sponsors, comme le langage de l'époque n'osait pas encore désigner l'évidence, qui, non contents d'assurer financièrement les arrières de leurs représentants, s'engageaient à promouvoir leurs performances bien au-delà du strict périmètre des inconditionnels. Le bateau de Williams ne s'intitulait bien sûr pas *Sir Thomas Lipton* par hasard ! Ni ceux de Bill Howell ou Martin Minter-Kemp, *Golden Cockerel* ou *Gancia Girl,* pour le simple plaisir de trinquer quelques bières ou apéritifs avant le canon de départ !

Même si le mouvement a été entamé sur la pointe des pieds, la voile de compétition change de visage. Paradoxe : il n'est pas certain que son acteur le plus en vue s'en soit vraiment aperçu ! Venant d'un esprit résolument tourné vers l'avenir en matière d'architecture et de construction, pareille attitude ne laisse pas de surprendre. En cet été qui appelle pourtant tant de changements dans les comportements et les mentalités, Tabarly est à la traîne. Sans doute est-il déjà en passe de transférer ses frustrations sur sa prochaine traversée du Pacifique, mais, à y regarder de près, le mal semble plus profond. Sportivement à plat, Éric l'est aussi sentimentalement. A la fois amoureux et incompris, blessé et délaissé, le capitaine courageux ne s'est peut-être jamais senti aussi mal dans sa peau qu'au terme de cette maudite année 1968.

13

L'AMOUR FOU

On ne peut imaginer couverture de magazine plus muette et parlante à la fois. Pas de titre, aucune accroche, mais une simple et pleine photographie d'Éric Tabarly, pull marine de rigueur, coupe militaire de circonstance, le regard tourné vers l'horizon bien sûr, à la barre de son bateau de toute évidence. Et, serrée contre lui, proche et rassurée comme un enfant, une jeune fille délicate au sourire radieux, les traits évaporés, les cheveux de jais, les épaules protégées d'un châle de belle étoffe, dont on ne dit rien, mais qui dit tout. Pas de légende, aucune explication et encore moins, à l'intérieur même du magazine, de texte subordonné à cet effet d'annonce sans équivoque. Les lecteurs du nº 66 des *Cahiers du yachting,* daté du mois de juin 1968, sont tenus de deviner par eux-mêmes une situation qui, c'est vrai, ne mérite guère de long discours.

Même intime et privé, l'événement n'est pas à prendre à la légère. Au mitan d'une période charnière, de ces deux années — 1968-1969 — menées, on l'a vu, à grandes enjambées, ce bonheur va, au contraire, profondément remettre en cause la rectiligne trajectoire du soi-disant impassible marin. Au point de lui faire perdre le nord et d'introduire dans son existence une période d'absolu flottement qui s'éternisera jusqu'en 1973 au moins, date à laquelle le premier tour du monde en équipage de l'histoire — la Whitbread — lui offrira, enfin, de nouvelles raisons de se motiver.

Avant que l'inconnue présentée à la une des *Cahiers du yachting* ne bouscule la norme, Éric Tabarly entretenait avec les femmes des rapports ambigus. Comme les matelots de pure tradition, sans doute n'était-il pas loin de penser que l'autre sexe équivalait au pire à un amollissement, au mieux à un divertissement. Longtemps il adopta, dans ce domaine bien précis, un point de vue et des habitudes militaires. Filles de passage, de garnison, d'escale : c'est en marge de ses activités contingentées que les femmes étaient cantonnées. Son discours à leur égard était conventionnel pour ne pas dire sexiste. Ses remarques à propos des « filles de saison » sans originalité et ses réserves au sujet des « professionnelles avouées » sans surprise. Une femme à bord ? Et pourquoi pas un lapin ! Le priapisme de ses jeunes recrues l'excitait, leurs habitudes de chasseurs l'intriguaient, mais il ne s'appesantissait guère sur ces sujets. C'est d'un œil sceptique qu'il observa les initiatives des toutes premières navigatrices solitaires. Il eut même des mots sévères pour l'Allemande Édith Baumann, exception de l'Ostar 1968, qui pourtant, groupie déclarée, ne jurait, elle, que par lui. Et il fallut attendre huit années supplémentaires pour qu'il taxe, enfin, une navigatrice, l'Anglaise Clare Francis arrivée treizième de la Transat, de « sacrée marin » !

Ses copains de Navale sont formels : « Éric n'a jamais été très à l'aise dès qu'il était question des préliminaires. » Ni un spécialiste des cocktails ou bals organisés à bord du bateau-école, ni un leader lors des escales exotiques où d'autres se sentaient naturellement l'âme butineuse. « Souvent, le samedi soir, nous allions en boîte au risque de prendre nos embarquements le lendemain dans un état second. » Victor Tonnerre parle pour lui et ses copains d'apprentissage du temps de La Trinité, mais il ajoute : « ... Éric ne venait pas avec nous. Il n'avait vraiment pas envie et ne pensait déjà qu'au bateau. » Plus nuancée, Annick, sa sœur, propose une explication plus vraisemblable : « Éric était d'abord un grand timide qui, jamais, n'osait faire le premier pas. Sur ce terrain, contrairement à ce qui se passait sur un voilier, il ne prenait jamais l'initiative. » Et Jean-François Coste, équipier lucide, une analyse plus fine encore : « Il a toujours cherché la femme au sens "absolu" et "mythique" du terme. Une sorte d'idéal parfaitement inaccessible que l'on ne rencontre que dans les livres ou dans les films. » Un point de vue corroboré par Olivier de Kersauson qui enfonce le clou : « En matière d'amour, Éric avait vraiment un côté très "fleur bleue". Dès qu'il était question de femme à bord, il parlait comme la comtesse de Ségur. Une femme, pour lui, c'était à la fois une mère, une sœur, une fille. Il était toujours plein de réserves. Son souhait était toujours inaccessible. C'était un suiveur et un attentiste. Au bout du compte, il avait un faible pour les splendeurs exotiques venues des îles, la femme virginale, la femme des origines, et ne rêvait que d'"attaches" fines. La première qualité qu'il accordait à une femme c'était son élégance. »

La beauté présentée en une des *Cahiers du yachting* s'appelle Danielle. Elle a vingt-trois ans, est d'origine vietnamienne et a rencontré Éric en Nouvelle-Calédonie durant les tout premiers jours de 1968. L'année précédente, on s'en souvient, s'est achevée en apothéose à Hobart, où *Pen Duick III* a remporté un succès mémorable. Interviews, photos et cotillons : la fête est à la mesure du résultat obtenu aux dépens des meilleures unités internationales. Les autorités françaises s'emballent et les médias nationaux tout autant. Mais passé l'heure des réjouissances, l'équipage se disperse. En ordre plus ou moins calculé ou aléatoire. Accaparé par quelques sommités locales, Éric n'est jamais là pour recoudre les poches percées de ses matelots ou soigner leurs éventuels bleus à l'âme.

Même le solide Pierre English conserve un souvenir amer de ce nouvel an aux antipodes : « On venait de remporter Sydney-Hobart, nous avions pris un plaisir fou et puis le gros de la troupe est reparti sans se retourner ou presque. Les autres, nous nous sommes retrouvés chacun dans notre coin, un peu cons, un peu paumés, incapables de partager l'immense bonheur que nous venions de goûter ensemble. Le soir du réveillon, Éric n'était même pas avec nous... » Le transport par avion, un moment suggéré par le ministère des Armées, ayant été (logiquement) annulé, c'est sur la *Vanoise* que *Pen Duick* doit embarquer, mais pas avant un mois. Le raccourci est tout trouvé : en attendant le rendez-vous, Tabarly propose une escapade en Nouvelle-Calédonie ! A bord, l'ambiance se réchauffe comme par enchantement. Il y a là Pierre English donc, mais aussi Olivier de Kersauson, Yves Guégan et un nouveau venu, Alain Colas, jeune étudiant, débrouillard et entreprenant, qui a disputé Sydney-Hobart sur un autre voilier avant de poser son sac sur celui-là afin de regagner l'Australie où il réside temporairement.

Inimaginables aujourd'hui, où le temps presse et la

rentabilité commande, ces parenthèses itinérantes, vacances flottantes entre deux courses en quelque sorte, Tabarly les a toujours appelées de tous ses vœux. Comme si ces intermèdes participaient d'un processus global, comme s'ils étaient nécessaires à la mise en place de ses idées et de ses bateaux, à son équilibre, à sa réflexion. C'est lors de ces « vacances » nautiques qu'il a imaginé ses plus beaux projets, c'est en ces instants qu'il a noué ses plus sûres fidélités. Un nomadisme au fil de l'eau, une pérégrination sans fin.

A Nouméa, *Pen Duick III* est en terre française avec les avantages, considérations et honneurs que cela suppose. English encore : « Les portes s'ouvraient, les invitations pleuvaient. Éric ne boudait pas tout cela. Il revêtait son uniforme s'il le fallait, serrait des mains, recevait une récompense. Mais il se laissait aussi un peu aller et se réjouissait sans trop le dire que nous sortions du cadre officiel pour mettre un peu d'ambiance... » Le départ de la *Vanoise* n'étant programmé que dans une quinzaine de jours, une excursion est décidée du côté de l'atoll d'Ouvéa, la plus septentrionale des îles de la Loyauté où, comme l'écrit de si candide et innocente façon Tabarly : « La rencontre inopinée d'un petit cyclone sera pour nous l'occasion d'une expérience nouvelle [1]... »

Un « petit » cyclone. L'adjectif est important. Il l'est d'autant plus que le phénomène — baptisé *Brenda* par les météorologues américains — dont il va être question dans les lignes qui suivent, rapporté et interprété de si différentes façons au fil des récits et des années, doit être tenu comme l'une des pages les plus essen-

1. *Mes bateaux et moi,* Éditions du Pacifique et Librairie Hachette, 1976.

tielles de la légende tabarlienne. Une pierre d'angle à partir de quoi se construiront, non seulement une poignée de destins exceptionnels, mais plus encore celui d'Éric Tabarly lui-même sur qui le regard des autres ne se portera plus jamais de semblable façon. Si le mythe du marin sans peur et sans reproche est né quelque part c'est bien là, par 20° 25 de latitude Sud et 166° 39 de longitude Est, à la lisière d'un caillou incertain, sous un ciel d'encre et au milieu d'un vent furieux. En un jour et une nuit — les 17 et 18 janvier 1968 — où *Pen Duick III* faillit bel et bien passer par le fond avant que son vaillant capitaine ne redresse la barre et la situation de façon quasi miraculeuse.

Avant que le ciel ne s'assombrisse, la situation était on ne peut plus claire : après d'interminables parties de baignades, plongées et huit américain, il est urgent d'arracher *Pen Duick III* à la torpeur d'Ouvéa pour rejoindre Nouméa. Une balade d'ordinaire bouclée comme un plaisir supplémentaire et qui, en l'occurrence, va se transformer en une épreuve. Peu importe le cap emprunté ou la direction du vent subi : pour apprécier le crescendo de la situation, il suffit de comprendre qu'à peine levé l'ancre, le bateau refuse d'avancer; que la tempête venue du large et les courants également contraires lui font prendre le risque de s'empaler sur les coraux; que, malgré deux ou trois virements judicieux, « l'invisible main » s'acharne encore; que la pluie et l'atmosphère annulent toute visibilité; que, même ses voiles entièrement baissées, le bateau refuse de s'extirper du piège; que les mâts menacent maintenant de toucher l'eau; que le « grand vase de la colère » vire au tragique et que, dans un dernier sursaut, maître de lui et de son embarcation, profitant d'un souffle de terre inespéré, Tabarly fait donner un peu de toile pour se dégager de l'impossible alors que n'importe quel autre être humain se serait contenté de prier Dieu pour qu'il trouve lui-même une solution à ce supplice !

De ce « fait de mer », comme on parlerait d'un « fait d'armes », Éric Tabarly a bien sûr parlé à l'une ou l'autre occasion. Sans jamais se rengorger. Le « rapport de mer » qu'il envoie le 19 janvier à Yannick Le Maguer, son assureur de toujours, ne transpire d'aucun superlatif : « Quatorze heures : le vent est de 70 nœuds. Plusieurs coulisseaux de la grand-voile sont arrachés, ce qui provoque la rupture de la ralingue de mât et la voile se déchire horizontalement à cinquante centimètres au-dessus de la bôme. (...) Durant ce coup de vent *(sic)*, à des instants déterminés, des tôles à l'avant du bateau sont enfoncées et le débordoir de bras de tangon saisi sur le pont est emporté par la mer [1]. » Dans ses différents livres *(De Pen Duick en Pen Duick, Mes bateaux et moi, Mémoires du large)*, le propos est à peine plus explicite. Éric rapporte par le menu, informe de manière quasi clinique, parle d'un paysage « impressionnant », évoque un « souffle de 70 nœuds », dépeint un bateau qui « joue les balançoires comme à Lunapark », mais il remarque aussi : « Mon équipage a du cran et du métier et même Colas, pourtant presque néophyte, s'en tire bien. »

Parlons-en de Colas, ou plus exactement laissons-le parler. A l'inverse de celle proposée par son capitaine, sa version ne manque pas de grandiloquence. Sous sa plume, la navigation musclée est un drame, une tragédie, une apocalypse, pas très éloignée du *Typhon* de Joseph Conrad ou peu s'en faut. Huit pleines pages —

1. Lettre d'Éric Tabarly à Yannick Le Maguer, 8 juin 1968.

là où Tabarly en consacre tout juste trois — pour rapporter l'« enfer », le « chaudron de la sorcière », les « lambeaux de peinture noire qui volent avec les embruns » ; pour souligner aussi son admiration (sa déférence ?) vis-à-vis du maître du bord : « Marin jusqu'au bout des ongles, il avait fait face au fur et à mesure à des problèmes de mer et de gros temps [1]. » Du départ d'Ouvéa (déjà passablement sportif) à l'arrivée à Nouméa (sous les vivats de la foule rassurée), Colas n'a pas loupé une miette de la démonstration et moins encore la façon dont elle fut rapportée : « Qu'est-ce qui frappe le plus ? Qu'Éric soit sorti de là sans dommage ou qu'il soit demeuré modéré face au micro de l'ORTF [2] ? »

Autre témoin de l'événement, Olivier de Kersauson a son avis sur la question. Lui aussi a été impressionné par cette « mer blanche absolument solidifiée », mais l'instinct de son capitaine le surprend moins. Il est habitué, il fait corps, il participe. C'est à la première personne du pluriel d'ailleurs qu'il rapporte le combat de *Pen Duick III* contre la tempête : « Après avoir vu de nos propres yeux le pire de la mer et pu la dominer nous en reviendrons définitivement invincibles [3]. » Avec le recul, Pierre English, quatrième acteur présent, se veut moins définitif et catégorique : « Franchement, tout ça aurait très bien pu très mal se terminer. Quand la voile d'artimon s'est déchirée, nous étions vraiment tous inquiets. Les chances de s'en sortir n'étaient vraiment pas très nombreuses. C'est vrai qu'Éric s'en est bien sorti et qu'il nous a, objectivement, si ce n'est

1. *Un tour du monde pour une victoire,* Arthaud, 1972.
2. *Ibid.*
3. *Mémoires salés,* Robert Laffont, 1985.

sauvé la vie, en tout cas permis d'éviter le pire. Mais quand je repense au fait qu'il ne prenait jamais la météo, qu'il levait l'ancre uniquement en fonction de ses humeurs et de ses envies cela me fait, rétrospectivement, froid dans le dos... »

Calme, lucidité, modestie, insouciance : ils sont bien là les attributs de la légende. Ils sont là et ils vont, bien au-delà des premiers témoignages, tresser la couronne du héros. C'est à cette source, mélange de faits avérés et d'admiration, que la fameuse « invincibilité » tabarlienne dont parle si justement Kersauson s'est instantanément nourrie. Jusqu'à enfler, jusqu'à faire avouer, un jour, à l'un de ses équipiers (Marc Pinta) que ce qui distinguait Tabarly des autres skippers « c'est qu'avec lui le ciel ne pouvait VRAIMENT jamais nous tomber sur la tête ».

Tabarly ne dit rien mais laisse dire. A Nouméa, le retour du vaisseau fantôme fait grand bruit. La Marine nationale qui avait dépêché un DC4 (au cas où) est trop heureuse de saluer un lieutenant de vaisseau digne de son grade. Paris s'inquiète à son tour, les radios colportent la nouvelle et *France-Soir* dépêche un envoyé spécial, l'indispensable Jean-Paul Aymon. Ses articles, même décalés, même tardifs, comme ceux qu'il avait tricotés à l'époque de la Transat, ajoutent à l'emphase : « Et pourtant j'ai failli arriver trop tard ! Prévenu par câble, Éric m'a heureusement attendu vingt-quatre heures à Nouméa avant que l'on appareille pour Sydney où l'attendait la *Vanoise.* » A bord de *Pen Duick III,* c'est le calme plat. Chacun a retrouvé ses responsabilités et ses habitudes. La conversation roule à l'ordinaire. Seules les phrases alignées par Aymon dans ses carnets et bientôt répercutées à Paris jouent encore des grandes orgues...

Il est pourtant un point que ni Tabarly, ni Colas, ni Kersauson, ni English, ni Aymon n'abordent ni ne développent au sujet de ce si essentiel et fondateur événement : la présence à bord de *Pen Duick III* d'autres passagers, de charmantes jeunes filles en l'occurrence et de Danielle en particulier ! Au gré de cette navigation haute en couleur, il fut bien sûr question de focs que l'on affale, de coulisseaux qui explosent, de drisses qui se coincent, autant de faits rapportés, ici et là, avec un luxe de détails, mais il fut aussi question d'affections qui se nouent, d'émotions échangées, de sentiments que l'on partage, détails pas moins capitaux, mais évaporés comme par enchantement... Tabarly est amoureux. Il n'en dit rien, mais cela se sent et cela se voit !

A peine son *Pen Duick* est-il hissé sur le pont de la *Vanoise* que l'épris est reparti, direction Nouméa cela va de soi. La situation n'est pas simple : mariée à un industriel métropolitain momentanément installé en Nouvelle-Calédonie et mère d'une petite fille, Ahn, âgée de quelques mois seulement, Danielle n'est pas libre. Elle l'est d'autant moins qu'Éric est on ne peut plus vague sur ses projets et, plus encore, sur ses intentions. S'il escompte bien présenter sa promise à ses parents, il ne les a, pour l'heure, pas mis dans la confidence. Sur ce chapitre bien précis, chacun de ses équipiers est tenu au silence. On cherchera en vain dans les *Mémoires* de Tabarly, ses conversations, ses confidences une quelconque allusion à cet épisode pourtant important de sa vie. Avec le recul, ses proches hésitent toujours à aborder le sujet et aucun ne s'y attarde avec plaisir. En 1972, quatre ans après les faits, Jacques Chancel fait assaut d'amabilité pour en savoir davantage, mais le dialogue ne s'éternise guère :

« Vous êtes marié ?

— Non, malheureusement.

— Il y a eu un problème, dont vous n'aimez pas parler...

— ... non.

— Mais c'était au lendemain d'une course...

— ...

— C'était néanmoins un bon souvenir...

— ...[1]. »

Le blanc à l'antenne s'éternise. Chancel est ensablé et obligé de proposer un morceau de musique supplémentaire : le *Chant des piroguiers,* qu'il introduit sur un ton mi-perfide mi-compatissant : « ... un morceau que vous avez choisi en souvenir, j'imagine... »

Tabarly fermé à double tour à propos de ses amours et de sa vie privée : quoi de plus respectable et naturel venant d'une personnalité si peu disposée à se confier ? Au-delà des égards que l'on souhaiterait définitifs, subsiste néanmoins une situation exceptionnelle et des rebondissements inattendus qu'il est impossible de passer sous silence. Même arrivé en France en éclaireur, Éric ne parvient pas à désamorcer la bombe : la présentation de Danielle aux siens se passe mal, très mal. Une femme mariée, une mère, une « étrangère » : ni son père, ni sa mère n'acceptent l'élue. Pire qu'un jugement de valeur : une question de principe ! Jean-Paul Aymon : « L'accueil a vraiment été terrible ! Une incompréhension totale... Du jour au lendemain, les portes de la Chalouère se sont refermées et Éric, Danielle et Ahn se sont retrouvés à Saint-Pierre-de-Quiberon sans possibilité de dialoguer et de s'expliquer. C'était le début de l'automne et je crois bien me

1. « Radioscopie », INA, 1972.

souvenir qu'il n'y avait pas de chauffage dans la maison. Pour une fille venant de Nouméa ce ne devait pas être évident... » Éric étant, pour sa part, déjà très pris par le chantier de *Pen Duick IV,* sa fiancée découvre la « froideur » de la métropole dans tous les sens du terme.

L'hiver sera plus insupportable encore. La mère et le père se braquent, s'entêtent. Ils ne veulent rien entendre. Leur officier de fils avec une fille des îles : impensable, intolérable ! Où l'on revoit poindre les académismes d'une éducation religieuse, les préséances d'un ordre bourgeois. Mais où l'on constate aussi les liens extrêmement tendus et emberlificotés qui régissent les rapports entre Éric Tabarly et ses parents. Même âgé de trente-sept ans, le héros consacré, le maître d'équipage, l'inventeur insatiable, hésite, s'agissant de sa vie personnelle, sur la marche à suivre. Il est — tous les témoignages concordent — malheureux comme une pierre, mais ne peut trancher pour autant. Il accumule quelques colères, deux ou trois poings sur la table, mais ne parvient pas à faire entendre sa voix pour autant. Danielle et Ahn se réfugient un moment chez le fidèle Aymon. Le père Michel Jaouen, frère de l'ancien instructeur d'Éric et passionné marin lui aussi, joue, vaille que vaille, les intercesseurs. En vain. La mort dans l'âme, Éric Tabarly consent à repousser l'échéance d'un bonheur pourtant limpide. Il n'oublie pas Danielle, mais ne fait rien pour que leur relation se perpétue au grand jour. Il se réfugie dans le boulot, plonge tête baissée dans la préparation de la Transat et se coltine — on l'a vu — avec les mille et un problèmes d'intendance que cette échéance précise lui impose.

Pour expliquer la plus que douloureuse mise à l'eau

de *Pen Duick IV,* son arrivée *in extremis* à Plymouth et son abandon quasi immédiat, les événements de 1968 et les grèves ont été évoqués avec raison. On ne saurait pour autant négliger les handicaps supplémentaires occasionnés par la situation personnelle d'Éric, son état d'esprit et ses préoccupations. Jean-Paul Aymon encore : « Rien ne sera plus jamais comme avant. Éric a cédé, Danielle est rentrée, mais ses rapports avec ses parents ne seront plus les mêmes. De ce jour, son père n'a pratiquement plus renavigué avec lui. Des deux côtés il y a eu cassure. » Plus d'un témoin fait remonter à cette date et cette cassure le définitif repli de Tabarly sur lui-même, son regain de mutisme, ses doutes à propos des relations humaines même les plus simples, sa pudeur plus exacerbée encore. « J'ignore si Éric a perdu la Transat 1968 à cause de Danielle, mais je sais que si moi-même je ne l'ai pas remportée c'est indirectement à cause d'elle... » Dans un demi-sourire Alain Gliksman a lui aussi un souvenir très précis de la situation : « Il ne pensait qu'à elle. S'il a pris la construction de *Pen Duick IV* en route, c'est aussi parce qu'il a "traîné" en Nouvelle-Calédonie et qu'il a attendu la dernière minute pour revenir en France. Je suis bien placé pour le savoir. J'avais opté pour le même système de pilote automatique Gianoli que lui, mais j'ai dû attendre son retour pour obtenir son autorisation. Tout s'est fait dans la précipitation. Lorsque je me suis retrouvé bien placé en tête de la course avec *Raph,* mon pilote a lâché ! Faute à pas de chance sans doute, mais aussi parce qu'Éric, amoureux, m'avait obligé à régler tout ça à la dernière seconde... »

Tabarly, c'est une évidence, ne se sent pas bien. Sa situation sentimentale l'accable, son échec sportif lui pèse, l'état de ses finances ne dit rien qui vaille. Les possibilités de rebondir ne sautent pas aux yeux. Son *Pen Duick IV* est une excentricité qu'aucune réglementation ni course n'accepte ni ne tolère. A force de subir des transformations, son *Pen Duick III* n'est, pour l'heure, plus compétitif. Il est bien question depuis quelques mois d'une course autour du monde en solitaire organisée par le *Sunday Times,* mais cela ne l'inspire pas. Même si deux Français, Bernard Moitessier et Loïck Fougeron (qu'Éric ne connaît pas encore personnellement) ont d'ores et déjà annoncé leur participation, lui-même ne se sent guère le cœur (au sens fort du terme) de basculer dans cette aventure au long cours, très exigeante psychologiquement, dont personne, pour l'heure, n'est capable de mesurer l'impact et les conséquences. « J'y ai songé une seconde, mais tout cela était un peu précipité. Cela supposait de nombreux sacrifices. Ce que je voulais c'était courir le plus possible [1]... » En 1997 encore, Éric Tabarly ne parvenait pas très bien à comprendre le pourquoi de son pas de côté. Pendant près d'un an, le Golden Globe occupera l'essentiel de l'actualité nautique. En Angleterre comme en France. Dans la presse spécialisée, mais aussi dans les colonnes des médias grand public, les téméraires lancés autour de la planète susciteront quantité de commentaires. Du suicide de Donald Crowhurst, mystificateur révélé, à la fuite en avant de Bernard Moitessier, rêveur patenté, en passant par le succès de Robin Knox-Johnston et de son minuscule *Suhaili,* cette épreuve, non contente de marquer durablement les esprits, influencera aussi l'avenir de la voile hauturière dans son ensemble. En l'absence, se doit-on de constater, de sa figure tutélaire obligée :

1. Conversation avec l'auteur.

Éric Tabarly, curieusement inscrit aux abonnés absents...

La réaction finalement adoptée sera minimale. A l'image d'un entrefilet découvert (une fois de plus) dans un magazine nautique indiquant la tenue d'une compétition transpacifique entre San Francisco et Tokyo. Placée sous l'égide de la Slocum Society, la course envisagée est ouverte aux monocoques de 10,67 mètres maximum et prévue pour le mois de mars 1969. C'est, certes, une compétition séduisante, mais le moins que l'on puisse dire c'est que ses initiateurs, même s'ils se réclament de la mémoire de Joshua Slocum [1], sont nettement moins visionnaires que les organisateurs du Golden Globe. Entre une traversée du Pacifique réservée à des bateaux bridés et un tour complet de la planète accessible aux initiatives les plus libres, on comprend sans peine que la curiosité du public se soit attachée au sillage de la seconde plutôt qu'à celui de la première. Tabarly pour une fois est pris de court. Au moment — fin septembre — où il prend la décision de préparer la moins enthousiasmante de ces deux échéances, Bernard Moitessier a d'ores et déjà entamé son tour de monde (depuis le 22 août) et Donald Crowhurst, dernier candidat lancé dans l'aventure, s'apprête à le faire (le 31 octobre) [2].

A-t-il fait une erreur pour autant ? Le recul incite à la prudence, il invite surtout à constater qu'à cette époque, Éric Tabarly est bien le seul skipper au monde dont la notoriété dépasse celle des compétitions auquel

1. Premier circumnavigateur solitaire de l'histoire à bord du *Spray* entre 1895 et 1898.

2. Les concurrents du premier tour du monde en solitaire sans escale étaient libres de partir à la date de leur choix.

il choisit (ou pas) de prendre part. Même passée sous silence, même boudée par le public, sa traversée pacifique lui sera profitable. Parce qu'elle lui sourira bien sûr, mais surtout parce qu'elle lui permettra d'améliorer le crédit de ses intuitions. Dès l'entame de ce nouveau projet, Éric révèle l'immuable efficacité de sa méthode. Sur l'un de ses traditionnels cahiers d'écolier, il consigne les priorités que lui impose l'épreuve qu'il a retenue : « déplacement léger », « vents portants », « routes des alizés ». Peu lui importent le contexte ou la concurrence : ce à quoi le préposé aux équations nautiques aspire c'est aboutir à nouveau au mariage idéal des règlements sportifs imposés et des données météo supposées.

Compte tenu de la spécificité et de la taille de son nouveau voilier (une coque planante plus courte que celle de *Pen Duick III* de sept mètres), Éric Tabarly aurait pu faire appel à Gilles Costantini ou aux compétences déjà sollicitées du chantier La Perrière, mais sa récente collaboration avec André Allègre pour le *Pen Duick IV* le pousse à jouer un peu plus avant la carte de la spécialisation. Ses fréquents voyages dans le Sud, sa participation régulière à la semaine nautique de Marseille lui ont aussi permis de rencontrer Michel Bigoin, jeune architecte plein d'initiatives. Un mariage, un de plus. Comme Éric Tabarly en a contracté tant dans le domaine du dessin et de la construction. Une association qui, une nouvelle fois, donnera naissance à un voilier performant en un temps record. Mais une collaboration dont il est également possible de relire le déroulement autrement qu'au travers du prisme d'une prescience trop souvent étiquetée « exclusive ».

Dans le domaine nautique aussi la fonction crée l'organe. Puisqu'il est demandé, réfléchit Tabarly, de traverser le Pacifique sur un monocoque aux dimensions réduites poussé par des vents majoritairement venus de l'arrière, autant imaginer un engin rapide, léger et stable. Une coquille d'aluminium donc (on ne change pas un matériel qui gagne), bien fournie en voile (la rapidité), munie d'une quille relativement modeste (la légèreté), mais acceptant en contrepartie dans ses flancs des poids mobiles susceptibles de passer d'un bord à l'autre au gré des changements d'allure et de vent (la stabilité). Les actuels monocoques du Vendée Globe ne répondent pas à d'autres principes. Ils ont gagné en longueur, mais leurs systèmes de « contre-poids » sont des héritiers directs des ballasts rudimentaires installés dans les fonds de *Pen Duick V*. De la perpétuation de cette trouvaille, il a été beaucoup question ces dernières années. Par respect pour le passé sans doute, mais plus encore pour son génial instigateur. Preuve qu'il n'y a rien de nouveau sous le soleil puisque l'ingénieux Tabarly avait tout prévu et programmé !

Le gestation de cette invention fut, en vérité, beaucoup plus complexe. Comme pour Allègre, spécialiste ès multicoques, Tabarly trouve en Bigoin l'interlocuteur idéal. Qui avec Alain Duvergie, son fidèle collaborateur, a déjà clairement et concrètement prouvé la pertinence de l'idée émise et mis au point un engin — le Flying Forty —, préfiguration évidente de la découverte à venir. Michel Bigoin : « Cela tombait un peu sous le sens. Lorsque vous faites du dériveur vous passez d'un bord à l'autre à chaque virement pour assurer la stabilité du voilier et donc améliorer la vitesse. Il n'était pas très sorcier d'imaginer un système de réservoir que l'on pourrait remplir et vider alternativement au moyen d'une pompe. Est-ce moi qui en ai parlé le premier, est-ce Éric ? » Alain Duvergie : « Lorsque Éric est venu à la maison avec ses cartes et que nous avons constaté que les vents étaient certes toujours portants mais qu'ils changeaient plusieurs fois de direction, je me rappelle lui avoir dit : "Bon, on va te faire trois bateaux, mais comme le règlement n'en autorise qu'un, on va t'en faire un à géométrie variable..." »

Dans ses *Mémoires,* Éric Tabarly ne rapporte pas l'anecdote, mais fait appel à ses connaissances historiques. Il signale l'existence des fameux *sandbaggers* américains et indique que c'est cette référence et nulle autre qui lui a fourni l'idée des ballasts de *Pen Duick V.* Duvergie insiste : « Sincèrement, je n'ai pas souvenir que l'on ait jamais parlé des *sandbaggers.* Pourquoi aurions-nous évoqué ces bateaux antiques alors que nous avions tout sous la main ? »

Le parallèle entre *Pen Duick V* et *Pen Duick IV* ne s'arrête pas là. Passé le mariage assumé avec un architecte lucide et le confort intellectuel qu'une telle collaboration devrait lui promettre, Tabarly ne peut s'empêcher d'obéir à un rythme de construction échevelé. Une précipitation certes une fois de plus commandée par le calendrier — entre la fin septembre 1968 (date de la décision de courir la Transpacifique) et la mi-mars 1969 (date du départ de l'épreuve), Éric dispose de cinq mois pour achever son nouvel engin — mais qui semble tout aussi indispensable à sa motivation. A chaque échéance, la logique impose la même question : « Mais pourquoi a-t-il démarré son projet si tard ? » Et fournit la même réponse : « Par manque de financements et absence de soutiens. » Elle suggère aussi que cette urgence obligatoire, cette précipitation programmée participent de sa manière de voir et d'agir. Tabarly n'a jamais été aussi efficace que contraint, aussi inventif que handicapé. La surcharge de travail encombre son esprit, mais le stimule tout autant.

Imaginez l'embouteillage : Tabarly qui rêve un nouveau bateau et qui se lance dans la construction coûteuse de *Pen Duick V*; Tabarly qui, dans le même temps, fait son deuil de la belle Danielle et tourne le dos à ses parents; Tabarly qui, pour corser le tout, ne sait que faire de *Pen Duick IV* et ne trouve d'autre alternative pour couvrir ses investissements que de disputer avec lui quelques courses supplémentaires ! Entre Marseille, Saint-Pierre-de-Quiberon, Lorient et la Californie, le yo-yo ne sait plus très bien où donner de la tête. Il court, se précipite et repart encore. Avec d'autant plus de soubresauts et de fièvre qu'il s'est vu imposer une étape supplémentaire dans son emploi du temps de plus en plus encombré : Saint-Raphaël où lui est promis un budget inattendu, une initiative privée totalement inédite pour un skipper qui, jusque-là, a surtout compté sur les largesses d'institutions nationales pour mener à bien ses opérations.

Obnubilée par le développement immobilier du littoral azuréen, la Société des grands ports de France propose au premier marin de France une bourse non négligeable en échange d'une série d'opérations de promotion dont il serait bien sûr le principal animateur. Là encore, c'est Alain Gliksman qui sert d'intermédiaire. Son fameux *Raph* (comme Raphaël), joli ketch de 17,60 mètres armé pour la Transat 1968, a lui-même bénéficié de cette manne et a apprécié la générosité d'une marina en pleine expansion, où Herbert von Karajan et Edmond de Rothschild ont pris leurs habitudes. Bombardé « professeur de haute mer » —

avec pour seul contrainte de former, une fois son exercice pacifique achevé, quelques apprentis skippers —, Tabarly ne réfléchit guère aux conséquences de sa charge nouvelle. Ce qui compte à ses yeux c'est la poursuite de sa quête, la mise en place de son puzzle, quitte à rogner encore et encore sur l'inutile et le superflu.

Comme de bien entendu, les aménagements intérieurs de son engin à venir sont négligés. Pas même un kilo de peinture n'est consenti pour atténuer l'atmosphère d'un boyau à peu près aussi réjouissant qu'un container en partance. Et lorsqu'il convient de récupérer le mât fabriqué en Suisse sur les bords du Léman, chez le fidèle Albert Cœudevez, c'est encore lui qui s'y colle avec la 3 CV de son père, la remorque de Finn de son frère et la corvée de rouler sous la pluie et la neige durant toute la nuit de nouvel an ! Selon un refrain désormais éprouvé, l'armée, L'Aluminium français, Victor Tonnerre, les chantiers La Perrière accordent, chacun leur tour, des facilités, des avantages, des crédits. Sans s'inquiéter, le moins du monde, des retombées, des conséquences, ni même de l'intérêt d'un programme somme toute très aléatoire...

Ce qui frappe dans l'aventure de cette Transpacifique 1969, c'est la discrétion, pour ne pas parler du total désintérêt, dans lequel celle-ci s'est déroulée. Pas d'opposition ou presque, mais une petite poignée d'adversaires démunis et inexpérimentés... Pas de commissaire de course à l'arrivée, mais un simple trio de journalistes amis obligés de faire des pieds et des mains pour donner un tant soit peu d'épaisseur au cavalier seul de son vainqueur... Et pourtant, miracle de la notoriété : Tabarly profitera avantageusement de cette nouvelle victoire. Au gré de son palmarès, cette ligne particulière ne souffre aucune réserve. Elle est même tenue pour un épisode exemplaire de la parfaite entente de l'homme et de son bateau, de cette fusion préméditée qui inspira par la suite plusieurs générations de voiliers pareillement conçus et étudiés. « Éric avait prévu un semi-remorque pour transporter une pince à linge : il n'est pas trop étonnant qu'il ait touché au but le premier ! » Ancien élève des Beaux-Arts et éminent joueur de turlu-siphon, Jean-Yves Terlain est content de sa formule tout simplement parce qu'elle dit la vérité. « Seul concurrent à avoir imaginé un bateau spécifique pour cette compétition et seul skipper à disposer d'un bagage un tant soit peu étoffé, il ne pouvait pas perdre. C'est l'inverse qui eût été totalement incongru. » Classé deuxième de l'épreuve (avec onze jours de retard sur *Pen Duick* !), Terlain disposait par comparaison d'un Arpège de série qui d'emblée rendait 1,35 mètre à son vainqueur. Et que dire des trois rescapés qui s'échelonnèrent plus loin encore ? De cet Allemand néophyte en matière de traversée, de ce Texan juché sur un engin de plage ou de ce Belge, René Hauwaert, émule de Kérouac, tout juste préoccupé de convoyer en Asie son *Vent de suroît* où l'attendaient « (sa) femme et (son) enfant pressés comme (lui) de naviguer dans des eaux plus calme » ?

Au regard de récents tours du monde menés sur le fil du rasoir, d'arrivées de Transat millimétrées, de rodéos échevelés dans les mers les plus incertaines du globe, la victoire japonaise de Tabarly fait sourire. Elle correspond pourtant bien aux données de l'époque et plus encore à la mentalité de son vainqueur. « Gagner une épreuve, c'est d'abord résoudre le problème que son règlement impose [1]. » A la fin des années 60, c'est en

1. *De Pen Duick en Pen Duick,* Arthaud, 1974.

ces termes qu'Éric Tabarly envisage son métier. C'est selon ce principe qu'il considère sa carrière et qu'il prend au final du plaisir. Ce qui lui importe c'est moins de constater que ses adversaires ne sont pas à la hauteur que d'enregistrer que les sept vannes de ses ballasts ont parfaitement fonctionné (malgré une pompe récalcitrante et un exercice régulier qui équivalait de son propre aveu à la digestion d'une course à pied de 800 mètres menée à vive allure), que son plan de voilure s'est montré plus efficace que jamais et que son pilote a été plus docile qu'à l'habitude.

Décidément omniprésent, à la fois admiratif et dévoué, Alain Gliksman est au Japon pour rapporter « l'événement » dans les colonnes du *Figaro* : « Tout conspirait contre l'objectivité dans le compte rendu de cette course. Mais après tout, Éric avait fait une belle navigation et plus important encore : il convenait de justifier le déplacement des journalistes ! » Pour faire bonne mesure, Tabarly accepte de poser dans un cuveau traditionnel et confie ses épaules aux mains expertes de la petite amie de l'attaché culturel. Son sourire est forcé et sa tête ailleurs. Il aimerait profiter de l'impact (un grand mot) de sa victoire pour vendre *Pen Duick V,* mais il ne suscite (tout au plus) que quelques commentaires et haussements d'épaules. Faute de mieux, il s'offre (en attendant Terlain) une croisière de six jours en mer intérieure « où on se croirait en Bretagne » et un crochet par Kyoto « où (il) apprécie l'harmonie et la quiétude des lieux [1] ».

Pour tout dire, Éric appréhende son retour, redoute de devoir rendre des comptes et pense toujours à Danielle. Il a envoyé quelques cartes postales mais n'a

1. *Ibid.*

pas encore téléphoné à ses parents. La soirée qu'il passe avec Christian Brincourt, accouru avec une petite équipe de l'ORTF, vire à la soupe à la grimace : « Il broyait visiblement du noir. On a dégusté quelques sushis qu'il aimait bien et bu une bouteille de vin rouge, mais il ne semblait pas très heureux. Cela faisait bizarre compte tenu de sa toute récente victoire. » Un sursis plus qu'une victoire. Tabarly n'est pas dupe. Il sait que ce San Francisco-Tokyo ne peut émouvoir que les spécialistes et ne satisfaire que son ego. Il sait que le public est passé outre et que les retombées de cette course sont limitées. Sans commune mesure en tout cas avec celles goûtées par Robin Knox-Johnston, accueilli par une foule importante à Falmouth au terme du Golden Globe, quatorze heures très exactement avant que lui-même ne franchisse sa propre ligne d'arrivée dans la plus totale des indifférences ! Au même moment encore, Bernard Moitessier, engagé dans son interminable « longue route », navigue pour la seconde fois au sud de l'Australie. Et c'est lui « renonçant à l'argent et au triomphe [1] » qui, cette fois, fait la une de *Paris Match* !

Tabarly se console comme il peut. Tout au long des trente-neuf jours et 4 500 milles du parcours, son *Pen Duick V* a marché à 7 nœuds de moyenne, une très belle performance compte tenu de ses modestes proportions. A défaut de gagner le cœur des foules ou de résoudre ses problèmes sentimentaux, le skipper pressé de ces années 1968-1969 a conforté durant l'intervalle quelques convictions. Non, ses anticipations flottantes ne sont pas vaines ; non, son goût de la surenchère n'est pas dénué d'intérêt. En prélude à sa pérégrination

1. *La Longue Route,* Arthaud, 1971.

pacifique, *Pen Duick IV* n'a-t-il pas caracolé entre les Canaries et la Martinique à 11 nœuds de moyenne, nouveau record sur cette distance ? Un bonheur de traversée, l'adéquation rêvée entre une idée, un bateau et la volonté de toujours mieux faire. Un enchantement, qui plus est, partagé avec le fidèle Olivier de Kersauson et le désormais plus qu'essentiel Alain Colas.

14

LA TRAVERSÉE DU DÉSERT

C'est une époque de misère et de gloire. De courses sans enjeux, de projets sans conséquences, de bateaux sans acheteurs. Une période de doute. Tabarly se replie sur lui-même, se protège et, imperceptiblement, se met à l'écart. Il n'est plus très sûr de l'efficacité de la formule magique qui, jusque-là, a assuré son existence et plus encore son bonheur d'être sur l'eau. Une course, un bateau, une victoire ; une course, un bateau, une victoire : le disque de ses plaisirs semble rayé. Victime d'erreurs stratégiques ou d'une incompréhension plus profonde, le voilà, à l'image de Charles de Gaulle, récemment rejeté par une bonne part de l'opinion française, en train d'imaginer quelque fuite en avant ou retraite irlandaise, où, comme lui, il pourrait retrouver son équilibre et sa sérénité. « Tout est foutu », avait soufflé le Général à son aide de camp, au soir du référendum. Tabarly n'est certes pas rendu à de pareilles extrémités, mais en ce mois de juin 1969, au lendemain de son raid pacifique bouclé dans l'indifférence, il n'en mène pas très large non plus. A-t-il fait son deuil de Danielle ? A-t-il sélectionné son prochain objectif ? Est-il pressé de rentrer en France ?

La Marine et les Messageries maritimes, d'ordinaire

si arrangeantes, s'étant désistées sans autres explications, *Pen Duick V* (qui n'a pas trouvé preneur au Japon) est rapatrié à ses frais à bord du *Maryland*. Après son record atlantique, *Pen Duick IV* a rejoint à son tour San Francisco où il entre en chantier. Les badauds s'étonnent de cet improbable *French cigare*, mais, là encore, aucun acheteur ne se laisse séduire. Au pays des coques antiques et des lignes profilées, les propriétaires se méfient de cette boîte métallique montée sur patins dont le carré est à peine plus accueillant que les cellules de la voisine prison d'Alcatraz. Éric a beau multiplier les sorties, effectuer quelques *speed tests* en compagnie des meilleurs spécialistes du cru, aucun investisseur ne daigne entamer une quelconque négociation. « Je crois qu'il ne se sentait pas très bien à l'époque. L'attention dont il était l'objet, son statut social, toutes ces considérations n'avaient pas beaucoup de sens à ses yeux. Ce qu'il cherchait c'était une porte de sortie. Il était acculé, il fallait qu'il trouve une solution. » Détaché à ses côtés, toujours au titre de l'inestimable « service militaire exceptionnel », Jean-Michel Carpentier est bien placé pour reconstituer le contexte de ces temps incertains. Comme tant d'autres équipiers avant lui, le solide jeune homme a sauté dans le bateau en marche, trop heureux d'échapper à une conscription classique forcément rébarbative. Ses antécédents en dériveur du côté de Quiberon, son titre de champion de France de P'tit Gars (un bateau Costantini), ses expériences au RORC sur les unités d'André Viant ont suffi à assurer son embarquement.

Le voilà donc résiliant son sursis, décrochant un billet d'avion pour Los Angeles, rejoignant la *Jeanne* ancrée à proximité et récupérant son ordre de mission. Son boulot ? Préparer *Pen Duick V* en prélude de la course San Francisco-Tokyo, attendre sur place le retour du héros et récupérer *Pen Duick IV* accosté durant l'intervalle en prévision d'autres courses encore non définies. Cinq mois de pur bonheur qui lui permettent, outre les charges qui lui sont imposées, de régaler avec Tom Blackaller, play-boy en passe de s'imposer dans le petit monde de la Coupe de l'America, de se familiariser avec la « méthode Killy » sur les pentes neigeuses de Squaw Valley et de goûter aux évanescentes surprises d'une Californie alors bercée aux accents de Jimi Hendrix ou de Carlos Santana... « Tout cela se faisait sans fric, mais dans un état de confiance absolu. Je n'avais pas le sentiment de devoir rendre des comptes, plutôt celui d'être installé sur un petit nuage. » Olivier de Kersauson n'est pas très loin et Alain Colas non plus. Ils écrivent quelques articles, vendent deux ou trois photos, ce qui leur permet d'effectuer un aller-retour en France en attendant que Tabarly daigne rentrer du Japon. Carpentier : « C'est vrai qu'Éric n'était pas pressé. A l'époque, on ne regardait pas sa montre comme aujourd'hui. Surtout lui ! Rien ne l'attendait, rien ne l'obligeait si ce n'est la date butoir du 4 juillet, jour de fête nationale américaine et départ de Los Angeles-Honolulu. »

Une course classique, mais rien qui, là encore, puisse affoler l'opinion française. Tout cela se passe, entre spécialistes, avec pour unique objectif d'épater la galerie et de démontrer les possibilités de *Pen Duick IV* dont Tabarly doit absolument se débarrasser avant la fin de l'année calendaire s'il ne veut pas que le fisc vienne lui chercher quelques noises supplémentaires. L'erreur qu'il a commise est grossière : encaisser sur son compte personnel les millions de francs versés par RTL, *Paris Match* et *France-Soir* réunis en vue de la construction de son engin. Un échange de bons procédés (une triple subvention contre une triple exclusivité) dont il aurait (évidemment) dû confier la gestion à un tiers ou à une société tampon créée pour l'occasion, mais dont il ne peut malheureusement pas gommer les effets sur ses propres bilans tant qu'il n'aura pas satisfait les desiderata de son percepteur. En d'autres temps — et on verra qu'il ne se gênera pas pour le faire — Tabarly eût sans doute plaidé plus ardemment sa bonne foi, cherché un arrangement, ouvert une négociation. Mais l'heure est au fatalisme. Las d'assumer l'armement de trois bateaux à la fois (le *III,* le *IV* et le *V*) sans parler de la restauration suspendue d'un quatrième (le *Pen Duick* originel), le skipper multicarte n'aspire qu'à éclaircir son horizon. Carpentier encore : « Il ne savait sans doute pas très bien où il allait, mais ce qu'il voulait avant tout c'est se simplifier la vie. Se débarrasser des emmerdements. Retrouver le plaisir de naviguer, de filer au petit bonheur la chance, presque de se faire oublier. »

Épisode hautement éclairant : la petite équipe française rejoint finalement Los Angeles, contacte les autorités du cru, s'inquiète du règlement de la course à venir et constate atterrée que les multicoques ne sont autorisés à y participer que tous les deux ans et évidemment pas cette année-là ! Gérard Petipas : « C'est vrai, c'est tout à fait lui... Des “comme ça”, il en a fait des tonnes. Éric était capable de calculer une jauge dans ses moindres détails, mais dès qu'il était question de consignes de course, de restrictions, de mises en garde, il n'était plus là. C'était tellement fréquent que l'on se demandait parfois s'il ne faisait pas exprès... » Aujourd'hui encore, à propos du faux pas de Los

Angeles, Jean-Michel Carpentier se pose la question : « Il n'était même pas vraiment énervé. Son vrai souci était de négocier un départ différé et de démontrer, malgré cela, qu'il était le plus rapide sur la distance. »

Et il le fut. Largement. Vingt heures de moins que le grand *Windward Passage,* meilleur monocoque de la flotte ! Vingt-quatre heures de mieux que le précédent record ! Des pointes à 19, 20, 22 nœuds ! Mais toujours, malgré cette démonstration de force, pas le moindre acheteur à la ronde ! Ou plutôt si, mais pas celui que Tabarly aurait imaginé : Alain Colas, son propre équipier, qui timidement lève le doigt, se prévaut de quelques économies et du soutien éventuel de sa famille en prime. Éric n'est pas chaud : la proposition est sérieuse, mais ne correspond pas à ses attentes. Après quelques jours de réflexion, il repousse la proposition. En toute logique, la situation aurait dû le ramener en France. Tout autant que ses armements ou son compte en banque, son statut est sujet à caution. Que faire de l'officier Tabarly ? Le réaffecter à la Royale, le détacher à l'École de voile de Beg Rohu ou le verser, en attendant, à l'École interarmées de Fontainebleau ? La Marine et le ministère de la Jeunesse et des Sports, peu portés alors sur la négociation, hésitent sur la marche à suivre.

Tabarly éclaircit d'autant moins la situation que plutôt que d'abandonner Honolulu selon un itinéraire cohérent — en avion, via Los Angeles et New York, ou en bateau, via Panama et l'Atlantique —, il choisit de regagner ses pénates par l'ouest, via l'Indien et Bonne-Espérance ! Difficile de faire plus lent. Carpentier toujours : « En fait, Éric n'était sûr de rien. Il voulait prendre son temps. Faire un peu le vide. Naviguer. Réfléchir. Il voulait aussi, et ça, dans un premier temps, il ne nous l'a dit qu'à demi-mot, retourner dans le Pacifique Sud... » Un objectif comme un passage obligé, comme un sas obligatoire. Tabarly ne connaît pas encore la Polynésie, mais il s'est énormément plu — et l'on sait pourquoi — en Nouvelle-Calédonie. Ces régions baignées d'azur et peuplées d'insouciance qui échappent encore — plus pour longtemps ! — au tourisme de masse et au commerce sauvage l'attirent. S'il a lu quelques récits de voyage c'est à propos de ces latitudes extrêmes, de leurs eaux merveilleuses, de leurs îles enchantées. Il n'ignore rien des errances d'Alain Gerbault au pays des plaisirs innocents et de ses convictions désespérées vis-à-vis de l'Éden menacé. Au cours des trois années qui vont suivre, et plus tard encore, Tabarly ne cessera de revenir à ce point de départ originel, à appeler ces vérités simples, à revendiquer ce « no man's land géographique et historique » où Robert Louis Stevenson, avant lui, s'était déjà perdu en toute conscience.

C'est vraiment de nouvelle Cythère qu'il est question dès qu'Éric Tabarly évoque cette destination miraculeuse, ces coutumes minimalistes, ces mœurs enfantines. Robert Cloarec, ancien instructeur UTA, témoin et confident, habitué de l'escale devenue obligatoire : « Dès qu'il mettait les pieds là-bas, que ce soit en Nouvelle-Calédonie ou à Tahiti, il était heureux. Lui qui était plutôt du genre "bouffeur" d'écoutes, qui adorait la compétition, s'abandonnait à laisser filer le temps et à profiter de l'instant sans éprouver le moindre scrupule ou la plus petite mauvaise conscience. Sa nature profonde était sûrement proche de cette liberté, de cet abandon, mais dès qu'il était replacé dans ce contexte, elle se révélait encore davantage. »

Lorsque les équipiers de *Pen Duick IV*, Colas, Ker-

C'est à Préfailles, près de Pornic, où il passait régulièrement ses vacances avant guerre, qu'Eric découvrit la mer.

Tabarly poursuit son instruction militaire dans l'Aéronavale à Khouribga dans le desert marocain. Au menu du jour : un vol en solo à bord d'un Stamp.

La promotion de l'Ecole navale qui accueillit Tabarly en 1958 comptait 112 élèves qui, suivant la tradition, embarquèrent pour un demi-tour du monde à bord de la *Jeanne*. Collection Tabarly

Annick, Armelle, Patrick, Eric réunis à l'occasion d'une traditionnelle réunion de famille à laquelle il souscrivait malgré son emploi du temps surchargé. © *Jean Guichard*

Entre Yvonne, sa mère, et Guy, son père, dans la descente de *Pen Duick II* à l'époque de la Transat 1964. © *Slade / Paris-Match*

Pen Duick II en cours d'achèvement dans les chantiers Costantini à La Trinité. La pose est parfaite, même si Eric avouait détester peindre.... © *Sea and See*

Félicité par le général de Gaulle, en compagnie d'Alain Maupas et Jean Lacombe également à l'honneur au cours de la saison 1964.
© Rue des Archives

Avec Yannick Le Maguer, le voisin de Concarneau, assureur de tous ses *Pen Duick* depuis l'origine. © D.R.

Du rouge, du blanc, du bleu à la Une du *Paris Match* du 4 juillet 1964 : un héros et une légende sont nés.

PARIS JOUR

ET VOUS, LES JEUNES, QUE VOULEZ-VOUS

ANTOINE ?

...OU TABARLY ?

...ET CE QU'IL FAUT FAIRE SELON VOUS POUR LES JEUNES ET POUR QUE CELA CHANGE

ATTENTION A LA BRONCHITE !

L'ACADÉMIE DE MÉDECINE MET EN ACCUSATION LA CIGARETTE

Pour leurs progénitures, les lecteurs de *Paris Jour* ont le choix : ou préférer Antoine, chanteur aux chemises à fleurs ou Eric, marin au profil nettement plus martial.

C'est en 1969 qu'Eric Tabarly rencontre Bernard Moitessier. Tout séparait la « vraie voile » du « gourou népalais », tout sauf le respect.

© O. de Kersauson

Aucune indication, ni information à la Une des *Cahiers du Yatching* de juin 1968, mais le doute n'est pas permis : le cœur du héros est désormais pris par Danielle.

Pen Duick V, vainqueur de la Transpacifique 1969, à l'essai devant Lorient. Victor Tonnerre est à bord et c'est Erwan Quéméré qui est l'auteur de la photo.
© E. Quéméré / Musée National de la Marine

Pen Duick IV à son arrivée à Rangiroa. Derrière Tabarly : Jean-Michel et Philippe Bordier, médecin et ami d'Eric.
© Colas

Quelque part dans le sud sur le pont de *Pen Duick VI* à l'occasion d'une étape de la Whitbread : Eric n'est pas le dernier à participer à la manœuvre, toujours d'attaque, toujours aux aguets.
© Morel / Le Point

Olivier de Kersauson et Gérard Petipas, fidèles d'entre les fidèles, cheveux longs et pulls de grosse laine, entourent le capitaine. © *D.R.*

Alain Colas présente son interminable Club Méditerranée à son ancien capitaine peu convaincu par son audace. © *Sea and See*

Le spinnaker orange et noir de *Pen Duick VI*, « tellement grand qu'il changeait la couleur du ciel, dixit Kersauson. © *Sea and See*

Open Pen Duick VI fête ses vingt ans. Pour l'occasion, Eric retrouve quelques-uns de ses fidèles : Kersauson, Pajot, Pinta, Petipas, Etienne, Petit, Gilles, Lamazou, etc.
© Sea and See

Le beau *Pen Duick*, premier du nom, admiré, récupéré, restauré ou cinquante-trois ans de fidélité entre le bateau matrice et le capitaine transi. *© Sea and See*

Jacqueline Tabarly, les bras chargés du bouquet offert par Eric lors des 100 ans de *Pen Duick* fêtés avec délicatesse et émotion à Bénodet en mai 1998. © C. Février

Dans l'annexe de *Pen Duick*, pris en photo par Jacques Rebec, resté à bord, quelques jours avant le dernier départ. © J. Rebec

sauson, Carpentier, enregistrent que leur capitaine veut naviguer plein sud, ils ne s'étonnent pas outre mesure. La caisse du bord est au plus bas, l'avitaillement pose problème, le bateau lui-même mériterait un très sérieux lifting, mais qu'importe puisque le paradis est annoncé... En fait de croisière d'agrément, la traversée Hawaii-Tuamotu se transforme assez vite en raid forcé. Sans trop réfléchir, Tabarly a accepté deux passagers supplémentaires à son bord : un ingénieur américain haut de deux mètres et un chercheur français privé de compétences nautiques qui rendront la vie à bord de son engin de course passablement acrobatique. Pour ajouter à l'inconfort : les vents sont capricieux, la dérive se brise au ras de la coque, des fissures menacent les bras de liaison, le réchaud à gaz rend l'âme, l'eau doit être rationnée ! Un harmonica et un Scrabble permettent de tuer le temps quand le vent mollit encore. Plus grave, Kersauson est victime d'un abcès malin, un début de scorbut sans doute, qui entame ses forces jour après jour.

Ils sont bien là les « bohémiens de l'onde », les « va-nu-pieds de l'océan », que les propriétaires américains avaient toisés de si haut juste avant de repousser d'un haussement d'épaules les offres de vente de leur caravane flottante. De crédibles marins sans doute, mais mal rasés, habillés de peu, gentils parasites d'un milieu d'ordinaire habitué à plus de civilité. Replacé dans ces circonstances et ce contexte — loin des courses et proche de Tahiti — Tabarly se démarque totalement de l'image policée rapportée, alors, par les journaux français à grand tirage. Une manière de « hippie aux cheveux courts » pour reprendre la formule de Titouan Lamazou qui bien des années plus tard, toujours en ces lieux et dans des circonstances comparables, retrouvera un personnage pareillement détaché des contingences.

A Papeete, *Pen Duick IV* est accueilli comme pouvaient l'être les voiliers du temps jadis. Par les uniformes immaculés des autorités militaires et les couronnes de tiaré des sommités locales. Les réceptions se bousculent, les banquets s'éternisent. Tabarly s'étourdit et oublie. Il a dix ou quinze ans de plus que les gabiers qui l'accompagnent, mais il profite de leur enthousiasme, danse, chante et s'encanaille. Pris en charge par un jeune éditeur local et son épouse, Kersauson recouvre petit à petit ses esprits et ses initiatives. Colas est plus discret, mais il n'abandonne jamais son petit appareil photo, dans l'espoir de monnayer quelques clichés inhabituels de la légende qu'il accompagne. Il en est une série qui trouvera tout de suite preneur et affolera le Landernau nautique au-delà de l'imaginable : la première rencontre entre Éric Tabarly le « sportif » et Bernard Moitessier le « contemplatif ». Une entrevue « historique » qui, de toute évidence, ajoutera aux doutes du visiteur et lui fera définitivement prendre conscience qu'il existe bien plusieurs manières d'appréhender la mer.

Les deux mythes flottants se sont discrètement serré la main devant le cercle des officiers le jour où *Pen Duick IV* a accosté, mais ils se retrouvent au calme quarante-huit heures plus tard, quai Bir-Hakeim, où *Joshua,* bateau symbole de *La Longue Route* fraîchement repeint, relâche [1]. Une visite croisée des deux voiliers est bien sûr organisée. Qui introduit l'échange que l'on imagine : l'inventaire comparé de deux

1. *Joshua* comme Joshua Slocum, premier circumnavigateur solitaire déjà évoqué.

démarches, de deux projets. Dans le carré de *Joshua,* Tabarly recense non sans surprise des rideaux aux hublots, des étagères pleines de livres et le seul moyen de communication du bord : une fronde chargée de catapulter d'hypothétiques messages sur le pont des cargos croisés au hasard ! Moitessier vante les mérites de son ciré-combinaison à glissière, les avantages du caleçon long, les services rendus par les papiers journaux « parfaits absorbeurs d'humidité ». Le voilà encore suggérant à son interlocuteur qu'il s'essaie au yoga et lui conseillant même l'urgente lecture d'un livre américain sur le sujet. Tabarly écoute, ne prononce que quelques bribes de phrases, consent enfin à parler de la Transat 1964, de sa route, de sa vitesse. Témoin scrupuleux et admiratif de la scène, Alain Colas joue les scribes de service : il ne loupe pas une miette de l'échange, note chaque remarque, chaque réplique.

Bernard Moitessier : « Dis donc, vieux, crois-tu que tout ce pognon dépensé pour la Coupe de l'America (la prochaine édition est prévue au mois d'août suivant) nous bénéficiera aussi un peu à nous les croiseurs qui nous saignons à blanc pour partir, mais une fois parti, bon Dieu, faut que ça tienne, qu'on ne soit pas emmerdé !

Éric Tabarly : Ben, c'est sûrement à vous que ça servira le moins, on se bagarre pour gagner des centièmes de nœud, le problème est différent.

B. M. : Le fossé s'élargira de plus en plus entre la croisière et la régate. Nous, ce qui nous intéresse c'est que ça dure, c'est la longévité et la résistance des matériaux [1]. »

1. *Neptune Nautisme* (texte d'Alain Colas), n° 86, mars 1970.

De question en réponse, Moitessier, cheveux hirsutes, torse et pieds nus, n'a pas à forcer sa nature pour conforter son statut de « gourou népalais ». Les réglages le concernent, les matériaux l'intéressent, mais dès qu'il est question de finalité et de but, il ne parle plus la même langue. Aller vite, oui, mais pourquoi ? Pour tirer le meilleur parti de son bateau ? Tabarly ne désapprouve pas. Pour se chercher soi-même ? Tabarly ne comprend pas. Presque ironique, un rien déçu, Colas note encore : « Tabarly est un professionnel. (...) Sa vérité est celle du stade olympique, sa métaphysique celle de l'Inox et de l'AG-4. » Mais refuse pour autant de trancher : « Au-delà de la quête de soi ou de Dieu chez l'un, de la course et de l'exploit chez l'autre, il y a la même unité de passion, la même humanité. Le grand miroir de l'océan a réfléchi et matérialisé l'image que chacun avait décidé de voir. »

Au fil des semaines, Tabarly s'installe sans résistance dans l'émolliente béatitude de sa lointaine retraite pacifique. Il se réjouit de découvrir des vérités et des personnalités situées aux antipodes (c'est le cas de le dire) de celles qu'il a pris l'habitude de soutenir ou fréquenter du côté de Lorient, Marseille ou La Trinité. Comme tant d'autres, il tombe sous le charme de Marc Darmois, ancien combattant du Pacifique qui a abandonné une jambe aux Japonais et qui, pour oublier tout cela, a transformé sa vie en une fête permanente. Tabarly et ses certitudes, Moitessier et ses doutes se retrouvent indifféremment à bord de son *Maylis* incomparable vestige flottant. Les excursions se multiplient avec ou sans *Pen Duick.* Direction Moorea ou Bora Bora, Raiatea ou Huahiné. Jusqu'au motu de Paul-Émile Victor, en vacance de Groeland et d'Antarctique, lui aussi séduit par les tropiques.

Jusqu'au club de plongée de Serge Arnoux, l'un des quatre du *Moana,* bateau nomade entre tous qui, dix ans plus tôt, avait entrepris un mémorable « tour du monde de l'exploration sous-marine » dont Éric avait dévoré ligne par ligne le compte rendu [1]. Le biceps conquérant, la peau cuivrée, la fleur de tiaré sur l'oreille, Tabarly pêche, grimpe aux cocotiers « à la canaque », boit les cocos étêtées à la machette. Chaque jour Moitessier, le « vagabond des mers du Sud » dont il a apprécié le récit dès sa sortie en 1960, l'étonne et le surprend : « Bernard était un très bon compagnon de croisière ayant toujours des choses intéressantes à raconter. Je me rappelle son agilité. (...) Il roulait ses cigarettes accroupi sur le pont, à l'indochinoise, en tenant, pour avoir les deux mains libres, son paquet de tabac entre ses deux orteils sans écraser le paquet [2]. »

Pense-t-il à la course suivante ? Imagine-t-il seulement son programme à venir ? Jean-Michel Carpentier : « Pendant cette période, Éric avait vraiment "retiré la prise". Je crois que, sur le moment, il s'est posé pas mal de questions. La seule direction qui lui importait d'emprunter c'était celle de Nouméa. Il voulait absolument revoir Danielle. Il n'en parlait pas, mais c'était l'évidence. Nous sommes donc repartis là-bas avec *Pen Duick IV.* Il n'y avait que ça qui comptait. Je l'ai vu se mettre dans des états pas croyables pour obtenir un rendez-vous de plus, je l'ai même vu, toujours pour les mêmes raisons, retarder le départ de l'avion d'UTA ! C'était risible et en même temps très touchant. » Les avoirs du soupirant sont de

1. *Expédition Moana,* Albin Michel, 1970.
2. *Mes bateaux et moi,* Éditions du Pacifique et Librairie Hachette, 1976.

plus en plus maigres, l'intendance n'est pas folichonne, mais il y a toujours une table ouverte, un coup de pouce réparateur. Dalida qui fête ses quarante ans dans l'île des Pins toute proche embarque la bordée une semaine durant, mais l'amant déçu a beau s'essayer au tamouré, il ne sait plus très bien sur quel pied danser. Le marin non plus d'ailleurs.

En métropole, les priorités, elles aussi, ont changé. Sous les yeux affolés des garants de l'ordre antique s'émancipe une toute nouvelle tribu : les jeunes. Une population imprévisible et indisciplinée qui s'est choisi, allons bon, de nouvelles idoles que l'on adopte sans condescendance ni *a priori*. Des chanteurs plus ou moins sages, des rockers plus ou moins convaincus. Johnny Hallyday bien sûr, Dick Rivers, Eddy Mitchell ou un certain Antoine, ex-élève ingénieur et futur marin dont le sillage a croisé ou croisera plus d'une fois celui d'Éric Tabarly. Une vieille connaissance pourrait-on presque écrire puisque, quatre ans plus tôt, l'élucubrateur aux cheveux longs et aux chemises à fleurs partageait déjà la une avec le premier marin de France.

Au-dessus de deux photos immédiatement identifiables — un adolescent à peine dégrossi déhanché devant un micro d'une part et la face carrée d'un soldat dans la force de l'âge d'autre part —, la manchette de *Paris-Jour* du 25 mai 1966 pose sans équivoque la question : « Et vous, les jeunes, que voulez-vous ? » Entre Antoine et Éric, le journal ne tranche pas. En pages intérieures, il se contente de proposer un ersatz de sondage et quelques explications oiseuses. A mots couverts, il admet néanmoins que le fossé ne cesse de se creuser entre — pour reprendre des définitions largement utilisées à l'époque — d'un côté « la chienlit, les beatniks et les hippies » et, de l'autre, « la santé, le menton volontaire et la fierté nationale ». Trente-cinq ans après, sur les bords de la Seine, dans un décor de canapés lâches, de tentures indiennes et de musiques sirupeuses, Antoine donne l'impression de ne pas avoir changé de registre. Ses cheveux sont toujours aussi généreux et ses idées pareillement idéalistes, mais il reconnaît : « Cette opposition était un peu ridicule, mais elle s'est perpétuée pendant plusieurs années. Aux yeux des mères, j'étais le gars à ne pas fréquenter, alors qu'Éric représentait une sorte de gendre idéal. C'était un peu forcé, mais cela correspondait à une réalité. » Celle qui incitait l'éditorialiste de *Paris-Jour* à craindre « les voyous » ou le général de Gaulle, en personne, à déplorer que « ces jeunes (qui) ont de l'énergie à revendre » ne l'utilise pas pour « construire des autoroutes » [1] !

Antoine encore : « Contrairement à ceux qui utilisaient son image pour un oui ou pour un non, je crois qu'Éric ne se sentait aucune responsabilité vis-à-vis de ces différentes prises de position. Tout cela le dépassait un peu. Je crois même qu'à l'époque, compte tenu des équipiers qu'il fréquentait, il ne savait pas très bien à quel camp il appartenait. » Trois ou quatre ans plus tard, après bien des hésitations et déconvenues supplémentaires, *via* le voyage polynésien relaté un peu plus tôt, il n'est pas certain que l'amoureux éconduit, le coureur privé de monture, le contribuable harcelé par le fisc ait atteint un degré de lucidité beaucoup plus important. Même rentré en France, il est bien incapable de prévoir sa prochaine échéance, pas fichu de faire rebondir ses envies. Au mieux, il reporte, élague,

1. *Chroniques des années soixante,* Le Seuil, 1987.

confirme — contre toute attente — la vente de *Pen Duick IV* à Alain Colas et trouve — autre dénouement inattendu — un propriétaire privé sur la Côte d'Azur pour le débarrasser de *Pen Duick V*.

Sur la Côte précisément, Tabarly retrouve Saint-Raphaël où il avait pris quelques habitudes et Jean Issartel chargé des relations publiques du port en particulier. Avant le départ d'Éric pour les Amériques et la Polynésie, celui que l'on surnommait le « prince de la nuit » (et de territoires, semble-t-il, beaucoup plus opaques encore) s'était fait un devoir de lui présenter quelques sommités de la politique et du showbiz. Ayant accepté une très vague fonction de porte-étendard de la station, c'était bien le moins que le premier marin français pouvait faire : susciter, en échange de la subvention promise à la construction de son petit monocoque, des échos ou des photographies entretenant la publicité des lieux. Tabarly assumait bien sûr ses obligations par respect du contrat signé, mais plusieurs témoignages confirment qu'il y trouvait aussi un certain plaisir. Écouter Claude Luter dans une boîte de jazz, partager quelques tranches de saumon avec Jacques Prévert [1], même si cela l'obligeait à s'« exposer » aux regards des autres, ne lui était certes pas indifférent. Alain Gliksman : « Contrairement à une idée reçue, Éric ne détestait pas “ça”. Du moins durant ces années-là. Cela peut surprendre, surtout ceux qui l'ont croisé à la fin de sa vie, mais le Tabarly de 1969-1973 avait un côté très *Voici*. Il aimait bien poser aux côtés des gens connus et qui se bousculaient pour faire sa connaissance. Il ne tournait pas forcément les talons, au contraire... »

1. *France-Dimanche* (entretien de Jean Noli), 12 août 1973.

Lors d'un week-end, Issartel parvient à organiser une sortie en mer à Saint-Tropez à bord du *Raph* de Gliksman précisément, en compagnie d'Alain Delon et de Brigitte Bardot. *Paris Match* a délégué Jean-Pierre Biot, une de ses pointures photographiques déjà embarquée à bord de *Pen Duick III* à l'occasion de Sydney-Hobart. Delon-Bardot-Tabarly : difficile de trouver trio plus « porteur ». Occupé par le tournage de *La Piscine,* Delon trouve la récréation agréable et Bardot qui a abandonné sa retraite de la Madrague pour quelques heures apprécie tout autant l'escapade. Un peu plus tard, on retrouve les mêmes chez Eddie Barclay, chez Brigitte Bardot à nouveau avec Maurice Ronet, Romy Schneider, Jean Cau, Pierre et Hélène Lazareff ou sur la piste de danse du *Papagayo* où B.B. et E.T. poursuivent des échanges langoureux qui ne devaient pas grand-chose à leurs priorités cinématographiques ou maritimes respectives.

Ces rencontres ne sont pas qu'accessoires. Elles illustrent bien quel était alors le statut d'Éric Tabarly en dehors du strict milieu de la voile. La place privilégiée qu'il occupait au sein des « gens qui font l'actualité » et surtout le respect dans lequel le grand public, midinettes et ménagères de cinquante ans comprises, le tenait. A l'inverse de ce qui se passera dans la seconde partie de sa vie, où sa stature définitive lui permettra de négliger pareille frivolité, où son étoile, consensuelle et inaccessible, voisinera davantage avec celles d'un abbé Pierre ou d'un professeur Schwarzenberg, le bel apollon d'alors incarnait de tout autres vérités. Jean-Pierre Biot : « Au journal on nous demandait du "Tabarly" comme on réclamait du Claude François. Nos patrons ne faisaient pas vraiment la différence. Ce n'est qu'à force de le côtoyer que j'ai compris que tout ce cirque lui était si ce n'est étranger en tout cas indifférent... » Sur le terrain de l'exotisme et de l'aventure, dans la foulée des inaccessibles Jacques-Yves Cousteau, Haroun Tazieff ou Paul-Émile Victor dont la science et l'âge rehaussaient le crédit, Éric n'a pas encore gagné sa place. Les jeunes ne goûtent guère ses antécédents militaires et les moins jeunes ses hésitations vagabondes. Seules les femmes le plébiscitent sans réserve. Sachant qu'en matière d'amours célèbres, la réalité et la mythomanie sont souvent synonymes, on notera que c'est à cette époque aussi que la rumeur rapporta une idylle entre Tabarly et Bardot justement et, plus durablement encore, une liaison entre Tabarly et Claudine Auger, autre beauté nationale archétypale — et James Bond's girl mémorable d'un *Opération Tonnerre* qui, lui, le fut un peu moins...

De retour à Saint-Raphaël, Éric-le-preux, Éric-le-beau pose encore aux côtés de Sheila, de Johnny, de Sylvie ou d'Anne-Marie Peysson, marraine de *Pen Duick V*. Les questions roulent, toujours les mêmes : « Comment dormez-vous ? » ; « Que mangez-vous ? » Le dialogue avec Papillon, ex-bagnard emprisonné dans un tout récent succès de librairie, est à l'avenant, sauf sa chute, où Tabarly se retrouve tel qu'en lui-même. Le journaliste qui les interroge : « Qu'avez-vous l'un et l'autre en commun ? » Papillon ouvre le feu : « La solitude, la faim, la soif, les éléments déchaînés, une embarcation qui prend l'eau, les requins qui rôdent, l'angoisse du petit matin... » Juste avant qu'Éric ne réponde, abrupt et définitif : « ... Rien [1] ! »

Si Tabarly fait le bonheur des gazettes à l'eau de rose et des tirages à sensation, les chroniqueurs spécia-

1. *Les Années vagues*, Arthaud, 1986.

lisés sont moins enthousiastes. Les amateurs de voyages au long cours se lassent de ses hésitations, et pourquoi ne pas le dire, de ses échecs. Le marin à suivre (façon de parler !) ne s'appelle plus Tabarly, il s'appelle Moitessier. Sa *Longue Route* connaît un durable succès en librairie qui dépasse désormais celui de *Victoire en solitaire.* Tout à fait dans l'air du temps, son aspect bréviaire, ses conseils de vie, ses options philosophiques convainquent davantage les quêteurs d'horizons que les froides certitudes égrenées par Tabarly tout au long de son compte rendu de Transat. Les candidats au rêve — le gros des postulants navigateurs d'alors — réclament pour stimuler leurs envies, pour structurer leur quête, autre chose que des écoutes bordées, des spinnakers gonflés et des milles avalés. Antoine : « Les navigateurs n'avaient que faire de ses principes coupés au couteau alors qu'ils espéraient devenir des citoyens du monde. »

De loin en loin, le militaire Tabarly est montré du doigt. Lui qui ne parle que de bateaux révolutionnaires — à défaut d'une politique de la même engeance — est désormais taxé de ringardisme chronique. « Tabarly, c'est fini ! » ose une plume spécialisée, hier encore tout acquise à la cause... Au fil des arguments, il est question de mise à la retraite, de page que l'on tourne et de nouveaux conquérants, plus jeunes, plus dignes de représenter le progrès et l'avenir... Olivier de Kersauson : « On a tendance à occulter cette période. Mais entre les soi-disant experts et Tabarly c'était devenu la guerre. C'était vraiment “mais que fait la police ?”. “Ce gars est une honte ambulante, il faut absolument que l'armée le fasse remarcher au pas !” Mais lui, pendant ce temps-là, ne bronchait pas, ne bougeait pas. Il encaissait et cogitait en silence. »

Pas des idées saugrenues, mais des projets marins réfléchis, mûris, capables d'exciter à nouveau sa curiosité et d'assouvir son désir fondamental, pour ne pas dire viscéral, de prendre la mer. Un tour du monde en solitaire par exemple à l'image de celui bouclé récemment par Robin Knox-Johnston, mais « à l'envers » celui-là, d'est en ouest, contre les vents et les courants, comme s'il était impérieux pour lui de prendre à rebrousse-poil la réalité de l'heure et d'élever de quelques degrés ses ambitions. Pendant quelques semaines, il imagine un bateau « blindé » susceptible de supporter pareille exigence, il relit le récit de Marcel Bardiaux, premier solitaire à s'être aventuré, selon cette contrainte, dans les parages du Horn, et noue le dialogue avec un représentant de chez Perrier ouvertement intéressé par cette douce folie. Las, la discussion s'enlise et le projet — repris plus tard par Chay Blyth, Pete Goss, Philippe Monnet ou Jean-Luc Van den Heede —, faute de financement, est reporté aux calendes.

Preuve que les incertitudes et les tâtonnements embouteillent sa réflexion, le voilà en septembre 1970 sur la côte Est des États-Unis et les pontons de la prestigieuse Newport qui accueille la non moins glorieuse Coupe de l'America. Marcel Bich, soudain tombé amoureux de l'épreuve, ayant, en personne, souhaité sa collaboration, il n'ose refuser l'invitation. Deux autres barreurs ont été recrutés avant lui : le Français « Popie » Delfour et le Suisse Louis Noverraz. Deux « premiers violons », au regard de qui Tabarly fait figure d'homme des bois. Mais qu'importe, puisque la victoire n'est pas au rendez-vous, que les résultats préliminaires sont désespérants et que l'élimination est pour demain ! Puisque le baron, blazer de lin et gants beurre frais, l'admire et l'estime capable d'ajouter aux débats, pourquoi devrait-il bouder son plaisir ? Le calcul est à double tranchant : dès le premier test, Tabarly, d'un coup de barre intempestif, démâte *Constellation,* l'un des bateaux d'entraînement français ! L'équipage est consterné qui enregistre, en prime, cette phrase d'anthologie devenue un classique, surtout avec le zézaiement tabarlien qui, l'accompagne : « Mais bon sang, ça ne tient pas ! Ce n'est vraiment pas solide ! »

La suite du programme n'est guère plus réjouissante. Delfour, Noverraz et surtout *France* ayant une nouvelle fois failli, Bich propose à Tabarly d'embarquer, comme navigateur, pour la régate de la dernière chance. L'industriel tiendra donc lui-même la barre et son héros, habitué à de tout autres exercices, sera chargé de le « conduire ». Mais cette fois c'est le brouillard qui s'en mêle ! Au bout de quelques minutes, le navigateur s'égare et l'adversaire australien s'envole. Même si vingt ans plus tard, Bruno Troublé, témoin de la scène, apprendra que *Gretel* avait utilisé une radio pour se repérer, le bilan est navrant. Si on en croit *Paris Match* : « L'aventure se termine dans le ridicule. Faute de savoir naviguer et d'avoir à bord un navigateur convenable, le baron s'est perdu [1]... »

Si Tabarly est à Newport c'est sûrement par curiosité, mais c'est aussi, comme le souligne l'un des équipiers du bord, un peu « par opportunisme ». Le commis de l'État en sursis n'est pas dupe : il sait qu'il n'est pas à l'abri d'un caprice ministériel. Compte tenu des plus que maigres résultats qu'il a enregistrés depuis plusieurs années — la traversée fantôme San Francisco-Tokyo mise à part — la manne dont il pro-

1. *Le Baron Bich, un homme en pointe,* Éditions Perrin, 2001.

fite encore (solde, billets d'avion, réparations) pourrait bien être remise en cause. Le ministère des Sports n'a-t-il pas laissé entendre une fois de plus son intention de se passer de ses services et réclamé à la Marine qu'elle récupère une fois pour toutes son ex-protégé ? Le baron Bich se passionnant soudain pour la voile, Tabarly s'imagine, un temps, pouvoir profiter de son argent. C'est du moins ce que Gérard Petipas, son ami de plus en plus versé dans le rôle de conseil, lui suggère. Éric embarque Francis, le fils du baron, le temps d'une croisière et Gérard fait le voyage en Sologne sur les terres du grand patron. Il est même un bureau d'études qui parle d'intituler « Pen Bich » un projet flottant à leur intention. Troublé encore : « C'est possible, mais franchement je doute que le baron se soit vraiment intéressé à ce projet. Il n'était pas du tout attiré par la course au large. Il craignait les accidents. Un jour, il m'a dit redouter une chose par-dessus tout : "Que les lecteurs aient à retourner leurs journaux pour lire le nom de sa marque sur la coque du voilier chaviré". »

Coup pour rien avec Perrier, fausse route avec Bich : durant les trois saisons qui vont suivre (oui, trois !), Tabarly ne parvient pas à passer la vitesse supérieure, à gagner la confiance d'un armateur, à séduire un commanditaire. Pour tout dire, il n'a plus qu'un argument sous ses pieds : son vénérable *Pen Duick III* qui, de règlement en règlement, de gréement en gréement, va poursuivre son interminable carrière à défaut de faire rebondir celle de son propriétaire. Avant de passer dans d'autres mains, ce parfait attelage remportera encore quelques bonnes épreuves : un Falmouth-Gibraltar ou une Middle Sea Race, rien de bien sérieux en vérité, au regard d'errances sans cesse répétées, de vacances toujours prolongées, d'équipages continuellement incertains. Si l'on évoque, à juste titre, la prodigieuse saison 1967 du bateau symbole, on ne s'attarde jamais sur ses états de service — pourtant nombreux, parfois victorieux — durant cette période plus ou moins délétère où de toute évidence Tabarly a perdu le cap de ses priorités et de ses évidences.

Page 241 de ses *Mémoires du large,* Tabarly concède au début d'un paragraphe désabusé trois mots qui pèsent des tonnes : « Le temps passe. » Trois mots massues pour solder précisément trois années de douloureuse pénitence. Une demi-douzaine de lignes encore et c'est un pan complet de sa vie qu'il occulte, impatient qu'il est de rejoindre un terrain peuplé d'exemples plus probants, de certitudes mieux affirmées. Mais même torpillées au prétexte que leurs contours sont moins nets que ceux de ses saisons les plus glorieuses, ces trois années ont pourtant existé ! Tabarly ne se repose pas, Tabarly ne renonce pas, mais toutes les initiatives et courses qu'il entreprend semblent vouées à l'échec ou à l'indifférence. Juin 1970, Éric et *Pen Duick III,* duo magique enfin reconstitué, s'engagent dans « The Race to paradise » entre les États-Unis et la Polynésie, mais contrariété numéro un : l'épreuve, convoyage touristique plus que sprint échevelé, se déroule dans le silence le plus complet. Janvier 1971, les mêmes se retrouvent au départ de l'inédite Le Cap-Rio, mais contrariété numéro deux : une négligence administrative les prive d'un succès pourtant dûment acquis. Juin 1972, les mêmes encore se lancent entre Los Angeles et Tahiti, mais contrariété numéro trois : six malheureux bateaux les accompagnent vaincus avant même qu'ils aient envisagé de se battre !

Au cours de ces épreuves de second plan, le compétiteur hier encore surmotivé apparaît aux yeux de ceux qui partagent son bord désengagé, désabusé. Ou s'il ne l'est pas c'est le peu de retombées que l'on accorde à ses efforts qui entame sa patience et mine son enthousiasme. Sa navigation entre l'Afrique du Sud et le Brésil fut irréprochable, mais qui s'en soucie vraiment? En 1967, il lui était arrivé de franchir une ligne d'arrivée en vainqueur et de virer immédiatement de bord afin de gagner la ligne de départ de la prochaine épreuve. Comme le suggérait joliment Kersauson, ses équipiers étaient alors ses vrais spectateurs et cette intimité, cette communion suffisaient à son bonheur. Désormais, et il le regrette de toute évidence, les données du problème ont changé. Gagner une course pour soi ne suffit plus. Il convient de tenir compte du contexte, de s'intéresser aux retombées, de prévoir la suite des événements. Tabarly n'est plus libre ou plus de la même manière. Et son *Pen Duick III* tout autant.

Durant cette période de doute, que Tabarly prolongera un peu comme un condamné repousse les murs de sa prison, les observateurs le confirment : c'est finalement en convoyage, en découverte, dans les Caraïbes ou en Polynésie, qu'il retrouvait un tant soit peu son enthousiasme. Qu'espérait-il en arrivant en janvier 1972 en Floride au départ des régates du South Ocean Rancing Club (SORC) avec son *Pen Duick* essoufflé, ses voiles fatiguées, son accastillage antédiluvien? Retardé en cours de route par les militaires cubains qui l'ont arraisonné sous de vains prétextes durant quarante-huit heures, il n'a même pas été fichu de prendre le premier départ en temps et en heure! Et que dire de l'échouage de Saint Petersburg, de cet équipier tombé du mât tancé comme un débutant ou de ce moteur perpétuellement en panne? Visiblement

Tabarly est plus heureux ralliant l'île de la Tortue (parce qu'il avait dévoré un vieux récit de pirates), plongeant à proximité du caillou d'Aves (le « mouillage le plus aventureux des Antilles » selon Bernard Gorsky, expert en plongée sous-marine) ou tentant de rejoindre l'îlot de Clipperton (mythique possession française au large du Mexique). Des tours et des détours tout à fait dans le ton de ses hésitations d'alors, mais qui ne cessent de l'éloigner un peu plus des réalités de l'heure.

Lorsqu'il entame son nouveau raid en direction de la Polynésie au printemps 1972, Tabarly peine à rameuter ses équipiers habituels. La plupart repoussent le supplément de programme. Avec quelques bonnes raisons à faire valoir : se prépare en Europe, et au même moment, la seule course qu'il importe de disputer : l'indispensable Transat ! Tabarly le sait, mais il a rayé de son programme cette obligation. Faute de bateau sans doute. Mais aussi peut-être parce que l'un des siens est au départ : le futuriste *Pen Duick IV*, cédé la mort dans l'âme à Alain Colas... Zinedine Zidane se mettant en tête de ne pas participer à la Coupe du Monde ou Lance Armstrong de passer outre le prochain Tour de France : c'est aux côtés de ces improbabilités qu'il faut imaginer le Tabarly d'alors. Un champion consacré mais désemparé, attesté mais fatigué. Le 3 juin — quatorze jours avant le départ de la quatrième Ostar ! — Yannick Le Maguer reçoit de la part de son copain une lettre étonnamment longue : six pleines pages de récits de voyages où il est davantage question de pêches miraculeuses, d'îlots imprenables et de nuits étoilées que de compétition. Avec cette conclusion en prime : « Des nouvelles de Danielle ? je n'en ai pas, bien sûr, mais je ferai une escale à Nouméa dans quelque temps. Il y a bien des chances que cette fois-ci je ne la voie pas, mais de toute manière la situation ne pouvant pas être pire, je ne risque rien à y aller[1]... »

1. Lettre d'Éric Tabarly à Yannick Le Maguer, 3 juin 1972.

15

FRÈRES ENNEMIS

Éric Tabarly et Alain Colas, c'est la bataille des Horaces et des Curiaces version océane. Dix ans de passions consanguines, d'urticantes diatribes, de coruscantes répliques. Deux caractères qui se tournent le dos, deux univers qui se télescopent. Et, plus intéressant encore, une référence qui accouche de son contraire, un archétype pris de vitesse par ses propres contradictions, un modèle qui, à force de naviguer au plus près de sa vérité, abandonne dans son sillage tout ce que lui-même n'est pas ou, plus sûrement encore, n'a jamais voulu être. Des inclinations et des priorités si parfaitement étrangères à sa nature qu'elles finiront — un temps — par le rattraper et le submerger !

Plus personne n'ignore le décor de la toute première rencontre des deux contraires survenue à la mi-décembre 1967 juste avant la course Sydney-Hobart. *Pen Duick III* amarré au ponton gris souris du Crusing Yacht Club, au creux de Rushcutters Bay, en plein centre de Sydney ; les cinq étoiles du pavillon local qui claquent au milieu des palmiers ; le Harbor Bridge dont on devine les épaules de métal à l'horizon et les immeubles de verre qui fleurissent dans un joyeux désordre un peu plus loin. Ni les circonstances : Alain

Colas, vingt-quatre ans, dévoué et exalté qui propose sa Triumph rouge décapotable aux navigateurs français de passage; ses tuyaux et ses adresses qui mènent le joyeux équipage du côté de King Cross en particulier, le vieux quartier de la ville, où l'on trouve même une boulangerie artisanale « bien de chez nous ». Dès l'aube et jusqu'au soir, le guide autoproclamé se dévoue et se démultiplie. Personne dans le monde de la plaisance locale ne semble ignorer son nom, ni les shipchandlers, ni les chefs de chantier. L'énergumène n'est pourtant là que depuis deux petites saisons. Sans bagages ni penchants particuliers, mais à la faveur d'un hasard tout à fait dans le ton de la légende qui s'avance.

Colas a vingt-deux ans. Il poursuit des études d'anglais à la Sorbonne, espère obtenir une licence, mais s'ennuie à mourir. Il n'apprécie guère Paris, est insensible aux charmes du Quartier latin et regrette le nid douillet de la maison familiale de Clamecy où faïenciers et antiquaires se côtoient depuis plusieurs générations. La nature lui manque et plus encore les excursions en canoë sur les eaux tourmentées de l'Yonne et du Serein. Paraît dans *Le Monde,* en août 1965, une petite annonce que son père découpe et lui envoie : « University of Sydney, french departement, lecturer wanted. » Dans la précipitation, l'étudiant traduit : « Le département de français de l'université de Sydney recherche un... assistant (au lieu d'un... maître de conférences !). » Il pense faire l'affaire et envoie son CV. Bévue classique, erreur sans conséquence à ceci près que non content de cacher la réponse négative à ses parents, Colas décide néanmoins « d'aller voir... ».

Le 11 janvier 1966, le p'tit gars de la Nièvre

s'acquitte d'un aller simple aux Messageries maritimes de Marseille et s'embarque pour l'Australie à bord d'un cargo mixte. Avec 400 kilos de bagages, une quantité industrielle de livres, des bouteilles de plongée et les pagaies de son canoë. A l'arrivée, il se contente d'un poste de répétiteur, mais la découverte de la baie de Sydney et des voiliers qui l'embouteillent tempère sa déception au-delà de l'imaginable : « Ce fut le coup de foudre. La voile est un sport passionnant, auréolé de mystère, de mots ésotériques et d'une merveilleuse possibilité de jouer avec l'espace et le temps [1]. » L'aventure de Colas marin est en marche. En l'espace de quelques mois seulement, le jeune Français tâte du dériveur, potasse sa rose de vents et devient un équipier tout ce qu'il y a d'acceptable. En décembre 1967, il est admis sur *Kahurangi* qui termine Sydney-Hobart en troisième position. Vainqueur de l'épreuve, Éric Tabarly a noté la fougue et la passion de la jeune recrue. Curieusement, entre le militaire et le prof, le courant passe plutôt bien. Avant même qu'il en ait émis le souhait, Colas est invité à revenir en Australie à bord de *Pen Duick III* puis engagé à sa demande pour la croisière pacifique à venir.

Le capitaine n'est pas du genre à réclamer de la part du nouveau venu un diplôme ou des états de service. L'impétrant est déjà allé en Nouvelle-Calédonie et possède quelques connaissances culinaires : ces deux arguments suffisent. Le reste de l'équipage est plus circonspect. Olivier de Kersauson en particulier : « Colas, qu'il le veuille ou non, sera un intrus. (...) Vite on s'aperçoit qu'il vit la nature comme quelqu'un qui a trop lu de romans. Sur la mer, il devient le personnage

1. *Un tour du monde pour une victoire,* Arthaud, 1972.

de ses lectures. C'est hilarant, il a un vocabulaire à la limite du précieux. Nous passons notre temps à nous moquer de lui. Pas toujours gentiment, d'ailleurs, car au fond on ne se comprend pas. (...) Il n'est jamais allé en Bretagne, il n'a rien à voir avec notre clan. Nous en avons fait un cuisinier, c'est incroyable ce qu'il se donnera du mal, il a même apporté de l'alcool, et fait tout flamber, croyant que ça fait chic, "yachting" quoi... Les quolibets fusent [1]... »

A défaut de se rebeller, Colas encaisse. Les moqueries, les corvées et le cyclone *Brenda* pour ajouter à son baptême du feu. Il n'a pas de solution à apporter au problème posé, mais il se mêle à la manœuvre sans rechigner. Teura, sa future femme, est formelle : « Alain parlait de cette tempête comme d'une pièce de théâtre, une dramatique très forte spécialement mise en scène pour tester ses différents acteurs. Mais il ne s'agissait pas de fiction. C'était une lutte d'hommes contre les éléments en furie. » Elle ajoute, sûre d'elle : « Kersauson l'a toujours pris pour un novice tout juste bon à éplucher les pommes de terre. Mais Alain valait beaucoup mieux que cela. Il avait appris la régate en équipe auprès de spécialistes et a éprouvé des difficultés à s'adapter à *Pen Duick III* où chacun faisait un peu ce qui lui plaisait. »

Petit à petit Colas se fond dans le groupe, mais ne s'intègre pas pour autant. A l'inverse d'un English ou d'un Guégan, il n'a pas rompu les amarres. Il demeure en contact avec sa famille, lui téléphone parfois et lui écrit souvent. D'ailleurs, le parfait premier de la classe note tout. Ses impressions, ses performances, ses conversations. Et cherche par tous les moyens à en

1. *Mémoires salés*, Robert Laffont, 1985.

apprendre toujours davantage. Revenu en France au printemps 1968, il néglige son Morvan et gagne la Bretagne. Un peu comme on va en pénitence : pour satisfaire une dette, combler un vide et surtout rejoindre Tabarly tout à la préparation de *Pen Duick IV* pour la Transat à venir. Colas suit avec de gros yeux l'assemblage de la sculpture cinétique, du Lego à voile et s'étonne comme un gamin de la modernité de cette tour Eiffel à réaction. Suivront, comme dans un film en accéléré : l'échec du maître quelques heures après son départ de Plymouth, la traversée record de l'Atlantique entre les Canaries et la Martinique (il en est), le convoyage vers la Californie (il en est toujours), Los Angeles-Honolulu *(idem)* et quelques raids accessoires dans les eaux paradisiaques du Pacifique Sud (où il sert de guide tout autant que d'équipier). Lorsqu'il revient de ce tour du monde échevelé, le sac à dos chargé de pellicules photo et d'impressions diverses, Colas n'a qu'une formule choc en bouche : « Avec Tabarly, j'ai couvert 17 000 milles sur trimaran, soit l'équivalent de six Transatlantique [1]. » Preuve que la perspective l'obsède et tout autant sa prochaine échéance... Il a deux grosses années pour mener son rêve à bien et jouer (enfin ?) dans la cour des grands.

Comment Tabarly voit-il grandir cette ombre qui désormais ne quitte plus ses pas ? Jean-Paul Aymon : « Je crois qu'il ne s'est pas rendu compte tout de suite de la conviction qui animait Alain. Et encore moins de sa capacité à se fixer des objectifs précis, à bousculer les obstacles même les plus contradictoires, à croire réellement en ses chances. » Teura : « Tabarly était vraiment son professeur. Il l'admirait comme on

1. *Un tour du monde pour une victoire,* Arthaud, 1972.

admire un maître. Tellement que ça en devenait fatigant. Il en avait plein la bouche de son “Éric”. Mais il avait aussi des envies. Et ça, peut-être que Tabarly refusait d’y croire. » A l’inverse d’un Kersauson qui use ses fonds de jeans ou de maillots sur les *Pen Duick* depuis près de quatre ans sans revendication d’indépendance, ni espoir de reconnaissance, Colas dispose d’un peu d’argent. Pas assez pour acquérir un bateau, mais suffisamment pour convaincre sa famille, ses amis et ses relations. Qui tous décident d’alimenter le rêve et de jouer la surenchère. 230 000 francs plus tard, l’affaire est conclue : pressé par ses créanciers, poursuivi par son percepteur, Tabarly cède son *Pen Duick IV* à son équipier promu capitaine dans l’instant. La plus inattendue et rapide promotion que l’on puisse imaginer. L’étudiant tout juste aguerri ne vient-il pas d’acquérir la formule 1 nautique la plus sophistiquée de l’heure ?

Les deux hommes ne se maudissent pas encore, mais le vent ne va pas tarder à tourner. Pour Tabarly cette vente plus ou moins forcée et précipitée n’est pas facile à vivre. Il admet son abandon, mais s’en repent tout autant ; il bénit son acheteur, mais le regrette pareillement. Leurs retrouvailles en juin 1970, au départ de l’improbable Los Angeles-Tahiti, achèvent de les séparer. Colas n’a pas encore récupéré son bien toujours stationné en Nouvelle-Calédonie mais affrété *Narragansett,* un ancien 12 mètres gréé « Coupe de l’America ». Tabarly dispose de son *Pen Duick III* qu’il mouille un temps à couple du voilier un rien prétentieux de son ancien élève. Un temps seulement. Dès les premiers jours, le malentendu s’installe : Colas roule des épaules, organise des fêtes, piétine les « plates-bandes » de son voisin pendant que Tabarly évoque une ultime traite non encore acquittée. Quelques noms d'oiseaux et menaces plus tard, le divorce est définitivement consommé.

L'« opération Colas », comme elle a été d'emblée baptisée, est à l'image du personnage qui la commande : une combinaison de connivences et de morgue, de compétences et d'opportunisme qui emprunte autant à la méthode Tabarly qu'à un certain goût pour l'épate qui, on le sait, lui était, au contraire, totalement étranger. Un équipage hétéroclite qui réunit aussi bien — vieille connaissance — Alain Gliksman, rédacteur en chef de *Neptune Nautisme,* que Michel Malinovsky, essayeur professionnel, Jack Grout, spécialiste de la flibuste, Jean-François, le cadet d'Alain, ou Françoise, l'épouse que Bernard Moitessier avait « négligé » de retrouver de peur d'interrompre sa fameuse « longue route ». Le montant de la location de *Narragansett* est important, mais les billets d'avion et l'avitaillement, vieille habitude apprise auprès de qui vous savez, ont été assurés par les ministères des Armées et de la Jeunesse et des Sports ! Colas n'a pas encore le pied tout à fait marin, mais il a déjà le bras plus long que la moyenne de ses coéquipiers. Même l'ORTF a envoyé une équipe pour filmer l'aventure et les retrouvailles des Moitessier en particulier. On imagine la tête de Tabarly confronté à pareille engeance. Colas chassant sur les terres qui sont les siennes (la voile hauturière, la Polynésie, les subventions publiques), rameutant la gent journalistique, coalisant la classe navigante, jouant les maîtres d'équipage dans le seul but de faire un « coup ». (Faussement ?) crédule, l'ingénu tire un à un les lapins de son chapeau et s'étonne au final de l'attitude de son ex-mentor :

« Objet de pression, sa confiance en moi s'était-elle envolée au vent des *palynodies* parisiennes [1] ? »

Ces « changements d'opinion brutaux et inconsidérés » — dixit le *Robert* qui préfère les affubler d'un *i* plutôt que d'un *y* — qu'évoque Colas ne sont pas employées par hasard. Elles font référence aux voiliers homonymes de Gaston Defferre (*Palynodie I, II, III,* etc.) barrés en baie de Marseille dans le but prioritaire de gagner la confiance que leur propriétaire attribuait pourtant, il n'y a pas si longtemps, au seul vainqueur de la Transat... Alain Gliksman : « Personne n'y a vraiment pris garde, mais en marge de "l'école Tabarly" — les fidèles, les indissociables — s'est levé à l'époque une sorte de "front du refus". D'autres skippers, d'autres régatiers qui se sont mis en tête de faire mieux que ce qu'avait réalisé l'équipage de *Pen Duick III.* Le problème c'est qu'il y avait vraiment trop d'ego en jeu. Rapidement, cette fausse association a volé en éclats. Dès lors Colas n'a plus eu qu'une seule idée en tête : naviguer lui aussi en solitaire. »

L'issue de la pseudo-course de Los Angeles à Tahiti est sans surprise : rapidement l'association du bateau antique et des équipiers de prestige prend l'eau pendant que Tabarly, ses accoutumances et son fidèle rafiot prennent le large... Mais elle participe aussi de l'évolution de la situation : en marge d'une épreuve dont personne ne rendra compte et d'un classement passé inaperçu, les images tournées à bord de *Narragansett* sont répercutées avec succès sur un petit écran encore peu habitué à pareil divertissement. Un argument prometteur et significatif, tout à fait dans la veine des habitudes que Colas ne tardera pas à renouveler

1. *Ibid.*

pour son plus grand avantage. La ligne d'arrivée à peine franchie, il poursuit sa croisière en direction de Pitcairn, l'îlot du bout du monde où le capitaine Fletcher Christian, en rupture de *Bounty,* se réfugia. Mieux qu'un symbole : pendant que le capitaine Bligh, déchu de son rang et de ses prérogatives, rame dans sa chaloupe, son mutin s'offre du bon temps... On connaît la chute de l'histoire : en même temps que le subordonné se perd, son supérieur se retrouve...

La première impression de Kersauson était la bonne : Colas est un « intrus ». Il détonne et dérange. Lui le Morvandiau qui n'a salé son existence que sur le tard ; lui le compatriote du campagnard Romain Rolland, auteur du non moins champêtre *Colas Breugnon* ; lui l'intellectuel, ou supposé tel, qui voulait tout expliquer, tout comprendre. André Costa qui dans ses bureaux des *Cahiers du yachting* l'a reçu tout autant que Tabarly a ce mot juste : « Alain faisait consciemment tout ce qu'Éric faisait inconsciemment. » A la bataille instinctive qui opposait le premier à la mer, le second substituait un combat réfléchi. Une manière d'équation mathématique qu'il s'appliquait à étudier avant de trancher. Plus d'un équipier se souvient, aux premières heures de son apprentissage, de l'oiseau rare à genoux sur le pont, la main sur le cœur et les yeux au ciel, extatique et surexcité, comme un mystique soudain consumé par sa foi. Dieu n'était en effet pas loin qui apprit tant bien que mal (plutôt mal en vérité) à composer avec ce fougueux et courageux Prométhée de province. Un peu Tabarly par-ci, un peu Moitessier par-là, puisqu'il était entendu que le public hésitait entre ces deux pôles contradictoires : entre la froide détermination du premier et la quête spirituelle du second.

Et pendant que Colas s'adapte, définit son dénominateur commun, mélange ses déterminations, Tabarly s'énerve. Ouvertement. Gliksman encore : « Tabarly-Colas, c'est un peu l'histoire Mitterrand-Rocard rapportée aux choses de la mer : je t'aime puis je te déteste. Je crois vraiment qu'Éric a regretté à un moment donné d'avoir fait la courte échelle à Colas et qu'il a souhaité qu'il se casse la figure. » L'intéressé ne fait pas grand-chose pour mériter l'absolution, au contraire, il en rajoute. Le voilà qui utilise les mêmes expressions que son modèle « Pas de panique », « Ça va passer », qui achète une voiture semblable (une DS Citroën), qui fréquente, lui aussi, une fille des îles. Est-ce pour décalquer un peu plus la vie de celui qui l'inspire que son *Pen Duick* (la fameuse mésange à tête noire) deviendra un peu plus tard *Manureva* (l'oiseau du voyage) ?

A l'inverse d'un Philippe Poupon ou un Jean Le Cam qui, plus tard, étaleront patiemment leurs valeurs au contact de celui qu'ils considéraient comme un père ou un grand frère, le skipper trop pressé n'en finit pas de brûler les étapes. Si transfert il y a, c'est uniquement d'un mimétisme de façade qu'il est question. D'un masque agaçant qui cachait, en prime, son véritable tempérament. En décembre 1970, trois ans après sa navigation initiale, le novice participe à nouveau à Sydney-Hobart, mais au titre de capitaine cette fois. Une expérience comme un examen de passage supplémentaire : en moins d'une semaine, Colas se fâche avec ses équipiers, frôle deux fois l'accident avant d'être momentanément porté disparu ! L'année 1971 n'est pas trop longue pour effectuer quelques indispensables mises au point. A Tahiti, le candidat à l'exploit travaille sans relâche. Placé aux premières loges, Kersauson s'étonne : « Il bossait comme un fou, jour et nuit, pour améliorer sa machine, y compris sous les plus grandes chaleurs ! »

A l'approche des fêtes, Colas se met soudain à croire au père Noël et décide de rejoindre la France par ses propres moyens. Une folie, compte tenu de la nature de son *Pen Duick IV* bien sûr, plus étudié pour les sprints transocéaniques que pour les raids au long cours, mais surtout parce qu'il décide d'amener à son bord sa toute jeune femme... Jusqu'à la Réunion, la traversée est un calvaire. Teura est débarquée, mais pas l'espoir de pousser l'inconscience encore un peu plus loin. Son compagnon s'entête et couvre le reste du parcours en un peu moins de soixante-dix jours. « Le véritable exploit de ma vie », reconnaîtra-t-il plus tard. Lorsqu'il accoste à La Trinité — quatre mois avant la Transat — ce n'est pas encore du délire, mais la presse s'étonne tout de même de ce gaillard aux discours intarissables qui joue apparemment aussi bien du winch que de l'attaché-case.

Jacques Arthaud : « J'avais rencontré Colas à Tahiti, mais là c'était un autre homme, un autre marin surtout. Quand il est arrivé quelques jours plus tard à 15 nœuds dans l'écluse de Deauville, je me suis dit que plus rien, sauf l'irréparable, ne pourrait freiner un pareil élan. Bien sûr, Alain a voulu écrire un livre qui, d'ailleurs, n'a pas mal marché. Mais il ne pouvait s'empêcher de comparer ses tirages avec ceux de Tabarly. C'était quasi maladif. » « C'est dans la bouche de Colas, se souvient de son côté Yannick Le Maguer, assureur d'Éric et bientôt d'Alain, que j'ai entendu pour la première fois le mot “média”, une bizarrerie qui n'était jamais revenue à mes oreilles jusque-là, mais que lui utilisait à tout bout de champ. » A Clamecy, chaque semaine, le facteur apporte à la famille Colas l'« Argus de la presse », sélection exhaustive de toutes les coupures et citations consacrées à l'enfant du pays au cours des sept jours écoulés. Les radios font cercle, la télévision s'en mêle. Que pense vraiment Tabarly de ce manège ? English : « Éric était tout sauf méchant, mais Colas, je crois, lui a vraiment déplu. Je l'ai entendu prononcer des mots le concernant que je ne lui avais jamais entendu dire à propos de quiconque. » Jean-Paul Aymon, familier du duo : « Je ne crois pas me tromper en disant qu'"il" le détestait. » Éric Bourhis, futur équipier : « Je n'arrive pas à comprendre comment ils ont fait pour naviguer ensemble alors que tout, absolument tout, les séparait. » Mais plutôt que de ferrailler et de polémiquer, Tabarly fait le dos rond. Là-bas, du côté de la Polynésie et de la Nouvelle-Calédonie, loin de l'effervescence qui préside à la préparation de la Transat 1972, la seule course, rappelons-le, qui, à l'époque, méritait attention.

Cinquante-cinq bateaux sont au départ de cette quatrième édition. Quelques anciens comme Francis Chichester ou Bill Howell, mais surtout une flottille de nouveaux venus armés et sponsorisés jusqu'aux dents. Et pendant que la référence absolue en matière de nautisme batifole au plus loin de l'essentiel voici Jean-Yves Terlain, son plus que modeste second de la Transpacifique 1969, bombardé capitaine d'un gigantesque monocoque de 39,10 mètres, ou Alain Colas à la barre du trimaran révolutionnaire qu'il a imaginé pour transporter ses propres ambitions. Amertume supplémentaire : une bonne partie de ses habituels fournisseurs — le chantier La Perrière, la corderie Lancelin ou le voilier Victor Tonnerre — se sont ralliés aux rouflaquettes du nouveau chevalier de l'onde.

Dans le port de Plymouth ce sont tous les beaux rêves de Tabarly qui filent à l'anglaise : sur l'artimon de *Pen Duick IV* claque la misaine de *Pen Duick III* et sur le grand mât le spinnaker lourd de *Pen Duick II* ! Pire qu'une séparation : une trahison en rangs serrés. Et que dire de la victoire qui s'ensuivra ? Chèrement acquise certes, grandement méritée sans doute, mais que le grand capitaine avait de toute évidence imaginée se déroulant dans de tout autres circonstances. Gérard Petipas : « Il était sûrement déçu de ne pas être à la barre de son bateau, mais il était aussi très heureux de constater que sa belle idée avait abouti... » Vraiment ? Dans ses *Mémoires du large,* référence obligée oh combien révélatrice, on cherche en vain un compliment ou même une allusion à cette Transat des occasions gâchées ! Rien, pas un mot, le black-out total, juste quelques épithètes succinctes pour dépeindre (honorer ?) son vainqueur : « Colas, aimable, poli (...) est une énigme. » Quelques semaines plus tard, poussé par Jacques Chancel, Tabarly n'est guère plus explicite, même s'il concède : « C'est très bien ce qu'il a fait. Il est très accrocheur [1]... »

C'est du moins ce que le gros du public entend. En privé, les qualificatifs employés sont d'une tout autre veine. En fin de repas, quand les esprits s'échauffent et la raison s'abandonne, ils peuvent même tourner au vinaigre. Alain Brousse, le pâtissier de Sydney qui satisfait la gourmandise du tandem sans exclusive, se souvient très bien d'un tonitruant « petit con ! » concédé par Tabarly à l'encontre de son double chaque jour plus encombrant. Un autre jour et dans un autre registre, un équipier choqué s'étonne d'entendre son

1. « Radioscopie », INA, 1972.

capitaine, d'ordinaire si sage et pondéré, insister (devant un parterre de journalistes !) sur sa certitude de ne pas vouloir d'enfant au seul prétexte que celui-ci pourrait être atteint d'une maladie irréparable. Craintes légitimes mais qui, sans doute, auraient mérité plus de mesure alors que le couple Colas était (précisément et momentanément) confronté à cette douleur...

On avait accompagné jusque-là un marin prosélyte peu soucieux de jauger et de juger les autres. « Tabarly ne disait pas de mal, il l'ignorait » ; « Tabarly ne se mêlait jamais de ce qui ne le regardait pas » ; « Tabarly était incapable d'émettre un point de vue négatif sur une personne. C'était sa ligne de conduite, mais aussi sa force. » Au-delà des couronnes tressées et des compliments accumulés, Kersauson insiste : « Je n'ai jamais entendu Éric avoir une mauvaise pensée. » Sauf à propos de Colas ? Jean-Paul Aymon : « Je pense effectivement qu'Alain a été "l'exception qui confirme la règle". Jusque-là, Éric n'avait rencontré aucune difficulté, aucune contestation, aucune critique. Tout était simple. Et du jour au lendemain, il a fallu qu'il se détermine par rapport à quelqu'un d'autre. Cela a été d'autant plus dur que, dans le fond, il "méprisait" Alain ou tout au moins son attitude. Le problème c'est que celui-ci n'était pas qu'une marionnette. C'était aussi un marin très volontaire qui s'est aguerri et qui a réussi précisément là où Éric était en train de faire du surplace. Il a trouvé de l'argent, touché un nouveau public, rallié la presse à sa cause, fait progresser l'électronique, etc. »

Où l'on découvre donc un Tabarly moins consensuel, plus autolâtre, égocentrique à sa façon, capable de rejeter et d'excommunier... Une impassibilité manifeste et un laconisme essentiel, mais aussi, cachées, enfouies, des fiertés et des hauteurs plus communes que l'on ne pourrait l'imaginer. Si « le silence est l'étui de la vérité » (René Char), il invite parallèlement à toutes les supputations. Par-delà sa disparition Tabarly jouit, à juste titre, d'un crédit de sympathie hors normes, mais — sa femme Jacqueline est la première à le confesser — le capitaine magnifique n'était pas un saint pour autant. Lui aussi a commis des erreurs et collectionné des partis pris. Et Colas en fut un, monumental.

« Éric avait ses humeurs, ses têtes. La difficulté, c'est qu'il était très difficile de savoir : il ne s'exprimait guère sur le sujet. Il avait une incroyable capacité à ruminer en silence. » C'est un médecin, Jean-François Lemoine, qui parle. Un boute-en-train, un bon vivant, un observateur avisé, qu'Éric recrutera bien des années plus tard, mais dont le diagnostic vaut pour la période antérieure : « Il n'aimait pas les balourds, les maladroits. Il n'aimait pas non plus les tire-au-flanc. Ni ceux qui se prenaient au sérieux. Mais où est la limite ? Où se situe la bonne foi ? » Olivier Petit lui aussi engagé au-delà de cette période cruciale se persuade mi-admiratif mi-navré : « Si Éric faisait l'économie de juger Untel ou Untel, c'est que fondamentalement il ne s'intéressait pas aux autres. Dit comme ça c'est un peu choquant, mais c'est une vérité. Pourquoi se perdre en considérations alors que l'on a tellement mieux à faire sur un bateau ? » Une analyse partagée par Olivier de Kersauson : « C'est certain, il avait du mal à se mettre à la hauteur de l'autre. Il ne faisait pas cet effort-là, peut-être même n'avait-il pas ce talent-là et la même perception des autres que nous ? » Et par Jean-François Coste qui l'illustre d'une sentence imagée et définitive : « Éric aimait les ennuis, les complications, les explications. Les tempêtes intellectuelles, le gros temps psychologique, ce n'était pas son truc. »

Les fanfaronnades de l'ancien « p'tit prof », « roquet agressif à ses heures » (c'est Teura, sa propre femme qui souligne) finissent pas lasser Tabarly. A un équipier, rare confidence, il ose un matin cette bouderie : « Colas ne rêve que d'une chose : devenir ministre de la Mer. C'est pour ça qu'il ratisse large, qu'il fait le beau. » Oui, il fut un temps où le stoïque capitaine fut irritable, excessif, injuste peut-être. Il n'a pas aimé, on l'a vu, sa nouvelle expérience entre Los Angeles et Tahiti qui s'est déroulée en juin 1972 en même temps que la fameuse Transat qui tourna à l'avantage du désormais inévitable Colas. Mais il fait tout son possible pour ajouter aux circonstances et clamer haut et fort l'intérêt de cette épreuve qui n'en a pourtant aucun.

Lorsqu'en 1981 — huit ans après les faits — un de ses compagnons de bord ose chez un éditeur confidentiel un livre de souvenirs rapportant, entre autres, ce (dérisoire) duel à distance, la communauté s'insurge et s'indigne. Tabarly ayant retrouvé depuis cette date son rang de référence obligatoire, il était facile de torpiller *L'Équipier* et ses prétendues révélations [1]. Certes, l'auteur, Félix Aubry de La Noë, n'est pas, lui non plus, exempt de tous reproches. Son récit manque souvent de délicatesse et de mesure, mais son témoignage a le mérite de la franchise et de la lucidité : « Jusqu'à la dernière minute, Tabarly a espéré que ses équipiers habituels viennent le rejoindre. Mais ils l'ont lâché, ils n'avaient d'yeux que pour la Transat et ne se préoccupaient guère de savoir ce que devenait leur

1. *L'Équipier*, Éditions Alain Lefeuvre, 1981.

ancien patron. Dans ses *Mémoires,* Tabarly parle à propos de cette course de ses “habituels lascars”, mais il n’y en avait pas un à bord ! Preuve qu’il nous tenait en haute estime ! C’est vrai qu’il n’était pas causant, mais il y a des limites ! En fait, il ne pensait qu’à lui. C’était un orgueilleux qui ne supportait pas la différence, les gens faibles, les handicapés. A ses yeux le physique était primordial. Il jouait de ça sans arrêt. Il n’était jamais décontracté. Il bombait toujours le torse. Il fallait deux mains pour barrer *Pen Duick III.* Pour lui comme pour nous, mais dès qu’on l’observait, il retirait une de ses deux mains pour donner le change. Tabarly ne prenait jamais le risque de se retrouver en situation de faiblesse, en position de demandeur. Il était toujours en état d’alerte, au garde-à-vous, comme un soldat. »

Durant des pages et des pages, « l’équipier » Aubry de La Noë, rencontré une première fois sur le *France* du baron Bich et engagé dans la foulée, s’épanche, rapporteur d’une réalité si ce n’est définitive en tout cas réelle. Le trait est sévère, mais beaucoup moins que l’accueil qui lui fut réservé. Dans le Landernau ce livre est vite assimilé à un coup de pied de l’âne et son auteur voué aux gémonies. Avec tant de violence qu’il apparaît, aujourd’hui encore, comme le vilain canard qui (par inconscience ? par devoir ?) a osé égratigner l’idole. Passe que l’on ose quelques confidences, mais de là à écrire un livre ! Aubry de La Noë : « On m’en a beaucoup voulu, alors que je ne faisais que raconter la vérité. Tabarly n’était pas parfait. L’infériorité humaine ne le concernait pas, ne l’intéressait pas. Il était enfermé dans son scénario, dans son personnage. Et ne voulait surtout pas en sortir. Cela lui aurait demandé de se remettre en cause. Et ça il ne voulait surtout pas en entendre parler. »

Tabarly replié sur lui-même, enfermé dans sa coquille, adepte des œillères à tout prix : ils sont quelques-uns à oser ce portrait-là aussi. Quelques fissures dans la statue de marbre qui laisseraient apparaître une volonté « de ne pas s'intéresser à autrui », « de ne pas vouloir se mêler des préoccupations des autres ». Par pudeur sans doute, mais aussi pour fuir toute forme de complication ou d'implication. Les projets de ses ex-équipiers, leurs éventuelles difficultés matérielles ou pépins de santé, leurs enfants ou leurs familles, Éric ne s'en mêle qu'à reculons. « Il a accepté d'être le témoin de mon mariage, explique Éric Loizeau, mais, en général, je crois que la vie privée des autres l'embarrassait plus qu'elle ne le concernait... »

En septembre 1972, deux mois et demi après la victoire d'Alain Colas dans la Transat, Éric Tabarly décide malgré tout de rompre avec le doute et les chemins de traverse. Non sans se laisser forcer la main. Ou plus exactement le pied ! En remontant son ancre à Arutua, il se donne une belle entaille. Plutôt que de la nettoyer sur-le-champ, il offre à la nature et au temps le soin de jouer les infirmiers. Quarante-huit heures plus tard, son pied ressemble à une amphore ! Il est transféré d'urgence à Tahiti puis rapatrié au même rythme à Paris par avion militaire. Tant pis pour Danielle, tant pis pour *Pen Duick III,* tant pis pour le Pacifique : en France, le convalescent referme sa cicatrice en même temps qu'il ouvre les yeux. Et s'il imaginait un nouveau voilier? Encore plus grand, plus moderne et plus déraisonnable ? Capable, c'est bien le moins, de courir le premier tour du monde en équipages de l'histoire, sponsorisé — époque oblige — par un brasseur anglais (Whitbread) et programmé — urgence habituelle — dans un an jour pour jour (septembre 1973)...

16

PLEIN SUD

Dans son petit pavillon de Lanester, Michel Le Berre a conservé un minimum de souvenirs de *Pen Duick VI* : un baromètre, une tape d'écubier, quelques photos. Une bimbeloterie qu'il époussette et consulte sans ostentation. Juste pour se rappeler le « bon temps », cette époque mirifique et glorieuse où bâtir un château en Espagne relevait de l'évidence et tout autant l'armement du plus moderne bateau de course jamais imaginé. Originaire de Quiberon et descendant d'une famille de pêcheurs de sardine, Michel Le Berre est un vrai Breton et c'est cette étiquette qui lui vaut, un matin de septembre 1972, de recevoir dans son bureau parisien la visite d'un container de muscles bronzés au dernier degré, affublé d'une chemise décontractée et d'un pied nu emmailloté dans un pansement protubérant. Éric Tabarly est arrivé là sans trop savoir. Son précédent interlocuteur, Pierre Poussou, installé à l'autre extrémité du couloir, l'a écouté, mais n'a guère compris ses arguments et encore moins ses projets. Alors si le Breton voulait bien perdre quelques minutes supplémentaires avec son compatriote... « Pour être franc : il n'a pas été très brillant, ni très convaincant. Et pourtant j'ai été illuminé et convaincu ! »

Le Berre est alors employé chez Havas, société d'État spécialisée dans la communication et la publicité. Une entreprise en pleine effervescence et plein bouleversement. En passe d'être privatisée, en butte à mille transformations. De « plans média » en « sponsoring », de « spots TV » en « parrainages » : le marché explose et les habitudes changent. Et c'est pour cette raison, et nulle autre, qu'Éric Tabarly a fait le déplacement. Il n'a emporté aucun dossier, pas le moindre plan. Il murmure simplement l'idée d'un voilier de belle taille susceptible de participer à la toute nouvelle Whitbread, premier tour du monde en équipages, des importants investissements que cette compétition suppose et — on y vient — des éventuels soutiens qu'elle réclame.

Havas n'a jamais trempé dans le monde de la mer. Tâté un peu du cyclisme et de la moto. Le Berre n'est lui-même guère au fait des opérations de soutien ou de mécénat. Il concentre l'essentiel de ses activités au sein d'une filiale chargée de gérer les droits des photographes, directeurs artistiques ou cinéastes employés par le groupe. Oui, mais il est breton... Et patient. « J'étais persuadé que cela allait bouger dans ce domaine. Il y avait déjà eu une ou deux tentatives et Alain Colas était également venu me voir. Un signe. L'équation proposée par Tabarly n'était pourtant pas évidente : il voulait de l'argent, trouver un ou des annonceurs, mais il ne voulait pas abandonner le nom de baptême initial de ses bateaux. Même financé par des apports extérieurs son nouveau voilier devrait s'appeler *Pen Duick* ! »

C'est pourtant la première (et évidente) idée qui

trotte dans la tête des décideurs d'Havas. Perrier est l'un des plus gros clients de l'entreprise. Ses représentants avaient déjà tenté trois ans plus tôt quelques premiers travaux d'approche. Pourquoi pas cautionner cette inédite révolution planétaire ? Oui, mais à condition que le nouvel engin de Tabarly réponde au doux nom de *Pchitt* ! Le Berre : « J'avais en face de moi tout à la fois une volonté et une ignorance ; de la conviction et de l'improvisation. Un réseau aussi. Vite, j'ai compris que derrière Éric, il y avait une famille, des habitués, des fournisseurs et qu'il était impérieux de tenir compte de tout ce monde-là en même temps que des intérêts de ma propre société. Nous étions dans un flou artistique total... »

Même si, dès 1966, sir Francis Chichester en personne avait osé un discret logo aux couleurs de la Woolmark sur sa casquette et l'étrave de son voilier, les initiatives en matière de parrainage étaient, au moment de la rencontre Le Berre-Tabarly, encore très rares. En Grande-Bretagne, quelques marques de bières, de thés ou de whiskies avaient embarqué à bord d'une demi-douzaine de candidats aux Transats 1968 et 1972, mais côté français, seul Claude Lelouch s'était mouillé vraiment en finançant le *Vendredi 13* de Jean-Yves Terlain et... en se désengageant quelques mois seulement après la défaite de son poulain.

Un mariage d'autant plus aléatoire que le tour du monde prévu relève lui aussi de l'inconnu. Quelques solitaires (Francis Chichester encore, Robin Knox-Johnston, Chay Blyth), mais aucun équipage de course crédible, pas la moindre compétition d'envergure. Sur cette page blanche, il conviendrait de tout envisager, de tout prévoir. Une situation pas forcément très rassurante pour les industriels et les marchands d'ordinaire habitués à davantage de rationnel. La voile en 1973 est peut-être une promesse d'aventure, mais elle n'est pas encore un gage d'exposition. Même avec Tabarly à la barre ou au sommet de la popularité, deux positions que personne ne peut d'ailleurs lui garantir pour ce qui concerne l'épreuve à venir.

De sa lointaine conversation tahitienne avec Bernard Moitessier, Éric n'a pas oublié l'évocation des mers les plus extrêmes du globe, ces fameux quarantièmes rugissants ou cinquantièmes hurlants dont il ignore tout mais que son prédécesseur a déjà fréquentés à plusieurs reprises. Le vainqueur de la Transat, de Sydney-Hobart ou du Fastnet le sait : c'est aussi de cette expérience unique et du compte rendu qu'il en fit, plus que de ses yeux riboulants ou de ses phrases évanescentes, que le marin-rêveur tire sa différence. Tabarly ne comprend pas qu'un si évident voyageur ait opté pour une embarcation si rustique et des mâts taillés dans des poteaux télégraphiques en prime, mais il concède aussi que nul autre, mieux que lui, n'a su, à ce point, se jouer de la houle australe ou négocier le Horn avec autant de maîtrise et d'aplomb.

Encore un peu et cet avantage le rendrait jaloux. En tout cas envieux. Le Sud, Tabarly en rêve et le moins que l'on puisse dire est que la perspective de ce tour du monde en équipages, premier du genre, s'est imposée à lui à peu près aussi évidemment que la proue à l'avant de son (futur) navire. Parce que ces horizons-là lui sont inédits, parce qu'ils supposent des marins qui les tutoient une condition physique irréprochable — exigence, on s'en doute, qui le réjouit —, parce qu'ils imposent aussi pour les affronter la mise au point d'une machine à la fois sécure et rapide, deux priorités qui, en matière nautique, l'ont, depuis toujours, obsédé.

Le Berre : « Je crois qu'Éric n'avait pas vu grand monde avant nous. Il y avait bien eu quelques contacts avec le baron Bich, mais rien de très concret. Nous étions sûrement placés tout en haut de sa liste, mais n'importe qui aurait réagi de la même manière. Exil polynésien ou pas, résultats récents sans grande envergure ou pas, Tabarly en imposait beaucoup, en imposait encore. Et même s'il n'était pas très clair sur ses intentions, il importait que l'on se penche sur son cas. » A défaut de dossier ou de programme, Tabarly sort de sa manche un nom : toujours le même, celui de Gérard Petipas. Son ami a désormais charge de famille, il n'a pas encore abandonné son poste d'expert maritime, il se sent pourtant léger comme l'air, prêt à se dévouer, prêt à servir. De loin en loin, il a suivi les tâtonnements sentimentaux et marins d'Éric, mais puisque ses intentions sont à la reconquête de son image et à la professionnalisation de sa démarche, il se sent naturellement investi d'une charge nouvelle. Tabarly n'a rien suggéré, rien demandé, mais il est déjà au garde-à-vous, disposé à se colleter avec tout ce que celui-ci exècre, à jouer les interfaces, à s'improviser porte-voix, à se muer en cornac le cas échéant.

A défaut de trouver l'annonceur miracle susceptible de repeindre le bateau de Tabarly à ses couleurs (ce que l'intéressé, on l'a dit, ne souhaitait pas), Le Berre suggère la création d'une société « relais » capable d'exploiter, sous licence, le nom, supposé magique, de « Pen Duick ». Le discours qu'il tient à ses éventuels clients est clair : « N'hésitez pas à investir dans le nouveau projet d'Éric Tabarly. En échange de votre manne, celui-ci offrira à vos produits sa caution, sa signature, estampillée du label qui l'identifie le mieux et auquel il attache le plus d'importance : la désormais fameuse et incontournable mésange à tête noire. »

Pendant un temps, Havas prend directement sous son aile cette idée avant qu'elle ne donne naissance à une société annexe plus autonome. Gérard Petipas, naturellement bombardé gérant, récupère quatre-vingt-dix parts de la SARL, tout comme Éric, les vingt parts restantes étant attribuées à Michel Le Berre. Les appointements du gérant sont fixés à 36 000 francs annuels et la société baptisée Copromer (Conseil, promotion, mer). Un sigle qui sonne bien à ceci près, fait remarquer l'épouse de Petipas, que ce mot signifie aussi « merde » en grec ancien ! Exit donc le P de l'estampille initiale et va pour Coromer... Sans parts, mais gratifié d'un salaire en bonne et due forme, un quatrième larron se joint au trio de base : Olivier de Kersauson, officiellement élevé au grade de « média planeur » de l'aventure à venir ! Une reconnaissance qui lui va droit au cœur : « Je croyais rêver, c'était le premier job sérieux que l'on me confiait, ma première feuille de paie aussi ! »

Nous sommes en octobre 1972. Les premières réunions, dans les bureaux de Michel Le Berre, 108, rue Montmartre, prennent des allures de conspiration. L'objectif est nouveau, la méthode inédite et l'ambition des uns et des autres est empreinte d'une fraîcheur revigorante. Manque une certitude : le temps. Qui d'emblée fait défaut et inquiète l'ensemble des intervenants. Certes Éric Tabarly est un habitué des mises en orbite en accéléré, mais au regard de toutes celles qui ont précédé (... et suivront), les trois cent trente jours de course-poursuite qui présidèrent à l'accouchement de *Pen Duick VI* ne laissent pas d'impressionner.

Toutes les parties prenantes de cette aventure précipitée en conviennent : c'est d'une entreprise de caractère national qu'il fut question. Aux hésitations initiales succéderont très vite des moyens et des ressources innombrables, l'implication sans retenue de la Marine française et jusqu'à celle du ministre des Armées en personne. Le Général n'est plus de la partie, mais Pierre Messmer, affidé de la première heure, n'a pas oublié. Ni les régates de La Trinité, ni la victoire sur les Anglais, ni l'honneur retrouvé. Comme on déclenche une opération commando, il contacte lui-même les quatre arsenaux qui dépendent de ses attributions. Seul celui de Brest est susceptible d'obéir au cahier des charges avancé. Ce sera donc Brest. Pierre Messmer : « Éric Tabarly était un marin fidèle. Il jouissait d'une bonne réputation et avait rendu de nombreux services. Il eût été anormal que son corps ait compté ses efforts à l'aube de cette nouvelle campagne. » Michel Le Berre encore : « Du jour où la Direction technique de la construction navale (DTCN) a accepté de construire *Pen Duick VI* à Brest, tout s'est enclenché. Mais ce que l'on oublie de dire c'est que c'est le technique qui a donné l'impulsion, c'est lui encore qui a assuré la vitesse de croisière du train en marche et que le financier, à l'inverse, a toujours été à la remorque... »

Et quel train en marche ! Mi-octobre : Éric Tabarly contacte Michel Bigoin à Marseille. Après tout *Pen Duick VI* sera une extrapolation logique de *Pen Duick V* : une baleine de métal en lieu et place d'un petit cachalot mais dotée des mêmes propriétés en particulier, de ballasts remplis et vidés en fonction de l'allure. Premières ébauches et premiers rendus, après quoi, effectuant un pas de côté radical, Tabarly contacte un autre architecte, marseillais lui aussi : André Mauric ! Une réputation certes, âgé de soixante-sept ans, en affaires avec le baron Bich et, bientôt, le commandant Cousteau, mais aussi l'objet d'une certaine forme de trahison. Michel Bigoin : « Je n'ai pas bien compris ce qui s'est passé... Tout est allé très vite, si vite que Tabarly n'a même pas eu la délicatesse de me prévenir. Je sais, ce n'est pas le genre à s'appesantir, mais tout de même ! L'histoire du *V* s'était bien passée, même si elle s'était un peu achevée en queue de poisson... Je ne me souviens pas avoir entendu "merci", je n'ai jamais été payé, et je n'ai même jamais été invité à bord ! Mais, bon, j'ai oublié, je me suis mis à bosser sur le *VI* et ai fait neuf dessins différents. Je possède même chez moi une demi-coque témoin de l'avancée de mes travaux ! »

Peu importent les explications et les justifications, Éric a déjà traversé l'avenue, filé rue Sainte, escaladé les quelques marches de pierre et frappé le heurtoir en forme d'ancre de marine de l'architecte concurrent. Son premier contact avec Mauric a lieu le 31 octobre. Le 21 novembre, les plans initiaux sont achevés. Correspondant à deux versions (une de 18 mètres, une autre, finalement retenue, de 22 mètres) d'un bateau tous terrains susceptible de bien se comporter à toutes les allures. Olivier de Kersauson : « Éric a changé de cap un peu pour une question de prestige. Mauric c'était l'"artiste" qui en imposait le plus en France à l'époque. Son allure, sa canne, son côté Coupe de l'America ajoutaient au personnage. Je me rappelle toujours lui avoir demandé : "Quels sont les points faibles de ce bateau". Il m'a répondu : "Aucun !" Tu parles... » Comme pour Costantini, comme pour Allègre, comme pour Bigoin, Tabarly signe des deux mains, sans discours ni remarques superflus : « Mon caractère m'a toujours poussé à faire confiance aux spécialistes. » Vrai. Face à plus « intelligent » que lui, ou supposé tel, face aux ingénieurs certifiés ou aux techniciens diplômés, l'ex-élève désenchanté acquiesce et obtempère.

Frais polytechnicien, prestement nommé chef de chantier, Xavier Joubert confirme : « Il avait quarante-deux ans, je n'en avais que vingt-cinq, mais il ne me contredisait jamais si tant est que mon raisonnement s'inscrivait dans le champ de mes compétences. Parfois j'avais un peu l'impression qu'il m'écoutait comme on écoute un prof ou un curé... » Sur les bandes filmées de l'époque — et Dieu sait si elles furent nombreuses ! — l'association des deux hommes détonne. D'un côté le marin, cintré dans son éternel ensemble de jeans bleu, la chemise à carreaux grande ouverte, les pouces plantés dans la ceinture ; de l'autre, l'ingénieur sanglé dans son uniforme irréprochable, boutons de manchette apparents, le front juvénile et la mèche en bataille. Avec, toujours, les mêmes regards, les mêmes échanges. Tabarly : « Ça, c'est calculé » ; « Ça, c'est fait pour ». Joubert : « J'ai le sentiment que tout le monde s'est mobilisé » ; « Nous entreprenons un beau travail d'équipe » [1].

Et mieux que cela ! Rien ni personne ne vient entraver le plan de bataille mis au point par le petit Bonaparte de l'arsenal. Qui se repose bien évidemment sur la compétence des plus anciens mais dirige aussi, sans le moindre complexe, trois équipes de trente ouvriers spécialisés mobilisables vingt-quatre heures sur vingt-quatre. Mieux, les neuf mille salariés d'ordinaire

1. *Naissance d'un voilier* (film), Dominique Baron, 1973.

occupés à assembler des croiseurs, sous-marins ou porte-avions ont été mis dans la confidence. A tout instant l'un d'eux peut être sollicité pour accélérer la construction du « yacht » de M. Tabarly. Joubert : « C'est vrai, c'était une véritable mission nationale. Je n'étais enfermé dans aucun budget, je n'avais pas de contraintes, si ce n'est celle de finir ce projet dans les six mois impartis. Je n'étais même pas soumis aux règles de fonctionnement interne de l'arsenal. Les procédures ou hiérarchies habituelles ne me concernaient pas. J'avais besoin d'une pièce qui n'existait pas : les ingénieurs se réunissaient afin de réaliser l'outil nécessaire à sa réalisation et, une semaine plus tard, je récupérais le prototype désiré... En temps ordinaire, il aurait fallu une demi-année pour accéder à un souhait pareil ! »

Six mois, c'est le temps qu'il faudra non pas pour obtenir tel ou tel élément inédit, mais pour achever *Pen Duick VI* dans son entier : ses deux mâts, ses trois cockpits, ses 22,50 mètres d'intelligence nautique, ses 32 tonnes de compétence vélique. Des chiffres et des dimensions inconnues jusque-là, surdimensionnées à l'extrême, et pourtant parfaitement maîtrisées. Le monstre d'aluminium est imposant, musclé, exigeant. Ses cotes ont été multipliées et ses résistances augmentées. *Pen Duick VI* mesure cinq mètres de plus que le *III,* ses winchs sont les plus impressionnants trouvés sur le marché et ses « moulins à café » à quatre vitesses, chargés d'établir et d'aplatir les voiles d'avant, doivent répondre à de tels efforts qu'il a fallu les fabriquer tout exprès. Ou plus exactement les détourner : prévus à l'origine pour le 12 mètres du baron Bich, les deux instruments de torture inédits sont, le temps l'exige une fois de plus, cédés gracieusement pour assurer l'aventure en marche. On n'a lésiné ni sur l'Inox (pour les balcons et les ferrures), ni sur le titane (pour les manilles et les mousquetons), ni sur l'uranium appauvri (pour la quille).

Cette ultime audace fut — à l'image du projet tout entier — menée sans arrière-pensée ni de coût ni de faisabilité. Le centre de gravité de *Pen Duick VI* pouvant être abaissé d'une bonne quinzaine de centimètres du fait de la densité supérieure de l'uranium (18,7, au lieu de 11,3 pour le plomb d'ordinaire sollicité), c'est bien d'uranium et de rien d'autre que ce projet disposerait ! Des pains de 200 a 400 kilogrammes, pas plus gros que des boîtes de chaussures, commandés au CERCA, filiale du Commissariat à l'énergie atomique, acheminé depuis Pierrelatte, scellés dans l'araldite et installés au plus bas du navire, sans autre forme ni d'hésitation ni d'inquiétude...

En marge de ces grandes manœuvres orchestrées de manière industrielle et d'ordinaire réservées à la construction d'une corvette ou d'un porte-hélicoptères, Éric se concentre plus intimement sur le plan de pont de son engin. Il dispose pour cela, avantage supplémentaire, d'une maquette en bois à l'échelle 1/1. Une fois de plus, le crâne rasé de Victor Tonnerre pointe à l'horizon. Dans un atelier de 4 500 m^2 spécialement aménagé, il commande quatorze couturiers chargés de réaliser au plus vite trente voiles sur mesure dont huit spinnakers de tailles et de grammages différents. De Saint-Malo à Nantes, les fournisseurs annexes (en accastillage, gréement, etc.) se mobilisent, sans promesse de paiement véritable, simplement persuadés des retombées du programme en cours. Aucun détail ni luxe n'est négligé : l'équipage de *Pen Duick VI* profitera même de duvets, de sous-vêtements, de parkas, là encore, sophistiqués et inhabituels. Il sera même affublé d'un costume spécialement taillé — blazer marine et pantalon de Tergal — pour accompagner le baptême orchestré sous un soleil radieux le 28 juillet, quarante-deux jours avant le départ officiel de la Whitbread.

A l'exception des parents d'Éric, le gros des proches et des amis a répondu présent. Deux bouteilles de champagne sont nécessaires à Maud Huvé, éphémère amie du capitaine et marraine désignée, pour clore la cérémonie suivie par l'essentiel des médias bien sûr, mais aussi par toutes les casquettes fleuries que cette opération décidément plus « militaire » que « civile » a mobilisées. La chute du message du général Philipponneau ne laisse planer aucun doute : « Nous avons fait notre devoir, à vous de jouer maintenant [1] ! » Façon de parler. Trois semaines seulement après le canon de départ de la course tant attendue, tiré devant Portmouth, les espoirs de *Pen Duick VI* sont torpillés de pareille façon ! Bien que pointé en tête au milieu de l'Atlantique, le bateau lève d'ores et déjà les pouces, le grand mât effondré sur le pont, le plat-bord cabossé, les voiles en vrac !

A défaut d'être désespéré, le message du 4 octobre d'Éric Tabarly est désespérément clinique : « Faisons route vers Rio de Janeiro — faire nécessaire pour envoyer mât et accastillage — bôme sans ferrure — haubanage complet — grand-voile yankee 3 — trinquette lourde — deux filières — six chandeliers — 200 mètres de Tergal tressé 24 millimètres — suggère augmenter barre de flèche supérieure de 10 centimètres [2]. » Pire qu'une déception : un total désen-

1. Discours prononcé à Brest le 28 juillet 1973.
2. *Pen Duick VI,* Éditions du Pen Duick, 1974.

chantement ! En moins de temps qu'il ne faut pour l'écrire le monumental projet tricolore est jeté bas à la manière d'un banal château de cartes. Bien sûr, il n'est plus question de gagner — le retard pris dans cette première étape est rédhibitoire —, ni même de jouer les premiers de la classe au classement général, mais de sauver les meubles. Et la face !

Des dix-sept bateaux engagés dans cette course originale, *Pen Duick VI* était de loin le mieux armé. Le grandissime favori, le vainqueur obligatoire. Même si quelques unités britanniques ont leurs chances, l'essentiel de la flotte est composé d'engins recyclés ou de voiliers de série. A une époque où les épousailles des trois caps, des sept mers et de la compétition hauturière étaient encore plus qu'incertaines, le doute primait pardessus tout. Et l'improvisation. Dans le sillage du professionnel *Pen Duick,* on recensait par exemple un concurrent qui avait embarqué 500 boîtes de bière ou un autre qui avait fait payer un ticket « d'entrée » de 3 000 livres sterling à chacun de ses équipiers. Fidèles à leurs obsessions sécuritaires, les Anglais avaient rameuté des contingents de militaires ou de parachutistes à leurs bords, là où André Viant, autre intervenant français, s'était persuadé de l'opportunité de partager sa découverte avec ses fils, filles ou gendres. A bord de *Grand Louis,* ce joyeux jamboree s'était même muni de robes de chambre et de pantoufles...

Tabarly est, avec Chay Blyth, auteur deux ans plus tôt d'un beau tour du monde « à l'envers » contre les vents et les courants, le marin le plus expérimenté du lot. Il a apporté un soin maniaque à la réalisation de son projet et prévenu nombre d'interrogations. Il a par exemple fait installer à l'arrière de son poste de barre un bouclier d'aluminium chargé de contrarier le retour des vagues tant redouté du Grand Sud et multiplié les dialogues avec Loïck Fougeron, navigateur dilettante, mais qui, sur lui, avait l'avantage d'avoir déjà taquiné le Horn à plusieurs occasions... Il a apporté mille améliorations et trouvailles, mais compte tenu de l'immédiat dématage enregistré non loin de l'équateur, on ne peut malheureusement occulter le fait qu'il a aussi multiplié les approximations ! Même si aucun dossier d'expert ni rapport d'assureur n'a jamais déterminé avec certitude toutes les causes et responsabilités de l'accident, personne ne peut nier que du fait même de son ambition, l'aventure *Pen Duick VI* a également nourri, *a contrario,* ses propres excès et incompétences.

A la différence de ses campagnes antérieures — celles des *Pen Duick II* et *III,* maîtrisées à deux ou trois détails près — la nouvelle épopée tabarlienne semble avoir échappé au total contrôle de son capitaine. Interrogé vingt-cinq ans plus tard, le regretté Néo-Zélandais Peter Blake qui, lui-même, patienta cinq éditions durant avant de remporter enfin cette fameuse Whitbread, remarquait : « C'est curieux, parce qu'Éric semblait accorder beaucoup d'importance à cette course. Et pourtant, hasard ou nécessité, il ne s'est jamais présenté au départ dans les meilleures conditions. Même en 1973, sa précipitation était incompréhensible. A quelques heures du départ, tout le monde s'agitait encore beaucoup autour de ce bateau. La Whitbread ne se satisfait pas de l'improvisation, elle suppose d'abord et surtout de la méthode. » Une science qu'Éric n'a jamais pratiquée avec bonheur. Si le manque de temps faillit lui être fatal en 1964, les dimensions raisonnables du projet lui avaient permis de combler ce handicap sans trop de dommage.

Avec *Pen Duick VI* tout se complique. Les proportions ne sont plus les mêmes. Au-delà des winchs démesurés et des spinnakers gigantesques, c'est l'approche entière de la campagne qui s'avère hors normes et bientôt handicapante. Retard de livraison de l'hélice ; moteur insuffisamment éprouvé ; voiles à améliorer : au fil des semaines, les contretemps s'accumulent. Xavier Joubert : « A rebours, il importe d'admettre, une bonne fois pour toutes, que nous avons manqué de temps. Rendez-vous compte : nous ne sommes même pas arrivés à l'heure au départ du Fastnet la seule course d'entraînement prévue avant le grand coup d'envoi ! J'ai passé toute la traversée de la Manche les mains dans le cambouis et nous sommes arrivés après tous les autres... Dans un autre ordre d'idée, la mâture était, sans doute, trop modeste. Mais un bon mois de tests aurait suffi à diagnostiquer cette carence. On aurait installé les renforts nécessaires, *Pen Duick VI* aurait remporté la Whitbread, et Éric serait redevenu un héros national dans la seconde... »

On est loin du compte. A peine alertés, Michel Le Berre et Gérard Petipas, finalement resté à terre, lui qui espéra un temps être embarqué comme navigateur, se concertent et se mobilisent pour limiter les dégâts. L'envoi d'un nouveau mât se justifie, mais l'opération s'avère coûteuse. Il conviendra donc de soigner au mieux la mise en scène dudit sauvetage. Avec l'appui inconditionnel des médias attachés à l'aventure — *Paris Match* entre autres —, les deux complices s'évertuent à transformer les réparations successives, le convoyage aérien du matériel, l'escale forcée de Rio de Janeiro, en épopée fabuleuse. Privés d'exclusivité, d'autres journaux se sentent lésés, grommellent ici et là, mais l'heure n'est pas au sentiment. Le doigt sur la couture, l'amiral de Joybert, en personne, n'a-t-il pas décrété l'état d'urgence ? « Monsieur Tabarly vous avez perdu une bataille, mais vous n'avez pas perdu la guerre ! »

Sur les bords du lac Léman, l'atelier d'Albert Cœudevez est déjà à pied d'œuvre. Huit jours et sept cents heures de travail non stop pour accoucher d'un espar de 25 mètres et 550 kilogrammes. Bien, mais comment l'acheminer jusqu'au Brésil ? Europe n° 1, relais dévoué s'il en est, lance plusieurs appels à l'aide. Les propositions d'un affréteur gabonais puis d'un inventeur fou qui suggère de fixer le mât sous la carlingue de son avion ne sont pas prises au sérieux. Celle d'Alain Delon qui n'a pas oublié sa petite navigation tropézienne l'est davantage. La Super Caravelle dont il est le propriétaire stationne précisément en Suisse. Las, en pleine affaire Markovicz les plus hautes autorités militaires voient d'un très mauvais œil ce soutien. Pour éviter que la suspicion ne s'installe c'est l'armée de l'Air qui est officiellement chargée de la mission. Une patrouille de « sauveteurs » est constituée dans la seconde et envoyée à Genève-Cointrin. Nouveau coup dur : si les caisses d'avitaillement, la cocotte six litres, la poêle à frire et les clapets pour W.-C. réclamés par l'équipage trouvent sans peine un petit coin où se glisser, le mât ne rentre pas dans la soute du KC 135 ! La belle machine s'enraye et l'optimisme plonge un peu plus. Pierre English, ancien de *Pen Duick II,* est du voyage : « Cela peut paraître fou, mais nous avons choisi de couper l'extrémité du mât qui serait ressoudée par la suite ! » Ce mètre soixante gagné *in extremis* donne des sueurs froides à l'ensemble de l'équipe, d'autant que sur le front des nouvelles de la course les dernières informations sont désespérantes : pour avoir utilisé abusivement son moteur lors de son convoyage vers Rio, Tabarly est purement et simplement menacé d'être mis hors course !

Gérard Petipas : « Il a fallu négocier, parlementer, mais la situation était difficile. A Rio, Éric ne pensait qu'à réparer, qu'à repartir alors que notre situation financière était catastrophique. Et je me rappelle lui avoir lancé comme ça : "Raisonnablement on devrait tout laisser tomber..." Cela dit ce n'était pas très réaliste. Le public n'aurait pas accepté cette démission, ni nos commanditaires. Les circonstances commandaient... » Qui, pourtant, semaine après semaine, ne feront qu'empirer ! Certes *Pen Duick VI* reprendra sa course, réalisera une très belle deuxième étape, mais démâtera à nouveau dès le début de la troisième ! C'en est trop. Le vaisseau amiral de la France étêté une seconde fois : l'effet est désastreux. D'autant que l'information souvent décalée ou déformée passe mal. Et plus encore le « Comment la Marine a dépanné Tabarly » asséné par *Paris Match* au moment précis (bouclage oblige) où le bateau était contraint, *bis repetita,* à rebrousser chemin !

Après la publication de ce maladroit « publireportage », le reste de la presse ne ménage pas ses critiques. Les éditorialistes et les humoristes s'en donnent à cœur joie. A la une, *Charlie Hebdo* se permet de représenter le capitaine déchu usant de ses parties les plus intimes en lieu et place du mât abattu. « Je continue pour la France... » : le trait est grivois, mais il souligne des connivences qui dérangent une partie de plus en plus importante de l'opinion. Dans *Voiles et voiliers,* le dialogue fictif imaginé par Jean-Olivier Héron est tout aussi cruel :

« Alors, Éric, raconte...

Je ne parlerai qu'en présence de mon banquier [1]... »

Deux petites phrases qui suffisent à donner lieu à une polémique et un échange de lettres peu amènes. Même Jean-Paul Aymon, fidèle entre les fidèles, y va de son commentaire tranchant : « On a beau s'habituer à certaines méthodes d'information, savoir que tout peut se vendre — même le cœur greffé d'une petite fille — il y a quand même des limites [2]... » *L'Express* s'inquiète : « Qui paiera la note ? Le premier mât a coûté 50 000 francs. L'opération "sauvetage" plus du double [3]... » Certains professionnels s'en mêlent dont Jean-Jacques Herbulot, le très respecté créateur du Vaurien : « Les démâtages de *Pen Duick VI* ne sont pas le fait du hasard, mais la conséquence d'une erreur [4]. » Ce n'est plus un simple orage qui perturbe l'excellence de Tabarly, mais une véritable tempête qui menace de la passer par le fond...

Naviguant du Cap à Sydney, de Sydney à Rio, Éric conserve son calme. Il lui importe de faire avancer au mieux son bateau et d'améliorer son classement. Les moyennes qu'il enregistre le rassurent : l'essentiel de ses options se révèlent positives. Mais l'ambiance est lourde, pesante parfois. Il a débarqué un équipier en Australie, un autre au Brésil. D'autres changements, prévus ceux-là, obligent les nouveaux arrivants à s'adapter tant bien que mal au projet en cours. Fidèle à son image, Tabarly n'impose rien, ne commande rien. Mais le nombre important d'équipiers contrairement à ses expériences précédentes rend très difficile la juste

1. *Voiles et voiliers,* n° 34, décembre 1973.
2. *Ibid.*
3. *L'Express,* 15 octobre 1973.
4. *Le Télégramme de Brest,* 12 décembre 1973.

application de sa méthode. Une fois de plus son recrutement s'est fait au petit bonheur la chance. De tous les matelots du bord, Olivier de Kersauson est le seul, à part lui, à avoir « fait » du gros bateau. Hors ces deux références, le reste de l'équipage relève davantage d'un inventaire à la Prévert que d'un groupe réellement soudé. A bord de *Pen Duick VI* se côtoient un maître auxiliaire de physique-chimie, le fils du fournisseur de toile de Victor Tonnerre, le neveu de Gérard Petipas, un prêtre ou un étudiant. Vice-champion olympique de Flying Dutchman, Marc Pajot avant de se jeter dans le grand bain avouait n'avoir jamais passé une nuit en mer ! Au fil des milles, l'ensemble s'est aguerri mais il n'est pas certain que le capitaine y ait trouvé autant de satisfactions et de plaisirs que la plupart de ses complices du moment.

Bernard Deguy est un libre caractère. Photographe de profession, il a roulé sa bosse sous toutes les latitudes. Plus tard, il travaillera pour le commandant Cousteau ou Jacques Perrin, producteur de films animaliers au long cours, des expériences qui ne font qu'ajouter à la crédibilité de son point de vue. Cette fameuse Whitbread de 1973, il l'a entamée à bord de *Kriter* avant de rejoindre *Pen Duick* : « C'était vraiment pas très organisé à bord. Mais, bon, chacun faisait sa part. Après le cap Horn on a pris un ris sur l'artimon : ça a duré trois quarts d'heure. L'équipage n'était vraiment pas dans le rythme. Pour certains c'était encore un peu l'école de voile de tout ce qu'il ne faut pas faire. Sur *Pen Duick II* ou *III,* il y avait sûrement fusion, mais là, Éric faisait avec les moyens du bord. Il était totalement dépassé par ce “magma” humain, sympa, mais approximatif. Moi qui avais été formé dès l'adolescence, j'étais abasourdi. En dehors de ses données techniques, *Pen Duick VI* était bien la preuve que cette première course autour du monde était bel et bien amateur ! » Également du voyage, Bernard Rubinstein ne veut retenir de l'expérience qu'un exceptionnel enrichissement personnel, mais il convient que le maître du bord ne débordait pas d'enthousiasme tous les jours : « Il faisait souvent la gueule et, après le démâtage, l'ambiance était parfois un peu étouffante... »

Tabarly est pressé de rentrer. Au final, il ne rallie pas Portmouth terme officiel de l'épreuve, mais coupe au plus court en direction de Brest. L'heure des comptes ne va pas tarder à sonner. La veille de la mise à l'eau de *Pen Duick VI, Le Figaro* avait osé cette remarque : « La Marine a accepté de construire le bateau dans l'arsenal de Brest. (...) L'opération a été rondement menée. Mais au moment du lancement, une difficulté surgit : à qui appartient le bateau [1] ? » Judicieuse question. Plus embarrassante encore au terme de l'exercice qu'à l'instant de sa mise en route. Dans cet écheveau juridico-financier, même un inspecteur de la Cour des comptes peinerait à retrouver ses petits. La facture du voilier immatriculé, entourloupe supplémentaire, à Papeete fait l'objet de débats infinis. Deux, trois, cinq millions de francs ? Interrogé à l'époque, Éric Tabarly avoue que le gain de main-d'œuvre a fait économiser 300 000 francs au budget global et convient que les échanges marchandise ont allégé la note de 800 000 francs. Mais ces quelques confidences ne permettent pas d'éclaircir vraiment la situation. *Le Nouvel Observateur* parle plutôt de « gouffre financier » et *Le Canard enchaîné* de « gabegie ». Au

1. *Le Figaro,* 19 juillet 1973.

moment de sa construction, quelques ouvriers frondeurs avaient jugé opportun de dessiner le profil du *Redoutable* — le premier sous-marin nucléaire français — sur la coque d'un voilier trouvé trop tributaire des largesses de l'État. Bien sûr les graffitis avaient été vite effacés. Mais il faudra beaucoup plus de temps pour lever les interrogations qui désormais lui collent à la coque...

17

LE DOUTE TOUJOURS

La course autour du monde devait s'achever en apothéose, elle s'est transformée pour l'heure et nombre de concurrents en chemin de croix. Envoyé à Sydney par un grand éditeur parisien, Paul Guimard ne s'embarrasse pas de politesse pour rendre compte de la chape de plomb qui pèse sur l'escale. Lui le fou de mer, groupie inconditionnel des navigateurs au long cours, rapporte l'ambiance morose, le moral en fuite et les impressions en deuil. Quelques jours plus tôt, en plein océan Indien, Dominique Guillet et Paul Waterhouse ont disparu dans le sillage de leurs bateaux respectifs *(33 Export* et *Tauranga)* et toutes les discussions sont encombrées de cette émotion-là. Sur son calepin, Guimard note cette pesante formule : « Chaque navire a embarqué un passager clandestin supplémentaire : la gravité [1]. » A ce point précis de l'épreuve, Éric Tabarly est logiquement affecté pour toutes les raisons que la flotte partage. Mais il a, en prime, à se plaindre d'un passager importun supplémentaire dont l'attitude le mine et l'exaspère : Alain

1. *L'Empire des mers,* Hachette Éditions n° 1, 1978.

Colas ! Commensal inqualifiable, imitateur insupportable, son ex-équipier s'est invité à la fête sans crier gare. Lui aussi souhaite arrondir le Horn, mais en marge de la course, en parallèle de la compétition, sur *Pen Duick IV*, depuis peu rebaptisé *Manureva*...

Aux yeux de Tabarly, l'initiative n'est pas seulement mal venue, elle est inconvenante. Dès avant le départ de Portsmouth, Colas avait lancé l'idée d'accompagner de bout en bout la première course autour du monde à la barre de son engin de vitesse. Pour la forme, il avait consulté les organisateurs, mais essuyé un net refus. Qu'à cela ne tienne, désormais adopté par une belle partie de l'opinion, il s'était mis en tête de poursuivre néanmoins son projet « en parallèle ». Profitant des projecteurs braqués sur la Whitbread nul doute que cette incroyable révolution planétaire sur un pareil engin (qui plus est en solitaire !) rencontrerait quelques attentions et considérations.

Une attitude de pirate que le maître (supposé) des océans rejette d'emblée : « C'est un combat à armes inégales. Nul n'a le droit de transgresser le règlement de la course autour du monde. Que veut prouver Alain ? Que son trimaran va plus vite ? C'est indiscutable. Quand j'étais propriétaire de *Pen Duick IV*, j'ai rallié les Canaries à la Martinique à 11 nœuds de moyenne. Seul à bord, il pourra utiliser le pilote (automatique) qui nous est interdit. Cherche-t-il la publicité, sur le dos d'une épreuve appelée à un grand retentissement [1] ? » Prononcée en prélude de la course, la condamnation de Tabarly ne laisse place à aucun compromis. Iconoclaste et obstiné, Colas insiste néanmoins : « Le tour du monde en trimaran sera ma face

1. *L'Express,* 18 mars 1973.

nord de l'Everest. Tout a été fait à la voile. Un multicoque — celui de Nigel Tetley — a bien franchi le Horn, mais il s'est désintégré ensuite dans l'Atlantique [1]. Je prends des risques terribles. (...) Cet exploit sera ma préparation pour la Transat 1976 que j'espère bien remporter une seconde fois. Enfin, j'engage aussi un combat à la loyale. Je ne comprends pas l'attitude d'Éric [2]. »

Il ne la comprend, en réalité, que trop bien. On l'a déjà noté : Alain Colas est intelligent, intuitif et ambitieux. Il a parfaitement analysé les besoins d'inattendu et d'extrême du public. Il a assimilé le fonctionnement des médias, appréhendé les événements susceptibles de les séduire. La « marge » en matière de navigation à voile et d'exploit océanique, loin des compétitions réglementées et organisées, se transforme souvent pour ceux qui l'empruntent en « boulevard ». C'est une constante. Inaugurée (sans calcul) par Bernard Moitessier, mais que de lointains héritiers comme Olivier de Kersauson ou Philippe Monnet (plus méthodiques) ont très bien assimilée. Éloignez-vous de la norme et on parlera de vous ; fondez-vous dans la masse et vous n'aurez de chance d'exister que si vous achevez votre exercice en première position. Le pari n'est pas le même et encore moins les risques courus. Au niveau de la compétition s'entend, car au plus bas des océans, dans les mers les plus inhospitalières du globe, isolés à la barre de machines infernales, Colas ou ses lointains héritiers ne sont bien sûr pas à l'abri d'un accident et leur courage n'en est que plus respectable. Certes, le

1. Lors du Golden Globe 1968-1969 et à bord de son catamaran *Victress.*

2. *Cap Horn pour un homme seul,* Flammarion, 1977.

frère ennemi a « cap-hornisé » son bateau, radiographié, contrôlé et rénové chacune de ses membrures, mais la part d'inconnu liée à ce voyage incertain demeure considérable. Teura, sa femme : « Il faut avouer que cette aventure était drôlement culottée. J'étais enceinte depuis peu de temps, mais Alain voulait absolument partir, personne ne l'aurait retenu et surtout pas les remarques de Tabarly qui, avouons-le, n'était pas le mieux placé pour donner des leçons de politesse. »

La leçon de Los Angeles-Honolulu 1969 est encore dans toutes les mémoires. Dans celle de Colas en particulier, simple équipier à bord de *Pen Duick IV*, qui n'a pas oublié la fierté alors affichée par son capitaine : « D'une certaine manière, je peux dire que c'est la belle vie (...) nous avons battu copieusement le superbe et redoutable *Windward Passage* (...) nous lui avons mis vingt heures dans la vue et battu le record de la traversée [1] ! » Le ton affiché par Tabarly est supérieur, presque hautain. Tout à son bonheur, il est à mille milles de penser que ce duel boiteux entre un multicoque et un monocoque dont il s'arroge le si délicieux bénéfice pourrait un jour se renouveler dans d'autres eaux et, pire, se répéter à son désavantage...

Le contexte, certes, a changé. Préoccupé d'épater la galerie, Tabarly, en 1969, cherchait d'abord à faire la promotion de son bateau pour éventuellement le vendre. Quatre ans plus tard, les intentions de Colas sont tout autres. Ce que veut le jusqu'au-boutiste, victorieux entre-temps de la Transat, c'est frapper un deuxième coup de cymbale significatif, marquer l'histoire de la navigation et évacuer le fantôme du « prof »

1. *Un tour du monde pour une victoire,* Arthaud, 1972.

Tabarly de ses rêves de grandeur. La première partie de son programme lui donne raison. Parti de Saint-Malo le 8 septembre — le même jour et à la même heure que l'armada de la Whitbread échappée de Portsmouth ! — il atteint Sydney sans escales le 27 novembre, soit trente-deux jours de mieux que le précédent record établi par Francis Chichester en 1966. Les partenaires du solitaire — RTL, Ricard, *Tintin* — se réjouissent de ce premier résultat au moment précis où ceux de *Pen Duick VI*, plombé par le démâtage que l'on sait, sont saisis par le doute. Même si elles empruntent la même route, les trajectoires des deux projets concurrents ne peuvent être plus opposées et le destin de leurs capitaines respectifs plus contradictoire !

Dans son livre de bord, à la date de l'accident de *Pen Duick VI*, Colas note : « Je sens ce (malheur) comme une avarie personnelle [1]. » On aimerait le croire. A Sydney, quelques semaines plus tard alors qu'il s'apprête à croiser sur le quai son ancien patron il n'accorde, toujours dans son journal, pas le moindre mot ni la plus petite allusion au bateau blessé et à son capitaine déçu. Le 29 décembre, à une heure d'intervalle, les uns et les autres reprennent la mer. Les concurrents du tour du monde pour rallier Rio de Janeiro, terme de la prochaine étape, Colas pour rejoindre directement la France. A la date du second démâtage de *Pen Duick VI,* le franc-tireur souligne encore : « Ce n'est plus de la malchance, c'est de la malédiction [2] ! » Une petite phrase pour faire comme si... Déjà le sprinter ne pense plus qu'à achever sa cir-

1. *Cap Horn pour un homme seul,* Flammarion, 1977.
2. *Ibid.*

cumnavigation qu'il boucle en fanfare. Cinquante-sept jours de mieux que Chichester, dernier solitaire à avoir effectué une circumnavigation entière en solitaire ! Saint-Malo qui accueille le héros est en fête. Yvon Bourges, député-maire, accourt ; Gaston Defferre, venu tout exprès de Marseille, est là également ; et Pierre Messmer, Premier ministre, qui s'empresse d'accrocher au veston du nouveau héros l'inévitable Légion d'honneur...

Le monde de la voile s'émeut et s'interroge : et si Colas était le plus grand de tous ? En l'espace de trois petites années seulement, il a gagné un degré de notoriété comparable à celui qu'Éric Tabarly a mis quinze années à atteindre. Alain Gliksman : « C'est à ce moment-là que la scission s'est vraiment faite, que les deux clans se sont constitués. Éric et Alain ne se parlaient déjà plus. A Sydney, pas un mot, rien. Après, les choses n'ont fait qu'empirer... » Colas parle de son exploit comme d'un « bâton de maréchal » et de ses « nouveaux » espoirs de victoire dans la Transat à venir, ce que « personne, dans l'histoire, n'est jamais parvenu à faire ». Pendant ce temps, Tabarly compte les sous et les équipiers qui lui font pareillement défaut. Les moyens de renflouer les caisses et le moral des troupes ne sont pas légion. Les courses prévues durant les mois à venir ne sont guère engageantes, pas très « médiatiques » non plus.

C'est précisément à ce moment qu'Éric Loizeau, né de parents bretons et admirateur de la première heure — il avait quatorze ans à l'époque de la Transat de 1964 —, monte à bord de *Pen Duick VI*, toujours au titre de l'inégalable « service militaire exceptionnel ». Ses premières impressions sont plus que mitigées : « Ça le plus beau bateau du monde ? Tout était usé : les voiles, les bouts. C'était à la limite du tolérable. On bouffait les vieilles boîtes du Tour du monde. Mais en définitive le seul qui ne se plaignait jamais c'était Éric. A l'époque, il n'était pas très facile de deviner le degré de ses “emmerdements” financiers. On voyait bien qu'il avait toujours Petipas sur le dos, mais on n'en savait pas plus. » Toujours cette capacité de la part du marin imperturbable à se coucher méthodiquement dans le lit de ses certitudes, sans donner l'impression de concéder ni de déroger. Le bateau tousse ? L'équipage rechigne ? L'intendance fait défaut ? Plutôt que de s'apitoyer, Tabarly suggère ce qu'à ses yeux tout capitaine responsable devrait proposer : une séance de rattrapage, une compétition supplémentaire, la Course des Bermudes puisque c'est elle qui, la première, se présente devant l'étrave de son *Pen Duick* en quête de rachat.

Ce qui importe c'est de préserver la cohésion du groupe, de maintenir à flot le projet entrepris. Dans les semaines qui suivent, Éric ne parlera pas ou si peu. Le convoyage jusqu'aux États-Unis est musclé, la régate décevante, mais sur la route du retour entre les Bermudes et Plymouth, *Pen Duick VI* s'échappe et remporte sa première victoire, un an jour pour jour après sa mise à l'eau. Olivier de Kersauson : « Ce n'était pas la course du siècle, mais Éric était vraiment heureux. Après toutes les galères du Tour du monde, il coupait enfin une ligne en tête. Moi, j'étais surtout fatigué. C'était comme une histoire qui se terminait. Je pouvais débarquer. Pas dans l'idée de reprendre ma liberté, mais parce que la boucle était bouclée. Arrivaient à bord des tas de jeunes plus ou moins formés, plus ou moins passionnés. Je ne me sentais plus très bien en leur compagnie et m'engueulais avec Éric à cause de cela. Je ne comprenais pas qu'il accepte une pareille situation. Mais lui s'adaptait et composait sans se plaindre. Jamais. »

A Dinard, à l'occasion d'un énième carénage, l'équipage, capitaine compris, s'échine sur l'interminable coque noire. Enfin, presque tout l'équipage : Kersauson boude l'exercice. Tabarly s'en offusque. Le ton monte. Si ce n'est pas un divorce, cela y ressemble. Déjà à Newport, au départ de la Course des Bermudes, les matelots secondaires avaient noté entre les deux hommes quelques silences pesants et réciproques. Deux ou trois coups de gueule aussi poussés par l'inamovible compagnon. Comme s'il ne faisait plus « corps » avec son aîné, comme s'il s'était mis en tête de faire son deuil d'une si fructueuse obéissance, comme s'il aspirait à mettre un terme à huit ans de soumission heureuse. Contrairement aux habitudes contractées jusque-là Kersauson jouait volontiers « l'ancien », dormait à l'hôtel, charriait la bleusaille. Entre les deux indéfectibles, rien, c'est certain, ne serait plus jamais comme avant.

Pendant tout l'été, sur les plages de France, le grand ketch et sa quille d'uranium tentent de regagner l'estime de l'opinion en distribuant des tee-shirts estampillés et des posters dédicacés. En bradant aussi une timide ligne de vêtements orange et noir aux couleurs des fameux spinnakers consommés avec tant d'appétit tout au long de la Whitbread. A peine le bateau amarré, les matelots dévoués dressent sur le quai une table de camping et proposent des billets pour la conférence du soir. Malgré la caution d'un public nombreux et souvent enthousiaste, la tournée de promotion ne satisfait personne. Heureux d'avoir vécu une « expérience formidable » au préalable, Bernard

Rubinstein se plie au rituel sans ciller : « Il faut l'avouer : ce n'était pas très glorieux, mais c'était le seul moyen pour Éric d'arrondir ses fins de mois. Il n'avait pas le choix : la Whitbread aurait dû lui permettre de rafler la mise, elle l'a contraint en fait à colmater les brèches... »

Difficile de « vendre » un projet « vaincu ». Toutes les initiatives prises en amont au nom de ce que l'on n'osait pas encore appeler un « plan média » (même si cela y ressemblait beaucoup) sont en rade. Les deux films réalisés à l'aube du projet passent inaperçus. *La Mer cette aventure,* de Pierre Bachelet, cadreur improvisé et futur chanteur à succès, ne fait qu'une très brève apparition sur le petit écran. Celui d'Yves Ciampi, réalisateur confirmé du prémonitoire (?) *Typhon sur Nagasaki,* n'est pas exploité en salle comme il aurait dû l'être. Les ventes du disque produit par Pathé « Éric Tabarly présente les chansons de mer » sont confidentielles. Seul en définitive le rendement inespéré des Éditions du Pen Duick permet de souffler un minimum.

L'idée (de Michel Le Berre) remonte, là aussi, aux semaines précédant le départ de la Whitbread. Elle entendait profiter de la notoriété du marin le plus respecté de France mais prévoyait aussi de se débarrasser de tout intermédiaire parasite. Jacques Arthaud qui, après le succès de *Victoire en solitaire,* avait négligé de faire signer à son auteur un contrat d'exclusivité ne peut s'opposer. Au contraire : il s'investit à hauteur de 10 % dans cette nouvelle société dont la direction est confiée à Michèle Lemaître, épouse de Gérard Petipas. Comme pour les films, comme pour le disque, la commercialisation du livre — récit circonstancié d'une navigation avortée — aurait dû tourner court. Miracle :

Pen Duick VI, important volume de 260 pages et six cahiers de photos, marche ! « Mieux que celui d'Alain Colas — *Cap Horn pour un homme seul* — publié, rapporte Arthaud, quasiment simultanément. »

Il faut dire que, là encore, Tabarly y met du sien. Dans ses *Mémoires* il fait scrupuleusement ses comptes : « Chaque bouquin nous rapportera 25 francs ; multiplié par 35 000, ça représente 875 000 francs, ce qui couvrira presque nos dettes [1]. » Sur le terrain, il se dévoue comme un parfait soldat. La tournée des comités d'entreprise tourne au marathon. Plus de cent, entre octobre et décembre, à Saint-Étienne, Rennes, Bordeaux, autant de villes qu'il rallie systématiquement au volant d'une 4L fourgonnette bourrée de livres jusqu'à la garde. Loïck Fougeron se souvient d'une séance de signature commune au siège de l'UAP — le nouvel assureur d'Éric — tout à fait dans le ton de ces temps de vaches maigres : « C'était dingue, il n'arrêtait pas ! Imperturbable et silencieux. A tour de bras, il signait et signait encore. Un moment une dame lui glisse : “S'il vous plaît monsieur, mettez-moi un petit mot spécial, vous écrivez toujours la même chose...” Éric la regarde et lui répond d'un ton un peu sec : “Si vous voulez autre chose, allez voir Fougeron. Moi je n'ai pas d'imagination...” »

Mais de l'énergie à revendre. Le Berre : « C'était assez incroyable de voir le marin le plus célèbre de France jouer les VRP alors que partout ailleurs des skippers beaucoup moins connus que lui commençaient à négocier des contrats parfois mirobolants. Les annonceurs étaient de plus en plus intéressés et il y avait pas mal de projets dans l'air. Le problème c'est

1. *Mémoires du large,* Éditions de Fallois, 1997.

qu'Éric relevait d'un échec, qu'il appartenait à la Marine et qu'il refusait, peut-être, de prendre vraiment en compte l'évolution du milieu. Je crois que Gérard Petipas a repris contact avec le baron Bich à ce moment-là, mais que cela n'a une fois de plus pas abouti. »

Même s'il est encore tributaire de la même galère, Olivier de Kersauson a, d'ores et déjà, emprunté un autre sillage. La situation économique n'est pas encore au beau fixe, les effets du choc pétrolier sont toujours perceptibles, mais il a remarqué qu'existent, ici et là, quelques francs-tireurs pressés de se jeter à l'eau. Michel Etevenon par exemple, frère de Micheline Dax et ancien compagnon de route de Bruno Coquatrix à l'Olympia, qui découvre les choses de la voile par hasard, mais dont l'expérience dans le monde du spectacle le persuade de l'avenir doré de ses héros. Dans son bureau de la rue de la Paix, il reçoit, patelin et attentionné, le ban et l'arrière-ban des futurs aventuriers océaniques. Kersauson est un habitué qui bientôt se lie. Pour le « vicomte, l'âme damnée de Tabarly, (...) le Saint Suaire [1] », tel qu'il l'a surnommé, Etevenon trouve un budget en or : les vins du Patriarche, qui lancent sur le marché le fameux Kriter, leur label « champagnisé ». L'objectif? La course des « Clippers », nouvellement créée et programmée fin 1975 sur le parcours Londres-Sydney aller et retour. Le skipper et le commanditaire n'ont pas à forcer leurs connivences pour faire la paire. Mais *quid* du bateau susceptible de les servir l'un et l'autre?

Les tensions et mauvaises humeurs enregistrées entre Tabarly et Kersauson, à l'issue de la Course des

1. *La Saga des Kriter,* Albin Michel, 1992.

Bermudes, n'étaient pas étrangères au projet poursuivi. Comme Alain Colas, six ans plus tôt et dans un contexte comparable — échec dans la Transat 1968 là, faillite dans la Whitbread 1973-1974 ici ; difficultés économiques induites similaires dans les deux cas —, Olivier suggère à son capitaine qu'il lui loue son bateau ! La discussion prend un tour embarrassé avant de tourner court. En l'espace de quelques questions et arguments, la belle entente vole en éclats. Pierre English : « Il y avait une énorme complicité entre Olivier et Éric, mais on a peut-être un peu exagéré leurs rapports de n° 1 à n° 2. Objectivement, cela ne voulait pas dire grand-chose. Olivier n° 2 c'était un peu une invention des journaux, ou alors une question de gratitude et de reconnaissance. Mais cela n'allait pas au-delà. » Éric Loizeau : « Éric respectait bien sûr Olivier, mais je ne sais pas s'il lui faisait vraiment confiance. La seule personne à qui il ait toujours et aveuglément fait confiance c'est Gérard, pas Olivier. »

Ce qui trouble Kersauson, ce n'est pas tant que Gérard Petipas ne soit guère favorable à son entreprise, c'est qu'Éric-le-droit soit revenu sur sa parole. L'admirateur transi rechigne à évoquer ce « très » mauvais souvenir qu'il n'évoque que du bout des lèvres : « Nous avions évoqué l'après-Whitbread à l'une ou l'autre occasion. Concernant une location de *Pen Duick VI*, Éric avait donné son accord de principe. C'est ça qui m'a mis en boule ! Le fait qu'il ait reculé, alors qu'il n'arrêtait pas de nous seriner "une parole, c'est une parole". En plus il s'est ravisé pour de vains prétextes : soi-disant parce que je n'avais pas de connexion avec la Marine, alors que j'avais déjà entrepris Yvon Bourges *via* sa fille ou parce que je n'avais pas d'équipage, alors que plein de gars m'avaient déjà donné leur accord. Petit à petit, j'ai évacué cette déception, puis j'ai écrit quelques lignes là-dessus. Si c'était à refaire peut-être que je m'abstiendrais... »

Sur le coup, la blessure est profonde et demeurera ouverte pendant de nombreux mois. Kersauson partira bien pour les antipodes mais à la barre d'un voilier anglais. Pour ajouter à l'ambiance, il sera vaincu et malchanceux. Son équipage se plaindra de son commandement autocrate, la mutinerie menacera et les rancœurs s'accumuleront. Mais, en échange, le monde de la voile gagnera aussi une épopée grandiose, un récit de pirates sans équivalent et un héros libre de ses envies qui s'installera pour de bon sur le devant de la scène du grand théâtre de la voile de compétition. Dans un contexte, précisément, où Tabarly peine justement à décrocher un nouveau premier rôle.

Le recensement des *Pen Duick* tourne à la complainte, voire à la farce. Le *I*? En rade du côté de chez Costantini. Le *II*? En train de pourrir à Saint-Pierre-de-Quiberon. Le *III*? Loué à Marc Linski et transformé en école de voile. Le *IV*? Débaptisé et aux ordres d'Alain Colas. Le *V*? Vendu à un particulier qui ne le fait pas naviguer. Le *VI*? Victime de deux démâtages de plus ! Le premier lors d'un convoyage au large de Glénan, le second en rade de Brest à la faveur d'une crise de rire généralisée, le fournisseur du nouvel espar prétendu incassable étant un spécialiste des blindages de coffres-forts ! « Si ma trouvaille vacille, avait-il promis, Tabarly bénéficiera gracieusement d'un nouveau mât de son choix. » Bien sûr, dès la première sortie et le premier coup de barre, le totem rejoint ses prédécesseurs [1]... Éric est las. Passant par-dessus bord tous ses

1. Confidence rapportée par Bernard Rubinstein et Myriam Marello à l'auteur.

scrupules d'esthète et de compétiteur, il commande en Angleterre une solution définitive : elle pèse près d'une tonne et est directement implantée sur la quille avec la délicatesse d'un menhir posé sur la grève. Trente ans plus tard, ledit mât ne brille pas par son invention, mais il est toujours en place...

La litanie est désolante, capable d'abattre un chêne ou ce qui y ressemble. Toutes les informations le confirment néanmoins : le bateleur habitué aux tournées de province, le capitaine obligé de faire son deuil d'une nouvelle tournée américaine, le meneur d'hommes abandonné par le gros de sa troupe, l'homme d'affaires perclus de dettes, refuse de baisser les bras. Il ne songe même qu'à une seule chose : remettre le couvert. Malgré les handicaps et les contrariétés, la Transat 1976 est devenue, pour Tabarly, une échéance prioritaire. Il a abandonné dans les premières heures de celle de 1968 et fait l'impasse sur celle de 1972. Son avenir sur l'eau — le seul qu'il ait jamais envisagé — ne saurait se satisfaire d'un troisième échec consécutif. Pratique, il a assimilé les enseignements de la précédente édition. Et admis que les multicoques avaient définitivement pris le pas sur les monocoques. Visionnaire, il a analysé les impératifs réclamés par la suivante. Et imaginé un voilier encore plus léger, capable — accrochez-vous au bastingage ! — de voler au-dessus de l'eau plutôt que d'encaisser vague après vague...

De la folie ? Non, de la prospective logique. Les « foils », puisque ce sont d'eux qu'il est question, sont une éventualité réaliste. Des appendices placés sous chacun des flotteurs capables, à grande vitesse, de servir de trait d'union porteur entre la mer et le bateau, momentanément débarrassé de ses contraintes de frottement. Au mitan des années 70, Tabarly n'est pas le seul à oser s'aventurer sur ce chemin prometteur : plusieurs ingénieurs s'y promènent déjà, même si tous se heurtent à un ennemi — c'est le cas de le dire — de poids : la masse, précisément, de l'engin envisagé, directement tributaire des matériaux alors proposés sur le marché.

A Seclin, dans la banlieue de Lille, une filiale de Dassault qui manipule des alliages extrêmement légers destinés à l'aéronautique a été saisie par un client suisse désireux d'appliquer ses dernières avancées au monde du nautisme. Une étude est en cours. Qui, selon toute vraisemblance, devrait intéresser M. Tabarly. En janvier 1975, pendant le Salon nautique, Éric est invité à passer une journée au siège de l'entreprise. Responsable du bureau de calcul des structures qui en pince pour la voile, Alain de Bergh est chargé de l'accueillir. Les deux hommes ne se connaissent pas, se loupent à la gare, se retrouvent et échangent un minimum. Il est question de tôles d'aluminium de 2 millimètres — deux fois moins épaisses, note Tabarly, que celles utilisées pour *Pen Duick VI* — mais on en reste là. Et ce n'est qu'au cours du voyage de retour, que Bergh partage avec Tabarly, que les arguments se croisent enfin. Au terme de l'entrevue, Tabarly consent une dédicace sur l'exemplaire de *De Pen Duick en Pen Duick* de l'ingénieur : « En espérant avoir à étudier un bateau ensemble. » Et le processus s'enclenche enfin.

Bergh : « Éric m'a rappelé une quinzaine de jours plus tard et m'a simplement dit : “J'aimerais vous présenter mon idée de trimaran.” Il est arrivé un soir à la maison, les mains dans les poches, sans dessins, sans rien. Et devant une boîte de sardines on a parlé d'un engin à l'œil de 18 mètres sur 8 mètres. J'ai été vraiment surpris par son degré d'"improvisation". J'imaginais autour de lui un cabinet d'architectes, un bureau d'études, mais il était seul, tout seul. » La conversation sur le Formica de la table de cuisine fait son chemin. Habitués aux voilures d'avion extrêmement larges, les spécialistes de Dassault s'étonnent, dans un premier temps, que Tabarly ait prévu des foils si « étroits », mais les recherches se poursuivent néanmoins. En catimini, après les heures régulières de boulot, dans les locaux du comité d'entreprise, entre copains, avec Pierre Perrier, responsable du secteur « aérodynamie théorique », en particulier. Ensemble on tâtonne, on se contredit. Quitte à avaler au volant de sa DS un aller-retour Brest-Versailles dans les vingt-quatre heures, Tabarly se libère dès qu'il le peut. En novembre 1975, *Les Cahiers du yachting* lèvent un coin du voile et révèlent à la une : « Le nouveau pari de Tabarly : *Pen Duick VII.* » Le dessin est maladroit, mais les intentions clairement affichées : l'engin vole bel et bien au-dessus de l'eau !

Bergh se souvient : « Tabarly n'était pas un technicien. Il lançait une idée et laissait faire les gens qu'il estimait compétents. Il accompagnait les choses, plus qu'il ne les provoquait. Mais sa présence faisait qu'elles avançaient. » Plus ou moins rapidement. Plus ou moins efficacement. Une fois encore, l'examen du calendrier et des échéances renverse : sept mois séparent ces cogitations estudiantines du départ de la prochaine Transat ! C'est d'autant plus surprenant que l'intéressé n'est même pas tout entier concentré sur son sujet. Il annonce un bateau révolutionnaire, une nouvelle manière de naviguer, un changement de cap radical dans les habitudes ; il incite quelques têtes chercheuses à se pencher sur l'équation, cautionne la construction, par le professeur Jean Garnaud de l'université de La Rochelle, d'une maquette et choisit, dans le même temps, de se disperser un peu plus...

Retour sur l'agenda de cet automne 1975. Tabarly cogite. Tabarly signe des livres. Tabarly aligne des régates sans importance. Tabarly parraine, on y reviendra, un croiseur léger intitulé Pen Duick 600. Et, comme si cette agitation n'était qu'accessoire, Tabarly, le 25 octobre pour être précis, lance *Pen Duick VI* dans le Triangle atlantique, nouvelle épreuve — une de plus — organisée entre Saint-Malo, Le Cap, Rio de Janeiro et Portsmouth ! Preuve de sa constance, de son énergie, de sa passion, sans doute, même si cela prend aussi les allures d'une indéniable fuite en avant... On l'a souvent dit, ses équipiers le répètent plus fréquemment encore : Tabarly n'est pas un modèle d'organisation. Les queues d'histoire, les conclusions obligatoires, les bilans programmés l'intéressent bien moins que les préludes ou les préliminaires. C'est l'idée plus que sa conclusion qui lui importe. Et quelle meilleure échappée peut-il imaginer qu'une navigation au long cours ? En mer, Tabarly oublie tout. A une époque où les communications satellitaires en étaient à leurs balbutiements, les téléphones portables une science-fiction pure, quel repos ! Quelle liberté ! « Voyez avec Gérard... » ; « Gérard, vous dira... » ; « Je ne sais pas, demandez à Gérard... » : aux limites de l'irresponsabilité et de l'indifférence, Tabarly « tape » à suivre en direction de son plus que jamais bras droit et vaque à ce qu'il sait être l'essentiel : naviguer.

Alain Colas remuant ciel et terre pour accoucher d'un voilier performant en vue de la Transat 1976 — le futur et gigantesque *Club Méditerranée* long de 72 mètres —, Kersauson aboutissant sa propre aventure du côté de Sydney — à la barre de son *Kriter* —, leur ex-mentor réduit ses envies du moment à cet incertain Triangle où, bien évidemment, il espère ne pas se perdre, mais grâce à qui, au contraire, il escompte refaire surface. L'accroche de *Paris Match* est explicite : « Pour les initiés et les spécialistes, Tabarly dispute sa dernière chance de redorer un prestige malmené depuis deux ans. » Qui suppose que le temps est compté et que le milieu s'impatiente. Patrick, son frère, compatissant, mais aussi lucide : « Je pense qu'au plus profond de lui Éric n'était pas à proprement parler ébranlé. De toute façon, il s'est toujours contenté de très peu pour vivre. Mais ce qui devenait difficile, c'était de trouver des équipiers à la hauteur. Moi-même j'étais marié et pris par mon boulot. C'était vraiment devenu un recrutement au petit bonheur la chance... »

Tous les participants au Triangle le confirment : sans doute *Pen Duick VI* accueillera plus tard (dans les années 80) telle ou telle bordée encore moins crédible, mais jamais jusqu'à ce jour Tabarly n'avait accepté de réduire à ce point son degré d'exigences. Loizeau : « Il y avait vraiment tout et n'importe quoi sur ce bateau. L'ambiance, l'enthousiasme n'étaient pas en cause, je crois même que la majorité de ces équipiers a gardé un très bon souvenir de cette navigation, mais franchement ce n'était pas très folichon... » Avant de monter à bord, Jean-François Lemoine, étudiant en médecine, amateur de rock and roll, originaire de Chinon, n'a jamais « fait » de gros bateau, « ... ni d'ailleurs de petit... » tient-il à préciser ! Éric Bourhis a certes déjà traversé l'Atlantique sur *Pen Duick VI*, mais parce que sa grand-mère s'est fendue d'un passage payant en guise de cadeau de Noël ! Inscrit à Sciences-po, copain de Patrick, Daniel Poisson ne doit sa place qu'à un désistement de dernière seconde ! Marc Pinta est un peu plus aguerri, mais sa maîtrise de gestion ne correspond pas forcément avec les habitudes du bord ! Année de la femme oblige (?), Tabarly a même engagé Myriam Marello, beau et fort tempérament de La Trinité, « mais d'abord pour faire la cuisine » a précisé le capitaine !

Une joyeuse bande de Pieds Nickelés en vérité qui, mélange d'incompétence et de joie de vivre, d'inaptitude et d'engouement, offre, malgré tout, à Tabarly l'essentiel : l'opportunité de rompre une fois de plus les amarres. Les voiles sont fatiguées ? L'équipage médiocre ? Qu'importe puisque peut tomber en fin de journée l'antienne — « Ah, aujourd'hui on a fait du “bon” bateau ! » —, seule priorité qui le préoccupe vraiment. Jamais avant cette course et cette expérience — que *Pen Duick VI*, pour une fois, fera tourner à son avantage —, Tabarly ne s'était à ce point réfugié dans sa bulle et ses plaisirs personnels. Il partage bien sûr dans le carré quelques conversations de fin de soirée. S'emporte à propos de l'opportunité d'apprécier ou non Napoléon, les chiens ou la peine de mort. Mais il comprend aussi qu'à quarante-quatre ans passés ses vérités entrent de moins en moins en résonance avec celles de cette jeunesse brouillonne qui le fait rire, certes, mais qui l'exaspère aussi beaucoup.

Marello : « Nous étions là comme si nous étions partis faire la “route” aux États-Unis. Cette course c'était un peu nos “universités” à nous. Un moyen de grandir, de s'affirmer. Pour beaucoup, le bateau était un prétexte. Nous étions tous là parce que nous admirions Éric. Nous avions lu son bouquin, applaudi ses exploits. Mais plus que l'exemple ou l'échange, ce que nous avons apprécié c'est qu'il nous ait, sans rien dire, sans rien faire, révélé à nous-mêmes. C'était une chance unique, même s'il faut bien l'avouer, nous étions tout de même assez loin de la Transat, des courses et des performances... » Des bords au cordeau, des voiles déchirées, des moyennes échevelées : *Pen Duick VI* en a accumulé au cours des cinq mois que s'éternisa cette boucle atlantique, mais lorsque l'on interroge les différents membres de cet équipage, ce ne sont pas ces réalités qui ressortent en priorité. C'est un équipier qui, tous les matins, serre la main du capitaine ; c'est un livre (*La mer est ronde* de Jean-François Deniau) qui passe de couchette en couchette et qui, pour ne pas qu'il s'abîme davantage, est recouvert d'un morceau de tissu découpé à même un spinnaker ; c'est Tabarly qui, au bord de la syncope, ne découvre la « fenêtre » incongrue qu'une fois la voile ballon hissée en haut du mât ; c'est le boute-en-train de service qui improvise au jour le jour un SAS version maritime où André Viant — qu'Éric n'appréciait qu'à demi — jouait le rôle de l'agent du KGB ; c'est un malade qui pour lever une constipation persistante récite toutes les stations du métro parisien ; ce sont beaucoup de rigolades, de sautes d'humeur, quelques joints qui circulent et même quelques engueulades, mais rien, en définitive, qui replace vraiment le marin Majuscule au plus haut de son ambition.

La course se traîne, l'opposition est modeste, l'intendance, on s'en doute, toujours aussi chiche. Au Cap, le dernier bateau classé arrive vingt jours après *Pen Duick,* l'escale dure elle-même cinq longues semaines. Pour joindre les deux bouts, une partie de l'équipage choisit de travailler, qui dans un chantier, qui dans une fabrique de flippers. En échange d'une ou deux faveurs, Tabarly sacrifie à autant d'obligations, rencontre les inévitables consuls, attachés culturels et le professeur Christian Barnard en prime, auteur alors mondialement célèbre de la première greffe cardiaque de l'histoire. Plus que la visite de son hôpital, c'est sa jeune épouse, qui, foi d'équipier, semble surtout intéresser Tabarly. Mais qu'importe, sa tête est de toute façon ailleurs. A Paris principalement qu'il rejoint en avion le temps d'un aller-retour éclair d'une toute petite semaine.

Son projet de bateau à foil a repris le dessus. Mais y croit-il vraiment encore ? Nous sommes en décembre 1976, six mois seulement avant le départ de la Transat. Même pour un bateau classique, cette maigre promesse est irréaliste. Quelques jours avant d'arriver en Afrique du Sud, un équipier a jugé de bon goût de fabriquer une maquette à base de bouts de bois et de bouteilles en plastique. Un trimaran mignature baptisé *Biquette.* Le gag était ni plus ni moins drôle que la kyrielle de bons mots égrenés jusque-là, mais Tabarly n'a pas ri, marmonnant une remarque encore plus incompréhensible que d'habitude.

En France, les nouvelles ne sont pas très rassurantes. Gérard Petipas donne le change, mais de toute évidence il a, lui-même, d'autres priorités en tête. De retour au Cap, Éric part essayer une nouvelle voile. Invité à bord, Giorgio Falk, son adversaire italien, ose une remarque : « Ce bateau marche à 9 nœuds en équipage, je suis sûr qu'il peut marcher à 6 nœuds en solitaire, ce qui serait largement suffisant pour remporter la Transat [1]... »

1. Confidence rapportée par Éric Loizeau à l'auteur.

L'idée fait son chemin. Lentement. Méthodiquement. Entre Le Cap et Rio de Janeiro, Tabarly est plus actif que jamais. « Toujours sur le pont, toujours aux aguets, toujours prêt à participer à la manœuvre. Il nous demandait de nous démener. Il donnait l'impression de vouloir connaître le véritable potentiel de son bateau, de le pousser à bout », se souvient Jean-François Lemoine. A l'escale, il ne prête que moyennement attention à Claire Le Pogam dont il s'est amouraché quelques mois plus tôt. La belle et jeune employée des Chandelles — la boîte de nuit qu'Alain Barrière possède à Carnac — a bien sûr fait le voyage tout exprès, mais Éric a d'autres priorités en tête. Il commande à son équipage un saut de puce en direction de Buzios, sorte de Saint-Tropez brésilien, situé quelques dizaines de kilomètres à l'est de Rio, et invite tout le monde à patienter là pendant quelques jours. Loizeau : « Nous nous sommes installés sur la plage avec nos sacs de couchage et lui est parti seul avec *Pen Duick* direction le cap Frio, plein est, pour 500 milles ! »

Au retour, Tabarly est convaincu. Il accompagne Marc Pinta à l'aéroport, porte son sac et l'aide à remplir les formalités d'usage. Quelques jours plus tôt, en mer, le jeune équipier a appris la mort de son père, décédé dans un accident de la route. La radio marchait mal et l'information datait de dix jours. C'est Éric qui le lui a annoncé, plutôt abruptement, plutôt maladroitement. Aujourd'hui, ils sont là tous les deux : le fils inconsolable en partance pour Paris et le grand marin qui revient de sa balade solitaire. Avant que l'un et l'autre ne se séparent, Éric ose néanmoins une marque de confiance qui, aujourd'hui encore, arrache à son interlocuteur quelques larmes dès qu'il l'évoque, une confidence lourde de sens et de conséquence : « Tu diras à Gérard (Petipas) qu'il m'inscrive au départ de la Transat 76. Je la ferai avec *Pen Duick VI* ! »

18

LES TRAVAUX D'HERCULE

S'il est un événement du destin d'Éric Tabarly que la postérité garde en mémoire, c'est la Transat 1976. Mieux qu'une épopée : une conquête chahutée à l'extrême, peuplée de fantassins et de traîtres, de rebondissements et d'exploits uniques dans les annales de la voile. Tous les témoins s'attardent sur l'engouement qui conduisit six cents candidats au voyage à déposer un dossier de candidature ; sur les débats byzantins qui opposèrent, jusqu'à l'excommunication, l'Église des monocoques à celle des multicoques ; sur les règlements, leurs interprétations et leurs modifications incessantes ; sur l'océan furieux gouverné par le diable en personne qui blessa une bonne moitié de la flotte ; sur le climat malsain qui enveloppa Newport durant les derniers jours de l'aventure (et pas seulement d'un point de vue météorologique !) ; sur les pépiements et les silences, les forfanteries et les indifférences. Mais ils insistent surtout sur ces yeux caves et cette barbe fatiguée surgis de nulle part, ce lutin improbable, humble et raisonnable, ce frère d'aventure d'Henri Guillaumet tout juste revenu des Andes...

D'emblée la Transat 1976 s'annonce hors normes. Jamais course hauturière n'a réuni autant de participants — cent vingt-cinq —, jamais liste d'engagés ne parviendra, par la suite, à approcher pareil embouteillage. Une forêt de mâts enrubannés ! Une marée de coques multicolores ! Ils n'étaient que cinquante-cinq au départ quatre ans plus tôt et quinze, rappelez-vous, lors de la première victoire d'Éric Tabarly en 1964... Mais plus encore que cette accumulation et cette cacophonie, c'est la taille de certaines unités, leur tonnage éléphantesque, leurs gréements babyloniens et leurs folies technologiques qui étonnent et suffoquent. Cette course aux armements est-elle justifiée ?

Les patrons du Royal Western se posent la question. Sur les quais de Plymouth règne une ambiance de fête foraine, un brouhaha de foire commerciale. Eux qui avaient préconisé noir sur blanc un minimum de « bon goût » de la part des commanditaires constatent, navrés, que ceux-ci dressent des tentes, distribuent des tee-shirts, lancent des slogans. Le mariage entre la voile spectacle et le monde des affaires — matérialisé par un ruban de dentelle que les armateurs de *Pronuptia* ont tiré entre leur bateau et la capitainerie — est bel et bien consommé. Et plus encore cette inéluctable inclination pour le superlatif et la surenchère : 27 mètres de mât pour *Kriter* III ; 40 mètres de coque pour *ITT Océanic* ; 260 tonnes de déplacement pour *Club Méditerranée* ! Du carré de son modeste *Unibras,* Valentine Howells, seul rescapé de la toute première édition de 1960, s'étonne : « Je croyais que la Transat était une course entre hommes, elle est devenue une course entre banques [1]... »

Discours ranci et combat d'arrière-garde : le public n'a d'yeux que pour la modernité et ses plus fiers

1. *Atlantic Venture,* Ward Lock & Co Ldt., 1968.

représentants. Pour Alain Colas par exemple qu'il avait laissé au terme de son tour du monde solitaire en compagnie de promesses forcément mirobolantes. C'est sur un trimaran (*Pen Duick IV*) qu'il a remporté la Transat 1972, mais c'est sur un monocoque qu'il entend dominer la présente édition. Ce premier chassé-croisé ne va pas sans soulever quelques interrogations. Tous les spécialistes en conviennent : le temps d'un raid atlantique une machine à deux ou trois coques est forcément plus rapide qu'un vaisseau classique. A moins, rétorque Colas, que ledit monocoque ne soit vraiment très long, plus démesuré que tout ce qui a été envisagé jusque-là.

Dans les premiers jours de 1975, sur le Vieux-Port de Marseille, le marin turbo déguste quelques fruits de mer avec Michel Bigoin. Le dialogue qu'il engage avec l'architecte musclé est digne de Pagnol. Colas est péremptoire, flatteur et convaincu. Auteur frustré de *Pen Duick V* et éconduit de *Pen Duick VI*, encore sous le coup de cet abandon, Bigoin est cloué sur sa chaise : « Le cahier des charges d'Alain était définitif ! Il voulait trois mâts, les plus hauts possible, et une longueur à la flottaison en rapport. Je lui ai parlé d'un projet de 40-45 mètres. Déçu, il a renchéri : “De toute façon, tu ajouteras 10 mètres au plus grand dessin dont tu entendras parler pour la Transat à venir...” A un an de l'échéance, “Radio ponton” susurrait qu'un paquebot de 60 mètres était à l'étude. Colas a tranché : “Le mien fera 70 mètres.” » Alors qu'Éric Tabarly planche encore sur son projet d'araignée volante, *Nice-Matin,* le premier, vend la mèche et évoque l'opposition obligatoire : le galbe bien concret du *Maximanureva* et les formes éthérées de *Pen Duick VII* ; le rouleau compresseur façon Colas et l'anticipation volante du prétendu paysan des mers. A un an et demi de l'échéance, le décor du duel annoncé est planté. Qui, dès lors, incita les différents médias à choisir leur camp et les armées rivales à échafauder leurs stratégies.

Gaston Defferre n'est pas long à trancher. Passionné de voile, longtemps familier des habitudes bourrues de Tabarly, il prend, en l'espace de quelques semaines, fait et cause pour l'enthousiasme de son cadet. Soutenu par le Syndicat de la presse régionale qu'il dirige, le maire de Marseille et propriétaire du *Provençal* lui consent d'importants « espaces » pour servir la promotion de ses éventuels armateurs. Créateur et patron du Club Méditerranée, Gilbert Trigano n'hésite pas : il entend couvrir, seul, l'investissement, soit un chèque de 3,7 millions de francs. Rassuré par cette mise de fonds initiale, Bigoin crayonne de plus belle, rajoute un quatrième mât et confie l'accouchement du bébé à venir — son cent quarante-cinquième — à l'arsenal du Mourillon à Toulon. Le début des travaux est programmé pour septembre. Mais comme pour corser la légende, survient le dramatique accident du 19 mai.

En ce début d'après-midi de week-end de Pentecôte, Colas rentre à La Trinité à la barre de *Manureva* au terme d'une balade familiale à Belle-Ile. Une seconde d'inattention au moment de jeter l'ancre en catastrophe parce que la grand-voile est coincée en haut du mât et la chaîne happe sa cheville droite. Le pire est évité, mais son pied ne tient plus que par un tendon. Aussitôt les médecins commandent une cascade d'opérations et plusieurs mois d'immobilisation. Soixante-douze heures après le drame, à peine remis de son anesthésie, Colas téléphone pourtant à Bigoin son intention de poursuivre, coûte que coûte, le rêve engagé ! Le milieu et l'opinion crient casse-cou à l'inconscient. Pas suffisamment pour décourager le fier malade qui modifie les plans de son voilier en fonction de son handicap, déplace la timonerie à mi-pont, supprime les échelles de mât et se justifie : « J'ai un moral de bâtisseur. J'accomplis un acte de foi [1]. » Comment résister à un tel monstre de résolution ? Dont les blessures suppurent, les veines s'encrassent et qui est contraint, à chaque tour d'horloge, de maintenir à l'horizontale le mélange de chair et de métal qui lui tient lieu de jambe au moins pendant un quart d'heure ! Les travaux prennent du retard mais pas assez pour mettre en péril l'édifice tout entier. A Marseille, avec sa canne anglaise et ses favoris en rapport, le capitaine indestructible traîne le pas sur le quai, tient table ouverte et commande une équipe de techniciens pléthorique. Félix Aubry de La Noë, familier du Vieux-Port et ancien partenaire de régate : « Il faut convenir que la maladie l'avait rendu un peu fou. En tout cas plus déraisonnable encore qu'il ne l'était jusque-là. Colas voulait démontrer quelque chose, prouver qu'il avait raison et surtout ne pas reporter à plus tard son explication avec Tabarly. » Ce n'est plus un duel qui se profile à l'horizon, mais une collision frontale.

A Brest, Éric, définitivement décidé à participer à la course aux commandes de son *Pen Duick VI*, entreprend lui aussi quelques travaux, bien modestes comparés aux grandes manœuvres orchestrées plus au sud. Il installe des membrures supplémentaires, révise le circuit électrique, peint la carène et ajoute une quatrième vitesse sur ses « moulins à café ». Il met surtout au point deux ou trois subterfuges susceptibles d'aider un homme seul à manier un jeu de voiles d'ordinaire

1. *Alain Colas, la mer est son défi,* Fernand Nathan, 1977.

malmené par une dizaine de matelots. Ses fameuses « pattes-d'oie » et « chaussettes » en particulier, raccourcis de corde et de tissu, capables, comme une cordelette à rideau ou un bâton de store, de « discipliner » à chaque manœuvre des mètres carrés de toile trop souvent volages. Victor Tonnerre : « Tout le monde utilise ces systèmes aujourd'hui. Il n'empêche qu'il fallait y penser ! A force de parler des dimensions du *Club Méditerranée,* on oublierait presque que *Pen Duick* mesurait tout de même 22,50 mètres et que son gréement était bien plus difficile à maîtriser par un solitaire que ne l'était celui de Colas, finalement plus découpé et plus maniable. »

Du moins avant que l'intéressé ne se blesse. Ses amis l'en conjurent : il doit renoncer. Il doit même accepter de se faire amputer ! « C'était terrible, se souvient Edmonde Charles-Roux, épouse de Gaston Defferre, elle-même témoin passionné de son combat acharné, mais il ne voulait rien entendre. La septicémie le guettait. La moindre égratignure pouvait lui être fatale. Gaston lui disait : "Mais fais-toi couper le pied, pense à une prothèse." Autant parler à un sourd... » Et tous les journaux de surenchérir. *France-Soir,* par exemple, qui prévient : « Enfin Colas et Tabarly vont vider leurs querelles [1]. » Ou *Minute* qui transforme sa une en tract politique : « La Transat 1976, c'est Tabarly-Giscard contre Colas-Defferre [2]. » Pourtant ouvertement de gauche, Alain Bombard, le populaire naufragé de l'Atlantique, choisit le parti de la tradition : « C'est la fin d'une époque. N'importe quel ingénieur IBM pourrait diriger le *Club Méditerranée* [3] ! »

1. *France-Soir,* 3 juin 1976.
2. *Minute,* 18 février 1976.
3. *Valeurs actuelles,* 21 juin 1976.

Au frontispice de l'Olympia, salle de spectacle bien connue des Grands Boulevards parisiens, des lettres de néon accueillent « Le grand bateau d'Alain Colas ». A l'intérieur, plusieurs centaines d'adhérents réaffirment leur conviction et versent leur obole. Tabarly entend les chiffres et les innovations : les huit batteries de trois winchs, les 1 200 m^2 de toile, les 11 kilomètres de câbles électriques, les répétiteurs de barre, les caméras de surveillance, le récepteur satellitaire. Mais il continue à hausser les épaules. Invité à visiter la huitième merveille du monde, il laisse échapper, bras croisés et mine pincée, un « pfuuut ! » de dépit qui résonne comme une déclaration de guerre aux oreilles de son hôte. Les micros se tendent : « C'est une caricature de bateau qui possède tous les défauts de *Vendredi 13* (le bateau géant armé par Claude Lelouch en 1972) multipliés par deux... »

« Franchement, il n'était pas obligé de dire ça. Ce n'était pas seulement injuste, c'était surtout malveillant ! » Vingt-cinq ans plus tard, Michel Bigoin n'admet toujours pas la sentence. Tabarly est pourtant sûr de lui. Témoin ce dialogue coup de poing avec Thierry Bretagne dans *L'Équipe* :

« Il y a encore trois ans, la navigation, la voile, dans l'esprit du grand public, c'était Tabarly. Aujourd'hui c'est d'abord Colas. Pourquoi ?

— Je ne sais pas. Il parle trop. Les marins n'en pensent pas moins. Ils vont faire la distinction entre les baratineurs et les autres.

— Quand vous l'avez connu, il était arrogant ?

— Pas particulièrement.

— Il en fait trop ?

— Je ne suis pas d'accord avec ses méthodes, son battage.

— Peut-il gagner ?

— Non.

— Pourquoi ?

— D'abord son bateau n'apporte rien à l'architecture navale. Ensuite je ne crois pas que Colas puisse gagner.

— Vous n'avez pas une certaine admiration pour lui ?

— Pas des masses [1]. »

Dans le sillage du pape de la voile française, les critiques s'accumulent, l'opinion s'en mêle et les organisateurs plus encore. S'il entend lancer son monstre flottant sur l'Atlantique, Colas devra, au préalable, effectuer 1 500 milles de qualification supplémentaires. Les premières heures de navigation sont hésitantes, mais à un journaliste de l'*Observer* qui l'interroge, le phénix surgi de l'horizon convient mi-cynique, mi-amusé : « Je n'ai connu que deux ennuis : j'ai perdu le couvercle de ma bouilloire et égaré ma cuiller en bois. Pour le thé et le bœuf bourguignon ce n'est pas l'idéal [2]... » A quelques jours du départ, les roulements de tambour s'intensifient. Colas encore : « La place de deuxième va être chèrement disputée, mais je pense que c'est le père Éric qui sera derrière moi [3]... » Depuis quelques jours déjà, Tabarly n'écoute plus. Il prépare sa course en silence et a rejoint Plymouth en famille. Sa sœur Armelle est venue avec ses deux fils, Arnaud et Antoine. Les Véricourt sont là également. Et le père Jaouen qui mouille un peu plus loin. On dort et mange à bord du bateau. Au menu : confitures de

1. *L'Équipe,* 17 juin 1976.
2. *Alain Colas, la mer est son défi,* Fernand Nathan, 1977.
3. *Ibid.*

cerise et riz au lait. Grand seigneur, Éric a même entamé quelques-unes des soixante bouteilles de sa réserve. Juste avant le grand jour et la grande explication dont le déroulement, les rebondissements, l'épilogue méritent d'être rapportés dans leurs plus infinis détails. On ne résume pas une épopée. On la vit au jour le jour.

Samedi 5 juin

A midi, la flotte s'ébroue au-delà de la rade-abri de Plymouth dans un désordre indescriptible. Au milieu de l'armada, le public n'a d'yeux que pour le *Club Méditerranée,* porte-avions égaré dans la multitude. *Pen Duick VI* gagne sur le géant qui pourtant lui masque le vent. Deux heures après le coup de canon, Tabarly est officiellement pointé en tête. A la tombée du jour, il s'énerve néanmoins d'entendre son alarme de cap — la même que celle qu'il avait installée sur le *IV* puis le *V* — sonner sans interruption et se résout : « Il me faudra donc mettre mon réveil à sonner périodiquement toutes les heures... [1] »

Dimanche 6 juin

Comme chaque matin, Alain Colas s'attarde, badin et rassurant, sur les ondes d'Europe n° 1 : « Bien à l'abri dans ma timonerie, je suis assis dans un fauteuil,

1. Toutes les citations retenues dans le récit au jour le jour qui suit sont extraites de la presse quotidienne (*France-Soir, Le Figaro* et *L'Équipe* pour l'essentiel) ainsi que des récits de Tabarly lui-même (*Du Tour du monde à la Transat* et *Mémoires du large*).

en robe de chambre et pantoufles, pendant que mon quatre-mâts fonce à 18 nœuds. » Tabarly, lui, est occupé à bricoler une protection pour sa génératrice menacée par l'humidité. Une boîte en fer cylindrique, un sac plastique et un peu de scotch lui promettent un capotage efficace. Une première dépression est annoncée. Les changements de cap sont incessants.

Mardi 8 juin

Sur le mode mi-ironique, mi-prétentieux, Colas en rajoute, parle du moelleux de sa couchette et des petits plats cuisinés par son copain Roger, restaurateur. Dans les colonnes de *France-Soir,* Olivier de Kersauson, resté à terre, s'étonne : « Malgré l'admiration que j'éprouve pour Colas, à la barre de sa locomotive de 72 mètres, je suis persuadé qu'il bluffe. (...) J'estime même qu'il serait plus sage qu'il tienne des propos plus nuancés. (...) Il sait que la mer fait toujours expier les rodomontades dignes d'un Cassius Clay. » Deuxième dépression : le vent forcit, monte à 50 nœuds. Le génois de Tabarly encaisse les paquets de mer comme autant de coups de boutoir et souffre. Plus grave : le système de barre à roue ne répond plus, ce qui l'oblige à recourir à la classique barre franche sous la gifle des embruns toujours plus cinglante.

Mercredi 9 juin

Troisième dépression : le baromètre s'affole pour de bon, les rafales dépassent les 60 nœuds. Tabarly peine à ramener la grand-voile. Il constate que la girouette du pilote bat de l'aile et que l'hélice qui entraîne la génératrice s'est envolée. Double coup dur : la source d'énergie chargée d'alimenter son système de barre automatique est tarie. La mort dans le stylo, il écrit : « Je suis épuisé, moralement découragé. » La malédiction qui avait déjà touché *Pen Duick II* et *Pen Duick IV* a une fois encore frappé. La perspective de terminer cette Transat qui vient à peine de commencer sans assistance mécanique relève de la folie pure ! Dois-je abandonner ? » L'inoxydable skipper se pose bel et bien la question, mais refuse de partager ses doutes. Sa radio est toujours muette. Il ne songe même pas à l'allumer et encore moins à fournir sa position. Sans pilote, la route nord est illusoire. La sud à la rigueur, ses panneaux solaires pouvant éventuellement pallier son manque d'énergie. Contraint, Tabarly vire de bord, mais recule plus qu'il n'avance. Un éclair de lucidité plus loin, il griffonne : « Avant de prendre une décision définitive, je veux me reposer. » Une fois n'est pas coutume, le battant-né oublie son réveil le matin et son corps fatigué. Le voilà installé dans un tunnel ensommeillé de plus de douze heures ! A plusieurs centaines de milles de là, le porte-conteneurs *Atlantic Cognac* croise le *Club Méditerranée.* Triste spectacle : le foc avant traîne le long de la coque de l'infini voilier comme un chalut et le foc numéro quatre est abattu sur le pont. Colas, le haut de sa botte droite entouré de plusieurs tours de ruban adhésif, s'acharne à remettre de l'ordre, la jambe en feu et les mains en sang : « Il me faut hisser la toile morceau par morceau face à des vagues de trois mètres. L'étrave est un ascenseur. » Juste avant minuit, Tabarly se réveille enfin et avoue : « Je ne suis pas fier de moi d'avoir ainsi baissé les bras. » Furieux, il revient sur sa décision : passer sous le Gulf Stream prendrait trop de temps, route nord donc ! Et tant pis pour le confort et la sécurité !

Jeudi 10 juin

Comme en 1964, Tabarly — toujours muet cela va de soi — fabrique un pilote de fortune en installant entre ses deux mâts une petite voile d'étai reliée à la barre par un système de poulies et de sandows. *Pen Duick VI* obéit plutôt bien aux ordres de ce bricolage improvisé. Dans le même temps, le PC course enregistre les premiers abandons : ceux de Guy Cornou, blessé au dos, et de Marc Linski, privé lui aussi de pilote automatique. D'autres suivront. Comme aucune course océanique n'en a jamais recensé, ni n'en recensera jamais. Quarante-six au total !

Vendredi 11 juin

Colas concède : « Ça commence à barder ! » Trois de ses focs sont affalés sur le pont et trois heures lui sont nécessaires pour prendre un ris !

Samedi 12 juin

Les drisses de *Club Méditerranée* explosent les unes après les autres comme des cordes de violon. Les 14 millimètres de câble Inox qui les tendent ont pourtant été étudiés pour résister à une charge de rupture de plusieurs tonnes ! Déchiré de part en part, le foc numéro trois est désormais affalé sur la timonerie et le numéro un refuse une bonne fois pour toutes de reprendre de l'altitude. Le commentateur d'Europe n° 1 minimise pourtant encore la situation. « Parce qu'il est capable de surveiller ces sautes d'humeur grâce à son système de vidéo embarqué, Colas, explique-t-il, réagit chaque fois de la manière la plus efficace qui soit. » Occupé à rebrousser chemin en direction d'Ouessant, le *Saint Milcent,* concurrent encore plus infortuné, est abordé par un cargo, un incendie a raison de *Toria* et un bateau libérien repêche Tony Bullimore.

Dimanche 13 juin

Le temps ne s'améliore guère. Favori à part entière, Jean-Yves Terlain est lui aussi obligé d'envoyer un message de détresse : « *Kriter III* se sépare en deux. L'eau s'insinue partout. La cabine se désagrège. Les hublots éclatent sous la pression... » Ultime rescapé de la toute première Transat, Valentine Howells est contraint d'appeler au secours et Alain Colas recense sa huitième drisse cassée.

Lundi 14 juin

Bien que l'anémomètre tousse de plus belle et que les 60 nœuds soient désormais établis, le *Club* est pointé à 540 milles au sud de Terre-Neuve. Il aurait couvert la moitié du parcours en neuf jours, mais sa moyenne dégringole. Soudain, Colas est plus perspicace : « Le vent à décorner les bœufs du Morvan n'en finit plus de souffler. De véritables murailles liquides frappent le bateau de plein fouet. » La voile numéro un est jetée bas à son tour et le foc numéro trois subit le même sort. Sur le mât numéro quatre les drisses cassées et celles de rechange s'emmêlent pour de bon. Plus en retrait, Tabarly, à sec de toile, recule dans l'est-nord-est de près de 70 milles et le *Gauloises* de Pierre Fehlman coule.

Mardi 15 juin

Quatrième dépression. L'aiguille de l'anémomètre demeure bloquée pendant douze heures et certaines rafales dépassent les 120 km/h. Tabarly est à la cape sèche, sa grand-voile — la seule qu'il possède — sagement rabantée. C'est au tour d'Yvon Fauconnier, autre vainqueur potentiel, de tirer la sonnette d'alarme : « Je fais de l'eau. Je colmate comme je peux. Les coffres du pont ont été purement et simplement balayés par une déferlante. » Qui plus est, le capitaine de *ITT-Océanic* (ex-*Vendredi 13*) se casse le bras ! Il est récupéré (non sans mal et en même temps que Terlain) par un remorqueur russe, le *Bresstrashnyj,* qui fait route vers Terre-Neuve. Dans l'après-midi, Tabarly évite *in extremis* un cargo norvégien qui lui refuse la priorité non sans avoir couvert d'injures les deux matelots en faction sur l'aileron de la passerelle. Le *Club* abandonne deux drisses supplémentaires.

Mercredi 16 juin

55 nœuds au compteur : la tête de la course essuie sa cinquième dépression d'affilée. Les chocs sont cataclysmiques, les pires que *Pen Duick VI* ait jamais enregistrés, tour du monde compris. Même si toute la vaisselle est sortie de ses rangements, le capitaine garde son calme : « C'est rassurant d'avoir un bateau en Duralinox ! » Dans le vent furieux, le génois de 180 m^2 pèse des tonnes. Le ramener ou le hisser tourne d'autant plus au calvaire que la moindre saute de vent oblige à reconsidérer l'exercice avant même que la précédente opération ne soit terminée ! Tabarly se traîne et écrit : « Je crois que j'ai trimé comme je n'ai jamais trimé de ma vie. » Plus tard, à l'un ou l'autre de ses équipiers, il avouera que durant cette cinquième dépression, il s'est attaché pendant une bonne vingtaine de minutes au pied du mât, le temps de reprendre son souffle et ses esprits. Jusque-là prudente, *L'Équipe* sort de sa réserve et titre : « Vent de panique sur l'océan. » Dans son récit, Patrick Chapuis rapporte une vacation qui en dit long : « Dans l'enregistrement qui n'a pas été diffusé à l'antenne, on a pu percevoir un authentique effroi dans la voix d'Alain Colas... » Les autres journaux ne sont pas en reste : « Hécatombe sur l'Atlantique », « La grande casse de la Transat ». Ici et là, il est question d'un avion d'Air France qui « aurait » aperçu *Pen Duick* au large de Terre-Neuve. Information contredite dans la seconde ou presque. Dans *L'Aurore,* une publicité fait sensation : « Si demain Alain Colas remporte la Transat, certains diront que c'était gagné d'avance. S'il perd, ce sont les mêmes qui ricaneront. » A l'origine de l'initiative, le Club Méditerranée donne l'impression de vouloir pré-

venir le pire : « Quand Alain Colas nous a rencontrés, ajoute le texte de l'annonce, comme beaucoup d'autres il avait peu d'argent. Mais lui avait un dossier. Un dossier préparé depuis longtemps, avec des études, des plans, des devis et des délais. (...) Maintenant Alain Colas se bat tout seul contre l'Atlantique sur un bateau grand comme un Bœing 747 qui réclame des efforts insensés. » La preuve : une dixième drisse vibre, rague et casse ! Quatre voiles sur huit sont désormais inutilisables !

Jeudi 17 juin

Sur les ondes d'Europe n° 1, Alain Colas convient enfin que la situation n'est pas fameuse : « Gagner Newport en dix-huit jours est impensable, mais peut-être en vingt comme en 1972 ! » Son pied malade, boulet insupportable, l'incommode de plus en plus : « La carcasse proteste. Je dois ralentir la cadence. »

Vendredi 18 juin

Enfermé dans son mutisme, Tabarly ne subit pas, ne provoque pas : il se contente de faire son boulot de marin. Une légère éclaircie l'incite à faire le point. Sextant et chronomètre à portée de main, il note, calcule et porte sa position sur le routier : après treize jours de course, *Pen Duick VI* a parcouru cinquante milles de moins que *Pen Duick II* en 1964 ! Dans son livre de bord, plus fidèle à son image que jamais, il note : « Je n'ai aucune nouvelle de la course. Mais cela ne change rien, et de toute façon, il est normal d'essayer d'aller le plus vite possible... » A midi, heure française, toujours sur Europe n° 1, Colas tient un tout autre discours et annonce son intention de relâcher à Terre-Neuve. Par-delà le cercle des initiés, la nouvelle fait l'effet d'une bombe. Titanic-à-voile, bardé d'électronique et de circuits imprimés, le *Club Méditerranée* n'était-il pas invulnérable ? Sauf qu'il n'a plus, à l'heure qu'il est, que quatre voiles à poste et que sa manœuvrabilité pose de plus en plus problème. « Il me faut des drisses et un maître voilier », prévient encore son capitaine. Dans la foulée ou presque un journaliste d'Antenne 2 affirme avoir capté un message du commandant Arrambari du Rescue Coordination Center d'Halifax (les gardes-côtes canadiens) : « Un grand bateau sombre frappé du n° 141 — celui de Tabarly — aurait été repéré par 44° Nord et 53° Ouest, à 93 milles au sud du Cap Race. » Un rapide calcul promet à *Pen Duick VI*, pointé, selon cette information, à 850 milles de Newport une arrivée (victorieuse) d'ici quatre à cinq jours. Une éventualité qu'un flash télévisé spécial répercute dès 16 heures. L'Agence France-Presse n'infirme ni ne confirme la nouvelle, mais Gérard Petipas est déjà dans les locaux d'Europe n° 1, la station jusque-là « soutien officiel de Colas » : même si personne n'a pu joindre Tabarly, un nouveau contrat d'exclusivité lui est accordé sans l'ombre d'un scrupule !

Samedi 19 juin

A bord d'un jet spécialement affrété pour l'occasion — une menace de grève des contrôleurs et pilotes canadiens ne permettait pas d'emprunter les voies classiques, — Jean-François Colas, Jean-Louis Baju, Michel Ribet arrivent à Saint John's de Terre-Neuve avec 900 kilogrammes de drisse et de toile dans leurs bagages. Pendant les trente-six heures qui suivent, aidés par quelques petites mains locales, ils rafraîchissent l'entière garde-robe du *Club,* cousant, reprisant des éléments à poste ou installant d'anciennes voiles de *Manureva* retaillées pour la circonstance. La cause de la rupture systématique des drisses est analysée qui plonge le groupe dans la consternation : c'est une pièce anodine et mal placée qui usait les câbles au gré des oscillations ! Le même jour, le *Spirit of America* de Michael Kane, autre client très sérieux, fait demi-tour alors qu'il vient d'enregistrer deux belles journées de 300 et 250 milles. Il sera pris en remorque le 23, son bras de liaison menaçant de rompre pour de bon. Les premiers journalistes français arrivent à Newport et s'installent au-delà du port, sur Goat Island où se trouve le PC de la course.

Dimanche 20 juin

Alain Colas est toujours à Terre-Neuve. Au total pas moins de trente personnes s'activent sans compter pour remettre son gréement en place.

Lundi 21 juin

Un nouveau contingent de journalistes et de proches débarque à Newport. Gérard Petipas s'inquiète des trois heures de retard que son avion a enregistrées dès le départ : il craint d'avoir loupé l'arrivée d'Éric. Sitôt débarqué, Olivier de Kersauson effectue un vol aérien au-delà de Nantucket. Dans *France-Soir,* il s'interroge : « Une fois de plus où est passé Tabarly ? (...) Quel dommage que le génie en mer s'accompagne d'un silence dont la durée agace. » Teura, la femme d'Alain Colas, a elle-même pris ses quartiers au Sheraton, avec sa fille Vaïniti. Les parents de Tom Grossman et de Clare Francis s'inquiètent également chacun leur tour. L'équipe du *Club* n'a toujours pas achevé ses travaux de couture. A la tombée de la nuit, Tabarly note qu'il fait 4 degrés à l'intérieur de son *Pen Duick*, mais son chauffage ne lui est d'aucun secours : « J'aurais, bien sûr, dû le vérifier avant le départ. (...) Décidément, je serai privé de tous les appareils pouvant me rendre la vie un peu plus facile et confortable ! »

Mardi 22 juin

La petite communauté de Newport s'organise. Les supputations fusent, les spéculations se contredisent. Avions, vedettes : aucune sortie de reconnaissance n'est fructueuse. Colas quitte Terre-Neuve. Son frère Jean-François, Michel Ribet, Jean-Louis Baju et Michel Bœuf l'accompagnent quelque temps à son bord. Dans la baie de Saint John's, tout ce petit monde croise le bateau soviétique qui ramène Fauconnier et Terlain à terre. Le *Club* cravache à nouveau, pourtant le message qu'Alain envoie à Teura n'est pas optimiste : « Je marche à 10-12 nœuds. Cela va vraiment très vite. Dans quatre jours je serai à Newport. Mais je ne me fais plus trop d'illusions. Je vais me faire mettre trois jours dans la vue par Tabarly... » L'intéressé ignore bien sûr l'arrêt aux « stands » de son adversaire. Ses préoccupations du jour sont minimales : « La journée a été très reposante, pas de changement de voile. Pour la première fois depuis le départ, je peux lire. (...) On n'entend que le chuintement de l'eau sur la coque... » Il tente un message radio : las, une gerbe d'étincelles s'échappe de son appareil de transmission !

Mercredi 23 juin

Le brouillard s'installe, le vent tombe. De nouvelles rondes s'organisent à Newport. Les monomoteurs loués par l'*Observer* et *Paris Match* rentrent une fois de plus bredouilles. Arrivée la veille au soir, la mère d'Éric, chemisier blanc et foulard tricolore, campe sur la terrasse de Goat Island. Les reporters de RTL, responsables de son voyage, ne la quittent pas d'une semelle.

Jeudi 24 juin

Colas est pointé à 600 milles de Newport pendant que *Pen Duick VI,* toujours introuvable, est rebaptisé « voilier fantôme ». Dans son livre de bord, Tabarly constate simplement : « A force de manœuvrer des mousquetons et de tirer sur des filins ou de la toile, mes mains commencent à me faire mal. Des durillons se sont formés sur la deuxième phalange du majeur. »

Vendredi 25 juin

Nouveau coup de tonnerre : les gardes-côtes d'Halifax démentent la nouvelle du 18 ! Lors de sa vacation, Colas parle de « coup monté ». Dans ses *Mémoires du large* publiés en 1997, Tabarly évoque plutôt « le gag de deux GO du Club Méditerranée qui, un matin, s'étaient répandus dans les locaux du Club... » Version partagée par plusieurs témoins de l'époque : c'est une rumeur, une simple rumeur, qui aurait incité le journaliste d'Antenne 2 à contacter Halifax. Son mauvais anglais et la liaison incertaine auraient provoqué le court-circuit ! Mais, pour l'heure, l'annonce erronée ne fait qu'ajouter à la confusion. Au cours de cette seule journée, les rédactions de New York, Londres ou Paris seront saisies d'une cascade d'informations plus abracadabrantes les unes que les autres : Tabarly se serait trompé de baie et aurait été repéré du côté de Boston ; son *Pen Duick* aurait été harponné par un chalutier ; il se serait échoué sur l'île de Sable non loin de Terre-Neuve... La réalité est plus élémentaire : en cette fin de journée du 25, moins de 100 milles séparent les deux bateaux ennemis !

Samedi 26 juin

Voiles et voiliers, le plus jeune des mensuels spécialisés français, ose titrer l'inavouable : « Tabarly vainqueur. » En page intérieure, le spécialiste maison parle au gré d'un raccourci hasardeux et inconscient d'« exploit » et de « record ». Cinquante ans plus tôt, *La Presse* avait risqué pareille folie à propos de Charles Nungesser et François Coli, proclamés un peu vite vainqueurs de l'Atlantique aux commandes de leur *Oiseau blanc.* « Ils ont réussi », annonçait le grand quotidien du matin, bientôt démenti par la perte révélée des deux aviateurs ! Tabarly n'est certes pas encore frappé par l'irréparable, mais l'ambiance est de plus en plus irrespirable. A Newport, les pro-Colas (Constantin, de La Noë, Barrault) et les pro-Tabarly (Noli, Ponchelet, Colomès) se tournent chaque jour un peu plus le dos. Kersauson insiste : « Il n'y a pas de raisons objectives de s'inquiéter... »

Dimanche 27 juin

Mme Tabarly décide de regagner Paris. Officiellement pour participer à la vente de la propriété familiale de la Chalouère, officieusement pour cesser de subir l'assaut de la presse. Sur l'antenne de RTL elle se veut encore rassurante : « J'ai déjà eu droit à vingt-quatre jours de silence en 1964. Nous en sommes aujourd'hui à vingt-deux... » A peine rentrée, beaucoup moins sûre d'elle elle se réfugie chez sa fille Armelle : « Il serait sûrement navré s'il apprenait que je me suis inquiétée... » Gérard Petipas, également lassé par l'ambiance, est lui aussi revenu en France. Curieusement, à Newport, l'attention se relâche. Les séances de reconnaissance — en raison de leur répétition et de leur coût — s'espacent. Les « grands voiliers », venus célébrer le bicentenaire des États-Unis, encombrent le port et détournent l'attention. Leur arrivée depuis les Bermudes a été plus que laborieuse. Faute de vent, mais aussi parce qu'ils étaient tenus de toucher au port le week-end afin de satisfaire un nombreux public, la plupart de ces gros voiliers ont utilisé leur moteur pour progresser. Un signe ! On s'inquiète pour Tabarly, mais le *Newport Daily News* insiste : « Trente-quatre autres bateaux n'ont donné aucune nouvelle depuis le départ de Plymouth et trente autres n'ont pu être localisés depuis une semaine. » La brume et le brouillard désormais persistants ajoutent encore à la morosité ambiante.

Lundi 28 juin

Celui que l'on guette désormais, c'est Colas. Sa victoire est plus que probable. Au dernier pointage, le *Club* est à 150 milles de la ligne d'arrivée. Malgré sa jambe lourde, le capitaine a le sourire : « J'ai bon espoir de gagner, bien que je me trouve dans une zone de brises légères ». Son entrée dans le port de Newport est programmée pour le lendemain à 10 heures et le départ des vedettes prévues pour son accueil à 7. Au cours de la soirée, le ton monte entre les deux camps et quelques noms d'oiseaux volent ici et là. En remontant dans sa chambre, un pro-Tabarly s'abandonne : « C'est foutu, on va en prendre pour dix ans de gros bateaux ! » Sur RTL, Patrick Tabarly n'oublie pas son frère : « Nous sommes quand même très inquiets, un accident est toujours possible » et dans *France-Soir,* Kersauson « ne voit (toujours) pas d'élément pour paniquer ». Au large, Éric aimerait donner sa position, il s'acharne sur la pédale de sa radio, mais les étincelles redoublent.

Mardi 29 juin

L'état-major de la Marine commande à un Breguet Atlantic de l'Aéronavale stationné à Norfolk (pour les fêtes du bicentenaire) de tenter de localiser *Pen Duick VI,* malgré un brouillard vraiment très épais. En déplacement à Porto Rico, Valéry Giscard d'Estaing est tenu au courant de l'initiative heure par heure. Au même moment ou presque, Tabarly note : « Je me dirige vers le bateau-feu de Nantucket à l'estime et au sondeur. » Il ignore que le règlement a changé et qu'il n'est plus nécessaire de virer cette marque avant de rejoindre l'arrivée. Sans cette contrainte, il aurait sans doute gagné quatre heures dans sa progression ! A 3 h 12 du matin — 8 h 12, heure française — *Pen Duick* franchit la ligne d'arrivée 23 jours, 20 heures et 3 minutes après le coup de canon de Plymouth ! « La nuit est noire et l'air humide », note tout simplement Tabarly dans son cahier. Il s'inquiète de l'accostage et sait qu'il ne peut utiliser son moteur tant qu'un membre du jury n'est pas monté à bord. Le vent est très faible et ses nerfs sont fatigués. A 3 h 15, Colas, branché sur le canal 16, entend vaguement un coast guard parler de *Pen Duick VI.* Il renvoie l'appel, demande la position de Tabarly, pense à un accident et propose de se détourner. Mais la réponse du coast guard le cueille dans son élan : il comprend qu'il est second ! Le jour se lève à peine et le ketch noir d'Éric louvoie prudemment dans le port encombré. Occupé à satisfaire un besoin naturel sur le pont d'*Architeuthis,* le trimaran de Gérard Pesty qui lui sert d'hôtel, le photographe Dennis Gliksman (le fils d'Alain) identifie *Pen Duick VI.* Sa réaction est immédiate : il charge son appareil et part en annexe à sa rencontre. Pesty l'accompagne. Le premier dialogue avec Tabarly, barbu, revêtu du maillot orange du Club nautique de Trouville, confine au surréalisme :

Le skipper : « Il y a combien d'arrivés ? »

Les deux autres : « Tu es le premier ! »

Branle-bas de combat à Goat Island. Un bateau est en vue. Les journalistes, les familles se précipitent, mais la plupart ignorent de qui il s'agit vraiment. Colas ? Tabarly ? Même Teura hésite mais *Pen Duick* est déjà à quai, pont dégagé, voiles rangées, lorsque le gros de la foule débarque. Premières urgences : Tabarly passe un coup de fil à sa mère depuis la cabine située au bout du ponton et règle les formalités de douane. Une demi-heure plus tard, il avale un petit déjeuner, prend une douche et signe les deux ou trois contrats d'exclusivité qu'on lui tend. Trente minutes encore et il est de nouveau en mer pour satisfaire le photographe de *Paris Match* ! En sortant du port, il croise le *Club Méditerranée* qui a coupé la ligne avec 7 heures et 24 minutes de retard sur lui. Tabarly est sur le pont de *Pen Duick VI,* les bras croisés. A l'intérieur de sa timonerie, Colas est invisible. Les deux hommes ne peuvent se parler. La conférence « à l'américaine » donnée par Colas dans la foulée s'éternise. Plusieurs de ses remarques choquent, même si elles sont assenées avec un demi-sourire : « Dans quatre ans, mon bateau sera au point et ma jambe rééduquée. Éric sera cinquantenaire et c'est moi qui gagnerai la Transat. (...) Le record de Colas n'a pas été battu. Il le sera par Colas lui-même dans quatre ans. » A 14 heures, dans le même restaurant, l'un et l'autre avalent leur premier vrai repas. Une simple cloison sépare les deux camps. En se penchant, le premier et le second pourraient s'apercevoir, mais la rencontre ne se fait toujours pas.

Dans le *France-Soir* du lendemain, Kersauson explique : « Éric Tabarly le vainqueur, Alain Colas le non-gagnant, déjeunent entourés d'une cohorte d'amis. A chaque table on commente cette fantastique cinquième Transat. (...) Seuls les visages trahissent les états d'âme : celui de Tabarly est serein et satisfait, celui de Colas est sévère et mélancolique. » Tabarly a commandé une nouvelle plâtrée de spaghettis aux oignons, mais l'avion, lui souffle-t-on, ne peut attendre plus longtemps et moins encore le Concorde qui patiente à New York ! Ni regards ni poignées de main ne seront finalement échangés entre les deux hommes. Tabarly s'envole et Colas s'enferre. « Il erre en animal doublement blessé, rapporte Alain Coroller dans *Les Cahiers du yachting*. Il n'a sans doute jamais été aussi seul. Aucune radio ne fait plus écho à sa voix. Le public, qui préfère toujours David à Goliath, le boude. » D'autant que tombe l'infamie supplémentaire : lors du départ de Terre-Neuve, Colas aurait profité du soutien de ses équipiers pour hisser ses voiles. En vertu de la règle 22-2 (assistance à la manœuvre) le jury souverain pénalise *Club Méditerranée* de 58 heures (soit 10 % de son temps de course). Arrivé deuxième, Colas est rétrogradé à la cinquième place, dépassé entre autres par les 9 mètres de l'incroyable petit trimaran de Mike Birch ! « J'estime que cette sanction est préjudiciable à ma réputation, je vais consulter mes avocats » : Colas déraille et menace d'emmener l'affaire devant la Cour de justice de La Haye...

Mercredi 30 juin

Arrivé à Paris au petit matin, Tabarly, revêtu de sa traditionnelle tenue de jeans bleue, est immédiatement happé par les médias. Il stationne un long moment à Europe n° 1 — où Michel Le Berre et Xavier Joubert, soupçonnés d'avoir changé de « camp » pendant la course, sont interdits d'accès — avant d'entamer la descente des Champs-Élysées dans une voiture à toit ouvrant. Cette cavalcade un rien tapageuse — reprise depuis cette date après chaque succès sportif d'importance — a été imaginée par Gilbert Trigano en personne mais prévue à l'origine pour Alain Colas... Hubert, animateur de la station qui a rencontré plusieurs fois Tabarly à Tahiti, accompagne le marin embarrassé. A la une du *Figaro,* Jean d'Ormesson ajoute quelques couplets à l'hymne joyeux : « On l'imaginait vainqueur et il était mort. On l'imagine mort et il est vainqueur. (...) Le succès de Colas nous aurait fait plaisir. Celui de Tabarly nous transporte d'une espèce de fierté joyeuse. Ce qui triomphe avec Tabarly c'est un peu plus que la France : c'est l'homme. (...) Le génie de Tabarly c'est d'avoir monté, malgré lui et contre ses propres vœux, la plus dramatique des mises en scène. Bravo. Et d'être, en notre temps si bavard et bruyant, un moraliste muet. Merci. » Le soir, Tabarly est l'invité vedette des « Dossiers de l'écran ». Ses réserves, ses silences face aux mille et une questions d'Armand Jamot finissent de séduire l'opinion tout entière. En 1964, la France avait salué un héros, celle de 1976 est en passe d'adouber une légende. Mieux, un homme, un vrai, qui, au mépris des surenchères, a replacé la course océanique dans le lit de ses priorités et redonné le goût de l'effort vrai, de la connaissance intuitive, du savoir-faire fondamental à une génération déjà égarée sur de tout autres planètes. Bien sûr la démonstration ne survivra que le temps de quelques saisons, mais elle marquera tant et si bien les esprits qu'elle alimente aujourd'hui encore les débats.

Au-delà des tempêtes, des tumultes, des coques percées ou passées par le fond, des malheureux Mike Mullen et Mike Flannagan disparus corps et âme, du duel échevelé et de la victoire du rétrograde supposé, c'est l'esprit de la compétition hauturière qui a momentanément changé de priorité. Si le succès de Tabarly a offert quelque chose à l'avenir d'une activité en pleine effervescence c'est précisément une bouée de sauvetage où le bon sens marin, l'humilité face aux éléments et le silence tumulaire des grands espaces ont, comme par enchantement, retrouvé leurs droits. Mieux, Tabarly n'a jamais cherché à exagérer la portée de sa performance. Même des années plus tard, il ne parlera qu'avec réticence de ces événements grandioses, n'y consacrant que vingt-cinq pages dans ses *Mémoires,* laissant au souvenir de ses amis et de ses proches le soin d'en conserver l'essentiel. Jacqueline, sa future femme, rencontrée quelques semaines après ce que les spécialistes tiennent pour le plus pur exploit de la course au large : « Je sais qu'Éric a souffert, mais il n'aimait pas s'appesantir sur cette course. Il était fier, je crois, d'avoir fait son boulot de marin, heureux d'être allé au bout de son idée, content de sa démonstration. Mais cela ne le bouleversait pas plus que cela. » Foin des comparaisons guerrières et des souvenirs de tranchées si communément appelés à la rescousse de nos jours à l'occasion de la plus petite bataille navale : les équipiers de Tabarly étaient sommés de deviner plus que de comprendre : les vingt-deux mètres cinquante de coque ballottés à l'extrême, les cinq dépressions qui s'obstinent et la longue patience qui, au bout du compte, s'amuse à bousculer ces deux contradictions !

En conclusion de son chef-d'œuvre monumental tout juste Tabarly osera-t-il ce regret : « L'apparition sur le devant de la scène d'une nouvelle race de marins, véritables chercheurs d'or, assoiffés de notoriété, pour qui le sport de la voile passe tout à fait au second plan [1]. » De ce jour, plus jamais il n'évoquera Alain Colas, ni ne s'occupera de ses faits et gestes. Parce que le jury de Newport avait noté que les scellés du moteur du *Club Méditerranée* n'étaient plus en place, parce que la moyenne du paquebot, entre Terre-Neuve et les États-Unis, ne laissera pas de le surprendre, tout juste concédera-t-il quelques haussements d'épaules. Poussé à bout, Colas aurait-il, en plus, utilisé son moteur et triché ? Titouan Lamazou : « Le mot fait mal, mais plus que ses roulements de mécaniques incessants, c'est sans doute cet aspect-là du personnage qui a poussé Tabarly à le rejeter totalement. » Pierre English : « C'est certain, l'antagonisme entre Éric et Alain dépassait le simple problème d'un bateau mégalo ou d'un comportement frimeur... » Jean-François Coste : « Éric ne s'illusionnait pas. Il nous parlait du comportement de Colas à mots couverts, presque gêné. C'était tellement grave comme accusation ! »

Lors d'une réception au Trocadéro, quelques semaines après l'arrivée, les deux anciens équipiers en

1. *Du tour du monde à la Transat,* Éditions du Pen Duick, 1976.

frac ou costume se retrouvent de façon impromptue. Colas fait le premier pas, mais Tabarly se détourne. Sûr de son cap et de sa vérité. Cramponné à son mât, il n'était rien, il était tout.

19

LE REPOS DU GUERRIER

La pièce n'a pas fait un tabac, mais la réplique est restée. Sur la scène du théâtre Marigny, Jean Le Poulain, pressant et décidé, se tourne vers la porte entrebâillée de son bureau :

« Entrez, Tabarly, entrez, Tabarly ! »

Le supposé navigateur n'apparaît pas. Le Poulain insiste. Lourdement. Costume trois-pièces et souliers vernis, le businessman aux allures de milord qu'il incarne — le sosie du baron Bich pour faire court — veut à tout prix partager ses vues et ses projets avec le récent vainqueur de la Transat. Vaine espérance : l'esprit libre ne se donnera même pas la peine de montrer le bout de son nez, affolé à l'idée de devoir composer avec un homme d'affaires, soucieux de préserver son indépendance, pressé de regagner le large au plus vite.

Roger Hart, l'auteur de *Miam Miam,* n'est pas un intime de Tabarly, mais d'un trait de plume, il a parfaitement souligné les priorités qui l'animent. Au sortir de la monstrueuse épopée de 1976, Éric n'a d'autre souci que de se protéger. Aux tapes dans le dos, télégrammes de félicitations et coups de fil de circonstance succèdent les consultations, les propositions, les invitations. Par dizaines, par centaines. Dans une posture qui le caractérise si fort, la cible désignée enregistre, sourit et délègue. « Voyez avec Gérard ! Voyez avec Gérard ! » : la formule n'a pas changé, toujours aussi pratique et efficace.

Faute de trouver une péniche sur les bords de la Seine — un vœu commun — Gérard Petipas a installé les quartiers de leur entreprise commune, dans l'ouest de la banlieue parisienne, 156, avenue Paul-Doumer à Rueil-Malmaison. Jacques Baumel, député-maire et président du conseil général, lui a consenti des avantages intéressants : un loyer d'ami en échange d'une onction tabarlienne sur les destinées du Yacht Club de l'Ile-de-France, situé aux Mureaux, quelques dizaines de kilomètres en aval. Dans les bureaux de Coromer, les dossiers et les projets s'accumulent.

Un nouveau livre — *Du tour du monde à la Transat* —, illustré par le jeune « Antoine » Lamazou — qui n'a pas encore « amariné » son prénom —, est en passe d'être publié, promis à un évident succès. Comme les précédentes livraisons inscrites à l'enseigne des éditions du Pen Duick : *Pen Duick VI* qui a dépassé la barre des 100 000 exemplaires, mais aussi le *Rayon vert au cap Horn* de Loïck Fougeron ou la *Transat* de Daniel Gilles qui voguent aux environs des 20 000 exemplaires. Le *Avant d'être capitaine* inscrit au programme à venir et promis par Olivier de Kersauson n'aurait sans doute pas dérogé à la règle, mais en ces temps d'émancipation et d'affranchissement tous les chemins ne mènent pas forcément à Rueil... Réclamé par dix et vingt autres éditeurs, l'ex-n° 2 est devenu un auteur à succès sur de tout autres fronts, loin de ses compagnons d'autrefois.

A propos de succès, les autres affaires cautionnées

par Tabarly au fil de ces années 70 sont, il faut en convenir, nettement moins riantes. Parce que le contexte économique n'est guère favorable ? Parce que ses conseillers et amis ne savent pas affronter la situation avec compétence ? Parce que l'intéressé lui-même n'y met pas du sien ? « Sans doute pour toutes ces raisons à la fois... » : au premier étage de la société Pen Duick, émigrée depuis ces temps anciens du côté de Versailles, entouré d'une kyrielle de souvenirs hétéroclites témoins d'une amitié trentenaire, Gérard Petipas ne néglige aucune de ces explications. Nul mieux que lui ne connaît la chanson. Les pouilles et les reproches. Les sourires en coin et les racontars. Et l'éternelle antienne par-dessus tout : mais pour quelles raisons, étant donné sa stratosphérique notoriété, Éric Tabarly n'est-il pas devenu un faiseur d'or à l'égal d'un Jean-Claude Killy ou d'un Zinedine Zidane ?

Depuis que la voile est devenue spectacle, depuis qu'un jeune homme aux cheveux ras s'est piqué de jouer les ambassadeurs nautiques, depuis que les voiliers ont repeint leurs certitudes élémentaires aux couleurs du commerce roi, et plus encore depuis ces lendemains de Transat, la sempiternelle question s'accroche aux basques de l'ami fidèle. Bruno Troublé, habitué aux échanges internationaux : « Je n'ai jamais rencontré quelqu'un qui était aussi peu doué pour les affaires qu'Éric Tabarly. A l'époque où il achevait de restaurer le *Pen Duick* nos chemins professionnels se sont croisés. Je lui ai donné un petit coup de pouce *via* la ville de Rouen, il m'en a été reconnaissant, mais en même temps, j'ai dû lui courir après, le pourchasser au téléphone, le harceler à de multiples reprises pour finaliser notre accord, ne serait-ce que pour la forme. Au final, je n'ai rien obtenu, pas un courrier, pas un document signé, rien. Dans son esprit notre simple coup de téléphone avait valeur de contrat... »

Même si Gérard Petipas s'en défend, on ne peut comprendre l'approche d'Éric Tabarly face au commerce de son image et de sa notoriété que si l'on a à l'esprit cet état d'improvisation et de bricolage permanent. Le navigateur est heureux en mer, devant la table à dessin de l'architecte ou sous le hangar du constructeur, mais sorti de ces trois activités fondamentales, aucune autre ne l'excite, ni ne le motive vraiment. Alors, il mandate et fait confiance. Et c'est son intermédiaire qui est tenu de pallier, d'exécuter et de se substituer. Avec d'autant plus de foi et de flamme que l'intérêt (et souvent la considération) que lui-même porte à l'entreprise est souvent négligeable et dérisoire.

En octobre 1975, Gérard Petipas et Éric Tabarly couchent sur le papier l'idée d'un petit croiseur léger, promesse de ce que devrait être le voilier de « Monsieur tout le monde ». A force d'attribuer au premier marin français la responsabilité de la démocratisation de la plaisance, n'était-il pas de son devoir d'initier l'outil capable d'en pérenniser les effets ? Le Pen Duick 600 mesure 6 mètres de long et 2,25 mètres de large. Dessiné par Dominique Presles (le père du *Grand Louis* d'André Viant, concurrent de la première Whitbread), il se présente sous la forme d'une simple coquille de Duralinox, dispose de quatre couchettes et d'une « boîte cuisine » transportable. D'emblée, cet assemblage minimaliste revendique le surnom de « 2 CV des mers ». Ses concepteurs ont souhaité quelque chose de simple, de pratique, de bon marché. Les presses géantes du chantier Le Guen et Hemidy promettent une fabrication accélérée — entre cinquante et soixante-dix heures de main-d'œuvre par unité — et un coût de revient situé — c'est un engagement — au-dessous de la barre des 20 000 francs (19 800 francs pour être précis).

A l'instant du lancement de cette idée généreuse, Tabarly se sent naturellement concerné. Le baptême de son dernier rejeton a lieu à Saint Malo, la veille du départ du Triangle atlantique en présence de Jacinte Giscard d'Estaing à qui Gérard Petipas, malin, a proposé d'être marraine. Le rang (fille de président) et l'âge (quinze ans) de ce patronage permettant d'asseoir un peu plus l'ambition du projet tout entier. Les amis journalistes du *Point* ou de *Paris Match* sont plus que serviables : ils sont enthousiastes. Dans les colonnes de *Neptune Nautisme,* Michel Malinovsky, navigateur respecté, ne trouve lui-même aucun défaut à ce « bateau digne de confiance ». Mais qu'en pense Éric ? Patrick, son frère : « Ce petit quillard n'était vraiment pas au point et je pense qu'il s'en est aperçu assez vite. Il était instable et n'avait pas assez de plomb dans la quille. Si un équipier montait en tête de mât, le bateau se renversait dans la seconde. Il aurait fallu ajouter 22-23 kilogrammes, mais le processus était déjà lancé. Je ne me souviens pas qu'Éric se soit vraiment passionné pour ce petit bateau. Il était loin, lorsque tout ça s'est mis en place... »

Au large de Rio de Janeiro pour être précis — tout à l'idée de tester *Pen Duick VI* en solitaire en vue de la prochaine Transat — au moment où Pen Duick 600 joue son avenir au Salon nautique de janvier 1976 ! L'effet Tabarly est néanmoins profitable et les commandes affluent : deux cent quatre-vingts au bas mot, accompagnées du chèque de caution obligatoire. Las, les commerciaux s'aperçoivent, dès le mois suivant, qu'ils ne peuvent tenir leur promesse et que les 20 000 francs plafond envisagés seront largement dépassés. En pleine période de « blocage » des prix, recommandé par le ministère des Finances, le dérapage fait plus que mauvais effet. Malgré une demande de dérogation 30 % des commandes sont dénoncées et les arrhes correspondantes réclamées à grands cris. En l'espace de quelques semaines le constructeur se désolidarise et le processus s'enraye. Plus ennuyeux, les utilisateurs contentés ne sont pas satisfaits pour autant. Comme cette petite tête blonde, futur coureur au long cours des années 90, Thomas Coville, qui garde un souvenir plus que mitigé de l'expérience : « Dire que j'ai appris là-dessus ! Mon père était instituteur, il a vu une publicité et a foncé... Tous les week-ends nous nous sommes retrouvés sur cette boîte à sardines qui n'avançait ni de la tête ni du cul ! Il était vraiment déçu. Nous étions tout de même assez loin de l'idée qu'il se faisait des formidables *Pen Duick* et des compétences d'Éric Tabarly... »

Exit donc le fameux Pen Duick 600, vache à lait qui aurait dû assurer l'avenir financier du marin consacré. Exit aussi le Pen Duick 1 300, « trois-cabines » évalué à 400 000 francs, qui ne dépassera pas le stade du carton à dessin. Exit encore la planche à voile Pen Duick, bien réelle celle-là, mais dont le commerce s'embourbera faute de suivi marketing. Même s'il ne sort pas d'HEC, Gérard Petipas demeure sûr de ses choix et se persuade que ces échecs à répétition ne doivent rien à sa méthode, mais plutôt au contexte général. Fidèle à ses recettes artisanales, soucieux aussi de la liberté de son client, il continuera longtemps encore à avancer au feeling, à l'intuition, en faisant prioritairement confiance à son verbe, à ses relations et aux rencontres fortuites qu'Éric ne cessait de susciter sur son passage. Peu enclin à naviguer à contre-courant, l'ancien capitaine de la marine marchande n'aime ni trancher ni choquer. Il préfère louvoyer et composer.

Avec le principal intéressé qui, précisément, ne l'est pas. Qui accepte de participer au « Grand Échiquier » de Jacques Chancel, émission phare de la télévision des années 70, mais qui refuse, par ailleurs, toutes faveurs ou concessions. Une réserve qui, à y regarder de près, dépassait de beaucoup le simple cadre de l'éthique ou de la morale. Philippe Poupon, futur équipier dont le comportement doit beaucoup à la fréquentation du marin intransigeant : « Éric ne supportait simplement pas qu'on l'emmerde ! C'est dit crûment, mais c'est la vérité. Il respectait les gens qui l'aidaient. Mais ne faisait jamais de zèle. Il ne voyait pas pourquoi il aurait dû en "rajouter". Il ne savait pas mentir non plus et encore moins flatter ou amadouer. Je crois qu'il ignorait même ce que cela voulait dire... » Indifférent jusqu'à la caricature, stoïque jusqu'à l'excès, mais aussi naturel et libre au-delà de l'imaginable.

On ne compte plus les « pieds dans le plat » de l'apprenti homme sandwich ou supposé tel, ses perles et ses maladresses. Gérard Petipas est soucieux de lui présenter le patron de Hoechst, société chimique allemande impliquée dans la fabrication de nouveaux tissus, mais également sponsor potentiel d'un futur projet. Au cours du dîner, le PDG plastronne à propos de sa dernière balade d'agrément en Méditerranée. Tabarly coupe, péremptoire : « Douze nœuds dans les conditions que vous décrivez : ce n'est pas possible ! » L'entrepreneur insiste, Petipas balance des coups de pied sous la table, mais Tabarly tranche à nouveau : « Puisque je vous dis que ce n'est pas possible, vous mentez ! » Fin du contact. Et que dire du Tabarly revêtu du tee-shirt de son précédent commanditaire à la barre du bateau affrété par le suivant ; du Tabarly bayant aux corneilles aux pieds d'un parrain occupé à souligner ses évidents mérites ; du Tabarly négligeant de saluer un ministre ; du Tabarly oubliant un rendez-vous de conciliation ; du Tabarly promettant le même service à deux clients concurrents ? Mieux que les œuvres complètes de Gaston Lagaffe : en matière de relations sociales et commerciales, Tabarly a commis toutes les bourdes possibles, collectionné toutes les maladresses imaginables ! Éric Loizeau : « Ce n'était pas calculé, c'était comme ça. Dès qu'il entendait les mots "publicité" ou "sponsor", il faisait le dos rond. Un homme d'affaires, un industriel, un annonceur, c'était forcément une contrainte et il avait horreur des contraintes. Les seules qu'il supportait c'étaient celles que lui imposait l'océan. Mais même en mer, un horaire, une paperasse, un équipier : rien ne pouvait l'empêcher d'aller à son rythme, comme il l'entendait et comme il l'avait prévu. »

Il n'est que d'étudier l'agenda 1976-1977 du navigateur sans attaches ni obligations pour s'en convaincre. La logique lui commande de serrer les boulons de sa renommée, de surveiller le lancement des produits attachés à son nom, de jauger le bien-fondé de tel ou tel investissement et le voilà, c'est devenu une habitude, qui ne songe qu'à lever l'ancre et à disparaître à nouveau. Que représente un confidentiel Los Angeles-Honolulu de plus lorsque l'on vient de conquérir l'Everest ? Le plaisir d'égratigner l'arrogance américaine persuadée de posséder l'excellence en matière de voilier monocoque ? La volonté d'étoffer le palmarès international de *Pen Duick VI* ? Les prétextes sont ailleurs : Éric Tabarly veut prolonger le plaisir qui est le sien, profiter de son bateau incomparable et retrouver le partage avec son équipage. La compétition proprement dite ne doit, en principe, l'occuper qu'une grosse semaine, mais la parenthèse, convoyage aller et retour compris, va s'éterniser, en fait, durant treize mois ! *Via* le Maroc, les Canaries, les Antilles, Panama, Hawaii, la Polynésie bien sûr, la Nouvelle-Zélande et le Brésil ! Pourquoi se soumettre lorsque l'horizon vous invite ? Pourquoi se plier alors que la passion vous appelle ?

Dieu sait si Tabarly s'est offert, sa vie durant, quantité de balades exotiques et de croisières échevelées, mille occasions de tirer un parti maximum de ses voiliers, de fouetter ses envies d'évasion, d'exciter son goût de la découverte. Mais jamais, sans doute, n'a-t-il marié avec autant d'avantages en cette occasion particulière le plaisir de « bien » naviguer et celui de se perdre, de s'abandonner comme si aucun lendemain n'existait vraiment, et encore moins les assujettissements qu'il suppose. La Transat d'anthologie de 1976 ne l'a pas seulement convaincu du bien-fondé de sa méthode, elle lui a offert une seconde chance. Imaginons, une seconde, la nouvelle d'Halifax plus rapidement éventée ou le gréement de *Club Méditerranée* plus rapidement réparé et ce sont deux destins qui se seraient inversés. Selon toute vraisemblance Colas eût naturellement rejoint le pinacle, accédé au rang de ministre de la Mer et lancé pour de bon l'escalade en matière d'armement nautique. Et Tabarly aurait, tout aussi logiquement, bradé son *Pen Duick VI* maudit, rengainé ses certitudes et retrouvé l'anonymat de ses années d'incertitude. Il s'en est fallu de quelques dizaines de mille, d'une poignée d'heures, d'un souffle de vent. Même si l'on sait que le plus sage des deux héros ne spécule sur l'avenir qu'avec réticence, si ses besoins n'ont jamais été très au-delà du strict nécessaire, si la reconnaissance n'était pas son carburant prioritaire, nul doute qu'il aurait eu, en cas d'échec, toute les peines du monde à perpétuer ce que lui-même considérait comme une « belle vie » et que la plupart de ses compagnons reconnaissaient être, de leur côté, une manière d'idéal.

Ses compagnons justement. Une fois de plus, Tabarly est obligé d'en changer. Mais là encore (fruit du hasard ou prolongement d'une baraka inestimable ?), les circonstances lui concoctent une troupe à nulle autre pareille. Une addition de personnalités rares, une collection de caractères exceptionnels dont une bonne part, on le verra, sera appelée à tricoter des carrières et des parcours pareillement enthousiasmants. Titouan Lamazou, Jean-François Coste, Jean-Louis Étienne, Philippe Poupon, Marc Pinta, Olivier Petit, Daniel Wlochovski : il faudra compter avec cette fratrie dans les années à venir, ces graines de champion, ces architectes en devenir, ces explorateurs qui s'ignorent, ces fidèles qui, tous, chacun dans son domaine, alimenteront le mythe Tabarly et le nourriront d'autant plus qu'ils auront le semblable bon goût de polir à son contact des rêves gigognes tout à fait dans l'esprit du modèle originel. Après les équipiers-amis de la première heure, les fantassins musclés de *Pen Duick III,* les enrôlés hétéroclites des années de transition, ces commensaux d'un nouveau genre ne pouvaient pas mieux tomber pour renforcer un peu plus les convictions de leur si exemplaire capitaine.

Le recrutement de cette joyeuse cohorte répond au processus habituel. Un moment égaré sur *Vendredi 13,* Lamazou arrive *via* Bernard Deguy ; Jean-François

Coste est un vague cousin de Marc Pinta ; Daniel Wlochovski est recommandé par l'abbé Barré ; Philippe Poupon ose tenter sa chance auprès du modèle au Cap ; c'est à l'aéroport de Rio de Janeiro — le même jour où, vous vous souvenez, Éric raccompagnait Pinta au guichet d'Air France — qu'Étienne, de retour d'une expédition en Patagonie, ose lui-même proposer ses services. Un simple mot manuscrit ou un coup de fil anodin et voilà tous ces admirateurs de la première heure — constructeur de la maquette de *Pen Duick II* à treize ans (Poupon), spectateur de conférence à quatorze (Wlochovski) ou lecteur de *Victoire en solitaire* à quinze (Coste) — désignés apprentis médecins, mécaniciens débutants ou militaires permissionnés. Sans le soutien d'un long discours, mais avec une obligation en échange : faire marcher le bateau au mieux, changer les voiles au moment opportun, emprunter la route désignée et conserver, toujours, la meilleure moyenne imaginable.

Plus encore que lors de ses précédentes pérégrinations caraïbes ou polynésiennes, Tabarly est heureux. Non pas hilare on s'en doute, non pas satisfait cela va de soi, mais rasséréné et décontracté. Les nouvelles de Rueil, de Gérard Petipas et de ses affaires lui parviennent de loin en loin, sans que cela perturbe le fil de sa pensée et le cours de sa navigation. Il fera bien un rapide aller-retour en avion au mitan de cette balade interminable, mais l'indispensable croisière reprendra vite le dessus. Wlochovski : « Lorsqu'il est revenu et a réenjambé la filière du bateau, la première chose qu'il a faite c'est de se mettre à poil, comme pour retrouver son état animal et l'essentiel de ce pour quoi il était sur terre : la mer, un bateau et le départ qui, d'un instant à l'autre, ne saurait tarder... » Lamazou : « Il venait de remporter la Transat, mais se contentait toujours du minimum. Je l'ai vu jeter dans une poubelle de Los Angeles son fameux maillot de bain gris en tissu-éponge. Au moment de le faire, il s'est retourné vers moi et m'a dit : "Tu vois ce short, je l'ai trouvé ici, il y a quatre ans, il était vraiment bien !" »

La longue transhumance façon « repos du guerrier » rebondit d'île et île, de découverte en découverte, avec une marge d'improvisation encore plus généreuse que d'ordinaire. Éric n'est jamais le dernier à désigner sur la carte une destination inconnue, à suggérer une terre sitôt accostée. Pinta : « Il ne s'attardait jamais vraiment et donnait toujours l'impression de vouloir aller plus loin, pour y détecter autre chose. » Va pour le tour complet de la Martinique ! Pour une petite régate à Antigua ! Pour un raid jusqu'aux Nouvelles-Hébrides ! Et pourquoi pas une marche sur les flancs noircis du volcan Tana ? Ou une partie de chasse aux moutons sauvages à Eiao ? Étienne : « Parfois il donnait l'impression de chercher le terrain de ses rêves, un coin où vraiment se poser et se reposer. » Discret, il n'aborde pas le sujet, s'épanche encore moins et laisse la jeunesse qui l'entoure s'émanciper comme bon lui semble.

Il n'a pas de conseils à donner et pas plus de directives. Petit : « Il n'était pas très clairvoyant. Il ne savait pas très bien où il allait. Il flânait. Il cherchait peut-être un coin en effet, mais il cherchait aussi une femme. » Avec conviction, Éric joue les gardiens de but dans une série de matches de football improvisés ; potasse une encyclopédie sur les pirogues anciennes ; peaufine un bouquin de manœuvre, illustré, au jour le jour, par Titouan Lamazou ou perfectionne son tamouré dans le carré. Coste : « Ses genoux cognaient de partout, et nous tous de reprendre en cœur : “Tu fais vraiment des progrès Éric...” » Il y a l’escale, les rencontres, les échanges, mais surtout les navigations intermédiaires. Poupon : « Ce qu’il préférait par-dessus tout c’était être à la barre avec un mur de toile juste devant lui. Des fois on se demandait à quoi il pouvait bien penser le regard fixé sur l’horizon pendant des heures. Je crois qu’il ne pensait à rien, il faisait partie du bateau. Lui comme le gréement : tout était bien réglé. Il était en harmonie, il était heureux. » Une période rare qui l’autorise à poser, à ce moment précis, la question essentielle : « Que souhaiter de mieux qui soit à la fois un idéal et la passion d’une existence [1] ? »

Même Antoine plus que jamais rétif aux « muscles d’acier et sponsors tapageurs [2] » tombe sous le charme. Encore un peu et la rencontre — la première ! — entre les deux prétendues icônes contradictoires présentées à la une de *Paris-Presse* en 1966 tournerait à l’idylle... Le vagabond découvre sous l’étiquette du sportif assermenté, du fier-à-bras labellisé un « homme gentil, adorable, attendrissant de candeur, attachant [3]... » Au fond d’un lagon bleu azur en marge d’une île polynésienne de plus, *Om* et *Pen Duick VI* partagent le même mouillage, juste avant que l’équipage ne sacrifie à une traditionnelle pêche aux cailloux, que les patrons de l’hôtel local ne donnent le coup d’envoi d’une fête et qu’Antoine, guitare en sautoir, ne susurre :

1. *Mes bateaux et moi,* Éditions du Pacifique et Librairie Hachette, 1976.

2. *Bord à bord,* Arthaud, 1997.

3. *Ibid.*

« Nous étions bord à bord à Bora Bora
Sous le vent des cocotiers
Tabarly dansait le tamouré
C'est ce jour-là que Pen Duick *a failli démâter*

Tabarly fais gaffe au vent
Démâter c'est pas le moment
Continue, tu as beau faire
Ils seront toujours derrière.

La course Los Angeles-Honolulu ? Déjà oubliée, abandonnée dans le sillage de tant de félicité et d'insouciance. Bien sûr *Pen Duick* était au rendez-vous, avec les « maxis » *Ondine, Windward Passage* et tout le gratin du yachting US. Mais la confrontation avait tourné au coup tordu comme un fait exprès : au zèle des autorités douanières, il fallut ajouter cette fois un bulletin d'inscription envoyé de France dans un yacht-club concurrent juste avant que la plus que fameuse quille en uranium de *Pen Duick VI* ne déclenche en prime des cris d'orfraie chez les organisateurs ! Petipas envoya bien un télégramme de protestation et le président de la Fédération française de voile une lettre de mise en garde, rien n'y fit : les Américains campèrent sur leurs positions et signifièrent la disqualification des Français avant même qu'ils aient eu le loisir de se frotter à la concurrence. Inutile de s'attarder davantage : vite du large et cap sur les Marquises !

Le voilier indésirable tente de se racheter lors des deux dernières étapes de la Whitbread rejointe, faute de mieux, à Auckland. Les réticences des autorités anglaises, elles aussi peu enclines à faire la moindre concession à un voilier non conforme aux normes, sont un argument supplémentaire pour motiver et le capitaine et ses troupes. Vingt et un jours pour rallier le cap

Horn depuis la Nouvelle-Zélande : la navigation préliminaire de *Pen Duick VI* a valeur de record. Et la remontée en direction de Rio de Janeiro n'a rien à lui envier. Lorsque *Great Britain* et *Heath Condor,* pourtant plus grands, touchent au but, le voilier français relâche au port depuis déjà plus de deux jours ! La démonstration impressionne l'ensemble de la flotte, mais le malentendu demeure. Au terme de ses incomparables vacances et de son petit sprint dans les mers du Sud, la sentence est irrévocable : Tabarly est sommé officiellement de tenir son bateau « atomique » éloigné de toutes les compétitions internationales tant qu'il n'aura pas remplacé son lest d'uranium par une traditionnelle quille de plomb... Inutile de s'éterniser davantage : vite du large et cap sur la France !

L'atterrissage est douloureux. Gérard Petipas n'a pas que des bonnes nouvelles à annoncer à son ami. L'affaire des Pen Duick 600 est plus que jamais ensablée et Tabarly Yachting — autre initiative lancée dans la foulée de la Transat — vire à la farce. L'idée de Jean-Jacques Sévy, brasseur d'affaires, spécialiste de l'immobilier et ami d'Éric, était, en apparence, limpide : proposer en des endroits déterminés des voiliers de location cautionnés ou griffés par le maître navigateur. En France, Crozon essuie les plâtres alors qu'une deuxième base est lancée anse Mitan à Fort-de-France et une troisième à Ngor, dans les environs de Dakar par Éric en personne. Dès les premiers jours de 1977, seize Pen Duick 600 sont stationnés en Bretagne et dix autres à la Martinique, auxquels viendront s'ajouter six 12 mètres construits chez Wauquiez ainsi que *Pen Duick III*, tout juste rentré d'un nouveau tour du monde (sous les couleurs de *Gauloises*). Éric Loizeau, son plus récent skipper, mais aussi Thierry Vannier et

Éric Guillemot sont invités à jouer, ici et là, les GO de luxe. Mais ici et là aussi, les clients tardent à se décider, les carnets de réservation hésitent à se remplir et les organismes de tutelle (municipalités, collectivités locales) font le pas de deux. Bon an mal an, l'affaire perdure, mais ne flambe pas. Pas de quoi imaginer de nouveaux investissements ni que cette trouvaille puisse promettre des revenus confortables.

Depuis quelques mois, Éric Tabarly, en accord avec Gérard Petipas, a confié la défense de ses intérêts à une avocate de renom, rencontrée au hasard d'un cocktail mondain chez Ellen de Vergennes, figure de l'establishment parisien. Spécialiste du droit des affaires, Nadia de Beville a travaillé pour un cabinet américain pendant trente ans et compté parmi ses clients le violoncelliste Mstislav Rostropovitch ou l'ancien pilote de la RAF Peter Townsend. Retirée aujourd'hui à Bruxelles, dans un appartement qui domine la ville, elle avoue ne s'être guère émue, à l'époque, des dossiers qu'Éric lui confia chaque jour plus volontiers : « Si on a fait appel à moi, c'est qu'il y avait problème. J'ai immédiatement "jaugé" la situation et constaté que la société Coromer et tout ce qui gravitait autour ne tournaient pas très rond. Visiblement, Éric n'y entendait pas grand-chose en affaires et encore moins en matière fiscale. J'ai immédiatement contacté Philippe Colin, un parfait spécialiste, qui s'est attelé à débrouiller cet écheveau. »

Il faudra du temps, de la patience, de la diplomatie. Classer, trier, épurer six pleins cartons de papiers administratifs et sommations diverses. Pendant les cinq années qui suivront, Éric ne parviendra jamais à se débarrasser vraiment de ce fil à la patte. Philippe Colin : « Pendant longtemps, Éric Tabarly a confondu ses biens propres et ses bateaux, sa solde et ses contrats. Son statut militaire lui interdisait par ailleurs d'être chef d'entreprise. Nous avons donc dû organiser et cloisonner ses avoirs et ses activités et surtout prouver sa bonne foi qui tombait sous le sens. » Pas pour tout le monde. Victime d'un très sérieux redressement — un million de francs ! — Tabarly attendra plusieurs années avant d'être totalement rassuré sur son sort. Suffisamment longtemps en tout cas pour susciter les questions d'André Harris par exemple qui dans un livre pamphlet — *C'est la lutte fiscale* — paru en 1989 rapportait le cas d'un contrôleur à qui une « haute personnalité de l'État » avait demandé d'étouffer un dossier compromettant.

« De qui s'agissait-il ?

— D'un navigateur tout ce qu'il y a de “solitaire”. Ce qui me choquait dans son cas, c'est que lui, officier de Marine en détachement, dont les bateaux étaient construits aux frais de l'État, refusait de contribuer financièrement, ne fût-ce que marginalement, à sa propre aventure. (...) De surcroît ses déclarations étaient loin d'être correctes. Je l'ai donc redressé... Sans effet puisque le dossier m'a été retiré... »

Philippe Colin parle plus volontiers d'« arrangement », de « contentieux », de « recouvrement » et d'une somme forfaitaire de 350 000 francs pour que l'affaire soit une bonne fois pour toutes classée. Nadia de Beville n'infirme ni ne confirme. Mais tout indique que Valéry Giscard d'Estaing en personne s'est penché sur ce dossier à tiroirs et à rallonges. Et puisque ses services les plus compétents lui confirmèrent qu'il n'y avait pas eu volonté d'« enrichissement personnel », Éric Tabarly fut simplement soulagé et invité à davantage d'ordre et de rigueur. Ce qui fut admis dans le domaine des impôts ne le fut malheureusement pas s'agissant de Tabarly Yachting. Le navigateur s'obstinera plusieurs saisons durant dans cette galère. Gratifié dans un premier temps de seulement 25 % des actions de cette SA, il deviendra propriétaire exclusif alors même que la société offrait déjà de sérieux signes de faiblesse. Patrick, son frère : « L'animation de ces bases aurait nécessité une totale mobilisation d'Éric. Bien sûr, il n'avait pas le temps ou ne voulait pas le consacrer. Tout cela ne reposait pas sur des fondations très saines. C'était très amateur, très improvisé. » Un cyclone fatal à la flotte des Antilles achève de précipiter l'entreprise dans le chaos. Les pertes sont importantes, préjudiciables même à la santé financière personnelle d'Éric.

A la une de *France-Soir,* dans l'un de ses billets, Philippe Bouvard rêve encore : « Le petit commerce remet Tabarly à flot [1] », mais la réalité est beaucoup plus sombre. Pendant deux années encore, Tabarly-Petipas tentent de sauver les apparences. Ils confient le bébé malade aux frères Vignes qui tentent vaille que vaille de redresser la barre avec des méthodes elles-mêmes pas toujours très orthodoxes. Daniel Vignes : « Tabarly se foutait complètement de tout ça ! Il assistait au conseil de direction d'une oreille distraite. On lui débitait des chiffres : lui dégustait une mousse au chocolat dans un coin et n'intervenait jamais. Toute cette histoire a fini en eau de boudin avec un trou énorme et un président anglais pour éviter d'avoir trop d'ennuis avec le droit français... » Pour empêcher que les choses ne s'enveniment vraiment, Nadia de Beville fait, elle-même, le voyage jusqu'en Martinique. Il est

1. *France-Soir,* 3 janvier 1976.

plus que temps d'étouffer l'incendie : « Le problème avec Éric c'est qu'il était un peu borné. Son côté paysan l'incitait toujours à "conserver", à "garder". Il avait horreur de "vendre". En la circonstance cela s'imposait pourtant depuis longtemps. Éric était naïf, influençable. Il faisait confiance à des gens estimables souvent, à des incompétents parfois. Il n'avait surtout qu'un seul centre d'intérêt : la mer. » Le raccourci est abrupt mais pas dénué de vérité.

Alors que Michel Etevenon, M. « Kriter », bailleur de fonds d'Olivier de Kersauson bientôt transformé en organisateur de course, bat le rappel de la première Route du Rhum qu'il entend lancer entre Saint-Malo et la Guadeloupe en novembre 1978 et qu'une nouvelle génération de skippers fanfaronnent en compagnie d'unités et de sponsors toujours plus généreux, Éric est encore à se prendre les pieds dans ses histoires d'investissements précaires et de placements hasardeux. La situation économique n'est certes pas au zénith, mais, dans l'ensemble, le monde de la voile tire correctement son épingle du jeu. Les valeurs qu'il promeut (air de liberté, espace d'aventure, etc.) stimulent des industries de plus en plus nombreuses. Pour ajouter au contradictoire de la situation, on constate qu'à cette époque plusieurs anciens équipiers — Marc Pajot avec Ricard ou Éric Loizeau avec la Seita — jonglent déjà avec des budgets plus qu'intéressants.

Olivier de Kersauson : « La situation était assez incroyable : les anciens matelots d'Éric levaient des budgets et lui restait en rade. Il donnait l'impression d'intimider les annonceurs. On lui serinait sur tous les tons que son nom était trop "encombrant", qu'il faisait de l'ombre à la marque qu'il était supposé servir. On rêve ! Ses ex, et pas toujours les meilleurs, trouvaient et lui ramait. » Le « tout à l'ego » (la formule est du même Kersauson) a certes de plus en plus cours dans les ports et sur les océans, mais Tabarly ne se sent toujours pas concerné. Changement d'époque ? De génération ? Même Alain Colas peine à retrouver son cap. Son *Club Méditerranée* mériterait une totale révision de ses structures et de ses habitudes, mais le vaincu de 1976 ne peut faire face. Son parrain préférant recycler sa bête de course en plate-forme touristique, le fier skipper est obligé de se prêter à la mascarade : lui aussi fait la tournée des ports, signe des bouquins, vend des cartes postales. En une matinée aux Sables d'Olonne, cinq mille curieux se pressent sur l'interminable vaisseau et une sortie éclair est organisée avec plus de cent personnes à bord !

Malgré un état de santé précaire, Colas veut à tout prix être de la Route du Rhum, mais il n'a d'autre ressource que de s'aligner à la barre de son *Manureva* en piètre état. Bien sûr, il n'a pas pu régler sa note à Victor Tonnerre pour la retaille et la réfection de ses voiles et cent créanciers pourraient revendiquer pareille négligence. Plus grave : une semaine avant le départ un début de septicémie hypothèque un peu plus ses espoirs mais pas son envol qu'il s'obstine à prendre malgré tout. A 17 heures, le 17 novembre, Saint-Lys Radio enregistre un dernier message : « Je suis au centre du typhon. Il n'y a plus de ciel. Il n'y a plus de ciel, Teura. » C'est fini, onze ans après avoir surgi, frais étudiant, sur le pont de *Pen Duick III,* le héros obligé disparaît à la barre de l'ex-*Pen Duick IV*. « Mais où es-tu, *Manureva* ? » s'interroge Alain Chamfort dans une complainte à la mode. Forcément sollicité, Tabarly n'a pas le cœur à s'exprimer. Plutôt que de s'appesantir, il s'installera dans cette belle pudeur et ce respect muet qui sied aux personnes délicates. Lui-même n'a pas pris part à la course, mais il en avait donné — autre symbole de son rôle décalé et incongru — le départ !

Privé de course, en mal de bateau, empêtré dans des affaires plus ou moins hasardeuses, la plus qu'obligatoire référence semble en cette fin d'année 1978 bien désorientée. Du moins en apparence. La vérité oblige à signaler qu'à défaut de bateau et de course à sa mesure, il a trouvé une maison où poser son sac et une femme pour accompagner sa solitude...

20

UN TOIT ET UN CŒUR

C'est une maison qui ressemble à un bateau. Dans son esprit et dans sa forme. A y regarder de près la longère de Gouesnac'h — ses flancs de grosses pierres, son gréement de chaume, sa faible hauteur sous barrots — n'est pas étrangère à la famille des *Pen Duick*. Même si la modernité du bâtiment ne saute pas aux yeux, il participe d'une évidente continuité, de l'affirmation de valeurs analogues, d'un manifeste retour aux sources. Oui, Éric Tabarly a consacré autant de passion à cette œuvre terrestre qu'il n'en a consenti à la mise au point de ses oiseaux du large. Il est d'ailleurs symptomatique de constater qu'au fil des années, la belle maison paysanne installée sur les bords de l'Odet est devenue, aux yeux du grand public, un élément de décor indispensable du « théâtre » Tabarly. Un point de ralliement privilégié où le maître devenu référence prenait évidemment ses aises, mais où ses amis, ses compagnons, ses admirateurs s'empressèrent de venir quérir confidences, vérités ou conseils. Au fil du temps, maintes décisions furent tranchées sous cette protection, comme d'autres pouvaient l'être au sommet de la République à Latche ou Sarran en des lieux pareillement secrets et familiers.

Victor Tonnerre : « L'obsession de concilier un coin tranquille et un ponton attenant l'obsédait. Il en parlait souvent et n'arrêtait pas de nous relancer. Une ferme au milieu d'un champ et un bateau en contrebas : il n'avait que ça à la bouche. » La maison familiale de Saint-Pierre fut longtemps une évidence, mais jamais une solution définitive. Les copains demeuraient bien sûr partout accueillants, mais pas toujours réconfortants. A terre, comme en mer, Tabarly aspire à prendre le large et à jeter l'ancre à bonne distance des siens et de ses proches.

C'est à Bernard Garçon, médecin de campagne depuis des lustres, ami intime de Babar, mais aussi de toute la branche maternelle disséminée dans les environs de Pontivy, qu'Éric confie le soin d'entreprendre les premières recherches. Dès 1965, lui-même repère un premier terrain, proche de Riec-sur-Belon. Le toubib se renseigne, étudie le cadastre et refroidit le rêveur : la propriété appartient aux Sauvignac, indéracinables sommités locales. Les investigations se poursuivent néanmoins avec toujours à l'esprit la recommandation d'usage : « Je me fous de l'endroit. Ce que je veux c'est quatre mètres de fond juste devant chez moi [1]... » Les possibilités ne sont pas innombrables. Bernard Garçon regarde du côté d'Auray ou de Concarneau, où la côte découpée à l'infini propose quelques retraites intéressantes, avant de visiter, sur la recommandation expresse de la mère d'Éric, trois terrains situés sur la rive est de l'Odet, en aval de Quimper. Le notaire de Pleuven confirme : le « père » Lepape serait prêt à céder l'un d'entre eux.

Lorsque, fin 1969, Éric arpente pour la première fois

1. Confidence rapportée par Victor Tonnerre à l'auteur.

ces quatre hectares de châtaigniers, il sait d'évidence qu'il a découvert le trait d'union idéal où calmer ses appétences et préserver son besoin de fuir. Un tremplin idéal où faire rebondir ses envies d'ailleurs. Seul accroc au plan infaillible : au paysan qui lui fait face et lui propose sa parcelle, il ne peut, pour l'heure, offrir qu'une simple poignée de main. Une option est consentie, mais aucun acompte n'est versé en échange. « Parole de Breton, parole de béton » : dix ans plus tard, la promesse demeure puisque subsiste la confiance. Tabarly n'est là que de passage, mais l'affaire poursuit son cours. Bernard Garçon relance les négociations et se charge des formalités administratives. Enfin l'acte de vente et le permis de construction sont accordés. Qui, très vite, occupent l'essentiel de ses préoccupations. A l'escale d'Auckland, lors de la Whitbread 1977-1978, Paul Guimard le reconnaît non sans surprise. Lui qui espérait remplir son bloc-notes d'embruns et de tempêtes constate, un rien étonné : « J'avais fait 20 000 kilomètres pour entendre Tabarly dire : “Ici, je mettrai des hortensias !” [1]. » Le soir, avant de passer à table, il voit le capitaine de *Pen Duick VI* arriver avec, sous le bras, une série de documents qu'il croit évidemment nautiques. Ce sont en fait les plans de la longère tout juste arrivés par la poste. La conversation qui suit lui apparaît encore un peu plus décalée : « Je viens de recevoir confirmation de mon permis. On va fêter ça ! Oui, les maçons savent monter des murs en pierres appareillées... Non, pas d'étage, tout de plain-pied... Oui, le roseau est plus solide, mais je veux un toit en paille... Non, on ne changera pas la place d'un seul linteau [2]. »

1. *L'Empire des mers,* Hachette Éditions n° 1, 1978.
2. *Ibid.*

C'est que sur son arpent, Tabarly a prévu d'élever une maison d'un genre un peu particulier : une citadelle de pierre aussi longue qu'une trirème romaine et pareillement imposante. Avec un problème de poids à résoudre : le bâtiment en question, composé de blocs de granit, relâche sur les rives du Blavet à cent vingt kilomètres de son port d'attache définitif ! Qu'à cela ne tienne : le bâtisseur improvisé, jamais à court de solutions, à terre comme en mer, se rappelle une amitié qui possède l'inégalable avantage de cumuler des compétences d'architecte naval et un savoir-faire en matière de travaux publics... Xavier Joubert : « Au début, je laissais dire, mais j'ai vite compris qu'Éric prenait cela très au sérieux. Que déplacer cette maison revêtait à ses yeux autant d'importance que la conception d'un nouveau bateau. » Coordinateur de la construction de *Pen Duick VI,* mais aussi ancien élève des Beaux-Arts, mais encore responsable du service immobilier de la Marine, Joubert ne se dérobe pas. Professionnel, il évalue l'ampleur de la tâche : une façade longue de trente-sept mètres, haute de deux mètres cinquante et épaisse de soixante-dix centimètres. Quatre-vingt-dix tonnes de pierres — certaines datant de 1830 — à desceller, numéroter, transporter, empiler ! Équipier fidèle, transformé en déménageur de force, épaules considérables, bouille rubiconde, Éric Bourhis est de la partie : « On est allés chercher des blocs de cent kilos à Hennebont et jusqu'à Baud... Tout s'est fait un peu en douce. On remplissait le camion vite fait, à la sauvette, et on circulait de nuit... Il fallait vraiment qu'Éric soit mordu ! »

Il l'était. Comme peuvent l'être tous les marins revenus de tout et d'ailleurs qui, naturellement, portent en eux la nostalgie de leur « arbre » et la mélancolie de leurs « racines ». La vasière de Pen Foul en l'occurrence, à l'exacte frontière de la Cornouaille et du pays bigouden, où jadis hivernait le *Pen Duick* familial ! « Bleu comme une prière » (Guillaume Apollinaire), serpent merveilleux qui s'insinue jusqu'à Quimper, l'Odet voisin bordé de halliers impénétrables, invite naturellement au recueillement. Au milieu de cette quiétude, tout juste distingue-t-on le manoir de Lanhuron, celui de Rosulien ou celui de Kerbirinic, où séjourna Émile Zola. Ajoutez à cela le mystère des chemins creux et le cliquetis des gréements qui, de loin en loin, se confond avec le chant des oiseaux et vous aurez une idée assez juste du décor où Tabarly s'est mis en tête d'installer pour toujours sa maison faite de joints inégaux et de blocs variables. Un parallélépipède avec pour toute fantaisie un escalier extérieur sans rampe, un toit qui hausse le sourcil à l'approche des lucarnes et un grenier de trente mètres parce que, précise Joubert, « il avait un vieux mât à caser et qu'il ne voulait pas le faire coucher dehors... ».

Entre septembre 1978 et mars 1979, le navigateur en vacance d'océan — biceps saillants, torse conquérant — transporte, empile, ajuste. Même à l'approche de la cinquantaine, il ne cède à personne le soin de mener et de commander ces travaux d'Hercule recommencés. Jacqueline : « Chaque détail comptait. Pour ne commettre aucun impair, Éric a consulté un maître maçon et étudié tous les bouquins envisageables. Il voulait, par exemple, des fenêtres montées légèrement de biais pour qu'elles captent mieux la lumière des jours de mauvais temps... Il a même étudié avec lui pendant plusieurs jours la couleur du ciment appropriée. » Le chaume, les plafonds, les cheminées : aucun élément du puzzle ne le prend au dépourvu. La maison est orientée à l'ouest en direction de la rivière masquée par un sombre rideau de châtaigniers où zigzague le petit chemin qui bientôt dégringolera jusqu'au ponton installé une trentaine de mètres en contrebas.

Le chantier de Gouesnac'h ne se limite pas à une épreuve physique, il tourne aussi au casse-tête administratif. Dans un premier temps, c'est le Syndicat d'aménagement touristique de la vallée du Blavet qui s'étonne. Où sont passées les pierres de la longère en ruine ? Qui en a autorisé le déménagement ? Une procédure est engagée. D'autant plus épineuse qu'un tiers des blocs a déjà fait le voyage et que leur rapatriement poserait problème. Xavier Joubert s'inquiète, tire quelques sonnettes, calme un conservateur et fait intervenir jusqu'au ministre de la Culture, heureusement, compréhensif. Le 15 juin 1977, *La Liberté du Morbihan* annonce enfin la bonne nouvelle : « Tabarly a gagné son pied-à-terre. (...) Les maires des sept communes qui s'étaient opposés au transport des pierres réaliseront leur projet de centre de loisirs avec d'autres matériaux sur un terrain de cinq hectares qu'ils viennent d'acquérir à Pont-Augan... » Priorité donc au marin, à son rang et à sa réputation.

Joubert encore : « Il est certain qu'à compter de ce moment, Éric a pris un virage. Avant, son discours concernant sa vie à terre était péremptoire : "Je ne veux pas me fixer, je ne veux pas me lier, je ne veux pas fonder de famille." Le fait est qu'à partir de la maison, ou à cause de la maison, tout s'est enchaîné. » Et vite. Au sortir de la Transat 1976, Éric campe encore sur ses positions : « Non, je ne me marierai jamais... non je ne veux pas d'enfant [1]. » Compte tenu de l'âge

1. *Tabarly, une vie d'homme libre,* Calmann-Lévy, 1977.

— quarante-cinq ans — du capitaine, pareilles convictions dépassent l'ordre de la simple foucade. Tabarly est brutalement sincère, comme fut soudaine la rencontre qu'il fit, quelques semaines plus tard, avec la future femme de sa vie et prochaine mère de son enfant !

Jacqueline et Éric se rencontrent une première fois lors d'une soirée décontractée puis se croisent et se recroisent. Quelques équipiers ont encore en mémoire (était-ce à Vannes ? était-ce à La Trinité ?) d'une séance de dédicace où, la jeune femme, assise en retrait, mais les intentions on ne peut plus avancées, resta des heures à fixer le phénomène signant les posters et les livres que l'habituelle foule des badauds ne cessait de lui tendre. Se connaissaient-ils déjà ? « Nous n'avons eu besoin de personne pour nous présenter. Nous nous sommes trouvés, un point c'est tout. Ce qui, d'emblée, m'a frappé chez lui ? Sa “force tranquille”. Je n'utilise pas cette expression par hasard. Elle lui convenait mieux qu'à n'importe qui d'autre. En 1978-1979, Éric a participé à une campagne de publicité en faveur du lait et c'est ce slogan qu'on lui avait très justement attribué. Ce n'est que plus tard que Jacques Séguéla l'a reprise à son compte pour la campagne présidentielle de François Mitterrand... Oui, sa “force tranquille”, c'est la première chose qui me vient à l'esprit. » Énergique et décidée, le verbe haut et les idées limpides, Jacqueline Tabarly a cela de commun avec son mari : elle n'hésite pas, elle tranche.

Cette fameuse maison de Gouesnac'h, ce salon tout en longueur, ces trophées disséminés alentour sans ordre ni vénération particulière — à l'image de cette coupe de la Transpacifique 1969 transformée en cache-pot — réveillent, c'est évident, quantité de souvenirs, mais la conversation qui s'attarde avec la maîtresse des lieux refuse toujours de se perdre. C'est de demain qu'il est d'abord question. A l'image d'Éric, Jacqueline entreprend plus qu'elle ne s'appesantit, envisage plus qu'elle ne s'apitoie. Elle n'aime ni ressasser ni se plaindre. Préfère agir et avancer. Nous avons, pour la plupart, oublié la teneur de son discours prononcé le jour des funérailles de son mari, mais pas l'assurance de cette femme si sûre et si digne. Ni son phrasé sans tache, ni son visage sans démonstration. Cette conviction qui étonne et émeut, mais qui surtout, à en croire ses proches, l'habite et la caractérise depuis toujours.

Jacqueline Marie-Thérèse Louise Chartol est née à Fort-de-France (Martinique) le 1er janvier 1943. Le berceau de la famille est situé au Vauclin sur la côte Est de l'île. Jeunesse ordinaire et insouciante : deux sœurs, un frère et des parents qui ne s'entendent pas très bien. Le père, employé au Trésor, ne voulant rien concéder, la mère choisit de gagner seule la métropole avec ses enfants à la fin des années 50. A Asnières ou à Montreuil, la banlieue est moins hostile qu'elle ne peut l'être aujourd'hui, mais le quatuor manque de l'essentiel : d'un revenu suffisant et du confort qui va avec. Jacqueline a quinze ans, elle est appliquée en classe, aimerait devenir avocate, mais choisit un BTS de secrétariat supérieur parce que, insiste sa mère, « c'est plus concret... ».

Un ami : « Elle aurait sans doute pu pousser davantage ses études, mais les circonstances n'étaient pas très favorables. » La jeune fille se familiarise néanmoins avec l'anglais et l'espagnol, et s'attarde deux ans en fac de droit. Son physique avenant l'autorise à faire quelques apparitions comme mannequin chez Catherine Harley : deux ou trois séances de photos ou défilés pour se procurer son argent de poche. Suit une expérience de secrétaire de direction chez un architecte, un premier mariage et la naissance d'Anne. Un événement qui incite la toute jeune famille à quitter Paris pour venir s'installer au bord de la mer, au Séné, au sud de Vannes, où Jacqueline travaille dans une agence de voyages : « Mon mari possédait un petit bateau, un Tiburon, que nous utilisions surtout le week-end, cela ne me déplaisait pas mais cela ne me passionnait pas non plus, je ne comprenais surtout pas tout ce que cela pouvait recouvrir. J'aimais surtout lire, jardiner et cuisiner. Même si je suis originaire des Antilles, la mer était pour moi quelque chose de tout à fait théorique. »

Pas pour longtemps. Dès le premier hiver de leur relation, Jacqueline mesure l'énergie qui anime le monument qui lui fait face, qui s'agite, se démène et s'apprête à entamer une énième croisière en Polynésie, qui rêve d'un bateau volant, s'égare en de multiples affaires, ne prévoit rien et ne programme pas davantage, mais, qui, toujours, conserve son calme et son autorité. Elle avoue : « Les deux années d'après la Transat furent des années très particulières, mais je ne faisais pas partie du tourbillon. Je suis restée en retrait et suis devenue le point fixe dont il ne voulait pas entendre parler. Comme on dit : il n'y a que les imbéciles qui ne changent pas d'avis... » Et ajoute : « Au début de notre relation ce n'était pas toujours évident. Je n'étais pas forcément heureuse. J'étais un peu comme un jeune chien que l'on vient d'adopter et qui se jette sur tout ce qu'on lui propose. Éric m'a appris à calmer mes envies, à prendre mon temps, à profiter de l'instant. C'était parfois très frustrant. J'aspirais à faire ceci ou cela et lui minimisait toujours l'importance de mes choix. Le fait est qu'il avait souvent raison. »

Jacqueline et Éric ne vivent pas ensemble puisqu'un océan (au mieux) les sépare, mais ils s'apprécient et se découvrent. En pleine croisière pacifique, le capitaine convoque un de ses matelots et lui commande d'aller « déménager » sa belle de Vannes à Saint-Cloud, de la Bretagne à la région parisienne, où elle vivra quelque temps avec sa fille. Même s'il devait être du prochain voyage en direction des Marquises, l'accommodant Bourhis ne se fait pas prier : « Nous étions partis à la recherche d'un marchand d'armes à Los Angeles. Éric voulait acheter un fusil parce qu'à ce moment-là il projetait de revenir en France par l'ouest et donc de passer par l'Indonésie, région peu sûre. En sortant du magasin, il a simplement lâché : “Tu ne voudrais pas aller déménager Jacqueline ?” Qu'est-ce que vous voulez répondre à cela ? Il aurait pu trouver quelqu'un sur place, contacter une relation, mais il a jugé plus simple que je fasse tout le voyage et que je rejoigne ensuite *Pen Duick VI* à Tahiti ! »

Les frères et sœurs sont, petit à petit, mis dans la confidence. Tante Monie ne se fait pas prier pour jouer les intermédiaires. Mariée à une belle fortune, installée rue Piccini dans le XVIe arrondissement de Paris, elle ouvre certaines portes à Jacqueline, lui fait découvrir le jeu des mondanités, partage avec elle son goût pour les belles toilettes et l'invite souvent à dîner. Le rapprochement avec la mère d'Éric est plus lent, plus hésitant — tributaire d'une précédente expérience traumatisante ? —, mais, au fil des mois, ses réticences se disciplinent. Après tout si son fils est heureux ! Depuis le 1er février 1975 et la mort de Babar — tombé d'une échelle alors qu'il effectuait des travaux de ravalement

— la Chalouère lui pèse. Repliée à Saint-Pierre, elle retrouve une région qu'elle apprécie davantage et qui la rapproche, elle aussi, de ses souvenirs d'enfance. A chaque retour de voyage de son capitaine de fils, les retrouvailles sont obligées mais, à nouveau, heureuses et chaleureuses.

Un « oncle revenant d'Amérique », un « père Noël en tournée » : c'est cette image qu'Anne — rieuse, fine, pétillante — conserve de celui qu'elle se refuse d'appeler son beau-père. « Il avait toujours une attention. Une peau de mouton lorsqu'il revenait de Nouvelle-Zélande, ou des chaussures d'Indien au retour des États-Unis. La toute première fois, il nous a ramené deux porcelaines : une grande pour maman et une petite pour moi. Il avait l'air un peu gêné, un peu embarrassé... » Jacqueline souffre évidemment davantage de ces allées et venues incessantes, mais elle s'attache chaque jour un peu plus à celui qu'elle surnomme indifféremment Louis XI : « à cause de ses tenues spartiates » ; la reine d'Angleterre : « parce qu'il n'avait jamais un sou en poche » ou Dieu le Père : « dans la mesure où il n'admettait que très difficilement avoir tort » ! Éric n'a peut-être pas encore changé ses habitudes, mais il est en passe de changer de vie...

Au détour d'un entretien, il assène toujours les mêmes certitudes : « Quand on exerce mon métier, toute vie de famille me semble inconcevable. Où que j'aille, où que je sois, les bateaux occupent mes pensées [1]. » Mais il s'inquiète aussi des progrès de la « petite », de sa santé, de ses premières notes. Surtout, il multiplie les signes pour faire de la longère de Gouesnac'h le nid familial qui n'était pourtant pas

1. *Ibid.*

dans l'ordre de ses priorités. Oublié le grenier à mâts, le dortoir pour les copains, les hamacs qu'il espérait suspendre sous les combles ! A compter du 2 avril 1980, le gros œuvre achevé, les travaux de finition enfin stabilisés, la retraite du matelot se « civilise » pour de bon. Soudain, il est question de salon confortable, de fauteuils profonds, de massifs de fleurs, de jardin potager. A l'étage, Éric aménage un bureau tapissé de bois blond où il sacrifie, tant bien que mal, aux séances de courrier ou aux corvées d'écriture qu'on lui soumet. A deux pas, la ferme de Kerzuel fournit les œufs et le lait. Et l'épicerie et le bar-tabac du bourg, le reste du ravitaillement. Dix minutes en voiture seulement permettent de rejoindre le port et le marché de Bénodet. Toute la communauté alentour se réjouit de l'installation de ces hôtes de prestige, mais comprend, dans le même temps, la discrétion à laquelle ils aspirent. Les Tabarly verraient d'un assez mauvais œil affluer les curieux et les importuns. Pour veiller au grain, la maréchaussée est mise dans la confidence et, aux flâneurs égarés, il n'est pas rare que les plus proches voisins indiquent sciemment la direction inverse de celle qu'ils recherchent vraiment...

Preuve que l'oursin, petit à petit, rabote ses piquants : le voilà qui, à la même période, sacrifie aux joies de la neige et de la montagne ! Une vieille passion certes, mise au jour dès 1966 par sa sœur Armelle (avec la complicité de son mari), mais qui, désormais, prend un tour quasi obligatoire : « Au départ, Éric n'avait aucune notion de ce sport, mais il a tout de suite voulu foncer et découvrir. Nous avons d'abord cru que c'était une passade, mais il en parlait souvent et demandait toujours à y retourner. » Une rapide amitié avec Jean-Jacques Sévy, figure de Chamonix, facilite l'organisation des premiers séjours. En échange de quelques menus services de promotion, le peu inspiré initiateur de Tabarly Yachting fournit à son associé la jouissance d'un appartement gratuit. Affublé au mieux d'un simple pantalon de velours — toujours sans lunettes et sans bonnet —, Éric apprécie de dévaler les pentes et plus encore de s'égarer en dehors des pistes battues.

Sa réputation lui permet de côtoyer James Couttet « qui (lui) apprend les rudiments », Sylvain Saudan « le skieur de l'impossible » ou Jean-Pierre Devouassoux, personnage incontournable de la station. Mais à ces relations « obligées », Tabarly préfère, au fil des hivers, des compagnies ou des amitiés plus discrètes. Celle de son frère Patrick qui loue lui aussi régulièrement un appartement à proximité ou celle de « Poupette » de Marliave, énergique et infatigable skieuse, d'abord monitrice d'Anne, puis de sa mère Jacqueline, avant de partager avec Éric des randonnées plus audacieuses : « Il venait là d'abord pour la nature, l'effort et la tranquillité. Ni sur les pistes, ni dans les cabines personne ne l'embêtait. Parfois il venait seul pendant un mois et se dépensait sans compter. Jacqueline était un peu plus réticente... »

Bientôt, Éric s'installe dans un appartement plus grand au Planet, juste au-dessus d'Argentière. Une retraite idéale perchée dans les étages d'une imposante bâtisse grise isolée au milieu des sapins, une tour de contrôle improvisée perdue dans un écrin de neige et de rocaille où le téléphérique des Montets, situé à proximité, invite à des évasions plus enthousiasmantes encore. Plus qu'un dérivatif, le ski tourne bientôt chez Tabarly à l'idée fixe. Lors d'une escale au Maroc, Philippe Poupon n'est pas le dernier surpris d'accompagner son capitaine dans l'Atlas pour à peine quelques heures de chasse-neige improvisées. Florence Steurer, membre de l'équipe de France de ski, en voyage au Japon en 1969, n'est pas moins étonnée de son enthousiasme pour une virée dans la région de Toteyama avec le vainqueur tout juste libéré de San Francisco-Tokyo : « Nous nous sommes rencontrés dans les allées d'une foire commerciale à Tokyo où nous cherchions tous les deux à faire plaisir à un sponsor. Dès que j'ai avancé l'idée de partir faire du ski, il a dit oui. Ce n'était pas un styliste, mais c'est sûr, il aimait ça ! »

Tellement qu'il y consacre chaque année davantage de temps. Les séjours au Planet s'éternisent et tout autant les balades sans cesse renouvelées en direction de l'aiguille du Chardonnet, du glacier de Saleina ou du refuge du Trient. Dans la vallée, Éric hérite du surnom de « charrue » pour la manière très « agricole » qu'il a de marquer son sillage dans la neige. Comme au plus loin des mers australes, le travailleur de force, dents serrées, muscles tendus, laboure l'élément plus qu'il ne l'apprivoise. Sans jamais se plaindre, ni de ses gamelles ni de ses fautes de carre répétées à l'infini. Chemin faisant, on ne s'étonne guère de le voir fraterniser avec le discret Guy Périllat qui le lui rend bien : « Éric était très résistant. Il montait et descendait jusqu'à l'épuisement. Ce qui me plaisait chez lui c'est qu'il ne jouait pas les vedettes. Il faisait la queue comme tout le monde. Ne réclamait rien de spécial. Il était simplement heureux dans cette nature à peu près vierge. Il aimait respirer le grand air, admirer les sommets alentour. Un jour, je lui ai offert une paire de skis : il était un peu confus. » Guy Périllat ne s'en rend sans doute pas compte, mais il partage (c'est frappant) le même ton de voix que son ancien copain de randonnée et de toute évidence les mêmes priorités. Connaît-il cette repartie de son « jumeau » : « Entre Killy et Périllat, finalement, il n'y a qu'un McCormack de différence... », allusion faite au manager américain qui a facilité la reconversion du premier, mais involontairement aussi préservé — pour ne s'y être pas intéressé — l'indépendance du second ?

A Chamonix, comme à Gouesnac'h, Tabarly tricote ses sympathies à l'abri des gêneurs et des questions. Il veut profiter du moment, satisfaire une envie, apprécier une sensation. Il partage éventuellement une surprise ou une découverte, mais toujours à demi-mot, sans qu'il soit besoin de s'étendre. Le meilleur moyen qu'il a trouvé pour remercier ses amis montagnards est de les convier sur ses bateaux. A l'inverse, le plus beau cadeau qu'il peut faire à ses amis marins est de les inviter à passer quelques jours à la neige. Le temps d'une régate ou d'un raid chacun y retrouve son compte et, plus encore, un langage, une atmosphère et des paysages qui, de l'avis de tous, ne sont finalement pas si éloignés les uns des autres.

Tabarly n'est pas encore marié (il mettra huit ans avant de se décider !) et loin d'être père à part entière (l'événement ne surviendra qu'en 1984 !), mais il fraternise et socialise plus qu'il ne l'a jamais fait jusque-là. Il revient à d'anciennes amitiés, consolide ses relations avec ses voisins, accepte des invitations à dîner. Bernard Garçon, son vieux copain, est conscient du virage, des concessions et des témoignages qui les accompagnent. Dans son bureau-bibliothèque qui ouvre sur un bras de mer et la belle dune de sable qui le protège, les vieux albums de photos qu'il feuillette en sont remplis. Défilent une sortie en mer, un anniversaire, une plâtrée d'huîtres dégustée chez le « père »

Thierbelon, et, plus triste constat, « tous ces chers copains qui petit à petit ont foutu le camp... ». Défilent aussi des visages hilares, des ventres rebondis, des bonheurs partagés qui une ou deux fois l'an se réunissent au château de Josselin, à deux pas de Ploërmel. Présences dont Éric semble, visiblement, apprécier la compagnie.

Le prétexte ? Une joyeuse et étonnante confrérie qui perdure sous le label des Frères de la côte et qui perpétue l'antique fratrie des corsaires jadis occupés à écumer les océans. Introduite en France à la fin des années 50 par Marcel Bardiaux, cette société maçonnique à la mode salée, où le décorum, les chansons à boire et les noms d'emprunt ont valeur de dogme obligatoire, est d'emblée investie par de nombreux fidèles du « clan » Tabarly : Marcel de Kerviller (alias Tafia), le père d'Éric (Babar), Yannick Le Maguer (L'Etelois), Victor Tonnerre (Boule de rac) et bien d'autres entrepreneurs et notables locaux qui, de l'aveu même de Bernard Garçon (alias Méniqué), ont plus d'une fois mis la main à la poche pour aider leur « frère » Éric. De petites subventions ou de grands encouragements consentis de manière tout ce qu'il y a de plus « familiale » afin de soutenir l'un des leurs. Les attendus de l'association ne stipulent-ils pas clairement que les notions « de solidarité, d'entraide, de bonne chère et d'amour de la mer » sont sur toutes les autres fondamentales ?

De toute évidence, Éric se sent bien en pareille compagnie et commandé par de semblables mots d'ordre. Même si, toujours selon Garçon : « Il décrochera un peu au fil des années. Parce qu'apparaissaient trop de nouvelles têtes et parce que, faute encore plus dommageable, la tradition de chanter en fin de repas s'est petit à petit perdue au profit d'échanges malheureusement beaucoup trop policés à son goût. » Curieuse période que ces années de transition entre l'aventure de son ultime *Pen Duick* (le *VI*) et son installation à Gouesnac'h, entre ses humeurs de capitaine célibataire et ses contraintes de responsable de famille, entre ses campagnes du bout du monde et ce bout de lande bretonne enfin conquis. Si Éric Tabarly a fait un jour le grand écart c'est au gré de cette parenthèse où il a perdu ses deux parents (sa mère est décédée le 14 mai 1978 à Avrillé) et gagné une femme et une première fille dans le même temps. Un bouleversement dont il peine à mesurer les effets et plus encore à rapporter l'importance. Dans ses *Mémoires du large,* une fois de plus, l'amnésique pèche par omission. Page 328, quatrième paragraphe, il concède du bout de la plume l'inévitable et sempiternel : « Les années ont passé » ; page 329, troisième paragraphe, il répète mot pour mot : « Les années ont passé. » Le temps de deux petites phrases tronquées, tout est dit et passé à la trappe de semblable façon : huit ans d'une vie pourtant truffée de rebondissements, de changements de cap et de nouvelles orientations.

21

PROFESSEUR NIMBUS

Même revenu à des préoccupations terre à terre, Éric Tabarly rêve toujours d'un bateau qui vole. Un casse-tête flottant capable d'oublier son poids par la seule magie de la vitesse du vent, un anachronisme naviguant qui marierait les capacités aériennes d'un avion et les vertus maritimes d'une torpille. La promesse d'un pareil instrument est certes enthousiasmante, mais, en ces temps reculés, elle relève aussi de la chimère la plus pure. Autant faire admettre à un éléphant qu'il peut jouer les fildeféristes ou à une baleine qu'elle a les capacités d'un goéland ! Depuis 1975, le plus têtu des marins n'en démord pas : l'avenir, si ce n'est le salut, de la voile océane passe par une révision complète des lois de la pesanteur et de l'hydrodynamique. La vitesse est peut-être l'otage obligé d'une surface de voilure ou d'un nombre de coques, elle est surtout affaire de frottements !

Si Tabarly emprunte ce chemin, c'est que son intuition l'y pousse. Mais pas seulement. Cette direction aléatoire est également commandée par la nécessité de conserver cette fameuse encolure d'avance qui, d'un point de vue strictement maritime et technique, l'a jusque-là toujours distingué du tout-venant. Le fameux

« nous avions toujours quatre ans de retard sur lui, ou lui quatre ans d'avance sur nous » très tôt admis par Jean-Yves Terlain, second magnifique mais obligatoirement vaincu. Une manière d'être tout autant qu'une marque de fabrique. Au terme d'une Whitbread ratée et d'une Transat aux forceps, le skipper supposé donner le *la* à l'ensemble de la flotte n'a perdu que trop de temps. Le souffle des jeunes loups bardés de sponsors et de technologie qu'il sent dans son cou le pousse à accélérer la cadence. Et vite !

Le bateau qui vole ne relève pas du seul désir, il est devenu nécessité. S'il s'inscrit dans la logique de l'évolution de l'architecture nautique, il garantit surtout l'indispensable bond technologique *(quantum lap)* dont Tabarly doit se prévaloir s'il veut demeurer en phase avec son image de marque de perpétuel novateur. Même si les ingénieurs de chez Dassault avancent à pas comptés et si l'IUT de La Rochelle bricole en amateur, Éric renchérit tant qu'il peut parce qu'il sait que son excellence n'a de chance de survivre que si elle est embarquée à bord d'une machine réellement innovante. La première maquette qu'on lui propose en août 1976 l'est. Tout au moins dans l'esprit. Mais sa facture, elle, est déjà nettement plus sujette à caution.

Sur les rares photos qui rapportent la sortie inaugurale — par temps clair et mer plate — le grand capitaine fait sourire. Affublé d'un simple maillot de bain, il se contorsionne sur un improbable assemblage de contreplaqué à faire passer le requin de Triphon Tournesol pour un sous-marin nucléaire ! Le principe est là : la coque centrale, les deux flotteurs et les deux foils — ces fameuses béquilles supposées hisser hors de l'eau la structure tout entière —, mais l'ensemble paraît bien théorique, fichtrement improvisé et, pour tout dire, un tantinet comique... Il n'empêche. Même si elle rejoindra assez vite le hangar d'une vieille ferme, recouverte d'une bâche pour les vingt années à venir, la maquette du professeur Jean Garnaud persuade Tabarly de l'intelligence du cap qu'il s'est fixé. La faisabilité de son évidence ne fait aucun doute. La preuve : il a même trouvé, incroyable mais vrai, un poids lourd de l'industrie pour financer la totalité du voyage à venir !

En novembre 1977, BSN, *via* sa filiale Kronenbourg, lui garantit une mise de départ de 2 millions de francs. A charge pour lui de mettre au point un hydrofoil susceptible de damer le pion aux embarcations plus traditionnelles envisagées ici et là. Enfin de l'audace ! De la confiance ! De l'argent ! Installé sur un nuage aux effluves de houblon, Tabarly croit à nouveau au père Noël... Fin 1978, il s'offre même, en compagnie de Jacqueline, d'inhabituelles vacances aux Antilles. L'arrivée de la première Route du Rhum partie sans lui et l'exploration du territoire de la nouvelle femme de sa vie sont des prétextes tout trouvés. De là-bas, il s'inquiète des tâtonnements des ingénieurs de chez Dassault, apporte quelques informations supplémentaires et commande même aux Chantiers de l'Atlantique qu'ils ménagent un créneau pour la construction de sa trouvaille. Le 18 décembre, c'est dit, c'est programmé, le projet sera révélé et la presse informée.

Volte-face inattendue : l'encre des cartons d'invitation n'est pas encore sèche que Kronenbourg se désiste ! Sans raison claire, ni explication réelle. Tabarly n'est pas déçu, il est, une fois n'est pas coutume, hors de lui : « Je ne comprends pas qu'à ce niveau de responsabilité les personnes en poste se conduisent comme des girouettes et n'aient pas le respect de la parole donnée [1]... » Sans doute la manière ne fut pas élégante, mais le recul incite à préciser qu'au cours des semaines précédant ce coup de Jarnac, le futur sponsor avait commandé une étude d'évaluation dont les résultats n'incitaient guère à l'optimisme tant au niveau de la plus que raisonnable mise de départ qu'en ce qui concerne les garanties techniques elles-mêmes aléatoires.

Tabarly ne veut rien savoir, bout et tempête. Interrogé depuis le Salon nautique par un reporter de Soir 3, le 16 janvier 1979, il met nommément BSN en cause et poursuit sa diatribe de plus belle, dès le lendemain, dans les colonnes de *L'Équipe* : « J'ai été trahi ! » Emue, l'opinion ne comprend pas. Ou, plutôt, elle ne comprend que trop bien : les difficultés du héros à aller de l'avant, à répéter ses envies, à souscrire aux exigences de l'heure. Elle compatit aux embarras de celui qui, un peu plus tôt, confiait à Jean Noli, dévoué porte-parole : « Je me fais avoir souvent. Et je me ferai avoir encore. Jusqu'à la fin de ma vie. Mais je suis ainsi, je ne peux vivre que dans la confiance. La méfiance est un terrible sentiment qui empêche de vivre et qui ronge. » Trop honnête, Tabarly ? Trop naïf ?

A l'époque directeur commercial à l'exportation chez Ricard, le célèbre pourvoyeur d'anisette, Alain Juillet, est témoin du processus en cours. Prévenu par Gérard Petipas de l'imminente intervention télévisée du skipper floué, il s'empresse d'alerter son patron, retiré dans sa propriété provençale, et l'invite à assister à la passe d'armes. Manœuvre gagnante : à peine éteint son poste, Paul Ricard se persuade : « C'est certain, il

1. *France-Soir*, 20 décembre 1978.

y a un coup à faire ! Pour développer mon marché dans d'autres régions de France, ce peut être un argument décisif[1]. » En parfait factotum, Juillet s'exécute : « Sans réfléchir à la moindre stratégie, Tabarly, Petipas et moi-même étions dans l'avion dès le lendemain... » Sur les hauteurs du Castelet, à la Tête-de-l'Évêque, la conversation tarde à décoller. Paul Ricard est certes un amateur de belles voiles, il a lui-même dessiné quelques carènes, possède une jolie unité de 30 mètres, mais il n'a — comme le baron Bich — que méfiance et rejet pour les multicoques, inqualifiables araignées qui allient, selon lui, inesthétisme et dangerosité ! Il a certes soutenu Alain Colas lors de son tour du monde à bord de *Manureva* et récemment le jeune Marc Pajot, mais les déboires de ce dernier, le semi-naufrage de son grand catamaran ne lui ont guère donné l'envie de poursuivre l'expérience plus avant. Pour ajouter à la froideur de l'échange, Éric, comme à son habitude, est peu accommodant. Objectivement, l'affaire aurait dû en rester là, suspendue, au mieux, à un verre de corbières.

Dans les semaines qui suivent, Juillet insiste néanmoins. Auprès de Paul Ricard, mais surtout auprès de son gendre René-Julien Baudinet, président du groupe et, le détail a son importance, grand amateur de dériveurs légers. Début d'une belle entente, d'une estime réciproque, mais début aussi d'un sprint insensé. Car plutôt que de se fixer la prochaine Transat prévue deux ans plus tard comme objectif logique, Ricard et Juillet somment Tabarly et son engin d'être opérationnels dès la toute nouvelle Transat en double programmée, elle, au mois de mai 1979... Cent cinquante jours, pas un de

1. Confidence rapportée par Alain Juillet à l'auteur.

plus pour cogiter, assembler et accoucher de l'impossible ! Cent cinquante jours pour introduire cinq années d'hésitations et de contradictions à n'en plus finir !

De tous les bateaux d'Éric, l'hydrofoil *Paul Ricard* est, et de loin, le plus hasardeux et le plus coûteux qu'il ait jamais cautionné. Une succession d'adaptations, de greffes et de renoncements qui aboutiront à un record de l'Atlantique certes spectaculaire et deux ou trois places d'honneur significatives, mais qui accréditeront surtout l'insondable entêtement de son initiateur, incapable d'infléchir son instinct à propos ou même d'adapter son fonctionnement à un système nettement plus complexe que celui en usage au milieu des années 60.

Alain Gliksman, témoin attentif : « Éric a toujours baissé la garde devant les architectes. Les ayant choisis, il s'interdisait de les critiquer, par principe. Tant qu'il évoluait dans le domaine de l'artisanat, tout allait bien. Mais dès qu'il s'est appuyé sur des ingénieurs et des chercheurs, il a perdu une partie de ses repères. » Cet instinct, ce flair inimitable, cette science fondamentale qui, depuis la nuit des temps, sied si fort aux marins primitifs. Pierre English, équipier de la première heure, a raison : « Éric, il ne faudra jamais oublier cette vérité, dans sa manière d'appréhender la mer, était plus proche de Christophe Colomb que de ces pilotes de Formule 1 à qui l'on compare de plus en plus les skippers les plus modernes. » Bien plus au fait de l'évolution des méthodes et des matériaux — question de tempérament et de différence d'âge sans doute —, Patrick, le petit frère, se souvient très bien de ce virage si douloureusement négocié : « Quand Éric commandait une pièce, son mode de fabrication ne lui importait pas autrement que cela. Ce qu'il voulait, c'était la voir fonctionner. Et quand elle “pétait”, il avait toujours la même réaction : “Ah merde ! Ils se sont encore gourés dans leurs calculs...” » Enregistré à l'une ou l'autre occasion à bord de *Pen Duick VI,* le constat massue tournera vite à la rengaine sur le pont de *Paul Ricard.* « Dès les premiers dessins, je me suis rendu compte que ce bateau serait trop lourd ! » Vingt-deux ans après, Alain de Bergh n'en démord pas. L'ingénieur de chez Dassault garde un souvenir attendri de son expérience nautique, des prémices de ce projet initié, on s'en souvient, sur la table de sa cuisine, des échanges avec ses collègues Claude Piccard et Pierre Perrier, spécialistes des matériaux et de l'aérodynamique, et du bénévolat concédé sans l'ombre d'une hésitation. Mais il convient aussi que dans cette aventure abracadabrante l'irréalisme a toujours pris le pas sur le professionnalisme : « Il y avait un but à atteindre, les événements s'enchaînaient, mais pas une fois nous avons pris le temps de dire “stop nous faisons fausse route”. C'était de la fiction pour de vrai, de l'expérimentation grandeur réelle... »

Faute de carbone — un matériau qui n'en était qu'à ses balbutiements et dont le coût se serait révélé de toute façon dissuasif —, faute de fibre de verre — Éric ne lui accordait qu'un crédit très relatif —, c'est ce bon vieil aluminium qui est, une fois de plus, sollicité pour, soi-disant, donner des ailes à *Paul Ricard.* Dix tonnes plantées sur deux ergots de six mètres : le rêve absolu ! Si fou qu'il n'accédera à un semblant de réalité qu'en 1998 grâce à l'hydroptère, son authentique mais très lointain cousin, plus léger de cinq tonnes et doté d'une surface de voilure deux fois plus importante ! En attendant, le clan Tabarly est obligé de réviser ses intentions à la baisse. Sur le principe tout au moins car question intendance c'est plutôt le ban et l'arrière-ban des spécialistes, bureaux d'études et ateliers de pointe qui sont convoqués. Un éparpillement digne d'une campagne spatiale : à Seclin, Cherbourg ou Brest, la Général mécanique aéronautique, les Constructions mécaniques de Normandie, les Constructions navales, l'avionneur Hurel-Dubois s'activent. Jusqu'à obtenir un engin digne de *Mad Max* : une coque centrale n'excédant pas deux mètres de large, mais un mât-aile de 800 kilogrammes piqué de 1 700 rivets; un confort digne d'un cul-de-basse-fosse, mais une poutre centrale capable de résister à une poussée de 100 tonnes au mètre carré ! Un voilier ? Non, un char d'assaut, version amphibie. Un Meccano monstrueux aussi proche des lignes du *Pen Duick* originel que la *Bête humaine* des calèches du temps jadis.

Invité à suivre la construction pour le compte d'une importante agence photo, Jean Guichard n'en revient pas : « C'était crânes d'œuf et compagnie... Des chiffres en cascade, des calculs à n'en plus finir et Éric qui ne bronchait pas, qui attendait, qui s'impatientait. » Des erreurs à la pelle aussi. De conception. De prévision. Il manque des tôles ? C'est un fabricant de gouttières qui, *in extremis,* approvisionne le chantier. L'étrave pique du nez ? Quatre cents kilogrammes de plomb sont installés sur l'arrière. Bergh : « Il n'y avait pas de solution, il n'y avait que des urgences. Avec un autre skipper, l'affaire se serait peut-être enrayée. Mais, même si Éric n'approuvait pas ouvertement, il était là. Et sa présence avait valeur de caution. » Pourquoi ne pas suivre un esprit ingénieux qui, au cours des dix années écoulées, a éprouvé les déplacements légers, les coques en aluminium et les mâts-ailes ? Pourquoi ne pas signer un nouveau chèque en blanc à un talent confirmé qui a inventé les réservoirs à ballasts, les voiles lattées et les chaussettes à spinnaker? Chanson ressassée : chez Tabarly essayer ne relève pas de l'hésitation mais du mot d'ordre. C'est parce qu'il n'a cessé d'explorer qu'il a trouvé. Parce qu'il a osé qu'il est parvenu.

Juillet tranche : « Sur ce projet bien précis, les ingénieurs ont été un peu inconscients, mais Éric a aussi été relativement irréaliste. » A la mise à l'eau de l'enclume à flotteurs — le 3 mai, vingt-trois jours avant le départ de la fameuse Transat en double —, les choses ne s'arrangent pas : la neige menace (mauvais présage), la marraine est habillée de vert (deuxième mauvais présage) et la bouteille de champagne résiste sur la coque (troisième mauvais présage). Dès la première navigation, Éric s'avoue déçu : sa machine accélère correctement au portant, mais « plante » dès qu'elle s'engage au près. Paul Ricard est agacé. Les lignes de crédit qu'il a consenties jouent de plus en plus les prolongations. Faute de pouvoir salarier l'officier de marine soi-disant infaillible, il accepte de parrainer la dépose de trois brevets d'« invention » dont les royalties représentent, malheureusement pour lui, un manque à gagner indéniable. Oublier la course à venir? Reporter à plus tard les conquêtes de son bateau symbole? Il n'en est pas question. Il faut que la presse plonge et que les journalistes rebondissent. D'un revers de main, il écarte l'idée qu'Éric fasse tandem avec son frère Patrick : c'est le jeune Marc Pajot qui l'accompagnera, son étoile est à la hausse et il « passe » bien mieux dans les médias...

Tabarly acquiesce et se soumet. Difficile d'admettre que l'on a peut-être eu tort. Difficile de surseoir aux traites de la longère qui s'accumulent. Il avait accueilli avec un réel plaisir la perspective de collaborer avec le cadet de la famille, mais puisque le réalisme commande... Patrick : « Je pense qu'il n'a pas accepté cela de très bon cœur. C'était quelque chose de nouveau pour lui. Jusque-là, il était vraiment le maître à bord. C'est lui qui décidait. Là, ce sont les circonstances qui lui ont imposé la marche à suivre. Quand il m'a croisé, il m'a simplement dit : "Je suis désolé !" C'est sûrement pour atténuer ma déception qu'il m'a prêté *Pen Duick III* pour cette même Transat que j'ai eu vraiment beaucoup de plaisir à courir avec Philippe Poupon. »

Une moindre compensation. Même s'ils ont navigué pour la première fois ensemble en 1958 — Éric avait vingt-sept ans, Patrick, quatorze seulement —, jamais le tandem n'avait, jusque-là, fait cause commune. Jamais surtout le « petit frère » ne s'était à ce point retroussé les manches pour son aîné. Le rapprochement s'est fait naturellement, chacun ayant, semble-t-il, trouvé le terrain où s'exprimer : « Il me semble que j'ai toujours été plus pratique qu'Éric. Je me suis toujours intéressé à la mécanique ou à l'électricité. J'adore bricoler, alors que lui détestait ça. J'ai aussi suivi avec beaucoup d'attention l'évolution des matériaux ou de l'électronique, ce qui l'intéressait encore moins. » Vite marié, vite employé, Patrick a choisi cette voie par goût, mais aussi par lucidité. Plus d'une fois, il l'avoue, son nom fut un handicap. Ou, plus exactement, son prénom qui, mal noté par une secrétaire, découragea plus d'un commanditaire persuadé d'avoir été préalablement sollicité par son frère ! « Même au bout de la deuxième ou troisième fois on ne s'accommode pas très bien de cette situation. Je ne peux pas dire que j'en aie vraiment souffert, mais cela m'a incité à chercher les moyens de trouver mon équilibre d'une autre manière. »

Comme son aîné, Patrick est un modèle de discrétion. Mais, rançon d'un voisinage pour le moins encombrant, il ajoute à cette retenue une humilité encore plus affirmée comme s'il lui avait toujours été demandé de payer un tribut supplémentaire au trop-plein de notoriété de celui qu'il n'a pourtant jamais cherché à imiter : « Nous avons toujours été indépendants l'un de l'autre. La seule chose que nous ayons un jour partagée c'est les sept louis d'or que nous avons remportés pour notre troisième place dans La Baule-Dakar. » A dire vrai, les deux frères ont grandi dans des mondes différents. D'une génération à l'autre (ou presque), les contraintes parentales ont été moins pesantes et les libertés octroyées plus nombreuses. Au caractère ombrageux d'Éric, Patrick a toujours opposé un optimisme beaucoup plus débridé. A la différence de son aîné, il a évité la pension, s'est initié au dériveur — il fut deux fois champion de France de Vaurien — et a profité d'emblée d'embarquements inespérés. Même physiquement les deux frangins tranchent. Le plus jeune est plus élancé, vif, agité parfois. Il porte des lunettes en permanence et alimente beaucoup plus naturellement la conversation que son aîné. Un point les rassemble en revanche : le rejet des études dont Patrick, victime de plusieurs pépins de santé pour ne rien arranger, s'est détaché encore plus rapidement qu'Éric !

Le projet Ricard arrive comme une réconciliation. De longs mois de discussions communes, de casse-croûte partagés, de points de vue croisés. Éric initie et insuffle. Patrick explique et prévient. Jusqu'à ce que l'embarquement obligé de Marc Pajot, prélude à l'une des collaborations les plus étonnantes de l'interminable carrière de Tabarly, ne vienne interrompre l'idylle.

Les deux hommes se connaissent bien. Ils ont navigué ensemble sur *Pen Duick VI* lors de la première Whitbread, mais tout les oppose. L'âge bien sûr (vingt-deux ans de différence), mais aussi le caractère, la formation, les goûts, les idées. Pajot l'avoue : « Pendant les trente-quatre jours de la double traversée — Lorient-les Bermudes-Lorient — nous ne nous sommes pratiquement pas adressé la parole. Nous nous sommes croisés, chacun faisant son boulot à tour de rôle, mais nous avons très peu échangé. »

Plus encore que son résultat final — une seconde place concédée au tandem Eugène Riguidel-Gilles Gahinet pour 5 minutes et 42 secondes ! — cette expérience est à marquer d'une pierre blanche dans la vie de Tabarly. Elle illustre comme un symbole le divorce entre deux conceptions de la voile hauturière, le passage de témoin contraint d'une réalité à l'autre et la remise en cause de bien des évidences. Pajot navigue avec hargne, il plie tant qu'il peut son mètre quatre-vingt-trois dans l'étroit boyau de l'horrible coffre-fort, grimpe au mât la peur au ventre, s'entaille la cuisse et se fait, seul, six points de suture. Mais prend-il du plaisir à accumuler tous ces courages ? « J'avais vraiment l'impression qu'Éric pensait le pire à mon sujet. Qu'il se disait intérieurement : "Ce gars-là se débrouille vraiment comme un manche, il est maladroit, il salit le bateau..." Cela dit, je faisais mon boulot et n'attendais pas de merci. »

En vérité, le patron du bord ne semble pas d'humeur à s'attendrir. Olivier de Kersauson : « Éric ne l'a jamais dit ouvertement, mais il avait un peu de mal à comprendre pourquoi Pajot naviguait : il était toujours malade en mer, mais malade à crever ! Et pourtant, il y allait, il y retournait... » Porté par sa vaillance ? Poussé par son ambition ? Alain Juillet : « Depuis son expérience de la première Route du Rhum, Marc avait pas mal changé. Il pensait beaucoup à l'argent. Aux Bermudes, les bateaux ne s'arrêtaient pas, mais il était prévu de récupérer un sac de pellicules photo pour satisfaire les journaux. Un de nos collaborateurs, à califourchon sur un Zodiac, a effectué la manœuvre tant bien que mal. Quelques jours plus tard, je reçois un coup de fil d'une radio : Corinne, la femme de Marc, était en train de négocier avec le chef d'antenne une cassette où Tabarly chantait des chants de marin ! Sincèrement, je doute beaucoup qu'Éric se soit prêté à ce jeu dans ce but... »

Les règles de la comédie ont changé : la voile s'expose, la voile se vend. Et Éric se trompe. De projet, d'équipier et même de manœuvre. A quelques encablures de l'arrivée, il hésite. Il boude les informations radiophoniques et néglige de prendre la position de son poursuivant. Mieux placé sur le plan d'eau, *VSD* lui brûle la priorité et file bon plein sur la ligne. Coupable d'avoir explosé trop de spinnakers chemin faisant et négligé d'en prendre de rechange aux Bermudes comme le règlement l'y autorisait, le plus grand marin de France est victime d'une cruelle queue de poisson après 11 000 kilomètres de navigation acharnée. Il y a des situations plus adéquates pour remettre un projet à flot ! Juillet encore : « Des arrivées de course serrées, il y en aura d'autres dans les années à venir, mais là, sous leurs fenêtres, les Bretons ont assisté à l'impensable : Tabarly battu sur le fil à son propre jeu ! »

L'intéressé est morose. Et si *Paul Ricard* était un

bateau maudit ? En son for intérieur, il le pense peut-être, mais décide néanmoins d'assumer ses échéances. Pendant quatre années encore Tabarly s'acharnera. Au mépris des événements, par respect pour les engagements passés et parce que l'abattement ne saurait avoir de prise sur son moral. Face aux critiques, il réitère ses certitudes et répète que l'avenir de la compétition hauturière appartient bel et bien à son fameux voilier hybride. Ses résultats sont décevants ? Qu'à cela ne tienne : il fait subir à son voilier bancroche une cure d'amaigrissement drastique, change son mât, ajoute une dérive, modifie son gréement. Son rendement est meilleur, mais le gouffre financier qu'il creuse plus impressionnant encore. A la même époque, avec des moyens bien inférieurs aux siens, Gilles Ollier, jeune architecte vannetais, imagine la future série des *Jet Services* : des catamarans en plastique ultralégers prêts à bouleverser la donne pour les dix années à venir...

On ne discute pas une idée fixe estampillée Tabarly et encore moins une énergie à revendre qui jamais ne s'impatiente. Déjà Éric prévoit de courir la traditionnelle Transat anglaise prévue en juin 1980. Mais bâton dans les jambes supplémentaire, il se donne une très sévère blessure à l'épaule (capsulite rétractive) lors d'une randonnée à skis. Ce n'est pas grave, il va se remettre, consulte mille médecins, un éridologue-acupuncteur et même une voyante, juste avant que son sponsor ne choisisse de céder sa barre à... Marc Pajot ! Au moins escompte-t-il que son bateau tire son épingle du jeu, que les vertus maritimes qu'il lui prête trouvent enfin une occasion de prouver leur bien-fondé, mais le skipper qu'on lui impose, prévenu douze jours avant le départ seulement, ne peut effectuer ses 500 milles de qualification et courra sans espoir de classement ! Le bateau volant n'est pas freiné par les contrariétés : il est plombé par la malchance !

Depuis un certain temps déjà, Paul Ricard n'ose plus décrocher son téléphone et les journalistes tournent les talons. A Newport, c'est un sexagénaire, le débonnaire Américain Phil Weld, qui, sans le moindre accroc ou incident, remporte l'épreuve. Le premier Français classé est huitième... Et si Tabarly avait entraîné par le fond tous les espoirs d'un pays qui s'estimait, il y a encore quelques saisons, inimitable ? L'heure est délicate. Si le marin inoxydable ne doute toujours pas, Gérard Petipas, lui, se ronge les sangs pour de bon : « Il faut l'admettre : la situation n'était pas brillante ! Depuis quatre ans, Éric n'avait pas gagné grand-chose et Ricard s'impatientait de plus en plus. » En prélude à l'aventure, le patron autocrate avait passé l'éponge sur les « originalités » multipliées par son si prestigieux client. Sur le fameux « je n'aime pas le Ricard » qu'Éric — toujours incapable de dire quelque chose qu'il ne pense pas — avait assené à une assemblée d'actionnaires médusés, mais à force de contre-performances son envie de sourire s'est définitivement émoussée. Petipas encore : « Au risque de tout abandonner là, nous devions absolument trouver une solution afin de rebondir et de retrouver notre crédit. »

Il ne faut pas aller chercher ailleurs les motivations qui poussèrent Tabarly à chatouiller l'antique record établi par l'Américain Charlie Barr sur l'Atlantique au tout début du siècle. Même inéquitable, ce match à travers les âges s'imposa comme un « coup de pub » (on ne disait pas encore « coup médiatique ») idéal, seule solution capable en tout cas, en plein cœur de l'été 1980, d'enflammer le public et, argument plus avantageux encore, de calmer les desiderata de ses créanciers.

Faussement détaché, l'opposant avoué et déclaré à toutes tentatives contre le chronomètre ose : « Lorsque vous voyez une grosse somme d'argent par terre, vous vous baissez pour la ramasser, non [1] ? » Les difficultés rencontrées tout autant que les 10 000 livres promises par le *Sunday Times* invitent le hardi capitaine à réviser son opinion. Lui qui a toujours tourné en ridicule les records marins, fait comprendre qu'ils étaient beaucoup trop tributaires des conditions météorologiques et ne pouvaient en aucun cas servir de mètre-étalon en matière de compétence nautique, emboîte soudain le pas de la majorité.

Depuis deux saisons, une demi-douzaine de tentatives jouent des coques et des coudes pour faire mieux qu'une goélette de 700 tonnes commandée par trente-deux marins et lancée entre le phare d'Ambrose et le cap Lizard en 1905 ! Mais tous (Chay Blyth, Alain Gliksman, Olivier de Kersauson), plus ou moins bien préparés ou motivés, échouent. D'abandons en fortunes de mer, l'intérêt pour le challenge ne cesse de croître : il convient de faire vite, d'être discret. De tous les « coups » qu'il a mis sur pied au cours de sa collaboration avec Tabarly, ce record atlantique est sans contestation possible ce que Gérard Petipas a réussi de meilleur. Avec en prélude une série d'obstacles quasi impossibles à franchir. D'abord convaincre le marin de l'intérêt de la chose ; le sommer ensuite de rejoindre Newport afin de récupérer, comme si de rien n'était, son bateau et d'y installer une balise seule capable de répercuter auprès des médias la performance en cours ; l'inviter enfin à prétexter un convoyage classique pour rallier New York le plus discrètement possible.

1. *Ibid.*

L'équipage est constitué au pied levé en fonction des disponibilités des uns et des autres. Éric Bourhis qui, depuis deux saisons, a poncé, scié, boulonné le *Paul Ricard* pour quelques modestes « picaillons » rejoint le bord « pour services rendus ». Comme Georges Calvé, copain de randonnée à Chamonix à qui Éric avait promis une traversée en échange de ses conseils et recommandations. La présence de Dominique Pipat, jeune et courageux cinéaste, lui pose davantage problème. Mais puisqu'il veut bien dormir dans le cercueil qui sert à entreposer les voiles et que Gérard lui assure qu'une « trace filmée » de l'exploit à venir est indispensable à sa promotion... Il est un point, pourtant, sur lequel Tabarly n'entend rien concéder : la tentative ne devra être rendue publique qu'après deux ou trois jours de navigation, le temps, pense-t-il, d'être si ce n'est certain en tout cas rassuré de réaliser une performance réellement digne d'intérêt. Pipat : « Éric ne voulait pas vendre la peau de l'ours, il ne voulait même pas s'arrêter à New York, juste se contenter de tourner le phare d'Ambrose, et hop ! foncer directement vers l'Angleterre... Un petit pépin technique nous a finalement obligés à différer le départ et offert la possibilité de récupérer quelques cartes. “Et si nous ne nous étions pas arrêtés ?” lui ai-je demandé. Il m'a regardé et, sans rire, il m'a répondu : “Je les aurais dessinées !” »

Paul Ricard ne passera que 10 jours, 5 heures, 14 minutes et 20 secondes sur l'Atlantique, soit deux jours de moins que le record mythique vieux de soixante-quinze ans, mais ce n'est que lors de la septième journée de mer, quasiment assuré du succès, fort d'un avantage de près de quarante-huit heures sur leur tableau de marche, que Gérard Petipas lance l'information ! Ce 29 juillet, en ouverture du journal de 13 heures d'Europe n° 1, Étienne Mougeotte n'est pas en peine de superlatifs. En plein vide informatif et chassé-croisé estival, le record inattendu, et soudain révélé, devient pour tous les automobilistes et plagistes français un feuilleton obligatoire !

A bord de « l'Atlantique Express » les échanges sont minimaux et les nuisances maximales. Les bruits et les chocs sont tout juste supportables. Une symphonie de marteaux-piqueurs ! Un ballet d'auto-tamponneuses ! En l'espace de vingt-quatre heures, *Paul Ricard* avale 360 milles, une performance deux fois inférieure aux records d'aujourd'hui, mais un exploit qui, à l'époque, lui permit d'être comparé à une fusée interstellaire !

Sur Europe n° 1, Philippe Gildas, reporter désigné, s'égosille de plus belle. L'accueil à La Trinité vire à l'émeute. Les vacanciers ont retrouvé leur héros et les politiques leur caution. Un ponton menace de sombrer et le ministre, Christian Bonnet, se mouille pour de bon. Moulé dans son pull marine estampillé, une fois n'est pas coutume, aux couleurs de son sponsor, Tabarly donne le change tant qu'il peut. Plus que du record proprement dit, il se réjouit de sa moyenne (12,3 nœuds) et de la preuve désormais apportée que son engin n'est peut-être pas si obsolète que tant de frileux ont bien voulu le dire. Accessoirement, il est satisfait aussi d'avoir préservé deux des douze bonnes bouteilles — une par jour de traversée prévu — que lui avait confiées le baron Bich juste avant le départ. Au milieu de l'agitation, des spots de publicité et des sollicitations renouvelées, il n'est pas hilare pour autant. Incapable de renoncer à son idée première, il répète : « Ma position sur les performances chronométrées reste la même. Elles sont amusantes pour la petite histoire du yachting (...) mais sur le plan sportif, elles ne prouvent pas grand-chose [1]... »

Le public n'a pas entendu. D'un coup de record magique, Éric retrouve son rang et son statut comme s'il avait été inadmissible qu'il s'en éloigne, comme s'il était naturel qu'il s'y complaise à nouveau. La preuve : même si moins d'un an après sa performance, le *Paul Ricard* est à son tour dépassé par le *Elf-Aquitaine* de... Marc Pajot, l'opinion ne s'émeut pas le moins du monde de cette page si vite tournée. A ses yeux l'essentiel a été démontré : Tabarly a retrouvé une part de son équilibre. Une part seulement...

1. *Tabarly, une vie d'homme libre*, Calmann Lévy, 1977.

22

DÉPASSÉ ?

Patrick est discret, mais précis; retenu, mais explicite. Lorsqu'il parle de son frère aîné c'est toujours avec admiration. Pour autant, sa lucidité n'est jamais prise en défaut, ni sa franchise. Ce récit par exemple illustre une attitude et souligne une évolution : « Nous arrivions, Éric et moi, sur Madère, à un petit peu moins de la mi-parcours de La Baule-Dakar 1987... C'était la deuxième fois que nous naviguions en duo sur *Côte d'or II,* son bateau du moment. Lors de notre première expérience en duo, quelques mois plus tôt, nous avions terminé deuxièmes de Lorient-Saint-Pierre-et-Miquelon-Lorient. Un résultat qui, au-delà de la déception, nous a incités à poursuivre notre expérience en commun. Depuis le départ, le trimaran rallongé par Xavier Joubert — le maître d'œuvre de *Pen Duick VI* et de la longère de Gouesnac'h — à partir de la coque centrale de *Paul Ricard* ne marchait pas mal, mais là, il avançait vraiment super. Chacun de nous faisait son boulot sans trop parler. Avec Éric, l'organisation des quarts a toujours été très "carrée". Mais pour une fois j'avais fait plus que ma part. Quatre plus quatre plus deux heures que j'étais à la barre! J'avais bien mérité de rejoindre ma bannette. Deux voiliers nous précédaient :

celui de Jean Maurel (*Elf-Aquitaine*) à qui nous reprenions une heure tous les 100 milles et qui, visiblement, était confronté à des problèmes techniques, et celui de Loïck Peyron (*Lada Poch*) qui était très loin, quasi inabordable.

« Les conditions de navigation étaient limites. Nous étions “sous l’eau” pratiquement tout le temps. La logique aurait voulu que nous levions le pied et que nous nous calmions un peu... Avant le départ, j’avais suggéré à Éric d’installer une règle graduée susceptible de mesurer le degré d’angulation des flettners, ces pièces amovibles situées juste derrière les foils — à l’image des volets fixés à l’arrière des ailes d’avion que le pilote incline plus ou moins au moment des décollages ou des atterrissages afin de modifier la portance de son appareil — mais, bon, cela ne s’est pas fait. Éric ne marchait pas trop au calcul, mais plutôt à l’intuition. La preuve : juste avant de descendre, Éric m’a demandé de lancer un “spi” de 500 m^2 en tête de mât et, paradoxalement, de rentrer les flettners dans le même temps ! On enfournait sans arrêt. Ça tapait vraiment très fort. A l’intérieur, tout valsait de droite et de gauche. Un chahut indescriptible ! A l’extérieur, c’était très sport aussi : les protections des bras de liaison volaient en éclats ! Un moment, j’ai hurlé : “Impossible de faire le point dans ce cirque !” Mais Éric m’a simplement répondu : “Ne t’inquiète pas. Le bateau ne souffre pas, nous sommes au bon plein, et nous allons dans la bonne direction.” Encore un temps, et il a tout de même ajouté : “C’est une course qui va nous coûter cher en réparations, tu ne crois pas ?”

« Nous filions à 20 nœuds. Sans prévenir, le flotteur bâbord a plongé deux fois de suite, deux ou trois mètres sous la surface... A chaque fois, j’ai dû me cramponner à ma couchette pour ne pas valser. La troisième fois, j'ai entraperçu Éric suspendu au moulin à café, les pieds dans le vide ! La voile était à plat sur l'eau. Il m'a vu dans la descente et m'a gueulé : "Patrick, dépêche-toi, je crois qu'on chavire..." J'étais en slip. Je me suis foutu à l'eau et j'ai mis un certain temps pour me dégager du filet. J'avais l'impression de faire du surplace. Le bateau bougeait dans le sens inverse de ma progression... Par la trappe, où j'ai failli laisser un pouce, j'ai récupéré la balise de détresse et les combinaisons de survie. J'ai pris aussi la sacoche d'Éric et je lui ai demandé s'il voulait autre chose. Il y a eu un long moment de silence. Je sentais que quelque chose ne tournait pas rond. Qu'il n'était pas bien du tout. Qu'il réalisait enfin ce qui venait de se passer ! Encore un blanc, et il m'a simplement répondu : "mon duvet"... C'était l'ancien sac de couchage de notre père avec le dessous en laine et le dessus en plume. Il était dans un sale état, mais il y tenait... Je suis allé le chercher et nous nous sommes retrouvés à califourchon sur la coque. A partir de ce moment-là, il n'a plus rien dit, pas un mot. Nous étions à 60 milles au sud de Funchal. J'ai déclenché la balise et nous avons attendu les secours. Toujours sans un mot... »

Ce 26 octobre 1987, Tabarly est contraint d'appeler à l'aide et cela lui coûte. La photo prise d'hélicoptère le montrant lui et son frère chevauchant le ventre blanc du trimaran blessé ne s'accommode guère avec l'image que l'opinion a de l'intrépide marin. Elle fait néanmoins le tour des rédactions accompagnée de légendes pas toujours très aimables. Les éditorialistes se perdent en conjectures. Quelques jours plus tôt, au début de ce même La Baule-Dakar, Daniel Gilard avait été porté disparu. Pourquoi les « frères Tapedur » —

c'est l'étiquette dont les Tabarly sont, depuis un certain temps, affublés eu égard à leur goût pour les rodéos sauvages — se sont-ils obstinés de pareille façon ? Avec tant de fougue et d'aveuglement ? Et particulièrement le plus expérimenté des deux qui, un an avant, avait déjà connu une mésaventure tout à fait comparable ?

Route du Rhum 1986. Éric fait une nouvelle fois avec les moyens du bord. Il a obtenu — du chocolatier belge Côte d'or — un budget respectable, mais, situation maintes fois subie, le temps manque ! Faute de pouvoir lancer la construction d'un trimaran de 22-23 mètres, Xavier Joubert est invité à réactualiser au mieux le *Paul Ricard*. Tout frais fondateur et patron du chantier ACX à Brest, l'ex-coordinateur se mue, cette fois, en chirurgien plastique contraint d'adjoindre à l'aluminium originel des composites plus légers. Les flotteurs, les bras de liaison, l'étrave, le gréement : toutes les parties du recordman de l'Atlantique « hormis l'évier et la barre franche » sont reconsidérées. Dans l'urgence, on l'imagine, et sans que les indispensables essais aient été menés à leur terme, cela va de soi... Le départ de la troisième Route du Rhum n'attend pas. Ni les grains et dépressions qui s'annoncent. Après quarante-huit heures de course seulement, Éric Tabarly lance le premier SOS de sa carrière. Discret et laconique comme pourrait l'être l'appel à la rescousse d'un enfant soudain pris en défaut : « Je ne peux plus progresser, le flotteur bâbord de *Côte d'or* est cassé, je crois qu'il va falloir venir me chercher [1]... » L'aube se lève, la mer se calme, mais le capitaine comme son voilier font grise mine. Ironie de

1. Déclaration reprise par les agences de presse et les radios.

la situation : c'est Arnaud Dalhenne, neveu de Gérard Petipas, qui, le premier, capte le message alors qu'il s'engage dans une sage traversée en charter à la barre de... *Pen Duick VI* !

Le « rapport de mer » relatif au naufrage ajoute au scabreux de la situation. Alors que tous les autres concurrents éparpillés alentour, Éric Loizeau, Philippe Poupon et le malheureux Loïc Caradec porté disparu quarante-huit heures plus tard, avaient levé le pied, *Côte d'or* filait encore 12 nœuds au cœur du tumulte ! Une vitesse limite en pareille circonstance, mais surtout totalement déraisonnable compte tenu des standards de construction envisagés pour cet engin rafistolé ! Xavier Joubert : « Pour Éric, le skipper devait toujours dominer la situation. C'est lui qui commandait et initiait. Je crois qu'au fond de lui, il n'a jamais admis que les multicoques, compte tenu de leur spécificité et de leur fragilité, puissent contraindre le barreur à aller à l'encontre de son instinct. Toute ma vie, je me souviendrai de son haussement d'épaules devant l'assemblée des assureurs : "Ah ! ben, si on ne peut même plus naviguer comme on l'entend !" »

Tabarly l'impavide, Tabarly le singulier, à l'extrême pointe de l'invention et des découvertes, pénètre un monde nouveau, une culture inédite, un champ particulier et le voilà qui s'emporte et se persuade que les antiques préceptes sont toujours d'actualité. La rupture est patente. Kersauson : « Ce qui est le plus étonnant avec Éric c'est qu'il n'a pas compris l'évolution du multicoque alors que c'est lui-même qui en est à l'origine ! Dans cette nouvelle dimension, il ne trouvait plus ses repères. Je me souviens très bien d'une conversation pendant notre record les Canaries-la Martinique : "Je n'irai jamais en multicoque au cap Horn.

De toute façon c'est de la folie!" Le fait est qu'aujourd'hui on y va en course avec des engins deux fois plus longs que ceux que l'on utilisait à l'époque... » Sans doute n'est-ce pas faire injure au plus innovant des marins que d'admettre qu'il a toujours navigué « à l'ancienne ». Pour Éric faire du bateau, c'est d'abord « s'en foutre plein les bras »; faire la différence aux changements de voilure; descendre le spinnaker au dernier moment; refuser de réduire ou de lever le pied. Tout l'inverse de ce qu'exige le pilotage d'un multicoque qui réclame plus de réserve que d'initiative, de retenue que d'ardeur, de finesse que de force. Tabarly aimait les bateaux *self efficient* — pour reprendre une expression familière dans les milieux nautiques anglo-saxons — qui s'accommodent, sans aide ni artifice extérieurs, des contrariétés, les combattent, les contredisent plutôt que de s'en méfier et de les éviter. On pourrait diagnostiquer dans ce point de vue une certaine dose de fatalisme. Le roc breton y confirmait en réalité un caractère éminemment cabochard, perméable au modernisme ou aux suggestions des autres, mais aussi incapable de faire son deuil de toute une série d'hypothèses préliminaires. Celui qui a toujours préféré une barre franche à une barre à roue, une paire de rames à un moteur, un plat de pâtes à une ration lyophilisée ressentait par-dessus tout le besoin de se frotter aux éléments et de communier avec la nature.

Au fil des années, le sens marin du skipper buriné ne s'est jamais démenti, ni sa manière de naviguer à bras le corps, ni son besoin de se colleter avec les humeurs du temps. Au milieu des années 80, les vitesses enregistrées par les voiliers ne leur permettent pas encore de devancer l'appel du pire, de jouer à saute-mouton d'une dépression à l'autre comme c'est le cas aujourd'hui, mais la tendance était en marche. Comme les alpinistes se joueront de plus en plus de la foudre et des avalanches en sprintant vers les sommets — moins de temps, moins de risque —, les équilibristes du multicoque s'évertueront de plus en plus à précéder le pire plutôt que de le subir. Tabarly est au carrefour de cette évolution. Pressé, bien sûr, de ne pas faire de vieux os dans l'œil du cyclone, il n'est pas encore habitué à fuir avant même que la bataille ne soit engagée. A la manière d'un René Desmaison, accroché trois cent quarante-deux heures à quelques pitons dérisoires au plus haut d'une paroi des Grandes Jorasses, le marin se sait suffisamment capable de supporter l'impossible — il l'a prouvé à maintes reprises — pour ne pas avoir à changer au préalable les fondements de ses instincts. Est-il seulement conscient de ces alternatives ?

Patrick : « C'était sa manière. Et il était difficile de revenir là-dessus. Il faut reconnaître que sa capacité de résistance était impressionnante. Il n'admettait guère de devoir renoncer et encore moins de montrer ses éventuelles faiblesses. Lorsque j'ai ramené à Brest le *Côte d'or* endommagé lors de la Route du Rhum 1986, il m'a vraiment engueulé. Il aurait préféré que je choisisse un autre port, que cela passe un peu inaperçu... » Jamais ses compagnons n'ont entendu Tabarly regretter le « bon vieux temps », jouer les « anciens combattants » ou vanter les mérites du « c'était mieux hier », mais tous reconnaissent chez lui une approche un rien conservatrice et obstinée. English : « Pendant des années, il a été "yankee-trinquette" et ne voulait pas en démordre alors qu'il avait un génois à sa disposition ! » Aubry de La Noë : « Il naviguait au pif, à la lumière, à l'odeur, et ne supportait pas que l'on aligne des chiffres pour lui prouver qu'il avait éventuellement pris une mauvaise décision. » Charles, son neveu : « Éric avait des principes de navigation intangibles. Sur la descente de l'Atlantique par exemple : il convenait d'éviter le golfe de Guinée et d'aller chercher le vent le long des côtes du Brésil. C'est l'évidence même qui neuf fois sur dix s'avère payante, sauf que l'année où je l'ai accompagné autour du monde, la statistique s'est inversée ! Mais impossible, malgré les prévisions et les informations, de le faire revenir en arrière ! A l'arrivée au Cap, notre résultat fut à la hauteur de notre erreur, mais je ne suis pas certain qu'au fond de lui, il avait admis avoir eu tort... »

Personne n'a oublié le vieux cahier d'écolier datant de l'École navale où l'élève pour une fois appliqué avait consigné quelques règles élémentaires, les antiques instruments récupérés ou rafistolés depuis toujours, les « points d'étoile » calculés à l'ancienne et les « droites de lune » obtenues au gré de tâtonnements qui, la plupart du temps, suffisaient à garantir l'essentiel de sa navigation. Mais tout le monde convient qu'en contrepartie, Éric Tabarly n'a jamais consenti à accepter à son bord des appareils récents et efficaces. Lui qui anticipait les lignes de coque les plus futuristes, les dessins de voile les plus audacieux, qui dans le domaine de l'architecture et du gréement vivait dans un monde de science-fiction en perpétuel renouvellement, semblait incapable d'admettre que l'informatique ou l'électronique puissent, une fois levée l'ancre, soutenir ses efforts d'une quelconque façon. On se souvient des réticences qu'il a toujours affichées vis-à-vis des radios et autres appareils de communication. Parce qu'ils instrumentalisaient sa dépendance et polluaient son besoin d'autonomie ? Pas seulement. Ces fils, ces ampoules, ces circuits imprimés étaient en soi des parasites, des gêneurs, des ennemis. Combien de moteurs déficients, de récepteurs malades, de batteries récalcitrantes Tabarly a-t-il supportés ?

Dès la Transat 1964, le skipper marque les limites de sa tolérance et de son territoire : il consent à embarquer un petit groupe électrogène — pour satisfaire au règlement et faire plaisir à sa mère — mais toise d'emblée un instrument « dont (il n'a) pas du tout l'intention de se servir, ayant une profonde aversion pour tous les engins pétaradants [1] ». Au fil des années son point de vue n'évoluera guère ou pas du tout. A la veille du record atlantique de 1980, Éric Bourhis l'en conjure : un Nagrafax serait le bienvenu au-dessus de la table à cartes du *Paul Ricard,* qui leur permettrait de décoder un certain nombre de données météorologiques indispensables. Tabarly accepte, mais débarque presque aussitôt l'intrus. Parce qu'il s'avère inefficace ? Non, parce que l'odeur du papier thermique qu'il dégage lui est insupportable !

Si Tabarly refuse de subir le diktat du dieu électronique en matière de navigation c'est qu'il veut, encore et toujours, se sentir « maître » à son bord, quitte à friser éventuellement le ridicule. Patrick encore : « Pour l'Ostar 1984, j'avais fignolé le tableau électrique de *Paul Ricard,* repris toutes les notices les unes après les autres, fait des résumés, des étiquettes, telle touche correspond à telle fonction, etc. Éric avait sept pilotes à sa disposition. Au bout de vingt-quatre heures, le premier tombe en carafe. Il me passe le message : “Je m'en fous, de toute façon les autres ne tiendront pas le coup non plus.” Pendant trois jours, il navigue sans se

1. *Victoire en solitaire,* Arthaud, 1964.

soucier d'eux, à la "dure", pratiquement sans dormir, toujours accroché à sa barre, avant de repasser devant le tableau et de remarquer qu'un des interrupteurs est baissé. Il le remonte et le pilote se remet en marche ! Il y avait de quoi s'arracher les cheveux, surtout que cette année-là, Éric a terminé troisième en temps réel de la course à moins de trois heures de Philippe Poupon ! Quelques semaines plus tard, j'ai gagné Québec-Saint Malo en équipage avec ce même bateau, preuve que les modifications apportées n'étaient pas si "inutiles" que cela ! »

Quinze ans plus tard, Thomas Coville, informaticien de formation et marin polyvalent (Coupe de l'America, Vendée Globe, Trophée Jules-Verne) est un témoin idéal pour mesurer l'écart entre la génération de ses pères et la sienne propre. A l'égal d'un Michel Desjoyeaux ou d'un Franck Cammas, il incarne la fusion de mille centres d'intérêt divers. Ingénieur embarqué tout autant que rêveur au grand large, il se souvient de l'incompétence qui régnait encore au début des années 90 à bord des voiliers menés pourtant par certains des skippers les plus respectés du moment : « Simplement parce que j'étais capable de brancher un ordinateur sur une table à cartes, parce que je trouvais la prise ou le raccordement *ad hoc* qu'eux-mêmes n'avaient même pas songé à chercher, certains capitaines me tenaient pour un génie ! J'imagine ce que cela pouvait être quelques années plus tôt... » L'obscurantisme ou peu s'en faut. Patrick toujours : « Éric a accusé deux retards : en matière d'informatique et en matière de construction. Il n'a pas intégré l'ordinateur et s'est de moins en moins intéressé à la façon dont les choses se faisaient. »

Son crédit demeure si fort que le public néglige ses

contre-performances. Et ses compagnons de route plus encore qui, tous, pronostiquent un retour de flamme. Si Éric a perdu de sa superbe, la perspective de son éventuel déclin demeure tabou. Les acquis sont trop forts et les reconnaissances plus encore qui coupent court à toute espèce de critique ou de remise en cause. Dépassé Tabarly ? Titouan Lamazou s'insurge : « Il n'a peut-être pas assimilé toutes les trouvailles modernes et alors ? C'est comme accuser Paul Cézanne de n'avoir pas imaginé le cubisme alors que c'est lui qui a tout inventé ! Tabarly dépasse tous les marins de la terre. Les chefs "électroniciens" qui ont cours aujourd'hui ne sont que des sportifs, lui était un marin. » Idem pour Olivier Petit, équipier et architecte, qui estime que les hypothétiques manques du maître constituent, au contraire, son originalité : « C'est l'un des côtés les plus intéressants du personnage. Éric ne rechignait jamais, il allait forcément de l'avant. Quitte à se tromper ou à se perdre. Il a toujours été en "prise de risque". Beaucoup plus que ses successeurs. C'était un anticonformiste notoire. Qui a imposé ses idées et s'est mouillé au sens propre du terme. Sa carrière, on l'oublie, est aussi une suite d'échecs, une accumulation de mâts qui dégringolent, de carènes ratées, ou de bateaux insuffisamment préparés. Autant d'échecs qui font précisément sa force et ses mérites. »

Prime au savoir ancestral, aux recettes de grand-mère, à l'instinct du chasseur, aux leçons apprises et testées par soi-même, loin de toute notion d'école, de principe ou de formules imposées ou standardisées. Kersauson : « C'est vrai qu'il détestait tout ce qui était calculs et navigation et qu'il s'est planté plus d'une fois. Mais il faut se replacer dans le contexte : ce n'était vraiment pas évident à l'époque. Compte tenu des éléments qu'il avait en main, il ne se gourait pas tant que cela ! Aujourd'hui, avec leurs tableaux de bord de Boeing, les jeunes ont bon dos de se moquer ou de tirer des leçons. Quand Éric a montré l'exemple, il a démarré sur une feuille blanche : tout était à créer et à inventer... »

On a déjà plusieurs fois dépeint Tabarly en adepte du pas de deux. Une position qui, pour inconfortable qu'elle soit, lui convenait fort bien. A ses yeux, avoir un pied dans l'histoire et un autre dans l'avenir n'était pas contradictoire. Il a sans aucun doute loupé le coche des radars et autres décodeurs, mais il n'a jamais négligé l'essentiel. A-t-on assez fait de reproches à certains skippers surassistés, surtéléguidés et surmédiatisés, pour ne pas se réjouir du fait que leur père à tous a éprouvé résistance et scepticisme face à l'inéluctable ? Qu'il a continué, contre les vents des modes et des styles, à cultiver les vertus essentielles de la navigation ? Et défendu, face à la majorité, que le rapport à l'océan relève davantage des sens que de la science ?

Malheureusement pour l'authenticité le pragmatisme s'embarrasse rarement de philosophie. Durant toutes les années 80, malgré ses convictions et ses efforts, Tabarly ne cesse d'accumuler les insuccès. Dans le domaine du multicoque, mais tout autant dans le cadre des tours du monde en équipage dont il persiste à faire l'un de ses objectifs prioritaires. Ni l'échec de 1973-1974 (mâts cassés à répétition), ni l'exclusion de 1977-1978 (quille en uranium refusée) n'ont refroidi son enthousiasme. Contre l'avis général, et l'opinion française en particulier qui, de plus en plus, privilégie les raids transatlantiques très rapides à ces balades sans fin, l'obstiné reconnaît à la Whitbread une valeur d'étalon incomparable. Le *nec plus ultra* en matière de sport d'équipe, de navigation concertée, de compétition millimétrée.

Il n'a, dans un premier temps, pas les moyens de construire un bateau adéquat, et est, dans un deuxième, obligé de se satisfaire d'un prototype dont il n'a fait que superviser la construction ; ses curiosités en matière d'équipement font défaut et sa lucidité dans le domaine du recrutement n'est guère plus évidente, et pourtant il choisit de rejoindre le départ de cette course quoi qu'il en coûte. Pour tous ceux qui y ont pris part, les expéditions planétaires commandées par le capitaine Tabarly en 1981-1982 et 1985-1986 ont conservé un goût amer. Celui d'embarquements incertains bien sûr agrémentés de franches rigolades et de sketches innombrables, mais aussi celui d'errances improbables faites de frustration, de déception, pour ne pas dire davantage. Deux chapitres sombres qui même s'ils ont permis à de nouvelles fournées d'équipiers de s'aguerrir n'ont pas laissé des souvenirs impérissables à leur principal promoteur. Dans ses *Mémoires,* Tabarly n'y consacre pas une seule ligne et il faut feuilleter des dizaines de magazines spécialisés pour trouver ne serait-ce qu'une déclaration favorable à ces deux fois cinq mois — tout de même ! — de navigation au long cours...

Le premier épisode, celui de 1981-1982, tourne à l'aigre d'entrée. Repeint aux couleurs d'Euromarché, *Pen Duick VI* est toujours d'attaque, mais un financement aléatoire doublé d'un intendant indigne transforme la boucle en chemin de croix. Figure de la grande distribution, amateur de poker et de mondanités, Gérard Seul, directeur général d'Euromarché, est une erreur de plus dans la vie d'Éric Tabarly. Un bailleur de fonds arrivé à l'improviste, totalement étranger au milieu et sans intérêt particulier pour la voile, qui offre une enveloppe minimale (1,5 million de francs), persuadé que cette seule caution lui permettra d'être immédiatement payé en retour en matière de promotion et de notoriété. Le malentendu est total. Entretenu par Daniel Vignes, intermédiaire maladroit, hier employé par Ricard, aujourd'hui au service de Seul, et qui, lui-même, pense jouer les bonnes fées dans ce rêve à dormir debout.

En définitive, c'est plutôt de cauchemar qu'il est question. Le reconditionnement du bateau traîne en longueur. Le budget sert essentiellement à changer de quille et à acquérir un nouveau jeu de voiles. Quand arrive l'heure de l'avitaillement, la trésorerie est déjà en vacances. Éric laisse faire. Ne commande rien, ne décide rien. Même s'il regrette la manière, il est simplement heureux de partir. Sa collaboration est minimale, ses intentions assez floues. La veille du départ, il préfère dîner à la table réservée par Alain Juillet, son ex-commanditaire, que de gagner celle de son nouveau soutien. Sa tenue n'est pas raccord, ses déclarations convenues. Il a une fois de plus « pistonné » tel ou tel équipier — Jean Le Cam, recommandé par son assureur Yvon Le Maguer ou Charles Vieillard-Baron, son neveu — mais ne s'est pas préoccupé de la cohérence de l'ensemble de son équipe et encore moins de la distribution des quarts. A Plymouth, la tribu d'*Euromarché* fait tache. Daniel Vignes tente d'imposer un uniforme signé Courrèges, mais ses marins s'esclaffent. Yves Le Cornec manque de s'immoler en jouant les cracheurs de feu et deux équipiers terminent au poste de police après une rixe malheureuse. Voisin de ponton, le Suisse Pierre Fehlmann, habitué de l'épreuve, s'étonne : « Quelque part cela faisait un peu mal au cœur. Franchement, Éric méritait mieux que cette ambiance un peu débraillée. »

L'intéressé est moins formaliste. Quelques heures avant le départ, il ne juge pas, ne commente pas et se contente de demander si tout le monde est à bord. Charles Vieillard-Baron : « Il était heureux d'être sur l'eau, c'est certain. Heureux de retrouver son rythme : les heures à la barre, son chocolat chaud, sa bannette. Il n'a jamais vraiment lâché prise. On a éclaté un maximum de “spis” lors de la deuxième étape, mais il était difficile de savoir s'il était vraiment motivé. » A l'escale, Éric ne s'attarde pas. Il commande quelques réparations ou améliorations avant de rejoindre Gouesnac'h, sa femme et sa longère. Sur place, le groupe s'organise comme il peut, mais l'intendance ne suit pas et l'argent manque une fois de plus. Si fort que les équipiers sont obligés de compter sur la générosité des autres embarquements. Entre eux et Daniel Vignes le dialogue est rompu. A Mar del Plata, une mutinerie menace. Certains jusqu'au-boutistes, obligés de quémander quelques rations à droite et à gauche, suggèrent que l'on efface le nom d'Euromarché sur la coque de *Pen Duick VI.* Pire, un membre du groupe est abandonné sur le quai sans le sou et sans même la certitude de pouvoir être rapatrié de façon décente !

Yvon Daniel, la victime négligée, n'a pour ce qui le concerne rien oublié : « A l'époque, les escales étaient très longues. J'étais parti avec Jean (Le Cam) me balader au Brésil. Nous avons terminé sans un rond sur une plage à nous battre avec des rats, mais nous étions heureux ! Lorsque nous sommes revenus au bateau, mon pied s'est mis à doubler de volume. J'avais sûrement attrapé une saloperie. J'ai passé une semaine à l'“hosto” où l'on m'a fait des ponctions. Quelques jours avant le départ, le toubib de la course a refusé que j'embarque. Là-dessus Éric est revenu de France. Il ne pouvait pas faire grand-chose. Je suis resté comme un con et c'est l'encadrement d'un autre concurrent, *Charles Heidsieck,* qui s'est chargé du rapatriement. » L'équipier floué n'est pas rancunier. Vingt ans après, il estime qu'Éric, ami de son père et comme lui familier du chantier Costantini, « avait d'autres chats à fouetter » que de s'occuper de son pied ! Loin de lui l'idée de polémiquer : « Ce que l'on demandait à Éric c'est de faire les bons gestes à bord. En dehors c'était moins évident. Dans mon cas, il m'a juste regardé l'air de dire : "Ça ne regarde pas la course, démerde-toi..." »

En fin d'exercice, *Euromarché,* qui est le quatrième bateau le plus important de la flotte par la taille, termine en dixième position seulement. Avec quelques barouds d'honneur à son actif, mais aussi beaucoup d'erreurs et d'approximations. Devenu depuis l'un des skippers les plus respectés et appréciés du circuit, Jean Le Cam, lui non plus, ne regrette pas l'expérience. Il a gagné à côtoyer son capitaine et peut-être même récupéré quelques-uns de ses tics ou de ses principes : « Éric n'était vraiment pas très préoccupé. Il aimait son bateau, mais sa manière de naviguer "datait" un peu. La BLU ne marchait pas. Enfin disons qu'elle ne devait pas marcher. Peut-être qu'il aurait suffi d'appuyer sur un bouton, mais c'était déjà trop. Il refusait tout : les positionneurs, les décodeurs, les radios. Il faisait parfois des erreurs énormes. A l'arrivée d'Auckland, il s'est gouré sur la déclinaison. Il a ajouté au lieu de retrancher : résultat l'erreur globale était de 50° ! »

Les adieux ne s'éternisent pas. Euromarché interrompt son initiative et les équipiers s'égaillent en silence. Pour ajouter à la confusion, Daniel Vignes et son frère Jean-Patrick s'impliquent un peu plus dans Tabarly Yachting, une affaire elle aussi tenue à flot plus ou moins artificiellement. Éric ne veut rien entendre. Déjà, il a rejoint ses pénates. De ce voyage incertain, personne ne garde un souvenir essentiel, juste quelques anecdotes fumeuses à servir de préférence le soir après quelques bières. Ces trois phrases par exemple collectionnées par Yvon Daniel, triptyque lumineux, qui ajoutent un peu plus à la légende du capitaine. Au large des Canaries : « Eh les gars, faudrait voir à lever un peu le pied sur le pinard, sinon il n'y en aura jamais assez pour finir l'étape ! » ; dans l'océan Indien, après sept heures de surf à 15 nœuds : « Alors ça, c'était vraiment une belle journée ! » ; juste après l'arrivée à Southampton : « La prochaine fois, ce sera sans cigarettes et sans Walkmans ! »

Ce sera surtout avec encore moins d'enthousiasme que la fois précédente. Quatre ans plus tard, les conditions sont à première vue meilleures, les moyens plus importants, mais au final ce tour du monde ne s'achèvera pas autrement : en seconde ligne, loin de l'excellence et privé de ce bonheur qui faisait tout le sel des navigations d'antan. L'affaire démarre une fois de plus dans la confusion, l'improvisation et l'urgence. Un coin de table au Salon nautique, une conversation à l'emporte-pièce et des promesses, évidemment, longues comme le bras. Frédéric Petit est belge (ce qui n'est pas un handicap), mais il est aussi hâbleur et joueur (ce qui l'est davantage). Il jongle avec les millions dans le pétrole, le négoce, et en propose un, sonnant et trébuchant, à Éric pour qu'il emmène autour de la planète un bateau spécialement construit pour l'occasion qu'il prévoit de récupérer pour son usage personnel en fin d'exercice. Un système de location-promotion un rien tiré par les cheveux, mais puisque l'intéressé promet de mobiliser chantiers, constructeurs et sponsors...

Tabarly, en réalité, n'a pas le choix. Si son nom inspire toujours le respect, il affole toujours aussi peu les commanditaires. La famille Bolloré ou les responsables du Loto, après dix autres éventuels parrains, s'effraient et renoncent. Trop cher, trop risqué. Et si tous les accidents et naufrages de l'idole traduisaient, bel et bien, un inévitable déclin ? Pour un marin si attaché à la grandeur nationale, qui toujours mit un point d'honneur à courir « français », à utiliser des matériaux ou des voiles prioritairement tricolores, si fier de son corps d'armée, de sa Marine et de son drapeau, ne pas trouver bateau à son pied sur son propre territoire est un crève-cœur. Il n'ose aucune déclaration publique, mais ce pavillon belge ne l'enthousiasme guère. Patrick : « Disons qu'il ne voyait pas d'autres solutions. C'était pour lui le seul moyen de se payer un nouveau bateau. Il traînait un peu les pieds, mais dès que la construction a commencé, il s'est fait une raison. »

Évidemment, le golden boy à l'origine du montage oublie quelques-unes de ses promesses. Les trois quarts des autres soutiens se sont égaillés dans la nature. Et le principal d'entre eux — le chocolat Côte d'or — qui ne devait, à l'origine, verser qu'un quart des 10 millions envisagés est contraint, au risque de voir la totalité du projet passer par le fond, de se saigner chaque jour davantage. Tabarly ne joue pas la carte de la prudence pour autant. Son grand et nouveau monocoque, il le veut en matériaux composites (fibre de verre, Kevlar, epoxy) répondant aux méthodes de construction les plus sophistiquées (mais pas forcément les plus sûres) du moment. C'est lui qui a désigné les architectes (Bernard Nivelt et Michel Joubert), mais c'est un chantier d'Anvers (Amtel Composite Technology) qui impose sa compétence. En deux temps, trois mouvements et cinq malheureux petits mois, *Côte d'or* est assemblé, cuit au four et mis à l'eau. Est-ce pour être en paix avec sa conscience qu'Éric annonce (le 2 juillet) son officielle mise à la retraite juste avant de commander le baptême (le 12 juillet) de son voilier de « complaisance » ? Rendu à la vie civile, le patriote d'entre les patriotes se sent-il moins coupable de son choix ?

La vérité n'est pas longue à se dessiner : *Côte d'or* est un bateau mal né, trop lourd, qui se transforme en « sous-marin » (le mot est de Tabarly) et pique de la proue dès que la mer s'emballe. Un prototype qui, comble d'insatisfaction, pèlera comme un oignon après deux semaines de mer seulement. Aux vices de construction s'ajoutent d'autres impondérables : une ambiance médiocre, une entente entre les neuf équipiers français et les huit représentants belges qui ne tombe pas sous le sens et un confort intérieur qui frise le masochisme ! Non seulement aucun chauffage n'a été prévu, ni la moindre insonorisation, mais le nombre de couchettes n'est même pas suffisant pour accueillir la moitié de l'équipage !

Recruté *in extremis,* Jean-François Coste est du voyage : « Il y avait beaucoup de discussions à bord. C'est Halvard (Mabire) qui assurait l'essentiel de la navigation, mais il y avait toujours cette forme de respect qui privilégiait obligatoirement le point de vue d'Éric. Pendant la descente atlantique ça s'est gâté.

Tous les bateaux sont partis vers le Brésil, alors que nous, nous étions quasiment à l'embouchure du Congo ! Dans la coursive on entendait : “Il faut le débarquer, il ne comprend plus rien à rien. Il est trop vieux, il est dépassé.” J'avoue que cela devenait un peu malsain. » Au Cap, l'addition est salée. Non seulement *Côte d'or* accuse près d'un jour de retard sur le premier, mais sa coque est en piteux état. Une cure d'amaigrissement s'impose qui suggère de retirer quatre tonnes de plomb de la quille et une nouvelle répartition des masses. Une décision sage, mais qui n'a pas l'heur de plaire aux autres concurrents : taxé de quatre-vingt-dix-huit heures de pénalité, Tabarly peut, une fois de plus, faire son deuil de la Whitbread !

Michel Desjoyeaux ou Roland Jourdain, futurs solitaires comblés, serrent les dents et tentent de positiver. Autre néophyte embarqué, pas plus dupe que les précédents, Pascal Savatier insiste : « Malgré tout (ce fut) une riche expérience et une navigation d'une grande beauté [1]. » *Côte d'or* collectionne les options abracadabrantes, accumule les déboires, termine finalement en dixième position son pensum, mais la magie opère comme si l'identité même du patron du bord n'autorisait aucune critique définitive. Coste encore : « Tout était mal emmanché dans cette affaire. Mais Éric demeurait inébranlable, fidèle, vrai, aux yeux de ceux qui l'entouraient... » Langage de fidèle, d'admirateur. Les commanditaires, les financiers, eux, ont des réactions nettement plus mitigées. A y regarder de près, le bilan des années 80 de l'ex-collectionneur frise la catastrophe. Outre ses deux tours du monde avortés, Éric Tabarly a abandonné dans la Twostar 1981, la Route

1. *Voiles et voiliers,* n° 330, août 1998.

du Rhum 1982, Lorient-les Bermudes-Lorient 1983, la Route du Rhum 1986, La Baule-Dakar 1987 ! Seul baume au cœur : une deuxième place dans Lorient-Saint-Pierre-et-Miquelon-Lorient 1979, une troisième dans La Baule-Dakar 1980 et une quatrième dans la Transat anglaise de 1984. Vraiment pas de quoi pavoiser ! Mais pas de quoi désespérer non plus...

Créé en 1980, *L'Équipe Magazine* assure, à cette époque, une bonne partie de son succès grâce à un carré de champions irrésistibles : Alain Prost, Michel Platini, Yannick Noah, Bernard Hinault qui accumulent les succès, les sympathies et donc les unes. Curiosité : même inscrit aux abonnés absents en matière de résultats et de palmarès, Éric Tabarly est tout autant sollicité. En septembre 1984, un sondage commandité par ce même hebdomadaire insiste : opposé aux quatre stars obligées, le marin est considéré comme le plus intelligent du groupe, le candidat doté de la meilleure qualité morale et celui avec qui les lecteurs aimeraient le plus volontiers passer une soirée ! Durant cette même période, *L'Équipe Magazine* toujours consacre trois de ses longs entretiens à Tabarly. Les titres des deux premiers, publiés en 1984 et 1986 (« Je suis toujours à la pointe du combat » et « J'aime toujours autant la course »), ne laissent planer aucune équivoque. Quand arrive l'heure de proposer le troisième, en 1988, la rédaction se concerte, rigole et décide, comme pour entériner une bonne fois pour toutes l'indéfectibilité du capitaine, de répéter mot pour mot l'accroche de 1984 !

D'ordinaire si prompte à déboulonner les idoles, la presse refuse l'évidence. Tabarly ne saurait faiblir, Tabarly ne saurait vieillir. Cas unique dans les annales du sport, le déclassé n'est pas atteint par ses manquements. Il plane au-dessus de la mêlée. Il n'a pas les outils ni les résultats, mais la sympathie qu'il dégage n'est pas entamée pour autant. Jacqueline : « C'était curieux. Rien ne semblait pouvoir changer le regard que les gens portaient sur lui. On ne jugeait pas Éric. On l'observait comme quelqu'un qui, quels que puissent être les circonstances ou les résultats, faisait toujours son boulot avec conscience. » Un contexte qui explique pour partie l'aplomb du phénomène, son assurance, son absence de doutes. Malgré ses bateaux distancés, blessés ou retournés, Éric n'est pas disposé le moins du monde à remettre en cause ses appétits.

Lorsque Jean Le Cam, une vieille connaissance, conscient que sa caution pourrait « muscler » l'impact médiatique de son entreprise, lui suggère de faire équipe avec lui pour une nouvelle Transat en double (Lorient-Saint Barthélemy-Lorient 1989), l'insatiable n'hésite pas une seconde. Il accuse certes cinquante-huit ans, mais aucun complexe en échange. Le Cam : « Patrick m'avait mis en garde sur son penchant à toujours vouloir en remettre une couche. Nous en avons parlé et fait pas mal d'entraînement. C'était "mon" bateau et j'étais champion du monde de Formule 40 : il m'écoutait ou tout au moins c'est l'impression qu'il me donnait. Le problème est qu'il ne se rendait pas très bien compte. Appuyer sur le champignon c'était sa méthode. C'était comme ça et pas autrement. Il n'était pas dépassé, parce que son expérience était immense, mais il n'était pas dans le bon wagon. Il n'avait pas vu la voile évoluer, ou, encore une fois, pas voulu voir... »

Bottin Entreprise est un trimaran de 18,28 mètres tout juste construit. Il dispose d'une belle foulée et termine la première partie de cette double traversée en deuxième position, deux heures derrière *Elf-Aquitaine*.

Sur le chemin du retour, la situation s'améliore encore : une victoire est plus qu'envisageable. Le Cam : « J'étais crevé, je faisais toutes les communications, la navigation, l'électronique, etc. Chaque fois que j'allais me coucher, je “choquais” (relâchais) systématiquement le “spi” de cinquante centimètres, sans rien dire. Cette fois-là, je m'en souviens parfaitement, j'ai oublié ! » Deux heures plus tard, l'engin ne dévale plus la vague, il se cabre pour de bon, bascule et se retourne comme une crêpe. Le Cam est rouge de froid, mais surtout de colère : « Je lui ai passé une “soufflante” comme jamais. Je ne me retenais plus. C'était mon fric, mon bateau, et on était en tête ! » Éric lui ne dit rien, pas un mot. Le choc a été brutal et son épaule pèse des tonnes. Jean, plus lucide, plus pratique — comme l'avait été Patrick, deux ans plus tôt, au large de Madère — pare au plus pressé. Récupère un minimum, déclenche la balise de détresse, s'extrait de la trappe de secours. Muni de son petit appareil photo, il saisit le pathétique de la situation, choisit ses angles : « Je n'avais plus un rond. Je me disais que ces quelques clichés de “Pépé” paumé au milieu de l'Atlantique me rapporteraient un peu d'argent. C'était une réaction un peu stupide, un peu désespérée... Heureusement, il n'y avait pas de pellicule dans la boîte ! »

Sur le cargo qui les ramène à Miami — après six heures d'attente pour le moins inconfortables — Éric diagnostique une clavicule cassée, se console en apprenant qu'*Elf-Aquitaine* lui aussi s'était mis sur le toit pratiquement en même temps que *Bottin,* mais il est toujours incapable d'aligner trois phrases. A la radio, c'est Jacqueline, prévenue par Gérard Petipas, qui parle, qui s'emporte et qui suggère à son mari qu'il arrête, pour de bon, « ses conneries » !

Sur l'éclatement du lecteur, la situation s'améliore encore [illegible] est plus [illegible]. Le [illegible] [illegible] [illegible] [illegible] la navigation, électroniques, etc. [illegible] [illegible] [illegible] [illegible] [illegible] [illegible] [illegible] [illegible] [illegible] [illegible] [illegible] [illegible] [illegible] [illegible] pour de bon [illegible] [illegible] comme une [illegible] [illegible] [illegible] [illegible] [illegible] [illegible] [illegible] [illegible] comme jamais [illegible]

Sur le [illegible] que les [illegible]

23

CHANGEMENT DE CAP

Arrive un temps où la machine s'enraie. Parce qu'il entretient ses muscles et son souffle avec constance, Éric Tabarly n'admet qu'avec difficulté de devoir rendre des comptes. Il s'acharne d'autant plus à faire le dos rond qu'il le sait robuste et l'imagine indestructible. Une complexion tout en relief et énergie héritée d'une formation militaire soutenue, de stages commandos multipliés, de sauts en parachute nombreux et d'un goût prononcé — c'est lui qui parle — « pour les sports qui font mal [1] ».

Tabarly, pour reprendre l'expression d'Henri Queffélec, n'avait « rien d'un grand mât, d'un costaud à la John Bull [2] ». Il était tout au contraire ramassé et puissant. Son envergure était certes généreuse, mais sa taille ne dépassait pas le mètre soixante-dix. Bien avant son phrasé sibyllin, c'est ce décalage entre l'image de l'homme-montagne colportée par la légende et la réalité de ses proportions qui, d'entrée de jeu, frappait ses interlocuteurs. Son port aussi. Tabarly

1. Confidence rapportée par Jean-Paul Aymon à l'auteur.

2. *Éric Tabarly* (préface), Éditions du Pen Duick-Éditions Ouest-France, 1989.

se tenait toujours droit, le torse rebondi, les épaules bien dégagées vers l'arrière. Si quelques rares photographies l'ont surpris en des positions plus décontractées, le corps allongé, les doigts de pied en éventail et la tête recouverte d'un chapeau de paille, les situations d'abandon lui étaient étrangères. L'énergique n'était jamais alangui, toujours en alerte, aux limites de la pose ou presque, comme si sa nature lui commandait d'offrir au regard le meilleur profil de la médaille qu'il incarnait de fait. Jacqueline insiste : « Éric n'avait pas le culte de son corps, il ne s'en préoccupait pas de manière narcissique, mais il l'entretenait avec méthode, comme on aiguise ou affine un outil, pour qu'il marche mieux et plus longtemps. »

Une vieille habitude. Le lointain élève de Navale qui additionnait les tours de piste et dormait la fenêtre ouverte hiver compris n'a jamais abandonné le droit fil d'une existence tout entière vouée à l'effort. « J'ai fait du bateau par goût du sport, argumentait Tabarly. Parce qu'une course est un marathon où il faut sprinter plusieurs fois par jour [1]. » De la barre à la plage avant, des winchs aux sacs de voile, le champion parait à l'essentiel, courait à l'évidence, mais ses actes directs et volontaires s'accomplissaient toujours aux limites de la surenchère. Plus vite, plus haut, plus fort. Comme Walter Bonatti qui s'allongeait sur son balcon les mains plantées dans la neige pour mieux préparer ses futures courses en altitude, Tabarly accumulait les travaux d'utilité courante pour se tanner le cuir. Nul exercice de gymnastique particulier, mais des centaines d'heures de ponçage ou de nettoyage, des charges sans cesse déplacées, des hectares de toile hissés et torchés,

1. Conversation avec l'auteur.

des kilomètres de bouts tirés et embobinés... Le naturel est sa raison d'être et sa philosophie : « J'ai dû prendre deux ou trois cachets d'aspirine, cela ne m'a pas réellement soulagé : je n'en ai jamais repris. Moins on voit de médecins mieux on se porte ! L'homme moderne devrait prendre exemple sur les animaux : pas de savon, pas de déodorant, pas de mousse à raser, pas de dentifrice : tout ça me semble parfaitement inutile [1]. » Encore un peu et Superman refuserait l'idée même de pouvoir être blessé ou diminué. A Pierre English, équipier et médecin, qui lui recoud le front après qu'un tangon l'a gravement percuté, il commande : « Et surtout débrouille-toi pour que l'on ne voie rien... »

Lorsque quelques amis l'invitent, au début des années 80, à participer pour la première fois à une compétition de doris à Chausey, le rameur compulsif accepte de gaieté de cœur. Il sacrifiera même, pour être à la hauteur de la situation, à un entraînement en bonne et due forme sur l'Odet, pendant des heures toujours plus nombreuses. Charles Vieillard-Baron, son neveu et compagnon de nage : « Il prenait ce rendez-vous vraiment très au sérieux. J'avais vingt-cinq ans de moins que lui, mais j'avais du mal à suivre. Contrairement au mien, son rythme ne variait pas du début à la fin de la course : il était constant, imperturbable, suffocant au bout du compte. » Battu une première fois, le compétiteur-né s'échine de plus belle en vue de l'édition suivante. Améliorant encore sa préparation, poussant son coéquipier dans ses derniers retranchements et commandant même à Raymond Labbé — excès de zèle jugé par certains déplacé — la construction d'une embarcation spéciale nettement plus efficace que ses concurrentes !

1. *Tabarly, une vie d'homme libre,* Calmann-Lévy, 1977.

Le goût pour la « gagne », toujours, et l'obsession de ne rien vouloir concéder, jamais. Tabarly qui avait l'admiration chiche admettait que les exploits de Patrick Edlinger — grimpeur émérite qui popularisa, en son temps, l'image de l'acrobate suspendu dans le vide sans corde de rappel, ni garantie de sécurité — l'impressionnaient vraiment. Et lorsqu'on lui demandait quel héros historique correspondait le mieux à son goût et ses critères, c'est toujours le nom de Howard Blackburn qui revenait et son exploit d'anthologie dont il rapportait les moindres détails avec des éclairs d'admiration dans les yeux.

En 1883, le modèle et son compagnon, Tom Welch, partent relever leurs lignes au large de la Nouvelle-Angleterre. Le vent tourne, le temps se gâte. En l'espace de quelques heures seulement, leur doris se transforme en iceberg. Il faut casser la glace, écoper, souquer. Au troisième jour, Welch meurt, mais Blackburn s'acharne et tire de plus belle sur ses « bois morts ». Occupé à fabriquer une ancre flottante, il perd ses moufles, garde la tête aussi froide que peut l'être l'ensemble de son corps, rassemble ce qu'il lui reste d'énergie et, sacrifice ultime, « replie ses doigts autour des poignées de ses avirons jusqu'à ce que ses mains soient complètement gelées ». Le rameur fait désormais corps avec sa machine, « promis à l'amputation, mais sauvé malgré cela [1] ».

Entre le « mutilé de l'océan » et Tabarly, il y a une différence d'époque, mais pas de point de vue. Si Éric apprécie si fort son prédécesseur, c'est qu'il retrouve chez lui l'indispensable dose de force, de vérité et de conviction qu'il prête de toute évidence au meilleur

1. *Le Solitaire du large,* Denoël, 1966.

marin imaginable. Aux yeux de Tabarly, l'homme ne justifie son existence et n'assume sa grandeur que confronté au seul adversaire doué d'une réelle grandeur : la nature, ses caprices et ses incertitudes. Quitte à plier sous ses évidences, à enregistrer dans sa chair la preuve de sa supériorité et à porter jusqu'au plus loin de ses extrémités — souvenez-vous des chairs meurtries de Blackburn, mais encore de celles de Louis Lachenal et de Maurice Herzog — les stigmates de ses exigences. « Du marinier les mains disent mieux que les parchemins » : à l'unisson du dicton populaire, le premier capitaine de France a toujours préféré laisser parler le marbre de ses doigts et l'acier de ses paumes plutôt que d'alimenter des discours accessoires. Les battoirs d'Éric, rocs définitifs et imposants, disaient et rapportaient : les patiences rassemblées, les efforts déployés, mais tout autant la vaillance d'une marine d'avant l'ère des machines et des automates. Jusqu'à l'excès, jusqu'à l'aveuglement. Affectées par la maladie de Dupuytren [1] ses mains finirent par hésiter. Même opérées par un spécialiste de Saint-Étienne, elles perdront d'année en année en souplesse et efficacité. Au point qu'Éric, trahit par ses « pattes de crabe aussi raides que celles d'un mort [2] » éprouvera toute les peines du monde, passé la cinquantaine, à crocheter une manille ou même à récupérer ses clefs de voiture au fond de sa poche !

Lui qui, sa vie durant, n'a jamais voulu porter la moindre paire de lunettes de soleil — parce que

1. Aussi connue sous le nom de « maladie du cocher », eu égard aux cales que les conducteurs de calèche contractaient de façon quasi obligatoire.

2. *Le Vieil Homme et la mer,* Gallimard 1955.

comme son second Kersauson il n'était pas loin de penser que « l'homme n'est pas né avec ce type de prothèse sur le nez » — souffre par ailleurs de plus en plus des yeux. Sa vue qui n'a jamais été très bonne plonge définitivement au début des années 90. Jacqueline : « Sur une autoroute, cela devenait pénible : il devait toujours attendre la dernière seconde avant d'identifier le panneau de sortie et n'appréciait pas beaucoup que l'on prenne les devants. A l'entrée d'un port, il avait également beaucoup de mal à distinguer les bouées ou les feux de balisage. » Éric Loizeau : « Une grande partie de ses problèmes d'atterrissage provenait de là ! Mais Éric détestait aborder le sujet et remettre en cause le bon fonctionnement de sa "machine". Un jour, je me souviens, il m'a parlé de l'éventualité de porter des lentilles de contact, mais cela n'a duré que le temps d'une brève conversation... »

Tabarly vieillit, mais refuse d'admettre l'évidence. Une bonne fois pour toutes, il ne supporte pas qu'on le surnomme « Pépé » (une invention de Kersauson) comme trop de journalistes ont pris l'habitude de le faire. S'il consulte un médecin, c'est uniquement pour accélérer la guérison d'une blessure ou précipiter un retour en forme, selon un timing d'ailleurs souvent déraisonnable. Bernard Garçon, son voisin et son copain : « Dans le fond, Éric n'avait pas besoin de moi, ni de tout autre médecin : il était toujours d'attaque et en excellente santé et si, par hasard, il ne l'était pas, il prétendait l'être. Une fois, pourtant, je lui ai déconseillé de partir : c'était avant la Transat 1968. Il était vraiment trop fatigué, pas dans des dispositions normales. Bien sûr, avançant en âge, je lui ai recommandé d'être un peu plus prudent... » Au fil d'une soirée, Bernard Garçon lui signale par exemple que l'efficacité des « récepteurs cutanés de pression » — ces « sonnettes d'alarme » situées à fleur de peau qui préviennent des changements de temps, de température ou de vent — ne cesse de diminuer avec l'âge et que ce handicap réclame de la part du sujet affecté un degré d'anticipation accru, mais n'obtient en échange de cette leçon aucune réaction particulière. Une autre fois, il suggère au « travailleur de la mer » qui vient tout juste de se bloquer le dos de refréner un tant soit peu ses séances de rame sur l'Odet, mais ne récupère qu'une mimique exaspérée en guise de réponse. A court d'arguments, il lui arrive même d'évoquer le cas de Babar, lui aussi coutumier d'excès déraisonnables, le dernier — le ravalement de la Chalouère et la chute qui s'ensuivit — lui ayant été, insiste-t-il auprès de son ami, fatal. Oui, et alors ?

Éric n'écoute pas. Ni les recommandations, ni les mises en garde. Au plus profond de lui, il ne supporte aucun abandon, pas la moindre faiblesse. Les personnes diminuées le mettent mal à l'aise. Et s'il a si longtemps refusé de devenir père, c'est aussi parce qu'il fut effrayé à la perspective de devoir éventuellement élever un enfant en mauvaise santé. Ses propres faiblesses le préoccupent tout autant. Éric ne s'envisage qu'en pleine possession de ses moyens, au mieux de sa forme et de sa condition. Jacqueline : « C'est certain, il aurait souffert de se voir diminué, de ne plus pouvoir exécuter les gestes essentiels avec le même entrain. » Un avis que sa sœur Annick partage sans restriction : « Je suis sûre qu'Éric n'aurait pas aimé vieillir. La maladie lui faisait peur. Je l'ai connu blessé, mais jamais malade ou abattu. C'est un état qui lui était étranger. »

A l'inverse de tant d'autres marins, enclins à tirer des bords assistés ou secondés de toutes parts, Tabarly aime à savoir qu'il ne peut compter que sur son corps nu pour pallier toutes difficultés ou contrariétés. De cet avantage il tire une incontestable satisfaction, mais aussi une légitime fierté. Alain Gliksman : « On ne peut nier qu'Éric accordait de l'importance à son profil. Il y a toujours eu chez lui un côté "jeune coq bien planté sur ses pattes", fier de son architecture et de son allure. C'est au "moulin à café" qu'il jaugeait son nouvel équipier et pas au fil d'un improbable curriculum vitae ! » Jacqueline estime que l'haltérophile qu'elle a épousé n'a jamais tiré vanité de son physique. Il fut néanmoins un temps où grimper le long d'un hauban les jambes parfaitement à l'équerre ou exécuter des pompes d'une seule main relevait, chez lui, davantage de l'épate que de l'entretien...

Dans sa maison, sur son terrain, sous ses bateaux, Éric ne laisse à personne la priorité des travaux et des soins. Depuis un certain temps déjà, la longère s'est « civilisée ». En maîtresse de maison intéressée, Jacqueline aime et sait recevoir, et cela se voit. Meubles de famille, souvenirs, bouquets choisis : rien n'est laissé au hasard. La cuisine est son domaine et la qualité de ses repas n'est démentie par personne. Ses travaux d'entretien achevés, Éric s'isole volontiers à l'étage, de plus en plus semblable à la cabine d'un trois-mâts. Sur ce qu'il a lui-même baptisé sa « table de torture », il a toujours une lettre, un texte ou une préface à rédiger. L'ancien oiseau sauvage se sent bien à Gouesnac'h. Il y cultive des habitudes bien terriennes. Quelques courses jusqu'au Colibri, le bar-tabac du village, où il aime parler jardinage, ou chez Anna Cossec qui l'approvisionne en crêpes, cidre et œufs. L'aéroport de Quimper n'est pas loin. D'un coup d'aile le voilà à Paris où ses « affaires » l'invitent, mais c'est le soir même que l'homme pressé cherche à rentrer le plus souvent. Parce qu'il se sent mieux devant un feu de cheminée que sur un plateau de télévision, face à son établi qu'en compagnie d'un publicitaire, mais aussi parce que son « chez-soi » lui est chaque jour plus indispensable.

Tabarly change, s'enracine, se sédentarise. Il n'aimait pas les chiens : le voici qui cajole Rock et Schedda, son dogue et son berger. Il était indifférent à la peinture : le voilà qui acquiert un Lucien Simon et rêve d'un Marin-Marie. Il élague ses arbres, tond sa pelouse et parle même d'installer un casier à proximité de son ponton pour récupérer des crevettes. De loin en loin, il prend langue avec les gens du voisinage et apprécie, le cas échéant, un petit whisky au café de la Cale à Sainte-Marine. Plus étonnant encore : l'ancien cancre suit de plus en plus attentivement les résultats scolaires d'Anne et épluche ses bulletins avec conscience. « Lorsque j'ai passé mon bac, explique la fille aînée de Jacqueline, il était à l'étranger, mais il m'a appelée plusieurs fois. Lorsque je lui ai dit que je voulais faire une école de graphisme, il m'a encouragée et fait confiance... » Régulièrement, les Tabarly partagent leurs soirées avec les Le Maguer et les Garçon au gré d'une tournée des « trois dîners » sans cesse recommencée. On y parle bateaux bien sûr, mais aussi histoire (que Bernard adore) et géographie (qu'Yvon déteste), mais toujours avec deux passages obligés : quelques bouteilles choisies et des couplets qui le sont tout autant. Intronisé à l'Échansonnerie des Papes, élevé chevalier de Châteauneuf, l'inconditionnel des vins du Rhône n'est jamais en retard d'une dégustation en ces parages, mais guère téméraire dès qu'il est question de s'aventurer dans d'autres vignobles.

Son répertoire musical est tout aussi restrictif. Éric apprécie principalement les chansons à boire et les complaintes de marins. Il connaît plusieurs centaines de couplets à la note et à la rime près, qu'il entonne toujours avec ferveur, conviction et un réel talent. Son coffre est à la mesure et sa voix parfaitement posée. Du « J'aimerais tant voir Syracuse, l'île de Pâques et Bornéo » chanté par Montand au « C'est pas l'homme qui prend la mer, c'est la mer qui prend l'homme » de Renaud, les classiques de la variété française ne le laissent pas indifférent, mais c'est plutôt en bateau qu'il apprécie de les fredonner. Tout comme les joyaux d'Édith Piaf dont il a recopié de nombreuses paroles sur un cahier à spirale juste avant la Transpacifique de 1969 ou de Jacques Brel qu'il a rencontré une première fois au gala de la Légion d'honneur en 1964 et « raté » lors de son passage aux Marquises en 1977. Un rendez-vous manqué dont certains de ses matelots d'alors ne se sont toujours pas consolés. Titouan Lamazou : « Toujours pour améliorer l'ordinaire, Éric avait accepté à bord de *Pen Duick VI* une équipe de télévision. Trois gars qui ont eu un mal fou à se fondre dans le groupe et qui étaient incapables d'abandonner leurs habitudes de terriens. » A Hiva-Oa, l'île où s'est installé le chanteur, l'équipage, journalistes compris, débarque en toute innocence. Arrive une jeep au bout de l'embarcadère : Jacques Brel qui invite quelques privilégiés à rejoindre le village en sa compagnie. Sous la « menace » des hommes de télévision qui promettent pourtant leurs grands dieux qu'ils n'ont aucune intention d'interférer, ni lui ni Éric n'osent entamer la conversation. « Mais plutôt que de se faire "piéger", regrette Lamazou, Brel qui, après tout, était venu là pour qu'on lui fiche la paix n'est jamais revenu. Sans ces reporters, c'est certain, nous aurions sûrement fait la fête toute la nuit... »

Chez Tabarly le goût pour les chanteurs et les mélodies dépasse le cadre de la simple anecdote. Pour ce grand timide, c'est le meilleur moyen mis à sa disposition pour se livrer. Sans crainte et sans fard, l'introverti n'a jamais hésité à conclure un discours ou un repas de quelques vocalises. De toutes les initiatives marketing orchestrées en prélude de la Whitbread 1973, le lancement, chez Pathé-Marconi, d'un 33 tours intitulé « Tabarly présente les chansons de la mer » fut l'expérience qu'il apprécia le plus. A la même époque, Éric envisagea même d'enregistrer le plus sérieusement du monde un disque écrit conjointement par Jean-Lou Dabadie, Jean-Jacques Debout et Frédéric Bottom. Il échangea aussi avec le tout jeune Pierre Bachelet, présent le jour du baptême de *Pen Duick VI,* et interprète, vingt-cinq ans plus tard, sur des paroles de Yann Queffélec, d'une émouvante chanson-hommage.

Un jour le dernier départ
Un soir la fin du voyage
A bord du grand voilier noir...
Adieu des fous et les sages.

En dehors des habitués de Gouesnac'h, le cercle des intimes ne s'agrandit qu'avec prudence. Installé à Combrit, de l'autre côté de l'Odet, Pierre Schoendoerffer s'invite chez les Tabarly sur la pointe des pieds. Tout à la préparation de son *Crabe tambour,* l'écrivain et cinéaste en quête d'expertise avait pris contact avec le marin, mais l'échange préliminaire, organisé dans un bureau parisien, ne fut guère couronné de succès : « Ce n'est qu'après, en Bretagne, que nous avons vraiment lié connaissance. Même si nos expériences, en Indochine en particulier, ont été très différentes, nos principes étaient les mêmes. A mes yeux, Éric Tabarly était une référence. Il se méfiait de l'excès d'adjectifs et de superlatifs. Le lyrisme n'était pas son fort, même si je l'ai entendu un jour réciter des vers de Victor Hugo ! »

Le 4 mai 1984, Guy Christien, maire de Gouesnac'h, marie Jacqueline et Éric. Afin d'éviter les importuns, il a accepté que l'on omette de publier les bans et que la cérémonie se déroule un vendredi plutôt que le samedi. Seuls les Garçon et les Le Maguer ont été mis dans la confidence. Un rayon de soleil et un bon repas illuminent la journée, bientôt accompagnée d'une délicieuse et inattendue nouvelle : l'arrivée prochaine d'un nouvel enfant au foyer des Tabarly. « Il n'y a que les imbéciles qui ne changent pas d'avis » : une fois de plus, Jacqueline ne s'embarrasse guère de subtilité lorsque ses interlocuteurs se réfèrent aux réticences passées du père de Marie, à ses déclarations à l'emporte-pièce, à son refus de paternité jusque-là déclaré. Éric a cinquante-quatre ans et c'est une nouvelle vie qui pour lui commence. Il fait ses adieux définitifs à la Marine et embrasse le statut tout neuf de chef de famille.

L'heure est au bilan et au retour aux sources. Tous les prétextes sont bons : un anniversaire, une commémoration, le départ d'une course, l'ouverture d'un salon. A chaque fois, Éric ne se fait pas prier, échange et participe. Les anciens de la *Jeanne* sont définitivement de retour. Tous libérés de leurs obligations, retraités heureux, ils retrouvent le temps, multiplient les occasions, régatent dès qu'ils en ont l'occasion. Du côté de Glénan, de Porquerolles, mais aussi aux Antilles, où les vacances à bord de *Pen Duick VI* se prolongent chaque année davantage. Même s'il n'apprécie guère l'ambiance « anciens combattants », s'il ne ressasse qu'avec réticence, s'il se méfie de la nostalgie, Éric ne néglige pas le « bon vieux temps », les balades et les bateaux d'alors qui fleurent si fort la liberté et l'innocence. A l'ami Foillard qui a encore ses entrées à Navale, il a même demandé qu'il lui réserve un Bénodet, un petit bateau-école du temps de son service, bientôt récupéré à Brest et repeint en rouge et or comme il l'était à l'origine et comme l'on rafraîchit un souvenir à jamais partagé...

Quelques anciens équipiers ou amis — Kersauson, Loizeau, Tonnerre, Petipas bien sûr — s'invitent à la longère sans formalité ni raison. Croisé par hasard au Salon nautique, Daniel Poisson est « réengagé » sur-le-champ pour une prochaine croisière estivale et Pierre English trop heureux de tirer quelques bords au large de Saint-Tropez avec son ancien patron. Ici comme là les conversations reprennent, pratiques ou frivoles, comme si elles n'avaient jamais été interrompues. Jean-François Coste : « C'était un peu "lourd" de déjeuner avec lui ou de lui téléphoner. Il y a toujours eu une réserve, une distance qui empêchait d'être parfaitement décontracté. Éric ne se souciait guère de nos préoccupations ou de nos problèmes, mais dès que nous nous retrouvions sur un bateau, la gêne disparaissait. Sur le tard, les choses se sont améliorées. Nous étions enfin devenus "copains". Je crois que Titouan ou Philou ont ressenti la même chose. C'est dingue le temps que cela a pris pour que l'on se sente vraiment à l'aise avec lui... »

De l'avis de beaucoup, Éric est devenu « plus rond, plus civil, plus amical ». Plus patient aussi. Même s'il râle toujours un peu, il supporte de mieux en mieux les perpétuels écarts de ponctualité de Jacqueline. Sur les papiers officiels qu'on lui demande de remplir, à la rubrique « profession », il n'hésite pas à inscrire « retraité ». Lui, si avare de compliments, visite de bonne grâce l'*Antarctica* de Jean-Louis Étienne — « Pour ce que tu envisages, c'est le bateau qu'il faut » —, cautionne le projet de Coupe de l'America de Marc Pajot et accepte que Marie baptise le nouveau bateau d'Olivier de Kersauson. Il invite ensemble à déjeuner Poupon, Lamazou, Petit et Coste, tous quatre concernés par le prochain Vendée Globe dont il donne le départ avec plaisir, et participe avec les mêmes, plus Daniel Gilles, Mickaël Le Berre, Olivier de Kersauson, Bernard Rubinstein, ou Marc Pinta à un mémorable week-end à Chausey pour fêter le vingtième anniversaire de *Pen Duick VI.* Sur les photos-souvenirs de cette excursion fraternelle tout le monde est aux anges et le maître de la fête plus encore...

Côté affaires, l'ambiance est moins riante. Les Éditions du Pen Duick ont été vendues en 1992 et les produits sous licence traînent encore et toujours la jambe. Sa solde évolue mais demeure modérée [1]. Il est urgent de trouver d'autres rentrées ou débouchés. Deux publicités télévisées — la compagnie d'assurance Zuritel et les sardines Chancerel — permettent de parer au plus pressé. Ses premiers récits — *Victoire en solitaire, De Pen Duick en Pen Duick* — recyclés par le fidèle Jean Noli, sous la bannière de supposés définitifs *Mémoires du large,* apportent de bienvenus droits d'auteur. A

1. De 9 000 francs en 1981 à 15 000 francs en 1984.

quoi il convient d'ajouter quelques conférences, prestations, conseils, pour ne pas parler de la promotion d'une improbable et surprenante série de paires de lunettes ! Jacqueline concède : « J'ai vécu vingt-deux ans avec Éric et jamais nous n'avons manqué. Mais, je l'avoue, ce n'était pas toujours du seul fait d'Éric... »

Depuis ses bureaux de la rue Lesseps à Versailles, Gérard Petipas veille en effet, prévient, trouve un arrangement indispensable, une solution de dernière minute. Il est question d'une nouvelle ligne de vêtements, d'un calendrier, d'une vidéo, d'un parfum, pas toujours très seyants, aboutis ou distingués... Mais forcément opportuns avant que ne s'imposent d'autres priorités et d'autres soucis : l'entretien, en particulier, de la flotte des *Pen Duick* qui, chaque jour, grève sérieusement le budget « familial ».

« L'état de *Pen Duick VI* est très alarmant. » Dès 1989, Bernard Deguy, ancien de la toute première Whitbread chargé de jauger la santé de la plus importante unité du « parc » Tabarly ne laisse planer aucune équivoque : « Le voilier fait eau à quatre endroits ; le matériel de sécurité est endommagé ou absent ; la carène dans un état de saleté repoussant ; le sondeur out [1]. » Des travaux s'ensuivent. Coûteux et nombreux, comme de bien entendu. Mis en gérance à Saint-Malo sous les ordres d'Arnaud Dahlenne, neveu de Gérard Petipas, le voilier malade se requinque, financé bon an mal an par une poignée de passagers payants plus attirés par son nom que par son confort. La gestion de *Pen Duick III* pose davantage de problèmes encore. Éric ne veut pas se résoudre à vendre un bateau qui accuse

1. Rapport de trois pages établi à Union (Grenadines) le 17 février 1989.

plus de vingt ans d'âge. Éric Loizeau, Philippe Poupon ou Patrick Tabarly en ont fait bon usage. Pourquoi ne pas le céder à Jean-François Coste qui le réclame? « Nous avons négocié pendant deux longs mois en 1989. Mais il voulait absolument garder un pied à bord et ne me céder que 70 % des parts. Sans doute le “voilier de la luxure” comme on l'appelait entre nous, le bateau de ses années vagabondes, celui qui avait remporté Sydney-Hobart et résisté au cyclone *Brenda,* lui rappelait-il trop de souvenirs. Peut-être ne voulait-il pas admettre que cette histoire-là aussi était finie. Il me l'a loué pour le premier Vendée Globe sans que je puisse le conserver pour autant. Au bout du compte, il l'a cédé à un autre, à un homme d'affaires. Avec lui, je suppose, il n'a pas été question de sentiment... »

L'opération fut d'autant plus rapidement menée que l'acheteur n'est ni un ami ni un ancien équipier. Jacqueline : « C'est la première fois où je l'ai senti un peu inquiet. Il venait de passer un check-up, tout allait bien, mais il m'a dit : “S'il m'arrive quelque chose, tu auras la moitié de ma retraite plus ‘ça’.” Il parlait de *Pen Duick III.* J'étais un peu choquée. J'aurais préféré qu'il m'annonce la nouvelle avec un peu plus de tact, avec un bouquet de roses par exemple, mais ce n'était pas sa manière. Un peu plus tard, je lui ai demandé : “Et si c'était à refaire, tu revendrais le *III*?” Il n'était pas très sûr, mais pensait qu'à ce moment-là il n'avait pas eu trop le choix. » Tabarly a toujours entretenu des rapports contradictoires avec ses bateaux. Il s'est souvent défendu d'être prisonnier de leurs souvenirs et moqué que l'on éprouve des sentiments pour de simples accumulations de bois ou de métal. Mais il s'est aussi et toujours inquiété de leur devenir et a, pour eux, déployé des trésors d'énergie afin de garantir, au fil des ans, et leur tenue et leur compétitivité. Si l'affectif est étranger au sauvetage du symbolique *Pen Duick* — fil rouge existentiel s'il en est — de quoi était-il donc question ? D'habitude ? D'amour filial ? De préoccupation patrimoniale ?

Tabarly a beau dire, ses montures lui importent. Il est fier de ses trouvailles, de l'usage qu'il en a fait et tout autant de l'admiration que le plus grand nombre y accorde. Rassuré sur l'avenir de *Pen Duick II,* pris en charge et restauré par l'École de voile de Beg Rohu, Tabarly est ravi d'apprendre que le musée de la Marine envisage, de la même façon, de reconditionner *Pen Duick V* longtemps abandonné dans le jardin d'un pavillon de banlieue de L'Isle-Adam et racheté pour une somme dérisoire en 1992. Le prototype de la Transpacifique 1969 est mal en point, mais ce qui importe pour son ancien skipper, c'est que son témoignage demeure. A l'heure où la France entière se prend de passion pour les « vieux gréements », où partout il est question de faire revivre d'anciennes unités et de remettre au goût du jour des architectures passées, Tabarly n'a pas à s'employer outre mesure pour faire admettre que ses *Pen Duick* ont encore de bonnes raisons de naviguer. L'air du temps commande le « revival » que lui-même appelle. Mieux que dans n'importe quel livre d'histoire, ses inventions flottent, fières de leur jeunesse et de leur originalité.

Tabarly ne ressasse pas, ne rumine pas, il va de l'avant, observe et s'intéresse. C'est comme cela que le public le perçoit, c'est de cette manière que ses proches l'apprécient.

Jean Le Cam : « Il avait ses habitudes, ses lubies, mais il dialoguait aussi beaucoup. Et peut-être plus encore sur la fin. Je me rappelle avoir parlé avec lui de mâts tournants, de quilles pendulaires, de voiles en trois dimensions. Rien ne le laissait indifférent. La preuve : c'est tout de même lui qui a mis l'histoire de l'Hydroptère sur les rails... » Une vieille histoire, pour ne pas parler, là encore, d'obsession. Le fameux bateau qui vole ! Le voilier de la troisième dimension ! En 1975 déjà, Tabarly en rêvait. Juste avant que les contraintes technologiques et économiques d'alors ne l'incitent à baisser sa garde. Dix-huit ou vingt ans plus tard, l'argent fait toujours défaut, mais les matériaux et le savoir-faire ont beaucoup évolué. Mieux, Tabarly s'est trouvé un héritier inespéré.

Alain Thébault est un esprit fidèle. Qui, d'abord, a tâté du dessin industriel, de la planche et du planeur, mais qui a aussi beaucoup douté. Abonné aux dérives sans conséquences et aux boulots sans suite, il n'a trouvé son cap que par miracle. Il a vingt ans en 1983 et du culot à revendre lorsqu'il convainc Jean Bousquet de financer un multicoque rapiécé afin de participer à la prochaine Lorient-les Bermudes-Lorient. Le hasard place, dans le parc de départ, son *Cacharel* juste à côté du *Paul Ricard.* Échange de vues minimum, deux bonjours, trois bonsoirs, mais dans son for intérieur, le gamin se persuade : « Je vais le doubler ! Je vais faire mieux que lui ! » Vaine forfanterie : lui comme Éric essuient une série d'avaries rédhibitoires avec, pour le plus jeune des deux, une conclusion couperet en prime : « Plus jamais ça. La prochaine fois je veux un bateau à moi qui corresponde exactement à ce que j'ai envie de faire. »

Thébault imagine, dessine et récolte des premières personnes qu'il sollicite une même et sempiternelle réflexion : « C'est dingue, on dirait le bateau qu'Alain de Bergh a cogité pour Tabarly. » Le copieur malgré lui ne se démonte pas : il contacte le maître et fait le voyage de Bénodet. La discussion s'éternise devant la cheminée. Première nuit à la longère et examen de passage initial dès le lendemain à bord de *Pen Duick VI* en direction de Glénan. Au retour, Tabarly n'a qu'un mot : « Tu t'occupes de tout et si ça marche, je t'embarque à mes côtés [1]. » L'équipier intronisé ne se le fait pas dire deux fois. A compter de ce jour, il consacrera cent vingt pour cent de son temps au projet avec, bien sûr, des sautes d'espoir et de tension, mais toujours un maximum de fièvre et d'enthousiasme. Éric est séduit par l'obstination de son nouveau protégé, son abnégation, sa débrouillardise, ses besoins minimaux. Faute de pouvoir récupérer la maquette au 1/3 de La Rochelle, Thébault invite Bergh à en fabriquer deux nouvelles au 1/15. Sans le moindre sou vaillant, ni la plus petite subvention, Thébault est obligé de compter sur la vente du studio de sa copine pour enclencher le processus.

En réalité, Éric regarde tout cela d'assez loin. Il cautionne, écrit une lettre, assiste à une réunion, mais ne s'engage guère plus avant. Il a prévenu : « Je suis derrière toi, mais n'abuse pas question rendez-vous... » La prochaine Whitbread, la restauration de ses *Pen Duick,* l'aménagement de Gouesnac'h le préoccupent bien davantage. Bergh : « Sans Tabarly, c'est certain, ce projet n'aurait jamais vu le jour, mais dans le fond, il ne se sentait guère impliqué. Son esprit le portait vraiment ailleurs... » Une chance : Thébault est résolu, bernique plantée sur le dos d'un projet promis à la faillite par la majorité. Pas un matin sans qu'il y croie un peu

1. Confidence rapportée par Alain Thébault à l'auteur.

plus, pas un soir sans qu'il se persuade davantage. Lui-même renonce au tour du monde à bord de *Côte d'or,* tire les sonnettes, tente d'approcher Mitterrand au salon du Bourget, passe son permis pilote à Toussus-le-Noble. Il fait flotter ses maquettes sur le Grand Canal de Versailles, transforme son service militaire en service commandé et plie à sa discipline sa femme, ses habitudes et son avenir sans distinction ni de priorité ni d'urgence. La caution de Tabarly est pour lui essentielle mais pas forcément toutes ses suggestions. Éric préconise de travailler avec le fidèle Xavier Joubert, Thébault penche plutôt pour Marc Van Peteghem et Vincent Lauriot-Prévost, spécialistes du trimaran particulièrement inventifs et pointus.

A une occasion au moins l'onction du maître s'avère essentielle : le 25 août 1992 à Gouesnac'h tout ce que cette folle lubie peut réunir d'argentiers et de décisionnaires s'est donné rendez-vous. C'est Thébault qui s'est chargé des cartons d'invitation et de l'ordre du jour, c'est Jacqueline qui s'est occupée des plats et du décorum, mais c'est Éric qui cautionne de son seul nom ce meeting d'un genre un peu particulier. Il y a là, débarqués en voitures de fonction, en hélicoptères ou en jets privés, les représentants de l'Aérospatiale (Jean Picq), des Chantiers de l'Atlantique (Alain Grill) et de la direction du CVB (Bruno de Maulde), mais encore le président de la région Pays de la Loire (Olivier Guichard) ou l'un des pères de la fusée Ariane (Yves Sillard). Entre la poire et le fromage, en bordure de l'Odet, sur le pont du *Pen Duick,* Éric, pour une fois, sort de sa réserve, explique et argumente. Concile payant : dans la foulée ou presque — au terme d'une décision ouvertement politique cautionnée par Jacques Chirac — les premiers budgets et programmes prévisionnels sont enfin débloqués. Installé dans une baraque de pêcheur à Saint-Pierre-de-Quiberon, Thébault peut poursuivre sa quête, faire monter à bord de son projet quelques autres institutionnels (ministère de la Recherche, Thompson, CNES, etc.) et, mieux encore, lancer la construction d'un engin de carbone de 18 mètres de long, 24 mètres d'envergure, 27 mètres de mât et 5 tonnes de déplacement.

Au total, Éric naviguera (volera?) trois fois sur l'Hydroptère. Lors de la première tentative sa femme et sa fille l'accompagnent. L'appréhension se lit sur son visage. Il cherche ses repères, comprend que cette machine, comme un avion, se conduit avec les « fesses » plutôt qu'avec les mains et s'étonne qu'aucun embrun ne le prévienne du changement de rythme. Le commentaire immédiat (« C'est pas comme d'habitude... ») laisse un peu Thébault sur sa faim. Dans la voiture qui les ramène vers Bénodet, Jacqueline a droit à quelques développements : « Sincèrement, il n'avait pas trop aimé. Il était heureux que le projet soit arrivé à son terme, mais il s'était persuadé en quelques minutes que tout ça ne le concernait plus. » Demeure l'intention, l'association, l'identification : pour le grand public, et même les spécialistes, le bateau qui vole « appartient » à Éric Tabarly. « C'est, dit Thébault, son empreinte dans le futur. » Certes, mais c'est surtout l'œuvre et le mérite de son héritier qui au fil des mois et des années souleva encore quantité de montagnes pour persuader et convaincre. Avec un budget conséquent (24 millions de francs sur trois ans) et des pointes avérées aux alentours de 40 nœuds, Thébault et son Hydroptère ont surmonté quantité d'obstacles pour poursuivre leur navigation commune au tournant du siècle nouveau. Plusieurs pépins techniques (sur les bras de liaison en particulier), un désengagement de poids (Dassault), l'apparition de multicoques géants (les catamarans de The Race) ont quelque peu freiné le projet, mais pas sa justification et encore moins l'enthousiasme de son principal initiateur.

A deux pas de Vannes, sur les bords du golfe du Morbihan, dans une maison qui respire la jeunesse et l'envie d'aller toujours plus loin, Alain Thébault répète son credo : « Si Éric ne m'avait apporté qu'une idée ou qu'un soutien, cela serait sans grand intérêt. Ce qui est important c'est que lui et Jacqueline ont conforté mes priorités : l'esthétisme, l'audace, l'originalité, l'absence de compromis. Avec Éric, j'ai aussi appris la constance dans l'effort. Et ça, ça n'a pas de prix... » La dernière fois que le maître et l'élève se sont rencontrés c'était, fortuitement, sur la voie rapide entre Auray et Lorient. Les deux chauffeurs se font signe et se garent sur le bas-côté. Dans le coffre de sa XM, Éric transporte de vieux fauteuils en passe d'être restaurés. La conversation ne s'attarde pas sur le sujet et bifurque, dans la minute, sur le nouvel empennage de l'Hydroptère. Des meubles anciens et un accessoire futuriste : entre son occupation momentanée et ses curiosités répétées, Tabarly a peut-être choisi, mais il n'est pas certain qu'il ait tranché !

Il est une autre décision que l'infatigable peine à prendre : stopper pour de bon la voile de compétition. Depuis le retournement de *Bottin* en 1989, Éric, qui a maintenant dépassé la soixantaine, n'a participé à aucune course d'importance. Il se pose beaucoup de questions. L'évolution des mœurs nautiques l'inquiète, certaines indignités aussi. Lui, d'ordinaire si réservé, ose : « Il existe des dossiers qui vous “garantissent” le naufrage du bateau dans les vingt-quatre heures qui suivent le départ d'une course. J'ai un exemple bien précis à l'esprit [1]. » De plus en plus, il consacre son temps à *Pen Duick,* les séjours aux Antilles ne cessent de se prolonger, ceux à la montagne de se multiplier, mais il n'a pas annoncé sa retraite officielle pour autant. A une époque où les Loïc Peyron, Florence Arthaud, Alain Gautier ou Laurent Bourgnon ont définitivement accaparé les attentions et les intérêts de la voile spectacle, qui songe encore à enrôler Tabarly ? Gérard Petipas. En 1994 comme en 1997, les arguments se ressemblent. Ici, un équipage (celui de *La Poste,* seul bateau français engagé dans la Whitbread) qui se cherche et revendique un leader par la même occasion. Là une course (Le Havre-Carthagène commanditée par Petipas en personne) qui s'ennuie et réclame une figure de proue. Deux piges (de 400 000 francs pour la première, quatre à cinq fois moins importante pour la seconde) en quelque sorte dont Tabarly s'acquittera de bonne grâce. D'abord parce qu'elles lui assurent un pécule non négligeable, mais surtout — tous les témoignages le confirment — parce qu'elles lui offrent, l'une et l'autre, la possibilité d'y « regoûter » une fois de plus !

Nicolas Raynaud, biffin ordinaire à bord de *La Poste* : « On a parlé de calcul et de coup média. C'était peut-être vrai et même sûrement vrai, mais tout cela le dépassait. Moi, j'ai d'abord vu un mec heureux en mer, heureux de naviguer. Il a pris la course en route et donc la première bannette venue. Il se sentait vraiment en phase. Bouffer sur les genoux, ne pas se laver, être sans cesse mouillé : ça ne le gênait pas. Sur un bateau,

1. *L'Équipe,* 17 janvier 1981.

Éric avait un peu un fonctionnement de primate. Il faisait jour : il se levait. Il avait soif : il buvait son chocolat. Il voulait avancer : il prenait la barre. Les histoires de la Poste ? Il s'en foutait complètement ! »

L'entreprise publique a investi 80 millions de francs dans ce tour du monde. Avec, comme choix de départ, un grand bateau insatisfaisant et un équipage hétéroclite. Daniel Mallé, postier depuis l'âge de seize ans et capitaine au mérite, est dépassé par les événements et menacé de mutinerie. Après une première étape catastrophique (jusqu'à Rio), une seconde guère plus encourageante (jusqu'à Perth), il est forcé d'accepter la « solution » Tabarly, seule capable de sauver l'aventure du naufrage. L'arrivée du modèle permet à la presse de jouer la relance. Même si les spécialistes ne sont pas dupes, si les résultats demeurent médiocres, le gros du public est séduit par le retour du père prodigue. Mallé : « Il n'y avait pas d'autre alternative. Quand quelque chose va mal à bord d'un bateau, c'est toujours le patron qui est remis en cause. L'intéressant avec Éric c'est que personne n'osait contester ses choix. Il a été très correct avec moi. Il ne m'a imposé aucune condition. Nous avons terminé le tour à onze au lieu de dix-huit, mais l'impact média a dépassé tout ce que l'on pouvait espérer. »

D'impact média il est encore question à l'orée de Le Havre-Carthagène, course en double portée à bout de bras par Gérard Petipas. Une Transat de plus soufflent les blasés ! Une Transat de trop persiflent certains spécialistes ! Ouverte à la fois aux multicoques et aux monocoques, cette course de fin de saison courue en duo tarde à convaincre. De retour d'un Vendée Globe décevant, Yves Parlier est lui-même en quête de rachat. Même si ses habitudes le rapprochent de beaucoup des marins de la génération qui a précédé, l'ex-ingénieur a parfaitement assimilé les données de la voile business. Et son sponsor (Aquitaine Innovation) plus encore. La sollicitation de Tabarly est précipitée, mais calculée. En l'occurrence, l'intéressé est rétif. La modernité du bateau de Parlier l'intéresse, mais son confort beaucoup moins. Convié une première fois, il refuse. Relancé quelques semaines plus tard — alors qu'il est à Chamonix — il accepte : « Après tout ce n'est pas si long ! » Et pendant que Laurent Bourgnon, Paul Vatine et Loïc Peyron s'envolent avec leurs équipiers respectifs sur leurs multicoques, les deux marins poivre et sel sont trop heureux de constater qu'ils mènent la danse en monocoque. Comme un post-scriptum inattendu, la cavalcade s'éternise durant dix-neuf jours. En Colombie, les joues mangées par la barbe et les traits fatigués, Tabarly est secoué plus qu'il ne veut bien le dire. Il parle bien sûr de jolis surfs, mais s'appesantit aussi beaucoup sur les rigueurs des bateaux modernes : « Je ne suis pas masochiste, mais nous sommes arrivés aujourd'hui à un point extrême de la course au large. Pourquoi la jauge n'impose-t-elle pas un minimum de confort ? En quoi le confort nuit-il à la performance [1] ? »

Il est une autre chose qui tracasse Éric. L'accueil plutôt froid que lui réservent les siens à Gouesnac'h. Plus encore que dans le cas de *La Poste,* Jacqueline a appris par hasard ou peu s'en faut cette seconde escapade ! « C'est ma faute, plaide Petipas. J'ai négligé les priorités. L'information a paru dans la presse avant que je n'aie eu le temps de faire l'essentiel... » Jacqueline : « J'en ai beaucoup voulu à Éric. Il n'a pas fait cela par

1. Conversation avec l'auteur.

méchanceté. Il savait trop bien combien j'aime la liberté pour envisager lui enlever la sienne. Mais, dans ce cas précis, on lui a un peu forcé la main. Nous étions à la montagne et nous y étions bien... » A moins qu'il ne soit une fois de plus question de « l'appel du large » comme Jack London parlait de « l'appel du Nord », de l'irrésistible envie, de l'indomptable désir, de cette « liberté » qu'évoque si justement Jacqueline. De ce penchant pour le pas de côté, l'imprévu, le sac jeté à bord, sans rime ni raison, si ce n'est le simple plaisir de se soustraire... Éric s'est civilisé, s'est rangé, mais son instinct demeure et plus encore cette attraction naturelle pour le large et tout ce qui touche de près ou de loin à cette mer dans laquelle il a noyé toutes ses priorités depuis si longtemps.

C'est Raymond Labbé, maître d'œuvre de la restauration finale de *Pen Duick* qui raconte l'anecdote : « Je devais descendre à Rochefort, à la Corderie royale. Je savais qu'Éric aimait beaucoup cet endroit où l'on célèbre un savoir vieux de plusieurs siècles. Je lui propose de faire un crochet chez lui et de l'emmener. Nous passons pas mal de temps à admirer tout cela, la route est longue, nous décidons donc de dormir sur place. Le lendemain, je ramène Éric à Gouesnac'h. Il était vraiment bien, content de ce qu'il avait vu et appris. Lorsque nous sommes arrivés à la longère, deux ou trois personnes sont arrivées en courant et en hurlant : “Mais où étiez-vous passés ?” A l'époque, il n'y avait pas de téléphones portables, il n'y avait donc pas de quoi s'inquiéter, mais Éric a vite compris le message : “On a essayé de vous joindre partout, Jacqueline est à la clinique, elle a accouché...” »

Au terme du fameux Le Havre-Carthagène dont sa mère a si peu apprécié le déroulement et qui lui a valu une belle bague en guise d'excuses de la part de son mari inconséquent, Marie a treize ans. C'est une jolie adolescente, fière et déterminée, qui apprécie le cheval, les balades dans les champs environnants et la présence d'un père heureusement un peu plus raisonnable. Mais elle sait aussi qu'un semblable passionné qui, au bas mot, a couvert plus de 400 000 milles soit l'équivalent de dix-huit tours complets de la planète Terre n'est jamais à l'abri d'une nouvelle rechute ou d'une toquade supplémentaire !

24

LE POIDS DES VALEURS

En mer, le marin Tabarly a choisi ses bords avec suffisamment d'autorité pour ne pas affirmer, haut et clair, celui qui, à terre, recouvrait l'essentiel de ses idées. Éric était un homme de droite et ne s'en cachait pas. Un conservateur dans l'âme attaché à des valeurs fondatrices, des ordres préalables, des honneurs séculaires qu'il convient certes de respecter et d'observer mais surtout de perpétuer. Tabarly se méfiait des changements, des nuances et des indécisions. Son regard portait droit et ses certitudes tout autant. « Les temps futurs ne m'inspirent aucun optimisme [1]. » C'est dit sans ambages et cela pose plus définitivement encore celui qui souvent regrettait et déplorait. Tout innovateur et inventif qu'il fût, Tabarly se gardait de l'avenir qui promet selon lui plus d'incertitudes que de satisfactions et qui, concrètement, au cours des années 60 et 70, en France et ailleurs, fit si grand cas des bouleversements sociaux et de droits collectifs dont il a maintes fois souligné l'utopie. Jacqueline : « Éric n'aimait pas les beaux parleurs et les déma-

1. *Tabarly, une vie d'homme libre,* Calmann-Lévy, 1977.

gogues. C'était un homme concret et réaliste qui n'attendait jamais rien des autres. Parce qu'il avait toujours appris à se suffire à lui-même, il appréciait en priorité ceux et celles qui obéissaient à cette priorité fondamentale. »

Les équipages successifs des *Pen Duick* ont loué la méthode sans réserve et sont convenus que cette exemplarité a, la plupart du temps, contribué à la bonne marche de leur quotidien. Mais ce qui était évident au niveau de l'organisation du bord ou de la hiérarchie du commandement (... ou de leurs contraires, on l'a vu en maintes occasions) ne l'était pas forcément dès lors que les conversations s'échappaient sur des terrains annexes, étrangers à la navigation ou ses obligations. Jean-François Lemoine, ex-équipier aujourd'hui reconverti avec bonheur dans le journalisme médical : « Dès que l'on sortait du cadre "bateau", ça dérapait. Vous imaginez la bande de chevelus que nous étions avec Éric toujours agrippé à ses principes et ses certitudes ? Cela virait forcément à la provocation. En fin de repas, le ton montait souvent. C'était lui contre nous. Le vieux contre les jeunes. Le réactionnaire contre les rêveurs. Mais à l'époque je suppose que cela se passait comme ça entre les pères et leurs enfants dans la plupart des familles françaises... »

Tabarly aimait la France, Napoléon, la République, et le drapeau tricolore. Et n'appréciait guère que l'on aille chercher des poux dans la tête de ces archétypes. Il vouait au général de Gaulle un grand respect et une admiration si forte qu'il ne tolérait pas la moindre critique à son égard, ni la plus petite remise en cause. English : « Sur ce chapitre-là, il ne plaisantait pas. Il était capable de se fâcher tout rouge si d'aventure son interlocuteur remettait en cause son idole. » On se souvient de l'onction initiale apportée par le « garant des valeurs françaises » au vainqueur de la Transat 1964. De cette attention, Tabarly n'a tiré aucune vanité, mais elle a de toute évidence alimenté ses certitudes pour toujours. Bernard Garçon : « De Gaulle était un terrien pas un marin, mais Éric appréciait chez lui sa droiture et sa franchise ; sa manière de promouvoir l'indépendance et la grandeur de la France ; son côté "soit on commande, soit on obéit". »

Les deux géants ne se rencontrèrent concrètement qu'à deux reprises, au Salon nautique et lors d'un déjeuner à l'Élysée, mais leurs chemins se sont croisés en bien d'autres occasions, toujours marquées, on le notera, par une pompe digne d'une actualité qui faisait alors grand cas du prestige national. Lors de la visite du Général à la base du Poulmic en 1960 par exemple à laquelle Éric assiste dans les tout premiers rangs ou lors de l'inauguration du paquebot *France* à Saint-Nazaire quelques semaines plus tard à laquelle il est convié en compagnie des cavaliers de Saumur, sur le pont de *La Belle Poule,* à cinquante mètres à peine de la tribune où officie le président de la République. Une fois de Gaulle disparu, Éric Tabarly demeurera toujours très prudent sur le terrain de la politique. Privé de référence tutélaire, il craindra continuellement la récupération de ses éventuelles prises de position. Pour ne pas parler de ses faits et gestes.

Lorsqu'en 1966-1967, il choisit de naviguer en compagnie de Gaston Defferre sur l'un ou l'autre de ses *Palynodie,* il n'y décèle aucun calcul, mais l'occasion de goûter, au contraire, de prendre langue avec un véritable amoureux de la mer et de partager avec lui son penchant pour les unités de prestige. L'échange est appréciable et réciproque. Edmonde Charles-Roux, épouse du maire de Marseille, parle même de « connivence ». Jusqu'au jour où Joseph Comiti, lui-même candidat à la direction de la ville et par ailleurs ministre de la Jeunesse et des Sports, s'offusque qu'un militaire de son bord fraie avec un leader de l'opposition. Une lettre s'ensuit qui a valeur d'avertissement et qui bien évidemment précipite la rupture entre Defferre et Tabarly. Edmonde Charles-Roux : « Gaston a été très peiné de la chose. Du jour au lendemain, il n'a plus eu de nouvelles de Tabarly. Le procédé était bas et l'incident lamentable. Il était question de voile, pas de politique. Mais Tabarly était un militaire, très raide, très obéissant qui, sans doute, n'a pas trouvé les mots pour passer outre cette réaction jalouse. L'amour que Gaston portait à la mer allait bien au-delà des clivages idéologiques. Il avait été ministre de la Marine marchande juste après la guerre et avait contribué à son redressement. Je crois sincèrement que Tabarly lui savait gré de tout cela... »

Le marin le plus célèbre de France doit également se méfier de ses fréquentations à l'autre extrémité de l'échiquier politique. A l'une ou l'autre occasion, on l'a vu côtoyer Jean-Marie Le Pen, le plus qu'encombrant leader du Front national, trop heureux d'affirmer sa respectabilité à l'ombre d'une personnalité aussi connue. Les deux hommes se connaissent depuis une éternité. Marin-pêcheur et secrétaire de mairie, Jean, le père de Jean-Marie, fut une figure de La Trinité avant guerre et alimenta la chronique bien au-delà de sa mort, survenue en 1942 à bord de son bateau victime d'une mine ennemie. De trois ans l'aîné d'Éric, son fils est lui-même un Trinitéen assidu. Dans ce beau coin de Bretagne, dont il connaît toutes les figures et toutes les maisons, il jouit d'une sorte de « trêve maritime » et d'« amnistie nautique » qui lui permet de surmonter son statut controversé et de passer outre les polémiques. Plusieurs fois, il a invité Tabarly dans sa maison de pierre ou à bord du *Général Cambrone,* un langoustier de 18 mètres transformé en yacht de plaisance au goût plus ou moins douteux. C'est à son bord, entre autres, que le jeune Olivier de Kersauson a appris les rudiments du métier. Un soir de victoire, au milieu des bouteilles entrechoquées et d'une quantité de bougies allumées pour la circonstance, Éric est heureux de faire étalage de sa force et de grimper le long d'une drisse de mât les jambes à l'équerre, comme il en a pris l'habitude du temps de Navale. Partage-t-il pour autant les idées de son hôte ?

« Certaines, c'est évident, argumente Lorrain de Saint-Affrique, intime du leader frontiste avant de devenir l'un de ses plus vifs opposants. Ils se retrouvaient incontestablement sur le terrain du patriotisme et de la grandeur de la France. Mais il ne pouvait y avoir convergence politique pour la bonne et simple raison que Le Pen était un antigaulliste viscéral et que Tabarly plaçait le Général au plus haut de son Panthéon. Dans les années 80, Le Pen était en quête de reconnaissance médiatique. Il cherchait sans cesse à se mettre en avant. Chaque poignée de main était susceptible d'être récupérée. Alain Prost est tombé une fois dans le panneau. Il y a eu aussi un problème avec Mouloudji au prétexte que Le Pen était très copain avec sa mère.. C'était différent dans le cas de Kersauson. Là, il y a vraiment eu brouille. Je sais que Le Pen a été très peiné du peu de reconnaissance d'Olivier à qui il estimait avoir mis le pied à l'étrier. Il le considérait vraiment comme un ingrat... »

Plus souvent muet qu'à son tour, Tabarly entretient

malgré lui le malentendu. En privé, quelques témoins l'entendent prôner les vertus de l'Algérie française et dénouer les supposées lâchetés de Pierre Mendès France qu'il déclare ne pas aimer. Régulièrement, il a les honneurs de *Minute,* l'hebdomadaire d'extrême droite. En juillet 1976, le rigoriste et sectaire François Brigneau se rappelle à son souvenir et signale qu'en 1964, il fut l'un des premiers à vanter son exploit : « Malgré un lyrisme de force 8, je ne retire rien. (...) Je remercie profondément Tabarly pour l'image de notre patrie qu'il montre à l'étranger. C'est une image qui fait du bien. » Bien sûr, Éric ne cautionne pas ce genre de plébiscite, mais il ne le rejette pas non plus. Titouan Lamazou : « C'est vrai qu'il était “limite” question politique. Il ne fallait pas parler apartheid ou même colonisation avec lui, mais ce qui était dingue c'est que son discours (ou ses idées) n'étaient pas du tout en adéquation avec son comportement. Je me souviens par exemple d'un tonitruant : “Mais bon sang, il n'y a que des Arabes dans la classe de ma fille !” Éric, c'est certain, n'était pas raciste, il nous l'a prouvé mille fois, mais il se faisait une certaine idée de l'ordre du monde : chacun à sa place, chacun ses valeurs, chacun sa fierté nationale. Je suppose que cela venait de son éducation... »

Si les voyages forment habituellement la jeunesse et si la jeunesse voyage généralement en terrain de tolérance, il est certain qu'Éric Tabarly n'a pas profité de la multiplication des premiers et de la fréquentation de la seconde pour affiner son point de vue. Dès sa sortie de Navale ses idées sont figées. Et comment imaginer chez celui qui a toujours fait grand cas de la rectitude et de la fidélité d'éventuels pas de côté ou retours en arrière ? Le monolithe écoute à défaut de comprendre, admet plutôt que d'adhérer, et c'est déjà beaucoup. Gérard Petipas : « Nous n'étions pas du même bord et pourtant nous ne nous sommes jamais fâchés. Sur Le Pen, je bloquais. Lui me répondait : "ce n'est tout de même pas Hitler !" Éric avait plus des positions de bon sens que des prises de position idéologiques. Il était proche de la moyenne des Français, des Françaises qui, d'ailleurs, le lui rendait bien. »

En réalité, le général de Gaulle mis à part, Éric Tabarly n'a jamais fait grand cas des hommes politiques. Il en a croisé et rencontré beaucoup, mais ne leur a jamais accordé la priorité de ses attentions. A Nouméa, il oublie par exemple de saluer Michel Debré, son ministre de tutelle ; ne reconnaît pas Hervé Bourges à Dinard et pas plus Jean-Pierre Soisson qui lui tend fièrement la main à l'arrivée d'une Route du Rhum. Les présidents de la République successifs ont droit à davantage d'égards, mais guère plus. Georges Pompidou étant le continuateur de l'œuvre du Général, il ne voit rien à lui reprocher si ce n'est l'attention qu'il porte à Alain Colas proche de ses racines familiales (ici le Cantal, là la Nièvre) et de son goût pour les superlatifs (ici la tour Montparnasse, là le *Club Méditerranée*). Le courant passe mieux avec Valéry Giscard d'Estaing : sa fille Jacinte a accepté de baptiser l'un de ses bateaux et lui-même consenti à participer à une très mondaine réception au château de Versailles en l'honneur du roi Juan Carlos d'Espagne, amoureux de la plaisance s'il en est. Il fut même question à cette époque d'un poste de député dans la lointaine Saint-Pierre-et-Miquelon, suggestion qu'Éric, il faut l'avouer, n'a jamais prise au sérieux...

En mai 1981, parce que « l'heure est grave » (c'est lui qui souligne), Tabarly déroge pour une fois à ses principes de non-intervention et participe ouvertement à un officiel « rassemblement de soutien » au président en place. Certains y voient une preuve de courage, d'autres un opportunisme de circonstance compte tenu des tracasseries fiscales auxquelles il est soumis depuis quelque temps déjà. Éric vit mal ces interprétations et ces commentaires. Dès lors, il ne s'impliquera plus jamais aussi ouvertement. Lorsque Jacques Chirac, alors maire de Paris, choisit de se lancer avec Marc Pajot à la conquête de la Coupe de l'America, Tabarly n'est pas très loin, il prête son nom, participe à un baptême, mais son engagement ne dépasse pas le strict cadre de la compétition à venir. Au fil des années, le sympathisant plus ou moins échaudé est de plus en plus méfiant et prudent. A mots couverts, on l'entend même émettre quelques réserves vis-à-vis d'un Alain Bombard, d'un Gérard d'Aboville ou d'un Haroun Tazieff dont les engagements politiques clairement avoués le gênent et le perturbent. Un peu plus tôt, ne s'était-il pas fait tancer par sa hiérarchie pour avoir prêté son nom à une liste municipale de Quimper et négligé ainsi son obligatoire devoir de réserve ?

Tabarly ne milite pas, ne pétitionne pas, mais il n'en pense pas moins. Il lit *Le Point* et apprécie les éditoriaux musclés de Claude Imbert. Il ne manque jamais de donner son avis sur la gabegie de l'État, les valeurs qui s'évaporent et les principes qui empruntent un chemin équivalent. Il voue une réelle aversion à François Mitterrand, incarnation, selon lui, du « mensonge et de la tricherie » et ne s'étonne qu'à demi que ce soit un député socialiste qui l'ait un jour accusé de publicité clandestine au prétexte qu'il arborait un tee-shirt siglé lors d'un entretien télévisé. Peut-être l'influence de Gérard Petipas, organisateur enthousiaste de la Course de l'Europe très tôt cautionnée par Jacques Delors, a-t-elle été déterminante, mais à l'inverse de Jacqueline, Éric était un européen convaincu. Avec une argumentation bien à lui : « C'est pour nous le seul moyen de nous en tirer face aux deux grands qui ont de plus en plus tendance à nous "bouffer". » Et cet aveu en prime : « Contrairement à ce que l'on pense, je ne suis pas spécialement chauvin... [1] »

Comme tout citoyen, Tabarly a ses lubies et ses idées fixes. Et s'il a cautionné le traité de Maastricht sans hésitation, il ne perd jamais une occasion de se scandaliser du régime fiscal français et de ses éventuelles injustices. Preuve de sa détermination : en janvier 1994, lui qui a toujours rechigné à rejoindre quelques groupes ou affiliations que ce soient, adhère à un organisme précisément spécialisé sur ce sujet. Même si l'assemblée des « Contribuables associés », animée par Benoîte Taffin, longtemps maire du IIe arrondissement de Paris, ne s'est jamais imposée sur le devant de la scène médiatique elle a encaissé la contribution de l'adhérent Tabarly avec régularité et recueilli, à deux reprises, ses impressions dans son bulletin de liaison. Avec cette pique supplémentaire en guise d'argument définitif : « Il serait temps que nos gouvernants descendent de leur tour d'ivoire et se rendent compte que le contribuable français est assez fatigué d'être pressuré et écœuré de l'usage trop souvent futile que l'on fait de l'argent public [2] ».

Si Tabarly ne se mouille guère politiquement, il sait néanmoins faire entendre sa voix le cas échéant. Surtout si l'enjeu contredit un principe qui lui est cher,

1. *L'Équipe Magazine,* 24 novembre 1984.
2. *Contribuables associés,* octobre 1996.

une logique qu'il estime inébranlable. De ce point de vue, l'« affaire » du musée de la Marine fut hautement significative et symbolique. Très tôt lancé sur des bases irréfléchies, ce projet ubuesque a révélé mieux que bien d'autres exemples la capacité d'indignation dont Éric Tabarly était capable dès lors que l'on bousculait l'ordre de ses valeurs fondamentales. Et le fait que — ironie de la situation — ce soit Jacques Chirac — un homme dont il partageait les convictions — qui ait déclenché le processus ne changea strictement rien à sa détermination.

Tout débute en décembre 1995. Les trois Jacques (Chirac, Kerchache, grand collectionneur devant l'éternel, et Friedman, ami intime du président) se piquent de trouver un endroit au centre de Paris où rassembler des œuvres « primitives » qu'ils prisent tous trois de semblable façon. Le musée de l'Homme est pressenti et tout autant son voisin le musée de la Marine, « anachronique » à leurs yeux en plein cœur de la capitale alors qu'il serait si bien installé quelque part au bord de la mer... Une commission d'étude et d'évaluation est mise en place à laquelle participe François Bellec, responsable des trésors flottants entassés dans l'aile ouest du palais du Trocadéro. L'amiral a beaucoup fait pour ces merveilles et leur reconnaissance. Au fond de lui, il est opposé à ce saugrenu déménagement, mais son devoir de réserve lui commande de n'en rien dire. Face à l'urgence supposée de l'intervention, il tient informé son conseil d'administration qui transmet à ses membres dont Éric Tabarly admis dans la famille depuis 1996.

Sa réaction ne se fait pas attendre. Le marin est scandalisé. Le 9 août, il prend sa plus belle plume et adresse une lettre de trois pages à l'amiral Turcat, président du conseil d'administration du musée de la Marine : « Non seulement je suis peiné, mais aussi scandalisé qu'il puisse être envisagé de supprimer cet établissement sans même savoir si l'on pourra le reloger correctement. (...) Je suis également scandalisé de voir qu'en ces temps de soi-disant remise en ordre des finances publiques on continue à dépenser allégrement de l'argent. On pouvait penser que le temps des colonnes de Buren et autres dépenses somptuaires était terminé... » Quelques jours plus tard, ces rodomontades percent dans les colonnes du *Marin,* hebdomadaire très lu dans le milieu concerné, juste avant que l'AFP et que tous les autres médias ne lui emboîtent le pas. L'heure est grave, insiste Tabarly qui, fait unique dans les annales de sa vie publique, assène *crescendo* ses critiques et ses menaces. En septembre, à l'occasion de la « Classic Week » de Monaco, l'Association de soutien du musée de la Marine mise sur pied pour l'occasion lance un officiel « may day » signé Éric Tabarly. Où il est, entre autres, question de la « désinvolture avec laquelle sont traitées les questions maritimes dans notre pays [1] », une flèche ouvertement décochée en direction du locataire de l'Élysée. Cela ressemble fort à un crime de lèse-autorité, mais qu'importe, plus personne ne peut retenir l'amoureux floué. Il parle de « fait du prince », de « caprice présidentiel » et préconise même une manifestation sur la voie publique derrière un corbillard !

« Le problème, souligne François Bellec, c'est que toute cette agitation ne "remontait" pas jusqu'à Jacques Chirac. J'ai alors suggéré que Jean-François

1. Reprise de la lettre d'Éric Tabarly à l'amiral Turcat, 9 août 1996.

Deniau, familier des deux parties, prenne la tête d'une mission de conciliation. » L'amiral Delaunay, responsable de la Marine, et Charles Millon, ministre des Armées, s'inquiètent de l'implication, aux côtés d'Éric Tabarly, d'une seconde personnalité éminemment médiatique dans cette affaire. Mais le tandem est néanmoins approuvé en haut lieu et invité à visiter d'éventuels lieux de « remplacement » (quai Branly, bassin de la Villette, île Seguin, Grands Moulins de Paris, etc.) avec toujours en guise d'au revoir le même échange verbal. Deniau : « Pourquoi pas là ? », Tabarly : « Non, ce n'est pas bien. De toute façon on ne bougera pas ! » Chaque semaine, la polémique s'insinue un peu plus. Chemin faisant, la province (Brest, Lorient) se verrait bien récupérer l'encombrant bébé. Mais Tabarly ne transige pas. En décembre, Deniau rend sa copie, consensuelle comme le personnage l'est par essence. Aucun ministre, ni représentant du gouvernement ne participe à la conférence de presse. Et les médias de leur côté n'ont été prévenus qu'à la dernière minute. L'urgence est d'étouffer l'incendie et d'abandonner le projet sans qu'aucune déclaration officielle ait été officiellement décrétée dans ce sens.

Ce repli un peu lâche aurait-il été ordonné sans l'intervention musclée de Tabarly ? « Pas sûr, pense François Bellec, même si ce déménagement, en définitive, était bien flou et bien incertain sur le fond... » Mais peut-être faut-il aller chercher ailleurs la leçon de la fable : dans la confirmation du crédit que l'ensemble des Français ont accordé une fois de plus au plus célèbre de leurs marins. Même si la grande majorité d'entre eux ignorent tout des richesses du musée, ils ont d'emblée adhéré au point de vue de celui qui leur assurait qu'il n'a jamais « rencontré plus belle collection de par le monde » et que vouloir se priver de cet outil pédagogique était non seulement « une faute, mais une bêtise ». Autre enseignement de cette campagne : la vigueur de l'intervention du leader de la fronde. Jamais on n'avait surpris Tabarly usant de semblables invectives, de mots si durs, d'accusations si directes. Parce qu'il avait soudain pris conscience de son autorité et de son influence ? Plus sûrement parce qu'il a toujours entretenu avec ce musée et l'histoire de la marine en générale une passion démesurée.

Sylvie David-Rivérieult, responsable de la communication : « Éric fréquentait beaucoup les lieux. Chaque fois qu'il en avait l'occasion, il venait. Pour la remise d'une récompense, pour l'inauguration d'une exposition, mais aussi par simple plaisir. Il prenait son rôle de membre du conseil d'administration très au sérieux. Le travail des maquettistes l'intéressait et il demandait souvent des nouvelles de telle ou telle restauration. Il connaissait la plupart des pièces exposées, certaines dans leurs plus infinis détails. Éric aimait la mer, mais tout autant l'Histoire et les histoires qui y sont attachées. »

« L'encyclopédie flottante » : à court d'arguments, Olivier de Kersauson n'a pas trouvé d'autre épithète pour désigner son ancien capitaine qui de toute éternité a « bassiné » ses équipages à propos d'une vieille coque repérée dans un chantier, d'un gréement inédit découvert au bout du quai et, plus encore, sur la filiation qui toujours préside aux trouvailles et inventions même les plus inattendues. Jean-François Coste : « Je l'ai vu potasser pendant des semaines un impressionnant bouquin sur les embarcations polynésiennes. C'était en anglais, il n'y comprenait pas grand-chose, mais il pouvait rester scotché pendant des heures devant une gravure ou un dessin. » Daniel Gilles : « En 1975, à Cowes, un soir de régate, je l'ai senti vraiment choqué du degré d'ignorance de ses équipiers incapables de reconnaître *Endeavour,* ancien héros de la Coupe de l'America. "Mais nom d'une pipe, lisez ! Mais lisez donc !" » Pierre English : « Tous les bateaux l'intéressaient. Un matin en Baltique, il nous a amenés voir le *Pomern,* une gloire de la marine à voile locale. L'ensemble était pourri et vermoulu, mais lui grimpait au mât, expliquait, racontait. Il connaissait tout, il avait tout lu. »

Même s'il a frayé dans les eaux de la modernité plus souvent que bien des skippers supposés à la page, Éric Tabarly possédait la rare particularité d'appartenir aussi à la génération qui a admiré les derniers feux de la marine à voile, et pas seulement de plaisance. Non content d'avoir fait ses premières classes sur le *Pen Duick* paternel, vécu une révélation primordiale à bord d'un antique thonier, amélioré ses acquis sous les voiles de *La Belle Poule,* le marin fondamental n'a cessé de nourrir son regard et son intelligence en scrutant tous les horizons. Celui, obsédant, qui se dessine droit devant, mais tout autant celui que l'on abandonne par-dessus son épaule.

Que retient Tabarly de son demi-tour du monde à bord de la *Jeanne* ? Des escales exotiques bien sûr, des exercices inédits, une camaraderie merveilleuse, mais tout autant la vision effarée du *Ville de Mulhouse,* dernier quatre-mâts de la marine tricolore abandonné au fond du port de Punta Arenas. « Quand les Chiliens nous l'ont donné, maugréa-t-il longtemps, nous n'avons même pas été capables d'aller le chercher [1]. »

1. Conversation avec l'auteur.

A une époque où la sauvegarde du patrimoine n'était pas encore passée dans les mœurs, Éric Tabarly avait déjà pris les devants. Sans doute n'est-il pas exagéré d'affirmer qu'il fut d'ailleurs l'un des initiateurs essentiels de cette prise de conscience désormais admise par le plus grand nombre.

A compter de la fin des années 90, à Douarnenez, Brest ou Saint-Malo, les Français prennent petit à petit conscience de leurs trésors nautiques. Aux États-Unis, en Nouvelle-Zélande ou en Grande-Bretagne, le mouvement n'a jamais cessé, mais il faudra encore attendre une cascade d'indignations supplémentaires pour que le gros des Français se décide vraiment. Raymond Labbé, compagnon de restauration de *Pen Duick* : « Il n'y avait aucun égoïsme dans la démarche d'Éric. Bien sûr, il voulait que son beau voilier reprenne le large, mais plus généralement, il souhaitait que l'on maintienne à flot l'ensemble du patrimoine. Dès qu'on le sollicitait pour une cause, un baptême, un conseil, il répondait présent. Ça a commencé par ses autres *Pen Duick,* remis en état petit à petit, mais quand je lui ai demandé de venir baptiser la bisquine *La Cancalaise,* il a accouru de la même façon. » Éric aimait les bateaux de caractère et l'empirisme des méthodes qui, le plus souvent, participent de leur fonctionnement et de leur navigation.

Il rêvait pour son *Pen Duick* d'un abri à l'ancienne pour l'hiver comme ceux qu'il avait vus du côté de Falmouth, « mais, regrettait-il, ils (le service de protection du patrimoine) ne m'auraient pas donné l'autorisation de construire un pareil hangar [1] ». Il avouait un faible pour les architectes anglo-saxons, pour

1. *Ibid.*

l'Américain Olin Stephens ou le Britannique John Illingworth, sans doute son artiste préféré. Le bateau de ses rêves ? Le *Sysley,* une goélette de 42 mètres signée William Fife, par ailleurs auteur de son incomparable *Pen Duick.* Au cours des dix dernières années de sa vie, Tabarly fut de toutes les initiatives et de tous les rassemblements. L'ouverture du musée à flot de Douarnenez, où il retrouve son copain Claude Luter. La fête de Rouen en 1989, celle de Brest en 1992, où il passa plusieurs heures à étudier la *Recouvrance,* bâtiment militaire de la Restauration ayant participé à l'expédition d'Égypte, celle de Brest, encore, en 1996. Il aurait dû être du rendez-vous de 2000 et avait donné d'emblée son accord pour parrainer le « Défi Jeunes ». Son thème ? « La transmission du savoir marin... »

Lorsqu'un ex-équipier reconverti dans l'audiovisuel lui suggère de participer à une série susceptible de rapporter l'aventure d'une dizaine de bateaux de prestige, l'historien rentré n'hésite pas une seconde. Jean-François Lemoine : « Je savais très bien qu'Éric n'aimait pas les caméras et ce type d'exercices où il faut sans cesse refaire des prises pour mieux “coller” aux images, mais puisque l'opportunité lui offrait le privilège de naviguer à bord de bateaux qu'il admirait, il s'est soumis sans broncher. « Entre Rostock et les îles Féroé, à bord du *Sedov,* le plus grand voilier encore à flot, Tabarly jubile, premier levé, dernier rassasié. Matelotage, manœuvre, menuiserie : rien ne le laisse indifférent.

« Je l'avoue, ce côté “buffet Louis XV” qu'Éric entretenait avec toujours plus d'insistance au fil des années, ce goût pour les antiquités et les vieilleries me cassait sincèrement les pieds. Plus ça allait, plus il revenait là-dessus, et je ne comprenais pas très bien pourquoi. Éric a boudé les grands multicoques, les records autour du monde, le Jules-Verne, autant d'aventures qui étaient pourtant taillées à sa mesure et, en échange, il se transformait en antiquaire... « C'est Olivier de Kersauson qui s'étonne et qui boude. L'amateur de sensations fortes, le cinglé de vitesse, l'amoureux du grand Sud n'a jamais apprécié, à l'inverse de son maître, les commémorations et les retours en arrière. Plus d'une fois, Éric l'a invité à bord de *Pen Duick,* mais il n'y a jamais trouvé de plaisir. On note dans ce décalage l'âge de son ancien mentor sans doute, ses évidentes lassitudes, ses récriminations répétées à l'encontre du modernisme forcené, mais aussi un indéniable penchant pour les traditions recensées et une volonté, non moins affirmée, de revenir sur ses pas.

Éric Tabarly est ontologiquement conservateur, moins par frilosité que par bon sens. L'histoire — celle des bateaux, des modes de navigation, des habitudes marines — ne constitue pas pour lui une académie figée. Elle est, au contraire, un formidable terrain d'expérimentation, le laboratoire du progrès. Tout a été dit, tout a été tenté, et il suffit de « relire » les expériences passées pour repérer les prémices des idées à venir. C'est dans le terreau de l'histoire que poussent les initiatives les plus folles. Dans le domaine maritime comme ailleurs, la science infuse n'existe pas. D'ailleurs la mer ne tolère pas les âmes présomptueuses, elle invite plutôt à passer dans le grand tamis du temps toutes les sagesses accumulées afin de recueillir les pépites qui, pour toujours, exciteront les esprits malins. Que l'on ne s'y trompe pas : c'est aussi parce que l'antique *Pen Duick* est « objectivement » un bateau moderne qu'Éric Tabarly s'y est intéressé à ce point. Parce qu'il incarnait une si évidente audace qu'il s'est appliqué à le maintenir à flot. Bruno Troublé : « William Fife, comparé à ses confrères de l'époque, était un architecte porté vers l'avenir. Il n'a imaginé que des bateaux performants, des "bêtes" de course. Et en plus ils étaient beaux ! Il n'est pas étonnant qu'Éric Tabarly qui combinait un peu tout cela s'y soit intéressé. »

On avait laissé le bel oiseau blessé dans un coin reculé du chantier Costantini à La Trinité. Abandonné et inerte. Certes habillé d'une nouvelle robe de plastique, mais incapable de reprendre le large. Dégagé de l'essentiel de ses obligations sportives et à deux ans de sa retraite effective, Éric Tabarly se décide enfin et vole au secours de son compagnon d'apprentissage. Le 3 août 1983, *Pen Duick* reprend enfin son vol en direction de Saint-Malo et du chantier Raymond Labbé. Les fondements du voilier sont intacts, mais tout le reste, des barres de flèche à la plus simple des couchettes, est à revoir. Éric n'a pas les moyens de se précipiter. Il compte, compare, renonce parfois. Surtout, il veille à ne pas être emporté par ses sentiments. Il insiste : « Après tout un bateau n'est qu'un instrument ! » Un bel outil en vérité dont il s'applique à peaufiner les ors et les bois durant six années supplémentaires... En 1989, ne subsistent de l'original que quelques ferrures, une barre de bronze, la pompe de cale et le lest de plomb. Mais les lignes sont toujours là qui élèvent l'architecture navale au rang des beaux-arts et la menuiserie océane à l'égal d'un sentiment amoureux.

Installé dans la « chambre d'enfant » où Tabarly dormait chaque fois qu'il lui rendait visite à Saint-Malo, juste sous une photo du bateau tant désiré, Raymond Labbé se souvient dans leurs moindres détails de ces années de longue patience : « Il a vraiment fallu repartir de zéro. La coque était devenue poreuse et chargée de kaolin. Cinq tonnes de sable ont été nécessaires pour enlever l'enduit ! C'était déprimant. J'ai vraiment douté, mais Éric n'est pas du genre à laisser tomber. Nous avons dû mettre une nouvelle peau, une autre enveloppe. Éric voulait absolument retrouver le dessin qu'il avait connu, même si les conséquences de ce choix allaient parfois à l'encontre de la logique et des coûts. Il souhaitait par exemple placer le petit moteur à l'arrière et j'ai dû m'employer pour le convaincre du contraire qui assurait un meilleur équilibre. Je voulais du teck, lui du pin. Il a cédé pour les moulures intérieures, mais, dans le fond, il se fichait du luxe. Le lavabo de *Pen Duick* vient d'un hydravion du temps de l'Aéronavale. L'ensemble était spartiate et confiné. Après tout, il n'y a que dix mètres à la flottaison ! »

Raymond Labbé a six ans de plus que Tabarly, mais l'entente entre les deux hommes est parfaite. Le maître menuisier est né à deux pas du chantier, au pied de la tour Solidor. Dans la foulée de son père, il a appris le métier à quinze ans et accouché au final de plus de deux cents bateaux au nombre desquels plusieurs plans Illingworth dont l'*Oryx,* le voilier amiral de Francis Bouygues. Outre sa taille et sa silhouette, il partage avec son client un pareil goût pour la marine classique si soucieuse, on l'a déjà noté, de marier l'élégance et la performance. Quand arrivait l'heure des comptes, la conversation ne s'attardait guère. Le marin promet et le chef de chantier consent. Raymond Labbé convient néanmoins que sans le coup de pouce de 200 000 francs octroyés par la ville de Rouen, il n'est pas certain que l'entreprise eût pu parvenir à son terme... Le contrat sera rempli et le bonheur de Tabarly comblé par la même occasion : « Il est évident que sentir ce pont de bois sous mes pieds me rend heureux et que d'écouter ses bruits familiers, sa manière à lui de lui parler, me procure du plaisir [1]. »

Désormais, *Pen Duick* va rythmer le quotidien de Tabarly. Il y aura bien sûr encore quelques exercices accessoires (à bord de *La Poste* et d'*Aquitaine Innovation*), les agréables semaines passées à la montagne ou aux Antilles, mais il y aura surtout les navigations à la barre du beau « sourire noir » du côté de Chausey, Wight et Ouessant. Dès qu'une célébration se présente, Éric est au rendez-vous. Tout comme les anciens copains de Navale, Jacqueline et Marie qui, très souvent, sont du voyage. Olivier de Kersauson encore : « C'était incontestablement le bateau de sa vie. Avec lui, il était devenu quasi fétichiste. Pourtant Dieu sait si, au début, le côté napperon dans le carré, le côté yachting ne le passionnait guère ! Sur le tard, Éric était devenu Gatsby. Il sortait tout en blanc sur sa pelouse et rejoignait son bateau sur l'Odet. Il avait, lui l'ancien "mal fagoté", pris le pli du "je m'habille pour aller à la messe". C'était assez étonnant et en même temps très touchant. »

Après un détour supplémentaire par la Nioulargue, en baie de Saint-Tropez, où il est trop heureux de croiser le sillage des plus beaux yachts classiques du moment, Éric Tabarly nourrit l'envie de célébrer le centenaire de son beau bateau. L'échéance n'est fixée qu'au printemps 1998, mais quatre ou cinq ans plus tôt déjà, il parle d'une célébration qui, à Bénodet, rassemblerait quelques-unes des plus belles unités imaginées

1. *Mémoires du large,* Éditions de Fallois, 1997.

par William Fife Jr. Jacqueline : « Il m'a piégée. Au départ, j'étais vraiment contre cette idée-là. Je trouvais cela trop lourd. Mais il semblait y tenir vraiment. Il a d'ailleurs travaillé comme un fou pour que *Pen Duick* soit présentable : il a mis le bois à nu, et il a tout fait revenir, même à l'intérieur. » Pour attirer quelques financements, il suggère à Anne de monter un dossier de presse. Trop heureuse de participer à la fête, l'apprentie maquettiste exécute une jolie maquette immédiatement imprimée. A la grande satisfaction d'Éric qui voyait là, c'est Jacqueline qui souligne, un « très heureux et gratifiant retour sur investissement ».

L'initiative d'Éric Tabarly est légitime, mais elle est aussi assez surprenante. Comment expliquer que le marin le moins porté sur la lumière ait soudain choisi de jouer des grandes orgues ? Par pure envie de faire la fête ? Par seul plaisir de contenter ses goûts d'esthète ? A soixante-sept ans, Tabarly semble ne pas être insensible à la notion de « bilan ». L'envie de rassembler autour de lui les êtres qui lui sont chers et les bateaux qui ont compté ne lui est pas indifférente. Tout comme le souhait de célébrer une certaine idée de la mer et de l'histoire nautique. Bien sûr, il n'ignore pas que cette commémoration attirera de nombreux médias et des badauds plus encombrants encore. Mais pour gênante qu'elle soit, cette perspective ne l'inquiète guère. Jamais peut-être Tabarly ne s'est senti autant l'envie de partager. Lui qui a toujours traîné les pieds face aux sollicitations semble de plus en plus s'en accommoder. Participer à un jury (celui de « l'Art de vivre » supposé désigner la ville la plus accueillante de France par exemple), recevoir une récompense (le Trophée « Une vie pour la voile » décerné par Bepe Croce, richissime mécène italien), cautionner une émission télévisée

« Bouillon de culture » de Bernard Pivot) sont des contraintes qui l'embarrassent visiblement beaucoup moins que par le passé. Même s'il se méfie toujours autant des compliments qu'on lui prodigue et s'il n'est pas dupe des relations éphémères que ces distributions supposent, il apparaît plus disponible que par le passé. Et surtout plus fier qu'il n'a jamais envisagé de l'être.

L'heure est au bilan et Tabarly n'a pas honte de considérer que le sien est on ne peut plus estimable. Les sondages ne mentent pas. Même si ses activités de marin sont réduites à la portion congrue depuis de nombreuses années, il profite toujours d'une place enviable dans la hiérarchie des personnalités françaises. Régulièrement le baromètre du *Journal du Dimanche* autorise le marin à côtoyer les sommets aux côtés de l'abbé Pierre, du commandant Cousteau ou du professeur Schwartzenberg. La mer, la religion, l'armée, la médecine, quadrature de la grandeur nationale ? En 1984 déjà, l'IFOP révélait qu'il était le sportif préféré des Français [1]. En février 1998, encore, l'Institut de psychologie appliqué (IPSA) constate que Tabarly est connu de 97 % de ses compatriotes, que 87 % d'entre eux savent qu'il a traversé l'Atlantique et que 82 % le reconnaissent physiquement sans l'ombre d'une hésitation.

Tabarly a toujours été conscient de sa notoriété, mais il n'en a jamais joué. Qu'un policier néglige de le verbaliser ou qu'un restaurateur lui accorde une priorité le contentait sûrement intérieurement, mais aucun de ses proches ne l'a jamais vu solliciter de semblables situations. Était-il insensible et indifférent aux feux de la rampe pour autant ? Jean-François Coste : « Je crois

1. *L'Équipe Magazine,* 24 novembre 1984.

qu'il a longtemps été gêné d'être ce qu'il est. Son statut d'exemple l'embarrassait. Mais petit à petit, il a appris à assumer tout ça. Un héros n'est pas le résultat d'une opération du Saint-Esprit. Le public, les médias font les héros, encore faut-il que ceux-ci acceptent la charge, qu'ils participent à l'échange. A tort ou à raison Maurice Herzog est un héros et Louis Lachenal n'en est pas un. Tabarly est peut-être toujours resté sur la réserve, il a toujours été éminemment pudique, il n'empêche, son discours — même muet —, sa personnalité — même discrète — passait très très bien. »

La réserve n'est pas, *a priori,* la meilleure façon de devenir célèbre. Neuf fois sur dix pareil « profil » peut se révéler catastrophique en termes de notoriété. Mais il peut aussi, et dans des proportions cette fois inestimables, devenir un argument tout à fait favorable. On pense aux bégaiements de Patrick Modiano, aux réticences de Georges Brassens ou à la fragilité de François Truffaut. Au pays du bagou institutionnalisé, à une époque où le paraître ne cesse de tailler des croupières à l'essentiel, l'homme de peu de mots s'impose comme un antidote. Olivier de Kersauson : « Mais pourquoi s'évertuer à expliquer des choses que l'autre ne comprend pas ? Éric avait posé ce principe de base depuis l'origine. Il ne faisait aucun effort de prosélytisme. Ou le mec comprend ce dont je parle ou il ne comprend pas ! Inutile de s'abaisser ou de se mettre à sa hauteur. »

L'ancien n° 2 parle encore volontiers de l'« indécence » des mots et des questions « déplacées », de tout ce saint-frusquin qui anime les conversations d'après course et que Tabarly redoutait comme il avait horreur, collégien ou lycéen, des examens obligatoires. « Qu'avez-vous mangé ? », « Comment dormez-vous ? » Sous le feu roulant des interrogations passe-partout, Éric élude, esquive ou se tait. Il suffit de relire ses textes ou les nombreux entretiens de presse qu'il a (néanmoins) accordés pour se rendre compte que le superlatif n'a pas le droit de cité dans sa bouche. Toujours reviennent les mêmes hésitations, les mêmes nuances : « sûrement », « peut-être », « assez ». « Son laconisme ? coupe Bernard Pivot que l'on avait prudemment mis en garde avant qu'il n'entame un "Bouillon de culture" avec l'intéressé, sincèrement cela ne m'a pas gêné du tout. A chacun son rythme, à chacun son verbe. Chez Tabarly c'est la musculature sous l'étoffe qui parlait et cela vaut bien d'autres discours. »

Difficile de trouver un marin moins lyrique qu'Éric Tabarly, capable d'assener : « J'aime bien la mer, sans avoir pour elle des sentiments débordants. » Et pourtant : plutôt que de perturber ses relations avec la majorité, ces saillies volontaires émoussées n'ont fait qu'ajouter à la rareté de son propos et donc à sa valeur. Bruno Troublé : « Comme le Bourgeois Gentilhomme faisait de la prose sans le savoir, Tabarly faisait la promotion de la compétition à voile sans trop s'en rendre compte. Sans pose ni calcul. C'est presque malgré lui qu'il a amené les Français à la mer... » Il était devenu d'autant plus inaltérable et indispensable que tous ceux qui lui ont succédé sont passés par « lui ».

C'est parce qu'il a toujours su privilégier ses instincts les plus bruts que Tabarly n'a jamais eu besoin de muscler artificiellement son personnage Ce que les Français aimaient en priorité chez lui c'étaient ses contours de « bahut breton », son « bon sens ne saurait mentir », ses « peu de mots », son côté évidemment plus « faiseux » que « diseux » que le dicton antique distingue et préfère d'ailleurs tout à la fois. Sans se poser le moins du monde la question de savoir si cette inclination était un don du ciel ou le résultat d'un calcul personnel. Prédisposé pour la vérité toute nue, l'« idole des houles » n'a-t-elle pas aussi parfaitement assimilé les avantages que cette manière d'être pouvait lui offrir ? A un équipier qui s'interroge : « Mais comment fais-tu pour supporter tout ce cirque autour de toi, ces chasseurs d'autographes, ces journalistes, ces sponsors ? », le vieux briscard sait immédiatement quoi répondre : « Ne t'inquiète pas. J'ai appris à me servir du pilote automatique. Je le mets en route et je suis peinard pour le restant de la journée... [1] »

Tabarly sait ne pas entendre, mais il sait aussi composer, reculer, feindre s'il est nécessaire. Au fil des années, la « brute émouvante » était de moins en moins dupe de son privilège et conscient que le plus petit écart pouvait remettre en cause la parfaite bulle d'indifférence dans laquelle il s'était si confortablement installé. Ce n'était pas les occasions de bomber le torse qui lui ont été refusées, ni l'envie, parfois, de se laisser aller à un début de fierté. Mais ce n'est que sur le tard que le héros en recul permanent, toujours sur la réserve, a découvert le goût de la béatification, des compliments à n'en plus finir, des médailles et des récompenses. Un proche : « Bien qu'il s'en soit toujours défendu, Éric a aussi aimé la gloire. Il appréciait de fréquenter de temps à autre les grands de ce monde ou de descendre dans des hôtels prestigieux. Suite à une gratitude supplémentaire, je l'ai vu un jour fier comme un coq, indifférent à tout ce qui se passait alentour. Il captait littéralement les regards et les objectifs. » Qui a dit que les héros n'étaient pas des hommes ? Sûrement pas Tabarly !

1. Confidence rapportée par Nicolas Raynaud à l'auteur.

poser le moins du monde la question de savoir si cette inclination était tardive ou [illegible] résultat d'un calcul personnel. [illegible] pour [illegible] vanité [illegible] [illegible] ont aussi [illegible] [illegible] les [illegible] que cette moment d'être [illegible] [illegible] Mais comment [illegible] tout ce que [illegible] ces [illegible] qu'ils [illegible], ces [illegible] [illegible] [illegible]

[illegible] la [illegible] de la jeunesse. [illegible]

[illegible] Mais [illegible] [illegible] [illegible] [illegible] [illegible] de la [illegible] de la [illegible] [illegible] [illegible] [illegible] [illegible] [illegible]

dernier [illegible] [illegible] pour les [illegible] [illegible] [illegible] [illegible] [illegible] tabatières [illegible] [illegible] part [illegible] [illegible] de la [illegible] [illegible] [illegible]

Épilogue
(2008)

À quoi mesure-t-on qu'un esprit demeure, qu'un héritage perdure, qu'une idée s'entête ? Il en est des commémorations comme des habitudes : bonnes ou mauvaises, elles obligent. À se protéger, à se préserver. Des promesses et des engagements. Si les célébrations sont estimables, leurs justifications ne se commandent pas. Libre à chacun de choisir ses référents et plus encore la manière de s'y soumettre. Dix ans après, le grand capitaine est toujours là. Dans la mémoire des plus fidèles et les attendus des projets des plus respectueux. Figure tutélaire ou simple anecdote, Tabarly n'est pas un : il est multiple. Même essentiel pour beaucoup, on ignore s'il s'imposera pour toujours.

Une nuit de janvier 2008, du côté de Brest et du port du Moulin Blanc, on a vu surgir un autre fier-à-bras : Francis Joyon, auteur d'un tour du monde express qui l'autorisa à circonscrire la planète en moins de deux mois (57 jours, 13 heures et 34 secondes). Doté des dernières sophistications de l'heure – radars sophistiqués, capteurs high-tech ou panneaux solaires –, son engin de carbone impressionna. Mais plus encore les manières de son skipper dont les commentateurs accourus par dizaines soulignèrent l'essentielle retenue. La « juste filiation de l'indémodable savoir-faire tabarlien », soulignera celui-ci. La « parfaite interprétation de la philosophie suggérée par le maître des *Pen Duick* », remarquera celui-là.

En ces temps d'accélération perpétuelle et de zapping permanent, pareil retour aux sources de l'authentique est un cadeau. Le plus beau qu'un marin « moderne » puisse offrir à la mémoire d'Éric Tabarly. Même s'il ne s'en vante pas, Francis Joyon ne s'en cache pas : c'est du côté du sage de Bénodet plus qu'à l'école des barreurs à réaction, techniciens de cœur, gestionnaires de raison, qu'il a puisé une bonne part de son inspiration. Un parti pris d'autant plus appréciable qu'il s'inscrit en contradiction avec les tendances soutenues par la grande majorité de ses concurrents ou poursuivants.

Revendiquer semblable filiation n'est pas forcément de saison. Ils sont plutôt rares les compétiteurs qui, aujourd'hui encore, conjuguent leurs exercices selon les préceptes du plus célèbre marin de France. De loin en loin, un Joyon, un Jean Le Cam ou un Lionel Lemonchoix se plaisent à rappeler certaines de ses évidences. Que la mer demeure, par exemple, un océan de mystère plutôt qu'un terrain de conquête. Un horizon rêvé plutôt qu'un théâtre de performance. Mais avec quelle audience et pour combien de temps ?

Pilote d'une évolution des techniques et des comportements qu'il a accompagnée durant plus de trente ans, fidèle d'entre les fidèles, Olivier de Kersauson aimerait parler de communauté de pensée ou d'esprit de connivence. Mais s'abstient et nuance : « Les raccourcis sont trop faciles. Au prétexte que Francis Joyon parle peu, on le compare systématiquement à Éric. Francis est un formidable marin, son exploit est exceptionnel, mais son statut n'a rien à voir. Éric était un inventeur, Francis n'est qu'un continuateur. Il y a autant de différences entre eux qu'entre Léonard de Vinci et un copiste. Il est une évidence que l'on ne doit jamais oublier : Éric partait au long cours sans modèles météo, sans balises, sans assistances informatiques. Ses traversées relevaient de l'aventure la plus pure, alors qu'elles relèvent aujourd'hui, au mieux, de la haute compétition. »

Reste l'esprit. Qui préside. Qui sous-tend. Ce rapport aux éléments, ce regard émerveillé, cet extraordinaire du monde qui roule sous l'étrave. Les ciels et les couleurs. Le travail et l'effort. Les plaisirs simples et séculaires de la marine à voile. Cette intrépidité sans faille, ce refus des compromis, cette fidélité sublimée, ce prosélytisme à tout-va auxquels se rapporte l'idée que se font du modèle, de son parcours et de ses œuvres, la plupart de ses admirateurs. Autant de points d'ancrage à quoi se rattache l'inévitable légende qui, bien au-delà de ses choix hasardeux ou de ses faiblesses éventuelles, n'a jamais vraiment déserté le piédestal de sa condition de héros monumental.

Les pages écoulées nous l'ont maintes fois démontré : Éric Tabarly s'est toujours gardé de participer, ne serait-ce qu'un peu, à cette canonisation qu'il n'a jamais revendiquée, ni même admise. Si la mythification de son personnage s'est engagée au plus tôt de son parcours, ce fut en dehors de tous calculs conscients et avérés. Mais c'est aussi, précisément, parce qu'il est demeuré libre de ses mouvements, imperméable aux jugements des autres, qu'il s'est, petit à petit, retrouvé affublé d'un costume sur mesure sans équivalent. « Discret, il ne s'est jamais discrédité » ; « avare, il l'a été en tout : en paroles, en actes et en artifices » : c'est à ce type d'évidences qu'Éric Tabarly doit sa postérité exemplaire. Une sorte d'effet boomerang qui l'aurait conduit à gagner d'autant plus qu'il n'a jamais réclamé et à distribuer encore davantage que sa nature l'invitait, justement, à ne rien faire dans ce sens.

Comme tous les héros disparus dans l'exercice de leur passion – tous les explorateurs, aviateurs, polaires, alpinistes fauchés sur la scène même de leurs exploits –, Éric Tabarly a, dès le 13 juin 1998, consolidé les fondements de ses admirations. Après tout, sa perte, pour ce qu'elle exprime de fidélité – la compagnie de l'indispensable *Pen Duick* sur fond de pèlerinage vers l'Écosse – et d'improvisation – le départ précipité et les conditions de sécurité aléatoires –, n'était-elle pas elle-même en parfaite adéquation avec l'image que le commun se fait du personnage ?

Dans le sillage du marin disparu, nuls remous ni perturbations. Ou si peu. La plupart de ses anciens lieutenants ont déserté le milieu, mais leurs discours ou attitudes se réclament, aujourd'hui encore, du maître d'origine. Titouan Lamazou, aquarelliste reconnu ; Jean-Louis Étienne, explorateur tous azimuts ; Philippe Poupon, voyageur polaire ne changent pas, ne varient pas. Leurs activités éventuellement se dispersent, mais pas leurs convictions. Et moins encore leur reconnaissance. À les écouter, on admettrait une fois pour toutes qu'Éric Tabarly a défini une manière d'appréhender la mer et ses bateaux qui, loin des théories, des livres et des enseignements, imposerait sa simplicité et ses évidences. Tous ensemble, ils naviguent au plus près du goût, de la rareté et de l'authentique. Sans doute s'exposent-ils davantage, sont-ils plus avides de reconnaissance, mais leurs exigences artistiques, écologiques, philosophiques demeurent réelles et légitimes.

Gérard Petipas : « Le Tabarly ça ne s'apprend pas. C'est un langage, au mieux quelques préceptes qu'éventuellement on se transmet. On aurait tort d'élever ces petits riens au niveau de règles ou de règlements, mais je considère, en revanche, que l'on a tout à gagner à perpétuer leurs évidences. » Ex-capitaine de la marine marchande, ex-équipier, ex-second, ex-homme d'affaires, ami et soutien indéfectible, Gérard Petipas n'a pas vocation à endosser l'habit du gardien du temple, mais ses initiatives le contraignent de fait. Héritier tout autant que passeur, il est l'ami, le parrain, le tuteur au service d'une famille qui, à l'image de celui qui s'en est allé, refuse de baisser les bras.

Trois semaines seulement après l'accident en mer d'Irlande, Jacqueline, épouse digne et pudique (« La mer l'a pris, mais ne l'a pas volé. Elle n'a été pour lui que le moyen de revenir dans la maison du Père. Elle n'était que la matrice dans laquelle il est retourné. La mer n'est pas méchante, elle est source de vie »), a elle-même donné le *la* : « Il faut faire quelque chose ! »

Un monument, une fondation, un parrainage ? Les intimes n'hésitent pas longtemps. Pressés d'obéir à deux priorités : conserver vivant l'enseignement de l'intéressé et rassembler les bonnes volontés susceptibles de s'atteler à la tâche. D'où l'idée d'une Académie et d'une Association. L'Association pour fédérer, l'Académie pour dispenser. Adhésions, réunions, bulletins : la fraternité initiale s'impose naturellement. D'emblée, 2 500 sympathisants se rallient. Un score certes réduit aux deux tiers dix ans plus tard, mais qui, toujours, assure une base capable de garantir la pérennité des projets imaginés.

« Éric n'aurait pas aimé que ses idées et ses bateaux finissent dans un musée. À l'inverse, je crois qu'il aurait apprécié que le plus grand nombre goûte aux choses de la mer selon certains principes que lui-même a observés sa carrière durant. » À la faveur de chaque présentation, conférence de presse ou explication – et Dieu sait qu'elles furent nombreuses au gré des soubresauts qui ont accompagné le grand projet à venir –, Jacqueline n'eut de cesse de répéter le même précepte et le même argument. Jusqu'à définir la fameuse Académie, finalement rebaptisée « Cité de la voile », ouverte au public en avril 2008 à Lorient.

Une ville dont la légitimité tombait sous le sens. C'est à Lorient qu'Éric Tabarly a participé à la construction de trois de ses *Pen Duick* (III, IV et V) ; c'est à Lorient qu'est installé l'un des plus importants centres nautiques de France ; c'est à Lorient que se développe un pôle d'entrepreneurs particulièrement actifs, tant dans le domaine de la plaisance que dans celui de la haute compétition. La réhabilitation de la base de Kermoran construite par les Allemands pendant la dernière guerre et utilisée par les sous-marins français jusqu'en 1997 rassemble, depuis une bonne dizaine d'années, de multiples activités centrées sur les choses de la mer. La « Cité Tabarly » en est une supplémentaire dont la légitimité tombe sous le sens.

Un lieu d'exposition, d'échange et de pratique qui, toujours selon Jacqueline Tabarly, « n'a de sens que s'il est vivant et tourné vers l'avenir ». Née d'un investissement global de 18,3 millions d'euros au total, la « Cité » a mobilisé des financements tous azimuts (Europe, État, Région, Département, Communauté). Port d'attache temporaire des *Pen Duick* encore en activité (cinq au total), elle se garde bien d'autocentrer ses activités sur le seul souvenir de son inspirateur. Ses 100 000 spectateurs rêvés chaque année pourront, bien au-delà de son exemple, mais grâce à lui en particulier, s'initier à toutes les facettes de la voile : construction, météo, navigation, etc.

Parallèlement à la mise en œuvre de ce projet on ne peut plus durable qui mobilisa les énergies et sollicita les politiques dans des proportions plus importantes que la notoriété de son inspirateur ne le laissait penser, la France municipale et associative s'est découvert un nouveau point d'ancrage. Impossible de recenser, ici, toutes les initiatives. Elles sont innombrables, de valeur inégale et, plus encore, motivées par des intentions incomparables. Jour après jour, c'est un espace (à Paray-Vieille-Poste), un collège (à La Baule-Pornichet), une école (à Châteauroux), un lycée professionnel (aux Sables - d'Olonnes), une résidence (à Massy-Palaiseau), un restaurant (au Halluin), une base nautique (à Sète), une rue (à Nantes), un boulevard (à Cannes), un môle (à La Trinité), une esplanade (à Montargis), pour ne citer que ces seuls exemples, qui ont adopté le parrainage du « grand » homme.

Un nom tout autant qu'un étendard. Pas toujours facile à porter ou à assumer. Son frère (Patrick), son neveu (Erwan), sa fille (Marie) en savent quelque chose qui, tour à tour, naviguèrent au gré de leurs envies sans, pour autant, pouvoir se débarrasser – ne serait-ce qu'un peu – de l'influence – consciente ou inconsciente – de leur illustre parent. Marie, âgée de 13 ans lors de la disparition de son père, s'aventura brièvement sur les flots. Au titre d'équipière sur tel ou tel engin de course. Conseillée par Pascal Bidégorry et plus encore par Olivier de Kersauson. Avec un légitime et évident bonheur. Sauf que son amour des chevaux finit par prendre le dessus. Au prix d'un virage radical, Marie s'est, depuis, engagée dans la voix de l'éthologie avec pour projet de travailler dans l'élevage. Erwan, lui, n'a pas changé de cap. Coureur au sens vrai du terme, il poursuit une carrière plus qu'honorable ponctuée d'une dizaine de participations à la course du *Figaro* et de quelques succès notoires (seconde étape de Lorient-Saint-Barth 2002 ou Cannes-Istanbul 2006).

Pas simple de se faire un prénom. Pas moins qu'une réputation. Au chevet d'une France inquiète, d'une nature sans cesse malmenée, d'une mer souillée plus souvent qu'à son tour ; à l'heure où la moindre figure sportive ou politico-médiatique mêle son point de vue au grand débat du devenir de notre planète ; à l'heure de « l'ego-logie » à tous crins, Éric Tabarly aurait-il trouvé sa place ? Se serait-il engagé ? Se serait-il rebellé, comme il s'est élevé contre le projet de transfert du Musée de la Marine ? Aurait-il préféré se retirer sous sa tente ?

On sait que, sa vie durant, la supposée « brute sensible » s'est intéressées aux phares. À l'inverse de ce que prétend la croyance béotienne, il aimait à répéter que ces sentinelles de pierre ne sont pas là pour indiquer leur route aux marins, mais plutôt pour les mettre en face de leurs responsabilités. Ce totem lumineux, parfaitement campé sur ses bases, capable de révéler plus que de dire, de susciter plus que d'obliger, d'initier plus que d'imposer, Tabarly l'a été et l'est toujours, quels que soient, une fois de plus, le contexte et les circonstances.

Il était de ces hommes qui, au-delà de leurs éventuels défauts, réhabilitent la condition humaine. Parce qu'à ses yeux les limites ordinaires n'avaient pas de raison d'être. Parce que pour lui l'exaltation ne pouvait naître que de l'inaccessible. Parce que la lutte lui redonnait chaque fois espoir. Parce que, à l'image du fameux Prince Éric de Serge Dalens, il avait compris que « même la plus incroyable défaite anticipe toujours une aventure merveilleuse »...

Jacqueline, son épouse, a sans doute raison : « Éric n'est pas mort, il est simplement parti. »

BIBLIOGRAPHIE

Ouvrages d'Éric Tabarly

Victoire en solitaire, Arthaud, 1964.
De Pen Duick en Pen Duick, Arthaud, 1974.
Pen Duick VI, Éditions du Pen Duick, 1974.
Du tour du monde à la Transat, Éditions du Pen Duick, 1976.
Mes bateaux et moi (avec Jean Campistron), Éditions du Pacifique et Librairie Hachette, 1976.
Guide pratique de manœuvre (illustré par Titouan Lamazou), Éditions du Pen Duick, 1977.
L'Atlantique en 10 jours (avec Michèle Lemaître), Éditions du Pen Duick, 1981.
Pen Duick, Éditions du Pen Duick-Éditions Ouest-France, 1989.
Mémoires du large, Éditions de Fallois, 1997.
Les Tanguy, famille marin, Larousse jeunesse, 1999.

Sur Éric Tabarly

Barrault, Jean-Michel, *Tabarly, ses bateaux de légende,* Éditions Larivière, 1998.
Charles, Daniel, *Tabarly,* Arthaud, 2000.
Durieux, Gilles, *Tabarly, un marin pour l'éternité,* Éditions du Rocher, 1998.

GILLES, Daniel, *Éric Tabarly*, Éditions du Pen Duick-Éditions Ouest-France, 1990.

GILLES, Daniel et TABARLY, Jacqueline, *À Éric,* Éditions du Chêne, 1999.

HULOT, Nicolas, *Tabarly, 45 ans de défi,* Pac, 1976.

JIGOUREL, Thierry et ALARCON, Frankie, *Éric Tabarly, un marin de légende,* 2007.

MOISSAC, Patrick, *Tabarly, la légende, l'homme et la mer,* L'Archer, 1998.

PERNET, Gilles, *Tabarly, une vie d'homme libre,* Calmann-Lévy, 1977.

P.G. BERTHIER, Marc, *Pen Duick. Du croquis à l'aquarelle*, Gallimard, 2000.

QUEFFÉLEC, Yann, *Tabarly*, L'Archipel, 2008.

THIERCELIN, Marie-Madeleine et JAEGER, Gérard, *Tabarly*, Néva, 1999.

Ouvrages généraux

ANTOINE, *Bord à bord,* Arthaud, 1997.

ASARIA, Gérald, *Les Héros solitaires de l'Atlantique,* Éditions de Messine, 1976.

AYMON, Jean-Paul, *Alain Colas, la mer est son défi,* Fernand Nathan, 1977.

BARTON, Humphrey, *Les Aventuriers de l'Atlantique,* Arthaud, 1976.

BASSEPORTE, Gérald et GAIGNAULT, Gilles, *La Route du Rhum,* Acla, 1983.

BICH, Laurence, *Le Baron Bich, un homme en pointe,* Éditions Perrin, 2001.

BLYTH, Chay, *Theirs is the Story,* Hodder and Stoughton, 1974.

BORDEN, Charles A., *Fascination de la mer,* Arthaud, 1967.

BRINCOURT, Christian, *La Face cachée de l'aventure,* Presses de la Cité, 1979.

CHARLES, Daniel, *Histoire du yachting,* Arthaud, 1997.

CHARNAY, Dominique, *Moitessier, le chemin des îles,* Glénat, 1999.

CLARKE, D.H., *Trimaran Development,* Adlard Coles Limited, 1972.

COLAS, Alain, *Un tour du monde pour une victoire,* Arthaud, 1972.

COLAS, Alain, *Cap Horn pour un homme seul,* Flammarion, 1977.

COLAS, Teura, *Le Tourbillon de la gloire,* Arthaud, 1988.

Collectif, *25 ans de voiles,* Gallimard, 1996.

ETEVENON, Michel, *La Saga des Kriter,* Albin Michel, 1992.

FOSTER, Lloyd, *Ostar,* Haynes, 1989.

GARLAND, Joseph, *Le Solitaire du large,* Denoël, 1966.

GILLES, Daniel, *La Transat,* Neptune-Éditions du Pen Duick, 1980.

GLIKSMAN, Alain, *Les Solitaires de l'Atlantique,* Éditions maritimes et d'outre-mer, 1969.

GLIKSMAN, Alain, *Les Années vagues,* Arthaud, 1986.

GORSKY, Bernard, *Expédition Moana,* Albin Michel, 1970.

GROSER, John, *Atlantic Venture,* Ward Lock & Co Ltd., 1968.

GUIMARD, Paul, *L'Empire des mers,* Hachette/Éditions n° 1, 1978.

HAMON, Hervé, *Besoin de mer,* Le Seuil, 1997.

HEATON, Peter, *Les Solitaires de la voile,* Albin Michel, 1977.

HEIMERMANN, Benoît et JOUBIN, Philippe, *ABCdaire de la voile,* Flammarion, 1998.

HEIMERMANN, Benoît, *Seuls autour du monde,* Éditions Ouest-France, 2000.

JAOUEN, Hervé, *Marin de guerre,* Éditions du Pen Duick, 1979.

JOHNSON, Peter, *Whitbread round the World (1973-1993),* WRTWR, 1995.

KAT, Joan de, *Rêve de victoire,* Arthaud, 1969.

KAT, Joan de, *La Légende,* Éditions de L'Ancre de marine, 2001.

KERSAUSON, Olivier de, *Mémoires salés,* Robert Laffont, 1985.

LE VAILLANT, Luc, *La Voile,* Jean-Claude Lattès, 1994.

LINSKI, Marc, *La Voile sauvage,* Arthaud, 1975.
MERRIEN, Jean, *Les Navigateurs solitaires*, Denoël, 1965.
MOITESSIER, Bernard, *La Longue Route,* Arthaud, 1971.
MOITESSIER, Bernard, *Tamata et l'alliance,* Arthaud, 1993.
NOË, Felix Aubry de La, *L'Équipier,* Éditions Alain Lefeuvre, 1981.
PACE, Franco (préface d'Éric Tabarly), *William Fife,* Gallimard, 1998.
POIROT-DELPECH, Bertrand, *Traversée,* Flammarion, 1989.
QUEFFÉLEC, Henri, *Marins de Bretagne,* L'Ancre de marine, 1994.
RANNOU, Thierry, *L'Année voile,* Calmann-Lévy, 1991-1996.
SOUTHBY-TAILYOUR, Ewen, *Blondie,* Leo Cooper, 1998.
VIANT, André et CARPENTIER, Patrice, *La Course du Grand Louis,* Flammarion, 1974.
VIBART, Éric, *Alain Gerbault,* Seghers, 1989.
VIGOUREUX, Thierry, *Le Livre d'or de la voile 1976,* Solar, 1976.
WINOCK, Michel, *Chroniques des années soixante,* Le Seuil, 1987.

Enregistrements

« Radioscopie », INA, 1972.
Les Grands Destins, « Les Aventuriers de l'extrême », BFM/Productions spéciales, 2000.

Disque

Éric Tabarly présente les chansons de mer, EMI-Pathé-Marconi, 1973.

Vidéos

Naissance d'un voilier, Pen Duick VI, Direction technique des constructions navales (Dominique Baron), 1973.
La Mer, cette aventure, Télé Hachette (Pierre Bachelet), 1974.

Éric Tabarly et les autres à bord de Pen Duick VI, Equator (Yves Hussenot), 1976.

Histoire d'un record, Patly Productions (Dominique Pipat), 1981.

L'Épopée Tabarly, INA-Thalassa-Éditions Montparnasse, 1992.

Capitaine Tabarly, Aber Images (Philippe Abalan), 2002.

Périodiques

Bateaux (n° 482 et n° 594, en particulier), *Les Cahiers du yachting, Le Chasse-Marée* (les n°s 85 et 119, en particulier), *L'Équipe, L'Équipe Magazine* (les n°s 889, 890, 891, 892, 893, en particulier), *Neptune Nautisme, Paris Match, Voiles & voiliers* (les n°s 240, 329 et 330, en particulier), *Voiles Magazine* (le numéro hors série de juillet 1998, en particulier).

Divers

Association Éric Tabarly :
http://www.asso-eric-tabarly.com

Cité de la voile Éric Tabarly :
http://citevoile-tabarly.com

REMERCIEMENTS

Ma gratitude va en priorité à Jacqueline Tabarly, Annick Vieillard-Baron, Armelle Bachelier et Patrick Tabarly, épouse, sœurs et frère d'Éric, sans l'aide de qui ce livre n'aurait pu se faire, ni même exister.

Merci, par ailleurs, et de manière tout aussi chaleureuse, à David Alexandre, André Allègre, Antoine, Jacques Arthaud, Jean-Paul Aymon, Jean-Michel Barrault, François Bellec, Alain de Bergh, Nadia de Beville, Michel Bigoin, Jean-Marie Biot, Peter Blake (†), Alain Bombard (†), Éric Bourhis, Marie-Sophie Boutin, Christian Brincourt, Jean-Michel Carpentier, Patrice Carpentier, Marie-José Caumont, Edmonde Charles-Roux, Dominique Charnay, Paul Claverie, Jean Cléarc'h, Robert Cloarec, Teura Colas, Philippe Colin, Conan Constan, André Costa, Gilles Costantini, Jean-François Coste, Yvon Daniel, Sylvie David-Rivérieult, Bernard Deguy, Jacques Deray (†), Gilbert Dréant, Daniel Duvergie, Pierre English, Jean-Louis Étienne, Pierre Fehlmann, Christian Février, Bob Fisher, Hubert Foillard, Loïck Fougeron, Bernard Garçon, Sydney Gavignet, Daniel Gilles, Alain Gliksman, Jean Guichard, Pierre-Paul Heckly, Gérard Janichon, Xavier Joubert, Alain Juillet, Olivier de Kersauson, Raymond Labbé, Titouan Lamazou, Philippe Lavat, Michel Le Berre, Jean Le Cam, Anne Legoubin, Yannick Le Maguer, Jean-François Lemoine, Éric Loizeau, Claude

Luter (†), Daniel Mallé, Myriam Marello, « Poupette » de Marliave, André Mauric, Pierre Messmer (†), Didier Millet, Félix Aubry de La Noë, Jean Noli (†), Marc Pajot, Guy Périllat, Georges Pernoud, Gérard Petipas, Olivier Petit, Marc Pinta, Dominique Pipat, Bernard Pivot, Philip Plisson, Daniel Poisson, Jean-François Pontefract, Philippe Poupon, Erwan Quéméré, Nicolas Raynaud, Jacques Rebec, Lorrain de Saint-Affrique, Yves de Saint-Front, Pierre Schoendoerffer (†) Marc Simenon (†), Florence Steurer, Jacques Taglan, Jean-Yves Terlain, Alain Thébault, Régis Theolier, Betty Thilliez-Duval, Victor Tonnerre, Bruno Troublé, Ellen de Vergennes, Gérard de Véricourt, Éric Vibart, Charles Vieillard-Baron, Daniel Vignes, Daniel Wlochovski, pour les minutes ou les heures qu'ils ont bien voulu me consacrer tout au long de mon enquête.

Merci, encore, à Jean-Claude Fasquelle qui, le premier, m'a fait confiance.

À Olivier Nora et Manuel Carcassonne pour leurs soutiens renouvelés.

À Daniel Allisy et Olivier Pérétié qui m'ont poussé et corrigé avec un mélange de bienveillance et de persuasion dont je leur serai longtemps redevable.

À Bernard Rubinstein pour sa relecture attentive et à Anne Berest pour ses suggestions.

À Philippe Bertrand, Patrice Delbourg et Jean-Paul Dubois pour leurs stimulantes et encourageantes conversations.

À Jérôme Bureau, Claude Droussent et Patrick Le Roux pour leurs feux verts respectifs.

À Jean-Paul Kauffmann pour l'épigraphe.

À Maurice Szafran qui, pour la seconde fois, sait pourquoi.

À Martine et Tomi, enfin, pour leur inépuisable et affectueuse patience.

Table

Du même auteur :

LA FIN DES JEUX OLYMPIQUES, Garnier, 1980.

L'INTERNATIONALE DU TENNIS, Ramsay, 1982.

SEULS AUTOUR DU MONDE, Ouest-France, 1989, 2000.

LES GLADIATEURS DU NOUVEAU MONDE, Gallimard, 1990.

CHARCOT *(avec Gérard Janichon),* Ouest-France, 1991 (Prix Robert de la Croix).

TITAŸNA, Flammarion, 1994.

L'AÉROPOSTALE *(avec Olivier Margot),* Arthaud 1994 (Prix Georges Guynemer).

LES ROUTES DU CIEL, Gallimard, 1995.

SUEZ & PANAMA, Arthaud, 1996.

FOOTBALL & LITTÉRATURE *(avec Patrice Delbourg)*, Sock, 1998.

LES COMBATS DE MUHAMMAD ALI, Le Castor Astral, 1998 (Prix de la Fondation Mumm).

UN SIÈCLE DE SPORT *(avec Raymond Pointu)*, L'Équipe/ Calmann-Lévy, 2000.

AÉROPOSTALE ÉTERNELLE, Tana, 2002.

FOOT, LES 100 PHOTOS, EPA, 2002 (Prix Sportel du Livre sportif illustré).

PRISONNIER DE L'ANNAPURNA *(avec Jean-Christophe Lafaille),* Guérin, 2003 (Prix de l'aventure des angles).

L'EVEREST, Guérin, 2005.

AVENTURIERS, Grasset, 2006.

PARLONS SPORT, Panama, 2007.

Composition réalisée par EURONUMÉRIQUE

Achevé d'imprimer en avril 2008, en France sur Presse Offset par
Maury-Imprimeur - 45330 Malesherbes
N° d'imprimeur : 135917
Dépôt légal 1re publication : juin 2003
Édition 02 - avril 2008
LIBRAIRIE GÉNÉRALE FRANÇAISE - 31, rue de Fleurus -75278 Paris Cedex 06

31/5494/5